AF467820

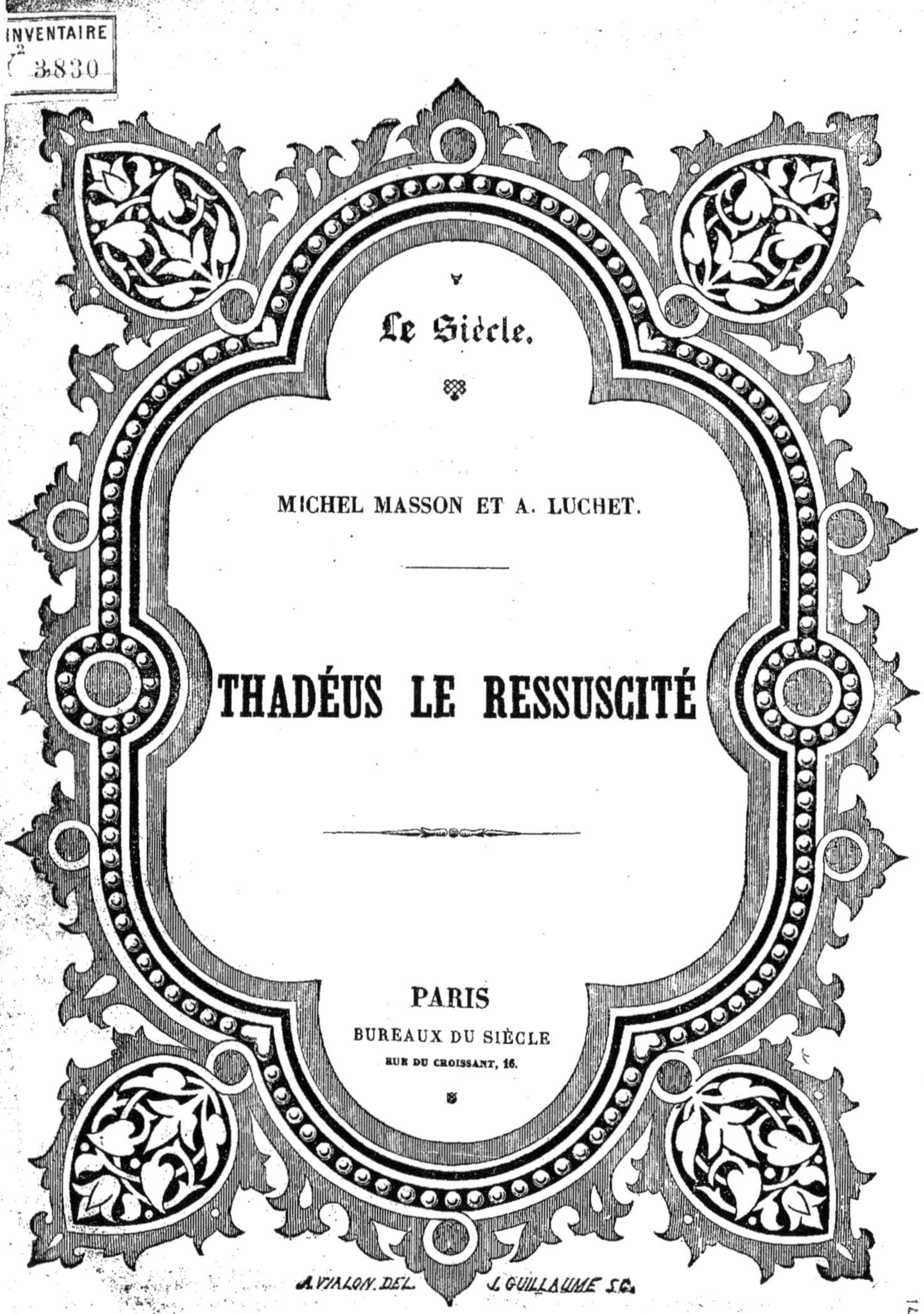

Le Siècle.

MICHEL MASSON ET A. LUCHET.

# THADÉUS LE RESSUSCITÉ

PARIS
BUREAUX DU SIÈCLE
RUE DU CROISSANT, 16.

A. VIALON. DEL. J. GUILLAUME S.C.

Michel Masson et Auguste Luchet

# THADÉUS LE RESSUSCITÉ

## I

### L'EXTRAIT MORTUAIRE.

L'année 1796 touchait à sa fin.

La comtesse Clarence de Vauxbuin, ou plutôt la citoyenne de Vauxbuin, comme on disait alors, donnait à danser dans sa maison du quai Voltaire.

Minuit allait sonner, et le bal était dans toute sa splendeur. Il y avait plaisir et surprise à voir tourbillonner cette foule brillante de jeunes femmes à peine sauvées des effrois de la Terreur, et déjà folles, rieuses, babillardes, comme si jamais idée triste. idée de sang et de mort, ne fût entrée dans leurs âmes : jolis enfans qui, les yeux encore chauds de larmes, ne savaient plus pourquoi ils avaient pleuré!

Elles dansaient de tout leur cœur, vraiment! elles y mettaient de l'extravagance. Il fallait qu'elles eussent bien souffert pour s'amuser ainsi; il fallait que leur existence privée fût bien malheureuse : car c'est une sûre comparaison à faire que celle-là, et la turbulence ou la tranquillité d'une femme au bal donnera toujours l'exacte mesure du chagrin ou de la joie qui l'attend au seuil de sa chambre à coucher.

En 1796, un bal était une chose rare et précieuse, une occasion de plaisir qu'il fallait prendre aux cheveux. Les réunions particulières n'avaient point encore reparu, ou, s'il en existait, empoisonnées de discussions politiques, finissant toujours par quelque scène affligeante, par des ruptures de mari et de femme, de frère et de sœur, de père et de fils, chacun s'en gardait avec soin, et courait chercher de moins dangereuses distractions dans les bals et les concerts par abonnement des hôtels Richelieu, Thélusson ou autres. Là, mais seulement là, toutes les classes, toutes les opinions jasaient, riaient et sautaient, confondues, avec une liberté, une égalité, une fraternité vraiment admirables.

Le bal de la comtesse Clarence pouvait donc être considéré comme un événement, d'autant plus que, seule entre toutes les dames du faubourg Saint-Germain, la comtesse avait osé braver le préjugé politique d'alors, qui frappait d'une proscription souvent mortelle quiconque se faisait voir dans la rue autrement qu'en voiture de place, et chez soi sans toute l'austérité des mœurs républicaines. Une sorte de privilége semblait protéger la citoyenne Vauxbuin; et, bien que son luxe excitât ici l'étonnement, là le scandale, ailleurs l'admiration, les puissans du jour ne s'en effarouchaient pas. Au contraire, en assistant eux-mêmes aux somptueuses soirées de l'hôtel du quai Voltaire, ils semblaient approuver la conduite de Clarence et encourager ceux qui seraient tentés de faire comme elle. Oh! c'est que la citoyenne était bien à la cour directoriale!

Les salons étaient magnifiques. Une décoration grecque, en draperies écarlates semées de couronnes de chêne, les parcourait, attachée de distance en distance par des trophées éblouissans de dorures. De superbes girandoles, d'où jaillissaient des gerbes de bougies parfumées, descendaient, sveltes et gracieuses, de trois plafonds en dôme enrichis de peintures ravissantes. Quoique l'on fût au mois de décembre, des corbeilles de fleurs aux vives couleurs, à la fraîche verdure, couvraient les consoles, et l'on marchait entre deux allées d'orangers, de rosiers et de myrtes. Comme les femmes paraissaient plus belles, les danseuses plus séduisantes, à travers cette atmosphère embaumée, éclairées de ces lueurs blanches que voilait une vapeur magique! Comme la fatigue du bal, cette fatigue qu'on ne sent pas, animait et rougissait les teints, rendait les regards voluptueux et les poitrines palpitantes! Comme les mains s'abandonnaient molles et brûlantes aux amoureuses étreintes des cavaliers préférés, élégans danseurs plus vifs que la sautillante mesure de la valse, plus ardens que la flamme du punch qui ruisselait autour d'eux!

L'une de ces femmes, belle comme l'idéal de la sculpture, grande comme il n'est permis qu'aux beautés irréprochables de l'être, semblait régner en souveraine sur la foule enchantée qui l'entourait. Les autres étaient jalouses d'elle : on le voyait dans leurs sourires ; mais où trouver des mots pour exprimer cette jalousie par une critique ? Elles se taisaient, les rivales, et leur silence pouvait à la rigueur passer pour de l'admiration. Cette femme était drapée à l'antique d'une robe de mousseline des Indes, que deux camées précieux agrafaient sur ses épaules d'albâtre. Une ceinture d'or uni, que fermait un autre camée, glissait sur sa taille divine, et des bracelets semblables entouraient ses bras nus. Un fastueux diadème étalait son ruisseau de pierreries sur son front si blanc et si pur ; et c'était vraiment dommage, car les beaux cheveux noirs de cette femme eussent bien mieux encadré son charmant visage qu'un bandeau de diamans qui faisait mal aux yeux. Un grand châle de cachemire rouge, une merveille alors, complétait ce majestueux ensemble, jeté sur le reste de l'habillement avec une négligence d'artiste. Qu'elle était superbe ainsi, Thérésa l'Espagnole, Thérésa Cabarrus, madame Tallien !

Une autre femme, dans un salon voisin, faisait foule comme Thérésa ; une bonne mère avec sa fille, bel enfant blond et rose. Et d'abord, en regardant cette autre femme, on ne savait pas bien si c'était elle ou sa fille qu'il fallait admirer. Sa fille, jeune et timide créature, toute frêle, toute légère, ce qu'on appellerait une sylphide aujourd'hui, était bien plus jolie, bien plus fraîche qu'elle. Mais il y avait répandu sur la physionomie de la mère un charme indéfinissable ; ses traits jouaient d'une façon enchanteresse ; on se sentait de la sympathie pour elle ; elle donnait envie de sourire en la voyant : et puis elle s'appelait madame Bonaparte, et son mari était général à l'armée d'Italie.

Autour de ces reines du bal papillonnaient les inutiles du jour, les incroyables de 1796, tout aussi ridicules que les nôtres. Les uns avaient un habit gris, une cravate verte volante, et les cheveux en oreille de chien, poudrés. A d'autres, on voyait l'immense cravate blanche d'un pied, la cadenette et le débraillé complet. Dans une embrasure de croisée, causaient gravement deux jeunes Athéniens, le menton dans la main droite, enveloppés d'une longue et large toge blanche bordée de rouge, qui se plissait statuairement autour d'eux. Et le langage inimitable de l'époque : *ma paole pafumée ! ma paole panachée !* et les calembours ! et les coq-à-l'âne ! et les jeux de mots ! et tout cet esprit faux du Directoire, esprit de balivernes et de grosses bêtises, bien fait à l'usage de ce temps, où l'on était affamé de rire !

Minuit allait sonner, et tandis que dans les salons de l'hôtel le plaisir animait, remuait, transportait tout le monde... un pavillon s'était ouvert au fond du jardin. Un homme en était sorti, sans doute pour venir écouter cette musique de bal, qui l'importunait cependant et le troublait de ses refrains brisés par la brise de décembre.

Cet homme pouvait avoir trente ans. Il était d'une haute et riche stature. Son costume n'avait rien de l'extravagante recherche des costumes à la mode ; simple et sévère, il allait bien à sa physionomie grave, à la pâleur de ses joues, aux rides prématurées de son front. Appuyé contre un vieux marronnier que la lune argentait de ses froids rayons, les bras croisés, son chapeau rabattu sur ses yeux, il prêtait machinalement l'oreille au bruit de l'orchestre, aux éclats de rire, aux cris de joie qui lui venaient par fragmens, par débris, à travers la triple clôture des rideaux, des vitres et des volets. Ses regards semblaient exclusivement fixés sur une fenêtre du premier étage de l'hôtel ; ils n'en descendaient que pour se porter au cadran d'une montre qu'il tenait suspendue à son cou, et dont les aiguilles allaient tout à l'heure se réunir sur le plus haut chiffre.

Bientôt la voix cassée d'un coucou de cuisine cria minuit par une lucarne ouverte au niveau du sol ; presque au même instant la fenêtre du premier étage s'éclaira, et laissa voir une forme humaine qui se dessinait rapidement sur les blancs rideaux de mousseline.

— La voilà ! — dit entre ses dents l'homme du pavillon.

Et se détachant lentement de l'arbre qui le soutenait, il marcha vers une porte basse, cachée par un bouquet de rosiers alors tout blancs de neige. Il l'ouvrit. On entendit dans l'escalier dérobé le bruissement d'une mante de soie : une femme descendait portant une petite lanterne. Quand elle fut en bas, elle l'éteignit, et prit la main que lui tendait l'homme qui avait ouvert la porte. Ils traversèrent le jardin, faisant crier sous leurs pieds le gazon durci par les frimas, et se jetèrent précipitamment dans le pavillon. On entendait toujours le bruit de l'orchestre, et les éclats de rire et les cris de joie.

Quand ils furent entrés, l'homme ferma la porte. Il aida sa compagne à franchir cinq ou six degrés qu'éclairait une bougie placée sur le dernier, puis, poussant une autre porte, ils se trouvèrent à l'entrée d'une pièce arrangée en cabinet de travail, et dans laquelle brûlait un bon feu. L'homme tira une bergère près de la cheminée ; la femme s'y assit, et, rejetant en arrière le capuchon de sa mante, fit voir à l'habitant du pavillon les traits connus de la comtesse Clarence de Vauxbuin.

— Bonsoir, Thadéus, — dit-elle d'une voix altérée ; car elle avait pris froid en passant de l'air chaud des salons à l'air glacé du jardin.

— Bonsoir, Clarence, — répondit lentement Thadéus. Il y eut une pause. Chacun des deux interlocuteurs semblait attendre que l'autre l'interrogeât. Il y avait évidemment gêne des deux parts. Thadéus, debout, les bras croisés, regardait la comtesse. Enfoncée dans les coussins de la bergère, les pieds sur les chenets, la comtesse regardait le feu, tout occupée en apparence des rumeurs fugitives du bal que le vent apportait de temps en temps, presque éteintes par la distance. Enfin Thadéus fit un pas vers la cheminée ; il posa son coude sur la tablette, et, le corps à demi tourné vers Clarence, il dit, après avoir toussé légèrement : — Vous avez quitté votre monde... Ne craignez-vous pas que votre absence soit remarquée ?

La voix de Thadéus avait fait tressaillir madame de Vauxbuin.

—Non, —répondit-elle avec embarras, les yeux toujours fixés sur les tisons.—Le souper est pour une heure ; on me croit occupée à donner des ordres.

— Pour une heure ! Alors le temps doit vous être précieux... Vous m'avez fait prier de ne point partir sans vous avoir vue, de vous attendre ce soir jusqu'à minuit... j'ai obéi. Qu'avez-vous à me dire ? j'écoute.

— Je vous dérange peut-être, — dit d'une voix sourde la comtesse.—J'aurais pu remettre à demain... ou même vous écrire. Oui, je crois que je ferai mieux de vous écrire.

Elle fit un mouvement pour se lever.

— Pourquoi ? — répondit Thadéus. — Il faut que le sujet soit important, puisque vous avez tantôt choisi cette heure, et que votre fête n'a point été un obstacle au rendez-vous. Parlez donc, je vous en prie. Moi aussi j'aurai à vous entretenir d'une affaire grave. Autant vaut la nuit que le jour, et la correspondance entraîne toujours des lenteurs.

En achevant ces paroles, il alla pousser le verrou de la porte. Quand il revint, la comtesse avait pris son parti.

— Thadéus, — dit-elle, — je ne vous reprocherai point la froideur, l'indifférence que vous me témoignez depuis quelque temps. Vous avez pour vous conduire ainsi à mon égard des motifs dont nous discuterons plus tard la valeur. Ce n'est point une explication sentimentale que je viens provoquer entre nous : l'amante abandonnée, plaintive, n'a rien à faire ici. Je suis une femme, Thadéus, et vous êtes un homme. Nous sommes libres tous deux de faire de nos cœurs ce que bon nous semble, e j'aurais aussi mauvaise grâce à vouloir retenir l'élan du vôtre que vous l'élan du mien, n'est-il pas vrai, mon ami ?

— Je ne sais à quoi tend ce discours, — répondit

Thadéus ; — cependant, si vous avez besoin d'être tranquillisée sur le point que vous venez de toucher, je puis vous jurer qu'aucune autre femme...

— Il ne s'agit pas ici de votre fidélité, — interrompit en souriant la comtesse. — Me croiriez-vous jalouse, par hasard ? J'ai trop d'amour-propre pour cela. Tenez, puisqu'aussi bien il faudrait le faire tout à l'heure, établissons notre conversation sur son véritable terrain. Thadéus, je suis enceinte.

— Enceinte ! !

— Oui... Comment pensez-vous que je doive traiter cet événement?

— Comme un malheur, Clarence, — dit Thadéus avec énergie, — comme un grand malheur!

— Pourquoi donc? Ce n'est pas ainsi que je vois les choses, moi. C'est un moyen qui nous arrive de resserrer les liens un peu lâches qui nous unissent l'un à l'autre ; mon enfant sera notre centre d'affection, notre but, notre ambition, notre avenir; nous serons heureux de lui et par lui.

— Vous l'aimerez donc? — dit amèrement Thadéus.

— Si je l'aimerai ! ne me viendra-t-il pas de vous? — Et Clarence, en parlant ainsi, leva les yeux sur son amant. Il y avait dans son regard une singulière expression, un mélange de sentimens les plus opposés. Le trouble de Thadéus en fut augmenté. Au bout d'une minute, la comtesse reprit : — Eh bien ! vous ne me parlez pas? Qu'avez-vous l'intention de faire? Ce n'est pas pour rien, ce me semble, que je suis venue au milieu de la nuit vous confier mon secret. Une femme attend quelque chose de l'homme à qui elle dit : Je suis enceinte de toi !

— Clarence, — dit lentement Thadéus, — je vous l'avouerai, ce que je viens d'entendre m'a terrassé comme un coup de tonnerre. J'hésite encore à croire que ce soit vrai ; et cependant quel motif auriez-vous de me mentir à cet égard ? Aucun. Il faut donc que j'accepte le malheur comme réel et que je le déplore... car notre position l'un envers l'autre est si bizarre, n'est-ce pas? Laquais et maîtresse, n'est-ce pas, Clarence? le secrétaire d'une comtesse n'est guère plus que le valet d'une bourgeoise.

— Oh ! c'est mettre les choses bien au pis!

— Croyez-vous? Au fait, on dit le citoyen Thadéus comme on dit la citoyenne Vauxbuin. Nous sommes égaux devant la loi. — Il sourit avec ironie. — Si j'étais, — continua-t-il, — le portier de cet hôtel, et vous Marie, la fille du jardinier, cette simple fille si franche et si naïve, mon cœur en ce moment suffirait à peine au torrent de bonheur qui l'inonderait; nos deux mains seraient déjà posées l'une dans l'autre, Clarence, et notre enfant aurait une famille. Alors, comme vous le disiez tout à l'heure, cet enfant serait le centre de nos affections, notre but, notre ambition, notre avenir. Mais il n'en est pas ainsi. De vous à moi il ne peut rien y avoir de public ni d'honorable ; rien qui ne soit mystère, secret et souillure. Entre nous, jamais d'union que celle de l'intérêt et des sens. Nos cœurs ne s'entendent pas... vous le savez... C'est donc un orphelin qui va naître.

— Qui te l'a dit, Thadéus?

— Oui... oui... c'est un orphelin qui va naître,—reprit-il d'une voix étouffée par son émotion.

La comtesse lui prit la main et l'attira plus près d'elle.

— Ecoute-moi, mon ami. Tu te rappelles comment tu es venu dans cette maison. La recommandation du comte de Vauxbuin mourant te servit de passe-port auprès de sa veuve. C'était mon devoir de bien t'accueillir, et, sous ce rapport, tu n'as pas à te plaindre de moi, n'est-ce pas? Car je ne voulais pas te mettre dans ma dépendance. Tu pouvais être le maître ici comme moi ; mais ton orgueil rejetait mon hospitalité comme une aumône. Tu as voulu gagner ta vie ; tu l'as voulu absolument, tu t'en souviens. Je t'ai fait mon secrétaire, mon intendant, que sais-je; tu connais mieux tes fonctions que moi. Tu étais un serviteur dangereux, Thadéus! Je me suis repentie plus d'une fois de t'avoir retenu quand tu voulais partir. Et comment ne pas te retenir, toi si intéressant, si beau, si aimable! Sais-tu que nous nous sommes bien aimés, Thadéus? Sais-tu que pendant plus de six mois je ne voyais, ne cherchais, ne comprenais rien hors de toi?

— Et maintenant? — dit gravement Thadéus.

— Maintenant tout est bien changé, voulez-vous dire? C'est vrai ! mais à qui la faute? — Et comme Thadéus faisait un geste d'étonnement : — La violence des souvenirs m'emporte, — ajouta précipitamment la comtesse ; — je me complais à rappeler ce passé qui fut si doux... j'ai tort. Revenons au présent. Je suis maîtresse de ma fortune et de mes actions; personne n'a droit à m'en demander compte. Je suis encore jeune, encore belle ; j'ai du crédit, on le sait; je suis bien avec la royauté du jour ; j'ai cette nuit dans mes salons l'élite des puissances républicaines. Oh ! je ne manquerai pas de partis. Parmi ceux qui me composent une cour et dont je repousse les hommages, j'en sais plus d'un qui fermerait les yeux sur ma faute... Et d'ailleurs est-il si difficile, placée où je suis, de dissimuler une grossesse et d'en cacher les résultats. Mais à quoi bon ? Thadéus, vous n'avez point de nom, point d'état, point de patrie, point de famille ; je puis vous donner tout cela : vous êtes pauvre, je puis vous rendre riche... devenez mon mari.

— Votre mari, Clarence ! c'est impossible, — répondit l'amant de la comtesse. Et le sang, refluant avec violence vers son cerveau , enflamma ses joues tout à l'heure si pâles ; ses jambes ne le soutenaient plus. Il se laissa lourdement tomber sur une chaise, et, tenant sa tête à deux mains, il redit avec désespoir : — C'est impossible !

— Impossible ! — répéta la comtesse tout émue et donnant à l'agitation de son amant un motif qui flattait vivement son amour-propre. — Non, mon ami, ce n'est pas impossible. Tu n'y crois pas, toi. Tu te repentiras d'avoir méconnu ta Clarence. Elle n'est pas si folle, si légère, vois-tu, Thadéus ; tu la jugeais mal. Calme-toi... calme-toi... J'ai dit la vérité ; nous nous marierons. Tu ne partiras pas ; tu n'iras pas te renfermer l'hiver dans cette vilaine terre de Vauxbuin ; tu resteras avec moi. Demain, cette nuit, je te déclare à tout le monde... je te présente à tous mes amis.

— Non, Clarence ! non, — dit Thadéus avec explosion, — ne dites rien, ne dites rien ! Je ne veux pas vous épouser... je ne le veux pas.

— Vous ne voulez pas m'épouser ! — s'écria la comtesse repoussant avec violence la bergère où elle était assise. Elle se leva debout. Sa mante, qui tenait à peine à ses épaules, tomba sur le parquet et la laissa voir dans sa magnifique toilette de bal. Elle était vêtue en bacchante. Des bandelettes de peau de tigre, auxquelles s'attachaient des grappes de raisin en or, serraient les flots de sa chevelure noire, qui s'échappaient çà et là, et donnaient une expression terrible à son visage alors animé par la colère. Par-dessus sa robe blanche bordée d'une large guirlande de feuilles de pampre, tombait jusqu'aux genoux une tunique bleue étincelante d'or et de diamans. Ainsi vêtue, ainsi parée, tout le corps frémissant, les veines du cou gonflées, le bras nu étendu vers Thadéus, et des éclairs dans les yeux, elle faisait peur à voir.—Ah! tu ne veux pas m'épouser, lâche ! — dit-elle après un moment de cette effrayante pantomime : — tu ne veux pas! toi misérable enfant trouvé, toi qui n'as rien, qui n'est rien ! Tu auras déshonoré une femme du monde, une femme riche, au sang noble, et tu la laisseras là ensuite comme une servante, comme une fille du peuple ! Cette femme aura été bonne et généreuse envers toi, pauvre mendiant ; elle t'aura pris et nourri, mourant de faim que tu étais ; elle t'aura aimé, la folle, l'indigne, sans rougir de son amour ; et quand, pour combler la mesure de ses bienfaits, elle te fera l'insigne honneur de t'appeler à elle et de te dire : Partage tout avec moi ! tu refuseras, tu lui jetteras au nez un insolent *je ne veux pas !* Mais qui es-tu donc pour dédaigner cette femme, dis? où as-tu pris le droit de la mépriser? Parle! parle donc! pourquoi ne veux-tu pas, hein?

Thadéus, pendant cette sortie furibonde de sa maîtresse, s'était remis de son émotion, ses joues avaient repris leur pâleur. Il sourit amèrement en écoutant Clarence, et quand elle eut fini :

— Ces derniers mots sont bien, — dit-il, — vous auriez dû les dire en commençant et vous arrêter là, car le reste est d'une insigne maladresse. Comment avez-vous pu, femme du monde et de la haute société, me laisser lire si clairement dans votre âme? En vérité, c'est impardonnable; avouez-le, Clarence. — La comtesse se mordit les lèvres jusqu'au sang. — Tout à l'heure, — continua gravement Thadéus, — après m'avoir fait votre proposition, vous vous attendiez à me voir tomber à vos genoux, n'est-ce pas? des pleurs de joie et de reconnaissance devaient inonder mes yeux : voilà ce que vous espériez; mais il n'en a pas été ainsi. Le misérable, l'enfant trouvé n'a point répandu de larmes, il ne s'est point agenouillé pour baiser le bas de votre robe... L'orgueil de la grande dame s'est révolté alors, il a contracté sa jolie figure à la rendre laide; il a mis dans sa bouche un torrent d'injures... Et le pire de tout cela, c'est que le pauvre mendiant a vu que c'était une aumône de plus qu'on avait voulu lui faire... Ah! comtesse, quelle école!

Ces tranquilles paroles de Thadéus mettaient madame de Vauxbuin hors d'elle-même. Ce fut presque en pleurant de rage qu'elle répondit :

— Mais enfin, pourquoi? Qu'est-ce que je vous ai fait? qu'est-ce que vous avez contre moi? il faut que vous me le disiez. Vos sarcasmes ne sont pas une réponse. — Il garda le silence et se mit à refaire le feu qui s'était dérangé. — Je vous en prie, monsieur, expliquez-vous, — s'écria-t-elle en le tirant par l'habit; — c'est une infamie, cela!

Il releva la tête, et, la rougeur sur le front, d'une voix mal assurée, en cherchant ses mots, il dit :

— Ce mariage ne doit pas se faire... il n'y faut plus songer... Nous serions malheureux ensemble... nos caractères ne pourraient sympathiser... Soyez raisonnable, madame, voyez comme déjà nous vivons depuis quelques mois.... Plus d'intimité... plus de confiance... des querelles... des brouilles... des semaines entières sans nous parler, sans nous voir.... et cependant nous ne sommes pas mariés. Que serait-ce donc? Il y aurait de la folie, Clarence.

— C'est cela, — interrompit impétueusement la comtesse, — accusez-moi de ce changement! Vient-il de moi, je vous prie? Pourquoi m'avoir froissée dans tous mes goûts, avoir traité mes habitudes de manies, mes besoins de caprices? Pourquoi ce despotisme de votre caractère sur le mien, ces opinions tyranniques, cette superbe sagesse, qui prétendaient réduire à zéro tout ce que vingt ans de vie dans le monde m'ont enseigné?

— Dites plutôt, — s'écria Thadéus enchanté de voir la conversation prendre cette tournure, — dites plutôt pourquoi tant de légèreté, de coquetterie d'une part, et de l'autre tant de haine pour l'intrigue et de mépris pour ceux qui l'emploient. Ne froncez pas le sourcil, madame! J'étais un indulgent ami pour vous avant de devenir ce que vous dites, un maussade et importun conseiller; c'est qu'alors vous n'aviez pas encore ouvert votre maison aux infamies politiques qui en font aujourd'hui la succursale du Petit-Luxembourg; c'est qu'alors je ne vous voyais pas briguer publiquement l'honneur de passer pour l'amie, la confidente, la maîtresse de Barras. Ah! c'est franc, cela; c'est dur même; mais vous l'avez voulu, et vous auriez mauvaise grâce à vous en fâcher. Or, dites-moi : si j'étais votre mari, quel serait mon rôle? Complaisant et bonhomme, il me faudrait discrètement sans doute prendre mon chapeau et quitter le salon quand un des satrapes du Directoire aurait la fantaisie de vous visiter; il me faudrait perdre l'ouïe et la vue, n'est-ce pas? sauf à vous faire de temps en temps quelque respectueuse représentation que vous recevriez en vous moquant de moi, en me disant que je suis un homme ridicule!... Par la mort! madame la comtesse, Thadéus vous a aimée de toute son âme, mais vous étiez digne de lui, alors; du moins vous passiez pour telle aux yeux du monde et aux siens... En cessant de l'être, vous avez tout rompu... Et remerciez Dieu si vous n'étiez alors, Thadéus et vous, qu'amant et maîtresse... car autrement il vous eût tuée, voyez-vous! Jugez si maintenant il serait prudent à vous de devenir ma femme.

Il dit ces derniers mots avec une énergie terrible. Les rôles étaient changés.

— Thadéus, — reprit la comtesse d'une voix tremblante, — je vous croyais plus généreux... C'est mal d'outrager ainsi une pauvre femme... J'ai eu tort tout à l'heure, j'en conviens... mais, dame! vous me poussiez à bout... Mon ami, c'est vrai, j'ai été légère et frivole, j'ai compromis ma réputation... mais vous savez la vérité de tout cela, vous, et votre main ne se lèverait point pour affirmer que je suis coupable... Pardonnez-moi, mon ami. Je vous promets de suivre en tout vos conseils maintenant, de toujours me défier de mes inspirations. Vous serez content de moi, Thadéus; et, s'il le faut... si vous le croyez bon... après notre mariage, nous irons à Vauxbuin... De cette façon, je pourrai rompre avec celles de mes connaissances qui ne vous conviennent point... Est-ce bien, mon ami? dites. Voyons... parlez-moi donc! embrassez-moi!

Et de ses deux bras si ronds et si frais elle entourait le cou de son amant, elle le regardait avec un voile de pleurs sur les yeux. Il perdit de sa fermeté en la voyant ainsi pendue à lui. L'amour qu'il avait pour cette femme se réveilla.

— Que tu es belle! — lui dit-il en soupirant, — que tu es séduisante!... Pourquoi faut-il...

Et il s'arrêta court.

— Encore des regrets! encore des injures au passé! — répliqua-t-elle avec un charmant sourire. — Allons, plus de soupirs... plus de cette mine triste. A quand notre noce, dis?

Il tressaillit à cette question si directe.

— A quand, Clarence!

— Oui... N'est-ce pas convenu?

Elle fronçait déjà le sourcil. Il lui défit les mains d'autour de son cou, et, l'œil baissé, haletant comme un criminel, la sueur froide par tout le corps :

— Ne vous ai-je pas dit que c'était impossible! — murmura-t-il avec des sanglots dans la voix.

— Encore! mon Dieu! mon Dieu!... Mais c'est abominable! c'est indigne! Et la raison?... la raison!...

— La raison?... c'est un secret... un secret horrible qui ne doit pas sortir de là.

Il se frappait la poitrine, le malheureux. Il levait au ciel ses regards désespérés, et ses cheveux se dressaient sur sa tête.

— Mais enfin je suis enceinte, moi! — dit Clarence, — et vous ne pouvez pas me traiter comme ces viles créatures que l'on achète dans la rue! Un honnête homme ne peut pas ainsi marcher sur sa victime... Voyons, monsieur, expliquez-vous! Etes-vous marié?

— Vos questions sont inutiles, Clarence. Je vous dis que vous ne saurez pas mon secret.

— Etes-vous marié? répondez. Je le veux! je le veux!

— Non!... Et si vous me questionnez encore, vous êtes une folle.

— Et vous un lâche! vous un homme sans cœur, un homme que je méprise, que je renie, que je chasse à l'instant de chez moi!

— Clarence!!!

— Je suis la comtesse de Vauxbuin, monsieur, je suis votre maîtresse! Du respect, valet! et rendez-moi vos comptes.

— Moi un valet! — s'écria Thadéus furieux, — moi un lâche! c'est vous qui êtes lâche, C'est toi qui n'as pas de cœur, furie! car tu sais bien que tes outrages sont sans danger; tu sais bien que je ne t'en demanderai pas raison!... O femme! si tu étais un homme!! — La rage le suffoquait. Il s'arrêta pour reprendre haleine. — Et que me ferait à moi que tu fusses un homme,—reprit-il d'une voix qui n'avait plus rien d'humain. — Va! frappe-moi! crache-moi au visage, marque-moi la joue d'un soufflet! égratigne-moi de tes ongles!... et n'aie pas peur... car je ne suis rien, moi! je suis moins que ton chien, comtesse... je suis un cadavre!! Ah! tu ris! Ne ris pas, par l'enfer! tremble plutôt! je suis un cadavre, te dis-je!!!... Voudrais-tu épouser un cadavre? — Alors, enfonçant d'un coup de poing le tiroir secret de son secrétaire, il en sortit un papier qu'il jeta sur les genoux de la comtesse.—Pour se marier, il faut des papiers, —dit-il; — voici les miens. Lis!...

La comtesse prit ce papier et ne put lire ce qui était dessus.

— Qu'est-ce que cela? — dit-elle tout effarée.

— Cela! c'est mon extrait mortuaire... Ah! ah! ah! ah! Cela veut dire que j'ai été pendu, moi Frédéric, comte de Wurzheim; pendu à Berlin, le 16 septembre 1795!!!

Elle fit un cri... La tête lui tourna... Elle s'évanouit...

Une heure sonnait, et la dernière fanfare de l'orchestre, appelant les convives à la somptueuse *médianoche*, vibrait éclatant dans les airs.

## II

### SÉPARATION.

Le jour était venu quand la nombreuse compagnie réunie chez la comtesse de Vauxhuin abandonna les riches salons du quai Voltaire. Clarence avait fait les honneurs du souper avec une grâce charmante, et plusieurs personnes même remarquèrent qu'elle était plus animée, plus rieuse que de coutume. En cherchant bien sur sa figure cependant, un observateur exercé aurait facilement découvert le mensonge de ces rires, le vrai sens de ces reparties qui faisaient éclater et trépigner les convives; il aurait vu des larmes et de la terreur sous le masque follement joyeux de la belle bacchante. Il aurait lu la présence d'une pensée terrible, la révélation d'une torture intime, dans ses regards fixes, dans le jeu convulsif de ses muscles, de ses lèvres qui frémissaient et blanchissaient tantôt, et tantôt se crispaient et remuaient comme pour dire des mots insaisissables. Il aurait eu pitié d'elle à voir les soubresauts qu'elle faisait lorsqu'un éclat de voix venait brusquement frapper son oreille. Il aurait compris les malaises qui la prenaient au cœur de temps en temps et lui rendaient le visage pâle, en dépit du rouge dont elle avait recouvert ses joues à son retour du pavillon. Mais pourquoi cet observateur attentif se serait-il trouvé là? Parmi tout ce monde, qui soupçonnait la véritable cause de l'absence faite tout à l'heure par la comtesse? Qui se fût avisé de croire qu'elle avait disparu à minuit pour autre chose que pour veiller au magnifique ensemble de leurs plaisirs et ajouter quelque séduisant accessoire à sa toilette si séduisante déjà? Et d'ailleurs, n'avait-on pas alors bien d'autres occupations, et de plus agréables? Ces tables, ces buffets surchargés de tout ce que l'art et le luxe pouvaient offrir d'attraits à la sensualité, de tributs et d'excitans à la gourmandise; ce couvert resplendissant de vermeil et d'or; ces cristaux qui réfléchissaient dans leurs mille facettes les feux bleus, rouges, verts des lustres; et, tout autour des tables, ces guirlandes de femmes ravissantes dans leur voluptueuse nudité de bal, lasses de plaisirs, abîmées de danses, et venant puiser là de nouvelles forces pour des plaisirs nouveaux, pour des danses nouvelles; et ces parfums qui brûlaient partout, mêlant leurs vapeurs orientales à l'arome du festin, aux carboniques émanations du champagne, aux fraîches exhalaisons des fleurs; et ce bruit étourdissant, ce cliquetis de verres et d'argenterie, ces rires, ces éclats, ces cris, ces mots qui n'ont de signification qu'à table, qui se choquent, se croisent, se brisent en l'air et n'arrivent pas jusqu'à l'oreille qui devait les recevoir, ou bien se trompent en chemin et tombent à qui ne peut pas les comprendre; cette marche magique d'un repas de nuit qui, de la réserve et du respect que l'on avait en s'asseyant, vous mène, vite comme l'éclair et sans que vous y songiez, aux familiarités, aux libertés, aux tutoiemens, aux étreintes de main, aux froissemens de genoux... gradation infernale, satanique échelle de perdition que le sommelier peut seul vous expliquer, car seul il sait combien de bouteilles on a bues! Et puis, à la fin, quand on a tout mangé, quand on a tout bu; quand le café tombe brûlant de la cafetière d'or dans les tasses de vermeil, tous ces yeux qui brillent et se font petits, tous ces teints qui s'animent, toutes ces langues qui bavardent, toutes ces têtes de femmes qui s'enivrent, et tournent et se renversent joyeusement en arrière, éperdues d'amour, étourdies de punch!... Comment, au milieu de tout cela, les yeux brûlés, les oreilles brisées, à moitié fou que l'on est de sa joie et des mille joies qui bourdonnent et jasent, ici, là, devant, derrière, partout, comment s'attacher à une femme, à une seule, et l'observer en détail, et scruter les mystères de sa physionomie, savoir si son bonheur est pur, si son ivresse vient de son âme ou de son verre, si sa bouche ment quand elle rit, si le rayon qui l'illumine part du ciel ou de l'enfer, si la sueur qui l'inonde est brûlante ou glacée?... Non! cela n'est pas possible.

Donc, si le visage de la comtesse gardait quelques traces de la terrible scène du pavillon, elles échappèrent à tous les convives. Au reste, Clarence savait, quand il le fallait, se posséder parfaitement; elle joua son rôle jusqu'au bout, de manière à produire l'illusion la plus complète; et peu de femmes prirent congé d'elle sans lui porter envie, sans se dire: Qu'elle est heureuse!

Mais quand tout le monde fut parti, elle laissa tomber son masque; cette force fiévreuse, cette puissance d'inflammation qui l'avaient soutenue s'évanouirent, et la plus horrible réaction s'opéra en elle. Ce fut en chancelant et la respiration coupée qu'elle monta l'étage qui conduisait dans sa chambre à coucher; et lorsqu'elle entra, ses femmes qui l'attendaient furent effrayées du bouleversement de ses traits. D'une voix brève, elle leur ordonna de se dépêcher, défaisant ou plutôt déchirant elle-même les pièces de son éclatant costume; puis elle les congédia, poussa le verrou de sa porte, et tomba sur une chaise qui faillit se rompre sous son poids.

Oh! qu'elles étaient amères et funestes les pensées qui vinrent en foule assaillir cette femme! Comment essayer de peindre l'affreux combat qu'il lui fallut soutenir! Car vraiment elle avait bien aimé Thadéus, et le souvenir des heures, des journées, des nuits de délices qu'ils avaient passées ensemble la poursuivait comme un remords. Quoique son cœur renfermât toutes les corruptions du grand monde, quoique l'ambition, l'orgueil, l'envie de briller, la soif des richesses et des honneurs, fussent ses principaux mobiles, elle n'avait pu échapper à l'influence singulière que Thadéus exerçait sur tout ce qui l'approchait. Malgré la détestable éducation qui avait perverti le jugement et faussé les sensations de Clarence, rien de ce qui rendait Thadéus si supérieur aux autres hommes ne lui était échappé. Aussi que de sacrifices elle s'était imposés pour lui plaire! Que de privations, de renonciations, ayant toutes pour but l'amour de cet être mystérieux! Que de recherches, que d'études pour arriver à connaître son cœur, à partager ses sympathies, à épouser ses répugnances! Que de ménagemens, que de travail pour lui cacher ce qui le blessait en elle, quand elle ne pouvait pas se convaincre elle-même! Et lorsqu'enfin, touché de ses soins, cet étranger si misanthrope, si farouche, était venu lui dire : *Je t'aime;* quand il lui avait souri ; quand il avait éclairci pour elle sa sombre physionomie, déplissé pour elle son front sévère, de quel bonheur ineffable elle s'était sentie pénétrée ! Comme elle s'était trouvée fière de sa conquête ! Comme ses amies, les autres femmes, avec leurs amans ordinaires, lui avaient semblé petites à côté d'elle !

Ensuite, comme tous les amours de ce monde-là, son amour s'était usé : mais, en disparaissant, il lui avait laissé pour Thadéus un sentiment de préférence qui souvent allait jusqu'à l'admiration. L'image de cet homme surgissait toujours pour elle du milieu des intrigues, des dissipations tumultueuses, des torrens de plaisirs où elle se plongeait, et c'était toujours à lui qu'elle revenait, heureuse de se faire gronder, quand elle était lasse de tout cela et que ses facultés épuisées lui criaient merci... Bientôt sa nouvelle position de femme lui fut révélée : elle allait devenir mère, et d'un fils peut-être, elle qui avait tant désiré un fils ! Cette idée la transporta ; elle grandit à ses yeux les torts de sa conduite à l'égard de Thadéus ; elle lui donna de l'enthousiasme, de la générosité, de la grandeur : « Sois mon mari ! pardonne-moi. Je serai bonne, douce et fidèle ; tu seras content de ta femme. Sois mon mari ; ne gardons de souvenirs du passé que pour ce qu'il nous a donné de bonheur, de jouissance et d'amour... »

Elle avait fait cette démarche qu'elle croyait si belle. A l'étranger sans nom, sans famille, sans fortune, elle avait offert son nom, son rang, ses richesses : il avait refusé ! Elle avait voulu savoir pourquoi ; et, triomphant de son orgueil froissé, elle avait accepté l'humiliation de la prière ; elle s'était mise à genoux presque... Alors le terrible étranger s'était fait connaître, et, pour qu'elle sût son nom, il avait ramassé sur un gibet des papiers teints de sang qu'il lui avait jetés au visage, en lui disant : Lis !

Savez-vous que c'était horrible, cela ? Comment ! cet homme si beau, si spirituel, si bon, qui lui plaisait tant, qui parlait si bien, dont la voix lui vibrait jusqu'au fond de l'âme ; cet homme avait été un criminel, un condamné, un pendu ! Les mains infâmes du bourreau l'avaient flétri par tout le corps ; et jamais, dans ses ivresses d'amour, quand la tête de Clarence reposait brûlante sur le sein de Thadéus, quand elle le couvrait de baisers, quand elle l'endormait dans ses bras, jamais rien ne s'était soulevé dans son cœur, jamais voix secrète ne lui avait dit : « Vois-tu, là, ces marques bleues, ces marques rouges ? c'est le fer, c'est la corde du bourreau, c'est le pied du bourreau qui les ont faites ! Tu as beau les baiser, tu ne les effaceras pas ! »

Et Thadéus, après cette terrible révélation, n'avait pas eu assez pitié de cette femme pour lui dire : « Regarde-moi sans effroi, Clarence ; c'est pour une noble cause que ton amant a souffert. Dans son supplice, il y eut gloire et martyre, et non l'infamie d'un juste châtiment. Un jour de plus, et son crime devenait une vertu aux yeux de la foule qui se laisse imposer ses admirations et ses haines. Rien de déshonorant pour ma mémoire n'a dû rejaillir de ma condamnation ; tu peux m'aimer comme autrefois, il n'y a pas de sang à la main qui se pose sur ton cœur ; sous ce front que tu baises avec amour, il n'y eut jamais que de grandes et généreuses pensées. » Il pouvait dire tout cela, et cependant il resta muet et froid devant la comtesse quand il la vit se tordre les bras avec désespoir, et reculer d'horreur devant lui en s'écriant : « Malheur à moi ! je me suis donnée à un assassin ! » Qu'importait au pendu de Berlin que la comtesse le crût innocent ou coupable ? il la méprisait trop pour lui demander de l'estime. D'ailleurs, entre Clémence et Thadéus, tout n'était-il pas fini ? Il la laissa partir sans daigner se justifier.

Les souvenirs brûlans du passé, le doute épouvantable du présent se heurtaient dans le cerveau de Clarence. C'en était assez pour qu'elle devînt folle. Désespérée, furieuse, maudissant le jour où cet homme avait mis le pied dans sa maison, injuriant la mémoire de l'époux qui à son lit de mort lui avait fait ce legs affreux, la comtesse ne se soulageait de sa contrainte de tout à l'heure qu'en pleurant, criant, en se mordant les poings de rage. Elle se levait, s'asseyait, marchait à grands pas dans sa chambre, ne sachant que faire pour échapper à ces images d'échafaud, de gibet et de cadavre qui se dressaient gigantesques devant elle. Pensant qu'elle était seule, elle eut peur ; elle voulut prier... elle voulut chanter... rien, plus rien ; ni prières ni chansons ne revinrent à sa mémoire ; elle avait tout oublié ! Clarence essaya de penser à sa fête, à son bal, à l'effet de son costume, aux complimens qu'elle avait reçus, aux femmes qu'elle avait rendues jalouses, aux hommes qu'elle avait rendus amoureux... impossible ! Tout cela se perdait dans sa tête et faisait chaos avec le reste. Certes, c'en était assez pour qu'elle devînt folle.

Comme elle continuait à marcher par sa chambre, l'idée lui vint d'entr'ouvrir un rideau et de regarder dans le jardin. Il faisait à peine jour. Elle vit le pavillon ouvert, et la lueur d'une bougie qui brûlait encore glissait entre les deux châssis d'une persienne demi fermée.

— Il est là, — se dit-elle, — cet homme sans famille, sans patrie, cet être frauduleux qui n'a pas de nom à donner à son enfant et qui m'a rendue mère ! et il faudra que je le revoie, aujourd'hui, demain ; que je lui parle à lui, le voleur, l'assassin, que sais-je ! mais toujours le pendu ! Oh ! non, cela fait horreur ! Il partira d'ici ; il partira ce matin même... ou bien moi je m'en irai ; car nous ne pouvons plus nous retrouver de sang-froid face à face, lui avec son crime, moi avec ma honte : quelque chose nous trahirait.

Elle sonna ; Louise, sa femme de chambre, accourut.

— Madame est malade, madame ne s'est pas couchée ? — dit Louise en jetant un coup d'œil sur le lit encore fermé et sans pli.

— Non, je ne souffre pas ; mais j'avais à travailler, et beaucoup. D'ailleurs, — reprit-elle avec impatience, — que vous importe ? N'est-il pas bien naturel qu'après une nuit de bal je me trouve fatiguée, défaite ? Ai-je des comptes à rendre à mes gens ? Est-ce pour espionner mes actions et chercher à deviner si l'altération de mes traits vient de lassitude ou de chagrin que je vous ai prise à mon service ? Ecoutez mes ordres, et faites-moi grâce de vos marques d'intérêt.

— Pardon, madame, — reprit Louise toute confuse ; — je vous croyais indisposée, et je ne savais pas vous déplaire en observant que le lit...

Elle appuya sur ce dernier mot avec une intelligence maligne, et le regard impérieux de la comtesse ne put l'empêcher de sourire ; seulement elle se détourna pour ne pas être vue de sa maîtresse.

Clarence sentit la maladresse que son agitation venait de lui faire commettre. Elle chercha à donner plus de calme à sa voix, afin de ne pas livrer le reste de son secret, et reprit avec douceur :

— Vous direz au citoyen Thadéus que je me suis empressée d'examiner ses comptes, qu'ils sont parfaitement en règle, et que, puisqu'il désire partir ce matin même, aucun devoir ne le retient plus chez moi... Il peut s'en aller aussitôt qu'il le voudra. — Louise resta interdite en apprenant une si brusque séparation. Elle essaya de saisir dans les regards de la comtesse le fil de cette rupture ; mais Clarence, qui avait recouvré sa présence d'esprit, brouilla toutes les conjectures de sa femme de chambre en ajoutant : — C'était par égard pour les volontés de monsieur Vauxbuin que je gardais ce jeune homme chez moi ; je pouvais fort bien me passer de ses services : aussi, dès que j'ai su qu'il voulait retourner dans son pays, je n'ai rien eu de plus pressé que de lui donner son congé... Il peut nous quitter, bon voyage ! Maintenant, je vais dormir.

Et comme Louise allait exécuter l'ordre de sa maîtresse,

Clarence, pour mieux lui donner le change, fredonna quelque chose du dernier opéra-comique.

Une demi-heure après, Thadéus préparait tout pour son départ. Clarence avait repris sa place auprès de la fenêtre ; elle le vit, le chapeau sur la tête, enveloppé de son manteau ; il donnait ses derniers ordres au concierge, et lui remettait une cassette... pour elle sans doute. En partant, il leva les yeux sur la fenêtre de la chambre à coucher. Clarence saisit ce regard, qui semblait un dernier adieu... Sa main se porta sur l'espagnolette : elle allait ouvrir, elle allait l'appeler; mais elle retira sa main, et se dit : « Pourquoi faire? »

Il partit.

Alors elle quitta la croisée, et, se jetant sur son lit, elle se mit à pleurer amèrement.

Puis enfin elle s'endormit, et tout fut terminé. Le lendemain, elle soupait au Petit-Luxembourg.

Après ses révélations à la comtesse de Vauxbuin, Thadéus, resté seul, n'eut plus qu'une chose en tête : c'était de quitter l'hôtel au plus vite. Il passa le reste de la nuit à dresser une espèce de rapport à sa maîtresse touchant les affaires et les sommes qu'il avait eues en maniement pour elle. Le jour le surprit comme il mettait la dernière main à cette tâche indispensable. Il fit des papiers de Clarence et de son compte rendu un paquet, qu'il cacheta et qu'il enferma dans une cassette, dont elle avait une double clef. Les préparatifs de son voyage à Vauxbuin étaient tout faits : il n'eut qu'à les changer de destination, ce qui servit à merveille son impatience. Puis il se recueillit, et, plein de calme, il envisagea de sang-froid sa position.

— Où irai-je, — se dit-il, — et que ferai-je? Sans nom à pouvoir signer, sans papiers qui constatent que j'existe, qui voudra de moi? qui osera se charger d'un être si douteux, si suspect? Tout m'est fermé, tout. La plus haute comme la plus basse fonction, le premier comme le dernier emploi me sont interdits. Le moins que je puisse faire pour obtenir le droit de vivre, le pouvoir d'être, c'est un crime, c'est un faux. Partout on me demandera mon pays, mon nom, mes prénoms, mes titres d'homme, ce qui me rend membre de la société; où prendrai-je tout cela? Sur les registres de l'état civil de Prusse, ma case est pleine; c'est le mot *mort* qui finit la ligne. Voyageur, il me faudra un passe-port.. où est-il, mon passe-port? Irai je offrir mon bras à un homme et lui dire : Je veux être ouvrier? Je n'en ai pas le droit, je n'ai pas de livret! Pour m'asseoir au coin d'une borne, sur une pierre, pour me faire l'esclave du premier passant, il me faut une médaille; qui me la donnera? Je serai vagabond, sans aveu, et la prison rouvrira pour moi ses portes de fer... Non! c'est un fait... je n'ai pas le droit de vivre; ce que j'ai vécu depuis un an, je l'ai volé au monde ; l'air que j'ai respiré, je l'ai volé; tout ce que j'ai eu, je l'ai volé! Et cette femme qui tout à l'heure voulait me prendre pour mari ; tout ce que j'ai eu d'elle, baisers, caresses, amour, j'ai tout volé! Ah! docteur Elstein, docteur Elstein, pourquoi m'avez-vous sauvé? Ainsi, — pensait le malheureux, — tout ce que je sens de bon et de fort en moi, tout ce que ma tête est capable de vouloir, tout ce que mes bras sont capables d'exécuter est perdu ! Je suis de trop dans le compte, je suis inutile, je fais double emploi sur la terre! Ah! pourquoi cette femme est-elle venue me dire son secret! je serais mort hier avec tant de joie! La solution du problème était simple et facile hier. Je pouvais me noyer, et sur mon cadavre repêché le gardien de la Morgue eût écrit : *Inconnu!* Mais aujourd'hui... elle est enceinte, cette femme! il m'est défendu de mourir maintenant... car elle sera mauvaise mère, j'en suis sûre! Et qui donc aimerait mon enfant? qui donc veillerait sur lui? — A cette touchante idée, Thadéus se souvint qu'il avait une mère quand il fut condamné, une mère qui le chérissait, qui eût donné sa vie pour le racheter. — Vit-elle, ma pauvre mère, — pensa-t-il — ou bien est-elle morte de douleur?...

Alors il reprit la plume, et il écrivit au docteur Elstein pour avoir des nouvelles de sa mère.

Puis une inspiration lui vint... elle éclaira son âme comme un rayon du soleil. Il pouvait être un homme de peine, manouvrier; rien ne s'opposait à ce qu'il donnât sa journée pour trente sous.

Il se leva radieux et fit appeler le concierge de l'hôtel.

— Je vais partir, — lui dit-il; — mais auparavant, et comme je ne puis encore fixer la date de mon retour, je voudrais rendre service à un pauvre diable, honnête homme, qui ne demande qu'à gagner son pain. Connaîtriez-vous quelqu'un, serrurier, charpentier, n'importe de quel état, ayant besoin d'un homme de journée?

— Dame! — dit le concierge, — on pourrait voir ça, monsieur.

— C'est un homme de ma taille, robuste, à peu près de mon âge, et plein de bonne volonté.

— Tenez, justement hier soir, un beau-frère que j'ai, un nommé Durand, menuisier dans la rue Thionville, m'a parlé d'un de ses anciens compagnons, Simon, qui reste rue des Moineaux ; votre homme serait peut-être ce qui lui convient. Vous le connaissez bien?

— Oh! j'en réponds comme de moi-même.

— Ça suffit du moment que monsieur en répond. Eh bien! vous pouvez lui dire qu'il aille chez Simon de ma part et de la part du père Durand.

— Si vous pouviez me donner un mot pour ce Simon?

— O mon Dieu! je veux bien. Pour vous être agréable à vous et aux vôtres, monsieur Thadéus, il n'y a rien de trop difficile ; vous êtes si bon! Qu'est-ce qu'il faut écrire à Simon?

— Asseyez-vous, je vais vous dicter cela. — Et le bonhomme écrivit ce que voulait Thadéus. — Merci, mon brave Etienne, — reprit le pendu en serrant soigneusement le papier. — Maintenant veuillez appeler un commissionnaire.

— Est-ce que monsieur ne prend pas un domestique?

— Non, non. Ils sont tous fatigués de cette nuit; laissons-les dormir. Un commissionnaire... c'est tout ce qu'il me faut.

— Mais ne faut-il pas aussi faire mettre les chevaux à la berline de voyage?

— C'est inutile. Je pars avec un de mes amis.

— Ah!... c'est différent. Je croyais que monsieur allait seul.

Quelques minutes après, le commissionnaire, emportant la valise de Thadéus, sortait avec lui de l'hôtel.

S'il eût dit à cet homme où il allait, nul doute que l'Auvergnat n'eût pris un tout autre chemin que celui par où il plut à son bourgeois de le conduire. Mais Thadéus craignait d'être suivi, et ce ne fut qu'après mille circuits qu'il fit faire halte chez un marchand de vin tenant comptoir au coin de la rue de la Sourdière. Là, il mit le commissionnaire en face d'une bouteille, lui dit de l'attendre avec sa valise et son manteau ; puis il chercha la boutique de Simon.

## III

### LE MENUISIER ET SA FEMME.

Environ dix mois avant le commencement de cette histoire, il y eut une nouvelle panique à Paris, qui réveilla le tocsin dans sa cage de pierre et fit trembler sur leurs bancs les plus hardis des membres de la Convention nationale. Le peuple, qui avait déjà tant souffert sous le règne de la grande disette, fut encore tout un jour menacé de manquer de pain. Dès cinq heures du matin, des groupes d'affameurs, réunis devant les boutiques de boulangers, arrêtaient au passage ceux qui venaient chercher le pain de la journée; et, la colère dans les yeux, la terreur sur le visage, la voix étranglée par une indignation habilement jouée, ils disaient à de pauvres femmes, bonnes mères de famille, mais terribles citoyennes quand il s'agissait de composer avec les privations que les malheurs du temps imposaient à leurs enfans, ils disaient à d'ignorans ouvriers, hommes d'instinct et d'action seulement (car ils ne raisonnent ni leurs vertus, ni leur courage, ni leur colère), que la Convention, d'accord avec les accapareurs, venait de faire enlever la farine de tous les magasins de boulangerie, et qu'on avait résolu de livrer nos grains à l'Angleterre. « Oui, citoyens, continuaient les orateurs de la borne, nos ennemis ne veulent rien moins que l'anéantissement du peuple: ils espèrent, les traîtres, comme au temps du tyran Henri IV, réduire les mères à tuer leurs enfans pour les dévorer ensuite. La constitution de 93 peut seule nous sauver! Aux armes, citoyens! A bas les modérés! Mort aux accapareurs! Vive la Montagne et la constitution de l'an III! » A ces mots, des hurlemens approbateurs s'élevèrent du milieu de la foule, et dominèrent le bruit des tambours qui se croisaient dans toutes les rues. Les divers quartiers se peuplèrent de sabres, de piques et de fusils. Les enfans, avec des lattes de bois, des bonnets de papier, et le lambeau de mouchoir qui leur servait de guidon, s'attroupèrent, et prirent le pas accéléré en chantant la *Marseillaise;* des femmes, les bras nus comme des garçons bouchers qui vont au travail, recrutant sur leur route tout ce qu'il y avait de têtes turbulentes, d'esprits inquiets et de mères intrépides, se mêlèrent à tous les groupes et crièrent: « A la Convention! » « A la Convention! » répétèrent les affamés; et puis, comme la populace armée marchait vers les Tuileries, poursuivant de ses horribles clameurs le garde national isolé qui courait, tout tremblant, porter le tribut de son courage aux chefs du district, les provocateurs de l'émeute, dont la tâche était terminée, se frayèrent un passage à travers ces hommes résolus à tout, ces femmes au regard sanglant, à la bouche écumante, et, se dispersant par d'autres chemins, ils allèrent toucher leur part de quarante mille guinées que le cabinet de Saint-James avait généreusement sacrifiées à ce nouvel essai de contre-révolution.

Mais avant que ce cri: A la Convention! eût donné une direction à la fureur universelle, et réuni tant de volontés folles dans une seule volonté, des rixes sanglantes avaient rougi le pavé, et plus d'une fois déjà la foule s'était ouverte pour laisser sortir du centre des groupes un homme emportant sa mâchoire fracassée, une femme à demi étouffée, qui s'en allaient achever de mourir sous l'abri d'une porte cochère. Le désordre était grand partout, il était épouvantable au carrefour Bussy; en haut des vitres, une pluie tombait en éclats sous les pierres lancées de la rue; en bas, roulait un tumulte de voix, de mouvemens, de coups; et du milieu de cette foule qui se ruait sur un pauvre diable, désigné par la fureur publique comme un agent de l'étranger, Thémistocle-Acacia-Brouette-Lapin-Guimauve Simon criait plus haut que les autres:

— Du pain!... du pain pour le père Durand!

Bien que Thémistocle eût des bras robustes à opposer aux flots de la multitude, et des épaules assez solides pour soutenir les chocs réitérés de cette foule qui ondulait comme une mer houleuse, c'était en vain qu'il sollicitait depuis une heure, à grand renfort de pieds et de poings, un passage jusqu'à la porte du boulanger. Le groupe qui l'avait porté vers le seuil de la boutique refluait en arrière, et toujours ce continuel mouvement d'aller et de venir le ramenait au point de départ quand il se croyait le plus près d'entrer dans la boulangerie: quelques contusions, des membres froissés, une horrible courbature, voilà tout ce qu'il rapportait de ses fatigans et inutiles voyages.

Pour la dixième fois il essayait de percer les groupes, quand ceux-ci, se séparant, le laissèrent étendu sur le carreau.

— Ah! c'est comme ça qu'on arrange les citoyens! — dit-il en se relevant et en achevant de déchirer une manche de chemise qui pendait à son bras; — voilà comme on respecte l'apprenti du père Durand, un crâne patriote qui a pris sa part de la Bastille, même qu'on peut voir encore un pavé chez lui qui nous sert à affûter nos ciseaux...! Attends... attends, je te vas m'en faire faire de la place!

Il dit, recule trois pas, baisse la tête comme un bélier en fureur, et prend un vigoureux élan pour enfoncer l'épaisse muraille du peuple: mais, au moment de fondre sur l'obstacle, il se sent arrêté par une de ses bretelles qui se balance derrière son pantalon. Thémistocle se retourne, lève la main afin de punir l'insolent qui le retient, et son bras retombe sans avoir frappé, car il ne voit auprès de lui qu'une jeune et jolie blonde, de vingt ans à peu près, qui lui sourit et lui dit de la suivre dans une allée voisine.

— Et pourquoi? Qu'est-ce que tu me veux, citoyenne? — dit Thémistocle en la toisant du regard.

— Je veux te dire, citoyen menuisier, que tu vas te faire tuer pour rien, tandis que, si tu consens à m'écouter, je pourrai te faire avoir du pain sans que cela te donne tant de mal.

— Tiens, tiens! — reprend le jeune homme en continuant de la regarder avec défiance; — est-ce que tu serais une accapareuse aussi, toi! un agent de Pitt et Cobourg!... vu que tu sais où il y a du pain quand toute la section en manque?

La jeune fille pâlit à ces paroles, et reprend d'une voix tremblante:

— Ne vas-tu pas me faire écharper parce que j'ai voulu te rendre service? je ne suis pas une aristocrate, vois-tu, pas plus que ce pauvre Dominique qu'on vient de tuer tout à l'heure sous mes yeux...! Parce que ce brave homme bégaie, ils se sont imaginé qu'il parlait anglais, et ils l'ont assommé... Écoute-moi si tu veux; suis-moi, si tu tiens à avoir du pain; mais tu n'oserais pas me dénoncer, parce que tu sais bien que je n'en réchapperais pas.

La voix de la jeune fille avait repris de l'assurance; son regard n'était pas sans fermeté. Thémistocle, ou plutôt Simon, lui prit le bras en disant:

— Au fait, tout ça m'est égal, pourvu qu'il y ait de quoi déjeuner chez le bourgeois: d'ailleurs, la citoyenne a l'air bonne enfant. Motus! emmène-moi où tu voudras; je ne sais pas ce que c'est que de vouloir du mal à ceux qui me font du bien.

L'allée par laquelle Madeleine Urbain conduisit Simon avait une issue qui tournait vers la rue du Four-Germain; c'était aussi dans cette rue que donnait l'arrière-boutique du boulanger. A la voix de Madeleine, la porte s'ouvrit, et le compagnon menuisier fut tout surpris de voir des pains rangés sur les planches comme pour la distribution de tous les jours.

— Eh! d'où vient qu'ils disent là-bas qu'on ne cuit pas aujourd'hui? — demanda-t-il.

— D'où vient? — reprit Madeleine, — c'est qu'ils ont encore envie de faire une Terreur. Cette nuit, ils sont entrés dans toutes les boulangeries, en menaçant celui qui ouvrirait sa boutique de l'accrocher à la première lanterne. Il y a des boulangers qui ont eu peur; mais mon oncle n'est pas de ceux là: il a travaillé comme à l'ordinaire, et, dès qu'il a vu que la foule était de la porte du carrefour, il a ouvert celle-ci à ses pratiques, et moi je me suis mise en sentinelle dans le quartier pour donner le mot à ceux qui ne venaient pas là pour faire du bruit. Voilà ton pain, citoyen; paye-moi, et je retourne à mon poste.

Simon cacha son pain sous ce qui lui restait de tablier, serra la main de Madeleine, en lui disant:

— Tu es une brave fille, citoyenne.

Et il alla rassurer la famille Durand, tout inquiète de

ne pas le voir revenir. C'est que le menuisier de la place André-des-Arts tenait singulièrement à conserver Simon : il avait en lui un compagnon robuste, un apprenti soumis et un ami dévoué. Quant à la courageuse Madeleine, elle continua, comme elle l'avait dit, de guetter dans la foule ceux qui ne faisaient pas mine de vouloir augmenter le tapage. Aussi lorsque l'émeute, en se dirigeant vers la Convention, eut livré le carrefour aux bavardages des commères, Urbain le boulanger put recevoir sans peur la visite des membres du comité du salut public qui venaient pour dresser procès-verbal contre lui. Il ouvrit son registre, où la vente du jour était enregistrée ; il montra ses planches, où restaient encore quelques pains de la dernière fournée, dit ce que sa nièce avait fait pour les pratiques de la maison, et même pour ceux qui ne se fournissaient pas habituellement chez lui : Simon était de ceux là ; si bien qu'au lieu du jugement que subirent ses confrères trop timides, Urbain fut loué de son civisme, et le soir, au club de la section, le beau parleur de l'assemblée fit une motion en faveur de Madeleine.

Les détails de cette grande et tumultueuse journée, qui commença par l'arrestation arbitraire du conventionnel Auguis, et qui finit par un décret de déportation lancé contre les députés Barras, Billaud-Varennes, Collot-d'Herbois, Amar et quelques autres montagnards, n'entrent point dans le plan de cette histoire ; c'est à des plumes autrement puissantes que la nôtre qu'il appartient de consacrer une belle page à la noble et courageuse conduite d'André Dumont, cet intrépide président de la Convention nationale qui brava la mort sur son fauteuil, et sauva, ce jour-là du moins, la république, qu'un moment de faiblesse pouvait engloutir dans des flots de sang.

Simon, après avoir dit au père Durand sa rencontre avec la nièce du boulanger, se remit à la besogne ; et, tout en rabotant ses planches, il pensa au joli sourire de Madeleine, à ses yeux expressifs, au son touchant de sa voix, au courage qu'elle avait montré.

— Est-il heureux, ce gaillard-là ! — se prit-il à dire tout haut.

Le menuisier, ne se doutant guère de ce qui occupait l'esprit de son compagnon, lui demanda :

— Eh bien ! qui ça qu'est heureux ?

— L'amoureux de la boulangère, donc ! — répondit Simon. Maître Durand leva les épaules et n'ajouta pas un mot. Simon se mit à fredonner la *Carmagnole ;* mais, au milieu de sa chanson, il s'arrêta pour dire encore : — Au fait, elle n'en a peut-être pas ! N'est-ce pas, père Durand, que ça se peut bien qu'elle n'en ait pas ? Il n'est pas dit qu'elles en ont toutes.

— Ah çà ! es-tu fou de me parler comme tu fais ! De quoi qu'elles n'ont pas ?

— De ce que je vous disais tout à l'heure... des amoureux, là !... C'est une fière fille, allez !

— C'est ça, et tu as tes idées sur elle, n'est-ce pas ?... Diable ! comme ça te prend ! Vois-tu, garçon, faut penser à autre chose... La nièce d'Urbain le boulanger, c'est trop cossu pour toi, qui n'es qu'un ouvrier... Fais ton châssis, mon homme, voilà ton affaire... Tu sais ce que nous sommes convenus ensemble ? Tu songeras à te marier quand je me sentirai assez vieux pour te céder mon fonds de menuiserie.

— Merci, — dit Simon. Et il se tut pendant une heure. Puis, comme le menuisier l'aidait à soulever une lourde pièce de bois, l'ouvrier regarda son maître et lui demanda : — Est-ce que vous n'aimez pas les yeux bleus, vous, père Durand ?

— Ah çà ! vas-tu tenir ta planche un peu mieux que ça ! — reprit avec impatience le maître, qui n'était plus d'âge à comprendre la puissance d'un regard de femme.

Simon vit bien qu'il fallait renoncer à parler de Madeleine ; il changea de conversation, et se contenta, le reste de la journée, de rêver, à part lui, aux yeux bleus qui lui revenaient incessamment à l'esprit. Le soir réunit à la même table le maître, la bourgeoise et leur jeune compagnon. Simon, de plus en plus tourmenté d'une image qu'il ne cherchait pas toutefois à chasser de son souvenir, essaya de parler indirectement de sa rencontre du matin. Il tournait et retournait dans ses mains le morceau de pain que la citoyenne Durand venait de couper pour lui, quand celle-ci, toute surprise du peu d'appétit que son ouvrier montrait ce soir-là, le tira de sa rêverie en lui disant :

— Mais à quoi que tu penses ? est-ce que tu n'as pas faim aujourd'hui, Mistoque ?

*Mistoque* était une heureuse abréviation que la menuisière avait faite au nom du général athénien, pour le métamorphoser en sobriquet d'amitié.

— Si fait, mère Durand, que j'ai faim : et d'ailleurs ce pain-là est si beau ! il est si bon ! que ça vous donne de l'appétit rien que de le voir... Vrai, on dirait que c'est de la noisette... C'est un fameux boulanger que celui du carrefour.

— Oui, mais il est bien loin d'ici.

— Loin ! pas pour moi qui ai de bonnes jambes. Si vous voulez, nous nous fournirons chez lui... Au fait, il mérite bien d'avoir notre pratique : il n'a pas eu peur de cuire, celui-là, malgré les ordres des aristocrates ; tandis que notre voisin Morice a laissé manquer ses plus anciens amis, faute d'oser allumer son four... C'est dit, je retournerai demain chez l'oncle de la petite citoyenne.

— On ira demain chez Morice, — objecta le menuisier d'un ton sévère.

— Bah ! qu'est-ce que ça vous fait que j'aille là ou ailleurs, pourvu que je ne prenne pas le temps de mes courses sur mes heures de travail.

— Ça me fait beaucoup, — répliqua Durand ; — je n'ai pas envie de me mettre mal avec notre voisin Morice... d'autant plus qu'il a la main haute au club.

— Quant à ça, — reprit sa femme, — nous n'avons pas peur de lui ; il n'y a rien à dire sur notre compte.

— C'est ça qu'il s'est gêné pour en inventer sur ceux qui se plaignaient que son pain n'avait pas le poids... Enfin c'est comme ça ; je ne veux pas qu'on se fournisse ailleurs : ainsi, qu'on ne m'en parle plus.

— C'est bon, père Durand, on se taira, — répliqua Simon. Et tout bas il ajouta : — Le bourgeois a beau dire, ça ne m'empêchera pas de passer devant la boutique du citoyen Urbain, et de remercier cette bonne fille qui est peut-être cause que je ne me suis pas fait tuer aujourd'hui.

En dépit de la volonté de maître Durand, l'oncle de Madeleine fut dès le lendemain le boulanger de la maison. Le voisin du menuisier, ce membre influent de la société patriotique, accusé de complicité avec les affameurs, fut arrêté dans la nuit, et, soit que l'interrogatoire vînt corroborer les soupçons, soit qu'il y eût erreur ou justice, on ne vit plus Morice dans le quartier, et sa boutique ne se rouvrit jamais.

Le lendemain matin, Simon alla chercher le pain du ménage chez le boulanger du carrefour Bussy. Quand il entra dans la boutique, la jeune fille était au comptoir. L'ouvrier, qui n'avait pas su jusque-là ce que c'était que de rougir ou de trembler, se trouva tout à coup étourdi et sans voix, quand il se vit face à face avec sa connaissance de la veille. En le voyant entrer, la boulangère lui fit un petit salut d'amitié, et dit avec un de ces jolis sourires qui tourmentaient si fort l'esprit du pauvre Simon :

— Ah ! c'est le citoyen d'hier, qui voulait me battre et me dénoncer comme accapareuse.

— J'ai cet honneur-là, citoyenne, — reprit Thémistocle de plus en plus intimidé.

— J'étais bien sûre de te revoir un jour ou l'autre, — ajouta Madeleine.

— Vraiment ! — reprit Simon avec joie ; — tu en étais sûre !

— Certainement que j'en étais sûre ; comme je compte bien aussi que nous aurons pour pratiques tous ceux à qui j'ai enseigné hier le chemin de l'arrière-boutique.

Simon ne fut plus aussi content de Madeleine : ce n'était pas une préférence qu'elle lui accordait. Cependant il ne fit rien paraître de son mouvement de dépit, et s'en alla, en lui demandant la permission de revenir la voir le lendemain. A cette prière, Madeleine partit d'un grand éclat de rire :

— Sans doute, citoyen, que tu peux revenir acheter du pain ici toutes fois et quantes que ça te fera plaisir.

L'amoureux comprit qu'il avait dit une bêtise, et sortit tout honteux de la boutique. Ainsi se termina leur seconde entrevue.

Peu après cependant, Simon devint moins sot avec Madeleine, et Madeleine moins rieuse avec Simon. Après huit jours de visites à la boulangerie d'Urbain, le compagnon menuisier savait que la jeune fille attendait encore son premier amour. Il lui dit :

— Pourquoi ne serait-ce pas moi ?

— Au fait! — répondit-elle en baissant les yeux.

Cet aveu lui suffit d'abord ; mais, au bout d'une autre semaine, Thémistocle, qui ne rêvait plus qu'à Madeleine, lui demanda s'il ne serait pas temps bientôt de parler de leur liaison à l'oncle Urbain, qui devait être instruit des projets de mariage de sa nièce, puisque c'était lui qui allait donner la dot.

— La dot !—répondit Madeleine; —ah ! bien oui ! si tu comptes là-dessus, il n'y a rien de dit entre nous ; mon oncle ne me doit que les cinq cents livres que ma mère m'a laissées en mourant; hors ça, il ne me donnera pas un sou.

— Ainsi, tu ne dépends pas de lui ?

— Pas du tout; que je reste fille ou que je me marie, il n'en fera ni plus ni moins de dépenses.

— C'est tout de même chez mon bourgeois ; il n'y a point d'obstacles. Ainsi, nous pouvons nous déclarer.

— Eh bien ! déclarons-nous. Prends des informations sur mon compte, — ajouta Madeleine ; — et dans le cas où l'on ne te dirait que du bien de moi, comme j'aime à croire qu'on n'a pas autre chose à en dire, le contrat sera bientôt passé.

— Mais, citoyenne, il faut aussi que tu saches si je te conviens? Interroge les gens de la section : voilà quatorze ans que j'y demeure.

— Je sais cela, — dit la jeune fille ; — je sais aussi que tu es un bon sujet, pas fainéant, pas querelleur; qu'on ne te voit jamais au cabaret dans la semaine, et que tu économises sur tes journées pour te faire plus tard un petit établissement.

— Et où as-tu appris tout cela ?

— En le demandant à tes voisins, donc ! J'ai d'abord voulu savoir à qui j'avais affaire, avant de te dire que tu me convenais. Si les renseignemens n'avaient pas été bons, crois-tu que je t'aurais laissé me parler si longtemps ? Non pas. On rit bien avec les garçons pendant un moment, mais on ne s'en laisse pas conter pendant tout un grand mois, quand on ne veut abuser personne et qu'on est honnête fille.

A compter de ce jour, l'oncle de Madeleine fut instruit de l'amour des jeunes gens et de leur résolution de s'épouser au plus vite. Bien qu'il ne voulût rien donner à sa nièce, le boulanger tint, pour sa dignité de tuteur, à recevoir la proposition de mariage dans les formes accoutumées. Le lendemain soir, les citoyen et citoyenne Durand, en habits de cérémonie, allèrent lui demander la main de Madeleine Urbain pour leur compagnon, Thémistocle Simon. Il fut arrêté que l'héritage de la jeune fille, réuni aux économies de l'ouvrier, servirait à commencer un établissement pour le nouveau ménage. Le père Durand trouva, rue des Moineaux, un petit fonds de menuiserie à vendre; il fit des offres, avança de ses propres deniers ce qui manquait pour décider le propriétaire, qui exigeait sur-le-champ une somme plus considérable que celle dont les jeunes mariés pouvaient disposer ; il fit des billets pour le reste, et prit des arrangemens avec Simon, qui s'engagea à s'acquitter en dix ans envers son maître. Tout ceci réglé, on prit jour pour la cérémonie, et, le second décadi suivant, la nièce d'Urbain fit serment d'obéissance et de fidélité devant les théophilanthropes, ministres sans passé d'un culte sans avenir, et qui prêchaient une morale bâtarde dans la ci-devant église du ci-devant Saint-Roch.

Les jeunes époux allèrent prendre possession de leur boutique de la butte des Moulins; l'amour pendit gaiement la crémaillère, et, dès le lendemain des noces, Simon se remit à l'établi, tandis que Madeleine rangeait avec soin l'arrière-boutique qui lui servait à la fois de cuisine, de salon, de chambre à coucher et de salle à manger. Si l'on eût voulu juger de l'activité du ménage par l'ouvrage qui se fit ce matin-là chez Simon, on aurait pu croire que le menuisier n'était pas fort habile au travail et que Madeleine ne brillait point par la vivacité ; mais le moyen, quand on est marié de la veille, de ne pas quitter son ouvrage pour aller aider sa petite femme à retourner les matelas du lit, à repousser dans l'alcôve la pesante couchette ? Et tout cela ne se fait pas sans qu'une agacerie de celui-ci, une résistance provocatrice de celle-là ne viennent encore prolonger une besogne déjà si lentement commencée.

— Allons, Simon, il faut être sage.

— Il ne faut pas faire la méchante avec moi, Madeleine.

— Mais prends donc garde ! si l'on nous regardait à travers les carreaux de la rue !

— Sois donc tranquille; en fermant la porte de l'arrière-boutique, les curieux ne pourront rien voir.

— Du tout... du tout ! Je ne veux pas de ça; on n'aurait qu'à entrer !

— Tu as raison, je vas pousser le verrou.

— Par exemple! je te le défends ! Simon... Simon, je t'en prie, ne fais pas cette folie-là. Eh bien ! voilà comme tu m'obéis... c'est gentil... Ah ! bien oui ! mais je ne veux pas...

Elle court après son mari, et, toujours en résistant, la pauvre Madeleine appuie sa main sur celle de Simon ; et le verrou se trouve fermé sans qu'elle le veuille. Il y a vraiment une fatalité pour les mariées d'un jour quand elles sont jolies comme Madeleine et que leurs époux sont amoureux comme Simon. Quelques minutes après, la jeune femme, toute rouge d'une honte charmante, vient repousser le verrou. Le menuisier a déjà repris sa place à l'ouvrage. Il la regarde passer devant lui en souriant; elle lui fait une petite moue toute gentille, jette sur lui un regard d'enfant courroucé, qui achève de tourner la tête au jeune marié.

— Il faut absolument que je t'embrasse ! — dit-il, comme elle cherche à le foudroyer de son regard, et le voilà qui l'enlace dans ses bras. Madeleine sourit et répond :

— C'était bien difficile, ce que tu as fait là... Je ne voulais pas être la plus forte!

— Bravo ! — dit le père Durand qui entre en ce moment-là avec sa femme et l'oncle Urbain. — Je n'ai rien vu, mes enfans; continuez... c'est fort bien. J'étais juste comme cela le lendemain de mes noces.

Et, comme si le souvenir eût réchauffé son vieux cœur, il se surprend à embrasser la citoyenne Durand, qui le traite d'imbécile et s'essuie le visage. L'oncle Urbain, qui n'a personne à embrasser, veut qu'on parle d'autre chose. Il a pensé qu'une noce sans lendemain n'était pas fête complète, et, comme il désire que rien ne manque à celle de sa nièce, il est venu de bon matin proposer au menuisier de la place André-des-Arts une petite promenade en famille jusqu'à la maison des époux, afin d'emmener ceux-ci dîner hors barrière. Simon et Madeleine préféraient sans doute leur petit tête-à-tête à ce repas de famille ; mais c'est leur bonheur qu'on célèbre: il faut bien qu'ils subissent cette attention du boulanger et qu'ils fassent bonne mine au plaisir qui les contrarie.

Ainsi se passèrent les noces de Madeleine et de Simon.

Deux jours après, le menuisier, présenté par son prédécesseur à toutes les pratiques de la maison, avait assez d'ouvrage pour occuper un compagnon.

On aurait inutilement cherché un ménage plus heureux que celui de ces jeunes gens. Doué d'un excellent naturel, toujours gai, plein d'insouciance et de bonhomie, travailleur infatigable, économe pour lui mais prodigue pour les autres, Simon trouvait en Madeleine ce qu'il lui fallait pour entretenir le meilleur et modifier le moins bon de son caractère. Franche et cordiale, vive et sémillante, pleine de courage et d'activité, Madeleine avait plus de tenue que son mari; elle était plus soucieuse de l'avenir, et gardienne plus habile des épargnes de la communauté. Mieux que Simon, Madeleine savait aussi interroger les visages et placer à propos sa confiance. Aussi avait-elle l'abord plus froid, l'accueil moins bruyant, la liaison moins prompte. Mais s'il lui fallait plus de temps qu'à Simon pour donner ou retirer son amitié, une fois donnée, une fois ôtée, c'était pour toujours : on pouvait compter là-dessus.

Simon sentait la supériorité de Madeleine, et s'y soumettait de bonne grâce. Le brave homme avait de l'admiration, du respect pour sa femme. Il relevait d'elle, dans toute la rigueur du mot; et vraiment il avait raison, car il s'en trouvait bien. Quelqu'un lui demandait-il de l'argent à emprunter.

— Va vers ma femme, — disait Simon.

Quelqu'un l'abordait-il par une de ces questions insidieuses, si communes en 96 :

— Sais-tu si...? As-tu entendu parler de...?

— Demande à ma femme, — disait Simon.

Et la citoyenne Simon prêtait ou refusait, parlait ou se taisait, selon ce qu'elle jugeait convenable de faire. Admirable conduite en ce temps de dénonciations et de trahisons infâmes, où la calomnie jouait un si grand rôle dans les relations sociales; conduite bien utile au brave menuisier, qui, sans ces continuels renvois à son épouse, n'aurait jamais pu rien garder de ce qu'il gagnait, pour les mauvais temps d'inaction ou de maladie.

Depuis six mois, Simon travaillait avec un compagnon, et la besogne continuait à donner chez le jeune ménage, quand la réquisition lui enleva son ouvrier. Madeleine, qui appréciait les qualités de ce bon sujet, passa la nuit à lui arranger son sac de voyage, et lui mit dans la main deux assignats de cinq livres en lui souhaitant bonne chance à l'heure du départ. Simon voulut faire la conduite au jeune soldat.

— Songe que je t'attends pour déjeuner, — dit Madeleine.

— Oui, femme, je serai ici dans une petite heure.

Sept heures du matin sonnaient alors; on voyait clair, c'était dans les derniers jours du mois de frimaire. Madeleine, toute contristée du départ de l'ouvrier, prépara le déjeuner du ménage; mais quatre heures se passèrent avant que Simon revînt. La menuisière commençait à s'inquiéter quand il parut enfin. L'horloge de Saint-Roch marquait midi.

— Mais allons donc, Simon! allons donc! As-tu été assez longtemps! Voilà six fois que je remets la soupe sur le feu et elle est encore froide.

— Ne gronde pas, petite femme, voilà que j'arrive. Dame! c'est que le pavé est mauvais et le temps joliment dur, — reprit-il en secouant la neige qui couvrait son chapeau.

— Ce pauvre Joseph, faut-il qu'il ait du guignon pour partir par le froid qu'il fait! Au moins, vous avez pris quelque chose en route?

— Une goutte de presque rien, femme, avec un chiffon de pain d'un sou.

—La!... tu vas t'abîmer l'estomac, n'est-ce pas? Comme si tu n'allais pas bientôt avoir à penser pour trois! Voilà une belle soupe aussi que tu vas manger là, un vrai mortier...! Aussi, pourquoi es-tu resté si longtemps dehors?

—Dame! c'est que, en revenant, j'ai jasé avec des connaissances sur les nouvelles victoires du général Bonaparte. En voilà un maître républicain, celui-là! Faut entendre dans le journal comme il méprise les rois!... Je me suis fait lire le bulletin... c'est superbe... j'en ai pleuré...

— Tu aurais mieux fait d'aller te précautionner d'un autre compagnon. Mais les hommes, ça n'a pas plus de soin...

—Pas plus de soin... pas plus de soin... La belle humeur que tu as aujourd'hui! D'ailleurs, Joseph devait me faire parler à son cousin, qui cherche de l'ouvrage. Tu vois bien que c'est toi qui as tort.

— Ah! Et pourquoi qu'il n'est pas venu, le cousin à Joseph.

— Pourquoi? c'est qu'il s'a battu avec Miltiade, le charpentier qui a été chez le père Durand dans le temps; et Miltiade lui a donné une pile que le voilà dans le lit pour un mois.

— C'est-il possible! Et à propos de quoi qu'ils s'ont battus?

— A propos de leurs opinions, donc!

— Faut-il être bête!

— Parle pas comme ça, Madeleine. Ce qu'un citoyen a de plus cher, c'est ses opinions. Pour elles il doit tout sacrifier, Madeleine!

— Un homme comme le cousin à Joseph, qui a femme et enfans! Canaille d'homme, va! Et tu vas le soutenir, toi! Tu ferais comme lui, sûrement.

— Allons, Madeleine, tu penses pas ce que tu dis!... Mais, à propos, pourquoi que tu manges pas? Va plus y avoir de soupe, et tu es deux à manger, pas vrai, ma petite femme?

— Dis donc pas de bêtises, Simon!

— Dame! dans quatre mois nous serons papa et maman. Ça sera gentil, tout de même... Ah çà! tu n'es plus fâchée, dis?

— Non... Mais c'est bête que tu sois seul à l'ouvrage. Tu vas te tuer, mon pauvre homme.

— Sois tranquille, petite femme, nous verrons à voir le moyen d'arranger ça.

Il s'assit à table vis-à-vis de Madeleine, et se mit à manger cette soupe qui avait si longtemps langui, au grand déplaisir de la ménagère. Le temps était affreux. Par un froid de douze degrés, la neige épaisse et tournoyante battait de ses larges flocons les vitres de la boutique. Simon, encore tout grelottant de sa course du matin, tisonnait de son mieux; mais c'était à grand'peine que les vieilles planches et les copeaux dont il avait rempli son foyer brûlaient, en faisant lutter leur flamme vive et claire avec le vent qui s'engouffrait furieux dans la cheminée. De temps en temps, un petit Savoyard bien peu vêtu, bien grelottant, montrait aux carreaux sa pauvre petite mine bleue et rouge, implorant du regard une aumône que la charité de la citoyenne Simon, contrariée par la peur d'ouvrir la porte au froid menaçant de la rue, ne put que bien difficilement se décider à lui faire. A la fin pourtant, la femme du menuisier se leva pour aller, en maudissant l'hiver, porter au mendiant le centime et le morceau de pain, tribut habituel de sa bienfaisance... en ce moment, un inconnu saisissait le bouton de la porte; mais, voyant venir quelqu'un, il le lâcha et passa outre. Ce mouvement, que Madeleine avait remarqué, la surprit; et quand elle eut contenté le petit Savoyard, elle resta quelques minutes sur le seuil de sa boutique, occupée à regarder marcher cet homme, dont elle cherchait à s'expliquer l'intention. Il fallut trois ou quatre invitations de Simon, accompagnées de jurons sur l'intensité du froid, pour la tirer de ses réflexions. Madeleine revint s'asseoir auprès du feu, mais toujours en regardant derrière elle. Cet homme l'inquiétait.

— A présent que j'ai dîné, — dit Simon, — comme je ne suis guère en train de piocher, je m'en vas aller voir le père Durand pour qu'il me procure un homme de peine, un manœuvre, n'importe quoi. J'ai pas besoin d'ouvrier; je mènerai bien la besogne moi seul; mais il me faut quelqu'un pour m'aider dans les grosses ouvrages, pas vrai, Madeleine?

— T'iras aussi bien à ce soir, — dit Madeleine en portant involontairement les yeux sur le vitrage extérieur de la boutique. Et elle frémit, car elle vit l'homme de tout à l'heure qui s'arrêtait encore devant la porte, et, comme un voleur qui attend le moment propice pour faire son coup, regardait curieusement par les jours que la chaleur du dedans avait dessinés sur la gelée des carreaux. Simon prenait son chapeau et dénouait son tablier; on voyait qu'il allait sortir. L'homme passa comme la première fois.

— Pourquoi pas tout de suite, femme? — dit Simon. — A ce soir je trouverai pas le père Durand; il sera au cabaret, et je n'aime pas aller à son cabaret. Il y a des gens, là, que leurs opinions ne cordent pas avec les miennes. Tu sais bien ça, Madeleine. J'aime mieux le trouver chez lui. Je ne serai pas longtemps.

— Au fait, — dit à part soi la menuisière, — il y a des gens que c'est leur plaisir de regarder comme ça dans les boutiques. Je suis bête, moi, de me faire des souleurs à propos de rien.

— Qu'est-ce que tu contes-là toute seule, bourgeoise? Est-ce que tu ne veux pas que j'aille chez le père Durand? je n'irai pas. Mais ne me gronde plus comme tu as fait tout à l'heure, au moins.

— Si, si, — dit Madeleine rougissant de sa frayeur, — vas-y; mais reviens tout de suite? je m'ennuie quand tu n'es pas là.

— Rien qu'aller et revenir, pas plus. A revoir, Madeleine.

Il embrassa sa femme et sortit.

Il n'avait pas tourné le coin de la rue, que l'homme était dans la boutique.

Madeleine, en le voyant, poussa un cri d'épouvante. L'étranger s'arrêta, surpris.

— Est-ce que je vous fais peur, citoyenne? — dit-il d'un ton plein de douceur. — Regardez-moi bien; vous me prenez peut-être pour un autre.

— Non... si... c'est bien vous qui... pourtant... mais...

Et Madeleine, en s'embarrassant ainsi dans ses phrases, regarda fixement l'étranger. A l'instant, toutes les craintes qu'elle avait conçues s'évanouirent. Comment aurait-elle pu soupçonner d'un mauvais dessein l'homme qui était devant ses yeux! Tout en lui commandait le respect et la confiance, car il avait le front élevé, large et pur; car ses grands yeux bruns regardaient en face, et leur regard était calme et doux. Il y avait dans sa physionomie une harmonie parfaite, qui peignait tout ce qu'on peut appeler noblesse, sans aucun mélange de faiblesse. C'était un homme devant lequel on se trouvait à l'aise, dont toute la personne attirait, à qui l'on eût ouvert son cœur sans hésiter. Et puis on voyait qu'il souffrait, cet homme; qu'il portait un grand chagrin au fond de son cœur; on voyait cela au bistre qui cerclait ses yeux, au creux de ses joues; et l'on se sentait disposé à le plaindre, à l'aimer, à faire quelque chose pour sa consolation ou son soulagement. C'était Thadéus.

Il avait quitté son costume de la veille, parce que, pensait-il, ce costume ne pouvait convenir à sa nouvelle situation. Il avait repris l'habit qu'il portait quand il arriva chez Clarence, habit simple et modeste, à la coupe provinciale, aux couleurs douteuses, qui, sur le dos d'un homme ordinaire, eût semblé pauvre et misérable, tandis que lui le rehaussait par sa tournure et par l'élégance de ses manières.

Madeleine fit entrer l'étranger dans l'arrière-boutique, et lui offrit une chaise. Il s'assit.

— Qu'est-ce qu'il y a pour votre service, monsieur? — dit-elle toute rouge encore de ses ridicules appréhensions. — C'est pour de l'ouvrage, sûrement? Mon mari vient de sortir, mais il va bientôt rentrer. Si monsieur veut avoir la complaisance d'attendre...

La bonne femme n'aurait jamais pu dire *citoyen* à un homme comme celui-là.

— Sans doute, sans doute... j'attendrai, — dit Thadéus avec un soupir. — Il le faut bien, car c'est pour de l'ouvrage que je viens.

Il appuya sur ces derniers mots.

— Ah! — observa la menuisière, — c'est que, si monsieur n'avait pas voulu se donner la peine d'attendre mon mari... en donnant l'adresse où vous demeurez, Simon aurait été chez vous.

— Non, j'attendrai... Ce n'est pas à votre mari à venir chez moi... — Après un instant de silence, il reprit : — On m'a parlé de votre mari comme d'un excellent homme; c'est ce qui me fait m'adresser à lui plutôt qu'à un autre.

— Oh! sous le rapport de la menuiserie, vous serez content de mon homme. Il n'y en a pas beaucoup dans l'état qui soient sur le même rang que lui pour l'ouvrage. Il a été dix ans maître ouvrier chez le père Durand, la meilleure maison du faubourg Germain, et le pauvre père Durand pleurait quand il l'a vu partir.

— Y a-t-il longtemps que vous êtes établis?

— Depuis notre mariage, monsieur; il y aura demain six mois.

— Etes-vous contens?... Les affaires sont-elles bonnes?

— Oui... oui... ça va doucement... Mais pourvu qu'il y ait de quoi ne pas manger le sien, on ne peut pas se plaindre. Depuis quelque temps la besogne a l'air de vouloir prendre, et mon homme se trouve même embarrassé... Il est seul depuis hier. C'est pourquoi qu'il est allé chez son ancien bourgeois pour tâcher de trouver quelqu'un.

— C'est bien cela, — dit en lui-même Thadéus. — On m'avait bien renseigné.

— Mais tenez, monsieur, voilà Simon qui rentre... Tiens! comme il est revenu vite!

Le menuisier rentrait en effet, tout transi, tout couvert de neige.

— Ouf! — dit-il en refermant avec précipitation la porte de la rue, — quel aristocrate de temps!

— Parle donc pas comme ça, — dit Madeleine qui était allée au-devant de lui; — il y a un monsieur qui se chauffe dans l'arrière-boutique. T'as donc pas été chez le père Durand?

— Non; je l'ai rencontré au coin de la rue Honoré. Il m'a dit comme ça que, sachant que j'étais sans garçon à ce matin, il m'en avait envoyé un qui lui était recommandé par son beau-frère, le concierge de l'hôtel Vauxbuin. L'as-tu vu, Madeleine?

— Non, j'ai vu personne.

— Ah! il va sûrement venir.

— Il est venu, — dit Thadéus en sortant de l'arrière-boutique; — c'est moi.

— C'est vous! — s'écrièrent ensemble Simon et Madeleine stupéfaits.

— Oui, c'est moi, — répéta Thadéus avec la dignité de celui qui n'a point à rougir de sa misère; — c'est un honnête homme qui vient en trouver un autre et lui demander du travail qui puisse le faire vivre. Qu'y a-t-il d'étonnant à cela?

— Mais... un homme comme vous, — dit Madeleine toute confuse, — se faire ouvrier...!

— Oui... ça me paraît louche! — murmura Simon.

— Un homme comme moi! — répliqua l'infortuné. — Oui, vous avez peur que je ne gagne pas ma journée, peut-être. Regardez-moi. Voilà mes bras... craignez-vous qu'ils ne soient pas assez forts?... Pensez-vous que ce corps ne puisse supporter la fatigue?... Oh! soyez tranquilles, tous mes jours n'ont pas été beaux, toute ma vie n'a pas été mollesse, oisiveté, richesse, bonheur... J'ai souffert aussi... J'ai subi le froid, le chaud, la faim, la soif... j'ai couché sur la terre nue... j'ai fait la guerre, et mes dents ont broyé du pain aussi dur qu'elles... Prenez-moi hardiment... allez! je sais me servir d'un outil... vous verrez! Je suis d'un pays où les plus riches apprennent un métier... le vôtre a été le mien quand j'étais jeune... D'ailleurs, gardez-moi à l'essai pendant huit jours, pendant quinze jours, un mois... vous me renverrez après... si je ne fais pas votre affaire. — Thadéus avait dit tout cela très vite, sans donner à ses interlocuteurs le temps de se reconnaître. Le menuisier et sa femme, interdits de ce qui leur arrivait, ne savaient que répondre : ils s'interrogeaient du regard, et semblaient se renvoyer mutuellement la tâche du premier mot à dire. Quelques minutes se passèrent ainsi. — J'attends, — dit enfin Thadéus, — j'attends que vous me disiez oui ou non. Aimez vous mieux que je ne sois pas pas là, que je vous laisse vous consulter? je reviendrai ce soir.

Il fit un mouvement pour sortir.

Simon allait accepter le moyen offert par l'étranger ; sa femme le retint.

— Dame! monsieur, dit-elle, vous conviendrez que c'est drôle, tout de même, de voir un homme de votre genre qui veut être garçon chez des pauvres gens comme nous... et faut pas vous étonner si nous ne disons pas tout de suite oui ou non... Quand on ne sait pas...

— Oh! — reprit Thadéus, — vous pouvez me recevoir sans crainte chez vous... je ne suis pas un passant. J'ai une lettre du concierge de l'hôtel de Vauxbuin ; la voici. Quant à mon histoire, deux mots vous l'apprendront. Jadis j'étais riche et considéré, maintenant je suis pauvre et obscur. Vous vous étonnez de voir que dans mon malheur je n'aille pas demander des secours à ma société, aux hommes de mon rang, de mon genre, comme vous disiez. Eh bien! c'est que je hais cette société, c'est que je veux fuir ces hommes : le peuple, l'ouvrier, voilà ce qu'il me faut; je demande à vivre de la vie de l'ouvrier, à changer mes mœurs contre ses mœurs : parce que chez lui, j'en suis sûr, je trouverai ce que mes pareils ignorent presque tous, repos de l'âme, franchise et probité. Prenez-moi, je vous prie... ne me mettez pas à la porte comme un intrigant, comme un être dont il faut se méfier. Vous serez contents de moi, je vous le jure. Bonnes gens, votre homme de peine sera votre ami... il travaillera tout le jour; et, le soir, si vous avez des enfans, il leur apprendra ce qu'il sait ; il les aimera comme les siens... Oui, — continua-t-il d'une voix altérée par son émotion, — vous verrez que ce jour n'aura pas été un mauvais jour pour vous... Prenez-moi, prenez-moi, je ne suis point un mendiant, Simon ; je rougirais de demander l'aumône, quoiqu'il y ait tant de façons de l'obtenir qui passent pour nobles aux yeux de bien des gens. Du travail pour votre argent; mes peines, mes sueurs, mes veilles pour le prix de ma journée. .. Et puis seulement une chose, mes amis : du respect pour mes malheurs, pour mes souffrances, point de questions, n'est-ce pas? cela rouvre les plaies du cœur. Un jour viendra peut-être où je pourrai tout vous dire... Eh bien! voulez-vous de moi?

Le menuisier et sa femme étaient attendris jusqu'aux larmes.

Thadéus tendit à Simon la lettre du concierge.

— Faites excuse, monsieur, — dit le brave homme; — nos parens ont oublié de nous faire apprendre à lire...

Thadéus lut la lettre; elle était ainsi conçue :

« Citoyen Simon,

» Mon beau-frère Durand et moi prenons la liberté de
» te recommander la personne qui te remettra cette lettre.
» Nous souhaitons qu'elle puisse faire ton affaire. C'est un
» bon sujet, qui n'est peut-être pas d'un grand mérite
» comme menuisier, mais qui possède les meilleures dis-
» positions. Sous le rapport du patriotisme et des bonnes
» mœurs, il ne laisse rien à désirer.

» Salut et fraternité, etc. »

— Cette lettre, — observa Madeleine, — ne fait pas mention du nom de monsieur.

— C'est vrai, — reprit Simon ; — mais monsieur a sûrement quelques papiers.

— Non, — dit avec fermeté Thadéus, — je n'en ai pas. Je n'ai point de nom de famille à vous donner non plus. Réfléchissez.

— Comment! — s'écria Simon, — pas de livret?

— Pas de livret.

— Pas de passe-port?

— Pas de passe-port....

Et la voix de Thadéus faiblit en disant cela.

— Qu'est-ce que t'en dis, ma femme?

Madeleine s'était décidée. Elle présenta sa main à l'étranger.

— Vous me gagnez le cœur, — dit-elle ; — on ne peut pas être un malhonnête homme avec tant de franchise écrite sur la figure. Restez avec nous.

— Et le club des menuisiers, — dit Simon, — qu'est-ce qu'il pensera de ça?

— Il pensera ce qu'il voudra. Un homme de peine n'a pas de livret à faire viser. Il n'en a pas besoin.

D'accord avec Madeleine et Simon, Thadéus alla chercher sa valise.

Il y avait près d'une heure que le commissionnaire attendait. Quand il vit revenir son bourgeois, il se leva pour le suivre de nouveau ; mais Thadéus prit sans mot dire la valise et le manteau, mit un écu dans la main de l'Auvergnat et disparut.

De retour à la boutique, il trouva le menuisier et sa femme encore tout ébahis, et comme des gens qui sont sous le charme d'un rêve bizarre. Thadéus eut peur pour un moment de les voir se dédire ; mais sa crainte fut bientôt dissipée quand il entendit Madeleine lui dire :

— Comme il faut bien savoir à qui et de qui l'on parle, nous sommes convenus, mon mari et moi, de vous appeler Joseph, comme le brave compagnon que nous avons perdu à ce matin ; ça ne vous fait-il rien d'avoir ce nom-là chez nous?

— Au fait, — reprit Simon, — dans le cas où ça vous arrangerait mieux d'avoir le nom du jour dans le calendrier républicain, on pourrait vous le donner tout de même.

Madeleine épela dans l'almanach : *o. s. e. i. l. l. e*... et dit à Thadéus :

— Comment que ça fait?

— Cela fait *oseille*, répondit-il en souriant.

— Toute réflexion faite, j'aime mieux Joseph, — répliqua la jeune femme.

— Va pour Joseph! — dit Thadéus.

— Maintenant, — ajouta Madeleine, — il faut montrer au citoyen Joseph la petite chambre où il logera.

Thadéus mit la valise sur ses épaules, et Simon, avec un respect comique dont il ne pouvait se défendre devant son nouvel homme de peine, le fit monter aux mansardes de la maison, dans un petit cabinet où un lit de sangle avec deux chaises tenaient fort gênés, et qui devait être son domicile comme il avait été celui de son prédécesseur.

## IV.

### LA CONSPIRATION.

En 1765, il y avait à Potsdam, résidence habituelle et favorite du grand Frédéric, une famille composée de la mère et des deux filles, que l'on appelait la pauvre famille Enke. Le père, musicien de la chapelle du roi de Prusse, venait de mourir après une longue et coûteuse maladie, laissant en héritage à sa veuve des dettes, à ses filles quelques talens, et un nom conservé jusque-là net de toute souillure.

De ces deux orphelines, Maria, l'aînée, avait quinze ans; Minna, la cadette, n'en avait que dix. Maria, déjà grande et formée, passait pour la plus belle fille de Potsdam; et quand, le dimanche, elle donnait le bras à sa mère pour aller à l'église, les jeunes gens de la ville, seigneurs et bourgeois, s'arrêtaient et murmuraient d'admiration sur son chemin La veuve Enke était fière de cet hommage publiquement accordé à la beauté de sa fille; elle s'en réjouissait jusqu'à rendre aux jeunes gens les sourires qu'ils donnaient à Maria, jusqu'à lui dire, lorsque revenue à la maison la belle demoiselle voulait se mêler du ménage et de ses grossières occupations :

— Laisse faire Minna, ma bonne fille; n'abîme point tes mains si blanches et si douces; prends garde de te noircir le teint à la fumée. . je ferai la cuisine, moi; reste à ton clavecin.

Maria se fût bien gardée de désobéir à ces maternelles recommandations; il lui semblait trop doux et trop commode de se lever plus tard que les autres, d'avoir à déjeuner dans son lit, de ne rien faire tout le jour, et d'être servie comme une grande dame? Naturellement paresseuse, d'un caractère capricieux et hautain, ce genre de vie lui allait à merveille : aussi la pauvre petite Minna, chargée toute seule du soin de tenir la maison propre et les meubles luisans, n'avait-elle que fatigue et chagrin, tandis que Maria se tenait belle et nonchalante dans un fauteuil, un livre à la main, ou rêvant avec sa mère à quelque riche seigneur, amoureux d'elle, qui la demanderait en mariage un beau jour. C'était à chaque instant des rebuffades et des gronderies pour la pauvre enfant, si par malheur, au moment de sortir. sa sœur trouvait quelque chose d'oublié dans sa toilette, quelque tache à son linge, ou des plis moins fins que d'autres à sa collerette. Souvent même alors la méchante Maria battait Minna, et la mère ne s'y opposait pas.

Plusieurs fois déjà, dans leurs promenades journalières, la mère et la fille avaient remarqué un jeune homme de la tournure la plus distinguée, d'une physionomie heureuse, portant avec une grâce parfaite le brillant uniforme d'officier de pandours. A diverses reprises, ce jeune homme les avait saluées comme ferait quelqu'un qui cherche à lier connaissance avec les personnes qu'il salue. Sa figure revenait assez à nos deux dames; et puis il y avait en lui certain air de bonne compagnie, certain parfum de haute naissance, qui séduisaient. La veuve du musicien poursuivait à cette époque la l quidat on de sa pension. Le comte d'Anhalt-Dessau, parrain de la petite Minna, lui avait promis de faire quelques démarches à cet égard; mais depuis un mois environ elle attendait vainement le résultat de ces gracieuses promesses, lorsqu'un soir, au moment de rentrer au logis, elle rencontra le comte et le jeune officier de pandours qui se donnaient familièrement le bras La veuve Enke aborda son protecteur, qui se confondit en excuses, et promit de nouveau son intercession auprès du ministre. Là-dessus, l'officier se mit de la conversation il offrit de parler au roi lui-même, et demanda la permission de venir en personne chez ces dames apporter la réponse de Sa Majesté Grands remercîmens de la part de madame Enke, qui n'eut, en rentrant chez elle, rien de plus pressé que de redire à Maria les paroles du beau jeune homme, en appuyant beaucoup sur l'extrême considération que le comte d'Anhalt-Dessau, ce grand dignitaire, semblait témoigner au simple officier de pandours.

Cette nuit-là, Maria et sa mère firent des rêves superbes.

Deux jours après, l'officier vint effectivement, apportant à la veuve Enke son brevet bien en règle et le premier semestre de sa pension. Cet officier était Frédéric-Guillaume, héritier présomptif de la couronne, neveu du grand Frédéric, et fils du prince royal mort en 1759.

Il fit de fréquentes visites. Il dit à Maria qu'il l'aimait, qu'il ne pouvait vivre sans elle. Maria n'eut point le courage de se montrer cruelle envers un prince royal de vingt et un ans. Il fut heureux : la mère le sut, et trouva que c'était bien.

Alors il s'opéra des changemens dans l'intérieur du ménage. La veuve ne fit plus la cuisine, Minna n'eut plus à balayer l'appartement ni à frotter les meubles. La maîtresse du prince royal eut des domestiques, en petit nombre toutefois. L'antique et lourd mobilier de famille du musicien de la chapelle fut changé pour un autre plus élégant, mais fort modeste encore. On prit un logement plus vaste, mais bourgeois... car le prince royal dépendait de son oncle, et le grand Frédéric n'avait pas le défaut d'être prodigue, quand il s'agissait surtout de fournir aux amoureuses dépenses de son neveu. Maria et sa mère trouvèrent bientôt que l'amitié du premier seigneur de Prusse ne valait guère la peine qu'on se tourmentât pour l'obtenir, qu'on se gênât pour la conserver. Le prince dépensait tout au plus cent écus par mois pour la maison, la toilette de Maria comprise! Le dernier petit fonctionnaire, le plus obscur marchand, faisaient mieux les choses quand ils s'en mêlaient.

Un matin, le prince vint plus tôt qu'à l'ordinaire. Maria était à sa toilette, l'œil enflammé, le sein palpitant. Minna pleurait et sanglotait dans un coin de la chambre. Frédéric courut à elle.

— Qu'as-tu donc, ma pauvre enfant? — lui dit-il; — et pourquoi pleures-tu ainsi?

— C'est ma sœur qui m'a battue! — s'écria la petite d'une voix entrecoupée.

— Battue! — dit Frédéric.

— Oui... parce que tout à l'heure, en mettant une épingle à sa robe, je l'ai piquée.

— Maria, — reprit sévèrement le prince, — c'est mal ce que vous avez fait là.

— Cette petite sotte! cette imbécile! — dit avec impétuosité la belle demoiselle. — Je lui conseille de se plaindre, vraiment!

— Est-ce à elle, — répondit Frédéric, — d'être la servante, ici?

— Il faut bien qu'elle me serve, qu'elle m'habille... puisque vous ne me donnez pas même de femme de chambre!

— Maria... Maria... ce n'est pas la première fois que vous maltraitez votre sœur... Vous avez un mauvais cœur, Maria, et votre mère vous a gâtée... Allons, — continua le prince en se retournant vers Minna, — ne pleure plus, petite; je serai ton ami, ton frère, moi! je t'aimerai, Minna, puisque personne ne t'aime ici. Marie, j'entends que votre sœur soit sur le même pied que vous dans la maison de sa mère, ou je l'emmène à l'instant avec moi... Voudrais-tu venir avec moi, Minna?

— Oh! oui, mon bon ami! — s'écria l'enfant toute joyeuse à travers ses larmes.

Maria, pensive et confuse, promit d'être meilleure avec sa sœur. Elle eut une femme de chambre le lendemain. Mais bientôt un sentiment inconnu jusque-là pour elle se glissa dans son âme : elle devint jalouse de Minna; elle vit une rivale à venir dans cette petite fille, qui grandissait et embellissait tous les jours. Les mauvais traitemens recommencèrent. Alors Minna se plaignit à son bon ami, et lui demanda de l'emmener, ce qu'il fit. Il confia la jeune fille aux soins d'une vieille dame de la cour qui l'avait élevé, lui, et qui l'aimait comme son enfant.

Trois ans après, Maria, disgraciée par Frédéric, é ait la la femme du prince Matuschewski, seigneur polonais; et Minna, qui allait atteindre sa quinzième année, croissait en beauté, en esprit et en grâce, sous les yeux de son frère d'adoption.

C'était vraiment une chose touchante que de les voir ensemble alors. Tous les jours, deux fois, Frédéric se rendait à une petite maison de campagne aux portes de la ville, où Minna demeurait sous la garde de la comtesse d'Hoogswein. Là, professeur aussi habile, aussi zélé que patient et plein d'indulgence, le prince s'appliquait lui-même à former l'esprit et le cœur de son élève, à réparer en elle les torts d'une éducation manquée. Que de joie il éprouvait à tenir ainsi dans ses mains et façonner à sa fantaisie cette docile intelligence qui se pliait et s'assouplissait à toutes ses volontés! Se faire une femme pour lui, l'élever à son usage, la cultiver comme une jolie fleur que l'on peut cueillir quand on voudra; lui apprendre à sentir comme on sent, à vouloir ce qu'on veut, à aimer ce qu'on aime... quelle tâche délicieuse pour un homme! Aussi jamais, et lui-même l'avouait dix ans, vingt ans après, jamais Frédéric n'avait été si heureux avec Minna que pendant les deux années où il s'était fait, tout seul, maître de langues, maître de musique, maître de dessin de sa jolie protégée.

Cependant le roi avait marié son neveu à Elisabeth de Brunswick, femme ardente et passionnée, qui, trouvant pris le cœur de l'homme qu'on lui donnait pour époux, secoua bien vite le joug de ses importuns devoirs, et scandalisa la cour de ses débauches, au point que le vieux Frédéric défit lui-même le mariage qu'il avait fait, et se donna pour autre nièce la princesse de Hesse-Darmstadt, modèle de douceur et de vertus. Cette nouvelle union fut scandaleuse comme la première, non point du fait de l'épouse, mais de celui de l'époux, qui, à peine marié, avoua publiquement pour sa maîtresse en titre Wilhelmine Enke, la fille du musicien, alors âgée de dix-huit ans, et si séduisante, si accomplie, qu'en la voyant le vieux Frédéric lui-même n'eut point la force de blâmer son neveu. Enhardi par cette espèce d'encouragement tacite, le prince eut bientôt l'audace de venir demander à son oncle l'argent qu'il lui fallait pour mettre mademoiselle Enke sur un pied convenable. Le roi fit la grimace à cette requête; il paya cependant, mais en jurant de ne plus rien donner; et lorsque, au bout de quelque temps, le prince, encore une fois à sec, se présenta de nouveau, Frédéric ne répondit que par un ordre qui exilait la favorite hors du royaume.

Elle vint passer six mois à Paris, et, chose étrange, ce fut à Maria, cette sœur qui la battait jadis, Maria, princesse Matuschewska, séparée de son mari, étonnant de son luxe la capitale de la France, objet d'envie pour toutes les grandes dames que *la belle Polonaise* éclipsait; ce fut à cette femme, sa rivale, que la maîtresse du prince royal de Prusse vint demander asile et secours. Maria la reçut comme une compagne d'infortune, et lui fit partager ses plaisirs.

Ces six mois d'absence furent assez mal employés par le prince royal. Furieux contre son oncle qui l'avait brutalement privé d'une maîtresse adorée, il se jeta si avant dans le fracas des fêtes et des galantes aventures, il fit et fit faire tant de voyages d'argent chez le roi, que celui-ci, effrayé des moyens que prenait son neveu pour s'étourdir, crut n'avoir point de parti plus économique à prendre que de rappeler mademoiselle Enke à Potsdam. Il lui fit écrire par un de ses ministres.

La favorite revint donc, radieuse et triomphante: et, toute fière de la faiblesse du vieux roi, elle exigea que le prince lui meublât un hôtel à Berlin, ne voulant point, disait-elle, continuer d'habiter Potsdam, séjour ennuyeux et triste à faire mourir. Son voyage à Paris lui avait profité. Elle avait appris de sa sœur le parti que l'on peut tirer d'un amant, surtout quand cet amant est prince, et peut d'un jour à l'autre devenir roi.

Frédéric obéit sans hésiter. L'hôtel fut choisi, meublé, acheté même; le tout aux dépens de la cassette de l'oncle, qui, ne sachant plus limiter les énormes dépenses du jeune homme, s'abaissa, le grand roi! jusqu'à écrire à la belle Minna, pour qu'elle voulût bien quitter Berlin, ville dangereuse pour la jeunesse, où son neveu courait, en la venant voir trop souvent, le risque de faire des connaissances qui le perdraient infailliblement. La favorite, qui traitait de puissance à puissance, répondit que, si le prince voulait lui acheter un domaine à Charlottembourg et ne point lui ôter l'hôtel de Berlin, elle accepterait volontiers, pour complaire à Sa Majesté, le moyen terme qu'on lui proposait. Le marché fut conclu à ces conditions, et mademoiselle Enke alla se fixer dans sa magnifique résidence de Charlottembourg.

Nous glisserons rapidement sur ce qui se passa pendant la période de quatorze années écoulée depuis l'époque où le prince de Prusse prit Minna pour maîtresse jusqu'à celle de son avénement au trône, le **16 août 1786.** Nous indiquerons seulement la naissance de deux enfans qu'ils eurent ensemble: l'un qui mourut tout jeune comte de la Marck, dont le superbe tombeau, chef-d'œuvre du célèbre Schadow, fait encore le principal ornement de l'église Sainte-Dorothée, à Berlin; l'autre, Marianne, fille bien-aimée de sa mère, que le roi fit épouser au comte de Stolberg avec une dot de 200,000 écus et des terres.

Nous tirerons un voile de pudeur sur cette œuvre d'abomination et d'infamie qui fit marier la favorite du roi, par le roi lui-même, à son valet de chambre Rietz, fils d'un jardinier, et depuis grand chambellan; moyen que lui indiquèrent les illuminés pour se mettre en paix avec son âme.

L'avénement à la couronne de Frédéric-Guillaume II rendit Minna toute puissante. Son amant avait quarante-deux ans alors, et l'on a vu plus haut que, depuis l'âge de vingt ans, il n'avait presque point quitté mademoiselle Enke. Aussi ne voyait-il que par ses yeux, ne prenait-il de ministres que de sa main. Elle jouait à la cour de Prusse le rôle qu'avait joué la Pompadour à la nôtre, et, comme Versailles, Berlin avait aussi son *Cotillon*, pour nous servir du mot si énergique et si vrai du grand Frédéric. La cour ne tarda pas à se diviser en deux partis: le parti du roi et de madame Rietz, et celui de la reine et du prince royal; ce dernier réduit à voir sans l'empêcher le mal que faisait l'autre. A la tête du parti de la favorite brillaient forts et puissans, Bischofswerder, chef des illuminés, sorte de jésuites francs-maçons qui à cette époque infestaient l'Allemagne et la Prusse, et son collègue, le ministre d'État et de justice Woellner, jadis curé d'un village auprès de Berlin, puis attaché par le prince Henri, père du roi, à son fils, en qualité de gouverneur. Dans le parti de la reine, on remarquait le savant ministre Hertzberg, le duc de Brunswick, le prince Henri de Mallendorf, enfin Thadéus Frédéric, comte de Wurzheim, jeune homme issu d'une des premières familles du royaume, filleul de Frédéric le Grand et capitaine des gardes de la reine. Tous ces seigneurs étaient détestés de la favorite, qui voyait en eux autant d'ennemis irréconciliables ligués pour sa ruine. Le comte de Wurzheim avait la plus grande part de cette haine, et certes il la méritait bien: car madame Rietz s'était jadis mis en tête d'en faire son amant, et Thadéus n'avait répondu aux avances de la fille du musicien qu'en lui témoignant tout haut le mépris que sa conduite inspirait. Furieuse de se voir ainsi repoussée, madame Rietz était allée demander au roi la destitution du capitaine; mais Frédéric lui avait répondu:

— Laissons à notre épouse bien-aimée ses serviteurs; ils ne sont pas dangereux et la consolent. Que vous fait ce Thadéus? Auriez-vous peur de lui plus que de Brunswick ou de Mallendorf? Si nous ne voulons pas que la reine et son fils se mêlent de nos affaires, ne nous mêlons point des leurs.

— Ah! je vois bien que vous ne m'aimez plus, — avait dit en pleurant madame Rietz.

— Moi, ne plus vous aimer! — s'était écrié l'imbécile monarque. — Oh! Minna, pouvez-vous me juger aussi mal!

Alors il avait pris un canif sur son bureau, et, l'enfonçant dans sa main gauche, il avait écrit de son sang qu'il ne l'abandonnerait jamais, ni elle, ni ses enfans; et que si le ciel faisait mourir Minna avant le roi, nulle autre main que celle du roi ne fermerait les yeux de Minna.

Afin de ne point être en reste avec son amant, madame Rietz s'était piquée la main à son tour, et sur le même papier elle avait formulé un serment à peu près semblable.

Là-dessus, le roi, voulant faire quelque chose pour cette tendre amie, avait disgracié Zedliz, ministre des affaires ecclésiastiques, et donné sa place au curé Woellner. De plus, il avait promis de la faire comtesse et de la présenter à la cour.

Forte de ce surcroît de faveur, madame Rietz ne mit plus de bornes à son luxe, plus de frein à son arrogance. Sa voiture courait dans les rues de Berlin de front avec celle de la reine ; ses domestiques avaient la livrée royale. Elle se fit bâtir à Berlin un palais magnifique, et un théâtre sur lequel on la vit monter elle-même avec le chanteur Conciliani, son amant secret. Elle fit jouer devant le roi *les Amours de Vénus et d'Adonis*, où Vénus était représentée par une jeune fille d'une beauté ravissante, n'ayant pour costume qu'un simple tricot couleur de chair. La débauche et les orgies se promenèrent fièrement par la ville, aux applaudissemens des courtisans que la favorite associait à sa fortune, en les faisant puiser à pleines mains dans le trésor royal si péniblement rempli par le grand Frédéric. Les honnêtes gens, toujours en minorité, gémissaient et se taisaient.

Cependant une révolution venait d'éclater en France. Les élémens qui l'avaient produite fermentaient par toute l'Europe. Les rois eurent peur, l'enthousiasme populaire menaçait leur puissance. La jeunesse de Prusse, comme celle d'Allemagne et d'Italie, manifestait déjà hautement ses sympathies et ses vœux ; les mots de liberté, d'affranchissement, de régénération étaient dans toutes les bouches. Bientôt on vit courir à Berlin des pamphlets révolutionnaires. Des écrits satiriques, en apparence dirigés contre la favorite, osaient insinuer que le roi pourrait quelque jour être rendu responsable de la conduite de madame Rietz, et demandaient insolemment si les sueurs du peuple ne devaient être converties en or que pour payer les sales débauches d'une courtisane et de ses complaisans. Les hommes du parti de la reine encourageaient, les uns secrètement, les autres franchement et tout haut, ces manifestations de l'opinion publique. Madame Rietz et ses amis sentirent l'orage gronder sur leurs têtes, et désespérèrent un moment de pouvoir le détourner ; car le cri des Berlinois, unanime réprobation, avait ébranlé les convictions de Frédéric-Guillaume ; et pendant quelques jours il tint conseil pour savoir s'il devait renvoyer la favorite, objet d'exécration pour son peuple, et réparer enfin ses torts envers une épouse que tout le monde plaignait et bénissait comme la meilleure et la plus malheureuse des reines. Les ennemis de madame Rietz faillirent l'emporter dans cette discussion ; le duc de Brunswick et M. Hertzberg avaient à peu près déterminé le monarque à se rendre au vœu général, quand Woellner, qui gardait le silence depuis le commencement, se leva et dit qu'on trompait le roi, qu'on savait fort bien le sens des misérables libelles sur l'importance exagérée desquels le conseil était appelé à délibérer. « Le nom de l'amie, de la confidente de Sa Majesté n'est ici qu'un vain prétexte, s'écria-t-il : c'est au trône qu'ils en veulent ; c'est au roi que s'adressent leurs attaques déguisées. Ces pamphlets sont autant d'étincelles parties de Paris ; les novateurs et les philosophes, si nous les laissons faire, incendieront la Prusse, comme ils ont incendié la France, de leurs doctrines anarchiques et immorales. C'est à nous de ne point nous méprendre sur la nature du danger, et de l'étouffer à sa naissance. »

Ces paroles de l'ex-curé de Gross-Behnitz firent une profonde impression sur l'esprit de Frédéric. Ce fut en vain que le duc de Brunswick et M. Finck essayèrent d'en atténuer l'effet. Le roi n'écouta plus rien, et, séance tenante, il signa le fameux édit de religion, ouvrage de Woellner, qui enchaînait en Prusse la liberté de parler et d'écrire, en frappant des peines les plus graves quiconque serait pris lisant ou disant quelque chose en faveur de la révolution française. En outre, le roi changea son ministère, et disgracia tous ceux de ses conseillers qui lui furent désignés par madame Rietz, dont la puissance n'eut plus de limites à partir de ce moment.

Alors la favorite se crut tout permis. Elle mit sa maison sur un pied royal ; elle eut ses jours de réception et de gala, ses levers et ses couchers, grands et petits, comme la reine. Elle demanda au roi un titre et des gardes : il lui accorda l'un ; il eut à peine la force de lui refuser les autres. Devenue comtesse de Lichtenau et dame de plusieurs baronnies, elle se fit présenter à la cour, aux frais du roi, qui lui acheta des diamans pour 200,000 écus. On la vit après cela écraser la cour et la ville de son insolence, entrer chez le roi quand elle voulait et sans se faire annoncer même ; tandis que la reine et ses enfans, obligés de céder le pas à cette femme, n'étaient plus reçus qu'en cérémonie.

Frédéric ignorait ou feignait d'ignorer les insultes et les humiliations auxquelles la reine et les princes étaient en butte ; grâce aux soins que la comtesse et les illuminés avaient pris d'écarter de son oreille toute bouche qui ne leur fût point dévouée, les plaintes que ces infamies excitaient n'arrivaient pas jusqu'à lui. Protégée par Bischofswerder et Woellner, madame de Lichtenau se livrait sans crainte et sans souci à tous les débordemens imaginables. Elle changeait tous les huit jours d'amans, qu'elle prenait n'importe où. Princes, ambassadeurs, prélats, soldats, bourgeois se succédaient pêle-mêle dans ses bonnes grâces. Enfin la cour, par le fait de cette abominable femme, était devenue un séjour tellement ignoble que le prince royal, grand jeune homme de vingt ans, ne permettait plus à ses sœurs ni à sa femme d'y mettre le pied.

Cependant les partisans de la bonne cause, quoique tant de fois battus, revinrent à la charge. Le plus ardent, le plus énergique d'entre eux, Thadéus de Wurzheim, chaque jour témoin des pleurs que verse la malheureuse reine, des dégoûts et des chagrins dont on l'abreuve, jure de la venger ou de périr. Il se concerte avec Hertzberg et quelques autres. La favorite venait de partir en Italie, sous prétexte de rétablir sa santé chancelante, mais en réalité pour aller rejoindre à Naples un jeune homme dont elle était folle, le chevalier de Saxe, fils du prince Xavier, gouverneur de cette ville. Avant son départ, le roi lui avait fait cadeau de 500,000 écus en billets sur la banque d'Amsterdam. Thadéus demande à Frédéric une audience particulière qui lui est accordée. Il se présente, et, dans le cabinet du roi, seul avec lui, en sujet loyal, en homme de bien que le vice triomphant indigne, il accuse hautement madame de Lichtenau, et plaide avec enthousiasme la cause de la reine. Frédéric considère le jeune capitaine avec étonnement. Jamais paroles si hardies n'avaient été dites en sa présence depuis qu'il était roi. En énumérant les griefs de la reine contre la favorite, Thadéus pleurait ; sa voix, tremblante d'émotion, retentissait comme un remords au cœur de Frédéric. Enfin, le croirait-on ? il laissa dire au jeune homme tout ce qu'il voulut, puis il essaya de se justifier. Il dit combien la comtesse lui était attachée, toutes les preuves de dévouement et d'amour qu'il avait reçues d'elle ; il parla de l'éloignement invincible qu'il s'était toujours senti pour la reine, aux excellentes qualités de laquelle il rendait, du reste, pleine et entière justice. Il termina en demandant à Thadéus de quel crime on accusait cette pauvre femme.

— De plusieurs, — dit avec assurance le capitaine des gardes ; — de deux surtout ! celui de lèse majesté envers la reine, qu'elle a insultée publiquement en vingt occasions ; celui de haute trahison envers l'Etat...

— De haute trahison ! — s'écria le monarque étonné. — Comment cela, s'il vous plaît ? Pardieu ! monsieur, ceci devient grave.

— Oui, sire, de haute trahison envers l'Etat, — répondit Thadéus sans s'émouvoir. — La comtesse a reçu cent mille livres sterling de l'Angleterre pour engager Votre Majesté à faire partie de la coalition contre la France.

— Monsieur le comte! — dit Frédéric en se levant, les lèvres pâles et frémissantes; — pour porter une telle accusation il faut des preuves, des preuves irrécusables, entendez-vous? car cela doit faire tomber une tête, nécessairement... celle de l'accusée, si le crime est prouvé, celle de l'accusateur, s'il ne l'est pas. Avez-vous bien songé à cela, monsieur le comte?

— Sire, — répliqua le jeune homme avec le plus grand sang-froid, — ceux qui m'ont élevé m'ont appris à ne jamais mentir. Ce que je vous ai dit est ce que je crois vrai. Ordonnez que la comtesse soit mise en jugement; et, puisqu'il s'agit d'une tête, je jette la mienne en gage. Je suis prêt à vous remettre mon épée.

— Un moment, capitaine,—reprit Frédéric-Guillaume. — Vous, accusateur de madame de Lichtenau, d'une femme que je connais depuis l'âge de dix ans, d'une femme que j'ai vue grandir et se développer sous mes yeux... savez-vous de quoi l'on vous accuse à votre tour?

— Moi, sire?

— Oui! vous-même... Et d'abord, monsieur, remettez-moi votre épée! — Thadéus tira du fourreau son épée, une épée donnée par le grand Frédéric à son père, compagnon d'armes du feu roi. Il la remit au monarque en pâlissant. Le roi prit l'arme, et, la tournant dans ses mains: — C'est l'épée d'un sujet fidèle, cela! — dit-il avec un sourire amer. Il la posa derrière lui, sur son bureau. — Monsieur le comte de Wurzheim, filleul de mon oncle et de ma femme, capitaine des gardes de Sa Majesté la reine, vous êtes accusé d'adultère avec l'épouse de votre souverain.... Vous êtes accusé de conspirer contre mes jours avec le prince royal, mon fils bien-aimé!... Qu'en dites-vous, comte de Wurzheim? Trouvez-vous que notre accusation vaille les vôtres? — Thadéus, atterré, ne trouvait pas un mot à répondre. — Eh bien! beau chevalier, — reprit Frédéric, — vous vous taisez maintenant! Savez-vous que vous avez fait une grande sottise en venant ici? Je l'avais dit aux vôtres pourtant: « Que la reine et mon fils ne s'occupent point de mes affaires, s'ils ne veulent pas que je fouille dans les leurs...» Allons, répondez! nous sommes seuls. Dites donc oui ou non, vous qui ne mentez jamais!

— Sire, — dit enfin le capitaine des gardes, — je n'ose croire que Votre Majesté ait voulu me parler sérieusement. D'aussi terribles soupçons n'ont jamais pu...

— Sérieusement! — interrompit le roi avec sévérité.— L'honneur d'une femme, la fidélité d'un fils, sont des choses avec lesquelles le dernier mendiant de mon royaume ne jouerait pas, monsieur... Songez-vous que c'est le roi qui vous parle?

— Mais Sa Majesté la reine est la vertu, la pureté incarnée, sire! — s'écria Thadéus avec exaltation. — Le prince vous aime et vous chérit. S'ils gémissent et se plaignent, c'est de votre froideur à leur égard.

— Assez! — dit le roi sèchement. — Je n'aime pas les remontrances... Nous nous reverrons. — Il sonna. Un chambellan parut, précisément le mari de la comtesse.— Qu'on fasse venir le capitaine de mes gardes! — Le duc d'Hoogwein se présenta. —Le comte de Wurzheim, — lui dit Frédéric, — sera conduit aujourd'hui même à la forteresse de Magdebourg, sous bonne escorte. Allez.

---

Thadéus resta longtemps prisonnier. Le roi de Prusse s'était retiré de la coalition; il avait signé la paix de Bâle avec la république française, abandonnant à ce fier gouvernement ses Etats de la rive gauche du Rhin, quand on commença l'instruction du procès. La comtesse de Lichtenau revint d'Italie, toute chagrine d'avoir vu son amant, le chevalier de Saxe, tué en duel par Suboff, gentilhomme de l'impératrice Catherine et rival du chevalier. Les illuminés, toujours maîtres de l'esprit faible et vacillant du monarque, toujours d'accord avec la favorite, firent tomber facilement les accusations portées par le malheureux capitaine, tandis qu'ils accumulèrent griefs sur griefs contre cet homme, que ses idées libérales et la part qu'on lui avait toujours attribuée aux fameux pamphlets révolutionnaires contribuaient à leur rendre odieux. Les partisans de la reine et du jeune prince, tous éloignés de la cour ou cachant leurs sentimens pour garder leurs places, furent impuissans à secourir la victime que l'on voulait sacrifier. Le comte de Wurzheim fut jugé au mois de septembre 1795, et condamné comme coupable, non d'adultère avec la reine, mais de haute trahison, à être pendu sur la place publique de Berlin.

La veille de l'exécution, sa mère, sa pauvre mère, seul parent qui lui restât, vint au palais pour se jeter aux pieds du monarque et demander la grâce de Thadéus. On ne lui permit point d'entrer; on la repoussa impitoyablement. Les bourreaux ne voulaient pas se laisser ravir leur proie.

Cependant Thadéus devait être sauvé. Il le fut.

Il y avait à Berlin un médecin nommé Elstein, père d'une jeune et jolie demoiselle que l'infâme mari de la comtesse Lichtenau avait fait enlever en 1792 pour remplacer auprès de lui la belle madame Baranius, actrice du théâtre de la cour, son ancienne maîtresse. Le comte de Wurzheim était parvenu à arracher cette pauvre fille des mains de son ravisseur, et l'avait rendue au docteur digne de lui comme auparavant. Elstein, plein de reconnaissance, avait juré de tout sacrifier, même sa vie, pour Thadéus, s'il arrivait jamais que celui-ci pût avoir besoin de ses services. On conçoit de quel désespoir il sentit son âme déchirée lorsque la nouvelle du jugement et de la condamnation du comte parvint jusqu'à lui. Faible et sans crédit, que pouvait-il? Cet homme qui lui avait rendu sa fille, son bonheur, sa joie dans ce monde, le but de ses travaux, l'espoir de sa vieillesse, cet homme allait périr attaché à l'ignoble gibet! Quelle horrible pensée! L'habile médecin osa concevoir un projet inouï, un projet hardi comme les œuvres du Créateur. Il se dit: « Mon bienfaiteur, le sauveur de ma fille, ne mourra pas; je le sauverai! »

L'exécution se fit la nuit, aux flambeaux. On avait craint un mouvement populaire. Elstein était allé voir le comte dans son cachot, deux heures avant le supplice; et là, tout en larmes, à deux genoux, il l'avait supplié de lui vendre son cadavre, pour qu'il pût au moins garder mort chez lui l'homme qu'il avait tant aimé vivant. Le comte ému avait consenti. Alors, sans le prévenir, sans lui dire pourquoi, brusquement et d'un effort rapide comme la tempête, le docteur avait saisi Thadéus à la gorge, et, comme un homme désespéré, mais sûr de sa main, il lui avait fait au cou une étroite incision, à peine visible. Puis il était sorti les yeux hagards en s'écriant: « Le condamné allait se tuer; prenez garde, veillez sur lui (1)!... »

Puis comme, un quart d'heure après l'exécution, la foule, prévenue en dépit des précautions prises, grondait furieuse et menaçante autour de l'échafaud, il était venu vite réclamer son cadavre, que les exécuteurs lui livrèrent incontinent, satisfaits qu'ils étaient de n'avoir point à le garder plus longtemps.

Alors vous l'auriez vu retourner chez lui tout essoufflé, respirant à peine, à demi mort d'incertitude et d'espérance. Vous vous seriez ému à le voir étendre ce corps sur son lit, et dire à sa fille tremblante à côté de lui: « Prie, prie de toute ton âme; appelle la miséricorde de Dieu sur nous! dis lui, ma bonne fille, qu'il n'est pas juste que cet ange soit repris sitôt. Prie! oh! prie bien, je t'en conjure! » Alors vous auriez pleuré sur cet homme appelant toutes les ressources de son art au secours du vœu sublime qu'il avait formé; vous auriez senti le cœur vous battre d'épouvante en voyant comme il parcourait le cadavre de ses mains savantes, comme il se penchait sur lui; comme il écoutait avec anxiété pour savoir qui de la

(1) Voir la note à la fin de l'ouvrage.

mort ou du médecin avait gagné la terrible gageure; comme il épiait d'un œil avide le moindre mouvement accusateur du souffle qui revient!... Et puis, au bout de cinq minutes, vous auriez dit : « C'est un fou, cet homme! » car il sautait, il courait, il dansait dans sa chambre... il embrassait sa fille, il riait, il pleurait, il chantait comme un fou.

Thadéus était ressuscité, il revivait, mais pour son sauveur et pour lui seulement, mort à tout le reste, mort pour tout le monde; car le médecin et sa fille eussent été perdus si quelqu'un, si la mère de Thadéus elle-même avait su cela.

Quinze jours après, le comte de Wurzheim était à Reims, en France, veillant dans une chambre d'auberge auprès du lit de monsieur de Vauxbuin, émigré français qui, rappelé dans sa patrie, l'avait pris à son départ de Berlin des mains du docteur pour lui servir de secrétaire et comme homme digne de toute son affection.

Malgré les soins qui lui furent prodigués, monsieur de Vauxbuin, dont la vie s'était usée au chagrin d'un long exil, succomba brisé sous le bonheur inespéré qui le frappait. Il mourut dans la nuit. Il avait dit à son secrétaire : « Soyez tranquille; si je meurs, ma femme me remplacera dans l'exécution du bien que je voulais vous faire. »

En effet, au moment de rendre le dernier soupir, l'émigré, d'une main déjà froide, tendit à Thadéus un paquet cacheté. C'était une lettre pour sa veuve, la citoyenne Vauxbuin, quai Voltaire, à Paris.

## V

### UN COEUR DE PÈRE.

Un mois après l'installation de Thadéus chez le menuisier, Madeleine et Simon chérissaient déjà leur nouveau compagnon comme un frère. Ils lui témoignaient une confiance illimitée. C'était l'oracle de la maison, le conseiller intime que l'on aimait à consulter toujours, parce qu'il trouvait toujours des expédiens pour les cas difficiles.

C'était pour ses hôtes, on n'oserait pas dire ses maîtres, une surprise sans cesse renaissante de voir le courage, la persévérance, la résignation de cet homme si peu fait pour le travail grossier qui lui déchirait les mains. Souvent Madeleine avait peur, quand à ses yeux Thadéus soulevait d'énormes pièces de bois, que son mari, quoique fort habile, aurait craint de manier.

— Prenez donc garde, mon Dieu! vous pouvez vous blesser! — s'écriait-elle involontairement.

Et lui, sûr de sa force, la regardait en souriant pour la remercier de cette marque d'intérêt; puis il achevait sa tâche avec l'habitude d'un vieil ouvrier.

Thadéus avait désaccoutumé Simon des séances du club. Le menuisier passait presque toutes ses soirées à la maison, et puis, après la besogne faite et la boutique rangée, l'homme de peine venait s'asseoir auprès de ces bonnes gens; il les intéressait, il les instruisait par sa conversation facile et variée. Simon et Madeleine dévoraient les paroles de Thadéus. Ils s'élevaient l'âme et se formaient le jugement en l'écoutant; et plus d'une fois minuit vint à sonner qu'ils étaient encore là, sous le charme, et tout surpris d'avoir ainsi passé trois ou quatre heures.

Cependant les récits de Thadéus n'occupaient pas toutes leurs heures de loisir. L'ouvrier, à force de dire à Simon qu'un chef d'établissement devait au moins savoir lire les commandes qu'on pouvait lui adresser par la poste; à force de faire entendre à Madeleine qu'il fallait qu'une bonne ménagère fût en état d'écrire et de compter sa dépense de chaque jour, décida enfin les époux à prendre les leçons de lecture, d'écriture et de calcul, qu'il voulait leur donner.

Madeleine, docile et bien disposée, ne se rebuta pas des difficultés de ce commencement d'éducation. Simon, piqué au vif des progrès de sa femme, cherchait, à force de travail, à vaincre son intelligence plus rétive. Mais la patience de Thadéus, soutenue par la bonne volonté de sa studieuse écolière, échoua auprès du menuisier. Elle commençait à lire couramment que lui savait à peine assembler quelques lettres. Simon en éprouvait des mouvemens de colère, se frappait le front, jetait le livre par terre, marchait dessus, et pleurait presque de se voir si peu avancé, quand sa compagne d'étude devenait si habile. En vain Thadéus lui disait avec douceur et pour l'encourager : « Cela ira mieux demain. » Le menuisier se désespérait comme un enfant, et vraiment ses accès de dépit faisaient peine à sa femme.

— Laisse cela, — lui dit-elle un jour, — tu te rends trop malheureux; je ne veux plus que tu apprennes; c'est bien assez des fatigues de la journée sans que tu risques encore de tomber malade avec nos leçons du soir; puisque j'ai le bonheur d'apprendre plus facilement que toi, eh bien! j'en saurai toujours assez pour nous deux.

Simon convint qu'il avait vécu assez heureux jusque-là sans savoir lire pour se dispenser d'une fatigue à peu près inutile. D'ailleurs il n'avait pas à rougir de son ignorance devant sa femme, et il se sentait plus fier d'elle encore en lui voyant acquérir un nouveau degré de supériorité sur lui. Il abandonna de grand cœur les leçons, et Thadéus n'eut plus à s'occuper que de l'éducation de Madeleine.

Vers la fin de germinal suivant, la jeune femme devint mère. Elle fut sur le point de périr en mettant au monde un charmant petit garçon : pendant quinze jours on désespéra de la vie de l'accouchée. Le chagrin de Simon était extrême. Encore fallait-il que le pauvre mari sortît tous les matins pour travailler en ville; il partait sans espoir de retrouver vivante à son retour celle qu'il aimait de toute la franchise et de toute la force de son cœur simple et bon. Thadéus ne suivait pas le menuisier au-dehors; il restait là, travaillant dans la boutique, mais interrompant de demi-heure en demi-heure sa besogne pour aller auprès de la malade lui prodiguer des soins tendres, mais chastes, mais respectables comme les soins d'un frère ou d'un fils. Le soir, Simon se plantait sur une chaise en disant à sa femme : « Dors, ma petite, je veillerai; » mais Thadéus venait; il forçait le brave homme à se coucher, et continuait pendant la nuit ces attentions d'une touchante sollicitude qui mirent enfin Madeleine hors de danger.

La mère étant malade, on mit l'enfant en nourrice. Le jour du départ, Madeleine pleura beaucoup; elle embrassa vingt fois son fils bien-aimé; elle rappela celle qui l'emportait afin d'essayer encore de nourrir le pauvre petit, qui ne pouvait tirer que quelques gouttes de lait du sein maternel, tandis que la fraîche et robuste paysanne lui promettait une nourriture abondante et salutaire. Il y eut des larmes comme pour une séparation éternelle. Simon, qui savait bien qu'on devait se revoir avant peu, disait à Madeleine que c'était une sottise de se désoler ainsi; il priait Thadéus de parler raison à la malade, mais Thadéus avait aussi les yeux humides : on lisait sur son visage les traces d'une vive émotion. Il embrassait l'enfant de Simon avec amour, et Durand, ainsi que sa femme, présens à cette scène, se disaient tout bas : « C'est bien extraordinaire. » Ils disaient cela parce qu'ils ne savaient pas que l'amant de Clarence allait être père aussi, et que tous les baisers qu'il donnait au fils du menuisier c'était à son propre enfant que son cœur les adressait.

Durant les quatre mois qui s'étaient écoulés depuis son entrée chez Simon, Thadéus n'avait pas laissé passer deux jours sans aller de l'autre côté de la Seine s'informer de la santé de la citoyenne Vauxbuin auprès des gens du voisinage, et suivre en secret les progrès de la grossesse. Bien sûr de n'être pas reconnu sous ses habits de travail, l'homme de peine s'asseyait sur un banc, à la porte de l'hôtel, et guettait, à l'heure accoutumée des sorties de la comtesse, le moment où cette femme devait monter en voiture. Clarence paraissait; il la voyait passer fraîche et gaie comme elle l'était avant la scène du pavillon; et, soit que sa fraîcheur et sa gaieté fussent réelles ou factices, Thadéus avait beau l'examiner avec son regard pénétrant et sûr, rien dans le maintien ou la tournure de la comtesse ne décelait, même pour lui, le secret vivant de leurs amours.

— M'aurait-elle trompé? — se demandait-il. — Ne voulait-elle me tendre qu'un piége pour me forcer à l'épouser?... Mais dans quel but?... Je n'avais rien à lui donner pour qu'elle voulût de moi... rien, pas même de l'estime pour son argent... Mais qui sait?... l'intrigue a souvent de fâcheuses nécessités... ses exigences sont quelquefois impérieuses et bizarres... il y a des momens où ces femmes-là ont besoin d'un mari... le voile nuptial est parfois nécessaire pour couvrir une infamie !...— Et puis Thadéus pensait à tout ce qu'il y avait d'hommes sans cœur, sans conscience, et cuirassés contre le mépris, dans la brillante société de la comtesse. — Si Clarence, — reprit-il, — avait eu de la honte à offrir à quelqu'un avec sa main, elle eût trouvé sans peine un misérable qui se fût empressé d'accepter la dot que j'ai refusée... Elle a dit vrai, je dois le croire... je l'ai rendue mère... Mais si elle avait résolu de ne plus l'être !... si elle avait cherché à se débarrasser du fardeau qui pèse sur sa réputation, qui peut (et c'est bien pis) devenir un obstacle à ses plaisirs de tous les jours... lui faire manquer un bal ... oh! non, ce serait trop affreux ! elle n'en est pas là encore... Mais pourquoi donc alors cette taille de jeune fille et ce costume de femme de théâtre donnent-ils un démenti à la révélation qu'elle m'a faite?

Dans le trouble de ses esprits, Thadéus fut plus d'une fois sur le point de s'élancer au milieu de la cour de l'hôtel, et là, homme de peine du menuisier, avec la veste de l'ouvrier, ses mains calleuses, de s'approcher de la comtesse, de la prendre par le bras et de lui dire tout haut: « D'où vient, Clarence, que tu n'es plus enceinte?... »

Enfin, un jour, ses doutes s'évanouirent, toutes ses craintes se dissipèrent. Il vit Clarence sortir, mais non pas en voiture comme elle en avait l'habitude. Son costume était simple; un long châle la couvrait jusqu'aux genoux; son voile était baissé. Louise, sa caméristе, l'accompagnait. Quand les deux femmes eurent fait quelques pas, Thadéus quitta le banc de pierre et les suivit dans tous les détours qu'elles prirent pour arriver à une place de fiacres. Louise fit ouvrir la portière d'une voiture; le marchepied fut abaissé.

— Prenez garde de vous blesser, madame, — dit la femme de chambre en soutenant sa maîtresse, qui montait péniblement les marches mobiles.

Thadéus entendit ces mots, et son cœur bondit de joie; et, dans le délire de bonheur qui s'était emparé de lui, il demanda pardon à la mère de son enfant du soupçon qu'il avait pu concevoir.

Monté comme un laquais derrière ce fiacre, il tâcha d'écouter ce qui se disait dans la voiture; mais le bruit des voix ne perçait pas les parois de la caisse. Au risque d'être reconnu, il porta un regard curieux à travers la vitre du fond. Le chapeau de la comtesse lui faisait obstacle. Enfin Clarence détourna un peu la tête; son voile était relevé. Thadéus n'entrevit qu'un moment le visage de sa belle et fière maîtresse; mais c'était assez de cette vision rapide comme l'éclair pour achever de le convaincre. Il n'y avait plus ni gaieté ni fraîcheur sur les traits de la comtesse; c'était la pâleur et la fatigue d'une longue contrainte qui se montraient alors sans rouge et sans tromperie. Clarence était bien changée ! Thadéus la trouva plus belle que jamais, lui. Le cocher arrêta ses chevaux devant une jolie maison de la rue de Clichy. L'ouvrier de Simon n'eut pas besoin d'en apprendre davantage. Il savait que la comtesse venait de se faire conduire chez la citoyenne Amanda Vollini, Italienne peut-être, véhémentement soupçonnée de n'être pas aussi veuve qu'elle le disait; du reste femme d'intrigue comme la comtesse, femme de plaisir comme tant d'autres, dépositaire des secrets d'amour d'autrui, mais qui n'avait jamais pris que le public pour confident des siens; enfin une créature bien heureuse, bien fêtée, bien connue; caractère charmant, qui comptait parmi les femmes autant de rivales que d'amies, parmi les hommes autant d'heureux que d'adorateurs. Discrète pour les autres, et dévouée, parce qu'il faut bien avoir sa vertu, la citoyenne Vollini était la seule personne à qui Clarence pût dire son secret sans danger pour l'avenir. Sa maison était aussi l'asile le plus mystérieux que la mère future pût choisir pour donner le jour à son enfant. Admise dans tous les cercles de ce temps de réunions licencieuses, Amanda ne recevait personne. On l'invitait chez soi comme surcroît de débauche, comme dernier appoint de la somme bien complète des vices de l'époque; pas un de ses admirateurs les plus empressés n'eût osé se présenter à jeun chez elle. L'Italienne n'était vraiment charmante à voir qu'à la lueur d'une flamme de punch ; on la méprisait au grand jour... et certes c'est pure injustice, pure jalousie contre elle : car, au milieu des courtisanes aristocrates qui étalaient leur froide impudeur sur les promenades publiques, le pauvre pouvait au moins dire, en voyant passer la citoyenne Vollini : « Il y a quelque chose de bon au fond de ce cœur-là. »

Cette course extraordinaire avait pris plus de temps que Thadéus n'avait le droit d'en sacrifier à ses inquiétudes de père. Simon aurait craint de faire là-dessus une observation à son homme de peine; mais Thadéus eut la délicatesse de réparer ce léger tort par deux heures de travail après sa journée; et quand Madeleine vint lui demander pourquoi il s'obstinait à rester si tard à l'établi :

— C'est afin de m'acquitter,—dit-il; — j'ai perdu deux heures ce matin.

— Par exemple ! — répliqua-t-elle, — est-ce que nous devons y regarder de si près ensemble?

— A chacun son compte, — ajouta Thadéus; — d'ailleurs, si je ne regagnais pas aujourd'hui le temps que j'ai perdu, je n'oserais plus m'absenter une autre fois, et je prévois que d'ici à quelques jours j'aurai beaucoup à sortir encore.

Madeleine voulut insister encore; mais Simon, qui n'était peut-être pas fâché au fond de retrouver le complément de sa journée, poussa le coude de sa femme et dit :

— Faut pas qu'il se gêne avec nous, laisse-le faire. Si c'est son plaisir de travailler, à cet homme ! nous n'avons pas le droit de l'en empêcher.

Ce fut environ huit jours après l'incident que nous venons de rapporter que la citoyenne Simon accoucha d'un fils dont la naissance la mit à deux doigts du cercueil.

On a compris maintenant tout ce qu'il y avait de tendresse paternelle dans les attentions soutenues de Thadéus pour Madeleine et son enfant. C'était un premier essai de veilles et d'amour dans la vie nouvelle qui allait commencer pour l'amant de Clarence; vie de nobles sacrifices, de misère et d'angoisses, vouée d'avance au bonheur d'un être qui n'existait pas encore et que Thadéus aimait déjà comme s'il eût recueilli son premier sourire, comme si la voix de cet enfant eût retenti à son cœur autre part que dans ses rêves.

Madeleine avait été sauvée, grâce aux soins de Thadéus, disait-elle; et la reconnaissance des deux époux pour le bon ouvrier était devenue de l'étroite amitié.

Tous les décadis, depuis le rétablissement de Madeleine, ils partaient de grand matin tous les trois, et allaient à

Belleville voir le petit Simon. C'était là leur plus grande distraction du mois. On passait la journée dehors. Après avoir caressé l'enfant et causé avec la nourrice, on allait dîner chez un traiteur des environs, et, quand le temps n'était pas très beau, on finissait par le spectacle. Thadéus avait arrangé les choses ainsi.

Cette vie douce et paisible, vie de travail et de bonheur, de mutuels secours, de confiance réciproque, fut tout à coup troublée. Thadéus, jusqu'alors si liant, communicatif, devint tout à coup sombre et taciturne. Il travaillait toujours autant et aussi bien ; mais, sa journée finie et la leçon du soir donnée à son écolière, au lieu de rester avec Simon et sa femme, l'homme de peine disparaissait, pour ne plus se montrer que le lendemain à l'heure où l'on ouvrait la boutique.

Les bonnes gens se creusaient vainement la tête pour deviner les motifs de ce changement subit dans la conduite et les manières de leur ami ; car pour interroger Thadéus, ni l'un ni l'autre n'aurait osé ouvrir la bouche ; il les avait si instamment priés de respecter ses secrets et de ne point se choquer des irrégularités qu'ils pourraient remarquer en lui !

Cependant, vingt fois, à l'heure des repas qu'ils continuaient à prendre en commun, l'envie les prit de s'informer, de provoquer une explication ; mais la pâleur de l'homme de peine, les traces de larmes qui sillonnaient ses joues, la rougeur de ses yeux, leur avaient toujours glacé les paroles sur les lèvres. Quant à lui, dissimulant de son mieux ce qui l'agitait, il s'efforçait à manger, à paraître gai, jusqu'au moment où, le couvert ôté, il pouvait ressaisir la scie et le rabot, et se livrer tranquillement à ses pénibles réflexions.

Le décadi, comme à l'ordinaire, ils allaient ensemble voir l'enfant. Là une chose encore frappait vivement Simon et Madeleine : c'était l'espèce de redoublement de tendresse pour le petit. Il le pressait dans ses bras, il le baisait partout, il pleurait, il riait, il jouait avec lui ; on eût dit vraiment qu'il en était le père. Simon eut une idée. Pour être si contraint, si gêné à la maison, pour avoir tant de joie à voir l'enfant de Madeleine, il fallait que Thadéus fût amoureux de la mère. Cette idée, que tout semblait confirmer, contraria le brave homme.

— Si ça continue, — se disait-il, — faudra finir par un éclat ; il s'en ira d'ici ; et où trouverai-je jamais son pareil ?

Madeleine pensait différemment. Suivant elle, Thadéus était un grand personnage qui se cachait, un émigré non radié peut-être ; et c'était pour quelque cause politique qu'il sortait comme cela tous les soirs.

— Pourvu qu'il ne lui arrive pas malheur ! — disait-elle.

Quant à songer que, si ces conjectures étaient fondées, la présence de cet homme chez eux pouvait les compromettre, jamais elle ne l'avait fait.

Et les deux époux se cachaient mutuellement leur façon de penser : Simon, pour ne pas faire peine à sa femme ; Madeleine pour ne pas faire peur à son mari.

Au coin des rues Clichy et Lazare, comme on disait alors, il y avait déjà ce beau et fashionable cabaret que l'on y voit encore avec son balustre de bois peint et son grand arbre dont les branches étalées caressent les fenêtres du premier étage. C'était le rendez-vous de la valetaille huppée et muscadine du quartier, l'hôtel Thélusson des cochers et des femmes de chambre. Il s'y faisait presque autant d'orgies que dans les salons de Barras et de Tallien. On y voyait des joueurs comme à Frascati, seulement un noble marquis n'y tenait pas les cartes ; mais, à la qualité près, les vices et les turpitudes étaient les mêmes. C'était là que Thadéus se rendait tous les soirs, parce que c'était là aussi que le portier et les gens d'Amanda Vollini venaient se reposer des fatigues qu'impose le service d'une femme d'intrigues. L'amant de Clarence n'eut pas l'honneur d'être admis sur-le-champ dans l'intimité des laquais de si bonne maison ; on eut d'abord des sourires de mépris et d'insolens regards pour sa veste de travail. Cependant les valets n'avaient pas encore le droit de se montrer fiers de leur état ; ce n'est que quelques années plus tard qu'ils reprirent la livrée. Une bouteille au cachet vert, offerte avec cordialité, rendit le portier plus traitable. Il est vrai que le portier ne tient pas un rang fort élevé dans la hiérarchie de la domesticité. L'antichambre méprise la loge ; mais l'homme de la loge tient avec le cordon de la grande porte tant d'intérêts et de mystères dans ses mains, qu'il est presque toujours meilleur à consulter que les gens de l'antichambre, lorsque l'on veut avoir des renseignemens exacts sur les secrets du boudoir.

Thadéus l'interrogea adroitement, et, jour par jour, il fut instruit des progrès de la grossesse. Il assista presque à l'accouchement de Clarence, et celle-ci ne s'était point encore senti la force de demander de quel sexe était son enfant que Thadéus savait déjà qu'il était père d'une fille que la citoyenne Vollini avait nommée Mathilde. Quand on lui dit cela, il étouffa un cri de joie qui gonflait sa poitrine, et se détourna pour pleurer.

— Elle se porte bien, n'est-ce pas ? — demanda-t-il.

— Comme un charme, citoyen ; ça ne demande qu'à pousser ni plus ni moins qu'un champignon.

— Elle est jolie ?... Oh ! j'en suis sûr, elle doit être jolie.

— Je crois bien ! D'abord, les petits enfans, c'est toujours laid comme des petits singes quand ça vient au monde... et puis tout ça change ensuite. Ils deviennent superbes... ou bien ils enlaidissent... ça dépend.

— Est-ce qu'on ne pourrait pas la voir, cette petite ?... Ma question vous étonne... c'est que vous ne savez pas combien j'aime les enfans !

— Oh ! si ça vous fait tant de plaisir, on pourra vous contenter, car la nourrice va partir dans une heure ou deux.

— Déjà ! — se dit douloureusement Thadéus. — Je t'avais bien jugée, Clarence ; tu seras mauvaise mère. C'est à peine si elle se donne le temps d'embrasser sa fille... Oh ! pauvre petite ! si son amour te fait faute, le mien ne te manquera pas, je t'en réponds.

Ceci se passait dans la loge de Bertrand, le portier d'Amanda.

Thadéus, afin d'avoir le temps de rester là jusqu'au départ de la nourrice, alla chercher quatre bouteilles de vin au cabaret du coin.

— Nous ne viderons pas tout cela ce soir, — dit-il à Bertrand ; — mais vous boirez le reste à la santé de Mathilde.

Bertrand promit de grand cœur. Sa parole suffisait à Thadéus ; il savait qu'un serment n'était pas nécessaire avec le portier, quand il s'agissait de boire. La première bouteille fut débouchée.

— Je trinque à la mère, — dit Bertrand.

— A l'enfant, — répéta le menuisier.

Enfin une voiture de place s'arrêta devant la porte. Une femme de chambre descendit de la maison avec la layette de l'enfant. Bientôt la nourrice parut : un homme était avec elle et lui faisait des recommandations. A la lueur d'une bougie que tenait la femme de chambre, Thadéus reconnut cet homme ; il avait été autrefois son premier motif de jalousie contre Clarence. Le père de Mathilde ne douta pas, en le voyant dans cette maison, que son rival du temps passé ne fût devenu son remplaçant.

— Restera-t-il là jusqu'à la fin ? — se dit-il. — Ne me donnera-t-on pas le temps de voir ma fille ?

L'anxiété de Thadéus était affreuse : la nourrice se préparait déjà à monter en voiture, et lui n'osait se montrer, son rival l'eût reconnu peut-être ; enfin le nouvel amant de Clarence dit à la femme de chambre :

— Eclaire-moi !

Et il remonta dans les appartemens d'Amanda.

Oh ! alors ce ne fut, de la loge à Bertrand à la portière

du fiacre, qu'un bond rapide comme la foudre : Mathilde avait déjà passé dans les bras de son père que la nourrice ne savait encore ce que cet homme voulait d'elle. L'ouvrier donna à l'enfant un baiser dans lequel il avait réuni toutes les puissances d'amour de son âme brûlante; et puis une idée traversa son esprit...

— Si je l'emportais! — se dit-il; — si je leur volais ma fille!

— Ah ça! allez-vous me l'étouffer, c't'enfant, — dit la nourrice. — Pauvre petit ange du bon Dieu; voyez que vous la faites pleurer! donnez-moi donc ça, vous ne savez pas y toucher... je vous dis que vous allez y faire mal.

Thadéus l'embrassa plus légèrement; il effleura des lèvres la peau fine et veloutée des joues ridées de Mathilde, examina la nourrice, lui remit l'enfant dans les bras, et dit, avec un regard suppliant :

— Vous en aurez bien soin, n'est-ce pas?... c'est qu'elle doit être heureuse un jour, cette chère petite.

— Je crois bien, avec une mère calée comme celle qu'elle a! — reprit la nourrice.

— Oui, surtout avec un père qui sacrifiera tout pour son bonheur. — Puis il reprit : — Est-ce que vous allez l'emmener bien loin?

— Oh! que non; nous allons à Bagnolet, chez le monsieur qui était avec moi tout à l'heure, vu qu'il a là une maison; même que nous y sommes jardiniers, moi et mon homme.

— C'est bien, — pensa Thadéus, — j'irai à Bagnolet.

La voiture partit. Il la regarda s'éloigner, et puis, comme elle détournait le coin de la rue, Thadéus, sans écouter le père Bertrand, qui lui criait de venir achever le verre de vin qu'il avait laissé à moitié plein pour courir embrasser l'enfant, se mit à suivre à toutes jambes le fiacre qui emportait Mathilde. Sa course fut longue et pénible : il ne cessa de courir que lorsque la voiture se dirigea hors de Paris : alors il revint, tout triste, tout ému des événemens de la soirée, et se demandant comment il ferait pour embrasser de nouveau sa fille.

Le lendemain, à neuf heures du soir, il était à Bagnolet. Durant trois mois, il y revint ainsi tous les soirs, s'informant au nom de la mère des nouvelles de Mathilde. Thadéus ne voyait pas sa petite fille lui sourire, car il n'arrivait jamais qu'après sa journée de travail, et c'était l'heure du sommeil de l'enfant; mais il passait quelques minutes auprès de son berceau, mais il se sentait un moment auprès d'elle, et c'était là une assez belle moisson de souvenirs qu'il recueillait pour le lendemain.

— Faut avouer que la citoyenne aime bien sa petite, — disaient les nourriciers, qui ne se doutaient guère du mensonge de Thadéus.

Quant à lui, il ne craignait pas d'être démenti par Clarence : le cœur de cette femme lui était bien connu. Il savait qu'elle ne pourrait pas trouver dans ses journées de plaisir un moment à donner à sa fille. Il ne devinait pas cependant tout à fait juste, car, dans les trois premiers mois qui s'écoulèrent depuis la naissance de Mathilde, la comtesse vint une fois à Bagnolet avec le successeur de Thadéus.

Un soir, comme il arrivait chez la nourrice, on remit à celle-ci une lettre de Clarence. Il entendit le jardinier qui lisait ce qui suit :

« Prête à faire un assez long voyage, je vous préviens » que les mois de nourrice vous seront payés par mon » homme d'affaires, le citoyen Chatard, rue de la Loi, » n° 192. Ayez toujours soin de l'enfant comme par le » passé. J'irai la voir en revenant à Paris, dans quatre » ou cinq mois. On m'a parlé d'un homme qui venait de » ma part s'informer de la santé de la petite : je vous » préviens que ni moi ni le citoyen Crancé » (c'était le nom du nouvel amant de Clarence, maître de la maison) « n'avons envoyé personne. Ainsi, sachez qui est cet in» dividu, et tenez-vous pour avertis que le citoyen Cha» tard est seul chargé de mes affaires. »

Thadéus, à la fin de cette lettre, était pâle et tremblant. La nourrice le regarda avec surprise et frayeur; le jardinier se plaça devant la porte, comme pour lui barrer le chemin, et dit :

— Au fait, qui êtes-vous?

L'idée d'une arrestation et d'un interrogatoire fit frémir Thadéus. Il fallait qu'il fût libre pour veiller sur sa fille; aussi, sans laisser aux nourriciers le temps de faire un éclat, il repoussa vigoureusement l'homme qui s'était planté devant lui, franchit la porte de la rue, en laissant ces mots pour toute réponse :

— Je suis le père de cet enfant! — et il courut de toute la vitesse que donne la peur. Quand il fut hors d'atteinte et qu'il put unir deux idées dans son esprit, il s'arrêta sur la borne d'une maison, et se mit à réfléchir. — Maintenant, — dit-il, — je ne puis plus me présenter à Bagnolet... Et Clarence va partir sans voir son enfant... et je laisserais Mathilde dans la puissance d'une femme qui comprend si peu ses devoirs de mère! Non, ce n'est pas possible; Mathilde m'appartient aussi : il me la faut! je l'aurai!... Mais qui me la livrera? — Alors il pensa à son rival, à ce citoyen Crancé pour qui l'enfant devenait un objet de gêne. — Clarence me la refuserait peut-être, — dit-il encore; — mais lui! il ne demandera pas mieux de l'enlever à sa mère.

Thadéus rentra dans sa mansarde, et toute la nuit se passa en projets. Enfin il résolut d'aborder franchement la question avec son rival heureux; et comme le lendemain était un décadi, jour de repos, il tira de sa valise les habits qu'il portait au temps de sa prospérité chez la comtesse, et se rendit à l'hôtel que le citoyen Crancé habitait.

A l'aspect de Thadéus, l'amant de Clarence se troubla.

— Venez-vous, — lui dit-il, — me demander raison d'une liaison qui offense votre amour-propre? Je vous préviens, mon cher monsieur, que je ne me bats pas pour des femmes; et qu'au surplus, si vous cherchez à rentrer dans les bonnes grâces de madame de Vauxbuin, je m'arrangerai de façon à la débarrasser de vos importunités.

— A Dieu ne plaise, monsieur, — reprit Thadéus avec un sourire amer, — que j'en veuille jamais à votre glorieuse conquête! Ce n'est pas d'elle qu'il s'agit.

— Alors prenez un fauteuil, nous pouvons nous entendre. Et même, si vous n'avez pas déjeuné, je vais sonner pour qu'on serve le thé.

— Je vous remercie.

— Pourquoi? on cause mieux à table.

Le thé fut servi. Thadéus parla de ses visites à Bagnolet, de sa dernière entrevue avec la nourrice, de l'impossibilité où il était de rentrer dans la maison, et de son dessein bien arrêté d'arracher sa fille aux mains d'une mauvaise mère.

— Mais c'est fort bien! mais c'est parfait! — répondit Crancé. — Cette pauvre Clarence ne sait pas ce que c'est que d'avoir des enfans... elle ne s'en doute pas! Ce n'est pour elle qu'un embarras sans plaisir. Vous nous rendrez, je vous jure, un véritable service en vous chargeant de la petite.

— Ainsi, monsieur, vous prenez donc sur vous de la déterminer à me céder Mathilde?

— Je ne dis pas cela! Je connais madame de Vauxbuin Elle va vouloir jouer le sentiment; elle jettera les hauts cris. Il faut enlever l'enfant sans qu'elle s'en doute.

— Et vous consentez à être mon complice?

— Oui : à peu près, c'est-à-dire que je vous faciliterai les moyens de réussir, sans avoir l'air de me mêler de cette affaire-là. Clarence est toujours avec moi sur le point d'une rupture, parce qu'elle sait que j'ai besoin de ses services auprès du gouvernement. Qui sait? Elle trouverait peut-être dans l'amour maternel qu'elle n'a pas un motif de brouille que je veux éviter...

— Cependant il me faut ma fille, monsieur ! Il me la faut, dussé-je la voler de nuit, comme un brigand qui se cache... car il me la faut, vous dis-je !

— C'est de nuit aussi que vous la volerez. J'ai toujours chez moi une clef de la petite porte du jardin qui donne derrière ma maison de Bagnolet. Vous prendrez cette clef ; vous traverserez le bouquet de bois qui conduit à l'habitation du jardinier. Le mari n'y sera pas ; j'aurai soin de faire venir Mathieu à Paris et de le retenir jusqu'au lendemain. Quant à la nourrice, elle sera dûment prévenue d'avance par moi. Elle vous remettra l'enfant, moyennant un rouleau de quinze ou vingt louis. Pouvez-vous disposer de cette somme?

— Oui ; il me reste encore cinq cents livres de mes économies passées.

— Fort bien ; à ce prix-là vous l'enlèveriez elle-même !.. Et je vous promets ensuite de faire manquer toutes les recherches de la police, si, à son retour, Clarence voulait faire trop de bruit de la disparition de sa fille.

— Et à quel jour l'exécution du projet?

— A demain soir, si vous voulez.

— A demain soir, — répondit Thadéus. Crancé lui remit la clef du jardin. — Je n'oublierai jamais le service que vous me rendez, — dit le père de Mathilde.

— Laissez donc, mon ami ! C'est moi qui suis l'obligé là-dedans. Maintenant on pourrait presque épouser madame de Vauxbuin.

L'ouvrier prit congé du citoyen Crancé ; et, de retour à la boutique, il arrangea son plan d'enlèvement pour le lendemain. Madeleine s'aperçut de ses distractions ; elle en parla à Simon, qui fut sur le point de répondre : « Je sais bien ce qu'il a dans l'âme, c'est de l'amour pour toi... Ça lui est venu avec vos coquines de leçons d'écriture et de grammaire. Je devais m'en douter ; des gens qui sont toute la soirée à écrire : *j'aime, nous aimons*, faut toujours que ça finisse comme ça. » Il était prêt, disons-nous, à répondre ainsi à Madeleine, et puis les paroles expiraient sur ses lèvres ; il n'avait pas le courage, ce bon Simon, de rompre violemment avec celui qui ne lui avait jamais rendu que des services.

On alla, comme c'était l'usage, rendre une visite au fils du menuisier, Ce jour-là, Thadéus embrassa un peu moins le bambin.

— Oh ! il a un grand chagrin, notre Joseph, — pensa Madeleine, — car voilà la première fois qu'il ne fait pas d'amitiés à mon fils.

Simon ne sut pas mauvais gré à Thadéus de sa réserve.

— Il a vu que ça me faisait de la peine, — se dit-il. — S'il pouvait se corriger de cet amour-là !

Thadéus, cependant, parla beaucoup, mais à la nourrice seulement. Il lui demanda si elle se sentirait la force de prendre encore un nourrisson.

— Pardienne ! — dit-elle ; — en sevrant le mien qu'est bien en âge de ne plus téter, ça ne m'en fera jamais que deux.

Cette question de l'ouvrier étonna le menuisier et sa femme ; mais leur surprise fut bien plus grande encore quand ils l'entendirent répondre :

« Peut-être, » à la paysanne qui lui demandait en riant :

« Est-ce que vous auriez un poupon à me donner, vous? »

On ne l'interrogea pas là-dessus. Ce n'était que volontairement que Thadéus devait livrer son secret à ses amis. Toute la journée du lendemain se passa sans qu'il fût question de leurs remarques de la veille ; mais le soir, après souper, comme ils s'attendaient à le voir prendre encore son chapeau et monter dans sa chambre ou sortir... à leur grand étonnement, il resta, fit un tour ou deux dans la boutique, tandis que Madeleine desservait et rangeait le couvert ; ensuite, fermant la porte de communication entre la boutique et l'arrière-boutique, il revint s'asseoir et leur parla ainsi :

— Vous êtes, je le vois, étonnés du changement qui s'est manifesté en moi depuis quelque temps. Je ne suis plus le même, n'est-ce pas, mes amis ? Je suis devenu ennuyeux, maussade, ridicule, n'est-il pas vrai ? et cela vous fait de la peine, car vous m'aimez, vous ! C'est que, voyez-vous, je souffre horriblement... — Il s'arrêta et poussa un profond soupir. Simon et sa femme écoutaient avidement. Il reprit : — Le temps est venu de vous faire connaître une partie de mes douleurs. Ayez pitié de moi, mes amis, car il est des souffrances dont la confidence ne soulage pas, et les miennes sont du nombre. J'ai tout perdu, moi qui vous parle ; je suis proscrit, je n'ai plus de nom ; mes parens ne me connaîtraient plus si je reparaissais au milieu d'eux. Vous ne sentez peut-être pas le malheur de cela, vous que la Providence a si bien mis à l'abri des orages politiques !

— C'est cela, — dit en elle-même Madeleine, qui continuait à voir en lui un émigré sans espoir de rappel.

— Aux angoisses de cette situation, unique sans doute parmi les hommes, d'autres peines sont venues se joindre, plus amères, plus vives ; car c'est au cœur qu'elles frappent, c'est le cœur qu'elles torturent et qu'elles brisent, tandis que les premières, toutes physiques pour ainsi dire, ne s'adressaient qu'à mon courage qui les avait presque vaincues,

— C'est cela, — dit en lui-même Simon, — car ses soupçons revenaient malgré lui toutes les fois qu'il entendait un soupir s'échapper de la poitrine de Thadéus.

— Vous avez dû remarquer, mes amis, — continua le malheureux, — la vive émotion que m'a fait éprouver la naissance de votre enfant. En le voyant, ce gage de votre amour, de bonne foi j'ai pleuré; en voyant votre bonheur, Simon, vos tendres sollicitudes, Madeleine, j'ai pleuré ; il y avait une corde en moi que tout cela faisait vibrer bien douloureusement, allez ! car je suis père aussi. — Madeleine et Simon se regardèrent tout ébahis. — Oui, je suis père, mes amis, et jugez de mon malheur ! ce n'est qu'au prix de mille peines que j'ai pu voir mon enfant. Encore ne m'a-t-il pas fallu lui donner ce nom... car alors on m'aurait repoussé, on m'aurait ri au nez, on se serait dit : « Qu'est-ce que cet homme ?... Que veut-il?... C'est un fou. »

— Mais sa mère ! — s'écria Madeleine.

— Sa mère? Mais c'est elle justement qui aurait dit : « Je ne connais pas cet homme, je ne l'ai jamais vu... »

— Pourquoi donc ça ? — dit Simon confondu de tout ce qu'il entendait.

— Pourquoi ? — répondit Thadéus avec exaltation. — C'est que la mère est une grande dame, voyez-vous ! Et les grandes dames savent mieux mentir que vous autres, et, quand elles mentent, elles ne rougissent pas comme vous autres...

— Mais pourtant, — reprit Simon, on ne peut pas renier le père de son enfant, renier son mari !

— Moi ! je ne suis pas son mari, — dit Thadéus en reprenant son sang-froid — C'est toute une histoire, cela. Elle était veuve quand je l'ai connue. Elle était belle, moi jeune. Nous avons eu de l'amour l'un pour l'autre, nous avons passé près d'un an ensemble. Quand elle s'est vue grosse, elle m'a dit de l'épouser. Je ne pouvais pas. Alors elle m'a chassé de chez elle... et je suis venu chez vous.

— Dame, aussi ! il faut être juste, vous aviez tort en refusant de l'épouser, — dit Madeleine.

— Oh non ! elle a bien su que je ne pouvais pas, — répondit Thadéus avec un sourire amer. — A présent, elle me hait, comme elle m'aurait haï plus tard si nous nous étions mariés... parce que c'est une femme pleine d'orgueil et qui n'a pas de cœur. Jugez de l'accueil qu'elle m'aurait fait si, avec mes habits d'ouvrier, je me fusse avisé de lui dire : « Cet enfant est à nous deux, n'est-ce pas, madame ? » Oh ! c'est bien vrai qu'elle n'a pas de cœur ; car elle n'a pas demandé à voir sa fille, et elle va partir sans penser à l'embrasser... Je savais d'avance combien la pauvre petite aurait à souffrir de son abandon, et jugez si je trouvais mon enfant malheureux d'avoir une telle mère, quand je voyais les soins continuels que vous aviez du vôtre... Je me disais : « Elle n'ira pas le voir ; elle ne s'informera pas s'il est bien, elle n'ira pas le veiller s'il est malade... C'est peut-être un embarras pour elle, peut-être aimerait-elle mieux le voir mort que vivant. C'est une mauvaise mère !... » Toutes ces idées m'ont tourmenté, mes bons amis ; elles ont été le cauchemar de mes nuits, le désespoir de mes jours... J'ai cherché un moyen d'échapper à l'inquiétude qui me dévore ; j'ai voulu me tranquilliser sur le sort de ma fille... Pour cela, j'ai conçu un projet qu'il faut que vous m'aidiez à exécuter : le voulez-vous ?

— Comment ! — dirent-ils à la fois. — Tout ce que vous voudrez, nous le ferons. Nous sommes prêts.

— Je connais la maison ; j'ai ce qu'il faut pour m'y introduire. Si vous voulez venir avec moi, Simon, nous prendrons l'enfant et nous le porterons chez la nourrice du vôtre.

— Quand ça ? — demanda le menuisier un peu étourdi de la proposition.

— Cette nuit.

— Cette nuit ! — dit avec effroi Madeleine, — et comment ferez-vous ?

— Comment nous ferons ? — répondit Thadéus.

Il tira une clef de sa poche, et raconta ce qui s'était passé dans son entrevue avec le citoyen Crancé.

— Mais si l'on vous surprend, — dit la menuisière ; — si la nourrice crie... si l'on vous arrête...? Qu'allez-vous faire là, mon Dieu ?

— Soyez tranquille, ma bonne dame Simon ; j'ai tout prévu, j'ai réponse à tout, et votre mari ne court pas le moindre danger... Au surplus, mes amis, ce que je vous ai dit ne vous engage à rien : vous êtes libres. J'irai seul ; car je ne puis plus vivre ainsi.

— Croyez-vous pas que j'ai peur ! — s'écria Simon. — Ah bien ! par exemple !... C'est à cause de ma femme. Quant à moi, le temps de mettre ma redingote et mon chapeau... et je pars.

Et Simon, tout rouge de l'idée d'avoir été pris pour un poltron, tirait sa redingote de l'armoire et son chapeau de l'étui.

— Vous m'avez bien dit la vérité ? — observa Madeleine en hésitant un peu,

— Sur mon honneur, sur la vie de mon enfant, je n'ai rien dit qui ne soit vrai !

— Allez donc, et que le ciel vous conduise !

Elle se jeta toute pleurante dans les bras de Simon.

— Embrassez-la ! — dit le pauvre homme qui pleurait aussi, peut-être un peu de honte, car il avait un moment soupçonné la vertu de sa femme.

Après ces touchans adieux, ils partirent.

Un cabriolet, qu'ils prirent au bas de la rue Helvétius, les conduisit à la barrière de Pantin. Là ils mirent pied à terre et gagnèrent Bagnolet à travers champs.

Tout dormait dans le village. Nul bruit, nul mouvement ; le vent dans les arbres, et voilà tout. Ils marchèrent silencieusement, sans rencontrer qui que ce fût. Thadéus passa la maison, puis, faisant quitter à Simon la grande route, il entra avec lui dans un chemin ombragé, sorte d'avenue qui longeait les murs du jardin. Au bout ils tournèrent encore, et, levant les yeux, ils virent le pavillon où logeait la nourrice.

A côté de ce pavillon, simple mais élégante construction percée de fenêtres à persiennes vertes, une petite porte cintrée, peu visible, servait de passage pour aller aux champs.

Les deux amis s'arrêtèrent.

— C'est ici sûrement, — dit Simon.

— Oui, — répondit l'homme de journée. Il respirait à peine. Il regarda bien de côté et d'autre, prêta l'oreille attentivement, et, n'entendant ni ne voyant personne, il glissa doucement dans la serrure la clef que lui avait confiée le nouvel amant de Clarence. La porte s'ouvrit sans difficulté. — Attendez-moi là, — dit-il à Simon.

— Non pas, — répondit le menuisier. — Je vas avec vous. On n'aurait qu'à vouloir vous faire du mal !

Thadéus lui serra la main.

Ils entrèrent. L'homme de journée ferma la porte et remit la clef dans sa poche.

Cette porte, tout à fait cachée à l'extérieur, ouvrait sur un petit bois assez épais qu'ils traversèrent avec précaution, en faisant le moins de bruit possible. Le jardin, planté à l'anglaise, venait immédiatement. Une route sablée passait entre lui et le bois, sur la lisière, et menait au pavillon. Il était difficile de passer par là, avec le beau clair de lune qu'il faisait, sans s'exposer à être vu de la maison. Les deux hommes se résignèrent néanmoins, en dépit de la menaçante illumination de plusieurs fenêtres.

Personne ne les vit.

Arrivés au pavillon, Thadéus frappa trois petits coups, auxquels on répondit presque aussitôt en ouvrant une lucarne au-dessus de la porte. Une femme s'y pencha, et demanda aux deux visiteurs nocturnes par où ils étaient entrés. Sur la réponse de Thadéus, elle ouvrit la porte.

C'était la nourrice.

Thadéus lui dit pourquoi il venait. D'abord elle eut l'air d'être effrayée en le reconnaissant.

— Elle ne savait pas, — disait-elle, — si sa conscience lui permettait... — Mais elle jouait mal son rôle ; on voyait qu'elle ne parlait ainsi que pour la forme, et qu'au fond garder l'enfant ou le donner était tout un pour elle, pourvu qu'on la payât.

Cette femme dégoûtait Thadéus par son langage de fausse probité. Il leva ses scrupules avec quinze louis qu'il lui mit dans la main. C'était ce qu'elle attendait : le citoyen Crancé lui avait parlé de cette somme.

Qui pourrait exprimer le bonheur, l'émotion, le délire du pauvre homme, lorsqu'en échange de ses pièces d'or la nourrice lui eut mis son enfant dans les bras ? C'était à lui ! il le tenait ! il l'avait !

— Que quelqu'un vienne me l'ôter maintenant ! — s'écria-t-il éperdu...

Et, prompt comme l'éclair, il descendit l'escalier, suivi de Simon, et de la nourrice qui lui recommandait de faire en sorte que l'enfant eût à manger le matin de bonne heure.

Pour regagner la porte des champs, la nourrice les conduisit par un chemin plus court et tout à fait caché dans le bois.

Ils ne sont plus qu'à trois pas ; la nourrice leur souhaite une bonne nuit, un bon voyage, et s'en va. Thadéus, qui ne veut pas quitter son enfant, tire la clef de sa poche et dit à Simon d'ouvrir la porte. Au moment où celui-ci vient de mettre la clef dans la serrure, il entend la même chose de l'autre côté... il recule et se sauve sans retirer la clef. Tous deux se jettent lestement derrière un bouquet d'arbres qui les cache à peine, et là, se faisant petits, retenant leur haleine, tremblant que l'enfant ne s'éveille et crie, ils voient la porte s'ouvrir et une femme entrer.

La lune donnait en plein sur son visage. Thadéus regarde et reconnaît Clarence.

Que venait-elle faire à cette heure ?

La forte clarté qui donnait sur la porte rendait heureusement plus obscur le coin où les deux hommes s'étaient réfugiés ; autrement il eût été presque impossible de ne pas les voir en entrant.

La comtesse avait entendu mettre la clef dans la serrure, et quelqu'un s'enfuir ensuite. Quand elle fut entrée, son premier soin fut de tâter en dedans si cette clef était restée, afin de s'en emparer : ce qu'elle fit.

Puis elle alla droit au pavillon, où la nourrice était à compter son argent.

— Vous n'êtes pas couchée ? — dit-elle. La nourrice devint pâle et tremblante. — Il y a quelqu'un ici qui se cache !... je veux savoir qui c'est ! — La nourrice ne trouva pas une parole à répondre. — Il y a quelqu'un ici ! — répéta la comtesse furieuse ; — vous l'avez vu ! vous savez qui !... Parlerez-vous !

La nourrice se jeta à genoux.

La voix de la comtesse arrivait haute et perçante jusqu'à Thadéus. Il vit le danger et le seul moyen qu'ils avaient de s'y soustraire. Le mur n'était pas haut. Il y avait derrière eux un gros noyer qui étendait ses vieilles branches en dehors; Thadéus y fit grimper son maître, qui avait grand'peur, quoiqu'il n'en dît rien.

— Voyez-vous quelqu'un ? — dit-il quand il fut sur le mur.

— Non.

— Pouvez-vous sans danger arriver à terre ?

— Oui... — dit le menuisier, après avoir hésité quelque peu.

— Eh bien ! sautez.

— Et vous ?

— Sautez donc ! et vite ! on va venir...

Simon sauta.

Ce fut au tour du père à grimper avec son enfant dans les bras. Il le fallut bien, car pour tout au monde il n'aurait pas rendu ce pauvre innocent à sa mère... Et pas d'autre moyen de sortir !... pour eux il n'y avait plus de porte ! C'était effrayant de difficulté... Passer un enfant de trois mois, une si mince et si frêle créature, par-dessus un mur de dix pieds !

Le père ôta sa cravate et la noua bout à bout avec son mouchoir. Il fit de cela une manière de hamac dans lequel il posa l'enfant; puis, à l'aide de ses jarretières, il se passa autour du cou cet intéressant fardeau. L'enfant s'était éveillé. Il se mit à crier... mais heureusement sa mère criait plus haut que lui... Il lui passait des lueurs sur les yeux... la tête lui tournait. Il se dit :

— Si j'allais tomber ! Si ces nœuds allaient se défaire... Je tuerais mon enfant ! — Il hésita... Mais il entendit que la comtesse sortait du pavillon avec la nourrice... — Allons ! courage, — se dit-il : — à la grâce de Dieu !

Et il embrassa l'arbre, l'enfant suspendu sur son dos... Et c'était merveille comme il prenait garde... comme il choisissait les grosses branches... comme il écartait les petites... déplorant la clarté de la lune et la tranquillité de l'air qui le laissaient voir et entendre !...

Dieu eut pitié de lui. Le vent souffla... un nuage passa sur la lune.

Thadéus toucha le mur.

Une fois dehors, il saisit d'une main la plus forte branche... Oh ! son cœur lui rompait la poitrine !... De l'autre main, il dépassa de son cou le pauvre enfant qui ne criait plus, grâce au ciel !... et pesant à faire plier cette branche presque jusqu'à terre, il tendit son trésor à Simon, qui le reçut... Il était temps ! la branche cassait... Le père tomba... Que lui importait ? Simon était là.

Il se releva vite, froissé, mais non blessé. Il reprit son enfant, et se mit à courir d'un pas impossible à suivre... Il y avait un cabriolet au coin de l'avenue, et un domestique qui tenait le cheval.

Ce domestique les regardait courir; mais il ne vit pas d'où ils sortaient.

Quand ils furent loin, ils s'arrêtèrent un peu pour reprendre haleine.

— Il est trop tard, — dit Simon, — tout le monde sera couché à Belleville. Nous ferons mieux de retourner à Paris. Demain matin, Madeleine ira chez la nourrice.

Le père entendait à peine... Ils tournèrent du côté de Paris.

Il était heureux ! Oh ! qu'il était heureux ! Il venait de regarder son enfant au clair de la lune.

Quand ils rentrèrent, deux heures venaient de sonner. La bonne Madeleine les attendait, tremblante, priant Dieu de toute son âme.

— Eh bien ! vous l'avez ? — dit-elle...

— Oui...

Le père lui remit son enfant sans dire un seul mot... Puis un grand froid lui serra le cœur, ses yeux tournèrent ; il poussa un cri sourd et s'évanouit.

Son bonheur lui avait fait mal.

Quand il revint à lui, il vit Madeleine qui arrangeait l'enfant dans son berceau fait jadis pour le sien. Il l'entendit qui disait :

— La jolie petite fille ! la pauvre petite fille !

Et la bonne femme l'embrassait, la caressait comme si c'eût été à elle.

Il se mit à genoux auprès du berceau. Une joie céleste éclairait son visage... Ses lèvres remuaient; il parlait à sa fille... tout bas... il la détaillait avec amour... il l'étudiait, il se mirait en elle... il l'écoutait respirer !... C'était à rendre honteuse la plus tendre, la plus aimante des mères... il riait, il pleurait, il priait ! il remerciait Dieu ! Il oubliait toute sa vie. Il n'avait plus de passé. Il commençait à partir de là...

— Voilà mon but, — pensait-il ; — voilà pourquoi j'ai consenti à vivre ; voilà pourquoi je n'ai pas voulu que la mort ressaisît sa proie échappée. Ceci est mon étoile polaire... Maintenant j'ai du courage. Je puis défier tous les obstacles, maintenant! Il n'y a pas de puissance plus forte que moi... Monde, tu m'as jeté hors de ton sein, j'y rentre malgré toi ! Tu m'as condamné, je casse ton arrêt ! Tu me refuses tout; ce que tu laisses au plus chétif, au plus misérable, tu me l'ôtes !... eh bien ! je te reprendrai tout ce que tu m'ôtes... Chaque jour de ma vie, je le marquerai par une conquête nouvelle sur toi... En dépit de toi, je deviendrai grand, je deviendrai riche... parce qu'il faut que ma fille soit grande et riche ! A nous deux ! je te jette le défi, aujourd'hui, à cette heure, moi, seul contre toi, moi Frédéric de Wurzheim, moi le pendu de Berlin !... Et nous verrons qui se lassera le premier... Nous verrons qui laissera le champ libre à l'autre. Oh ! cette lutte sera belle ! Par le Dieu vivant, elle sera belle ! Je veux que le ciel et l'enfer y prennent parti pour et contre moi, qu'anges et démons s'arrêtent pour me regarder faire ! — Il se leva. Il était admirable à voir : ses yeux brillaient comme les yeux d'un inspiré. — Voyez-vous cet enfant ? — dit-il. — Devant vous, mes seuls amis dans ce pays d'exil et de misère, entre vos mains si pures, sur vos têtes innocentes, je fais aujourd'hui le serment solennel de consacrer ma vie à cet être que Dieu m'a donné comme un gage de sa justice éternelle. Il n'y aura pas en moi une pensée, un désir, une volonté qui ne se rapporte à ma fille. Je haïrai ce qu'il faudra haïr pour elle, j'aimerai ce qu'il faudra aimer pour elle. J'irai partout, je ferai tout ; travaux, dangers, privations, honte, malheurs, j'essuierai tout, j'affronterai tout, jusqu'à ce qu'elle n'ait plus besoin de moi, jusqu'à ce que Dieu, en me la montrant heureuse et fière, me dise : « Assez ! repose-toi ! tu as fini ta tâche ! » Car si je n'avais pas su qu'elle devait venir, voyez-vous, je serais mort déjà. Je ne devais rien au monde, moi ! J'étais de trop sur la terre. Me retrancher eût été bien ; me détruire eût été juste. Mais à présent il faut que je vive, il faut que je vive longtemps. Il faut que le père élève sa fille, mes amis ! Il faut que le père marie sa fille ; et tout cela pour sa fille, pas pour lui, rien pour lui... Oh ! jamais amour de père n'aura été plus désintéressé que le mien ! Car il me sera défendu de lui dire que je suis son père ; car il ne faudra pas qu'elle sache comment son bonheur lui sera venu ; et quand elle me dira : « Savez-vous où est mon père ? Avez-vous connu mon père ? » il faudra que, sans détourner la vue, je lui réponde tout naturellement : « Votre père ! il est mort quand vous étiez encore au berceau. »

Ici Thadéus se cacha la tête dans les mains et pleura.

Quant aux spectateurs de cette scène attendrissante, ils étaient émus plus qu'on ne pourrait dire. Madeleine, exaltée par les vœux sublimes d'amour paternel que Thadéus venait de prononcer, s'était agenouillée ; elle avait tiré Simon par le pan de sa redingote pour qu'il fît comme elle, et tous deux groupés ainsi avec le père, autour de cette créature tant aimée, priaient Dieu de la bénir. Jamais prière plus fervente n'était montée au ciel.

Ils auraient volontiers passé la nuit tout entière. Ils ne se couchèrent que parce que Thadéus le voulut absolument.

Lui ne se coucha point. Il resta éveillé, assis à côté du berceau où dormait son enfant,

Quand il fit assez jour, il partit avec Madeleine pour aller le porter chez la nourrice du petit Simon.

## VI

### LA POLICE.

Dans ce temps-là, les journaux ne parlaient que des projets sinistres des puissances étrangères à l'égard de la France. Honteuses des victoires de la république, alarmées de voir surgir et se développer dans leur propre sein les élémens révolutionnaires sous lesquels un trône avait déjà disparu en ébranlant de sa chute tous les autres trônes, l'Angleterre, l'Autriche, la Russie, allaient encore une fois, de concert avec la Prusse, reconstituer cette terrible coalition, hydre sans cesse renaissante, que le bras de Napoléon devait se lasser à combattre.

Le Directoire avait été informé que de nombreux espions, envoyés principalement par la Prusse, étaient parvenus à s'introduire en France et même à Paris, en dépit des mesures de vigilance rigoureusement établies aux frontières. La police mit ses agens en campagne : six espions furent bientôt saisis. Encouragée par ce premier succès, l'administration redoubla de surveillance; et les perquisitions, et les visites domiciliaires, poussées comme toujours jusqu'à l'absurde, se succédèrent sans interruption pendant plusieurs mois.

Le bruit de ces recherches vint troubler la tranquillité dont jouissait Thadéus depuis la conquête de son enfant. A deux pas de la maison où logeait le menuisier, un soi-disant Alsacien, prétendu invalide de l'armée de Sambre-et-Meuse, venait d'être arrêté. Il avait avoué le mensonge de son nom aux juges chargés de l'interroger. C'était un Prussien, natif de Spandaw, d'une famille noble, que notre héros avait très bien connue jadis. D'après ses déclarations, on résolut de fouiller avec un soin tout particulier le quartier de la Butte-des-Moulins, pensant que peut-être ceux de sa bande s'y tenaient cachés. Il fut en conséquence ordonné publiquement à tous les propriétaires des maisons dépendantes de ce quartier d'apporter, dans les vingt-quatre heures, à l'hôtel de ville, l'état nominatif de leurs locataires : et cela sous des peines excessivement graves.

Ce fut à qui se conformerait le plus vite à cet ordre.

Thadéus vit le danger. Il allait être arrêté aussi, lui, comme étranger, suspect et sans papiers. Pour se justifier, il lui faudrait raconter son histoire avant et depuis l'événement de septembre 1795. L'avis de cette découverte serait donné au gouvernement prussien. Qui savait si l'on ne s'en servirait pas comme d'un moyen bon à détourner le roi de Prusse de ses desseins à l'égard de la France, ou si l'on ne penserait pas à donner sa tête en échange de celle de quelque espion? Simon, interrogé, menacé, raconterait sans doute tout ce qui s'était passé entre son homme de journée et lui. La comtesse, remise ainsi sur les traces de son enfant, s'en ressaisirait pour ne plus le laisser échapper, pour le sacrifier peut-être aux jalouses exigences de son amant.

Qu'il se tût ou qu'il parlât, c'était la même chose pour lui, Sa perte était infaillible.

Quelle situation!

Il fallait fuir. Mais comment? Où aller? où vivre? où se cacher aux invisibles poursuites de la police? Combien de soupçons sa fuite n'éveillerait-elle pas?... Confier tout à Simon? Cet homme avait la tête faible; il était époux, il était père aussi... Un secret si dangereux lui pèserait... l'effroi le lui arracherait de l'âme quelque jour. Et d'ailleurs pourquoi compromettre trois personnes au lieu d'une?

Retourner à cette femme? implorer sa générosité? employer sa haute influence? Oui... cela serait bon peut-être... mais l'idée seule l'en faisait frémir; il sentait venir un rouge de feu sur son visage en y songeant,..

Ils étaient tous trois dans la boutique, lorsque le crieur public vint, au son du tambour, donner lecture de l'ordre dont nous avons parlé. Le menuisier et sa femme ouvrirent la porte pour mieux entendre. Ce fut heureux pour Thadéus, car ils ne le virent point trembler de tous ses membres; ils ne virent point ses traits se décomposer à cette audition. Chaque parole du crieur retentissait comme un coup de marteau dans la tête de l'infortuné. Il lui semblait que le jour de son exécution était revenu, et qu'un autre greffier, là, debout, lui lisait avec sa voix funèbre un autre arrêt de mort... Il lui semblait voir le bourreau à ses côtés... Cette fois, le bourreau avait une figure de femme; il ressemblait à Clarence... et ce n'était pas lui la victime... c'était sa fille! Pauvre père!

Il tenait son front baissé, dévorant péniblement de grosses larmes. Le crieur avait fini. Madeleine et son mari rentrèrent.

— Eh bien! — dit Simon, — avez-vous entendu ce qu'il a chanté?

— Oui, — répondit-il d'une voix qu'il cherchait à rendre indifférente.

— Tiens! comme vous êtes changé! — s'écria Madeleine. — Est-ce que vous avez mal quelque part?

— Je ne suis pas bien, c'est vrai... cela m'a pris tout d'un coup.

— Vous n'êtes pas raisonnable, aussi! — continua la bonne femme. — Il n'y a pas de bon sens à vous éreinter comme vous le faites.

— Certainement, — observa Simon. — Je lui dis tous les jours, mais il ne m'écoute pas. Oh! celui-là ne vole pas sa journée, on peut le dire... Ces gredins de Prussiens! A-t-on jamais vu!... Scélérats, va!... Je voudrais bien en tenir un! Voleurs de Prussiens, va!

— Vraiment! — dit avec amertume l'homme de journée.

— Il n'y a pas de doute, — répliqua le menuisier en s'animant. — Est-ce que ce n'est pas une indignité qu'ils viennent nous espionner chez nous?... Ah! mais le gouvernement connaît son affaire. Il va les enfumer comme des renards. Faudra bien qu'ils se montrent, à la fin, pour qu'on les pende comme des scélérats de voleurs qu'ils sont. Oh! que je voudrais savoir où il y en a un de caché!

— Tais-toi donc, — dit Madeleine; — tu ne le dénoncerais pas.

— Je ne le dénoncerais pas! — s'écria Simon en colère. — Tu verrais comme je me gênerais...

— Je te dis que non... Il n'y a que les mouchards qui dénoncent. Il ne faut pas faire la besogne des autres.

— Bon!... — dit-il étonné, en s'adressant à Thadéus; — Est-ce qu'on a besoin d'être un mouchard pour dénoncer un Prussien?

— Mais je crois qu'oui, — répondit l'homme de peine en s'efforçant de sourire, — un Prussien est un homme.

— Un homme... un homme... pas sûr. Enfin, je n'en connais pas; mais, si j'en connaissais, je ne répondrais pas... A propos, notre propriétaire n'est pas ici : il va se trouver en contravention. Hier, sa bonne m'a dit qu'il était à la campagne. Ce pauvre cher homme! J'ai envie de faire le recensement pour lui, moi. Ça ne sera pas difficile. Il n'y a qu'à monter chez les locataires.

— De quoi te mêles-tu? — dit vivement sa femme, — est-ce que ces choses-là nous regardent? Laisse donc les propriétaires s'arranger comme ils l'entendront. Le nôtre n'est-il pas déjà si complaisant? Mets-toi en quatre pour lui! et puis, quand il sera revenu, il nous dira que nous avons eu tort... Va donc à ton ouvrage, cela vaudra mieux... On est encore venu ce matin de chez la danseuse pour cette fausse armoire. Il faut pourtant que tu y ailles.

— C'est vrai. De la fameuse ouvrage, qui sera bien payée! Quelle heure qu'il est?

— Midi.

— Je m'en vas.

— Irai-je avec vous, — dit Thadéus, qui semblait sortir d'une profonde rêverie.

— Non, ma foi! Reposez-vous. Gardez la boutique. Ce soir, après la journée, si vous voulez, nous irons chez la nourrice; ça vous distraira.

— C'est cela, — dit Madeleine. — Allons, vite, va, et reviens de bonne heure. — Quand le menuisier fut parti, Madeleine, s'approchant de Thadéus, lui prit la main et l'attira dans l'arrière-boutique. Ils s'assirent tous deux l'un en face de l'autre : lui se contraignant au point de se faire une mine presque riante, étrange mine, en vérité! elle le regardant fixement, comme si elle eût cherché à lire dans son âme. Quelques minutes se passèrent ainsi. Las de ce muet interrogatoire, il se levait pour retourner à l'établi... elle l'arrêta par le bras. — Vous avez de la peine, — lui dit-elle avec l'accent de la plus sincère compassion. — Ce que l'on vient de crier tout à l'heure vous a fait du mal, n'est-ce pas? — Il la regarda avec épouvante, sans lui répondre. Elle l'avait vu tressaillir et continua : — N'ayez pas peur de me dire ce que vous avez sur la conscience. Allez! ce n'est pas Madeleine qui vous trahira.

— Me trahir? — dit-il avec une surprise affectée...—Pourquoi? Comment? Que voulez-vous que cet ordre me fasse? Je n'ai rien de commun avec les... misérables dont il s'agit...

— Ecoutez, — reprit Madeleine. — Ces choses-là, c'est bon à dire à ce pauvre Simon, qui n'y voit pas plus loin que son nez; mais avec moi, il faut jouer un autre jeu.

— Que voulez-vous dire, madame Simon? Je ne vous comprends pas.

— Oh que si! vous me comprenez. Vous n'êtes pas Français, vous vous cachez, et vous avez peur qu'en cherchant ces espions étrangers, on vous mette la main dessus.

— Pourriez-vous croire...?

— Oh! je ne crois pas que vous soyez un espion; vous êtes un trop brave homme, et surtout un trop bon père pour cela. Mais, dame! vous pouvez avoir eu du désagrément dans votre pays... ça se voit tous les jours, ces choses-là... — Un douloureux soupir s'échappa du sein de l'ouvrier; il murmura quelques mots inintelligibles. — Il n'y a pas longtemps, — continua Madeleine, — que j'ai ces idées-là sur vous. D'abord j'avais cru que vous étiez un émigré non compris dans le rappel. Je n'en ai jamais parlé à mon mari, parce qu'avec ses opinions, voyez-vous, ça aurait pu le contrarier. Mais après je me suis ravisée. Je me suis dit : un émigré aurait-il le courage de gagner sa vie à la sueur de son front comme lui? Ce n'est pas possible. Alors je me creusais la tête pour deviner ce que vous pouviez être, quand tout à l'heure, en vous voyant tout bouleversé, la pensée m'est venue de ce que je viens de vous dire. Est-ce que j'ai eu tort, hein? Voyons; débondez votre cœur, ça vous fera du bien. Qui sait! je pourrai peut-être vous rendre service... les petits sont quelquefois plus utiles que les grands...

Elle avait dit cela avec un profond attendrissement. Thadéus en fut ému. L'envie lui vint de tout raconter à Madeleine... il n'osa pas.

— Que me demandez-vous, — dit-il enfin; — mes secrets ne sont pas bons à confier. Mon histoire vous ferait peur... elle me fait peur à moi-même; jugez! Et pourtant je n'ai rien à me reprocher... Vraiment! ce que j'ai fait, je le ferais encore... Au reste, vous avez raison : Je ne suis ni un espion, ni un émigré... mais c'est égal; je ne peux plus rester avec vous... il faut que je parte. Ni vous, ni votre mari, ni moi, ne serions en sûreté maintenant... ma présence vous porterait malheur, mes bons amis. Demain, je m'en irai...

— Où irez-vous? — dit la pauvre femme les larmes aux yeux.

— Je ne sais pas... J'irai où je pourrai... où l'on voudra de moi... car il faut que je vive... Si j'étais seul, mon voyage ne serait pas long, voyez-vous! J'aurai bientôt trouvé un sûr asile... La Seine n'est pas loin.

Il riait en disant cela, d'un rire qui glaça les sens de Madeleine.

— Ah! mon Dieu! — s'écria-t-elle, — vous êtes donc bien malheureux!

— Oh oui! bien malheureux... vous l'avez dit... — Et, se tordant les bras sur sa poitrine haletante, il regarda l'être qui compatissait si vivement à ses douleurs inconnues; et tout ce qu'il avait souffert, tout ce qu'il souffrait, tout ce qu'il devait souffrir encore, se résuma dans son regard. Madeleine comprit qu'il ne fallait pas l'interroger. Admirable délicatesse de femme! Un homme eût insisté; il eût voulu consoler Thaédus à toute force. Ils ne savent pas, les hommes, qu'il est des plaies que la consolation irrite, qu'il n'en est point qu'elle puisse guérir. Consolation... mot absurde! Il y eut donc un moment de silence. Cette fois, ce fut Thadéus qui le rompit. — Si je ne puis pas emmener ma fille avec moi, — dit-il, — vous la garderez, n'est-ce pas, madame Simon? Vous aurez soin de la pauvre orpheline?

— Je le crois bien! — répliqua Madeleine avec chaleur. —Orpheline, vous dites? Oh non! elle aura père et mère, la jolie petite fille, et un frère aussi... Ils s'aiment déjà tout plein, ces pauvres anges! Oh! je m'ôterais le pain de la bouche pour eux, voyez-vous? et Simon tout de même. Ça, c'est une justice à lui rendre. N'ayez pas d'inquiétude, votre enfant sera comme le nôtre, bien nourri, bien soigné, bien choyé... Mais ne pleurez donc pas comme ça! vous me fendez le cœur...

Il lui prit les mains et les baisa. Puis s'essuyant les yeux :

— Allons, — dit-il, — du courage! L'homme de peine va faire sa dernière journée chez le menuisier Simon. Demain, à la pointe du jour, il ira où la grâce de Dieu voudra qu'il aille. Voilà encore la place vacante, madame Simon, — ajouta-t-il d'un air presque gai; — encore du souci pour vous. De temps en temps, vous penserez à votre fidèle ouvrier, n'est-ce pas? Vous aurez peut-être un regret pour sa mémoire?...

— Toute la vie nous penserons à vous, digne homme que vous êtes! Et vous, n'avez-vous pas eu quelquefois à vous plaindre, dites! avons-nous toujours été comme il faut? Dame! nous ne sommes que des ouvriers... et quand l'ouvrage ne va pas, on a ses mauvaises humeurs aussi, ses inquiétudes, ses chagrins. Pardonnez-nous, je vous en prie; le cœur a toujours été bon, n'est-ce pas? mais c'est la tête... Ce pauvre homme! il a toujours peur que sa femme ou son enfant manquent de quelque chose... S'il vous a mal parlé dans sa vie, s'il lui est arrivé d'oublier ce qu'il y a sous votre veste et votre tablier, il ne faut pas lui en vouloir, car il vous aime comme un frère; il vous respecte comme son défunt père... Quel malheur! vous allez partir, et pour ne pas être heureux encore! Oh! mais... vous reviendrez, n'est-ce pas?... Nous vous reverrons..... Vous nous écrirez.... Si vous avez besoin d'argent, vous nous en demanderez... Je veux que vous me promettiez tout cela, d'abord.

Elle pleurait à chaudes larmes, l'excellente femme! Elle sanglotait que c'était une pitié. Thadéus, le cœur brisé, se sauva dans la boutique.

— Être aimé ainsi... — s'écriait-il dans son désespoir, — et s'en aller! Oh! malheur! malheur sur moi!

Il eut la force de se remettre à l'ouvrage; et, tout en

travaillant, il repassa dans sa mémoire le passé, le présent; il interrogea l'avenir, et partout il vit douleur, misère, opprobre. Qu'il souffrait!

A six heures, le menuisier revint. Il avait fini l'ouvrage de la danseuse. On l'avait généreusement payé. La joie respirait dans tous ses traits. Thadéus et Madeleine, ainsi qu'ils en étaient convenus, firent bonne contenance, et ne parlèrent point du projet de départ. Au bout d'une demi-heure, les deux amis se mirent en route pour aller voir leurs enfans. Madeleine resta pour faire à souper, comme avait dit Simon, sans penser que ce dût être le repas d'adieu.

La journée avait été excessivement chaude. De gros nuages montant à l'horizon alourdissaient l'atmosphère. L'odeur de fer rougi qui imprégnait l'air annonçait un prochain orage, et sans le continuel tumulte des rues, indescriptible tapage de la capitale qui confond tous les bruits dans le sien, on eût sans doute entendu le tonnerre gronder au loin.

— Vous aurez de l'eau, — dit Madeleine en les voyant s'en aller.

— Tant mieux! ça nous rafraîchira, — répondit gaiement le menuisier.

En effet, comme ils allaient atteindre l'entrée du faubourg du Temple, la pluie commença, large, tiède, bruyante, illuminée d'éclairs, coupée de coups de foudre.

Ils se jetèrent sous une porte cochère, et bientôt le ruisseau, s'élargissant, vint leur battre les pieds.

Deux heures se passèrent ainsi : deux heures d'un orage épouvantable. Les chevaux avaient de l'eau jusqu'aux genoux, les voitures jusqu'au moyeu des roues; c'eût été folie que de vouloir continuer à marcher au milieu de cette submersion.

Ils attendirent.

Quand la pluie cessa, il faisait nuit.

— Ils seront couchés, — dit Simon. — Rentrons... Est-ce embêtant!

Le lendemain, à la pointe du jour, Thadéus partit pour Belleville, se réservant d'annoncer à Simon sa résolution quand il reviendrait déjeuner.

Il embrassa la petite Mathilde, il lui dit adieu; il la baigna de ses pleurs de père; il coupa une mèche de ses jolis cheveux blonds, qu'il mit sur son cœur; il conjura la nourrice d'avoir bien soin d'elle.

En revenant, il vit une grande foule dans la rue, et la boutique de Simon pleine de gendarmes. Saisi de terreur, il pensa qu'il était découvert, que ces gendarmes étaient là pour l'arrêter; il se mêla aux curieux, baissant la tête, se cachant la figure de son mouchoir, et s'esquiva tout tremblant à travers la foule.

Il marcha longtemps de rue en rue, sans savoir où il était, regardant à terre, heurtant à droite et à gauche ceux qui passaient. Un homme le prit par le bras pour l'empêcher d'être moulu sous une roue de charrette; il tressaillit comme un voleur qui se sauve, et, regardant l'homme avec des yeux hébétés, il se laissa déranger sans rien dire, sans remercier ni du geste, ni de l'œil. Ceux qui le virent ainsi crurent qu'il était fou. Le fait est qu'il n'avait plus la tête à lui.

## VII

### LE CACHEMIRE.

Il faut dire maintenant pourquoi les gendarmes étaient venus chez le menuisier.

La fameuse Clotilde, de l'Opéra, la danseuse chez qui le pauvre Simon était allé la veille achever une fausse armoire, avait reçu quelques jours auparavant de son amant, l'un des cinq rois du Directoire, un superbe cachemire de l'Inde. A cette époque, un châle de cachemire était une curiosité, une merveille que l'on s'empressait à venir voir. On pleurait, on se prostituait pour l'obtenir. Le possesseur d'un de ces précieux tissus, si laid, si stupide, si disgracié que la nature l'eût fait, était fêté, chéri, courtisé de toutes les femmes; il les faisait littéralement courir après lui. Le bon temps! Alors, dire *madame une telle a un cachemire*, c'était dire une nouvelle, c'était éveiller l'attention; à ce mot magique, toutes les oreilles de femme se dressaient. On avait des histoires de cachemires, on racontait des voyages de cachemires. « Donné par l'envoyé de Tunis au ministre des relations extérieures; par le ministre des relations extérieures à mademoiselle ***; vendu par mademoiselle *** à un prêteur sur gages; par le prêteur sur gages au banquier de Barras; donné par le banquier de Barras à sa maîtresse, madame ***; volé à madame *** par son mari, pour la petite J ***, des Italiens, etc., etc.; » on trouvait des femmes qui savaient tout cela par cœur, suivant ainsi un cachemire dans le monde et guettant l'occasion possible d'en couvrir leurs épaules, quelque vieilli, quelque sali, quelque déchiré qu'il pût être alors... Le bon temps!

Le cachemire de la danseuse Clotilde était tout frais arrivé, tout neuf. Du moins il n'avait encore servi qu'à envelopper une graisseuse tête de bey; ou bien à faire valoir, étendu sur un sopha, les charmes nus d'une odalisque. Que d'envieuses, que de jalouses Clotilde avait faites! C'était le plus beau que l'on eût encore vu : un fond ponceau avec des dessins quadrillés; cela valait plus de cinq cents louis! Quatre ou cinq ans plus tard, on n'y devait plus prendre garde : toute corbeille de noces devait en contenir au moins un; mais alors vous jugez combien les têtes s'allumaient à cette idée, puisqu'aujourd'hui on trouve encore des femmes, et de bien élevées vraiment! qui se damneraient volontiers pour un cachemire.

« Est-elle heureuse, cette Clotilde! » Voilà ce qu'on disait partout. Et pourtant les maisons de campagne, les équipages, les chevaux, les contrats, les bijoux, l'or, ne manquaient point à celles qui trouvaient Clotilde si heureuse; mais tout cela était commun, ordinaire à tout le monde; ce n'était pas une faveur du ciel, une fine fleur de bon ton comme un cachemire.

Bref, le cachemire de la danseuse disparut un beau jour. Au moment de le mettre sur ses épaules pour aller à son théâtre faire enrager ses camarades, la belle Clotilde ne le trouva plus... On l'avait volé.

Ce fut un grand désespoir. On chercha bien, on remua toute la maison. Domestiques, concierge, garçons de théâtre, furent interrogés, soupçonnés, insultés sans résultat. La première colère passée, Clotilde réfléchit. Tous ces gens-là étaient des gens sûrs, dévoués, fidèles; c'était une honte que de les accuser. Un étranger seul pouvait avoir soustrait le châle. Qui est venu? Qui était entré dans la chambre? Elle se souvint de la fausse armoire, de cette secrète porte, si utile aux femmes qui ont des amans à cachemire : le menuisier lui frappa l'esprit. « C'est lui! ce ne peut être que lui! » pensa-t-elle; et ses chevaux, courant à bride abattue, la conduisirent chez le Directeur, avec le nom et l'adresse du malheureux menuisier.

Le Directeur était absent; il ne devait rentrer que fort avant dans la nuit. Clotilde demanda où il était. On ne voulut point le lui dire : on avait des ordres, apparemment. La belle danseuse se piqua; elle écrivit à son amant, autant pour lui dire des injures que pour lui dénoncer le voleur de châles. A son retour, le Directeur trouva la lettre sur sa table de nuit. Il aimait beaucoup la danseuse; il eut peur de l'avoir fâchée, le brave homme! Aussi, sans recourir à de plus amples informations, il prévint la police en grande diligence. Il était alors cinq heures du matin. Deux heures après, Simon vit sa boutique investie par les gendarmes. Sans lui dire pourquoi, on le saisit, on l'emmena, et, quand il fut en prison, on daigna lui apprendre qu'il avait volé un cachemire chez mademoiselle Clotilde, de l'Opéra.

Quel coup pour l'honnête ouvrier!

Le matin, ne voyant pas descendre Thadéus à l'heure ordinaire, il était monté dans sa chambre et l'avait trouvée vide. Madeleine, pensant que peut-être Thadéus ne reviendrait plus, commençait à lui raconter ce qui s'était passé la veille pendant qu'il travaillait chez la danseuse, lorsque la force armée parut. Les deux excellentes gens bénirent le ciel, qui avait permis à l'étranger de s'éloigner et d'échapper ainsi à un danger si imminent. Ils se présentèrent radieux à l'homme de police qui accompagnait les soldats. Que devinrent-ils quand cet homme, son mandat à la main, prononça le nom de *Simon!* Ils le firent répéter, et se regardèrent l'un l'autre pour savoir s'ils ne rêvaient point. « Marchons! » cria durement l'alguazil. Il fallut marcher. Les gendarmes se mirent à deux pour arracher la femme des bras du mari. Ils se regardèrent encore une fois, car parler n'était plus possible, et tous deux lurent la même pensée dans leurs regards : c'était que l'autorité savait la fuite de l'étranger, et qu'elle faisait arrêter Simon comme coupable de l'avoir recueilli. Qui n'aurait point cru la même chose?

Aussi ce fut la foudre tombant aux pieds du malheureux, quand le magistrat en présence duquel on le fit comparaître commença gravement son interrogatoire par une accusation de vol. La surprise, la terreur, les plus horribles émotions l'assiégeant en foule, il ne sut que répondre d'abord ; il ouvrit la bouche sans émettre de sons, et l'œil exercé du juge vit clairement l'aveu tacite du délit dans ce trouble silencieux. L'habile homme!

Cependant il se remit un peu; sa langue se délia, ses idées prirent de la netteté... Alors, avec cet accent de franchise que les scélérats savent imiter, à ce qu'on prétend, il se mit à raconter au juge tout ce qu'il avait fait la veille. Il dit l'heure de son arrivée chez Clotilde, combien le travail avait duré, ce qu'il avait fallu de temps pour aller ensuite de chez elle chez lui, et de chez lui jusqu'au faubourg du Temple, où l'orage l'avait surpris et empêché de continuer sa route. Il dit tout cela naïvement, comme un enfant l'aurait dit.

— Tout cela est bel et bon, — observa le juge après avoir fait un instant comme s'il réfléchissait; — mais comment prouveras-tu ton *alibi?* Car il ne s'agit pas de dire « *Je suis innocent...* » tout le monde en est là, c'est facile comme bonjour... il faut prouver, et c'est autre chose. Étais-tu seul?

— Non, j'avais quelqu'un avec moi qui pourra vous dire que je ne mens pas.

— Son nom et son adresse? — Cette question si simple bouleversa le menuisier : il resta interdit, il rougit, pâlit... et ne répondait pas. Le juge attendait, la plume à la main. — Eh bien! — dit-il, — où demeure ce témoin?

— Je ne sais pas, — répondit Simon d'une voix mourante.

— Comment! tu ne sais pas! Et son nom? et ce qu'il fait?

— Il travaille chez moi...

— Un ouvrier... hum! cela ne vaut pas grand'chose comme témoin... C'est égal, on le fera venir.

— Mais... c'est qu'il est parti ce matin.

— Diable!... Il a mal pris son temps... Enfin, comment s'appelle-t-il? avec un nom on trouve...

— Je ne sais pas, — répondit encore le pauvre homme.

— Ah!... — dit le juge en frappant sur la table, —pour le coup c'est trop fort. Quel conte nous fais-tu là, l'ami?

— Je ne vous fais pas de conte... c'est la vérité.

— Allons donc! me crois-tu né d'hier? Quand on prend un ouvrier, on voit son livret; et le nom est dessus... que diable! je sais ce que je dis.

— Je ne vous ai pas dit qu'il fût un ouvrier; c'était un homme de peine.

— Ah! oui! tu as dit une sottise, et tu te reprends. Allons! allons! quelques jours de cachot te donneront le temps de mieux arranger ton affaire... Tu n'es pas fort, mon pauvre garçon!

Le juge sonna pour qu'on le débarrassât de l'accusé; puis il alla faire un déjeuner d'huîtres dans la rue Montorgueil. Heureux juge!

Simon fut rejeté dans son cachot.

Pendant ce temps-là, Thadéus errait à l'aventure hors des barrières, pensant à ce qu'il avait vu. Il avait des remords de s'être enfui ; la crainte d'avoir compromis ses hôtes le poursuivait.

— Ma conduite est une lâcheté, — se dit-il ; — j'aurais dû entrer et dire : « Me voilà... » — Puis son enfant, son unique amour, son idée fixe revenait lui prendre l'âme tout entière, et justifier ce qu'il avait trouvé blâmable l'instant d'auparavant. — Il ne leur sera rien arrivé, — pensait-il ; — on aura vu en eux des gens simples. Quel soupçon peuvent-ils faire concevoir? Allons! j'ai bien fait de ne pas entrer... D'ailleurs personne ne m'a vu...

Et roulant toutes ces choses dans sa tête, il se trouva las d'avoir tant marché. Montmartre était devant lui ; il monta et s'assit au lieu où se trouve aujourd'hui le télégraphe. A ses pieds, une large carrière montrait sa gueule béante, trois carriers essayaient d'étançonner la voûte éboulée en plusieurs endroits ; ils s'épuisaient en dangereux efforts et ne faisaient rien de bon; on voyait qu'un bras vigoureux n'eût pas été mal reçu parmi eux. Leur difficile manœuvre absorba bientôt toute l'attention de Thadéus. Il ne tarda pas à voir que l'ouvrier le plus engagé dans la caverne avait peur, et que sa timidité gênait le travail de ses camarades. Il descendit.

— Vous vous y prenez mal, mes amis, — leur cria-t-il d'une voix forte;—vous allez vous tuer; ce n'est pas cela.

Ils s'arrêtèrent; et, voyant celui qui les interpellait :

— Ah! — dit l'un d'eux, — nous nous y prenons mal? Eh bien! puisque vous êtes si savant, pourquoi ne nous aidez-vous pas, beau parleur?

Et, sans attendre la réponse du nouveau venu, ils redoublèrent d'efforts, à l'exception du premier qui tremblait de tous ses membres. A l'instant une masse énorme se détacha de la voûte, et, se brisant avec fracas sur le sol, d'un éclat qui jaillit elle rompit une jambe au malheureux carrier, qui tomba douloureusement en s'écriant :

— Je vous l'avais bien dit!

— C'est vrai, — murmurèrent les camarades ; — il s'y est mis à contre-cœur ; il sentait le coup. Ce pauvre Michel!... le neveu du bourgeois encore!

Thadéus, vivement ému, les aida à relever le blessé. Il voulut rester près de lui, tandis qu'ils allaient chercher de quoi le transporter. Il l'assit le plus commodément qu'il put sur des sacs à plâtre qui se trouvaient là ; il lui soutint la jambe pour qu'il souffrît moins. Son humanité lui gagna les assistans. Ils eurent regret de ne pas l'avoir écouté, et disaient en s'en allant :

— Il avait raison, tout de même!

Ils revinrent bientôt avec un grand brancard. Le maître carrier les accompagnait, et voyant que Thadéus avait déjà bandé la jambe de son pauvre neveu, il lui prit la main, et, la secouant avec force :

— Est-ce que vous êtes de la partie? — lui dit-il ; — je le voudrais : un homme comme vous ne peut que faire honneur à sa profession.

— Non, monsieur,—répondit Thadéus les yeux baissés.

— Tant pis, — s'écria le bourgeois ; — mais c'est égal : voulez-vous être des nôtres? vous serez le bien-venu... Ces imbéciles-là! A-t-on jamais vu!...

Thadéus regarda l'homme qui lui parlait. Sa physionomie rude, son œil fauve, ses épais sourcils avaient au premier aspect quelque chose de repoussant. Cependant une sorte de franchise brutale y perçait : sa tête, aplatie du haut, élargie des côtés, annonçait un homme avare, peu bienveillant et d'une intelligence assez bornée. Une proposition semblable, faite par un pareil maître, n'avait donc rien de bien engageant. Mais la liberté de choisir était interdite au pauvre proscrit. Cela ou rien. Les difficultés qu'il trouverait à s'éloigner de Paris mises de côté, il lui importait de se tenir quelque temps encore à portée de savoir ce qui se passait chez Simon, chez la nourrice. Il fit rapidement ses réflexions, et dit au carrier qui commençait à trouver son silence malhonnête :

— Je le veux bien, monsieur. Combien me donnerez-vous?

— Venez à la maison, — répondit le maître; — nous arrangerons cela nous deux.

Le blessé fut transporté, non pas chez son oncle, qui avait une jolie petite maison à la barrière, mais à l'hôpital, afin d'éviter les embarras d'une maladie. Thadéus suivit le bon parent dans un appartement fort propre au rez-de-chaussée, où il y avait un bureau pour écrire, des fauteuils pour s'asseoir et des gravures encadrées.

Les arrangemens furent bientôt pris. Pour remplacer son neveu, le bourgeois ôtait de la hutte attenante à la carrière un homme qu'il prenait avec lui, et y mettait Thadéus, à la charge par celui-ci de coucher dans cette hutte pour garder les outils qu'on y déposait ordinairement. De plus, il donnait vingt sous par jour et la soupe le matin.

— Ça vous convient-il?

— Oui, monsieur.

— Signez votre engagement pour un an.

— Je ne sais pas écrire.

— Ah!... c'est égal; la parole vaut l'écrit, n'est-ce pas? Comment vous appelez-vous?

— Simon.

— Simon tout court?

— Frédéric Simon.

— Eh bien! Frédéric Simon, voilà un écu de six livres pour payer ta bienvenue à tes camarades. Maintenant tout est dit : sois bon ouvrier, je serai bon maître. Au plaisir!

A ces mots, le bourgeois serra encore une fois la main de son nouvel ouvrier, et le quitta en lui laissant la journée libre.

## VIII

### LES DEUX DEVOIRS.

Après que les gendarmes eurent emmené son mari, la pauvre Madeleine, afin de se soustraire aux condoléances sottement curieuses des voisines, ferma les volets de sa boutique et se mit à pleurer toute seule.

Puis, quand elle eut bien pleuré, elle chercha un moyen de voir Simon, pour lui porter les choses dont il pouvait avoir besoin : car on l'avait emmené tel qu'il était, sans linge, sans argent, sans rien.

Alors elle s'essuya les yeux, et fit sa toilette pour sortir, sans savoir où elle irait.

Comme elle finissait de s'habiller, elle entendit frapper à la petite porte qui donnait dans l'allée. Elle ouvrit, impatientée, pensant avoir à subir quelque importune visite. C'était le père Durand, l'ancien maître de son mari. En passant sur le pont Neuf, il avait vu Simon escorté de gendarmes, entouré de badauds. Il avait voulu savoir ce que cela voulait dire, et s'était mis à suivre le fatal cortége jusqu'au palais de justice.

— Et là, — dit-il en frémissant, — j'ai demandé... on m'a tout dit... Ah!

— Eh bien? — dit avec anxiété Madeleine.

— Ce n'est pas vrai, n'est-ce pas, ma fille? — reprit le bonhomme, les yeux humides... — ça ne se peut pas.

— Comment?

— Oh! bien sûr que Simon n'aura pas fait une chose comme celle-là!

— Quelle chose donc?

— Est-ce que vous ne savez pas de quoi on accuse votre mari?

— Si fait... dame!... à peu près... Qu'est-ce donc qu'on vous a dit, père Durand?

— On m'a dit qu'on l'accusait d'avoir volé.

— Volé!!!

— Oui... volé un cachemire chez une danseuse de l'Opéra.

— Chez la danseuse d'hier!... quelle horreur!

— Ce n'est pas vrai, n'est-ce pas?

— O Dieu! non... mon pauvre homme! Est-il permis!...

— C'est ce que je disais, — s'écria le père Durand, soulagé par cette réponse de Madeleine; — mon brave Simon est incapable d'une action pareille!

Et dans sa joie, le vieux menuisier embrassait Madeleine qui restait debout, immobile comme un Terme au milieu de la chambre.

— Voleur!... — disait-elle entre ses dents,—mon mari un voleur! le père de mon enfant un voleur!... — Cette idée l'épouvantait, elle lui couvrait tout le corps d'une sueur glacée. Elle regarda en tremblant le père Durand. — Vous n'y croyez pas? — lui dit-elle.

— Non!... Par exemple!

— Bien vrai?...

— Oh! bien vrai. Je connais Simon avant vous, moi.

— Vous me faites du bien de me dire cela. J'avais peur... Mon Dieu! mon Dieu! comment faire? D'où cela peut-il venir, père Durand?

Tous deux s'épuisèrent en conjectures sans rien trouver. Le vieux menuisier se fit raconter par Madeleine tout ce qu'avait fait Simon la veille, et quand elle lui eut parlé de la promenade du soir interrompue par l'orage, il se mit à réfléchir.

— Où est votre garçon? — dit-il.

— Il est parti de ce matin, — répondit Madeleine.

— Parti!... Pour ne plus revenir?

— Mon Dieu! oui.

— Diable!... Alors je ne vois qu'une chose... c'est d'aller chez cette danseuse.

— Je n'oserai jamais, père Durand.

— Que si. Allons, petite femme, du courage, elle ne nous mangera pas... Et puis c'est que je ne vois guère d'autre démarche à faire... Ah! votre garçon est parti... Vous avez donc eu des querelles ensemble?

— Des querelles? avec lui? Oh non! il serait bien resté ici tant qu'il aurait voulu...

— Diable!... — répéta le père Durand.

Ils s'en allèrent. Des voisins étaient en groupe dans la rue, causant à tort et à travers, inventant chacun un motif ou deux à l'événement du matin.

Simon était généralement aimé dans le quartier. On le plaignait donc. On salua sa femme quand elle passa.

— Ils ne savent rien, — pensa-t-elle.

C'est vrai. S'ils avaient su quelque chose, ils ne l'auraient pas saluée, la pauvre femme!

Ils arrivèrent chez Clotilde. Elle était au théâtre. Elle répétait un nouveau pas pour le ballet de *Psyché*, quoique toute malade encore de la perte de son cachemire. On les fit attendre pendant une heure dans l'antichambre. Il vint du monde. Le valet de chambre, son plumeau sous le bras, faisait le ménage, et, tout en allant et venant, racontait aux arrivans comme quoi un menuisier, qui avait travaillé la veille, s'était en allé avec le châle de madame. Madeleine et le père Durand entendirent raconter cela comme les autres, avec tout l'esprit que le valet de chambre crut devoir donner à sa narration. Quel crève-cœur pour la malheureuse Madeleine! Elle se contraignit tant qu'elle put; mais lorsque le gracieux valet de chambre vint à parler de la condamnation prochaine du voleur, en assaisonnant cette partie de son discours des plaisanteries d'usage, Madeleine s'évanouit, et le père Durand, désolé de la voir dans cet état, imposa silence au conteur, qui grommela et se tut.

Clotilde rentra; pressée de faire sa toilette pour aller dîner en ville, elle eut peu de temps à donner aux pleurs de Madeleine, aux représentations du père Durand. Elle promit de voir cela, de s'informer...

— C'est bien malheureux... mais revenez un autre jour, — dit-elle; — nous causerons de votre affaire plus à l'aise. Après tout, s'il est innocent, cet homme... la justice ne le condamnera pas... ce serait une indignité! Allons, ne vous tourmentez pas. Au revoir. Faites atteler, Dubois.

Ainsi congédiés, ils voulurent aller voir Simon. On ne leur permit pas d'entrer. Le père Durand emmena Madeleine chez lui : elle était comme une folle!...

Thadéus, qui avait sa journée libre, ainsi qu'il a été dit dans le précédent chapitre, ne put résister à l'envie de savoir ce qui se passait chez Simon.

Il était environ cinq heures. En entrant dans la rue, il vit la boutique fermée comme aux jours de repos. Son inquiétude fut au comble. Cependant il n'osa interroger personne; il avait peur. Il entra dans un cabaret pour dîner, et se fit donner de quoi écrire. Il écrivit à Madeleine en termes vagues, craignant que sa lettre ne tombât en des mains tierces; et, sans lui faire part de sa nouvelle condition, il lui dit d'adresser sa réponse chez sa nourrice, à Belleville, où il irait la chercher le surlendemain, qui était un jour de fête nationale et de campos pour tout le monde.

Il mit la lettre à la poste, et, le soir étant venu, il alla prendre possession de son nouveau domicile, en se creusant la tête pour deviner ce qui avait fait fermer la boutique de Simon.

Le lendemain, la pauvre femme, étant revenue chez elle, trouva la lettre de Thadéus. Combien elle le remercia du profond de son cœur de lui avoir appris à lire! Savoir qu'il était en sûreté fut un soulagement pour Madeleine. Elle lui répondit aussitôt et lui raconta tout ce qui s'était passé, sa visite à Clotilde et les diverses démarches qu'elle avait faites. « J'ai revu mon homme de loi ce matin, disait-elle en terminant, et ce qu'il m'a appris m'a un peu tranquillisée. Il paraît que madame Clotilde avait encore ce malheureux cachemire sous la main au moment où l'orage a commencé. En prouvant que mon pauvre Simon était en route avec vous dans ce moment-là, pour aller à Belleville, on fera tomber l'accusation. »

Cette lecture fut accablante pour notre héros. Il avait dans ses mains l'honneur et la liberté d'un homme! Un mot de lui, rien qu'un mot, et les portes du cachot de Simon s'ouvraient, et sa réputation de citoyen, d'époux et de père, sa bonne, sa pure réputation flétrie par une ignoble accusation de vol, allait être rétablie! S'il se taisait, s'il gardait pour lui ce mot précieux, l'existence d'une famille serait détruite, le nom d'un père déshonoré; ce déshonneur irait rejaillir et faire tache sur le front candide d'un enfant; une affreuse condamnation traînerait le père au bagne, réduirait la mère au désespoir, la jetterait mendiante sur la route avec son fils dans les bras! Et cet homme, cette femme étaient ses amis, qui avaient pris pitié de lui, qui l'avaient recueilli dans son délaissement; qui l'avaient nourri dans sa misère : ils étaient père et mère adoptifs de sa Madeleine, que leur fils appelait *ma sœur!*

Il n'y avait pas à balancer : il fallait tout dire à la justice.

Mais s'il parlait... il se perdait, le malheureux! il livrait sa fille... car lui, ce n'était rien... mais sa pauvre petite fille que deviendrait-elle? On la rendrait à sa mère ou bien on la mettrait aux Enfans-Trouvés. Pourtant... non... non! Simon sauvé, sauvé par lui... la petite fille deviendrait plus chère que jamais à ces bonnes gens; ils sauraient bien la cacher, la soustraire aux recherches de la comtesse; il n'y aurait que lui de perdu! Mais le croirait-on? car il n'avait pas le droit de témoigner en justice, lui... l'homme sans nom, l'homme sans pays, l'homme mort aux yeux du monde entier! Quelle force pourrait avoir son chétif témoignage? Aucun. Son serment serait sans valeur. Ouvrier de l'accusé, étranger et sans nom, on lui rirait au nez... à moins qu'il ne se mît à tout dire aux juges. Et alors, de cet aveu public que résulterait-il? Sa perte d'abord... toujours sa perte... et celle peut-être de l'honnête homme qui l'avait sauvé, du bon docteur Elstein.

Toutes ces réflexions contradictoires, toutes ces pensées disparates, s'entre-choquaient dans son cerveau et lui torturaient l'âme. Ce fut ainsi qu'il revint de Belleville à Montmartre; ce fut ainsi qu'il passa la journée, la nuit, et quinze jours et quinze nuits encore, flottant et se débattant au milieu de ce chaos d'idées désespérantes.

Il avait répondu à Madeleine. Il lui avait écrit en homme qui prend son parti, en honnête et digne homme qui se sacrifie. Il lui avait dit que des raisons, qu'il lui ferait connaître plus tard, si jamais il lui était permis de la revoir, s'opposaient à ce qu'il témoignât à l'instant même de l'innocence de Simon. « Soyez sans crainte, mettait-il dans sa lettre, attendez le jour du jugement, vous me verrez à l'audience. D'ici là, qui sait! la vérité pourra se faire jour, sans que j'aie besoin d'intervenir; l'auteur du vol peut d'un moment à l'autre tomber sous la main de la justice. Laissez-moi donc ne paraître qu'à la dernière heure, car mon apparition sera peut-être mon arrêt de mort; mais, encore une fois, soyez sans crainte, une pareille considération n'est point capable de m'arrêter. Après moi, ce sera vous; et ma fille, vous l'avez dit, aura toujours des parens. »

Confiante en ces paroles, Madeleine attendit. L'espoir revint au cœur de Simon.

Le fatal jour arriva. Thadéus, qui avait, bien péniblement au reste, arraché de son maître carrier la permission de venir en ville, s'achemina vers Belleville, où, comme ils en étaient convenus, Madeleine avait fait déposer un paquet contenant le costume qu'il portait au temps de sa prospérité chez la citoyenne Vauxbuin. Quand la nourrice le vit, elle lui conta que, à plusieurs reprises, une espèce de femme de chambre était venue s'informer adroitement du prix de la pension des enfans, de la facilité des communications avec Paris, de la bonté de l'air; qu'elle avait demandé à voir ses nourrissons, qu'elle les avait caressés beaucoup, surtout la petite fille. Thadéus tressaillit.

— Clarence serait-elle sur la trace de mon enfant! — se dit-il. Il voulut la voir encore. Il s'enferma seul avec elle dans la chambre; il s'assit et fondit en larmes à côté de son berceau, tandis que la pauvre petite souriait à ses pleurs et lui tendait les bras en bégayant. — Cher enfant, mon amour, fleur oubliée sur ma route par la cruelle main du malheur qui m'accable, je vais te perdre! — s'écria-t-il en l'embrassant. — Souris encore à ton père, mon bel enfant; regarde-moi bien encore une fois; tâche de graver mes traits dans ta mémoire, car tu ne me verras plus, plus, jamais! O malheur! si jolie, si blonde et si rose, tu ne seras plus à moi... on m'emmènera loin, bien loin de toi; on me rendra à mon tombeau, qui m'attend pour se refermer, cette fois-ci, et tu n'auras plus de père... et je n'aurai plus d'enfant!... Mon Dieu! mon Dieu! que c'est cruel! Il ne fallait pas me le donner, au moins; il ne fallait pas me le montrer, mon Dieu! ce bien si cher, pour qui j'ai tant pleuré, pour qui j'ai tant eu de peines déjà! Ce n'est pas juste, mon Dieu! de jeter tant de maux sur la même créature.. Oh! ma pauvre petite, mon trésor, rêve de toutes mes nuits, mon âme, ma vie, je vais te perdre!!!

Cependant l'heure avançait; il fallait partir. Il fallait mettre ses beaux habits pour se livrer aux juges en homme de bonne compagnie, pour redevenir Frédéric, comte de Wurzheim. Que de fois il interrompit sa toilette pour regarder son enfant! que de larmes il versa sur chaque pièce de ce noir vêtement devenu trop large : il avait tant maigri !...

L'heure marchait toujours. Il partit après s'être essuyé les yeux pour que la nourrice ne s'aperçût de rien. Elle fut toute stupéfaite en le voyant si bien mis, et ne sut que lui dire. La surprise lui ôtait la voix.

En route, il s'acheta des gants pour cacher ses mains calleuses ; et tout droit, résigné comme à l'instant de sa mort là-bas, il marcha d'un pas ferme jusqu'au palais de justice.

Il monta les marches sans s'arrêter, sans regarder ni à droite ni à gauche, en homme qui sait où il va et qui est pressé. Arrivé dans la grande salle des pas perdus, il vit un individu qui se promenait en long et en large, de ces hommes que l'on rencontre dans tous les lieux publics et qui ont écrit sur leur figure : « Adressez-vous à moi : je sais tout ce qu'il faut savoir ici. »

Thadéus aborda cet homme et lui demanda s'il savait où et à quelle heure serait jugée l'affaire du menuisier Simon.

— Affaire de vol,—répondit l'homme sans chercher un moment : — vol avec effraction, à l'aide de fausses clefs, dans un lieu habité... C'est ici. — Il montra du doigt une porte basse. Thadéus se dirigeait de ce côté. L'homme le rappela. — Ah ! vous avez le temps, — dit-il : — c'est la troisième affaire de l'audience. Cela viendra tard... sur les deux heures peut-être.

Thadéus revint sur ses pas. L'homme continua sa promenade.

Il n'était que dix heures ; et déjà plaideurs, avocats, huissiers, juges, se croisaient, se heurtaient en foule dans la grande salle. Thadéus s'approcha machinalement d'un bureau adossé à un pilier, autour duquel se pressaient huit ou dix personnes toutes penchées et attendant impatiemment des notes qu'un noir et sale écrivain assis à ce bureau leur griffonnait en toute hâte.

La première personne servie coudoya en se relevant Thadéus, et comme elle tournait la tête pour s'excuser, notre héros la reconnut. C'était l'amant de la comtesse, le propriétaire de la petite maison de Bagnolet.

Ils se saluèrent.

— Parbleu ! — dit l'amant de Clarence, — je suis ravi de vous rencontrer. Si j'avais eu votre adresse, je serais allé vous voir. J'espérais toujours que vous viendriez chez moi... et depuis quelque temps je commençais à craindre que vous ne fussiez absent de Paris.

— Vous êtes bien bon, monsieur, — répondit Thadéus.

— Ah ! c'est que depuis votre expédition nocturne à Bagnolet, — reprit à voix basse le propriétaire de la petite maison, — il s'est passé bien des choses, et qui vous regardent même...

— Qui me regardent ?

— Oui... indirectement. Vous allez en juger, au reste. Je vous demande pardon si je vous entretiens dans cette salle, mais j'ai donné rendez-vous à mon avocat, et je ne voudrais pas le manquer.

— C'est à merveille, — répondit Thadéus, — moi aussi j'ai un rendez-vous. Parlez, monsieur, je vous écoute.

— Eh bien ! lorsque nous nous quittâmes, le jour que vous savez, madame de Vauxbuin et moi devions, ainsi que je vous l'avais dit, partir pour la terre qu'elle possède auprès de Soissons, tandis que toute liberté vous serait donnée de reprendre votre enfant quand et comme vous le voudriez. J'avais prévenu la jardinière, tout était en règle, quand, par une bizarrerie incompréhensible, la comtesse eut la fantaisie de retarder le voyage, et me demanda la clef du jardin pour aller, disait-elle, passer la nuit à Bagnolet. Cette demande me déconcerta. Je n'avais pas la clef ; je balbutiai... Un mouvement de jalousie, je pense, s'empara d'elle ; mais adroite à se contenir, elle n'en fit rien voir, et me quitta en parlant d'autre chose. Moi qui pensais bien que votre impatience de père vous ferait tenter l'événement le soir même, je courus, un peu tard il est vrai, à la petite maison, et je me trouvai nez à nez avec la comtesse qui venait d'entrer avec sa clef, et qui faisait une scène à la jardinière, sûre, disait-elle, qu'une femme se tenait cachée dans le petit bois. Je parvins à l'apaiser en lui faisant un conte dans lequel l'honneur de la pauvre jardinière ne jouait pas le plus beau rôle... et, quand elle fut couchée, je voulais aller vous délivrer, mais vous aviez disparu.

— Oui, — dit Thadéus ; — j'étais passé par-dessus le mur.

— Il faut bien le croire... mais je n'y comprends rien. Bref, nous partîmes le lendemain de bonne heure sans qu'elle se doutât de la moindre chose.

— Comment ! avant de partir elle n'avait pas voulu voir son enfant ?

— Oh ! elle n'y pensait guère alors. Plongée dans la politique et dans les spéculations de toute espèce, saturée d'intrigues et de calculs, dévorée d'ambition, quel coin auriez-vous voulu que son cœur laissât à l'amour maternel ? Ce fut à son retour de Vauxbuin, quand elle vit ses affaires dérangées et l'édifice immense de fortune qu'elle s'était bâti prêt à s'écrouler ; ce fut en apprenant qu'un autre l'avait supplantée auprès de son puissant protecteur Barras, en voyant ses salons vides et son nom décrié : ce fut alors, monsieur, qu'elle se souvint de son enfant. Il n'y était plus. Elle me le demanda. Je lui appris ce que j'avais fait. Je passe sur ce qui s'ensuivit. Ces détails...

— Et à présent ? — interrompit Thadéus ; — car, jusqu'ici je ne vois, dans tout ce que vous m'avez fait l'honneur de me dire, rien de bien intéressant pour moi.

— A présent, — reprit l'amant de Clarence, — voilà où en sont les choses. Comme j'ignorais tout à fait ce que vous étiez devenu, je ne pus lui fournir aucun renseignement à votre égard. Nous nous brouillâmes quelque temps après pour des affaires d'intérêt que nous avions ensemble. Je lui demandai des comptes qu'elle ne put ou ne voulut point me rendre. Comme je dois quitter la France très incessamment, je me suis vu, bien à regret, forcé de plaider avec elle. Notre cause a été renvoyée devant arbitres, et...

— Eh ! que m'importe tout cela, monsieur ! — dit avec impatience Thadéus.

— Attendez donc ! comme vous êtes vif ! Nous avons été renvoyés devant arbitres ; et hier j'ai vu mon abominable partie adverse chez l'avocat qui m'a donné rendez-vous ici. Je ne sais comment il se fit que la conversation tomba sur Bagnolet, puis sur vous, puis sur votre enfant ; toujours est-il qu'elle m'a dit avoir retrouvé vos traces, et celles de la petite qui est en nourrice à Belleville, dans une maison où *j'irai la chercher demain*, a-t-elle ajouté.

Ces dernières paroles bouleversèrent d'une manière effrayante la figure de Thadéus.

— Demain ! mais c'est aujourd'hui, cela ! — s'écria-t-il hors de lui.

— Mon Dieu, oui ! — reprit le plaideur.

— Aujourd'hui ! Mon Dieu ! mon Dieu ! aujourd'hui !

— Elle se lève tard ordinairement. En vous pressant un peu, vous arriveriez peut-être en même temps qu'elle, sinon plus tôt...

— Oui... vous avez raison... — dit d'une voix sourde le malheureux. — Je vous remercie. Oh oui ! Soyez béni !... Je vous remercie.

Il lui serra la main, et, sans plus penser à ce qui l'avait fait venir, il allait retourner à Belleville, quand il se sentit tirer par l'habit. C'était Madeleine.

— Ah ! je savais bien que vous viendriez, — lui dit-elle avec une ineffable reconnaissance. — Je le savais bien ! j'en étais sûre ! Père Durand avait beau dire que non...

— Père Durand ? Qu'est-ce que le père Durand ? — demanda-t-il les yeux hagards, les lèvres tremblantes. — Laissez-moi ! je vais revenir... lâchez-moi donc ! Vous dites qu'elle se lève tard, monsieur ?

— Oui. Mais vous n'êtes pas bien... vous avez tort peut-être d'y aller.

— Oh ! de par le ciel, monsieur, il faut que j'y aille !

dussé-je tomber mort en arrivant. Aujourd'hui!... Eh bien! si je ne vous avais pas rencontré! Malédiction! — Il s'en allait à grands pas. Madeleine le prit encore par son habit. — Que me voulez-vous? — lui dit-il d'un ton brusque.

— Où donc allez-vous? — demanda-t-elle tout effrayée.

— Que vous importe!

— Oh! pouvez-vous me parler ainsi... quand vous savez... mon pauvre Simon! ils le condamneront... c'est sûr!

— Ah! oui, Simon... Eh bien! mais... nous avons le temps!

— Le temps!

— C'est pour deux heures, deux heures et demie, — dit l'homme aux renseignemens, qui écoutait d'un air bête.

— Oui, oui! nous avons le temps... Vous voyez bien! c'est pour deux heures; il n'est pas midi. Allons, lâchez-moi!... je serai à l'heure... mais lâchez-moi donc!

Il dégagea violemment le pan de son habit.

Elle tomba sur le pavé, à genoux, les mains jointes.

Il se mit à courir comme un insensé, tandis que le plaideur lui criait:

— Si vous avez besoin de moi, demandez le citoyen Crancé, ci-devant duc, hôtel de l'Autruche, ci-devant d'Autriche, rue de la Chaussée-d'Antin.

Au bas du perron, Thadéus se jeta dans un cabriolet.

— A Belleville! — cria-t-il au cocher; — ventre à terre! tout ce que tu voudras pour ta course!

Le cocher lança sa maigre haridelle de toute la force de ses vieilles jambes. Thadéus fit arrêter rue de Paris, au coin de la rue de la Mare; il donna au cocher ce qu'il avait dans sa poche: sept francs... c'était toute sa fortune.

Midi sonnait!

La nourrice demeurait au bout de la rue, dans une petite maison verte que l'on voit encore aujourd'hui. Thadéus enfonça la porte plutôt qu'il ne l'ouvrit. Crancé avait dit vrai: Clarence était debout, dans la chambre, avec une autre femme qui tenait déjà l'enfant tout habillé pour l'emporter. La nourrice, en voyant le père, se cacha toute tremblante dans un coin.

Furieux, il arracha sa fille des mains qui la tenaient; il la remit tout doucement dans son berceau et se serra contre en grinçant des dents comme le lion quand il défend ses petits.

— Qui donc, — dit-il d'une voix tonnante, — se permet de disposer d'un enfant sans l'aveu de son père? Ne sais-tu pas, misérable femme, que cet enfant m'appartient? — La nourrice voulut répliquer. — Tais-toi! — continua-t-il avec véhémence; — je vois ta réponse là... — Il montra de l'argent sur le buffet à portée de sa main. Il le prit, le jeta par terre avec rage et marcha dessus. — De l'argent, toujours! Des enfans, cela s'achète et se revend, n'est-ce pas? Je l'ai acheté celui-là, mais je ne veux pas le revendre, entends-tu? Allons, sortez... laissez-moi seul avec cette femme.

— Je ne souffrirai pas.... — dit la comtesse.

— Sortez, vous dis-je. — Et prenant la nourrice et la servante par les épaules, il les fit sortir. — Maintenant, madame la comtesse, à nous deux! — lui dit-il en riant à faire frémir. — C'est encore la querelle des deux mères, n'est-ce pas?... un autre jugement de Salomon. Où est-il Salomon? qu'il nous juge...! Êtes-vous donc déjà blasée sur le reste, belle dame? C'est de l'amour maternel qu'il vous faut à présent! Le caprice vous en prend trop tôt, vraiment...! Bonne mère! Son enfant était volé depuis trois mois, elle n'en savait rien. Le père est venu prendre l'enfant la nuit... elle a cru que c'était une rivale qui se cachait... la bonne mère! Rendez-lui donc son enfant aujourd'hui, à elle qui garde si bien les enfans... donnez-le lui... qu'elle s'en amuse... qu'elle joue avec... qu'il lui serve à la consoler de ses volages adorateurs... qu'elle le soigne, qu'elle l'élève... qu'elle en fasse une belle et noble dame comme elle, bien vile, bien méprisable comme elle... une prostituée aussi! N'est-il pas vrai, Clarence, que c'est une douce chose quand les enfans nous ressemblent? On vieillit, on se fane, on s'en va... c'est agréable d'avoir une jolie fille à montrer. On revit en elle, on la promène avec soin... cela sert de maintien, de passe-port... on nous fait encore la cour à cause d'elle... on nous prend pour la sœur de notre fille... et puis quelque grand seigneur bien vieux, bien riche, vient à passer... il trouve notre fille jolie... il s'arrête et demande: « Combien cette fille? » et le marché se fait! et la mère vend sa fille, et la mère place sa fille en rentes sur l'État!... La belle chose que d'avoir une fille!

— Assez! assez, monsieur! — s'écria la comtesse écrasée sous ces horribles paroles. — Que vous ai-je donc fait pour que vous me traitiez ainsi?

— Ce que vous m'avez fait, Clarence, — reprit Thadéus avec amertume, — vous n'avez pas eu pitié de moi; vous m'avez chassé de chez vous comme un voleur! vous m'avez réduit à mendier mon pain, à implorer la pitié du passant; vous avez jeté l'enfant que je vous avais donné à la merci d'un homme qui ne pouvait le voir sans dégoût, qui s'en serait défait tôt ou tard, et comment, si je ne me fusse trouvé là pour le reprendre...! Et moi, pour gagner ma vie et celle de cette innocente victime, j'ai travaillé comme un mercenaire, je me suis courbé sous les fardeaux, je me suis brûlé au soleil: j'ai meurtri, j'ai déchiré mes membres trop mous, trop délicats pour cette rude tâche... Regardez mes mains, Clarence, touchez-les! voyez-vous ce que j'ai fait pour cet enfant que vous voulez m'ôter aujourd'hui... aujourd'hui que, grâce à vous, le choix m'est laissé de mon éternelle infamie, ou de la mort... aujourd'hui que l'honnête artisan qui m'a recueilli est assis sur l'ignoble banc des voleurs, accusé d'un crime qu'il n'a pas commis, sous le coup d'une condamnation aux galères que seul je puis détourner de sa tête, en déclarant où il était à l'heure du vol qu'on lui impute? J'irai le dire, voyez-vous... parce que je n'ai pas la conscience large et souple comme la vôtre; mais aller le dire... c'est me livrer... c'est me perdre!... Et vous voulez m'enlever cet ange! et vous voulez que je ne laisse rien après moi... Non! l'enfant restera ici, madame la comtesse; il restera pour être la sœur de cet autre qui dort à côté de lui. Il restera pour que la famille que je vais sauver soit la sienne, et l'aime, et pleure en songeant à son malheureux père. D'ailleurs... où sont vos droits sur lui, dites-moi! qu'avez-vous fait, vous, que vous puissiez dire, que vous puissiez avouer sans rougir? Rien... Croyez-moi, madame la comtesse... cet enfant vous gênerait. N'insistez pas pour qu'on vous le rende... laissez-le ici... il est bien ici... Allez-vous-en... je vous en conjure, je vous en supplie. Tenez! je me mets à vos genoux... laissez-le! Allez-vous-en...!

Et le fier Thadéus embrassait tout en larmes les genoux de la femme que tout à l'heure il foudroyait de son mépris. Il aimait tant son enfant!

Clarence fut émue. Ses yeux se mouillèrent. Elle releva Thadéus; et de cette douce voix qui le charmait jadis, elle essaya de calmer son désespoir.

— Vous que j'ai tant aimé, — lui dit-elle, — pouvez-vous me juger aussi mal, pouvez-vous me charger ainsi du poids affreux de vos malheurs! Je vous ai chassé, dites-vous, mais j'étais folle alors... Ce que vous m'aviez dit, vous le savez; est-ce qu'il n'y avait pas de quoi rendre une femme folle, dites? Mais à peine étiez-vous parti que j'aurais voulu vous rappeler. J'ai interrogé le concierge, et cette lettre que vous lui aviez fait écrire a glissé sur mon esprit comme une circonstance insignifiante. J'étais si loin de penser à voir Thadéus ouvrier!... Après, je l'avouerai... le monde, les écueils que je rencontrais à chaque pas; le bruit, la pompe des fêtes, l'enivrement des bals... tout cela put pendant quelque temps voiler dans mon cœur votre image chérie, mais non l'effacer, Thadéus. Ah! ne hochez pas ainsi la tête; vous êtes le seul homme que j'aie aimé véritablement. Peu à peu les prestiges qui m'avaient fait vous oublier disparurent ; les revers, la mauvaise fortune m'accablèrent. Alors je revins à vous... je bannis de mon âme tout ce qui vous était étranger, je résolus de vous chercher partout. Un mot du concierge me rappela la circonstance dont je vous parlais tout à l'heure. J'envoyai chercher ce Durand qui vous avait servi d'une façon si bizarre. Je le vis, il y a trois jours encore, et c'est lui qui m'a dit où je trouverais notre enfant. Mais il ne put me donner aucun indice sur votre nouvelle situation. Voilà mon histoire, mon ami. Elle est bien simple et bien vraie. Je suis venue chercher l'enfant, en attendant qu'il me fût permis de retrouver le père, pour adorer en lui le gage de notre ancien amour. Suis-je donc si coupable, Thadéus? — Il la regarda plein de défiance, haussa les épaules, sourit dédaigneusement et ne lui répondit rien. Clarence attendait avec anxiété, et deux fois elle ouvrit la bouche comme pour provoquer un mot de Thadéus; mais ses lèvres se refermaient, interdite qu'elle était par l'expression de son regard. Enfin un cri de mère sortit de sa poitrine, elle dit en courant vers le berceau de l'enfant : — Cet enfant... c'est à moi : je l'ai porté dans mon sein, je l'ai senti avec amour s'agiter dans mes entrailles. C'est mon sang, c'est ma fille : tu n'as pas le droit au moins de m'empêcher de la voir... souvent, tous les jours, à chaque instant, si je le veux. Non, Thadéus, non, tu as beau dire, tu n'as pas le droit de m'arracher d'auprès de ce berceau !

Il y avait tant de vérité dans ces paroles de la comtesse que Thadéus sentit ses répugnances s'affaiblir. Il la regarda fixement, sans parler, mais on lisait sur sa physionomie bouleversée le combat terrible qui se livrait dans son âme.

Elle tendait vers lui ses mains jointes.

— Tu l'aimeras donc bien, Clarence, — dit-il en frémissant et comme effrayé de ce qu'il éprouvait.

— Oh ! oui ! — s'écria la mère suppliante.

— Eh bien ! — ajouta-t-il avec effort,—je le veux bien. Je permets que tu viennes la voir... je consens à ce que tu puisses embrasser de temps en temps cette fille qui t'est si chère, dis-tu...

— Ah ! je te remercie, — dit-elle.

— Mais... attends, attends. Tu vois cette maison ! garde-toi d'y jamais venir dans la même intention qu'aujourd'hui. Sur ton Dieu, sur ton âme, jure de ne jamais chercher à me ravir ma fille ; car j'irais chez toi, Clarence, au milieu de ton hôtel, et devant tes amis, tes domestiques, devant tout le monde, je m'écrierais : « Clarence de Vauxbuin, le pendu de Berlin vient te réclamer l'enfant que vous avez eu ensemble... » — Il dit cela avec une énergie qui fit trembler la comtesse. Après s'être remise un peu, elle prêta le serment qu'exigeait Thadéus. Il la vit s'éloigner avec la servante, et quelques minutes après il partit, après avoir dit à la nourrice : — Quand cette dame reviendra, vous lui laisserez voir ma fille. Mais, songez-y bien, je ne veux pas que Mathilde sorte d'ici.

Puis il se souvint de l'heure, et il courut de toutes ses forces, à pied, car il n'avait plus d'argent pour prendre une voiture.

Il arriva trop tard... Il y avait cinq minutes que les juges venaient de condamner Simon à cinq ans de travaux forcés.

## IX

### LE FIDÉICOMMIS.

Cependant la journée s'avançait. La carrière où travaillait Thadéus avait besoin d'un cavage de plus, et M. Benoît, le maître carrier, s'impatientait fort de ne point voir revenir sa nouvelle recrue. En lui permettant la veille de s'absenter, il avait mis pour condition qu'il fallait être rentré au plus tard à midi, les travaux du cavage devant commencer immédiatement après le dîner. Or, monsieur Benoît et ses ouvriers étaient allés dîner, et revenus ; trois heures s'étaient déjà écoulées depuis midi, et Frédéric Simon ne paraissait point.

Ce retard prolongé contrariait d'autant plus monsieur Benoît qu'il empêchait la difficile opération projetée d'avoir lieu ce jour-là.

Le peu de temps que Thadéus venait de passer dans la carrière avait plus que suffi à l'entrepreneur expérimenté pour lui faire apprécier l'homme qu'il tenait du hasard. Depuis vingt ans que monsieur Benoît exploitait les richesses souterraines de Montmartre, jamais ouvrier au coup d'œil si rapide et si sûr, au sang-froid si imperturbable, ne s'était rencontré sous sa main.

— Quel dommage, — se disait-il souvent, — qu'il ne sache pas écrire, car ça me ferait un fameux contremaître.

Aussi tout ce qui se faisait d'un peu grave dans le domaine de monsieur Benoît était de droit dirigé par notre héros. Il y avait bien un homme là que l'on regardait comme le sous-chef, mais qui l'était d'une façon tout à fait honorifique ; le maître lui avait ordonné de se taire quand Frédéric Simon parlerait.

Cette préférence si marquée de monsieur Benoît pour le dernier venu de ses ouvriers plaçait celui-ci dans une position éminemment fausse. Investi des fonctions de contre-maître sans en avoir le titre, il devait naturellement devenir un objet de jalousie pour tous ses camarades, et il l'était devenu. Les carriers ne pouvaient souffrir cet égal qui leur était imposé pour supérieur; cet homme qui, payé comme eux, vêtu comme eux, travaillant comme eux, ignorant comme eux, faisait le fier à leur égard ; c'est-à-dire se tenait seul de sa compagnie, et refusait d'aller boire et se réjouir à leur guinguette, comme un vrai sournois qu'il était. Le bon Thadéus avait très bien senti cela, et plus d'une fois déjà la pensée lui était venue de désavouer son mensonge du premier jour, et d'aller dire à monsieur Benoît : « Je sais écrire; donnez-moi mon engagement pour que je signe, et faites-moi ce que vous avez envie que je sois; » mais il s'était retenu toujours, parce que de simple manouvrier à devenir contre-maître il y avait, pour lui seul sans doute, une insurmontable difficulté : c'était l'exhibition nécessaire de papiers qu'il ne possédait point. Il avait donc pris son parti, résolu à tout souffrir sans se plaindre, priant Dieu de l'avoir en pitié, et tâchant, à force de douceur, de bons procédés, de ramener à lui ses camarades ; chose bien difficile.

La patience de monsieur Benoît était à bout depuis longtemps. Il se promenait sans mot dire, du large au long de la carrière, sifflant entre ses dents, passant ses mains de ses poches à son dos, et regardant l'heure à chaque instant.

— Il faut que le bourgeois soit bien en colère, — disaient entre eux les carriers, — puisqu'il ne parle pas... Gare le favori ! il en verra de sévères quand il reviendra.

La journée fut ainsi perdue.

Enfin, comme six heures allaient sonner, et que chacun se disposait à mettre de côté ciseau, pelle et pioche, Thadéus arriva.

Il fallait l'avoir vu la veille, il fallait être bien sûr que ce fût lui pour le reconnaître en cet instant. Son aspect avait de quoi faire peine au plus insensible. Jamais sur aucune figure humaine tant de douleurs n'avaient toutes à la fois creusé si profondément leurs terribles empreintes ; jamais le désespoir ne s'était montré nulle part si visible et si vrai. Un homme pâle comme cela, avec ce regard désolé, avec ces deux grands sillons de larmes sur les joues, essayant de faire sourire ses lèvres blanches qui frémissaient, cet homme devait être le plus malheureux de tous les hommes. C'était clair comme le jour.

Aussi chacun sentit au fond de son âme qu'il y aurait une méchanceté trop grande à se réjouir de ce que le maître allait dire de mal au pauvre camarade. S'il lui fût arrivé, pour cause de son retard, ce qui leur arrivait le plus souvent en pareil cas, c'est-à-dire d'être resté trop longtemps à boire... à la bonne heure; c'eût été plaisir que de l'entendre gronder par monsieur Benoît. Mais on voyait trop bien qu'il n'y avait que du chagrin dans le fait de cet homme, et le rire malin qui animait toutes les physionomies au moment où Thadéus parut sur le chemin de la carrière s'évanouit quand il entra, pour faire place à un sentiment de pitié.

Une seule personne ne remarqua point l'affreux bouleversement des traits de notre héros : ce fut monsieur Benoît. La pensée d'une journée de perdue, et d'une journée de beau temps encore, préoccupait trop fortement ses esprits. Il avait eu, depuis qu'il se promenait, tout le loisir nécessaire pour supputer son préjudice, et il venait d'en clore l'effrayant calcul dans sa tête, lorsque l'auteur du mal s'offrit à ses regards.

— Vous voilà! — lui dit-il d'une voix que sa colère étouffait. — Ah! vous voilà! Qu'est-ce que vous venez faire ici à présent?... à six heures! quand on vous attend depuis midi... canaille que vous êtes! brigand! voleur! —L'ouvrier voulut répondre, mais il ne put rien articuler. Lui s'entendre traiter de cette manière! —Mais réponds donc! — criait monsieur Benoît, la figure violette de fureur.— D'où viens-tu, misérable vaurien, dis? Je le savais bien, va!... Tenez, voyez-vous? il ne peut pas parler! il est saoûl comme un gredin! Mais tu m'as volé ma journée, fripon que tu es! Tu ne sais donc pas cela?... Réponds! réponds donc! Attends! je vais bien t'ouvrir la bouche, moi!

Il prit un bâton et courut à lui, le bâton levé. Tous les carriers se précipitaient pour l'arrêter, il les repoussa; il allait frapper, quand un éclair brilla dans les yeux ternis de Thadéus. Il attendit son maître tête baissée, il le saisit au corps, et, d'un effort surhumain, il le jeta comme un enfant à dix pas devant lui. Puis, brisé de douleur et de honte, épuisé, éperdu. le malheureux se laissa tomber à la renverse. On crut qu'il s'était tué, tant sa chute avait été affreuse.

L'entrepreneur avait eu plus de peur que de mal. Il se releva, singulièrement radouci. Deux hommes prirent Thadéus, qui gisait étendu sans connaissance; ils le portèrent dans sa cabane, et lui jetèrent de l'eau fraîche au visage. Il rouvrit bientôt les yeux, et monsieur Benoît l'entendit qui disait :

— Ma pauvre fille! Simon... Madeleine... pardonnez-moi!...

— Je m'étais trompé, — pensa le maître; — j'ai eu tort... Du reste, il a réglé son compte lui-même, et de telle façon que je ne lui dois rien... Quelle poigne! Il ne fait pas bon le fâcher, celui-là!

Les ouvriers s'en allèrent. Monsieur Benoît restait; Thadéus le vit assis à côté de son grabat; il lui tendit la main.

— J'ai eu tort de rentrer si tard, — lui dit-il péniblement.

— Et moi j'ai été trop vif, — répondit le maître.

— Mais... c'est que je n'ai pas pu faire autrement.

— Reposez-vous... Vous me conterez tout cela demain. Allons, du courage... ne vous faites pas de chagrin comme une femme!... C'est une journée de moins, voilà tout... nous réparerons cela. — Après quelques paroles encore, toutes aussi insignifiantes que les premières, le maître carrier laissa Thadéus à ses réflexions, et regagna son logis en se disant : — Pourvu qu'il soit en état de faire le cavage demain matin.

Quelle nuit horrible pour Thadéus! La fièvre, qui le brûle et le glace tour à tour, empoisonne son sommeil des plus sinistres visions. Elle lui montre sa fille, sa jolie Mathilde, devenue grande et belle à ravir, mourant de faim à côté de Clarence en haillons, de Clarence décrépite et laide, qui la bat pour la forcer à mendier du pain qu'elle ne sait pas gagner, lui dit-elle. Puis vient Simon, innocente victime, chargé de chaînes qui le font saigner, couvert de la livrée du bagne, ayant le mot *voleur* écrit sur le front, lié par des liens de fer à un homme hideux, vieillard à tête blanche, tout flétri de crimes, qui rit de son désespoir, et comme un démon le tourmente de ses abominables consolations. La pauvre Madeleine est là aussi, délaissée, honnie, méprisée de tous, chassée de ville en ville, traînant après elle son enfant, n'ayant tous deux que l'herbe des champs pour nourriture, que l'eau des fossés pour boisson, figures terribles qui tournoient et bourdonnent sur sa tête en criant : « Malheur! malédiction au lâche, à l'ingrat, au parjure! » Puis aussi le passé, l'épouvantable passé, son jugement, son arrêt de mort, le gibet dressé, le peuple curieux se pressant alentour, et se plaignant parce que l'heure n'arrive pas assez tôt. Il se voit marcher au supplice; il sent le prêtre à ses côtés, un immense cri de joie part de la foule, et toutes les mains battent comme au théâtre Il monte, on s'empare de lui, on le dégrade publiquement, on crie trois fois son nom tout haut, pour le déshonorer à jamais. Il fait signe au peuple, il voudrait parler; mais des éclats de rire, des huées indignes l'interrompent. Alors une main lourde et froide s'abat sur son épaule nue, comme la serre d'un vautour; il sent cette main agir et se promener partout lui. Il frissonne, il voudrait, tout tremblant, empêcher ces attouchemens ignobles; mais ses mains sont liées derrière lui. Alors il prie, il pleure, il trépigne, et d'autres rires, d'autres huées s'élèvent à lui de cette foule moqueuse qui hurle d'une voix féroce : « Oh! comme il a peur! » Enfin l'heure sonne, cette heure qu'il avait oubliée! Alors, comment le dire? Ce n'est plus la main lourde et froide qui le touche, mais une autre, plus étrange, plus infâme : c'est la mort, la mort comme elle vient du gibet. Et, toujours les mains liées, se laisser tuer ainsi sans se défendre!... Le dernier coup de cloche tombe sur lui comme la foudre. Plus rien sous ses pieds; autour de lui, sang et feu; à son oreille encore un cri de la foule, un cri d'atroce bonheur, comme en poussent les démons quand Dieu leur jette une âme Et puis le silence. Après, il voit sa mère, sa bonne mère, malade, presque morte déjà. Un homme entre dans sa chambre; il vient à son lit et tire à grand bruit les rideaux. La pauvre femme criait; elle avait peur. « Ne craignez rien, lui dit tranquillement cet homme; c'est moi. Je suis le bourreau qui viens vous apporter des nouvelles de votre fils. »

La nuit s'écoula ainsi tout entière. A la pointe du jour, les carriers vinrent arracher Thadéus à ces lugubres apparitions, Il se leva plus abîmé que la veille, pouvant à peine se tenir. Il but de l'eau-de-vie pour se remettre : depuis trente-six heures il n'avait rien pris. L'air frais du matin lui fit un peu de bien... D'ailleurs ne fallait-il pas travailler? ne fallait-il pas rendre au maître le temps volé? Il se résigna, et, rappelant à lui toute son énergie :

— J'ai besoin de vivre maintenant, — dit-il; — il faut que je gagne du pain à Mathilde, car, si j'ai livré Simon, du moins je n'ai pas livré ma fille!

Grâce à l'activité et à la prudence de Thadéus, le cavage se fit à merveille. Monsieur Benoît fut ravi : aucun malheur n'était arrivé, seulement un homme fut tué parce qu'il ne voulut pas écouter les recommandations de l'ouvrier qui conduisait le travail. Le malheureux qui périt, plus encore par jalousie contre Thadéus que par excès de zèle, était Dubreuil, le contre-maître de la carrière.

Après l'enterrement, qui eut lieu le lendemain, monsieur Benoît emmena Thadéus chez lui, et là, après avoir longuement énuméré les avantages de sa proposition, il offrit au favori l'emploi du mort.

— Vous ne savez pas écrire, — dit-il, — maisc 'est

égal. Nous arrangerons les choses de manière à ce qu'elles aillent comme si vous étiez plus savant.

Thadéus refusa.

— Cette place, — répondit-il, — appartient de droit au plus ancien des ouvriers, et je me ferais scrupule de passer sur le corps à un camarade, qui mieux que personne, d'ailleurs, mérite la survivance du malheureux Dubreuil.

L'entrepreneur fut très mécontent. Par cette offre, il avait compté s'attacher pour longtemps un ouvrier précieux, unique peut-être, qu'il craignait de voir lui échapper d'un instant à l'autre. Il fit ce qu'il put afin de vaincre ce qu'il appelait les sottes répugnances du favori. Mais celui-ci tint bon.

Le soir, quand la journée fut achevée, monsieur Benoît annonça devant les ouvriers rassemblés que le plus ancien prendrait la place du défunt, et dans sa mauvaise humeur, il laissa entendre que cette place n'était ainsi donnée qu'au refus de Thadéus. L'étonnement fut grand, comme on pense, et le favori put de ce moment se regarder comme presque réhabilité aux yeux de ses compagnons.

Notre héros vécut près d'une année de cette vie pénible et dangereuse. Peu à peu il avait su conquérir l'amitié des êtres grossiers qui l'entouraient et les faire revenir de leurs ridicules préventions à son égard. Plein de douceur et de patience, avide à saisir toutes les occasions de rendre service, n'usant de son empire sur l'esprit du maître que pour les autres et jamais pour lui, il leur était devenu cher à tous. Sans le remords de l'infâme condamnation du menuisier qui le tourmentait sans relâche, peut-être, sobre et simple comme il était, éloigné du monde et des intrigues, heureux père, car il voyait sa fille chérie s'élever presque sous ses yeux, peut-être eût-il trouvé le bonheur au fond de sa souterraine demeure ; mais le souvenir de Simon venait sans cesse traverser ses jours les plus calmes, ses instans les mieux occupés. Il avait appris chez la nourrice de Belleville que, environ huit jours après le jugement de son mari, Madeleine était venue chercher le petit, et que depuis on n'avait plus entendu parler d'elle. Cette nouvelle lui fit plus de mal qu'on ne pourrait le dire.

Durant cette année de travail et de remords mêlés à de douces jouissances paternelles, Thadéus rencontra plus d'une fois Clarence chez la nourrice de leur enfant. Voulait-elle devenir bonne mère? Il se demandait cela, quand il voyait sa Mathilde couchée dans un lit meilleur, coiffée d'un plus joli bonnet, couverte d'une pelisse chaude et soyeuse. Tous ces petits cadeaux venaient de Clarence. La nourrice avait reçu l'ordre de ne point accepter de l'argent; mais pouvait-elle refuser ce que la mère donnait à son nourrisson? C'était de la part de madame de Vauxbuin des attentions délicates et continuelles qui quadruplaient le prix de la pension de Mathilde; et comme les soins d'une bonne nourrice sont tarifés rigoureusement, Thadéus ne pouvait s'empêcher d'être reconnaissant en voyant Clarence rendre la paysanne si attentive auprès de son enfant chéri.

Un jour, la petite Mathilde éprouva une de ces indispositions naturelles aux enfans de son âge. Thadéus ne l'apprit que le surlendemain, en venant voir sa fille, et Clarence était encore là, auprès du berceau de la convalescente. Elle se proposait de passer une troisième nuit chez la nourrice.

— Tu l'aimes donc bien! — dit l'ouvrier.

— C'est toi qui m'as appris à l'aimer, — répondit Clarence.

Il s'étonna du changement qui s'était opéré dans le cœur de cette femme, parce qu'elle ne lui dit pas combien elle avait soif d'émotions, combien son cœur était vide et aride depuis sa rupture avec Crancé, et les pertes considérables qu'elle venait de faire dans une spéculation malheureuse.

Thadéus recevait de six mois en six mois des lettres du docteur Elstein. En passant un jour au bureau de la poste, on lui en remit une en retard de plus de deux mois. Le docteur lui disait que sa mère était tombée dangereusement malade, et que les médecins ne pensaient point qu'elle dût vivre longtemps encore. « Si ces lignes vous parviennent, écrivait ce brave homme, quelque part que vous soyez, venez. Personne ne pense à vous ; ils vous croient tous mort et bien mort... Venez. C'est le chagrin qui conduit votre pauvre mère au tombeau ; votre vue la sauverait peut-être ; elle aimait tant son fils ! »

A cette nouvelle accablante, il s'écria :

— Ma mère!... Elle est morte assurément! Oh oui! morte... morte sans moi, sans la consolation de savoir que je vis! Morte!... elle si bonne, si douce créature, sans un baiser, un dernier baiser de son unique enfant!... Malheur! éternel malheur sur ma tête!... Mais si elle vivait encore!... Dieu est si bon!... Dieu la fait attendre, toujours attendre que je vienne lui fermer les yeux!... Pauvre mère! Je te vois là... les mains jointes... tu pries pour Frédéric!... Ton âme d'ange, ton âme si belle et si pure erre sur tes lèvres, prête à s'échapper... mais Dieu la retient jusqu'à ce que j'arrive... Dieu! impitoyable Dieu! Et les moyens d'arriver au lit de ma mère qui se meurt, où sont-ils? Qui me prendra par la main? qui me conduira? qui me donnera ce qu'il faut, à moi misérable, à moi le proscrit, le mort, l'homme sans nom? Comment traverser la France, et l'Allemagne, et la Prusse?... Comment? Je n'ai rien, moi! Je ne peux rien; je ne suis rien au monde!... Ah! maudit, mille fois maudit celui qui m'a sauvé... celui qui s'est emparé de mon cadavre, et, prenant sa grande science à deux mains, s'est dit : « Je ranimerai ce cadavre, je rouvrirai ces yeux éteints, je ferai battre ce cœur immobile! Voyez-vous? Il est mort, il ne remue plus... il ne respire plus... n'est-ce pas? Oh! c'est bien un cadavre, allez! Eh bien! tout à l'heure il va marcher, il va voir... il va parler... il va dire : J'ai faim... » Car c'est pour se faire honneur et gloire qu'il a fait cela, cet homme insensé.... Ce n'est pas pour moi, c'est pour lui : il me connaissait à peine. Qui donc lui donnait le droit de se servir ainsi de moi? Qui donc lui permettait de me ravir au tombeau? Que lui avais-je fait?... Oh! malheureux! malheureux que je suis! Ma mère... ma bonne mère... je suis ici, et vous si loin de moi... Et rien, rien pour franchir la distance; rien pour que vous puissiez me voir, pour que je vous dise : « Me voilà, ma mère, me voilà! moi Frédéric, votre fils chéri, que vous avez tant pleuré... Ne pleurez plus maintenant : vivez, vivez heureuse, longtemps... toujours... car me voilà et je ne m'en irai plus... Oh! pitié donc, mon Dieu, pitié! C'est trop me faire souffrir.

Dans son délire d'amour filial, il oublia presque qu'il était père : et cependant on sait s'il aimait son enfant.

Le sort était las de frapper cet homme... Il lui fournit le moyen de sortir de France.

Monsieur Benoît, vieux garçon, avait recueilli chez lui la fille d'un de ses frères, Fanchette, jolie enfant de dix-sept ans pour laquelle il se sentait une sorte d'amitié.

Raccommoder le linge et les habits de monsieur Benoît, aider sa vieille gouvernante à faire la cuisine, soigner un étroit parterre que le carrier entretenait derrière sa petite maison, voilà quelles étaient les occupations de Fanchette, en attendant que son oncle lui trouvât un mari. Depuis un an à peu près, la petite, probablement pour entrer dans les vues de monsieur Benoît, s'était donné un amoureux, Nicolas Brument, grand gaillard de trente-deux ans, bien robuste, bien rieur, le plus ancien des ouvriers actuels de la carrière; celui que l'entrepreneur avait dernièrement promu aux fonctions de contre-maître refusées si généreusement par Thadéus. Monsieur Benoît, instruit de la liaison de sa nièce avec Brument, l'avait approuvée. Toutes les parties se trouvant d'accord, on prit jour pour faire la noce. Nicolas Brument, tout joyeux d'épouser celle qu'il aime, avec cinq cents livres que l'oncle se décidait à lui donner en dot, aborde

Thadéus et lui fait part de son bonheur. Notre héros le félicite en soupirant, car il avait la tête toute pleine des nouvelles fâcheuses qui lui étaient venues de Prusse.

— Ce n'est pas tout, — dit le futur, — il faut que vous soyez mon témoin avec Jacques Pitrot, le charpentier.

A cette proposition, Thadéus tressaillit.

— Votre témoin ! — dit-il.

— Oui. C'est bien le moins, après ce que vous avez fait pour moi. Sans vous je n'épouserais pas Fanchette. Monsieur Benoît n'aurait jamais voulu la donner à un simple ouvrier comme j'étais.

— Je n'ai fait en cela, — dit Thadéus, — que mon devoir d'honnête homme, et vous ne me devez pas de reconnaissance.

— Par exemple ! — s'écria Nicolas surpris ; — demandez-leur donc, aux autres, s'ils en auraient fait autant. C'est convenu, n'est-ce pas ?

— Quoi ?

— Eh bien ! vous serez mon témoin ?

— Merci, Nicolas, merci... je ne puis accepter, vraiment.

— Comment donc ça ?

— Non... des raisons particulières que j'ai... s'y opposent...

— Avez-vous peur que ça vous dérange ? J'ai prévenu monsieur Benoît. Tous les camarades seront de la noce. Il n'y aura pas de travail ce jour-là, soyez tranquille.

— Ce n'est pas cela...

— Eh bien ! qu'est-ce que c'est donc, alors ?

— Je ne peux pas vous le dire... c'est mon secret, — répliqua tristement Thadéus.

— Quoi ! est-ce que vous feriez le fier avec moi, par hasard ?

— Le fier ! je n'ai de raisons d'être fier avec personne, mon brave camarade. Mais, tenez... ne m'interrogez pas. Adieu.

Et Thadéus, se détournant le plus vite qu'il put pour cacher des larmes qui lui roulaient dans les yeux, alla travailler.

Le futur, tout fâché, tout saisi, fut raconter aux camarades que le favori, car on ne désignait point autrement Thadéus, refusait tout net de lui servir de témoin.

Là-dessus, ils se mirent à faire leurs conjectures, et, rapprochant ce qu'ils avaient déjà trouvé d'extraordinaire, de mystérieux dans la conduite et les manières du favori, ils décidèrent à la majorité des voix que Thadéus ne pouvait être... qu'un forçat libéré.

Ils le dirent au contre-maître, qui d'abord les traita d'imbéciles et de méchantes langues. Puis, il réfléchit, et, ne sachant plus que croire, il s'en alla consulter monsieur Benoît, qui répondit :

— C'est tout de même bien extraordinaire.

C'était jour de paye. Après la journée faite, les ouvriers se rendirent, selon leur habitude, chez le maître. Thadéus vint le dernier. Quand il entra, il vit toutes les figures animées, on parlait haut avant son arrivée : on se tut en le voyant. Ils s'éloignèrent tous de lui avec dégoût, avec une sorte de frayeur superstitieuse. Il resta seul devant monsieur Benoît.

Celui-ci l'ayant considéré un instant en silence :

— Vous avez des papiers, mon garçon ? — lui dit-il d'un ton sévère.

— Des papiers ? Pourquoi cette question aujourd'hui plutôt qu'un autre jour, monsieur Benoît ?

— Ah dame ! c'est qu'on ne pense pas toujours à tout. Eh bien ! voyons... Vous avez des papiers ?

— Oui... mais...

— Mais ! mais ! où sont-ils ?

— Quel ton prenez-vous donc, monsieur Benoît ?

— Le ton qui me convient. Encore une fois, vos papiers !

— Je ne les ai pas sur moi...

— Ni sur vous, ni ailleurs, mon homme. Je vois votre affaire d'ici.

— Que voulez-vous dire ?

— Écoutez. Je ne suis pas si diable que j'en ai l'air... Mes ouvriers étaient tous là, il n'y a qu'un moment ; savez-vous ce qu'ils me disaient ? que si je continuais à les faire travailler avec vous, ils quitteraient ma carrière en masse.

— Pourquoi donc cela ? qu'est-ce que je leur ai fait ?

— Ils prétendent que vous êtes un homme repris de justice, et leur moralité s'effarouche d'un pareil compagnonnage. Que voulez-vous que je vous dise, moi ! ils ont leurs idées là-dessus.

— Mais c'est une infamie, cela !

— C'est possible. Prouvez-le ; montrez-moi vos papiers.

—Hélas ! je n'en ai pas,—dit le malheureux fondant en larmes et se soutenant sur le dos d'une chaise pour ne pas tomber.

— Vous voyez bien !

— Destin inexorable !

—Voilà, voilà...! Voyons, il ne faut pas jeter le manche après la cognée. Je ne vous ferai pas de questions, parce que vous seriez peut-être bien embarrassé pour me répondre. Écoutez-moi tranquillement. Je ne peux pas vous garder ; pour avoir une émeute ici, ce n'est pas la peine...

— Où voulez-vous que j'aille, grand Dieu !

— Dame... où vous voudrez, mon pauvre garçon.

— Sans papiers... sans passe-port...

— S'il ne vous fallait qu'un passe-port... — Monsieur Benoît se gratta l'oreille. Le cœur de Thadéus battait à se briser. L'entrepreneur le considéra plus attentivement que la première fois... puis il ouvrit un carton et en tira un papier plié. — Je fais peut-être une bien mauvaise action, dit-il, mais l'intention sauvera le reste. Je ne veux pas vous perdre. Vous vous êtes toujours bien conduit ici ; vous m'avez rendu des services importans... j'aurais fait de vous mon ami ! Enfin, à la grâce de Dieu... ! Dubreuil vous ressemblait beaucoup. La veille de sa mort, le pauvre diable avait pris un passe-port pour aller dans son pays, en Alsace, faire un petit héritage... Voilà son passe-port... je vous le donne... arrangez-vous-en comme vous pourrez. A votre paye de la semaine que voici, j'ai jouté une gratification de cinquante livres... Allez avec cela, et que Dieu vous conduise, si vous en êtes digne !

Thadéus prit l'argent et le papier, qu'il tourna et retourna plus de vingt fois dans ses mains.

— Est-ce un rêve ? — dit-il enfin. — O ma mère, tu ne m'auras donc pas vainement appelé !

L'entrepreneur le regarda avec étonnement. Une joie céleste brillait dans tous ses traits.

— Allons, — lui dit-il brusquement, — vous coucherez encore cette nuit à la carrière, et demain matin soyez parti avant que les autres n'arrivent. Adieu. — Il allait sortir. Thadéus lui tendit la main, muet de reconnaissance. Le carrier fut indécis quelque temps. Puis, serrant vivement la main qui s'offrait à la sienne : — Si je me trompe, ma foi tant pis ! — dit-il. — Jamais je n'ai vu de ma vie une si honnête figure.

Libre, avec un nom d'emprunt mais qui devait lui ouvrir passage dans cette France qu'il allait traverser, Thadéus prit d'abord le chemin de Belleville, en se demandant comment il pourrait concilier ses doubles devoirs de père et de fils. C'était un crime que de laisser mourir sa mère au loin, quand il pouvait lui rendre la vie par sa présence ; mais c'était affreux aussi de laisser son enfant en des mains étrangères... Il pensa à Madeleine, qui autrefois aurait eu tant de soins pour Mathilde... mais où la trouver ? Puis, quand il saurait sa demeure, loin d'oser y mettre le pied, il passerait bien vite devant la porte en se cachant le front, de peur que la pauvre femme ne vînt à le reconnaître et à lui crier, comme Dieu au premier meurtrier : ***Caïn, qu'as-tu fait de ton frère ?***

Cette horrible pensée le poursuivait encore quand il arriva chez la nourrice. La vue de Mathilde rieuse et bien portante rafraîchit son sang. Il y avait une demi-heure à peine que Thadéus se reposait de son émotion pénible en jouant avec la petite Mathilde, lorsque Clarence arriva. Les baisers dont la comtesse couvrit son enfant firent encore du bien au malheureux.

— Si j'étais bien sûr, — lui dit-il, — que ma fille pût trouver en toi une bonne mère...

— En peux-tu douter encore, Thadéus?

— Oh! vois-tu, c'est que j'ai bien besoin de te croire. C'est qu'il faut que ce soit la main sur le cœur que tu me promettes aujourd'hui de l'aimer comme ta propre vie...

— Comme ma vie, Thadéus..... Regarde-moi... cherche à lire dans mes yeux si je te mens... tu dois n'y voir que l'expression de l'amour le plus vif, le plus sincère... Voilà bien des mois que je viens ici, mon ami : tu ne peux plus dire que ce soit par caprice... Mais bah! donne à ma tendresse le nom que tu voudras; sois encore dur, injuste envers moi, tu ne m'empêcheras pas de sentir que mon amour pour cet enfant, qui est le mien aussi, ne me quittera qu'au tombeau.

— Ainsi, — reprit-il en fixant sur elle un regard qui l'eût fait pâlir sans doute si elle n'eût pas été sincère, — je pourrais donc te la confier sans craindre pour son avenir?

— Quel serment veux-tu que je te fasse?

— Aucun, Clarence, car si tu n'avais pas un cœur de mère, tes promesses ne me serviraient à rien, et toi-même tu les oublierais sans le vouloir.

— Alors, que puis-je dire pour te convaincre?

— Rien... sinon de recevoir avec transport le dépôt que je te confie.

— Oh oui! A moi, ma fille à moi pour toujours. Je t'en réponds devant Dieu.

— Prends-la donc, car je ne saurais l'exposer aux fatigues d'un long voyage; et je ne vois que toi, Clarence, qui puisses me la garder jusqu'à mon retour.

— Tu pars, Thadéus... tu quittes la France?

— Oui, un devoir sacré m'appelle... je vais fermer les yeux de ma mère... Puissé-je ne pas arriver trop tard!

— Et c'est loin que tu vas?

— Bien loin.

— Et des ressources, mon ami? — dit-elle en hésitant.

— L'aumône... — répondit-il, frappé d'une idée qui ne s'était point encore présentée à lui.

— Toi mendier! grand Dieu! je ne veux pas... le père de mon enfant!... c'est à moi de l'aider s'il est dans le besoin... Thadéus, ne rejette pas ma proposition, je t'en prie.

— Tu as raison, — dit-il avec effort : — j'accepte, Clarence.

— Enfin, — répondit la comtesse, — il me permet donc de faire quelque chose pour lui, de lui rendre service, une fois en ma vie!... Depuis deux ans, il a vécu dans les plus affreuses privations, il a travaillé comme le dernier des hommes, et c'est aujourd'hui seulement qu'il vient trouver son amie... Pourquoi si tard? Je pouvais vous épargner tout cela, moi! En être venu à se voir ainsi vêtu... s'être laissé tomber si bas... quand un seul mot de lui...

— Non pas, — s'écria Thadéus, — non pas, madame. Tant qu'il ne m'a fallu que vivre, mes bras m'ont suffi. Un habit un peu plus beau, une nourriture un peu moins grossière valaient-ils que je vinsse rougir devant vous, dites? Moi vous demander de l'argent pour vivre, comme un lâche, comme un misérable, comme le dernier des hommes! moi me mettre aux crochets d'une femme! Oh non! vous savez bien que non... Mais aujourd'hui, c'est différent; aujourd'hui, Clarence, je ne connais plus ni respect humain, ni honte ni infamie; l'argent que vous m'offrez, je l'accepte avec joie. Je vous dis que ma mère se meurt, Clarence; qu'elle se meurt de chagrin; qu'il dépend de moi peut-être d'attacher à sa vie dix années encore de paix et de bonheur! Et pour cela il faut que j'y aille, que j'y aille vite, comme l'éclair, comme vont les rois quand ils voyagent : comme j'allais jadis, moi, quand j'étais Frédéric comte de Wurzheim. Cet argent vous sera fidèlement rendu, Clarence; je vous en donne ma parole d'honneur.

— As-tu besoin de me dire cela, à moi, la mère de cette Mathilde que tu n'as jamais embrassée avec plus d'amour que moi, vois-tu! car tu m'as bien mal jugée; si...

— Songez qu'il faut que je parte demain; demain au point du jour.

— Ce soir même, ici, tu recevras deux cents louis. Est-ce assez?

— Assez? Oui, Clarence, c'est assez pour dévorer l'espace. Grâces vous soient rendues. O ma mère, vivante ou morte, je te reverrai!

Il baisa les mains de la comtesse. Puis elle remonta en voiture.

— Dans une heure, — cria-t-elle, — je serai de retour.

Une heure ne s'était pas écoulée que la comtesse était revenue chez la nourrice apporter à Thadéus les rouleaux d'or qui devaient l'aider à franchir la distance.

— Encore un baiser à ma fille, — dit-il en pleurant comme si leur séparation ne devait plus avoir de terme. Ensuite il mit l'enfant dans les bras de sa mère : — N'oublie pas, — dit-il en frémissant, — n'oublie pas qu'un jour je reviendrai te demander compte de ta conduite envers elle. Sois toujours prête à répondre à ton juge, Clarence.

— Mon juge, c'est Dieu qui te bénit de ta confiance en moi.

Ils se séparèrent enfin. Le lendemain, Thadéus courait en poste vers Strasbourg.

## X

### L'ATELIER.

Au quatrième étage d'une vieille maison de la rue Christine, sur la petite porte blanche d'une mansarde, on lisait ces mots imprimés à la main avec des caractères à jour achetés chez un marchand du pont Neuf : *Albert, peintre, fait les miniatures et l'aquarelle.*

La portière monta pour faire le ménage de monsieur Albert; elle ouvrit la porte, son balai à la main et sous le bras son plumeau; elle allait entrer, quand le peintre lui repoussa brusquement la porte au nez en disant :

— Ah çà! madame David, vous ne me laisserez donc jamais tranquille?

— Je ne savais pas que monsieur avait du monde, — répondit madame David; — puisque je dérange monsieur, je vas redescendre.

Elle le savait bien, la maligne portière, car on était passé devant sa loge avant de monter l'escalier; on s'y était même arrêté, peu de temps à la vérité, bien peu, ce qu'il fallait pour demander : « Monsieur Albert est-il chez lui? » et attendre la réponse.

Mais c'est si curieux une portière!

Albert revint à sa place, tout en colère d'avoir été dérangé.

— Pourquoi aussi n'ôtez-vous pas votre clef? — lui dit une voix douce comme la voix d'un ange.

— C'est vrai, — répondit le peintre; — vous avez raison. Mais... c'est que je n'osais pas... Maintenant j'irai... puisque vous le voulez bien.

Il retournait vite à la porte. La voix l'arrêta.

— Oh! ce n'est pas la peine à présent, — reprit-elle. — Votre portière ne remontera pas.

Tout rouge et sans pouvoir proférer une seule parole, bien que sa bouche se fût ouverte deux ou trois fois, le peintre se remit en face de son chevalet. Il repassa lentement le pouce dans l'œil de sa palette; il appuya de toutes ses forces sa main droite qui tremblait sur la baguette d'érable qu'il tenait de la gauche; il reprit enfin comme il put le maintien d'un artiste qui cherche à faire le portrait de quelqu'un.

Car c'était un portrait qu'il avait à faire, le plus beau portrait qu'il eût jamais fait de sa vie : le portrait d'une jeune belle femme de dix-sept ans tout au plus ; brune avec une peau de blonde, avec des yeux bleus, avec une bouche toute petite qui souriait et faisait voir les plus gentilles dents qui fussent au monde ; perles enchâssées de corail, comme disaient les poëtes de ce temps-là.

Et cette belle jeune femme était assise dans sa mansarde, assise au milieu de son misérable atelier, donnant au peintre sa vingt-sixième séance... la vingt-sixième séance, oui! car jamais artiste et modèle n'avaient nulle part montré, l'un tant de lenteur, l'autre tant de patience et de résignation. Comme il étudiait avec passion cette figure charmante! Comme chaque coup de pinceau lui coûtait à donner, par la crainte de le donner indigne d'elle! Comme il se désolait de ne pouvoir jeter tout entier sur la toile le feu des regards qui l'enivraient! Comme il se trouvait petit et faible et mauvais peintre! Comme il sentait son cœur battre et le rouge lui monter au visage quand, émue de son trouble, elle se penchait vers lui, examinait attentivement son ouvrage, et lui disait avec une grâce divine, avec une inflexion enchanteresse qui le troublait bien plus encore : « Vraiment! suis-je donc si jolie que cela! » Il n'osait pourtant regarder celle qui lui parlait de cette manière. Il avait tant de peur!... il voulait voir si ces paroles ne seraient point un sarcasme, par hasard... il levait les yeux sur elle, au risque de mourir de honte. Savez-vous ce qu'il voyait? une larme, oui, une larme fugitive, perdue dans le délicieux sourire de cette tête adorée; car c'était en homme encore plus qu'en artiste qu'il chérissait, lui peintre de dix-sept ans, son modèle de dix-sept ans. La gloire de faire un beau portrait, d'écrire son nom obscur au bas d'une admirable peinture, avait pu le séduire d'abord, lorsqu'elle était venue la première, la seconde, la troisième fois... mais ensuite, quand il avait senti la fièvre le prendre, quand le sommeil n'avait plus voulu de lui, quand cette image si belle s'était mise à le suivre partout, s'était gravée si profondément en lui que seul, tout seul dans sa chambre, il aurait pu l'achever de peindre s'il eût voulu, alors amour-propre, gloire, avenir d'artiste s'étaient enfuis; cette toile si bien commencée, si ressemblante déjà, presque vivante, n'avait plus été pour lui qu'un souvenir inanimé, qu'une froide consolation du modèle absent. A ses jeunes passions, au feu dévorant qui le brûlait, il avait fallu une autre proie, un autre aliment que cette toile insignifiante ; il avait fallu un autre portrait qui ne fût que pour lui, que seul il pût voir, qu'aucun regard étranger ne profanât. Ce portrait, il se l'était fait, l'habile peintre! Son imagination toute puissante avait suppléé à l'insuffisance de son art. Aux charmes entraînans de toute cette belle personne, aux célestes lumières de son visage, à la volupté mythologique de ses formes, à la suavité de son langage, il avait ajouté tout ce qu'il était possible de supposer de perfections morales; il avait donné à cette reine de son être un cœur tendre, une âme dévouée, un esprit d'ange, et un amour pour lui vif et pur comme le sien pour elle. Il avait passé bien des jours et bien des nuits à se bâtir ainsi la plus ravissante des chimères. Puis il s'était dit : « Ce sera mon bonheur, mon amour, ma vie, cela me suffira. Il le faut bien, car jamais je n'oserai lui dire quand elle vient : Je vous aime! » Pauvre Albert! il avait cru pouvoir ainsi faire prendre le change à ses sentimens et se tromper lui-même, et se donner un fantôme pour amante. Ne vous moquez pas de lui, il n'avait que dix-sept ans.

Avant toutes ces choses, le peintre de la rue Christine n'avait pas beaucoup d'ouvrage. Les portraits de monsieur et madame ses propriétaires, celui d'une petite grisette, sa voisine, et quelques restaurations de tableaux en ville, composaient à peu près toutes ses occupations. Il avait du temps de reste, et, ne sachant trop qu'en faire, il allait le perdre au Luxembourg ou aux Tuileries, à suivre les femmes qu'il trouvait jolies. A plusieurs reprises déjà, dans ses promenades au premier de ces deux jardins, il avait remarqué une jeune dame qui semblait, ainsi que lui, rechercher de préférence les allées les plus sombres. Cette dame était fort belle; une expression de mélancolie répandue sur sa physionomie la rendait plus intéressante encore aux yeux de notre jeune artiste. Tout cela était dans l'ordre, et l'on trouvera sans doute cette rencontre bien commune; mais il faut dire que la raison en est toute simple, et que si, sur mille rencontres d'hommes et de femmes qui peuplent les romans, les sept huitièmes ressemblent parfaitement à celle-ci, c'est que probablement les sept huitièmes ont en effet lieu de cette façon-là dans le monde, et les lecteurs en conviendront s'ils ont toute la bonne foi qu'il est juste de leur supposer.

A voir la mise de la jeune dame, à voir surtout le laquais superbement enharnaché qui l'accompagnait à respectueuse distance, il était facile de juger qu'elle occupait une haute position dans le monde. Il n'y avait rien de bourgeois en elle, et voilà bien ce qui faisait le désespoir d'Albert. « C'est au moins, pensait-il, une duchesse, » et que pouvait-il y avoir jamais de commun entre une duchesse et lui? Et cependant il la suivait toujours, pensant que cela n'engageait à rien ; quelquefois même il pressait le pas afin de la passer, d'arriver au bout de l'allée avant elle et de pouvoir la mieux regarder en revenant. Alors quand il la voyait s'avancer lentement vers lui, quand il épiait le moment propice de lui jeter son coup d'œil, oubliant ses humbles réflexions, il se redressait, il se cambrait, il se faisait beau, il se mirait en lui-même des pieds à la tête; et, fier de ses dix-sept ans, de ses yeux noirs et de son habit neuf, il se disait insolemment: « Pourquoi donc ne ferait-elle pas attention à moi tout comme à un autre? »

Mais lorsque après s'être promené une demi-heure tout au plus la jeune dame donnait le signal du départ, en traversant vite et comme à regret la partie fréquentée du jardin, l'humilité reprenait le dessus dans le cœur de l'artiste; car il y avait à la grille de la rue de Vaugirard un somptueux équipage; en poussant un cri bizarre, inintelligible pour tout autre, le laquais faisait sortir du cabaret voisin un cocher, de la même couleur que lui, qui montait rapidement sur son siége; le laquais ouvrait la portière, abaissait le marchepied, et la jeune dame montait dans la voiture en s'appuyant sur le poing du laquais; puis celui-ci refermait la portière, ôtait son chapeau, et demandait à sa maîtresse où elle voulait être conduite : « A l'hôtel! » disait la jeune dame. « A l'hôtel! » répétait le laquais. Le cocher fouettait les chevaux, le laquais grimpait derrière la voiture, et tout disparaissait comme l'éclair aux yeux du pauvre jeune homme, tristement planté dans un coin de la grille où les entrans et les sortans le heurtaient à qui mieux mieux.

C'était ordinairement les lundi, mercredi et vendredi qu'elle venait, la jolie dame, faire sa demi-heure de promenade au Luxembourg, un peu après trois heures. Albert venait tous les jours, lui, de peur de la manquer; et durant cinq semaines, aux jours et à l'heure que nous venons d'indiquer, les choses se passèrent avec cette uniformité, sans un mot, sans un regard, sans un geste de plus ni de moins de part ou d'autre. Une fois enfin, tandis que, fidèle à sa constante habitude, il assistait douloureusement au départ du brillant équipage, il lui sembla que l'inconnue voulait le récompenser de sa persévérance; car en s'appuyant sur le poing du laquais pour monter en voiture, elle regarda derrière elle, sourit à son muet compagnon, et lui dit comme adieu d'un signe de tête presque imperceptible. Cela se fit bien rapidement, et pas assez cependant pour qu'elle ne pût le voir pâlir et chanceler à cette faveur si légère et si douce. Il faut croire qu'elle en fut émue, car elle se pencha à sortir presque sa tête par la portière, et lui sourit encore, et lui fit encore un adieu... Alors il ôta son chapeau, puis, ne sachant ce qu'il faisait, il le laissa tomber : quelqu'un qui passait marcha dessus; il ne vit rien, et quand cette personne lui rendit son chapeau avec une grande confusion d'excuses, il la regarda d'un air stupide.

Le lendemain, il laissa tout pour courir au Luxembourg bien avant son heure ordinaire. Il s'était parfumé, il avait fait une superbe toilette.

— Je lui parlerai, disait-il; oh ! je lui parlerai ; il faudra bien qu'elle m'écoute... et, si elle ne veut pas, je courrai après sa voiture, je saurai où elle demeure, j'irai chez elle !

Il se promena pendant quatre heures; elle ne vint point. Ce n'était pas son jour, à la vérité : c'était un mardi. Mais le mercredi et le vendredi arrivèrent, toute la semaine se passa, et l'inconnue ne reparut plus. Alors il fit comme vous auriez fait à son âge : il se désola beaucoup d'abord, ensuite un peu moins : puis il se consola, puis il oublia... du moins il crut oublier. Il y avait tant d'autres jolies femmes au Luxembourg !

Au bout de deux mois, un matin, vers onze heures, il achevait dans sa chambre son frugal déjeuner, de compagnie avec le chien du propriétaire qui s'était fait son ami. Les pieds dans de vieux souliers qui lui servaient de pantoufles, un madras roulé autour de sa tête, sa blouse d'atelier tachée de peinture sur lui, il se livrait, tout en mangeant, à d'assez tristes pensées, bien naturelles, hélas! car si nous avons suffisamment indiqué jusqu'ici qu'Albert n'était pas riche, nous avons oublié de dire que, orphelin depuis l'âge de douze ans, élevé jusqu'à seize ans par une étrangère, dont les événemens l'avaient tout à coup séparé, le pauvre jeune homme vivait dans un isolement complet. Être privé si jeune d'une mère, d'une sœur, de quelqu'un à pouvoir aimer, quand le besoin d'aimer dévorait son âme; n'avoir personne là ni ailleurs qui pût recevoir ses confidences, le conseiller, l'approuver, le blâmer, sourire à ses joies et pleurer à ses chagrins; se voir ainsi jeté sans guide et perdu, tout seul au milieu du monde, au milieu du parc, c'était bien triste et bien effrayant. Et puis de temps en temps, malgré sa conviction de l'avoir oubliée, l'image de la dame du Luxembourg revenait errer autour de lui, apportant avec elle quelque chose de vague, d'indéfini, d'étrange, qui l'inquiétait et le tourmentait. Ce sourire, ce signe de tête deux fois répété, enflammaient sa jeune imagination; des idées de bonheur, de plaisirs inconnus, se glissaient doucement dans son âme; il sentait gronder en lui d'impétueux désirs qu'il ne pouvait expliquer; et rêveur, absorbé dans ses souvenirs, étonné de tant de sensations nouvelles, il n'osait s'interroger... il avait peur d'apprendre.

Ce matin-là, il se sentait presque découragé; il avait voulu regarder dans l'avenir, et rien de bon ne s'était montré à lui, lorsqu'il entendit frapper légèrement à sa porte.

— Entrez, — dit-il sans se déranger, sans même ôter son assiette de dessus ses genoux.

La porte s'ouvrit. C'était une femme; c'était elle... la dame du Luxembourg !

Il poussa un cri. Surprise, effroi, bonheur, amour, il y avait de tout dans ce cri.

La dame s'arrêta, et, sans paraître l'avoir jamais vu :

— Est-ce vous, monsieur, — lui dit-elle, — qui êtes monsieur Albert, le peintre de portraits?

Il ne répondit point : il était si ému, si tremblant ! il se frottait les yeux, croyant rêver... Il regardait l'assiette brisée à ses pieds.

Elle recommença son interrogatoire d'un ton si indifférent, d'un air si simple, que c'était à le rendre fou.

— Oui, madame... — répondit-il enfin. — Mais n'est-ce pas... oh ! non... je me trompe... non... ce n'est pas...

— Comment ! — dit-elle avec une surprise la plus naturelle du monde, — ce n'est pas vous qui êtes monsieur Albert ?

— Oh si ! répondit-il, c'est moi... je vous demande pardon... mais c'est que... j'avais cru...

Il ne put en dire davantage; il étouffait.

— Expliquez-vous plus clairement, monsieur, — dit la dame. — En vérité, je ne vous comprends pas.

Il entendit ces sévères paroles, mais il ne vit pas le sourire qu'elle n'avait pu retenir en les prononçant; car il avait baissé la tête, et, le cœur navré, il s'était mis à pleurer comme un enfant.

— Elle ne me reconnaît pas, — dit-il en sanglotant, — comme je suis malheureux !

Elle aussi sentit ses yeux se mouiller en le voyant abîmé dans sa douleur; car c'était bien pour lui qu'elle venait. C'était pour voir s'il se souvenait d'elle, s'il l'aimait. Elle tremblait que deux mois passés sans la voir ne l'eussent tout à fait effacée de sa tête. Elle n'osait même espérer qu'il en fût autrement. « A son âge, disait-elle, c'est bien pardonnable. D'ailleurs je ne lui ai jamais parlé, il n'a jamais pu savoir que je l'aimais... Je m'y suis prise si gauchement la dernière fois ! Il aura cru que je me moquais de lui... Bien sûr, il ne pense plus à moi, et je fais une sottise en allant chez lui... »

Maintenant qu'il était là tout interdit, tout tremblant devant elle, pleurant de n'être pas reconnu, lui disant son amour en mots entrecoupés, inintelligibles pour tout autre que pour elle, comme elle se trouvait heureuse ! Quelle douce joie pour elle de voir si timide, si ému, si enfant, celui qu'elle avait préféré, qu'elle avait choisi entre tous les hommes pour lui rendre ce qu'elle lui donnerait d'amour ! Combien les larmes qu'elle lui voyait répandre tombaient délicieusement sur son cœur !

Car des deux parts c'était un premier amour ; des deux parts aussi c'était la même ardeur, la même vivacité, le même besoin d'aimer.

Elle eut envie deux ou trois fois de courir à lui et de lui dire :

« Console-toi, je t'aime !... » Elle maudissait le rôle que sa dignité de femme la forçait à jouer.

Il se remit peu à peu, et, renfonçant ses larmes comme il put, il lui dit tout honteux :

—Pardonnez-moi, madame ; je viens de vous donner un étrange spectacle; mais c'est que votre vue me rappelait des souvenirs... bien chers... J'ai cru un moment reconnaître... — Il fit une pause et la regarda. Sa physionomie restait parfaitement immobile. Alors il continua avec un grand soupir. — Mais je m'étais trompé... Encore une fois pardon... Puis-je savoir ce qui me procure l'honneur de votre visite ?

— J'ai entendu parler de vous comme d'un peintre fort habile, — lui dit-elle avec une voix qui le fit tressaillir jusqu'au fond de l'âme, — et je suis venue dans l'intention de vous faire faire mon portrait.

Son tremblement le reprit.

— Votre portrait ! — s'écria-t-il.

— Oui, mon portrait. Est-ce que vous trouvez extraordinaire que l'on ait envie de se faire peindre?

— Non, sans doute, madame... C'est la joie... le bonheur... l'émotion...

— Oui, oui, j'entends... le bonheur de peindre une si jolie personne, n'est-ce pas? La galante phrase d'usage !

Elle se mit à rire.

— Et quand madame désire-t-elle commencer? — dit-il en rougissant jusqu'aux oreilles.

— Aujourd'hui, tout de suite, si vous voulez.

— Certainement !

Il se mit à tout bouleverser dans son atelier. Il débarrassa un fauteuil qu'il offrit, après l'avoir essuyé comme il put. Il prépara son chevalet, sa boîte, prit dans un tiroir des brosses neuves achetées de la veille. Tout cela fait, il dit à la dame d'une voix altérée :

— Madame, je suis prêt...

— Vous ne me demandez pas, — observa-t-elle, — comment je désire être peinte ?

— C'est juste... je n'ai pas la tête à moi...

— Prenez garde alors !

— Est-ce une miniature que veut madame, une aquarelle, une gouache ? ou bien un simple croquis à la sépia ?

— Rien de tout cela ; je voudrais être peinte à l'huile ; mais peut-être vous ne faites pas les portraits à l'huile ?

— Au contraire, madame... c'est mon fort !

Elle se laissa placer comme il voulut... Ses mains frémissaient en la touchant.

Enfin la séance commença.

Ainsi que nous l'avons dit, cette séance et les deux ou trois qui suivirent, à part l'émotion inséparable de la première vue, laissèrent assez tranquille le cœur du jeune peintre. La dame se contenait et s'étudiait si bien, qu'il avait fini par se convaincre qu'elle n'était pas celle du Luxembourg. Deux ou trois mots assez maladroitement jetés par lui dans la conversation n'avaient amené d'autre résultat que la confirmation de son erreur ; et l'artiste enthousiaste de ses pinceaux commençait à se séparer du jeune homme. Mais bientôt, en la voyant si belle, et si douce, et si complaisante, ses incertitudes revinrent avec son amour. De séance en séance, il s'enhardit, il se familiarisa, il prit de la force et de l'audace dans sa passion, qui grandissait à chaque minute. Enfin, le vingt-sixième jour, voyant approcher avec effroi le moment funeste où il ne devait plus avoir que deux ou trois coups de pinceau à donner, il se décida... Il voulait... il allait tout lui dire, quand la malencontreuse madame David arriva... Qu'importe ! l'heure était venue... s'il manquait cette occasion, il perdait tout... Il se leva, jeta loin de lui ses brosses et sa palette, et tomba, baigné de larmes, aux pieds de son modèle.

— Oh ! dites que c'est vous, dites que vous me reconnaissez, dites-le, je vous en conjure ! Si vous ne le dites pas, je vais mourir là !... — Elle le regarda, suffoquée à son tour... Elle l'admira... Il était si beau de jeunesse, d'amour et de crainte ! Elle lui tendit ses mains sans répondre et voulut le relever. —Non,—dit-il,—non. Je reste là ; j'attendrai là... Il faut que mes tortures finisssent... Tuez-moi, tuez-moi, si vous voulez... mais auparavant dites-moi que c'est vous !...

— Eh bien !... oui, c'est moi,—lui répondit-elle en riant et pleurant tout à la fois... — c'est moi qui t'ai vu et qui t'aime... c'est moi qui t'ai fait suivre pour savoir où tu demeurais, ce que tu faisais... J'ai su que tu étais pauvre, orphelin, seul au monde... Je suis venue vers toi... j'ai voulu te donner une amie, une sœur... J'ai voulu te sauver de ton abandon, de ton isolement, pauvre Albert ! Mais avant, il fallait t'éprouver,... il fallait savoir si tu m'aimais... et tu m'aimes,... je le sais, j'en suis sûre... Eh bien, oui, sois heureux ! c'est moi, c'est bien moi !

— Vrai ! — s'écria-t-il en joignant les mains et s'asseyant sur ses talons... — c'est bien vrai ? mon Dieu ! c'est un rêve, n'est-ce pas ?... dites, ce n'est pas un rêve !... C'est vous ! c'est toi !... toi !... Oh ! mais... j'en mourrai... Mon Dieu ! mon Dieu !... répète... dis-moi quelque chose encore, dis-moi encore que tu m'aimes, pour que je croie, pour que je sois sauvé !... Car j'ai bien souffert, voyez-vous ! — Elle ne dit rien, mais elle lui laissa aller ses mains pour qu'il pût les baiser, pour qu'il pût être bien sûr qu'elle ne le trompait pas... — Oh ! que je suis heureux ! — dit-il. — Oh ! c'est trop de bonheur tout d'un coup... Voyez ! je lui baise les mains, elle ne me les ôte pas.... je lui dis que je l'aime, car je t'aime, je la tutoie, et elle ne se fâche pas... J'en deviendrai fou !... Mais qui es-tu... dis ?... Tu es un ange, n'est-ce pas... un ange du ciel ?

— Relevez-vous donc ! — dit-elle toute confuse.

— Non, je suis si bien comme cela, à tes pieds, mon ange...

— Je veux que vous vous releviez... cette porte qu'on peut ouvrir... Si on entrait !...

— C'est vrai !...

Il se leva, leste et joyeux ; il allait à la porte encore une fois.

— Eh bien ! — dit-elle, — où allez-vous donc ? Ce n'est pas cela... Revenez.—Il revint craignant de l'avoir fâchée.

— Ecoutez, — reprit-elle. — Eh bien ! qu'avez-vous donc à me regarder ?

— Vous ne me tutoyez plus ?

— Enfant ! Allons, il faut parler raison... Voilà mon portrait fini, je m'en vais... Ecoutez-moi donc ! Je reviendrai après-demain vous faire faire autre chose, parce qu'il faut que vous travailliez et que vous deveniez célèbre... Nous nous verrons souvent, parce que je veux veiller moi-même à ce que cela soit bien fait... Mais il y a une condition, mon ami... c'est que tu ne me demanderas pas qui je suis... c'est, jure-le-moi,... que tu ne chercheras pas à le savoir... que tu ne me suivras pas où j'irai... Il le faut : la moindre indiscrétion de ta part te perdrait...

— Moi ! que m'importe !...

— Elle me perdrait aussi... Plus tard, je te dirai pourquoi... Peut-être faudra-t-il qu'un jour tu saches ma déplorable histoire... Jusque-là, sois sage et prudent, jure-le-moi.... je le veux.... ou bien tu ne me reverras jamais...

— Je le jure, — dit-il avec respect, — je le jure par la mémoire de ma pauvre mère... !

— C'est bien... je suis contente... Adieu... Garde ceci en souvenir de moi.

Elle ôta de son doigt une bague qu'elle lui donna, et s'enfuit.

Il resta tout étourdi.

Quelque chose qu'il n'avait pas vu sur son chevalet le frappa quand il revint à lui : c'était un rouleau de cinquante napoléons.

## XI

### LE PAIR DE FRANCE.

C'était dans les premiers jours du mois de mars 1815.

Des maçons, hardiment suspendus au faîte de la porte cochère de l'hôtel de G..., rue Saint-Dominique-Saint-Germain, travaillaient à restaurer les emblèmes blasonniques de l'illustre famille à laquelle cette propriété devait son nom et venait d'être rendue par Louis XVIII comme domaine patrimonial.

Les passans s'arrêtaient, curieux, à regarder ces belles armoiries ayant deux hommes d'armes pour support, l'écusson surmonté d'une couronne ducale et portant sur champ de sable deux lions gisans et une croix de Lorraine, avec cette devise : *Semper triumphans.*

Au fond de la vaste cour, toute verte de l'herbe qui poussait entre les pavés, au bas du noble perron de granit qu'abritait une tente soutenue par des lances dorées, une élégante voiture attendait, depuis plus d'une heure, les ordres du duc de G... Vingt fois déjà le cocher avait quitté et repris son siége. Un laquais, fort bel homme, dont les uniques fonctions se bornaient à monter derrière la voiture, flânait en sifflant du vestibule à la porte cochère et ricanait au nez des passans. Les deux beaux chevaux bais à crins noirs grattaient la terre du pied, mâchaient leurs mors tout blancs d'écume, et, frémissant d'impatience, hennissant de dépit, ils se regardaient l'un l'autre comme pour se demander les motifs d'un si long retard.

Au rez-de-chaussée de l'hôtel, du côté des jardins, dans

une magnifique galerie éclairée par huit croisées, servant de bibliothèque et de lieu d'étude, majestueux sanctuaire de la science et du travail, à travers les vingt-quatre colonnes de marbre aux délicieux chapiteaux qui supportaient les trois dômes du plafond, un homme seul, pensif et les bras croisés, se promenait lentement. Un gracieux vêtement à l'espagnole lui dessinait la taille; un manteau de velours bleu doublé de satin blanc tombait négligemment de son épaule gauche; sur sa poitrine couverte de croix et de crachats, le cordon bleu de l'ordre du Saint-Esprit étalait sa large moire. Il avait la tête nue : le complément de sa toilette, un chapeau à la Henri IV, ombragé de plumes blanches, était resté sur un fauteuil.

Cet homme pouvait avoir de soixante à soixante-cinq ans. Il était grand et bien fait; sa démarche était noble; sa tournure et ses manières conservaient encore la coquette élégance qui avait fait de lui l'un des plus aimables et des plus heureux seigneurs de la cour de Louis XVI. Témoignant à cet égard plus de goût qu'on n'en montrait généralement alors, il ne portait ni poudre ni perruque; ses cheveux, arrangés avec un soin parfait, laissaient soupçonner à peine que le temps en eût diminué le nombre ou changé la couleur. Il avait une de ces heureuses physionomies qui, sans être précisément remarquables, plaisent par leur ensemble, commandent le respect et gagnent la confiance du vulgaire. Son front large, d'une élévation assez distinguée, mais uni comme une glace; son nez fortement courbé, *à la Bourbon*, ce que l'on trouvait une grande beauté à cette époque; ses yeux bleus au regard doux et tranquille; son immuable sourire; son teint blanc, clair et frais, naturel ou factice, peu importe, en faisaient ce qu'on pouvait dire un beau vieillard, fort séduisant au premier abord. Mais il ne fallait point le regarder trop longtemps ni avec une attention trop soutenue; car alors, à sa tête prodigieusement aplatie au sommet, à ses lèvres minces et pâles, à ses joues creuses, aux points fortement saillans que présentaient ses oreilles, à la droite ligne que décrivait sa nuque, plutôt convexe que concave, il devenait impossible de méconnaître en lui l'homme aux passions peu généreuses, l'homme ambitieux, avide de louanges, dissolu, dépravé; indifférent sur les moyens de se procurer une jouissance nouvelle, capable de tout, même d'un crime, pour triompher de ce qui pouvait faire obstacle à ses désirs; complétement irréligieux, mais sachant feindre au besoin une utile dévotion : du reste, prodigue et magnifique même plutôt qu'avare... et le plus faible, le plus mou, le plus timide de tous les hommes quand une volonté plus forte que la sienne lui barrait le chemin.

Tel était Armand de G..., duc et pair de France, lieutenant général des armées du roi et gentilhomme de la chambre.

Au moment que nous avons choisi pour le peindre, il semblait être sorti du calme habituel qui le distinguait et contribuait à le faire aimer de son entourage. Les bras fortement serrés sur sa poitrine et les poings fermés, mordant ses lèvres pâles à en faire sortir le sang, il cherchait, mais vainement, à maîtriser l'agitation qui le troublait. L'impatience, la jalousie, l'amour-propre blessé surtout, se lisaient clairement sur son visage, dont les muscles contractés avaient rompu la paisible harmonie. C'est que, depuis plus d'une heure aussi, il attendait, lui si peu fait pour attendre, lui qui dans toute sa vie n'avait jamais attendu qu'une personne, et cette personne était le roi!

Une horloge, précieux ouvrage de Lepaute, balançait gravement son lourd pendule de bronze à l'extrémité de la galerie. Chaque fois que, dans sa silencieuse promenade, le duc passait devant cette horloge, il regardait le cadran, et sa colère augmentait à chaque regard... L'horloge enfin sonna quatre heures.

Alors, d'un pas précipité, il s'approcha d'un cordon qui pendait entre deux colonnes; il le tira fortement, et dit tout haut :

— Il est trop tard... je n'irai pas!

Un valet de chambre parut deux secondes après.

— Monseigneur a sonné?

— Que l'on fasse rentrer la voiture... Je ne sortirai pas!

— Monseigneur a-t-il d'autres ordres?

— Non! Dès que madame la baronne sera rentrée, on lui dira de venir me trouver ici sur-le-champ... Allez!

Le valet de chambre s'inclina et sortit.

Au bout de cinq minutes, la belle voiture était sous la remise, les beaux chevaux dans l'écurie, et le cocher allait finir une partie d'impériale commencée une heure et demie auparavant avec son camarade le laquais : tous deux fort satisfaits de cet ordre, car le temps s'était gâté, et une pluie fine, accompagnement assez ordinaire des premiers jours de mars, faisait préférer le dedans au dehors.

Alors le duc de G... se jeta dans un fauteuil, déchira en les défaisant ses gants devenus trop étroits pour des mains que la fièvre avait gonflées; et, la tête penchée, les coudes sur les genoux, il resta livré aux tumultueuses pensées qui l'accablaient. Bientôt des larmes, des larmes de rage se firent jour à travers ses doigts. Oui, le vieillard se mit à pleurer comme un jeune homme, car il était amoureux comme un jeune homme! Il le sentait, il s'en indignait; il aurait voulu s'en donner le démenti. Mais l'amour, qui s'était moqué du vieillard et de sa grande expérience des femmes, l'amour lui parlait plus haut que son amour-propre; il le forçait, quelque dépit qu'il en eût, à reconnaître sa puissance, à s'avouer vaincu, à se trouver ridicule et vieux.

Cependant une autre voiture venait d'entrer dans la cour. Une dame en était descendue. Le valet de chambre lui avait dit un mot en passant.

C'était la baronne, une jolie femme de dix-sept ans.

Elle monta chez elle pour ôter son chapeau; puis elle redescendit, légère comme une sylphide, et traversa les appartemens qui conduisaient à la bibliothèque. Elle poussa la porte, qui obéit sans faire le moindre bruit; et, de ses petits pieds qui effleuraient à peine le tapis, elle s'élança au milieu de la galerie. Le duc, absorbé dans ses réflexions, ne l'entendit point; il ne la vit point non plus. Elle s'en aperçut, et, se posant devant une grande glace, elle s'arrangea les cheveux, elle se tourna pour défriper sa robe de gros de Naples bleu ciel, pour étaler gracieusement sur son corsage les pointes de son fichu de blonde qu'elle avait chiffonnées dans ses courses. Puis, elle se trouva belle et sourit à la glace qui lui rendit son sourire : charmant sourire mêlé d'un peu de rougeur, délicieux reste d'une émotion bien douce qu'elle venait d'éprouver tout à l'heure dans une mansarde de la rue Christine, en écoutant un pauvre jeune homme qu'elle aimait lui parler d'amour à genoux.

Le duc ne la voyait toujours pas. Plongé dans une immobilité parfaite, on eût dit qu'il dormait. La baronne, pour l'avertir enfin de sa présence, toussa légèrement et fit trois ou quatre pas, les plus lourds qu'elle put, vers le fauteuil où il était assis. M. de G... se leva brusquement, tout confus, tout embarrassé, car il n'avait pas eu le temps d'essuyer son visage, que des larmes à demi séchées sillonnaient visiblement.

— Vous voilà enfin! — dit-il d'une voix où la douleur dominait la colère, — c'est bien heureux!

— Vous m'avez donc attendue? — demanda-t-elle avec une surprise affectée.

— Si je vous ai attendue! — s'écria le pair de France obligé de se rasseoir, car son émotion lui faisait claquer les genoux. — Si je vous ai attendue! Pouvez-vous me faire une pareille demande?

—O mon Dieu!—dit-elle en feignant d'être chagrine,— comme je suis fâchée de cela!

A ces mots, il la regarda en face, et voyant que, au lieu de le plaindre, elle se contraignait violemment pour ne pas rire :

— Avez-vous bien le cœur de me railler?—dit-il... Elle

baissa les yeux, et se mit à jouer avec les nœuds de sa robe. — Voyons, madame, — reprit le vieillard en insistant, — pourquoi êtes-vous venue si tard?

— Parce que j'ai eu affaire! — répondit sèchement la baronne.

— Belle réponse! quand depuis deux heures j'attends, quand vous êtes cause que je ne suis pas allé à la Chambre aujourd'hui... Vous avez eu affaire? quoi, s'il vous plaît?

— Vous dites bien : *s'il me plaît*... et il ne me plaît pas de vous le dire.

— Madame... cette réponse...

— Est impertinente, n'est-ce pas? Vous n'êtes point habitué à ce que l'on vous parle ainsi. Il faut vous y faire, monsieur le duc : car, je vous le déclare une fois pour toutes, jamais je ne m'assujettirai à vous rendre de mes actions un compte soumis, comme ferait une fille à sa mère, ou plutôt servile comme une domestique à son maître... et c'est là ce que vous voudriez, je le sais. Il faudrait vous donner l'emploi de mes heures, l'explication de mes absences, l'itinéraire et la relation fidèle de mes promenades... je ne le veux pas...

— Madame! vous oubliez...

— Je n'oublie rien. Je connais ma position, je sais quelle somme d'égards et de respect je vous dois. Enfermez-moi, vous en avez la puissance; faites-moi suivre, vous en avez les moyens; nous verrons après. Mais quant à présent, permettez-moi de croire que je ne suis ni votre prisonnière ni votre esclave; et de vous le dire même, quand vous faites semblant de l'ignorer...

— En vérité, madame, — reprit le duc que cette hardiesse de langage étourdissait, — veuillez au moins m'apprendre ce que j'ai fait pour que vous me parliez ainsi. Il me semble que rien dans ma conduite ne vous a jusqu'à présent, donné lieu à me faire une si véhémente déclaration de vos droits.

Il s'était levé pour tendre un siége à la baronne.

— Tout à l'heure, — dit-elle en refusant de s'asseoir, — un de vos gens m'a dit que vous vouliez me parler *sur-le-champ*... Je lui ai demandé si c'était bien là l'expression dont vous vous étiez servi. Il m'a répondu affirmativement. Le mot m'a blessée, car je déteste l'obéissance, monsieur le duc ; et si je suis venue, ne croyez pas que ce soit à cause de votre ordre, mais bien malgré votre ordre, et pour me plaindre de son impolitesse.

— Germain est un imbécile, — répondit le pair de France en souriant de la moue charmante que lui faisait la baronne. — J'étais de mauvaise humeur quand je lui ai parlé. Il aurait dû s'en apercevoir... Pardonnez-moi... faisons la paix... Jugez s'il n'y avait pas de quoi me contrarier, aussi! c'est la première fois que je mets ce costume ; avant d'aller au Luxembourg, je voulais me faire voir ainsi paré, à vous... à vous seule... à vous la première... et vous ne veniez pas! J'étais impatienté ; j'ai eu tort; allons, ne parlons plus de cela... mettez-vous là... causons. Dites, comment me trouvez-vous?

— Voyons, — dit-elle, — levez-vous, que je vous examine. — Il se leva. — Promenez-vous un peu...

Il fit un tour de galerie le plus majestueusement possible.

Elle le regarda marcher. Il se tenait droit comme un enfant le jour de sa première communion ; il tendait le jarret et se cambrait le pied ; il avait la main gauche appuyée sur sa hanche pour faire bouffer son manteau ; il portait noblement la tête en arrière ; il gardait un sérieux de glace, et se dandinait à la façon des princes. Et tous ces efforts, toute cette étude pour produire de l'effet, le rendaient gauche et ridicule. La baronne se rappela le jeune homme de la rue Christine. Son imagination l'évoqua. Elle le fit venir là, dans cette galerie, avec sa jeunesse et sa fraîcheur, et la candeur de son âme, et les grâces si simples si modestes de sa personne, en regard de ce duc et pair boursouflé d'orgueil, s'admirant dans ses pompeux habits, essayant de se faire jeune de tout son velours, de tout son or, de tous ses diamans. La comparaison était dangereuse pour le coquet vieillard. Elle fit pousser à la jeune femme un soupir qu'il entendit et qu'il prit pour lui, vraiment .. car il accourut, rouge de plaisir et de vanité; il s'assit tout essoufflé à côté d'elle, et lui prenant une main qu'il pressa, qu'il baisa dans son ardeur sans voir qu'elle se détournait de lui, il s'écria avec transport :

— N'est-ce pas que je suis bien ainsi?—Elle ne répondit rien. — Oh! n'est-ce pas,—continua-t-il en s'animant, — n'est-ce pas que tu me trouves à ton goût, que je te plais, que tu m'aimes? Vois : jusqu'à présent, j'ai tout supporté sans me plaindre, et tes brusqueries, et tes dédains, et tes plaisanteries... tu m'as rebuté, repoussé mille fois, j'ai persisté... j'ai attendu patiemment. Je me suis dit : « Elle est si jeune, elle a si peu l'expérience du monde! Elle m'en veut, parce qu'elle ignore tout ce que l'amour peut produire de choses étranges, tout ce que la passion peut inspirer de délirant. » Je n'ai pas perdu courage; j'ai continué de t'aimer. Je t'ai faite riche et puissante ; tout ce que ton amour-propre et ta coquetterie de femme voulaient, je te l'ai donné; j'ai étudié tes caprices pour m'en faire des lois. N'est-ce pas vrai, dis? Est-il une recherche de luxe, une invention de toilette, une création d'opulence que tu aies désirée sans l'obtenir? Ai-je oublié quelque détail dans mon occupation à te rendre la plus heureuse des femmes? Je t'ai donné des meubles, des parures, des voitures, des chevaux, des domestiques comme tu les as voulus; veux-tu d'autres meubles, d'autres parures, d'autres chevaux, d'autres voitures? veux-tu que tous mes domestiques soient les tiens? trouves tu que ton autorité ici ne soit pas assez grande? je te ferai plus maîtresse encore... mais tu m'aimeras, n'est-ce pas? tu ne me rebuteras plus; tu ne t'enfuiras plus de moi. Tu penseras que pour qu'un homme de mon rang, de mon importance, néglige ses affaires, fasse taire son ambition, s'arrête sur le chemin des honneurs et de la puissance, comme je le fais, et tout cela pour ne s'occuper que d'une femme... il faut que cette femme lui soit bien chère, qu'il l'aime à en être fou ; et cette femme, n'est-ce pas, serait bien ingrate d'accepter tant de bienfaits, de voir tant de sacrifices, sans les payer de son amour?... et tu m'aimeras! oh! dis que tu m'aimeras! appelle-moi ton ami. . ton amant!

En finissant ce discours, le duc s'était mis aux genoux de la baronne. Il la regardait avec des yeux étincelans; il lui serrait les mains à la faire crier.

Il aurait pu parler longtemps encore sans qu'elle songeât ni à lui répondre, ni même à l'interrompre ; car les souvenirs de sa charmante matinée s'étaient emparés d'elle de manière à ne lui laisser qu'un sentiment confus de ce qui se passait. Mais quand elle vit le vieillard occuper à ses pieds la place du jeune homme ; quand elle sentit qu'il prenait ses mains; quand elle l'entendit la tutoyer et la conjurer de l'aimer comme avait fait le jeune homme, elle revint à elle tout d'un coup Se levant avec promptitude, elle repoussa le duc, et, toute frissonnante, elle courut s'asseoir à l'autre bout de la galerie.

On essayerait vainement de peindre la situation du noble pair à cette muette réponse, si cruellement significative pour lui. D'abord stupéfait de honte, il resta quelques instans sans pouvoir changer de posture. Mais bientôt la colère, la jalousie, vingt passions terribles s'emparèrent de lui. Il se leva bouillant de fureur, et dans un tel désordre d'esprit qu'il dut faire trois ou quatre fois à grands pas le tour de la galerie avant de trouver un mot capable de servir d'interprète à ses sentimens. La baronne, calme, impassible, attendait l'explosion sans la craindre, quel que pût en être le résultat. Deux ou trois scènes de ce genre avaient eu lieu déjà depuis qu'elle connaissait le duc.

Enfin il s'arrêta devant elle, les bras croisés, la poitrine haletante, les yeux étincelans toujours, non plus de désirs, mais de rage.

— Est-ce que vous croyez qu'un pareil état de choses

puisse durer longtemps, madame? — lui dit-il en battant le parquet du pied avec un mouvement convulsif.

— Non, monsieur; car il est insupportable,— répondit-elle avec la plus grande tranquillité.

— Vous en convenez donc!

— Oui, certes, j'en conviens... et vous pouvez dire si c'est pour la première fois.

— Savez-vous qu'il faut que tout cela finisse?

— Oui, aujourd'hui ou demain... ou plus tard... il faut, comme vous dites, que tout cela finisse.

— Oui!... mais vous savez aussi que dans une heure, si je dis un seul mot, l'éclat qui vous environne ici peut s'éteindre, et vous devenir mendiante au lieu de grande dame que vous êtes!

— En moins d'une heure même, si vous voulez... Je sais cela parfaitement.

— Eh bien?

— Eh bien!

— Où irez-vous?

— Que vous importe?

— Où irez-vous, encore une fois?

— Encore une fois, que vous importe? hors de chez vous, je m'appartiendrai bien, ce me semble.

— Mais tu n'y penses donc pas, malheureuse femme! en quittant cette maison, tu quittes tout, tu perds tout... tu tombes d'un trône dans la boue... ton or se change en cuivre et tes diamans en verre.. C'est la misère qui te saisit au sortir de l'opulence...

— Vous vous placez trop haut, monsieur le duc, et vous me voyez trop petite; vous croyez m'épouvanter par vos contrastes, mais vous oubliez que je connais mieux que vous la vie que vous me faites si horrible. Et si cette misère me plaît mieux avec sa liberté que votre richesse avec ses chaînes, qu'avez-vous à dire au surplus?

— Ainsi... à vous entendre... vous partiriez de chez moi sans peine.

— Oui, monsieur le duc, sans peine.

— Avec plaisir, peut-être!

— Vous faites la demande et la réponse, monsieur.

L'imperturbable sang-froid de la jeune femme confondait le duc. Il aurait voulu pour beaucoup ne pas avoir commencé cette explication.

— Comme cela, reprit-il après un assez long silence, tout est fini entre nous?

— Vous l'avez dit.

— Après tout ce que j'ai fait pour vous, n'est-ce pas une chose atroce? n'est-ce pas la plus noire ingratitude que l'on puisse imaginer?

— Que parlez-vous d'ingratitude? Qu'avez-vous donc fait pour moi à pouvoir vous vanter si haut, monsieur? Dites cela à vos amis: faites le généreux avec ceux qui ne savent pas l'épouvantable origine de vos bienfaits; à ceux-là, dites si vous le voulez: « J'ai une femme qui me coûte immensément, une femme que j'ai faite baronne, imaginez! une femme que je couvre d'or, qui court les rues dans mes équipages, qui crève mes chevaux; une femme qui me ruine de caprices et de toilette, une femme que j'idolâtre, que j'aime comme pas une de toutes celles que j'aie eues dans ma vie, et vous savez si j'en ai eu! Eh bien! croiriez-vous, mes amis, que cette femme qui me doit tout, qui sans moi serait restée pauvre et abjecte ouvrière à trente sous la journée, croiriez-vous qu'elle me tient rigueur, messieurs? à moi, oui, elle fait la cruelle, vraiment! elle ose me rire au nez quand je lui parle d'amour... » Dites tout cela à vos amis, monsieur le duc, et ils vous répondront: « Tu es fou, mon cher! il faut renvoyer cette femme-là... » Mais que j'y aille, moi! que je leur apprenne comment tout cela s'est fait; qu'aux plus dépravés de tous, aux plus dignes de leur célébrité scandaleuse, je dise: « J'étais une pauvre fille toute simple, toute naïve et bien malheureuse; je travaillais pour vivre et pour faire vivre ma mère, messieurs; je n'avais jamais vu monsieur le duc, moi.; mais on m'avait montrée à lui. Il me trouva jolie, il voulut m'avoir; il savait bien, qu'il ose dire que non! il savait bien qu'en s'adressant à moi un refus serait tout ce qu'il obtiendrait... aussi n'est-ce pas comme cela qu'il s'y est pris. Il s'est concerté avec une autre personne; et, à elles deux, elles m'ont volée, moi, pauvre jeune fille innocente, volée, oui! volée la nuit, comme on vole un enfant; et, quand il a été jour et que j'ai voulu me défendre, me plaindre, m'enfuir, on m'a montré ma mère, mourante de faim, sur la paille, et me maudissant à son dernier soupir... Alors j'ai eu peur d'être maudite, j'ai eu peur de tuer ma mère; j'ai pleuré, j'ai prié tant que j'ai pu... mais les pleurs et les prières font rire monsieur le duc... A vous, ses amis, il a dû raconter le reste cent fois... Voilà mon histoire. » Eh bien! monsieur, que pensez-vous qu'ils répondraient à cela? — Le noble pair, la tête baissée, gardait le silence. — Parmi ces nobles débauchés, — continua la baronne, — il s'en trouverait un peut-être qui se lèverait pour me dire: « Puisque vous n'étiez pas venue de votre plein gré chez notre ami, pourquoi y êtes-vous restée? Il fallait vous en aller... »— Monsieur de G *** fit un signe d'affirmation presque imperceptible.

— C'est cela! — reprit la jeune femme avec colère; — il fallait m'en aller! après que j'étais déshonorée, après qu'ils m'avaient enlevé mon seul bien, ma seule richesse, ma seule dot. M'en aller! Comme si le monde tenait compte de la manière dont les réputations se perdent, voyait autre chose que le fait, et s'amusait à rechercher les causes... On m'aurait méprisée, calomniée, montrée au doigt; personne n'aurait voulu de moi, pauvre fille perdue.. A la bonne heure si j'eusse été riche. Le malheur qui peut payer ses défenseurs en trouve aussi bien que le vice; mais le vice et la vertu misérable pèsent le même poids dans la balance. Voilà pourquoi je suis restée chez monsieur le duc jusqu'à ce qu'il me mît à la porte. Il était toujours assez temps pour moi d'aller chercher l'opprobre et la misère.

Les larmes qui suffoquaient la baronne l'empêchèrent de continuer.

Le duc s'assit auprès d'elle.

— Pourquoi rappeler toutes ces tristes choses? — dit-il; — pourquoi surtout donner ce dernier motif à votre séjour chez moi? Est-ce que je vous le demandais, dites? J'ai eu bien des torts à votre égard... des torts immenses, j'en conviens; mais vous ne savez pas que je vous aime éperdument! vous le dites sans y croire. Pour vous obtenir, tout moyen m'était bon; tout chemin me semblait le droit chemin. Enfin le mal est fait. Je croyais, à force d'égards et de tendres soins, avoir un peu adouci l'amertume de vos ressentimens; je croyais que mes efforts pour réparer ma faute l'avaient diminuée à vos yeux. Quelquefois il me semble vous avoir entendue dire que vous m'aimeriez peut-être un jour. Ce jour ne viendra-t-il jamais? Que vous faut-il? parlez; commandez! Si un mariage était chose possible, je vous l'ai dit vingt fois, vous seriez depuis longtemps duchesse de G ***; mais vous savez qu'il n'y faut pas songer.

— A qui la faute? — s'écria la baronne.

— A moi, c'est vrai; je n'accuse que moi. Mais cela est irréparable.

— Pourquoi? le divorce n'est pas aboli.

— Le divorce! mais il rendrait ce mariage cent fois plus impraticable...

— Pour vous, orgueilleux duc, sans doute! pour moi aussi, allez: car alors voudrais-je de vous?

— Encore!... allons, calmez-vous.. Laissez-moi espérer... Je ne sais pourquoi .. quelque chose me dit que vous me pardonnerez et que nous vivrons bons amis..

— Bons amis!... Oui.. je n'ai pas de rancune. Je dois avouer que vous avez tout fait jusqu'à présent pour me rendre supportable le joug que je porte chez vous, et qu'à de semblables conditions mille femmes brigueraient la faveur d'être votre maîtresse en titre. Oh! je vous ai déjà pardonné... si vous en doutez, voici ma main pour gage.

Il baisa tendrement cette main.

— Vous m'aimerez donc? — dit-il tout joyeux.

— D'amitié, peut-être... — répondit-elle en souriant à travers ses larmes.

— Et d'amour?

— Oh!... cela me paraît plus difficile maintenant que jamais.

— Vraiment! que voulez-vous dire par-là?

Le son d'une cloche se fit entendre.

— Allons, — dit la baronne, — voici l'heure. Il faut nous mettre en état d'être présentables pour le dîner.

Elle se leva en éludant ainsi la question, et sortit.

Le duc la suivit d'un air sombre. Il réfléchissait.

## XII

### QUELQUES LETTRES.

Afin de ne plus courir à l'aventure, et pour retrouver le fil des événemens brisé au départ de Thadéus, il nous a fallu violer le secret des correspondances, fouiller dans les papiers de famille, soulever le boisseau qui cachait la lumière, et jeter un regard curieusement coupable sur des mystères que la bonne foi avait placés sous le sceau sacré de l'intimité. Nous devons avouer, à notre honte, que la pensée de reculer devant un abus de confiance ne nous a pas arrêtés un seul instant; la politique nous en avait fourni de hauts et de nombreux exemples, que nous avons tenu presque à honneur d'imiter.

Il faut que le lecteur se reporte aux premiers jours de la restauration, époque de regrets amers et de brutal courage d'un côté; temps de folie, de basses vengeances et de stupides vanités de l'autre; révolution enfin qui ressemble à toutes celles qui nous ont precédés, à toutes celles qui viendront après nous; où la victoire profite aux habiles, où l'ingratitude des heureux s'en prend tout d'abord aux dévouemens les plus purs; mais où, en définitive, pour l'honneur de l'humanité, l'admiration et l'intérêt passent toujours du côté des dupes.

#### LA COMTESSE DE VAUXBUIN AU MARQUIS DE L***.

« Paris, juin 1814.

« Très cher et très honoré cousin,

« Le sang dont vous sortez, votre haute réputation » d'honneur et de politesse, parlent trop bien en votre » faveur pour que je vous accuse jamais d'être pour » quelque chose dans l'impertinence que vos valets ont » commise envers moi. Vous ignorez sans doute que je » me suis présentée hier à votre hôtel, et que je me suis » nommée, sans pouvoir arriver jusqu'à vous. Oui, monsieur le marquis, moi la comtesse de Vauxbuin, la » veuve inconsolable de votre bien-aimé cousin, mort » pour la sainte cause que nous avons eu le bonheur de » voir triompher après vingt-cinq ans de crimes et de » malheurs, j'ai dit mon nom à votre porte, et quelqu'un » de vos gens m'a répondu, soi-disant d'après votre ordre, » *qu'il ne vous était pas possible de me recevoir, et que je* » *n'avais qu'à m'adresser à vous par écrit, attendu que* » *votre service à la cour ne vous donnait pas le loisir* » *d'accorder les audiences dont la nécessité ne vous était* » *pas clairement démontrée à l'avance.*

» Le respect que je me devais m'a défendu d'insister, » bien que je m'aperçusse sans peine qu'il y avait erreur, » et que votre laquais me rapportait des paroles destinées » à cette foule d'importuns et d'intrigans, insectes avides » de s'attacher à tous ceux qui ont, comme vous, le bon» heur d'approcher de la personne royale et de jouir de » l'intimité de nos princes légitimes.

» Pour moi, très cher cousin, je ne venais pas, malgré » mes droits aux faveurs de la cour, vous parler de mes » propres infortunes. Tout ce que j'ai perdu sous l'usur» pation, tout ce que le Corse m'a fait souffrir pour se » venger de mon inaltérable royalisme, s'est effacé de mon » souvenir depuis le jour où il m'a été permis de crier : » *Vive Alexandre le magnanime*! Et loin de me plaindre » des sacrifices que j'ai été heureuse de faire à la cause » des honnêtes gens, je n'ai plus que des actions de grâces » à rendre à la Providence, puisqu'elle a bien voulu que » je vécusse assez longtemps pour assister à la chute du » tyran, et pour voir la France, repentante enfin de ses » erreurs, se jeter dans les bras paternels du petit-fils de » saint Louis.

» Je voulais, monsieur le marquis, renouer des liens de » famille relâchés, mais non détruits par un long exil; je » voulais vous entendre parler de ce roi si grand dans le » malheur, si généreux dans la prospérité; de cette ado» rable princesse en qui nous devons admirer également » toutes les vertus chrétiennes, puisque son courage n'est » point au-dessous de sa piété, bien que sa piété soit ce » que l'on connaisse de plus sublime. Vous qui avez si fi» dèlement accompagné partout S. A. R. Monsieur, comte » d'Artois, cet auguste prince, modèle précieux de l'anti» que chevalerie, ce noble représentant du véritable es» prit français, que de douces larmes ne m'eussiez-vous » pas fait répandre en me répétant quelques-uns de ces » jolis mots, si spirituels, si bien sentis, qui échappent à » Son Altesse sans qu'elle y prenne garde, et que la » France entière recueille avec amour!

» Il m'eût été doux et pénible à la fois de m'entretenir » avec vous de celui que je regretterai éternellement, et » de voir comment, après vingt-cinq ans de séparation, » vous conserviez le souvenir de l'époux qui me rendit si » heureuse pendant sa vie, et dont la mort glorieuse est » pour moi, comme pour son enfant, le plus juste motif » d'orgueil.

» Non, le comte de Vauxbuin n'est pas mort tout en» tier : il revit dans une intéressante fille qui fait tout » mon bonheur depuis que j'ai perdu l'excellent homme » qui me l'a donnée. Ma visite avait pour but de vous » présenter ma bonne et jolie Mathilde, pauvre enfant » qui a grandi dans les privations, qui a vécu du travail » de ses mains, comme si elle n'était pas du plus noble » sang, et dont la résignation mérite bien de trouver sa » récompense dans l'inépuisable bonté de nos princes, » que je lui ai appris à révérer comme je les révère moi» même.

» Je ne demande rien pour moi, je vous le répète, très » cher cousin; mais il est bien permis à une mère d'avoir » de l'ambition pour son enfant, surtout quand cet en» fant est digne par ses vertus d'inspirer le plus touchant » intérêt. Vous me permettrez donc, monsieur le marquis, » de conduire auprès de vous la fille du comte de Vaux» buin, votre petite-cousine; vous ne refuserez pas, je » l'espère, votre appui à l'héritière d'un nom respectable » et illustre. Il vous suffira d'ailleurs de voir Mathilde » pour vous convaincre que l'amour maternel ne m'aveu» gle pas sur son compte; vous la trouverez aussi jolie » que sage, et surtout docile à tout ce qu'on peut exiger » d'elle. Elle sera sans volonté contre la mienne, et je » suis prête à lui ordonner tout ce que vous croirez né» cessaire pour reconnaître la protection dont vous l'ho» norerez.

» Je suis, très cher et très honoré cousin,
» votre humble servante,

» CLARENCE DE VAUXBUIN.

« Rue du Petit-Carreau, 2.

» *P.-S.* Le porteur de votre réponse frappera quatre » coups à la porte de l'allée. »

**MATHILDE A EULALIE MORAND.**

« Paris, juin 1814.

« Tu me demandes, ma chère Eulalie, si je me rappelle » toujours le bon temps de notre voisinage au dernier » étage de la vilaine maison du Petit-Carreau. Il faudrait » pour l'oublier que j'eusse bien peu de mémoire. D'abord, » maman n'a pas encore changé de logement, et puis » voilà six mois à peine que nous mettions nos fourneaux » sur le même carré, pour faire le pot-au-feu du ménage ; » voilà six mois à peine que nous repassions en commun » nos robes et nos collerettes le samedi soir, afin d'être » plus gentilles le dimanche quand nous allions, en nous » donnant le bras, faire un tour de boulevard, tandis que » ta mère tirait les cartes et que maman racontait ses ri- » chesses et ses grandeurs passées, richesses et grandeurs » que je n'ai jamais connues et dont le récit nous en- » dormit tant de fois.

» Te voilà bien heureuse à présent; tu es mariée à un » bon et honnête homme, que j'aime de tout mon cœur » puisqu'il se conduit bien avec toi, mais que je me sens » quelquefois décidée à haïr de toute ma force pour le » chagrin qu'il m'a fait en t'éloignant de Paris. Que tu » sois satisfaite d'habiter Lyon, où l'on t'appelle madame » Morand, cela me semble fort juste ; on doit trouver si » doux de s'entendre nommer *madame* ! mais moi qui n'ai » pas la même raison pour me consoler de l'absence, tu » dois trouver tout naturel aussi que j'en veuille à ton » mariage, qui me prive, pour toujours peut-être, du » plaisir de revoir ma petite voisine.

» Oui, pour toujours peut-être, car maman refuse po- » sitivement de se rendre à tes prières. Quand elle a su » que tu me demandais auprès de toi pour achever de » m'apprendre ton état de lingère, au lieu de se réjouir » comme moi de ta bonne volonté envers sa fille, madame » de Vauxbuin a froncé le sourcil, elle a fait de grands » yeux, et pris cet air fier que tu lui connais ; et puis, » comme j'insistais beaucoup et que je suppliais bien » fort, maman m'a dit avec sévérité : « A quoi pensez- » vous donc, mademoiselle? Maintenant moins que ja- » mais je ne souffrirai de pareilles lubies... Voilà nos » princes revenus, nous avons des droits à faire valoir, » de hautes protections à espérer; vous m'êtes nécessaire » ici. Répondez à Eulalie que l'état de lingère ne vous » convient plus, puisque le changement de gouverne- » ment ne peut pas manquer de nous remettre en posses- » sion de nos biens et des priviléges de notre rang. »

» Eh! que m'importe à moi le retour de ces princes, le » changement de dynastie, enfin tous ces Cosaques et ces » vieux chevaliers de Saint-Louis qui lui paraissent si » beaux, et que je trouve à faire peur! Je ne vois dans » tout cela que de nouvelles démarches et de nouveaux » ennuis comme nous en avons déjà tant éprouvé sous » l'empire. Il va falloir encore que j'aille solliciter avec » maman, et peut-être me laissera-t-elle seule pendant » une heure avec un inconnu, comme l'année dernière » chez un maréchal d'empire, où j'ai été si effrayée, qu'il » s'est empressé d'ouvrir toutes les portes afin que je » n'attirasse pas les domestiques par mes cris!

» Il faut te dire, ma chère Eulalie, que nous ne som- » mes que fleurs de lis chez nous, des pieds à la tête. J'en » ai trois grandes branches sur mon chapeau ; maman » s'en met tous les jours un nouveau bouquet au côté : » tous les mercredis et tous les samedis nous allons en » acheter des bottes au marché, et mes jolis rosiers du » Bengale ont été destitués pour faire place à la fleur bien- » aimée dont nos croisées et notre cheminée sont char- » gées. Je crois, Dieu me pardonne! qu'avant peu maman » nous en servira sur la table, car elle veut en mettre » partout.

» C'est une terrible chose, ma bonne amie, que d'avoir » des droits à faire valoir sous tous les gouvernemens » possibles. On passe son temps dans les antichambres, » sous le péristyle des Tuileries ; et puis, quand l'heure » du dîner arrive et qu'on revient chez soi avec un mal » de tête et un bon appétit, on trouve pour vis-à-vis une » table vide, une armoire où il n'y a presque rien, et il » faut aller prendre à crédit chez les marchands, qui vous » reçoivent mal. Alors on dîne de mauvais cœur ; puis, au » lieu de se reposer des fatigues, il faut se mettre à l'ou- » vrage et passer une partie de la nuit à broder, afin de » pouvoir satisfaire le boucher et le boulanger, qui vous » refuseraient tout net si l'on s'avisait de dormir tant » que l'on a sommeil.

» Voilà cependant notre existence de tous les jours de- » puis bien des mois, depuis bien des années. Maman ne » s'en lasse pas ; elle croit plus que jamais à l'avenir ; et » cependant j'ai remarqué que plus ses espérances aug- » mentaient, plus nos ressources devenaient à rien, si » bien que le jour où nous n'aurons plus du tout d'effets » à mettre en gage ou à vendre pour dîner sera néces- » sairement celui où maman se trouvera le plus près de » la fortune et de la grandeur. Je vois avec terreur que » nous approchons vite de ce jour-là.

» Que nos petites promenades du dimanche étaient » donc charmantes ! comme nous nous amusions lorsque » quelqu'un nous prenait pour les deux sœurs! Et puis, » tu t'en souviens? quand de jolis jeunes gens venaient à » passer, nous nous choisissions nos amoureux. Quelque- » fois nous prenions le même, alors nous nous le dispu- » tions si gaiement que nous étions toutes confuses » d'avoir parlé si haut, et cela nous faisait rire pendant » la semaine entière. Nous leur donnions des noms, et » nous nous demandions : « Que fait le tien maintenant? » Où peut-être le mien? As-tu rêvé de lui? » Les heures » de travail passaient vite alors ; maintenant ce n'est plus » cela. Maman, qui n'était pas trop sévère jadis sur les » devoirs de religion, me conduit à la messe tous les ma- » tins ; et le dimanche, c'est à Saint-Roch que nous allons » entendre le service de midi et les vêpres. Ensuite elle » me mène danser des rondes royalistes aux Tuileries, » avec de grands imbéciles de gardes du corps qui crient » à s'égosiller, entre chaque refrain : *A bas les buonapar- » tistes!* Pendant que je m'ennuie à faire de l'esprit de » parti, de mauvais sujets se cachent dans la foule et nous » seringuent de l'encre et de l'eau-forte sur nos robes et » sur nos châles. Je voudrais bien pouvoir me dispenser » de cette corvée de tous les huit jours : mais maman » danse, il faut que je danse aussi ; elle crie *Vive le roi!* » il faut que je crie comme elle, quoique tout cela me » soit fort indifférent. Ce n'est pas tout encore : ne voilà- » t-il pas que maman, par royalisme, se met à permettre » à nos insipides cavaliers de m'embrasser ; et je suis » obligée de subir tout cela, comme si c'était assez d'être » bon royaliste pour me paraître aimable.

» Maman me rendrait un grand service en me permet- » tant d'aller te rejoindre, car je ne vois pas trop à quoi » toutes ces folies aboutiront pour mon avenir. Au moins » avec toi j'apprendrais un métier, et je ne serais pas ex- » posée, comme je l'ai été hier, à me voir mettre à la » porte d'un cousin qui arrive d'Angleterre et près du- » quel ma mère a essayé vainement de pénétrer. Le mau- » vais succès ne la décourage pas, car, au moment où je » t'écris, elle vient de porter une lettre à la poste royale » pour ce parent qui ne veut pas nous reconnaître.

» Donne-moi souvent de tes nouvelles, et crois toujours » à la tendre amitié de ta dévouée

» MATHILDE. »

LE MARQUIS DE L*** A LA COMTESSE DE VAUXBUIN.

« Paris, juin 1814.

« Non, madame, on n'a pas commis d'erreur en vous » rapportant mes paroles : c'était bien à vous qu'elles » s'adressaient, et j'avais lieu d'espérer que ma réponse, » un peu dure peut-être, mais du moins nécessaire, vous » ferait sentir suffisamment l'inconvenance de votre dé- » marche auprès de moi. Comment, vous qui savez si » bien, m'a-t-on dit, les usages du monde, avez-vous pu » vous aveugler au point de ne pas voir un refus formel » de vous recevoir chez moi, dans cette invitation à m'é- » crire le motif de votre visite?

» Vous invoquez les liens du sang, le souvenir de cet » époux que vous avez si souvent pleuré en sortant des » bras d'un amant ; enfin vous me sollicitez au nom de » votre enfant, qui vint au monde si longtemps après la » mort du comte de Vauxbuin! C'est par respect pour le » sang dont je suis issu, par égard pour la mémoire de » mon ami, que je mettrai tous mes efforts, madame, à » vous fermer les chemins de la faveur; et je vous pré- » viens même que si vous persistez à donner pour fille » de monsieur de Vauxbuin ce fruit de je ne sais quelle » orgie directoriale, j'aurai bientôt fait cesser un men- » songe qu'il importe à la dignité de notre famille de dé- » truire. Il me sera facile, en rapprochant les dates, de » prouver qu'à son décès le comte n'a laissé après lui, » pour porter son nom, qu'une veuve dont les déréglemens étaient un objet de scandale, alors même que la » liberté ou plutôt le libertinage révolutionnaire avait » fait perdre aux Français l'habitude de se scandaliser du » mépris qu'une femme peut faire de la vertu.

» Je ne reconnaîtrai donc jamais dans mademoiselle » Mathilde l'enfant de mon noble parent, de mon digne » compagnon d'exil; et quant à vous, madame, vous » n'êtes plus à mes yeux qu'une étrangère indifférente, » pour ne pas dire moins.

» Il est cruel sans doute pour un galant homme de » jeter de si cruelles vérités à une femme qui ne l'a point » offensé personnellement; mais vous avez exigé une » réponse, il est de mon devoir d'y mettre avant tout de » la sincérité... Est-ce ma faute s'il ne m'est pas possible » de la faire polie? Je n'attaque pas, j'obéis.

» Vous ne demandez rien, dites-vous, pour les pertes » considérables que votre royalisme vous a fait éprouver. » Permettez-moi de ne point me sentir d'admiration pour » votre désintéressement. Si les malheurs dont vous fai- » tes tant de bruit avaient eu une si noble origine, je » serais le premier à combattre la généreuse répugnance » que vous montrez à solliciter la récompense de votre » amour pour les Bourbons; car s'il est de notre devoir » de tout sacrifier à nos princes, il est aussi du devoir des » vrais amis du roi de lui nommer tous ses fidèles, afin » de ne pas laisser peser sur la couronne un reproche » d'ingratitude qu'elle ne méritera jamais que faute de » savoir où adresser ses bienfaits. Mais, de bonne foi, » pourrais-je mettre sous les yeux de Sa Majesté l'état » des services que voici :

« La citoyenne Vauxbuin, ruinée par des fêtes somptueuses » sous le Directoire, endettée sous le Consulat pour s'être mê- » lée d'une ignoble intrigue de fournitures pour l'armée, mar- » ché où la probité suspecte des soumissionnaires faillit en- » voyer le chef de l'entreprise à Cayenne... »

» Voilà pour vos sacrifices faits à la monarchie durant » la fin de la république. Voyons maintenant les persé- » cutions que vous souffrîtes sous l'empire :

« La veuve de Vauxbuin est condamnée en 1804 à fermer un » tripot qu'elle tenait rue de Paradis-Poissonnière.

» En 1807, la police des jeux la retrouve établissant une soi- » disant table d'hôte au boulevard des Capucines, et la con- » traint de porter ses cartes et son tapis vert au troisième » étage d'une maison de la rue des Vieux-Augustins, où de » nouvelles poursuites judiciaires viennent la priver encore » une fois de son industrie illicite. Elle se voit forcée, par ju- » gement, de laisser vendre ses effets mobiliers sur la place » du Châtelet. C'est alors que la veuve de Vauxbuin se retire » du monde jusqu'en 1813, pour se livrer sans doute à l'édu- » cation de sa fille; car on ne la voit plus reparaître qu'à cette » époque, dans l'antichambre d'un maréchal d'empire, où l'ex- » cellente mère conduit cette enfant, qu'elle a jugée un peu » trop tôt apte à entrer dans la carrière si honorablement par- » courue par la veuve de Vauxbuin. Le manque d'intelligence » ou de docilité de la petite oblige sa mère à renoncer pour le » moment à ses nobles projets. »

» Voilà cependant, madame, ce que vous avez fait et » souffert pour la cause de vos rois. Vous conviendrez » qu'il est des services plus importans que ceux-ci à ré- » compenser; des malheurs au moins aussi touchans à » plaindre et à réparer. Vous me permettrez donc d'ap- » peler la sollicitude du roi sur d'autres infortunes que » les vôtres. Loin d'en réveiller le souvenir, je voudrais, » eu égard au nom que vous portez, pouvoir les couvrir » d'un voile assez épais pour qu'elles fussent impéné- » trables.

» Cessez de m'écrire, je vous en prie; cessez de vous » faire un droit de la mort de mon honorable cousin, qui » n'a succombé, comme vous le savez bien, qu'à une » cause toute naturelle.

» Permettez-moi de vous dire aussi qu'il n'est ni beau » ni digne d'une femme qui se respecte d'aller se mêler » à cette populace qui vient tous les dimanches fatiguer » le roi de ses danses et de ses chants sous les fenêtres du » château. Sa Majesté et les princes sont gens de trop bon » goût pour ne pas trouver fort méprisables de pareilles » saturnales.

» Encore une fois, nous ne pouvons avoir rien de » commun ensemble : votre ardent royalisme ne saurait » effacer à mes yeux les déréglemens qu'on vous repro- » che. C'est Dieu seul qui peut vous absoudre du passé. » Puisse le nouveau zèle religieux qui vous tient depuis » six semaines environ être assez durable et surtout » assez sincère pour vous mériter le pardon de vos » fautes.

» Vous trouverez ci-joint un billet de banque de cinq » cents francs; c'est tout ce que je veux et puis faire » pour vous. Ne me remerciez pas, et surtout ne comptez » jamais sur moi.

» THÉODORE, marquis DE L***. »

MATHILDE A EULALIE MORAND.

« Paris, juillet 1814.

« Eh bien non! maman ne s'était pas trompée : nous » voilà tout à fait sur le chemin de la fortune. Elle a vu » un peu loin dans l'avenir; mais, il faut bien l'avouer, » elle a vu juste, puisque nous habitons maintenant un » joli appartement dans la rue d'Antin, et que j'ai une » femme de chambre. Elle avait bien raison, madame de » Vauxbuin, quand elle regrettait si amèrement le temps » de sa prospérité! c'est quelque chose de bien joli que » le bonheur : tu sais cela aussi, toi, mon Eulalie; mais » ce n'est pas le même genre de bonheur que nous pos- » sédons. Peut-être le tien est-il encore plus doux que le » nôtre, je le souhaite; pour moi, je dois t'avouer que le » mien me suffit. Je porte toujours des fleurs de lis, mais » c'est sur un chapeau qui me va bien; nous avons en- » core beaucoup de ces bouquets-là chez nous, mais dans » de si beaux vases, qu'en vérité je commence, comme » ma mère, à raffoler de la fleur monarchique, d'autant » plus qu'elle ne règne plus à l'exclusion des autres. Je

» voudrais pouvoir te faire admirer mes beaux camellias; » va! c'est bien autre chose que nos rosiers du Bengale » dans leurs vilains pots de terre. Cependant il ne faut » pas que ma bonne fortune me rende ingrate envers mes » plaisirs passés : nos rosiers avaient bien leur mérite » aussi ; il fallait tant économiser sur nos déjeuners » pour entretenir le petit jardin que nous cultivions sur » notre fenêtre !

» Je crois que les sentimens religieux que maman prend » soin de m'inspirer depuis quelques mois pénètrent de » plus en plus dans mon cœur. Je ne me sens plus envie » de bouder quand l'heure de nous rendre à la messe est » arrivée; il est vrai que pour cela nous nous mettons » en grande toilette, et puis c'est à la chapelle du roi que » nous allons entendre le service divin. A la messe du » roi, entends-tu? Là nous voyons les princes et tous les » gentilshommes de service. Ensuite, quand le roi rentre » dans ses appartemens, nous nous rangeons sur la ter- » rasse pour le voir passer. Maman fait toujours en sorte » que nous soyons le plus possible en évidence, de façon » que Sa Majesté ne peut manquer de m'apercevoir; et » comme le roi a fini par me remarquer, maintenant il » ne passe plus devant moi sans m'adresser un sourire ; » ma foi! je n'y tiens plus alors, l'enthousiasme me gagne, » et je me mets à crier *Vive le roi* ! de toutes mes forces. » Dimanche dernier, comme je criais plus haut que tous » les autres, Sa Majesté s'est arrêtée devant moi ; j'étais » pourpre de confusion et de plaisir. « Ma belle, m'a dit » le roi avec une voix flûtée qui m'allait au cœur, pre- » nez garde ! l'enthousiasme royaliste est dangereux dans « votre maison : Votre aïeul en est mort à la bataille de » Fontenoy, et je n'oublierai jamais qu'il a tué le comte » de Vauxbuin sur la terre d'exil.» Cette délicate manière » de parler des services de mes parens m'a remplie d'ad- » miration. Je me suis prise comme une folle à m'écrier » encore plus fort, je crois. *Vive le roi* ! Sa Majesté, qui » s'éloignait, est revenue encore une fois auprès de moi; » elle m'a donné sa main, en disant avec son gracieux » sourire : « En vérité, ils sont incorrigibles dans cette » famille-là ! » Je te laisse à penser si je me suis pré- » cipitée avec respect sur cette main royale. Maman, » ainsi que toutes les dames qui se trouvaient auprès de » moi, pleuraient d'attendrissement, et tout bas j'ai en- » tendu plus d'une voix murmurer: « Est-elle heureuse !» » Oh! c'est vrai que je l'étais au delà de toute expression.

» A peine étions-nous de retour à la maison que mon- » sieur Dufour est venu. Tu ne sais pas ce que c'est que » monsieur Dufour? Eh bien! je n'en sais guère plus que » toi. Seulement, je te dirai que c'est un vieux monsieur » poudré, d'une politesse fatigante, qui salue tout, jus- » qu'aux fauteuils vides, et cela parce qu'il a la vue un peu » basse et qu'il craint d'oublier quelqu'un. C'est ce mon- » sieur Dufour qui nous a fait venir dans l'hôtel de la rue » d'Antin; c'est lui qui fait à maman les avances de la » pension que le gouvernement ne peut pas manquer de » nous accorder; enfin je le crois attaché au service d'un » duc et pair de France, car il jette toujours ce titre-là » dans ses conversations avec maman. Il est arrivé chez » nous dimanche dernier, comme nous revenions de la » messe du château, et je l'ai entendu dire tout bas : Cela « va fort bien. Monseigneur vient de parler au roi, qui » n'est pas encore tout à fait décidé; mais il y a tout lieu » de croire que Sa Majesté a été fort émue de la scène d'au- » jourd'hui. Il n'y a plus que quelques coups à porter pour » vaincre le scrupule du roi sur l'âge de la jeune personne. » A demain, à Versailles. » Après ces mots, qui parais- » saient combler de joie ma mère, monsieur Dufour est » parti. Je n'ai pas osé interroger madame de Vauxbuin; » mais j'ai bien vu à son redoublement de gaieté, à ses » marques de tendresse auxquelles elle ne m'avait pas » accoutumée autrefois, qu'il s'agissait pour moi de quel- » quelque grand établissement, dont on ne voulait pas » me parler à l'avance, de peur de me donner de fausses » espérances ou bien que je ne fisse manquer par une » indiscrétion les projets de ceux qui veulent bien s'inté- » resser à mon bonheur. Conçois-tu cela, ma chère Eu- » lalie, voilà que le roi lui-même se mêle de mon ma- » riage? Je suis toute prête à aimer le mari qu'il me » donnera. Sa Majesté a été trop aimable avec moi pour » me choisir un époux qui pût ne pas me plaire.

» On s'attendait à un voyage du roi à Versailles pour » le lendemain. Il y a eu contre-ordre ; nous avons su » cela quand nous étions depuis deux heures à nous pro- » mener dans le parc. C'est encore monsieur Dufour qui » est venu de Paris pour nous prévenir que nous atten- » dions en vain Sa Majesté. Elle a formellement déclaré » qu'elle n'irait jamais à Versailles ; l'aspect du château » lui rappellerait trop vivement des malheurs qu'elle » veut s'efforcer d'oublier afin d'avoir pour son peuple » tout l'amour qu'il mérite.

» Je me faisais une fête de voir un voyage de cour, » au lieu de tout le bruit que j'attendais, nous nous » sommes promenés, maman, monsieur Dufour et moi, » dans de superbes solitudes ; encore si tu avais été là » pour courir avec moi dans ces grandes allées, sur ces » larges tapis de verdure ! Oh ! mais j'oublie que tu es » maintenant dans une position à ne plus pouvoir jouter » avec moi à la course... Mon Dieu ! que je rirais donc, » madame Morand, si je vous voyais comme vous êtes, à » la veille de donner le jour à un joli petit garçon !... » car ce doit être un garçon. D'abord, nous aimons tou- » jours mieux un fils qu'une fille. C'est sans doute pour » cela que maman m'aimait si peu autrefois.. elle avait » peut-être désiré un fils. Oh ! mais à présent elle me » fait oublier sa sévérité quelquefois injuste et ses brus- » queries par des attentions et des soins qui deviennent » plus tendres de jour en jour. Je retourne à mon Ver- » sailles. Comme je n'avais personne pour courir avec » moi, il m'a bien fallu supporter le long plaisir de la » promenade avec madame de Vauxbuin et notre pro- » tecteur. Au surplus, la conversation a fini par devenir » fort intéressante. On m'a dit les merveilles de Versailles » sous Louis XIV et son successeur. Maman m'a parlé de » madame de La Vallière, de madame de Montespan, et » monsieur Dufour m'a appris ce que c'était que le Parc- » aux-Cerfs, et madame de Pompadour, et madame Du- » barry; toutes choses dont j'avais entendu parler si mal. » Il paraît que c'était une charge très honorée, et très re- » cherchée surtout, que celle de favorite de nos anciens » rois; il n'a été question que de cela jusqu'à notre retour » à Paris.

» Enfin hier, jeudi, nous sommes allées à Saint-Ger- » main, et cette fois le roi ne nous a pas manqué de » parole : il est venu. Oh ! ma chère, tu ne peux pas te » figurer l'enthousiasme du peuple : on a dételé les che- » vaux pour traîner la voiture à bras d'hommes jus- » qu'au château. Ensuite Sa Majesté est descendue faire » un tour de parc. Je me suis trouvée là, comme tu le » penses bien, toujours au premier rang, grâce aux soins » de monsieur Dufour et à la hardiesse de ma mère, qui » s'est poussée au milieu de la foule. Mais hier le roi ne » m'a pas souri, il n'a pas eu l'air de me reconnaître. Il » faut que mon cousin, le marquis de L***, nous ait des- » servies auprès de Sa Majesté, car j'ai cru voir dans son » regard quelque chose de sévère quand ses yeux ont » ont rencontré ceux de madame de Vauxbuin, qui ne le » perdait pas de vue. « Ce n'est qu'un nuage, nous a dit » monsieur Dufour; il y a des obstacles : madame de S*** » fait jouer tous les ressorts de l'intrigue afin de l'em- » porter sur nous. Elle en sera pour la honte. » Je t'avoue » que voilà la première fois que j'entends parler de cette » dame ; j'ignore ce que nous pouvons avoir de commun » ensemble, à moins qu'elle ne veuille pour elle-même » du mari que le roi me destine.

» Maman est revenue à Paris de fort mauvaise hu- » meur, malgré les assurances de succès que monsieur » Dufour lui avait données. Le soir, nous avons reçu une » lettre de ce fidèle ami : elle renfermait dix billets de

» mille francs chacun. Quant à ce que monsieur Dufour » lui demandait, maman n'a jamais voulu me le dire; » mais elle s'est détournée pour pleurer, et, comme je la » pressais de me confier son chagrin, elle m'a répondu » en me pressant dans ses bras : « Chère enfant, nous » sommes victimes de l'intrigue. Le sort qu'on me » propose pour toi est beau encore, mais ce n'est pas » celui que j'attendais. Quand on a rêvé un trône pour » sa fille, on ne peut pas sans pleurer renoncer à ses » espérances. » Un trône! je n'y comprends plus rien. » Eulalie, est-ce qu'ils pensaient que j'allais épouser le » roi? Maman est bien capable d'avoir de pareilles idées.

» Dans ma prochaine lettre, je te dirai sans doute à quel étage je suis tombée en me laissant choir du trône.

» MATHILDE. »

DUFOUR A MADAME LA COMTESSE DE VAUXBUIN.

« Ce jeudi soir.

» Notre rivale l'emporte. Le roi s'est prononcé; il a été » jusqu'à dire qu'il verrait avec plaisir la comtesse de » Vauxbuin et sa fille fréquenter plus souvent leur pa- » roisse : c'est un ordre indirect de ne plus vous pré- » senter à la chapelle du château. Monseigneur est désolé » de s'être mêlé de cette affaire; il craint du refroidis- » sement de la part de Sa Majesté, d'autant plus que » jamais le roi ne lui a fait tant d'amitié que depuis deux » heures.

» C'est un grand deuil pour vous, madame, que cette » disgrâce complète au moment de la plus grande fa- » veur. Cependant monseigneur se console de votre » malheur en pensant qu'il lui sera possible d'offrir pour » son propre compte à mademoiselle Mathilde le sort » qu'elle pouvait espérer auprès de Sa Majesté.

» Les principes de monseigneur s'opposent cependant » à ce qu'il prenne chez lui une jeune personne qui ne » paraîtrait pas y être venue de son plein gré. Il faut » donc, pour que monseigneur assure un heureux avenir » à sa protégée, qu'elle consente d'abord à se marier. » Que votre tendresse maternelle ne s'effraye pas; l'al- » liance que monseigneur destine à mademoiselle Ma- » thilde sera convenable sous le rapport du rang. Quant » à la dot, monseigneur se charge de tout ce qui pourra » être relatif au mari.

Les dix mille francs que vous trouverez renfermés dans » ma lettre ne sont pas les arrhes d'un marché; ils ne » sont là qu'afin de vous épargner l'embarras des termes » d'un refus. Dans le cas où vous ne croiriez pas devoir » accepter la proposition de monseigneur, il vous suffi- » rait de renvoyer ces billets à mon adresse.

» Je suis, madame, avec respect, votre très humble et » très soumis serviteur,

» DUFOUR. »

LA COMTESSE DE VAUXBUIN AU DUC DE G***.

« Monseigneur,

» Au moment où la lettre de Dufour est venue m'ap- » prendre la résolution de Sa Majesté à notre égard, je » faisais d'amères réflexions sur le sort qu'un moment » d'erreur m'avait fait envier pour la fille du comte de » Vauxbuin. Mes scrupules religieux allaient au-devant » des refus du roi; ma conscience de mère me reprochait » vivement déjà de livrer à un amant, même couronné, » une enfant que j'avais élevée dans la pratique de » toutes les vertus. Vous devez penser combien, au lieu de » m'affliger, le mauvais succès de nos démarches me » rendait heureuse, puisqu'il faisait taire mes tardifs » remords. Je me disais : « Mathilde restera pure, et Dieu » me pardonnera mon aveugle ambition. » Enfin, mon- » seigneur, j'allai prendre la plume pour vous remercier » de votre haute protection, quand, à la seconde lecture » du billet de votre homme d'affaires, je me suis sentie » pénétrée de reconnaissance pour la délicatesse de votre » proposition. Le moyen que votre cœur noble et géné- » reux vous inspire pour répandre sur nous vos bienfaits » imposerait silence à mes scrupules, s'il pouvait m'en » rester encore. Oui, monseigneur, vous l'avez dit, que » Mathilde se marie, et qu'ensuite elle essaye de s'acquit- » ter envers vous de la dette de cœur que nous contractons » aujourd'hui.

» Je ne veux rien pour moi, monsieur le duc; que » toutes vos bontés soient pour ma fille. Accordez-moi » seulement la faveur de vivre auprès de mon enfant, » afin que je jouisse de son bonheur; et une mère qui ne » forme de vœux, qui n'adresse à Dieu de prières que » pour sa fille chérie, vous bénira comme le représen- » tant de la Providence sur la terre.

« Croyez, monseigneur, au profond respect et à l'obéis- » sance de votre très humble servante,

» CLARENCE, comtesse DE VAUXBUIN. »

DUFOUR A MADAME LA COMTESSE DE VAUXBUIN.

» Madame la comtesse,

» Monseigneur me charge de vous renvoyer votre let- » tre; il vous prie de correspondre à l'avenir directement » avec moi, attendu que ces sortes de transactions ne » peuvent se traiter que par des tiers. Veuillez préparer » mademoiselle Mathilde au mariage projeté; on aura » l'honneur de lui faire connaître son futur époux en » temps opportun.

» J'ai l'honneur, madame la comtesse, de vous réitérer » l'assurance de mon profond respect.

» DUFOUR. »

DUFOUR A MONSIEUR LE BARON AMÉDÉE DE VERNEUIL, MOUSQUETAIRE.

« Paris, août 1814.

« Vous m'avez promis, monsieur le baron, de me rem- » bourser les sommes énormes que je vous ai avancées » depuis trois ans, aussitôt après votre mariage : et voilà, » de compte fait, cinq partis fort avantageux que vous » manquez par votre faute. Je n'aurais pas le droit sans » doute de censurer votre conduite, toute mauvaise qu'elle » soit, si je n'étais votre créancier; mais à ce titre il » m'est bien permis de me plaindre, quand je vous vois » tous les jours vous enfoncer de plus en plus dans les » débauches, qui minent votre santé sans arrondir ma » bourse. Cependant vous vous rappelez de quel embar- » ras pressant je vous tirai l'année dernière. On allait re- » monter à la source d'un billet dont la signature n'était » pas fort orthodoxe : c'était une affaire de cour d'assises » cela, mon cher monsieur le baron; il dépendait de moi » de vous laisser aller où le sort vous menait naturelle- » ment. Je sais bien qu'il y avait là-dessous folie de jeu- » nesse plutôt que calcul de friponnerie; aussi, je fus » touché de votre position; et, bien que vous me dussiez » déjà, ou peut-être, car il ne faut pas se faire plus géné- » reux qu'on n'est, parce que vous me deviez déjà consi-

» dérablement, je m'empressai de vous mettre à même de » retirer du commerce un billet qui pouvait vous com» promettre. Faire de la morale, c'est chose permise à » ceux qui prêtent leur argent presque sans garantie. Je » n'ai que votre parole, et vous ne m'avez pas accoutumé » à la considérer comme une chose de grande valeur. Il » faut en finir, mon cher monsieur : vous me devez, j'ai » besoin d'argent; mais, comme je suis le plus intéressé » dans cette affaire, je ne vous laisserai pas la peine de » chercher le moyen de vous acquitter envers moi; ce » moyen, je l'ai trouvé.

» Vous avez d'autres créanciers qui vous importunent, » on vous en débarrassera; vous n'êtes pas fort bien vu à » Paris, on ne demande qu'à vous fournir les moyens de » voyager partout où il vous plaira d'aller. L'argent ne » vous manquera pas si vous savez vous contenter d'une » pension de quinze cents francs par mois; un semestre » tout entier vous sera compté au moment de votre dé» part : on ne vous demande rien pour cela qu'une sim» ple signature sur un contrat de mariage et un *oui* de» vant l'officier de l'état civil. En un mot, il s'agit de » vous marier; mais l'engagement ne liera pas même » votre cœur, puisque la femme qu'on vous destine ne » sera pour vous qu'un moyen de fortune, pas autre » chose; *autre chose*, entendez-vous bien? Votre titre » d'époux ne lui servira qu'à faire reconnaître les enfans » qui lui viendront. Il ne s'agit pas, monsieur le baron, » de faire le scrupuleux; nous nous connaissons de trop » longue date pour nous tenir ensemble sur la réserve. » Acceptez dix-huit mille francs de pension, les facilités » pour voyager et faire figure, tous les embarras qui » pleuvent sur vous à Paris réduits à néant : en voilà plus » qu'il n'en faut, je crois, pour vous convaincre que je » suis encore plus votre ami que votre créancier.

» S'il vous convenait de vous fixer à l'étranger, on » s'empresserait de vous faire passer les sommes néces» saires à l'établissement qu'il vous plairait d'entrepren» dre. Vous ne seriez tenu qu'à faire tous les ans un » voyage à Paris, afin de sauver les apparences dans le » cas où madame la baronne deviendrait enceinte. Votre » conduite ne sera soumise à aucun contrôle, et je vous » promets une protection toute puissante dans les mau» vaises affaires que votre tête assez mal organisée pour» rait vous susciter. Réponse sur-le-champ.

» Votre très humble serviteur.

» DUFOUR. »

### MATHILDE A EULALIE MORAND.

« Septembre 1811.

« Heureuse mère, que je te félicite d'abord sur la » naissance de ton cher petit enfant, ensuite je te parle» rai de moi. Oh! que tu dois donc goûter de plaisir à » voir sur ton lit, là, bien à côté de toi, ce pauvre ange » à qui tu as donné le jour!... N'est-ce pas qu'il est joli » comme un amour? n'est-ce pas qu'il te ressemble bien? » Je me transporte en imagination au milieu de votre » ménage. Je vois d'abord ton fils : tu me permettras bien » de l'embrasser avant toi; il me fait une petite moue » avec ses jolies lèvres roses qui avancent un peu comme » les tiennes; n'importe, il faut que je le baise de tout » mon cœur. Ensuite c'est toi que j'embrasse, toi pauvre » malade; un peu pâle, n'est-ce pas? mais avec des lar» mes de joie dans les yeux, car tu regardes ton enfant! » A vous ensuite, monsieur Morand. Allons! gardez votre » tablier de forgeron, et ne prenez pas l'air embarrassé » parce que votre visage est un peu noir et que vous n'a» vez pas eu le temps de mettre votre habit pour recevoir » l'amie de votre femme. Là, bien! un gros baiser lyon» nais sur les deux joues, et puis acceptez mes vœux pour » la continuation de votre bonheur. A présent que j'ai dit » tout ce que mon cœur m'inspirait d'amitié pour vous » trois, je m'assieds au bord du lit de l'accouchée; je » prends ta main, ma chère Eulalie, et je réponds à toutes » les questions que ton regard m'adresse.

» *Non, je ne serai pas reine de France*, mais on va me » faire baronne de je ne sais quoi. Le fait est que je suis » encore à connaître mon futur; et cependant c'est dans » quinze jours que je l'épouse. Tu conçois mon étrange » perplexité. Je ne sais quelle tournure et quel visage lui » donner : mon imagination en enfante pour lui de gro» tesques et de ridicules, fatiguée que je suis d'avoir passé » en revue tous les genres de beauté. Je ne sais que deux » choses sur son compte, c'est qu'il a vingt-six ans et » qu'il est mousquetaire. Avec cet âge et cet uniforme-là, » on ne peut pas être à faire peur.

» Tout le temps que ne me prend pas le soin de mon » trousseau, je sors de l'hôtel et je vais me promener aux » Tuileries afin de bien examiner tous les mousquetaires » de service; et chaque fois que je vois une figure qui » me plaît, je suis toujours prête à arrêter celui qui la » porte pour lui demander : « N'est-ce pas vous, mon» sieur, qui allez m'épouser? » Cela te paraît de la folie » peut-être. Mets-toi à ma place et tu verras combien il » est cruel de se dire à la garde montante : « Mon mari » est là, et je ne puis le reconnaître parmi tous ces visa» ges qui défilent devant moi. » Maman est là-dessus » d'une discrétion presque invraisemblable; on dirait » vraiment qu'elle ne le connaît pas plus que moi : mais » voilà qui serait par trop fort. Du reste, il y a de l'impa» tience et non pas du dégoût pour ce mariage, dans ma » situation. J'ai passé au moins dix fois l'inspection de » toutes les figures de mousquetaires, et pas une seule ne » m'a déplu assez pour que je me sois surprise à me dire : » Celui-ci ne me conviendrait pas du tout. »

» Tu penses peut-être que mon futur n'est pas à Paris : » détrompe-toi. Je suis sûre qu'il me connaît bien, lui. » Tous les jours d'Opéra, nous avons une loge, où mon» sieur Dufour vient nous rendre visite dans les entr'actes, » et je l'entends dire à l'oreille de maman : « Il la trouve » charmante... elle lui paraît plus belle que jamais; » ou » bien : « Vous ne sauriez concevoir avec quelle impa» tience il attend le jour du mariage... jamais il n'a aimé » ainsi. Votre fille, madame, sera la plus heureuse femme » de France. » Et moi j'écoute tout cela et je cherche en» core des yeux mon mari dans la foule, mais je ne le de» vine pas : il y a là tant de monde! et à l'exception d'un » gentilhomme de la chambre qu'on a nommé devant » moi le duc de G***, et que je retrouve dans la loge du » roi, personne ne paraît faire attention à ta pauvre amie. » Pour Dieu, dites-moi donc où est mon mari!

» Sauf la légère contrariété de ne pas connaître encore » celui que je dois épouser dans quelques jours, jamais » future mariée ne fut si bien partagée que moi. Ce sont » tous les jours de nouvelles parures, de magnifiques » présens, et des plaisirs, ah! mais des plaisirs à deman» der quelquefois du chagrin afin de varier un peu son » existence. Une voiture très élégante est à nos ordres » tous les matins; maman ne s'en fait pas faute pour » courir dans les magasins, d'où elle rapporte toujours » une foule d'emplettes, bien que nous ne sachions plus » que faire de tout ce que nous possédons déjà en fait de » chiffons de femme. Je crois vraiment pouvoir dire cette » fois sans vanité que j'épouse le Pérou. Mon mari est » très riche, c'est bien; mais ce que je lui demande avant » tout, c'est d'être aussi aimable et aussi bon que le tien, » car toute mon ambition est de me voir heureuse comme » toi.

» Je te ferai part du jour de mon mariage. Au revoir » et de tout cœur.

» MATHILDE. »

AMÉDÉE DE VERNEUIL A VICTOR AUBREY.

« Saint-Germain-en-Laye, octobre 1814.

« Je t'écris au débotté des noces. Quand je dis au dé» botté, je mens; car nous remontons en voiture, ma » femme, moi et Dufour, attendu que le vieux coquin » veille à ce que je ne prenne aucun privauté avec ma» dame la baronne de Verneuil. C'est un homme précieux » que ce Dufour pour garder les femmes contre l'amour » de leurs maris. Figure-toi que ce matin je ne connais» sais pas encore ma moitié. L'homme d'affaires du vieux » duc avait tout arrangé à la paroisse et à la mairie de » Saint-Germain. J'étais descendu à l'hôtel du prince de » Galles dès hier soir; et ce matin je fumais tranquille» ment mon cigare à la fenêtre... quand je vois arriver » une espèce de comtesse, que je prends d'abord pour la » future, attendu que j'avais oublié de m'informer de » l'âge de ma femme. Elle demande monsieur Amédée de » Verneuil; j'entends le garçon de l'hôtel crier : *N° 3, la » porte en face de l'escalier!* En galant chevalier, je jette » le cigare dans le feu, je passe un peu d'eau dans ma » bouche, et je vais donner la main à l'intéressante voya» geuse, qui me salue en belle-mère, tu sais, avec une » révérence et une grimace. Nous restons un quart » d'heure à nous regarder le blanc des yeux; enfin elle » me dit : « C'est pour aujourd'hui, monsieur le baron. » — Va pour aujourd'hui, madame la comtesse! — Vous » connaissez toutes les conditions de monsieur le duc? — » Je sais qu'il me faut l'année entière de pension dès au» jourd'hui, ou il n'y a rien de fait entre nous. — Ah! » monsieur, comme vous marchandez cette enfant! — » Vous la vendez bien, vous, madame! » Cette réponse » plaque un pied de rouge sur les joues de mon honora» ble belle-mère. Elle se met à la croisée; je siffle l'air » *Oui, c'en est fait, je me marie*, en achevant de m'ha» biller. Enfin la comtesse quitte son attitude silencieuse; » elle revient près de moi et, me prenant la main, elle me » dit d'un ton suppliant : « Vous savez que ma fille ignore » encore en ce moment que ce n'est pas son époux... » — Qui sera son mari, ajoutai-je avec vivacité. — Ne » l'instruisez de rien avant...— Avant l'autre, dis-je. Ah! » je sais trop ce que je dois à monseigneur pour lui faire » le tort d'être amoureux de ma femme. — Monsieur le » baron, ménagez-moi... D'ailleurs, continua-t-elle avec » une espèce de fierté, si vous étiez nécessaire à nos pro» jets, nous ne sommes pas aussi sans vous rendre un » grand service. — Pas de récriminations, madame. Notre » position respective n'est pas fort noble, comme vous le » savez; expliquons-nous en gens qui ne valent pas » mieux l'un que l'autre, c'est-à-dire franchement et » gaiement; car si nous en sommes déjà à gémir sur les » fautes que nous nous promettons de commettre, autant » ne pas se mêler de faire des infamies. » Cette réplique » morale l'a mise tout à fait à son aise avec moi; et vrai» ment je t'avoue que madame de Vauxbuin est une » femme fort aimable; elle ne manque pas d'esprit, et sa » beauté n'est point déjà si effacée qu'on ne puisse s'a» vouer pour son amant. Un moment j'ai eu la pensée » d'enlever la mère; mais je me suis dit : « Le monde » crierait...» Et cependant comme le monde est injuste! » Je pourrais bien de fait être le beau-père de ma » femme, puisque je ne suis que de droit le mari de ma » belle-fille. J'ai réglé avec la comtesse toutes les condi» tions du mariage, et puis à onze heures nous nous » sommes rendus chez le notaire. Ma femme était arrivée » avant moi; j'ai su que c'était elle, parce qu'elle signait » au contrat. Ah! mon ami! quel ange que cette Mathilde! » Vrai, c'est bien heureux pour elle qu'elle ne m'appar» tienne que pour la forme; il y aurait conscience à faire » le malheur d'une aussi jolie créature. On s'est embrassé » après le contrat. La petite y a été de si bon cœur que » le vieux Dufour en a grogné dans son coin et m'a lancé » un coup d'œil comme pour me dire : « Ce n'était pas » dans nos conventions. » Le diable m'emporte! je crois » que Mathilde est amoureuse de moi; elle m'a regardé » toute la journée avec des yeux à me donner envie de » rendre les dix-huit mille francs de pension et de garder » pour moi madame la baronne. Eh bien oui! j'aurais la » maladresse de manquer ma fortune; et puis demain, » après-demain et tous les jours suivans, je rongerais » mon frein dans le ménage, ou bien je planterais là » cette pauvre enfant, sans profit pour moi et avec du » chagrin pour elle. D'ailleurs, vois-tu, en fait de jolies » femmes, nous sommes à Paris comme les officiers » d'Alexandre et de Frédéric-Guillaume, nous en avons » tout autant et plus qu'il n'en faut pour satisfaire la cu» riosité d'un beau garçon.

» Après les cérémonies de la mairie et de l'église, nous » sommes rentrés à l'hôtel du prince de Galles. Mathilde » était toute surprise de ce mariage sans noce ni sans bal. » On a fait entendre à ma femme que cela devait être » ainsi aujourd'hui, et que le lendemain serait plus joli » pour elle que le jour même. Elle s'est résignée, la chère » petite, et nous avons causé gaiement jusqu'à la chute du » jour. Croirais-tu qu'elle me connaissait avant notre ma» riage? Oui, elle m'a avoué avec une ingénuité char» mante qu'elle allait tous les jours aux Tuileries voir » passer les mousquetaires de service, et que j'étais l'un » des dix ou douze qu'elle se donnait en secret pour » mari. Oh! Dufour a eu bien raison d'être de bonne » garde, car peu s'en est fallu que je ne manquasse à » mes engagemens d'époux!

» Voici la nuit venue, je vais conduire madame la » baronne à Andresy, à deux lieues d'ici, où le duc nous » a fait préparer un petit souper après lequel mon année » de pension me sera comptée. Ensuite je pars pour l'Italie. » En voilà pour un an à revoir ma femme. Oh! mais que » le duc ne tienne pas trop à son argent surtout, car je » me promets de le faire danser d'une rude façon. S'il » fait le mari à ma place, il faudra qu'il me mette au » moins à même de faire le sultan à l'étranger. Quand je » serai installé quelque part, si je peux y rester, j'invite » par la présente tous mes amis à venir m'aider à ruiner » monseigneur.

» J'ai le plaisir de t'annoncer que ma belle-mère sera » mise à la porte et consignée à l'hôtel du vieux duc, » aussitôt après notre arrivée à Andresy. Elle ne se doute » de rien, la respectable matrone! Voilà même qu'elle rit » et fait la princesse, comme si elle avait l'honneur d'être » elle-même la maîtresse d'un pair de France.

» Ne t'étonne pas si les lignes précédentes sont trem» blées. Au moment où j'achevais ma lettre, Mathilde est » venue à petits pas s'accouder sur mon fauteuil pour » lire ce que je t'écrivais. Heureusement je l'ai vue à » temps; elle ne sait rien, car elle n'a fait que rougir en » se retirant. « De la curiosité, madame la baronne! » lui » ai-je dit. Et elle, de sa voix douce et tremblante, m'a » répondu : « Pardon, monsieur le baron; je croyais » qu'il n'y avait plus de secrets entre mari et femme. » » Mari et femme, mon cher Victor! Il faut que je la quitte » au plus vite. Dans deux jours elle m'aimerait à l'ado» ration, et je ne serais plus le pensionné de monseigneur » le gentilhomme de la chambre.

» Adieu encore une fois. Écrivez-moi toutes vos folies, » je vous dirai les miennes. Me voilà débarrassé de mes » créanciers; je suis libre, je suis riche. Vive le mariage » qui n'engage à rien!

» AMÉDÉE DE VERNEUIL. »

## XIII

### LA NUIT DES NOCES.

Au confluent de la Seine et de l'Oise, à deux lieues environ de Saint-Germain-en-Laye, le village d'Andresy étale son paysage enchanteur. Presque à l'entrée, sur le bord de l'eau, une jolie maison, de construction élégante, montre au soleil ses murs vernis et son toit d'ardoises resplendissantes comme des écailles. Un parc planté à l'anglaise entoure cette habitation et la protége sous l'épais abri de ses marronniers et de ses ormes. C'est là que, le soir de son mariage, la fille de Thadéus, devenue baronne de Verneuil, fut conduite.

Elle avait dit à sa mère :

— Où allons-nous donc?

Et madame de Vauxbuin, en souriant avec bonhomie, lui avait répondu :

— Nous allons, ma chère, dans une des propriétés de ton mari. C'est la plus rapprochée de Paris : comme la campagne est encore bien belle, et que les préparatifs de la réception à l'hôtel de Verneuil ne sont pas tout à fait terminés, nous avons pensé qu'il ne te répugnerait point de passer une semaine ou deux à Andresy. Est-ce que nous nous serions trompés?

Mathilde n'avait que bien rarement entendu sa mère lui parler de cette façon. Ce tutoiement, cette douce sollicitude, l'émurent jusqu'au fond de l'âme. Elle se jeta au cou de madame de Vauxbuin.

— Ma bonne mère, — lui dit-elle en pleurant de tendresse, — que de bonheur je vais avoir, et comme je serai fière de vous l'attribuer!... car sans vous, maman...

— Ne parlons plus de cela, — interrompit vivement la comtesse. — N'es-tu pas ma fille, mon unique enfant? Va! si ton bonheur est mon ouvrage, ma plus douce récompense sera de te voir en jouir... Mais nous faisons attendre ces messieurs, — ajouta la comtesse en rougissant malgré elle à la vue de Dufour et du baron qui se mordaient les lèvres pour ne pas rire; — allons, Mathilde, en voiture.

Monsieur Dufour allait offrir sa main. Le mousquetaire ne lui en laissa pas le temps... il saisit avec empressement les jolis doigts de sa femme, et ne put s'empêcher de les baiser. Que devint-il lorsqu'il sentit la douce étreinte de Mathilde répondre à la sienne? Quelque chose qui ressemblait au remords tomba sur son cœur au milieu des désirs qui le dévoraient. Enflammé d'amour, il allait se trahir, il allait dévoiler à l'innocente victime l'horrible complot tramé contre elle... mais l'impassible Dufour avait vu son trouble à la lueur des lanternes de la voiture; il se pencha à son oreille, et lui dit :

— Elie Tobias a prise de corps demain contre vous...

Ces quelques mots suffirent pour rappeler Verneuil à lui-même. Il frisonna, laissa l'homme d'affaires placer les deux dames comme il l'entendait; puis il prit le coin vide à côté de Dufour et vis-à-vis madame de Vauxbuin, qui eurent soin, en croisant leurs jambes, de lui couper toute communication avec Mathilde. Les deux honnêtes personnages savaient que l'on peut se dire mille choses avec les pieds.

La voiture roula vers Andresy. Il était neuf heures du soir.

Le bruit que faisaient les roues en broyant le pavé fournit aux quatre voyageurs un prétexte convenable de garder le silence. Chacun d'eux avait en effet besoin de se recueillir et de récapituler les événemens de la journée. Nous savons à peu près ce que pouvaient penser les trois conspirateurs. Ne nous occupons que de Mathilde.

Sa situation était un rêve qu'elle avait peur à chaque instant de voir finir. Quitter une vie de misère et de privations pour une vie d'abondance et de richesse; passer des mains d'une mère fantasque, acariâtre, injuste et dure bien souvent, à celles d'un mari plein de grâce et de jeunesse, qui l'aimait à coup sûr et semblait se proposer pour tâche unique de la rendre la plus heureuse des femmes; se voir baronne et grande dame, elle qui plus d'une fois s'était surprise à douter que sa mère fût vraiment comtesse, tant les titres lui semblaient incompatibles avec la pauvreté, que de riantes idées jetées à la fois à son imagination enfantine! « Je vais dans un château, se disait-elle; dans un château à moi, puisqu'il est à mon mari. Demain, les villageois m'apporteront des bouquets en criant : *Vive madame la baronne!* Demain, et tous les jours que je voudrai, je pourrai courir dans mon parc et jouer avec Amédée. J'irai voir mes bons paysans, j'enrichirai les pauvres, je soulagerai ceux qui souffrent, je soignerai les malades. Oh! comme je vais être heureuse! comme je vais faire du bien à tout le monde, pour être aimée et bénie, pour que le dimanche à l'église on prie Dieu pour moi! Mon mari approuvera tout ce que je ferai; il a l'air si bon, si doux! un peu léger, un peu frivole; mais ce sont des défauts de jeunesse dont il se corrigera avec moi... Je l'aimerai tant! il faudra bien qu'il fasse quelque sacrifice pour sa femme! » Et l'âme baignée de ces délicieuses illusions, la pauvre enfant cherchait dans l'ombre le visage de son époux; elle était heureuse quand une clarté rapide d'auberge ou de chaumière sur la route le lui montrait pensif et réfléchi. « Lui aussi, disait-elle, pense à tout cela! lui aussi bâtit dans son cœur l'édifice de notre félicité future! Il pense que le voilà marié, qu'il sera père un jour... et c'est grave, c'est sérieux, cela... » A cette dernière et sublime pensée de maternité, elle sentit son cœur palpiter, et les larmes lui vinrent aux yeux : « Ma bonne Eulalie, dit-elle, je serai mère aussi, comme toi... Mon Dieu! mon Dieu! que de bonheur! » Ensuite elle fit un retour involontaire sur elle-même. Ses idées avaient perdu de leur enjoûment. « Comme tout cela s'est fait vite! pensait-elle... Pourquoi donc tant de hâte? Est-ce que ce voyage de mon mari ne pouvait pas se remettre? On ne lui a pas laissé le temps de me faire la cour... de me connaître... Si j'allais ne plus lui plaire bientôt !... S'il allait me trouver moins aimable qu'il n'espérait!... On s'est tant pressé de nous marier! »

Et comme elle épluchait avec inquiétude tout ce qui s'était passé dans la journée, elle se souvint qu'à l'église, au moment de la célébration, un homme âgé s'était offert à ses regards tout à coup; qu'il avait attaché sur elle ses yeux avec une expression singulière de bienveillance et de malice; que, bien qu'il n'eût parlé à personne, sa présence n'avait point paru indifférente; au contraire, car Amédée ainsi que monsieur Dufour s'étaient inclinés avec respect sur son passage... Elle se souvint encore qu'à plusieurs reprises elle avait demandé à sa mère qui était ce monsieur, et que chaque fois madame de Vauxbuin avait affecté de détourner la conversation sans lui répondre directement. Au reste, elle ne l'avait plus revu. Le soupçon lui vint que cet homme était peut-être le père de son mari, et que, le mariage n'ayant pas eu son assentiment complet, il avait voulu voir sa belle-fille avant de pardonner ou de se brouiller tout à fait. Ce fut la seule explication que Mathilde pût trouver à l'apparition mystérieuse de ce personnage, et elle eut peur de lui avoir déplu.

Cependant la voiture s'arrêta On entendit gronder sur leurs gonds les deux battans d'une grille de fer, et l'équipage, franchissant une avenue sablée, s'arrêta de nouveau devant un perron, où deux laquais armés de flambeaux vinrent ouvrir la portière.

Les voyageurs descendent. L'homme d'affaires, d'abord; il donne la main à la mariée. Le mousquetaire vient ensuite, pâle, tremblant de honte et de dépit; il serre avec une rage convulsive le bras de sa belle-mère, en l'aidant à mettre pied à terre; sans les domestiques qui sont là immobiles et attentifs, il lui jetterait son infamie au visage..... Il regarde marcher devant lui la jolie Mathilde, qui se détourne en rougissant pour le voir... Sa tête brûle... ses oreilles bourdonnent...La laisser aller si belle, si enivrante! La tromper ainsi, elle, pauvre enfant, si confiante et si naïve! Un rire frénétique s'empare de lui... L'homme d'affaires a peur d'un éclat... Madame de Vauxbuin elle-même sent le rouge de la confusion lui venir sur les joues... Dufour fait un signe aux domestiques. A l'instant une musique délicieuse, musique de cors et de harpes, jouée par des artistes invisibles, s'élève dans les airs, suave et pure comme les cantiques des anges, et Mathilde enchantée ne peut rien voir, rien entendre de ce qui se fait autour d'elle... Tout entière à cette musique ravissante, elle laisse passer sa mère et son mari, et monte la dernière en disant à Dufour :

— Que c'est beau!

Dans une salle à manger peu spacieuse, mais élégante, aux murailles de stuc, au pavé de mosaïque, une table somptueusement servie attendait cinq convives... cinq!... Ce nombre de couverts attira tout d'abord l'attention de Mathilde.

— Pourquoi donc, — dit-elle à sa mère qui l'avait seule suivie dans cette pièce, — pourquoi donc cinq couverts, puisque nous ne sommes que quatre?

— Il y a une autre personne que tu as déjà vue...

— Ah! le monsieur de ce matin peut-être? Le père de...

— Tu vas voir, — dit précipitamment la comtesse.

Dufour et le baron entrèrent. Le visage d'Amédée peignait le trouble de son âme, le délire de ses sens... Mathilde allait lui parler, s'informer des motifs de son agitation... quand un valet vêtu de noir, la serviette sous le bras, vint demander à Dufour si l'on pouvait servir. L'homme d'affaires répondit par un coup de tête affirmatif. Au même instant, une petite porte, pratiquée entre deux pilastres s'ouvrit, et le duc de G... parut... Alors une visible révolution s'opéra sur toutes les physionomies, à l'exception de celle de Dufour, toujours froid, toujours impassible, témoignant tout au plus le plaisir qu'allait lui causer l'honneur insigne de dîner avec son maître. Le duc, d'un air empressé, s'approcha de la mariée, qui lui fit en souriant la révérence, comme à un beau-père dont elle sollicitait les bonnes grâces. Après un compliment fort court, mais très flatteur, s'emparant de le main de Mathilde qu'il pressa sur ses lèvres, il la conduisit galamment à la place qui lui était destinée entre sa mère et lui. Tout cela prit beaucoup moins de temps que nous n'en avons mis à l'écrire.

Le souper fut très gai. Quelques mots jetés habilement par la comtesse ayant instruit le duc de l'erreur de Mathilde à son égard, le noble pair comprit son rôle à merveille. Il fut étourdissant d'esprit. Le baron, que Dufour faisait boire, en lui glissant de temps en temps une salutaire recommandation, prit enfin bravement son parti, et se montra docile acteur dans l'atroce comédie qui se jouait au bénéfice de son père prétendu. Bref, tout alla si bien qu'au dessert chacun se mit à pleurer d'attendrissement et de joie.

Minuit sonna. Les convives se levèrent. Le vin de Champagne avait donné dans la tête de Mathilde. C'était ce que le duc et ses complices demandaient.

Un laquais, porteur d'une bougie, se présente et demande la permission d'éclairer madame jusqu'à son appartement. Son mari veut l'embrasser; mais Dufour le retient, en riant et plaisantant, comme on fait aux mariés le soir de leurs noces. Mathilde et lui échangent un regard d'amour : le duc fronce le sourcil. Clarence s'en aperçoit: elle entraîne sa fille, et la porte, se refermant brusquement derrière elles, brise le bruit des objections animées que monsieur de Verneuil croit pouvoir se permettre à l'égard de certaines clauses du marché qu'il a souscrit.

Mathilde, muette, suit la comtesse. Elle voudrait pouvoir se rendre compte de tout ce qu'elle a vu et entendu. Mille choses troubles et bizarres l'inquiètent et l'intriguent. Elle n'ose interroger sa mère, qui se moquerait d'elle sans doute.

Le laquais qui les précède ouvre une porte, puis une une autre, puis une autre encore, et se retire avec respect. Une femme de chambre au minois chiffonné, à l'œil vif, coquettement vêtue, se présente, et invite les deux dames à entrer.

La mère pousse sa fille timide et irrésolue dans cette chambre; la soubrette est restée indiscrètement en dehors. La mère voit sans mourir de honte sa fille tendre et soumise s'agenouiller devant elle en pleurant, et lui demander comme à Dieu sa bénédiction. Elle ose étendre ses mains impures sur cette tête innocente, et murmure d'une voix sacrilége les paroles sacramentelles, que Mathilde écoute avec recueillement, comme une voix céleste qui lui parlerait... Horrible profanation! Elle entend, et son cœur ne se brise pas, et elle ne tombe point foudroyée, elle entend la douce créature lui demander humblement pardon de tous ses torts d'enfant, de toutes ses petites fautes de jeune fille, lui faire une véritable confession d'ange, à elle la prostituée, à elle qui a livré froidement cette belle âme au démon! Elle baise, comme Judas, et mouille de ses larmes hypocrites le front pur de cette victime qui l'implore, qui a peur d'oublier quelque chose dans sa confession; pauvre colombe sans tache que tout à l'heure le milan va saisir; douce brebis jetée sans défense dans la loge du tigre... et par qui? par elle, l'indigne mère qui a vendu sa fille pour de l'or, qui a placé, comme le père l'avait prédit, sa fille en rentes sur l'Etat!

Au moment de quitter la chambre, haletante et brisée, car toute dépravée qu'elle fût elle souffrait de cette scène déchirante, ses regards se portent machinalement sur le portrait d'un homme vêtu de l'uniforme polonais, l'un des ancêtres du duc de G... Elle lit en lettres noires au bas du cadre doré de cette peinture : *Thadéus-Constantin Sobiewsky*... Thadéus!!! Alors la voilà qui se cache la figure, l'infâme! voilà qu'un cri rauque sort de sa bouche... Elle s'enfuit, et sa fille, restée seule, se dit : « Bonne mère! comme elle est émue! »

La femme de chambre, ayant vu sortir madame de Vauxbuin, revient prendre sa place auprès de la jeune personne. Elle tire d'un cabinet caché une magnifique toilette de nuit, dont elle habille sa maîtresse en silence; puis elle se retire, en jetant sur Mathilde un regard de compassion. Dufour l'avait mise dans la confidence des projets de monseigneur.

Avant de se coucher, Mathilde, presque effrayée de se voir seule, promena ses regards sur le lieu où elle était. Cette chambre n'avait point de fenêtres; le jour y venait d'en haut, par un vitrage de cristal que voilait une gaze d'argent. Au milieu de ce dôme, deux amours en bronze doré, les ailes déployées, soutenaient un globe d'albâtre d'où s'échappait une lumière douce, vaporeuse comme un clair de lune à travers les arbres. Autour de la chambre qui formait le cercle, régnait une longue suite de glaces, coupées de distance en distance par des draperies de soie bleues frangées d'argent, sur lesquelles posaient suspendus six portraits en pied comme celui qui avait si fort ému Clarence. Ces portraits, placés là par les soins de Dufour, masquaient d'autres peintures voluptueuses et presque obscènes, que l'homme d'affaires avait jugées peu convenables à laisser voir ce jour-là. Le lit, en bois de citronnier incrusté d'ébène, monté sur une estrade en marbre blanc, avait pour couronnement un aigle qui laissait tomber de son bec trois rideaux de soie blanche brochés d'or, gracieusement drapés sur les cols de cygne de la couchette. Un tapis, dessinant une seule et magnifique rosace, couvrait le plancher. Un somno antique, en bois d'ébène sculpté, soutenait un plateau de vermeil que remplissaient une coupe, un sucrier et une carafe de cristal.

Mathilde fut éblouie de tant de magnificence. « Amédée doit être bien riche, pensa-t-elle. Il faut qu'il soit riche à millions pour avoir meublé ainsi une maison de campagne. Je conçois que son père l'ait vu avec regret d'abord épouser une pauvre fille comme moi... » Puis la fille du pendu de Berlin se mit à genoux auprès d'une bergère, et de son âme candide elle éleva au ciel des remercîmens pour le sort dont elle allait jouir. Elle se coucha. A peine elle était couchée que les amours du plafond laissèrent éteindre le globe de feu qu'ils portaient. Étonnée de cette obscurité subite, Mathilde appela plusieurs fois... Personne ne vint... « Au fait, se dit-elle, je n'ai pas besoin d'y voir clair pour dormir ! »

Car le sommeil pesait sur ses paupières, en dépit du tumulte d'images séduisantes qui auraient dû la tenir éveillée. C'est que la pauvre petite avait bu du vin de Champagne.

Elle s'endormit, paisible et sans reproche, prête à faire des songes roses et frais comme elle... un peu surprise peut-être de ne pas voir venir Amédée... quand tout à coup elle se sentit étouffée, écrasée sous le poids d'un horrible cauchemar, monstre d'enfer aux yeux froids, au souffle glacé, aux griffes de feu, qui se tordait sur elle et lui déchirait le cœur ! « Au secours!... maman, au secours ! » Vingt fois ces cris de détresse, qu'elle poussait épouvantée, s'arrêtèrent sur ses lèvres, brisés par une force inconnue, avant qu'elle s'éveillât et qu'elle pût s'entendre crier... Enfin elle ouvrit les yeux, elle toucha tout autour d'elle, elle allongea ses bras à droite et à gauche, et, ne trouvant rien que les rideaux, elle se rassura peu à peu... Elle se mit sur son séant, et ce long soupir de satisfaction que l'on jette au sortir d'un mauvais rêve s'échappa de sa poitrine soulagée... Alors il lui sembla que quelqu'un marchait à côté du lit : elle entendit le bruit mesuré d'une respiration...

— Qui est là? — dit-elle avec effroi.

— C'est moi... — répond une voix d'homme, timide, craintive, à peine articulée.

— Oh ! que vous m'avez fait peur !... Vous êtes donc sans lumière? — L'innocente croyait reconnaître la voix d'Amédée. L'homme s'approche... il avance une main tremblante qui cherche et trouve une autre main tremblante aussi qui venait au-devant d'elle. Il prend cette main et la baise... La jeune fille lui parle ; elle l'appelle de sa voix douce et confuse ; elle lui dit : — Mon Amédée ! — Il ne répond pas cette fois... Palpitant de désirs, rajeuni d'amour, dévorant dans sa pensée des trésors que la pauvre abusée abandonnera docilement, le duc met un pied sur l'estrade et s'élance... il jette son cadavre de soixante ans à côté de ce corps de vierge si jeune et si vif... L'enfant éperdu, tremblant, veut se dérober à cet homme qui s'approche... Elle se recule, elle se cache, elle se fait petite... Impitoyable, il la poursuit, il la saisit, il l'enlace de ses bras que la passion qui le brûle a fortifiés... Transporté, délirant, il oublie son rôle... il parle haut, avec sa voix à lui. Elle le reconnaît !... — Ah ! mon Dieu ! mon Dieu ! — s'écrie-t-elle. Et la voilà qui tombe et roule de ce lit par terre. La voilà qui court comme une folle et cherche une issue à cette chambre sans fenêtres et sans portes. Elle crie, elle s'arrache les cheveux, elle appelle sa mère, elle pleure... et s'évanouit.

Le noble pair s'attendait à tout cela. Il se lève et la cherche autour de la chambre. Il la trouve étendue, frémissante, froide... Il lui pose la tête sur ses genoux. Il a tiré une sonnette à côté du lit, la lumière est revenue.

— Mathilde, ma bien-aimée, calmez-vous ! n'ayez pas peur !... Mathilde ! — Elle le regarde avec des yeux tout grands ouverts et ne le voit pas d'abord. Il l'appelle encore d'une voix suppliante. Il pleure en baisant son visage baigné de larmes glacées ; il se reproche sa brutalité de tout à l'heure, le vieillard; car il l'aime de toutes les forces de son âme; car jamais, dans toute sa vie, il n'a vu, désiré, rêvé de femme belle, ravissante, angélique comme celle-là... Ce n'est point un caprice passager, ce n'est point une fantaisie de vingt-quatre heures, c'est un amour longtemps nourri, longtemps comprimé ; il a réfléchi six mois à cet amour ; il l'a pesé et repesé mille fois dans sa tête avant d'acheter cette femme. Maintenant qu'elle est achetée et payée, maintenant qu'elle est à lui, bien à lui, dans sa maison, dans une chambre qui ne s'ouvre qu'à sa voix, il ne la laissera pas aller... il l'aime trop pour cela ; il la tuerait, il se tuerait plutôt... mais il ne veut pas qu'elle le maudisse... La voir pleurer lui fait mal, la voir se tordre et se crisper ainsi sur la terre lui déchire le cœur... Aussi le voilà qui pleure et qui demande pardon. — Mathilde ! mon ange ! n'aie pas peur de moi... je t'aime... veux-tu que je m'en aille, dis? Un mot ! un seul mot!

La pauvre enfant se ranime un peu... ses yeux se rouvrent... Elle se voit là, par terre, presque nue, dans les bras d'un homme... de l'homme qui tout à l'heure... Oh ! désolée de se voir ainsi déshonorée, perdue, démêlant déjà les affreuses vérités que cachaient les mystères de tout le jour, elle se dégage et voudrait fuir ; et, dans sa rage impuissante, elle se meurtrit aux panneaux de sa chambre... Lui, pour l'apaiser, se traîne après elle à genoux et les mains jointes... Il la désarme à force de prières... il l'oblige à le regarder, à lire sur son visage la douleur dont il est plein... Elle se calme enfin aux sermens qu'il lui fait de la respecter comme une sœur. Elle pleure quelque temps encore ; et puis tout à coup ses yeux se sèchent, l'expression d'une véritable colère allume sa physionomie : elle se jette dans une bergère, et cette faible jeune fille qui tremblait tout à l'heure, qui n'avait de force que pour pleurer, ordonne d'une voix impérative à son ravisseur de lui dire tout entière l'horrible histoire du complot dont elle est la victime.

Le duc obéit. D'une voix altérée il raconta tout ce que l'on a vu dans le chapitre qui précède. Il conclut en essayant de faire sentir à la jeune fille l'isolement complet où ces événemens l'avaient placée, et l'espèce de nécessité qui en résultait pour elle de se confier à lui, désormais son seul protecteur sur la terre.

— Et le roi, monsieur? — dit-elle en l'interrompant — si j'allais tout dire au roi? — Le noble pair fut confondu. — Sortez, — reprit-elle; — laissez-moi seule. Demain vous aurez ma réponse.

Il sortit.

Monsieur Dufour l'attendait. Le maître passa brusquement, sans même jeter les yeux sur lui, et rentra dans son appartement.

Il était quatre heures du matin.

## XIV

### L'ARRIVÉE.

Il était nuit close. Le roulement des tambours, se mêlant aux fanfares de la trompette, rappelait à leurs quartiers respectifs cavaliers et fantassins. Au dehors de la ville, les joyeuses guinguettes de la rue du Parc, de la Terre-des-Moabites et de la Lande-des-Lièvres se peuplaient de buveurs, toujours trop vifs à quitter le tablier de travail quand la journée d'atelier est finie, toujours trop lents à sortir du cabaret lorsque les patrouilles du guet leur signifient en passant l'ordre de faire retraite.

En dehors des barrières, la belle promenade Sous-les-Tilleuls devenait silencieuse et triste. Les carrosses, en la quittant, se dirigeaient vers la salle de l'Opéra, où la haute société berlinoise s'était donné rendez-vous pour admirer les sombres magnificences de la *Cléopâtre* de Graün, remise en scène par la troupe du roi.

Des couples rares et singulièrement distraits marchaient en sens inverse des voitures, sous les contre-allées de tilleuls, oubliant sans doute, dans le charme d'une mystérieuse conversation, que les commis de garde aux bureaux de péage des barrières allaient leur fermer le chemin *der Thiergarten*, bois délicieux où les gardiens de la garde royale ont plus d'une fois passé discrètement près de jeunes braconniers qui, s'ils se cachaient dans les fourrés ombreux du parc, ne venaient là ni pour tendre un piége au coq de bruyère, transfuge de la Nouvelle-Marche, ni pour troubler le repos des cerfs que Zossen élève pour le plaisir de Sa Majesté. Ceci soit dit sans porter atteinte à l'antique réputation de vertu des nobles dames et des gentilles grisettes de Berlin.

Un voyageur qui paraissait exténué de fatigue s'approcha péniblement de la barrière. Son costume annonçait un dénûment absolu. Un chétif manteau gris, beaucoup trop court et trop étroit, dont les indiscrètes déchirures trahissaient de place en place la couleur de l'habit, qu'il ne garantissait pas du contact de l'air et de la pluie; un chapeau, noir autrefois, mais devenu rouge à force d'usage, et tailladé depuis les bords jusqu'au sommet de vingt ruptures inégales, un pantalon de soldat saxon rapiécé aux genoux par des lambeaux d'étoffe d'une espèce et d'une nuance en assez mauvaise harmonie avec le reste; de gros souliers dépareillés, souillés de poussière et de boue, retenant mal une paire de vieilles guêtres qui bâillaient faute de boutons et laissaient voir deux jambes dépourvues de bas; enfin un mouchoir de toile à carreaux simulant une cravate, composaient le misérable accoutrement de cet homme.

Le voyageur releva son front baigné de sueur, pour chercher dans l'obscurité de la nuit le beau quadrige qui surmonte la porte de Brandebourg, ouvrage immortel de Shadow, que les caprices de la fortune promenèrent de Berlin à Paris et de Paris à Berlin, et qui, après avoir huit ans durant enfoui ses chevaux de bronze dans les caves de notre musée impérial, est retourné se fixer, pour toujours sans doute, au frontispice de la fière capitale du royaume de Prusse. La vue de cette merveille, qui marquait les limites de sa ville natale, parut émouvoir profondément le voyageur; un cri tout ensemble de joie et de douleur sortit de sa poitrine; il essuya la sueur qui perlait en grosses gouttes le long de ses tempes, les larmes qui voilaient ses yeux, et s'avança d'un pas rapide vers les nouveaux Prolypées de Berlin... Mais là, quand il put toucher de sa main tremblante une de leurs douze grandes colonnes, quand il put se convaincre qu'il avait fini son voyage, ses forces l'abandonnèrent; il dit d'une voix sourde : « M'y voilà enfin! » laissa tomber le bâton qui l'aidait dans sa marche, et resta pendant quelques minutes affaissé, anéanti, presque sans connaissance, au pied du monument triomphal.

C'était ainsi que Thadéus revoyait Berlin, trois ans après son supplice. Il sentit bientôt cependant que le moment était mal choisi pour céder ainsi à l'abattement; son âme si bien trempée se réveilla, et de même que jadis il invoquait le nom de sa fille pour ressaisir son courage prêt à lui échapper, il dit : « Ma mère! » et se releva plein d'ardeur. La force lui était revenue.

Plongeant le regard à travers la colonnade des Propylées, il reconnut la longue et double file des bâtimens qui suit la promenade Sous-les-Tilleuls. Il la reconnut sans la voir distinctement, car la nuit devenait plus obscure de minute en minute; mais l'éclat des lampes et des bougies, qui perçait par intervalles assez rapprochés à travers les rideaux des fenêtres, aida puissamment ses souvenirs.

— Ce doit être là, — dit-il en comptant les lumières d'un hôtel situé à mi-chemin de la promenade. Il reprit son bâton, et marcha vers ce fanal qui luisait à son cœur comme à ses yeux. Le commis de la douane, assis à la porte de son bureau, le regardait d'un air soupçonneux. — Je ne veux rien passer de sujet aux droits, — dit-il en ouvrant son manteau.

Le commis se leva en sifflant, et fouilla lentement les poches de Thadéus.

— C'est bien, — murmura-t-il en se rasseyant.

Et le pendu passa sous la porte de Brandebourg.

L'émotion qu'il avait réprimée afin de se remettre en marche revenait plus saisissante et plus douloureuse à mesure qu'il avançait, presque seul, dans cette avenue toute remuée quelques heures auparavant par ce que Berlin renfermait de femmes coquettes et jolies, de galans fonctionnaires et d'élégans officiers. C'est qu'à chaque pas l'infortuné se rapprochait de plus en plus de sa mère; c'est que l'hôtel où longtemps il avait vécu heureux, aimé de tous les siens, où sa naissance avait été accueillie par des fêtes, sa mort par un deuil qui durait encore, grandissait et se dessinait de plus en plus devant lui; et l'homme sans nom, l'homme sans patrie tremblait d'arriver trop tard, tremblait qu'un dénonciateur vînt lui ouvrir la porte... Car deux tourmens déchiraient ce cœur palpitant d'un double amour : sauver sa mère et vivre pour sa fille! A deux pas de cette maison si chère, toutes les terreurs que Thadéus avait conçues durant sa longue et pénible route se réveillaient poignantes dans son âme. Il touchait au dernier écueil, au plus dangereux de tous, et son imagination ne lui fournissait plus de moyens pour s'y soustraire. Thadéus à Berlin! C'était le navigateur qui n'échappe aux périls d'une navigation périlleuse que pour tomber sous les coups d'une peuplade inhospitalière. Le proscrit voyait clair dans son malheur; mais la voix du devoir, qu'il n'avait fait taire qu'une fois dans sa vie, encore était-ce pour ôter sa fille à une femme inconstante et capricieuse dont l'amour maternel ne lui avait pas été prouvé comme depuis, cette voix qui prévient toujours celle du remords lui dit : « Marche! » Thadéus obéit, et suivit l'avenue des Tilleuls jusqu'à l'endroit qu'il s'était désigné d'avance en s'arrêtant épuisé contre la porte de Brandebourg.

L'hôtel qu'il avait vu si bien illuminé à toutes les fenêtres n'était pas celui de la comtesse de Wurzheim. C'était à la porte voisine que Thadéus devait frapper pour avoir des nouvelles de sa mère. Il vit son erreur, et la sueur qui couvrait ses membres se glaça, ses jambes tremblèrent sous lui, le sang s'arrêta dans ses veines... il crut que sa dernière heure était venue.

C'est qu'en effet le contraste de ces deux maisons si voisines l'une de l'autre avait de quoi l'effrayer et le désespérer. D'un côté la vie animée, bruyante, le tumulte des pas et des voix, des salons éclairés pour une fête; de l'autre, pas une lumière, pas même l'aboiement d'un chien : le silence des tombeaux; et sur les deux battans de la porte ces mots peints en larges lettres noires : *propriété à vendre.*

Il tomba sur un banc de pierre, à la porte, en s'écriant avec un accent farouche :

— Ah!... trop tard!

Il restait là, écrasé sous ce nouveau malheur, sans songer aux heures qui s'écoulaient, sans voir les patrouilles qui passaient en se croisant devant lui et regardaient avec défiance cet homme assis sur le seuil d'une maison sans maîtres, et dans un quartier toujours désert à pareille heure. Il fallut bien du temps à notre héros avant qu'il pût être en état de sentir le danger de sa position. Les patrouilles, qui ne l'avaient pas interrogé d'abord sur ses motifs à rester si longtemps immobile au même endroit, revinrent bientôt sur leurs pas. Elles étaient de nouveau tout près de l'hôtel de Wurzheim, quand Thadéus, commençant à percevoir obscurément le bruit de la marche lente et mesurée des soldats, souleva sa tête appesantie, et vit que deux rondes de nuit, venues de côtés opposés, s'approchaient incessamment du banc de pierre où il était assis. Il comprit que sa sûreté allait dépendre du plus ou moins d'assurance de ses réponses, et rappela comme il put sa présence d'esprit.

— Camarade, — lui dit un des chefs de patrouille, — qui diable attendez-vous là depuis une heure, que vous bougez comme les chevaux de cuivre de la porte de Brandebourg?

— Je me repose, l'ami, — dit Thadéus avec calme.

— Oui-dà! — reprit l'autre. — Savez-vous bien que si

vous n'avez pas de meilleures raisons à nous donner, nous pourrons bien, sans attendre l'ordre de la présidence de police, vous envoyer coucher à la prison de la prévôté? Allons, debout, camarade, et montrez-nous votre passe-port.

— Voilà qui est bien dit, mon brave, — répondit Thadéus en s'efforçant de sourire; — mais depuis quand faut-il un passe-port pour aller de Charlottembourg à Berlin?

— Et qui est-ce qui vous envoie de Charlottembourg à Berlin? — demanda le second des deux caporaux.

Sans hésiter, Thadéus jeta le nom du comte Haack à la curiosité du questionneur.

— C'est vrai... monseigneur le comte a une maison dans la résidence royale, — dit celui qui avait parlé le premier.

— Et sa maison est vis-à-vis le château, — reprit vivement Thadéus, espérant par sa réponse satisfaire suffisamment les hommes de la police armée.

— Et c'est d'après l'ordre de monseigneur le comte de Haack que vous vous tenez depuis si longtemps à cette porte? — observa l'obstiné caporal.

— Non; mais comme j'étais fatigué d'avoir couru de Charlottembourg ici, je me suis mis sur ce banc pour reprendre haleine; et, sans penser à mal, j'ai dormi tout aussi bien que dans mon lit.

— C'est fort compréhensible. Mais où alliez-vous quand vous vous êtes endormi?

— Chez monsieur le docteur Elstein.

— Elstein? — dit le premier caporal; — ah oui! le médecin en chef de la maison de charité

— Et monsieur Elstein demeure?.. — dit l'autre.

— Rue des Chasseurs, — répondit Thadéus.

— Il faut, — continua le premier chef de patrouille, — qu'on n'ait pas souvent besoin de ses services chez monseigneur, car voilà bientôt dix-huit mois que le docteur est déménagé. C'était à peu près dans le temps où la comtesse de Wurzheim... — A ce nom, Thadéus tressaillit. Il regarda l'homme qui parlait, comme s'il eût voulu dévorer ses paroles. — Oui... c'est à peu près quand madame de Wurzheim quitta Berlin pour aller demeurer à Buchholz-le-Français, où la pauvre dame achève tranquillement de mourir, à ce que m'a dit mon cousin Schwidt, qui est cocher dans la maison. Bah! c'est, ma foi! le jour même du départ de madame la comtesse que le docteur s'en est allé se loger de l'autre côté du pont des Chiens, juste sur le marché du Werder, dans l'île Frédéric.

— Au fait, — interrompit le second caporal, — tout cela ne regarde pas cet homme; l'essentiel pour lui est qu'il nous dise pourquoi il ne connaît pas mieux l'adresse du médecin qu'on l'envoie chercher. Mais il pourra expliquer cela demain au subdélégué de police. Il est temps de rentrer au corps de garde : qui de nous deux emmènera le camarade?

Thadéus n'entendit point ces dernières paroles; il était tout entier à ce que l'autre soldat avait dit.

— Mais, — demanda-t-il d'une voix tremblante d'émotion au cousin de Schwidt, — madame la comtesse de Wurzheim existe donc encore?

— A moins qu'elle ne soit morte depuis trois jours que j'ai vu le cousin, — répondit l'obligeant chef de patrouille. — Par exemple, il faut qu'elle soit bien bas, car Schwidt était venu à Berlin pour retenir une place de cocher dans l'administration des drosckkes.

— Encore une fois, te charges-tu du camarade, ou faut-il que je l'emmène? — dit le second caporal impatienté.

Un rayon d'espérance avait lui dans l'âme de Thadéus.

— Elle vivait encore il y a trois jours... — pensa-t-il; — elle n'aura pas pu mourir si tôt... On se rattache à la vie par tous les moyens possibles quand un fils vient à nous, quand il est là tout près, à quelques pas... quand il accourt éperdu de douleur et d'amour pour recueillir notre dernier souffle et nous fermer les yeux. Elle vit : oh oui! elle vit encore. Pourquoi le ciel ajouterait il à mes malheurs celui d'être arrivé trop tard? N'ai-je donc pas assez souffert, grand Dieu! Ce soir... oui, ce soir même, j'irai à Buchholz-le-Français..

Tandis qu'il se parlait ainsi, le voyageur sentit deux soldats le saisir par le collet de son manteau. Leur attouchement lui heurta le cœur comme une secousse électrique. Il revint à lui soudain, et voyant qu'une des deux patrouilles s'éloignait, pendant que le moins bavard des caporaux s'apprêtait à le conduire au corps de garde :

— Eh bien! — dit-il sans laisser voir l'effroi qui l'agitait, — que voulez-vous donc faire de moi?

— Parbleu! camarade, vous mettre en lieu de sûreté.

— Mais je n'ai rien fait. Je ne suis ni un voleur ni un vagabond, ce me semble.

— Vous vous entendrez là-dessus avec le magistrat : cela ne me regarde pas. En attendant, il faut nous suivre... A moins que quelqu'un ne me prouve que vous venez bien de Charlottembourg et que vous avez vraiment affaire au docteur Elstein.

Le chef de ronde venait, sans le vouloir, de fournir à Thadéus le moyen de sortir du cruel embarras où sa douloureuse préoccupation l'avait engagé.

— Qu'à cela ne tienne, — dit le voyageur, — monsieur Elstein lui-même sera ma caution. Il me connaît de longue date, et, bien que nous nous soyons perdus de vue depuis quelques années, je suis sûr qu'il répondra de moi avec plaisir.

— Que ne me disiez-vous cela tout de suite? Nous serions déjà chez le docteur.

Le caporal fit faire demi-tour à gauche, et la patrouille reprit le pas de ronde, en grommelant un peu, car de larges gouttes de pluie commençaient à s'étaler sur le pavé blanc de la rue. Thadéus et son escorte traversèrent le reste de la promenade Sous-les-Tilleuls, la place de l'Opéra, et le *pont des Chiens*, qui n'avait pas encore changé sa vieille et vulgaire dénomination pour celle plus élégante et plus noble de *pont du Château*. Ils allaient arriver au marché du Werder, quand le caporal, fatigué de sa longue course et trempé jusqu'aux os, commanda *halte*.

— Camarade, — dit-il à Thadéus en le regardant avec attention, — vous avez l'air trop sûr de votre affaire, et vous marchez d'un pas trop ferme, pour que je vous soupçonne plus longtemps de mauvaise intention. Il y a encore toute cette longue rue à faire pour arriver chez votre docteur, et la pluie tombe à verse. Vous avez un manteau, je n'en ai pas; prenez donc par ici, moi par là; nous allons mettre nos uniformes à l'abri. Bonsoir.

Thadéus rendit grâce tout bas à la bienheureuse ondée qui refroidissait ainsi le zèle du caporal; car en indiquant son sauveur comme la personne qui pouvait répondre de lui, il avait frémi et s'était demandé si le docteur aurait la force de supporter son aspect avec tranquillité, sans rien dire ou faire qui pût éveiller le soupçon. Débarrassé de cette frayeur, il se garda bien toutefois de laisser voir la joie qu'il éprouvait.

— Pourquoi vous arrêter en si beau chemin? — dit-il; — ne sommes-nous pas tout près de la maison du docteur?

— Oh! il y a loin encore, et ne sentez-vous pas qu'il tombe des arquebuses? Bonsoir, bonsoir, je rentre au corps de garde.

Et la patrouille se remit en marche au pas accéléré.

Au quartier noble et sans bruit que Thadéus venait de parcourir, succéda le tumulte d'une rue commerçante et peuplée comme notre rue Saint-Denis. Toutes les boutiques étaient ouvertes dans l'île Frédéric, ainsi que la plupart des ateliers. Au retentissement cadencé du marteau, aux grincemens de la lime et de la scie, se mêlaient mille cris divers qui perçaient par-dessus le roulement de tonnerre des voitures publiques, le sifflement rapide des équipages armoriés, et la marche lentement criarde des charrettes de jardiniers venues des environs de Berlin pour alimenter le marché du Werder. Le comte de Wurzheim suivit les jardiniers, et arriva bientôt sur la place où il devait trouver la maison de monsieur Elstein. Il chercha d'abord, en essayant de lire les enseignes placées au-dessus des portes; ne le pouvant point, il demanda, et le docteur était si connu dans le quartier que la première personne interrogée par Thadéus lui désigna sur-le-champ la demeure du médecin en chef de la maison de charité.

Là, comme Sous-les-Tilleuls, à l'hôtel voisin de celui de sa mère le voyageur vit les fenêtres scintiller, et se détacher ardentes sur la masse noirâtre qu'elles parsemaient; il entendit des voix qui parlaient haut et qui riaient; il aperçut des ombres aller, venir, repasser encore et se succéder toujours derrière les hautes draperies blanches des croisées; une musique à mesure pressée frappa bientôt son oreille, et les ombres la suivirent en s'agitant et tourbillonnant... Là aussi c'était jour de fête; là aussi régnait la joie.

Le fugitif avait soulevé le marteau de la porte; il allait le laisser retomber avec fracas... Il hésita : ce bruit de bal et de plaisirs lui navrait le cœur. Il reposa donc doucement l'anneau de bronze à tête de lion sur la rosace de fer qui lui servait d'appui.

— Ai-je bien le droit, — se dit-il, — de troubler par ma présence le bonheur de cette famille? Qui sait si mon apparition ne va pas changer en nuit de chagrins et de larmes cette nuit de fête et de jeux? Elstein ne m'attend plus. Si l'émotion que lui causera ma subite arrivée allait être plus forte que sa prudence et nous perdre tous deux! Non; je n'irai point porter mes haillons au milieu de leurs fraîches toilettes; je n'irai pas jeter la vie de mon libérateur et la mienne aux chances d'une démarche hasardée. Je dois faire prévenir le docteur de mon retour à Berlin : s'il craint de se compromettre en me servant de guide, eh bien! j'irai seul à Buchholz, et j'essayerai seul de me faire reconnaître par ma mère.

Satisfait de cette résolution, Thadéus entra dans le cabaret de l'Ange-d'Or. Il s'assit; et, après avoir mouillé ses lèvres dans un verre de Brandebourg-la-Vieille, il écrivit ainsi au docteur :

« Celui qui vous doit la vie est à quelques pas de votre
» maison. Vous savez ce qui le ramène à Berlin. Une
» heure de retard, et le fruit de ses peines sera perdu
» peut-être. Faut-il qu'il vous attende ou qu'il aille seul
» à Buchholz-le-Français? »

Il cacheta ce billet sans signature, et le donna au jeune fils du cabaretier, qui ne fut pas un quart d'heure à lui rapporter la réponse. Il n'y avait que ces deux mots écrits au crayon sur le revers du papier :

« Venez vite.

» LOUISE ELSTEIN. »

Thadéus se rappela l'intéressante demoiselle qu'au temps de sa puissance il avait sauvée des mains de l'infâme Rietz; il essuya une larme d'attendrissement, et se rendit à l'appel de Louise.

La jeune fille, en souliers de satin, des fleurs dans les cheveux, vêtue d'une simple mais gracieuse robe de bal, se tenait sur la porte de la maison. Elle tremblait en attendant l'étranger, non pas de froid, bien que la pluie eût singulièrement rafraîchi le vent du soir, mais de plaisir et de crainte tout ensemble, mais d'une touchante émotion qui la faisait à la fois sourire et pleurer. Mais quand elle vit s'approcher, à la lueur du réverbère qui se balançait sur leurs têtes, cet homme au manteau déchiré, au costume sans nom, avec sa figure flagellée par le malheur et méconnaissable pour tous, elle recula de terreur, et, toute pâle, en joignant les mains, elle se dit :

— Ce n'est pas lui! ce n'est pas le comte!... il n'a pas pu devenir aussi malheureux que cela...

Le pendu s'aperçut bien de l'effet qu'il produisait sur la fille de son ami; il soupira.

— N'ayez pas peur, — dit-il; — c'est moi, c'est Frédéric; — et sa main durcie par le travail alla se poser sur le bras doux et potelé de mademoiselle Elstein. Louise le reconnaissait enfin à sa voix plutôt qu'à ses traits. Elle le regarda un moment sans songer à le faire entrer, tant la surprise et la douleur de le voir en si piteux état absorbaient toutes ses pensées. — N'est-ce pas, — reprit-il, — que j'ai bien mal fait d'interrompre ainsi votre fête? N'est-ce pas que je ferais mieux de me retirer et d'attendre dehors l'ouverture des portes de la ville?

Ces paroles firent monter le rouge au visage de la jolie danseuse; elle saisit et pressa la main calleuse que le proscrit voulait retirer.

— Oh! pardon, pardon, monsieur Frédéric; je ne suis qu'une sotte de vous laisser ainsi dehors! — s'écria-t-elle. — Venez, venez avec moi. — Elle le fit entrer, et ferma la porte. Il la suivit en silence, tenant toujours cette petite main qu'il sentait frémir dans la sienne. Ils montèrent un escalier obscur, et traversèrent un étroit corridor au bout duquel se trouvait le cabinet de monsieur Elstein. Louise poussa la porte du cabinet, qui se referma toute seule sur le couple mystérieux. Quelques tisons achevaient de s'éteindre au fond de l'âtre; la fille du docteur les rapprocha, fit jouer le ressort d'une lampe où la flamme veillait au fond de son tube de tôle; puis, approchant de la cheminée le fauteuil de son père, elle invita le voyageur à s'asseoir. Ensuite elle se mit à l'examiner, curieuse, attentive, avec des larmes dans les yeux. — C'est vrai, mon Dieu! — dit-elle, — que tout à l'heure je ne vous reconnaissais pas... Et puis la surprise... et puis la joie de vous revoir... Je restais là, sur la porte, sans remuer! C'est que, voyez-vous... après avoir reçu votre petit billet, je me figurais vous revoir comme autrefois... Mon Dieu! comme le malheur change. Oh! que vous devez avoir souffert, monsieur Frédéric!... C'est un déguisement, n'est-ce pas, que vous avez là?

— Non, ma bonne demoiselle, — répondit le comte; — ce costume est le seul que ma mauvaise fortune me permette de porter. En effet, la misère de mon habillement, les souffrances écrites en lettres de fer sur mon visage, doivent m'avoir rendu tout autre que je n'étais; et c'est un bonheur pour moi... c'est une sûreté dans cette ville où je connais tant de monde... Mais, je vous le répète, êtes-vous sûre que ma présence chez votre père ne sera point cause de quelque trouble? Je ne devais pas vous importuner dans un jour comme celui-ci.

— Nous importuner! Ah! monsieur Frédéric, vous! Ce jour est l'anniversaire de ma naissance; pouvait-il donc être mieux célébré que par votre retour, à vous notre ami le plus cher, à vous mon frère, qui m'avez sauvée, qui m'avez rendue à mon père?... Voyez-vous, je redeviens gaie, joyeuse, à présent que je suis sûre que c'est vous... Mais chauffez-vous donc... vous êtes tout mouillé, Attendez, que je vous débarrasse de tout cela.

Et, quoi qu'il pût faire pour s'en défendre, la bonne fille, au risque de tacher sa robe de bal, ôtait des épaules de Thadéus son manteau tout lourd de pluie, serrait dans un coin son bâton jaspé de boue, et coiffait, en riant, de son vieux chapeau la tête vénérable d'un Hippocrate, ouvrage de Tieck le statuaire.

Il la regardait faire avec attendrissement : il pensait à Mathilde en admirant Louise.

— La mienne sera comme elle un jour, à vingt ans! — disait-il. Et le bon père soupirait. Cependant la flûte et les deux violons qui composaient l'orchestre du bal continuaient à faire succéder les valses nationales aux contredanses françaises, toujours en vogue malgré la guerre. Thadéus eut regret de priver ainsi mademoiselle Elstein d'un plaisir si vif et si cher à son âge. — Mais .. on vous cherche, mademoiselle, — dit-il. — C'est bien mal à moi de priver si longtemps cette fête de sa reine. Je vous en prie, retournez auprès de vos amies... Je suis parfaitement bien ici pour attendre votre père... Allez, allez, je vous en conjure.

— Comment! — répliqua-t-elle, — m'en aller! vous laisser! Oh! j'ai bien assez de bal pour ce soir : d'ailleurs je dois vous tenir compagnie. Que dirait mon père s'il savait qu'en son absence je n'ai pas mieux reçu monsieur de Wurzheim?

— En son absence! — s'écria Thadéus. — Comment! le docteur n'est pas ici?

— Mon Dieu! non... Il est parti il y a une heure pour Potsdam. On l'a fait appeler auprès de monsieur le grand-veneur, qui est fort malade... Mais demain matin de bonne heure il sera de retour.

— Bien sûr? — demanda l'infortuné.

— Oh! bien sûr... Mais tenez, cela me fait songer que vous avez raison. Il faut que je retourne au salon, rien qu'un moment, pour leur dire adieu à tous : il est l'heure, au fait! Après, je vous apporterai à souper, car vous devez mourir de faim; je vois cela dans vos traits. Je vous ferai un lit sans que la servante le sache, car il faut avant de vous montrer dans cette maison prendre conseil de la prudente amitié de mon père. Adieu... je reviens tout de suite.

En achevant ces mots, elle s'échappa, laissant le voyageur livré à ses pénibles réflexions.

Onze heures sonnèrent que Thadéus était encore seul. Il regarda la pendule avec épouvante.

— Cette heure, — dit-il, — cette heure est peut-être fatale pour moi! A présent ma mère rend peut-être le dernier soupir, et je ne l'aurai pas vue. Malheureux que je suis!

Louise rentra. Elle n'avait plus de fleurs sur la tête; des pantoufles d'hiver remplaçaient sa légère et soyeuse chaussure; elle avait jeté une mante par-dessus sa robe de bal. Elle approcha du feu une petite table ronde, et la couvrit de ce qu'elle avait apporté : une volaille froide, du pain, deux couverts, et une bouteille de vin de France.

— Tenez, — dit-elle à son hôte, — buvez et mangez, et ne craignez plus de me déranger, car je viens de congédier tout le monde. Ainsi nous voilà tête à tête, et, si vous le permettez, je souperai avec vous.

— Vraiment, bonne Louise, c'est trop de soins, trop de peines... Un étranger ne mérite pas tant...

— Un étranger, c'est possible; mais vous êtes mon frère, vous, puisque mon père, dans ses conversations avec moi, ne vous appelle jamais autrement que son fils. Mangez donc! Savez-vous bien que depuis trois ans nous parlons de vous tous les jours. « Où est-il? que fait-il? » voilà nos questions de chaque soir. Et mon père vous écrit au hasard, sans savoir si vous pourrez jamais recevoir ses lettres. Tenez, hier encore, il a prié une personne qui essaye de passer en France pour le compte du gouvernement de se charger d'une lettre pour vous, dans laquelle il vous parlait de madame votre mère...

— Ma mère! — s'écria le voyageur. — Eh bien! après?

Il attendit, les yeux étincelans, les lèvres frémissantes, ce qu'allait répondre la fille de son ami.

Celle-ci fut effrayée de l'agitation qui se peignait dans tous les traits de Frédéric.

— Mais ne tremblez donc pas ainsi, monsieur Frédéric, lui dit-elle. La comtesse va mieux, beaucoup mieux; on espère la sauver : voilà ce que vous mandait mon père.

A ces mots, Thadéus, repoussant son fauteuil avec précipitation, tomba aux genoux de mademoiselle Elstein; il prend ses mains, il les couvre de baisers, il les inonde de larmes.

— Ah! merci... merci, ange du ciel! Tout ce que mon cœur peut concevoir de reconnaissance vous est acquis à jamais pour cette parole consolante. Ma mère existe!... je la reverrai, je la sauverai peut-être!... et c'est de vous que j'apprends tout cela! Oh! oui, vous êtes ma sœur... quelle autre qu'une sœur pleurerait avec moi comme vous le faites!

Louise pleurait en effet. Elle essaya de relever cet excellent fils qui restait agenouillé devant elle. Elle rougissait de le voir ainsi.

— Mon Dieu! monsieur le comte, calmez-vous donc, je vous en supplie. Voyez, moi qui croyais vous faire tant de bien en vous disant cela, voilà que j'augmente encore votre agitation. Maladroite que je suis! J'aurais dû vous apprendre cette nouvelle moins brusquement. Mais relevez-vous donc, monsieur Frédéric!

— Non, Louise, — dit avec enthousiasme le proscrit, le visage radieux d'amour filial, — c'est à genoux que l'on reçoit les faveurs du ciel, c'est à genoux que je dois vous remercier, vous qui m'avez parlé de la part du ciel.

Ainsi cette âme, si forte contre le malheur, se brisait au choc d'une sensation bienheureuse; elle n'avait de puissance que pour souffrir.

Pressé par Louise, Thadéus se releva cependant, et se remit dans le fauteuil du docteur.

— C'est vrai, — disait la pauvre demoiselle. — On prend la main de sa sœur, on la serre de bonne amitié, mais on ne se met pas à genoux comme cela. Savez-vous que j'étais toute tremblante, moi?... Je me serais en allée, vraiment... Voyons, à présent que vous voilà un peu tranquillisé, j'espère que vous aller souper, pour me payer ma bonne nouvelle. Eh bien! — Il n'était plus possible de résister à cette naïve invitation. D'ailleurs, le proscrit, rassuré quant à l'existence de sa mère, devait essayer de réparer ses forces ruinées par la fatigue d'une longue route faite à pied. Il fit ce que voulait la fille du docteur. Plus d'une fois, durant le souper, la bonne demoiselle eut le désir d'interroger Thadéus sur ce qui lui était arrivé depuis leur séparation; elle était curieuse de connaître l'histoire d'un homme extraordinaire à tant de titres : mais la peur de paraître indiscrète arrêta les questions sur ses lèvres, et puis l'heure avancée lui rappela que le voyageur avait besoin de repos. Quand il eut fini de manger, mademoiselle Elstein se leva de table. — A présent, — dit-elle, — il faut dormir, monsieur de Wurzheim. Ici, comme dans la rue des Chasseurs, nous avons une chambre d'ami; la vôtre, il y a trois ans, vous savez? Allez reprendre votre ancienne place. Si le ciel m'exauçait, vous l'occuperiez toutes les nuits. Au fait, pourquoi ne resteriez-vous pas avec nous maintenant? cela ferait tant de plaisir à mon père... et à moi aussi : je puis bien vous dire cela franchement, mon bon Frédéric, — ajouta-t-elle en serrant la main qu'il lui tendait. Un sourire mélancolique fut la seule réponse de Thadéus. Il suivit de nouveau la fille du médecin dans l'étroit et long corridor qui communiquait à presque toutes les pièces de l'appartement de monsieur Elstein. Louise avait pris la lampe; elle ouvrit au proscrit sa chambre, alluma une bougie et lui dit : — Voilà votre lit. Je l'ai fait moi-même; j'espère que vous le trouverez bon. Dormez bien. A demain. J'entendrai revenir mon père; il entrera vous voir aussitôt son arrivée.

Elle le quitta.

Une demi-heure après, Thadéus, endormi, rêvait de sa mère. Quant à Louise, ses émotions de la soirée la tinrent éveillée toute la nuit. Elle venait à peine de s'assoupir lorsque le marteau de la porte, retentissant deux fois, avertit la servante du retour de son maître, et mit fin au court sommeil de la demoiselle. Elle passa une robe à la hâte, tandis qu'on allait ouvrir au docteur.

Monsieur Elstein mettait le pied dans sa chambre quand sa fille, à demi vêtue, se présenta devant lui.

— Est-ce qu'on a dansé jusqu'au jour? — lui dit il tout surpris de la voir debout à pareille heure.

— Non, mon père; avant minuit, tout le monde s'est en allé. Mais je me suis couchée un peu plus tard; et cela ne doit pas vous surprendre; il m'est venu une visite que ni vous ni moi n'espérions plus... Oh! ce n'est pas la peine de chercher : vous ne devineriez pas.

— Une visite à près de minuit? En effet, je ne connais personne qui puisse sonner si tard à ma porte, à moins que ce ne soit pour m'appeler auprès d'un malade...

— Celui-là, mon père, était bien souffrant aussi... Il venait de si loin... il avait couru tant de dangers pour arriver jusqu'ici !...

Monsieur Elstein regarda sa fille. Une larme furtive roula sur sa paupière.

— Dis-tu vrai? — s'écria-t-il d'une voix suffoquée par l'émotion.—Il est de retour, lui ! Tu l'as vu ?... Où est-il ?

— Là,— dit-elle en montrant la chambre d'ami.

Sans en demander davantage, le brave homme se précipita dans cette chambre, haletant de surprise et de bonheur. Thadéus dormait encore. Le docteur s'assit auprès de son lit. Louise se tenait muette à côté de lui.

— Le voilà donc, — dit-il, — le voilà, mon Frédéric... mon enfant... ton frère, ma bonne Louise...! Comme il est changé! comme il a souffert! Pauvre Frédéric, quelle pâleur, que de tristesse dans sa physionomie !... O mon ami, mon fils, te voilà revenu...! car tu es mon fils, toi... je suis ton père, n'est-ce pas, mon brave Frédéric? Vois-tu, Louise, je l'aime comme je t'aime; car il t'a sauvée du déshonneur, car il t'a rendue à moi... et puis c'est ma joie, c'est ma gloire, que tout le monde ignore, dont je suis seul à jouir... c'est la récompense des travaux de toute ma vie; c'est le fruit de ma vieille expérience de quarante années, Louise! Tu te souviens, quand je l'apportai là-bas, tout froid, tout mort dans mes bras, tu te souviens...! Je l'ai fait revivre, moi ! Jamais conquête de la science ne fut plus glorieuse et plus belle... Hélas ! ai-je bien fait? le malheureux ne m'aura-t-il pas maudit souvent de l'avoir ainsi rejeté à cette vie d'amertume et de souffrance?... Oh! pardonne, pardonne-moi, mon fils... Si le peu de jours qui me restent à vivre, et l'on tient à la vie quand on est vieux comme je suis, si ce reste de jours pouvait te sauver une douleur, une larme, mêler un peu de bien à tes maux, je le donnerais avec joie, mon Frédéric !... Paix!... le voilà qui s'éveille... en souriant... il aura passé une bonne nuit, tant mieux!

Thadéus ouvrit les yeux.

— J'ai dormi bien longtemps, — dit-il; et ses regards, troublés d'abord, s'arrêtèrent enfin sur le docteur.— Vous étiez là, et l'on ne m'a pas réveillé !... Ah ! docteur, mon ami, mon père, dites-moi que nous n'irons pas chercher une nouvelle de mort à Buchholz-le-Français !

— Non, mon ami, non... Jouissons sans inquiétude du bonheur de nous revoir. La comtesse de Wurzheim était encore mieux hier que la veille. Je vois son médecin tous les jours : c'est un de mes collègues à la maison de charité, et il ignore trop bien le vif intérêt que je prends à la santé de votre respectable mère pour chercher à me tromper sur son état.—A ces paroles rassurantes succédèrent de tendres embrassemens. Thadéus remercia mille fois son ami de ce qu'il n'avait négligé aucune occasion de lui donner des nouvelles de la comtesse, et le docteur répéta ce que Louise avait dit la veille : — Pas un jour ne s'est passé depuis notre séparation sans que vous ayez été dans nos conversations et dans nos prières.

— A quelle heure partirons-nous pour la maison de ma mère? — demanda Thadéus quand les premières émotions du retour furent calmées.

— Louise, — dit monsieur Elstein, — fais préparer le déjeuner, mon enfant. Aussitôt qu'il sera prêt, tu nous préviendras. Nous partirons immédiatement. — Louise obéit, et revint au bout de quelque minutes frapper à la porte pour annoncer que l'on pouvait se mettre à table. Pendant ce temps, Elstein avait aussi quitté la chambre; il rentra bientôt, portant un paquet. — Vos habits de voyage,— dit-il à Thadéus, — ne sont plus guère de mise pour vous, qui devez tenir à n'être pas remarqué. En voici que vous allez mettre. Nous sommes de même taille, ils vous iront à peu près.

Thadéus fit peu de façons pour accepter ce que lui offrait le docteur : il sentait trop bien l'inconvenance de son accoutrement. Dès qu'il fut habillé, Elstein et lui passèrent dans la salle à manger, où Louise les attendait, après avoir envoyé la servante faire une longue course afin qu'elle ne soupçonnât point la présence d'un étranger dans la maison.

Ce repas du matin parut bien long au proscrit, qui mourait d'impatience de se voir sur la route de Buchholz. Louise, au contraire, se plaignait qu'il durât si peu. A présent que son frère adoptif était reposé, qu'aux haillons de la misère il avait substitué des habits propres et décens, la bonne fille, encouragée d'ailleurs par la présence de son père, se livrait sans réserve au plaisir d'entendre parler cet homme si intéressant, si beau, si noble, objet constant de son admiration et presque de son culte pendant les trois années qui venaient de s'écouler. L'imagination de Louise, échauffée par l'enthousiasme que son père mettait sans cesse à lui peindre Thadéus comme un héros digne des temps antiques, s'était passionnée pour lui à son insu, et le voir comme elle l'avait compris, comme elle l'avait rêvé, lui semblait le bonheur le plus pur, le plus vif qu'elle eût jamais éprouvé. Aussi avec quelle avidité elle l'écoutait raconter ses malheurs et faire un tableau succinct, mais poétique et richement coloré, des événemens que nous avons rapportés dans la première partie de cette histoire ! Comme elle suspendait sa respiration, dans la crainte de perdre une seule de ses paroles ! D'abord, il faut le dire pourtant, elle souffrit à l'entendre avouer son amour pour Clarence; mais peu à peu, comme elle voyait dans le récit du voyageur la comtesse de Vauxbuin marcher à grand pas sur la route du vice, le front de Louise reprit toute sa sérénité, et ce fut avec joie qu'elle accueillit ce serment prononcé d'un ton solennel par Thadéus :

— Bonne ou mauvaise mère, Clarence ne sera toujours à mes yeux que la prostituée du Directoire, la femme de basses intrigues et de supercheries déshonorantes. Aussi, quand elle expierait à force d'amour maternel la soif effrénée de luxe qui l'a perdue et les vices qui l'ont flétrie, même au prix d'un royaume je ne voudrais point lier ma destinée à la sienne.

Un coup de sonnette annonça enfin que la voiture du docteur était à ses ordres. Elstein et Thadéus se levèrent de table.

— Bonne nouvelle ! — leur dit Louise en jetant un manteau de son père sur les épaules du voyageur.

Thadéus la remercia du regard : l'importance de la démarche qu'il allait faire lui ôtait tout pouvoir de répondre autrement au souhait de mademoiselle Elstein.

Ils montèrent en voiture. Le cocher prit le chemin de la porte de Schonhausen; et, tandis qu'il faisait trotter ses chevaux sur la route ferrée et bordée de tilleuls, le docteur continuait d'interroger Thadéus sur sa sortie de France et son voyage à travers les provinces allemandes. Tant qu'il avait été sur les terres de la république, Thadéus s'était servi du passe-port qu'il devait à la générosité du carrier Benoît, et la gendarmerie ne l'avait point inquiété, car il suivait toujours la droite ligne que les autorités communales lui traçaient pour arriver au but indiqué sur ses papiers. A la frontière, il brava audacieusement les douaniers, et deux coups de fusil furent tirés sur lui comme il était déjà hors de la portée des balles. Sa marche sur le territoire étranger fut longue et pénible. C'était au poids de l'or qu'il achetait la discrétion des paysans, chez lesquels il se cachait pendant le jour, car il n'osait marcher que la nuit, et par des chemins éloignés des grandes routes. Souvent il avait manqué de guides, et l'incertitude des sentiers qu'il parcourait l'avait plus d'une fois ramené au point quitté par lui la veille. Il évitait soigneusement les villes et les bourgs trop populeux. Deux fois il s'était vu forcé de disputer sa vie à la maréchaussée saxonne qui le pourchassait. Il ne portait jamais deux jours de suite le même costume : c'était à chaque étape un déguisement nouveau. Il y avait trois mois qu'il était parti de Paris lorsqu'il aperçut les portes de

Magdebourg, et cette forteresse où jadis on l'avait enfermé, d'où il n'était sorti que pour se voir marquer au front par un jugement infâme. Tournant avec horreur les fossés de la ville, et suivant d'étroits sentiers à peine frayés, il était enfin, après deux jours de marche forcée, parvenu à gagner la porte de Brandebourg, et l'ancienne maison de sa mère, où l'attendaient de nouveaux périls que la Providence avait, comme les autres, détournés de sa tête.

Tel fut à peu près le récit du voyageur. Il l'achevait quand monsieur Elstein lui dit :

— Nous y voilà.

Le cocher arrêta ses chevaux. Les deux amis étaient au village de Buchholz-le-Français.

## XV

### RÉVÉLATION.

Le cocher du docteur s'était arrêté à l'entrée de ce village, que l'intolérance du père Lachaise et les dévots scrupules de l'obéissant Louis XIV peuplèrent jadis d'une colonie de Français chassés de leur pays par la révocation de l'édit de Nantes. Les fils des réfugiés furent, comme leurs pères, inscrits à l'état civil des sujets prussiens, et néanmoins, entourés d'Allemands, soumis aux lois de l'Allemagne, parlant l'idiome des Allemands, ils conservèrent les mœurs et les usages français. Le type de la mère patrie reparut toujours, en dépit des efforts nationaux à le couvrir d'une enveloppe étrangère ; on voulut en vain rendre les exilés Prussiens de cœur, comme ils l'étaient de fait et de droit, et le peuple, qui sait toujours donner aux choses leur vraie dénomination, s'obstina si bien à regarder comme français le village habité par la colonie, que les géographes et les autorités elles-mêmes finirent par adopter pour la portion du sol où vivaient les réfugiés le nom de Buchholz-le-Français.

Le docteur était descendu de voiture. Thadéus s'empressait de le suivre, mais son ami l'arrêta comme il mettait déjà le pied hors de la portière.

— Un instant, — dit-il ; — de la prudence, mon cher Frédéric. Nous ne devons pas nous aventurer ainsi tous deux dans une maison où je ne suis pas connu, moi, où vous ne l'êtes que trop pour votre sûreté personnelle. Laissez-moi d'abord sonder le terrain. J'étudierai les visages, je ferai jaser les domestiques, et puis je reviendrai vous dire s'il faut vous présenter sur-le-champ ou bien attendre encore.

— A quoi bon tant de précautions ! — répondit l'impatient Thadéus. — La maladie va plus vite que nos raisonnemens, bon docteur... D'ailleurs, qui me reconnaîtra !

— Vous m'aviez promis, — répliqua Elstein avec chagrin, — de vous abandonner aux conseils de mon expérience... cependant vous avez pour dégager votre parole un motif bien respectable. J'y consens, Frédéric : allons ensemble chez votre mère; mais, songez-y bien, c'est votre conscience, mon ami, qui me répondra de tous les malheurs que cette démarche imprudente peut faire retomber sur nous quatre... oui, sur nous quatre ! car j'ai une fille, et vous en avez une aussi, Frédéric.

— Allez donc seul, puisqu'il le faut, — dit le proscrit, que ces dernières paroles avaient fait tressaillir; et, tout triste, il se rejeta au fond de la voiture. Il vit le docteur traverser la route, longer deux ou trois maisons, et s'arrêter à une grille peinte en vert. C'était là.

Elstein tira l'anneau d'une clochette, qui rendit un son à peine perceptible, car on avait changé le battant de fer pour un battant de bois. A ce bruit, tout léger qu'il fût cependant, une grosse femme toute ronde, qui portait dix ans de moins que son âge, c'est-à-dire cinquante ans, accourut comme elle put, et demanda au docteur s'il n'était pas le notaire qu'on attendait.

— Non, — dit-il, — je suis médecin, ma bonne femme ; et dans la grave position où se trouve madame la comtesse, j'ai pensé que puisqu'elle avait souhaité une consultation, mon ami Büffling me préférerait à tout autre de ses confrères. Veuillez donc annoncer à votre maîtresse le docteur Elstein, médecin en chef de la maison de charité.

— Oh ! que je vous connais bien de nom ! — répondit la vieille servante, en ouvrant précipitamment la grille, et fixant sur le docteur ses petits yeux gris pleins d'émotion. — Je le crois, ma foi ! bien, que vous valez mieux à vous tout seul que le Büffling et toute sa clique ! Ils n'ont jamais pu guérir ma pauvre maîtresse, eux ; pendant que c'est vous, homme du bon Dieu, qui m'avez sauvé Joseph Schropp, le mari de ma fille Marguerite, un brave sujet, n'est-ce pas ? qui travaille encore aujourd'hui, grâce à vous, à la coutellerie de Neustadt-Eberswalde.

— Je ne me le rappelle pas, — dit en souriant le docteur, — nous voyons tant de malades !...

— C'était une pleurésie, mon cher monsieur ! Dire que vous voilà...! Si ce n'est pas comme un coup du ciel ! moi qui disais encore hier à madame : « Ce n'est pas votre Büffling qui vous sauvera ; c'est monsieur Elstein, qui a plus de savoir dans son petit doigt que les autres dans tout leur corps de la Faculté. » Mais elle en a voulu, de son Büffling !

— Ne parlez pas ainsi, ma bonne femme ; notre confrère est un homme de savoir et d'expérience. Il ne faut pas que la reconnaissance que vous croyez me devoir vous rende injuste envers une personne honorable à tous les égards.

— Lui ? ah bien oui ! il n'aurait jamais guéri Joseph Schropp de sa pleurésie, allez ! il l'aurait bien plutôt tué. Pensez donc que voilà tout à l'heure dix-huit mois qu'il traîne ma pauvre maîtresse. Est-ce que ce n'est pas une indignité? Plus souvent qu'il sait ce que c'est que de guérir le monde ! Je ne lui confierais pas un mal d'aventure ; tandis qu'à vous, je vous donnerais ma tête à emporter chez vous ; je suis bien sûre que vous n'en mésuseriez pas. — La gravité du docteur ne put tenir à ce burlesque témoignage de confiance. Il se détourna pour que la vieille femme ne le vît point rire. Dans ce mouvement, son regard rencontra la voiture où Thadéus restait à l'attendre... Aussitôt il reprit son sérieux habituel, et pria la servante enthousiaste de son talent de le conduire auprès de sa maîtresse. Jeanne Thiefs s'empressa de lui montrer le chemin des appartemens, en grommelant tout bas : — Un beau médecin que leur Büffling avec ses potions calmantes ! A la bonne heure, celui-là ; c'est un savant qui connaît son affaire... mais Büffling ! pouah ! Notre maréchal ferrant de Blumberg en sait plus long que lui. — Comme Jeanne Thiefs montait avec le docteur les marches qui conduisaient au vestibule, deux hommes qui venaient de s'arrêter à la grille l'appelèrent. La servante se retourna. — Au diable ! — dit-elle avec humeur. — C'est le Büffling... Faut-il lui ouvrir, monsieur Elstein ?

— Comment donc ! certainement.

— Je vas lui ouvrir... mais tenez bon au moins, vous. Ne permettez pas qu'il lui donne encore de ses petites potions de rien du tout qui la rendent tous les jours plus malade... — Elle fit quelques pas vers la grille, et revint... — D'abord, je vous en préviens, — ajouta-t-elle, — s'il a le dessus, je quitte la maison, moi ! Et Dieu sait si j'aime ma pauvre maîtresse, pourtant...

— Mais ouvrez donc, mademoiselle Thiefs ! — criait Büffling impatienté.

— Oui, crie, crie, animal ! — murmurait Jeanne entre ses dents. — Il est toujours pressé, ce médecin de malheur là !

Tandis qu'elle allait, le plus doucement possible, ouvrir à son ami Büffling, le docteur arrangeait dans sa tête une excuse plausible à donner à ce confrère qui ne l'av it point appelé en consultation, et qui serait en droit de regarder cette visite comme la plus grande injure du monde.

— Comment ! c'est vous, docteur, — lui dit Büffling en l'abordant. — Je ne m'étais donc pas trompé en croyan tout à l'heure reconnaître votre voiture? Et qui vous amène à Buchholz ?

— Monsieur le docteur vient, — dit aussitôt Jeanne, — parce que...

Elstein la regarda. Elle se tut, bien malgré elle pourtant.

— Je suis ici, cher confrère, — répondit le docteur, — parce qu'une personne de ma connaissance m'a chargé d'une importante commission auprès de madame deWurzheim. Mais je voulais attendre votre arrivée avant de me présenter chez la noble malade : vous seul pouvez me dire si elle est en état de s'occuper d'affaires... Dans le cas contraire, je me retirerais.

— La nuit a été mauvaise, mon ami, fort mauvaise... Des spasmes... des suffocations... Cependant la comtesse se trouve assez de forces pour dicter à monsieur le notaire que voici ses dernières dispositions.

Monsieur Elstein fit un geste d'effroi.

—Ainsi, je ne vois pas trop,— continua Büffling,—pourquoi l'entrée de sa chambre vous serait interdite ; au contraire : dans des circonstances aussi critiques, je m'estimerai heureux d'avoir votre avis sur la situation de ma malade et sur le traitement que j'ai cru devoir lui faire suivre. Votre approbation, cher confrère, sera d'un grand prix à mes yeux.

— Ce n'est pas malheureux, — se dit la vieille Thiefs. — Il avoue enfin à son confrère qu'il a travaillé comme un imbécile. Ah ! si madame n'avait eu qu'une pleurésie comme Joseph Schropp, le Büffling n'aurait pas mis les pattes ici.

Monsieur Elstein répondit modestement que ses faibles lumières ne lui donnaient pas le droit d'examiner les prescriptions d'un praticien aussi distingué que son confrère Büffling; mais celui-ci ayant insisté pour que le docteur vît d'abord seul la comtesse, sauf ensuite à consulter avec lui, l'ami de Thadéus, charmé en secret de la tournure franche que prenait son audacieuse démarche, céda enfin aux instances de son collègue, et se laissa conduire par Jeanne Thiefs auprès du lit de madame de Wurzheim. Büffling et le notaire s'assirent pour l'attendre dans un salon voisin.

Au fond de l'alcôve d'une vaste chambre aux noires et antiques boiseries, faiblement éclairée par deux grandes croisées à triples rideaux qui tamisaient la lumière au point de ne la laisser arriver que pâle et tremblante, sur un lit à somptueux baldaquin drapé de velours bleu broché d'or, gisait, épuisée de chagrin et de maladie, une femme de soixante ans à peu près. Un portrait de jeune amazone à cheveux poudrés sous le casque, placé entre les deux fenêtres, disait que jadis cette femme avait été brillante de fraîcheur et d'attraits : elle s'appelait alors Caroline de Sigmaringen, n'avait que dix-huit ans, et chacun à la cour de Frédéric le Grand enviait le bonheur du comte Léopold de Wurzheim qui allait devenir son époux. C'était un triste et douloureux contraste que cette éclatante peinture, si gracieuse, si pleine de vie et de durée, laissant pour ainsi dire tomber un regard de compassion sur le lit de douleur où son modèle achevait de se détruire, en proie aux souffrances les plus vives, déjà glacé par la mort qui étendait sur lui ses sombres ailes.

Au moment où nous parlons, la mère de Thadéus reposait à demi, dans cet affaissement somniforme qui suit un violent accès de fièvre. Sa tête pesait immobile et funèbre sur l'oreiller; ses yeux ouverts, mais fixes, ne voyaient point ; on l'eût dite morte sans la contraction nerveuse qui de temps en temps faisait jouer les muscles de son visage décoloré, de sa main aride et terne qui tombait pendante au bord du lit ; et pourtant l'expression de la plus exquise sensibilité, de la plus ineffable douceur, se lisait encore clairement écrite sur cette figure que le malheur, bien plus que le temps, avait ravagée : on se sentait venir les larmes aux yeux à l'aspect de la pauvre mère tuée lentement du chagrin d'avoir perdu son fils.

Jeanne Thiefs tourna, sans faire de bruit, le bouton doré de la porte, et se rangea pour laisser passer le docteur. Les deux femmes qui gardaient la comtesse se retirèrent sur un signe de Jeanne : celle-ci regarda sa maîtresse, et, se penchant vers monsieur Elstein, elle lui dit en joignant les mains avec l'accent d'un grossier mais sincère désespoir :

— Voilà pourtant ce qu'il fait des créatures du bon Dieu, votre âne de Büffling !... S'il y avait bonne justice en Prusse, on le pendrait comme un chien, voyez-vous !... Me tuer une si bonne maîtresse ! mon Dieu ! mon Dieu !

— A boire ! — dit la malade d'une voix presque éteinte.

La vieille s'approcha du lit, et, s'efforçant de sourire à la comtesse :

— Tout de suite, — dit-elle, — tout de suite, madame la comtesse. Eh bien ! cela va mieux aujourd hui ? vous avez meilleure mine ce matin... Allons, allons ; il n'y a plus que du courage à avoir. — Jeanne prit le gobelet de vermeil, et continua au docteur, en frémissant : — Oui, c'est du courage pour mourir qu'il lui faut... — Elle s'accroupit auprès de la cheminée pour arranger la boisson de sa maîtresse. — Tenez, — dit-elle en se relevant, — goûtez-moi cela, monsieur Elstein. Vous allez bien voir tout de suite comme il nous traite, ce médecin manqué ! ce ne doit pas être bon pour l'estomac, ça ne sent rien.

Le docteur prit une cuillerée de la potion et dit :

— Il n'y avait pas autre chose à lui ordonner, ma bonne femme... c'est absolument ce que j'aurais prescrit moi-même.

La vieille servante regarda Elstein d'un air d'incrédulité.

— Au fait, — murmura-t-elle en remuant le sirop dans la tasse, — vous avez peut-être vos raisons pour parler comme cela. Le proverbe dit : « Les loups ne se mangent pas ; » et, entre confrères, vous ne voulez pas vous faire de tort. A la volonté du ciel ! je vais donner à boire à madame... si elle meurt, ce ne sera pas moi qui en porterai le péché ni la peine. Mais c'est égal, je suis bien sûre que, pour refaire son estomac, vous lui auriez donné quelque chose de plus fort que cela, vous...

La malade commençait à sortir de sa stupeur, et, voyant Jeanne auprès d'elle, d'un bras bien lourd à soulever essaya de saisir le vase que sa vieille Thiefs lui présentait. Jeanne prit l'oreiller pour lui soutenir la tête, et comme la main tremblante de la comtesse voulait vainement approcher le gobelet de ses lèvres, Elstein s'avança pour l'aider. Madame de Wurzheim but lentement, puis rendit la tasse à Jeanne, et, regardant le docteur :

— Ma bonne Thiefs, — dit-elle, — pourquoi ne m'avoir point prévenue plus tôt de l'arrivée de monsieur le notaire ?

— Ce n'est pas lui, madame, — répondit vivement la vieille domestique : — c'est bien mieux que cela, allez ! c'est le fameux docteur Elstein, celui-là qui a sauvé mon gendre Schropp...

— Mon Dieu ! — interrompit la malade avec impatience, — le notaire ne viendra donc pas avant que je meure ! et pourtant j'ai bien des choses à lui dire. Jeanne, va voir s'il est là...

— Oui, madame la comtesse, il est là, — dit le médecin ; — mais ce que j'ai à vous dire est bien important aussi. Si vous saviez ! Enfin il faut que je vous parle avant le notaire... Ainsi...

— C'est cela, — reprit la comtesse ; — on m'obsède, on me tourmente à mon dernier soupir. Ce sont mes neveux Steglitz et Joachimsthal qui m'envoient cet homme pour que je perde la tête... pour que je n'aie plus la force de rien dire au notaire... pour qu'il n'y ait pas de testament, les avides ! Jeanne, chasse-le, chasse-le, je le veux !

cet homme est payé par mes neveux... je les déshérite! je les maudis! ma fortune tout entière pour le monument de mon pauvre Frédéric, et rien... rien au marquis, rien au baron... — Cette irritation si violente à sa dernière heure, ce mouvement de colère si près de la tombe, avaient dépassé les forces de la mourante... Son corps à demi soulevé retomba lourdement, ses yeux se voilèrent, et, d'une voix rauque, la main tendue vers Elstein, elle répéta : — Le notaire! le notaire! Jeanne, chasse-le... entends-tu ?

La vieille servante, effrayée du délire de sa maîtresse, tomba suppliante aux genoux du docteur, que les paroles de madame de Wurzheim avaient terrifié.

— Oh! ne sortez pas! restez là, — lui dit-elle; — il n'y a que vous au monde pour la sauver! ne sortez pas, ne faites pas attention à ce qu'elle dit... Si vous saviez comme ses deux neveux sont à venir voir tous les jours quand leur tante mourra!... Je vous en prie, pour l'amour de Dieu, restez! — La position de monsieur Elstein devenait fort embarrassante : madame de Wurzheim pouvait succomber à sa dangereuse exaltation ; son devoir, à lui médecin, était d'appeler Büffling auprès d'elle... Mais comment lui dire ensuite que Thadéus vivait... comment lui apprendre de combien de joies le ciel avait voulu entourer ses derniers instans? il hésita, le brave homme... Cependant il allait sortir, lorsque Jeanne, qui s'était jetée à ses pieds, se leva pour lui barrer le passage, et du ton le plus résolu : — Vous n'aurez pas le cœur de vous en aller! — s'écria-t-elle.

— Mais comment voulez-vous... dans un pareil état...

— N'en savez-vous pas autant que monsieur Büffling, donc?

Le désir d'instruire la mère de son ami l'emporta. Il se rapprocha du lit, fit respirer des sels à la comtesse, qui rouvrit bientôt les yeux; et comme, en le regardant, sa figure s'animait de nouveau :

— Non, — dit-il avec précipitation en se penchant à l'oreille de la malade; — non, madame, je ne viens pas de la part de vos neveux, je ne les connais pas. Celui qui m'envoie vers vous a des droits sacrés sur votre cœur... ce n'est point un héritier... ce n'est point un parent avide de vous voir mourir... c'est celui que vous pleurez depuis si longtemps... c'est Frédéric!

— Ah oui, — dit amèrement la comtesse. — Eh bien! il est au ciel, n'est-ce pas? il n'a plus longtemps à m'attendre, mon Frédéric... Demain la mère ira rejoindre son fils... Oh oui! demain...

Elstein allait continuer sa pénible révélation. Mais il pensa qu'il y aurait de l'imprudence à livrer ainsi le secret de Thadéus en présence d'une domestique, quelque dévouée qu'elle fût. Il s'approcha davantage de madame de Wurzheim, et, du ton le plus mystérieux :

— Ordonnez à votre servante de s'éloigner, — reprit-il; — les choses que je viens vous dire ne doivent avoir que vous pour les entendre.

Les yeux ternes de la comtesse se fixèrent avec bonté sur le docteur. Elle tendit sa main glacée.

— Pardon, — dit-elle, — pardon. Vous venez me parler de Frédéric et pleurer avec moi sur sa mémoire bien-aimée. Vous étiez donc son ami?... Je vous écoute. Dites, dites bien vite.

Elstein montra du doigt Jeanne Thiefs.

— Je vous le répète, madame la comtesse, la mère seule entendra mes paroles; aucun témoin n'a droit à notre conversation.

Ces derniers mots avaient frappé l'oreille de la servante. Elle s'avança vivement.

— Eh bien! — s'écria-t-elle, — est-ce que Jeanne Thiefs est de trop, par hasard? Après madame la comtesse, je suis sa mère aussi. Qui est-ce qui l'a donc nourri, ce pauvre Fritz? ce n'est pas moi, peut-être! Voyez-vous, monsieur Elstein, si madame en porte le deuil dans son cœur, regardez à mon bonnet, à mon cou : c'est de la dentelle noire, cela. Et encore, quand, avant d'être martyr, il envoya de ses cheveux à sa mère, le pauvre chéri, il y a quelqu'un dans le monde qui avait droit à la moitié du présent; et ce quelqu'un là, c'est Jeanne Thiefs. Tenez! les voilà, ces beaux cheveux : les voilà dans ce cœur d'argent qui ne me quittera pas même quand je mourrai, car je veux que l'on m'enterre avec. Ah! vous avez à parler de lui et vous voulez qu'on me renvoie! demandez plutôt à madame si je n'ai pas le droit de rester là, si Jeanne n'a pas été une bonne mère nourrice pour Fritz... Tenez... tenez... voyez comme je baise ses cheveux... Je les baise et je pleure! preuve que je l'aimais.

La pauvre nourrice ne cessa de parler que lorsque les sanglots lui coupèrent la voix. Ni les signes de tête de la comtesse, ni les interruptions du docteur n'avaient pu arrêter le déluge de paroles qui s'échappaient du cœur gonflé de la bonne femme.

— Hélas! — dit en pleurant madame de Wurzheim, — vous pouvez bien tout dire devant elle, monsieur. Jamais il n'y eut de secrets entre nous pour ce qui regarde mon pauvre enfant... Et d'ailleurs peut-il être encore dangereux de parler de lui... puisqu'il est mort... Noble et malheureux jeune homme!

Elstein allait tout dire... il s'arrêta et prit la main de la nourrice.

— Écoutez, ma bonne femme. Il y va de la vie de plusieurs personnes à répandre le secret que je viens révéler ici. Si une seule de mes paroles passait le seuil de cette porte, voyez-vous! l'échafaud dresserait encore une fois ses bras de fer pour des innocens. Ainsi... jurez devant Dieu que vous ne direz jamais à personne...

La comtesse poussa un cri inarticulé. Elle avait peur.

— Calmez-vous... calmez-vous, madame, — reprit le médecin... — c'est bien à regret que je tiens un pareil langage devant vous... mais si vous saviez!... Jeanne, vous me promettez de vous taire?

— A deux genoux, — répondit la bonne femme, — par la mémoire de mon Fritz...! Dieu! moi faire jamais du tort à un homme comme vous! il faudrait donc n'avoir pas de sang dans les veines!

— Bien, — continua Elstein. — Je n'ai plus maintenant qu'à prier Dieu, madame la comtesse, qu'il vous donne la force de m'écouter jusqu'au bout. Oh! ne tremblez pas ainsi? contenez les battemens de votre cœur... Ce n'est pas un chagrin nouveau que je vous apporte; qui donc aurait l'atroce courage d'augmenter vos douleurs, madame! Oh! non, je suis un messager de paix et de consolation; jamais mission plus douce ne fut donnée à un homme; un ange aurait de quoi l'envier... Du calme donc! c'est la vie que je viens vous rendre; la vie, entendez-vous! la vie aussi pleine de bonheur après cela qu'elle l'a été d'amertume depuis trois ans.

— La vie!... Du bonheur!... Trois ans! — soupira la mère de Thadéus en levant les yeux au ciel et cherchant ses souvenirs. . Mais Frédéric? — ajouta-t-elle avec vivacité, — Frédéric? Parlez-moi donc de lui!

Le docteur tira son mouchoir pour essuyer une larme qui roulait fugitive le long de ses joues; il se recueillit un peu.

— Comment dire cela, — pensait-il, — sans la faire tomber morte de saisissement?

— Pour Dieu! monsieur, — répéta la comtesse, — ne prolongez pas cette terrible incertitude... Que vous a-t-il dit en mourant? De quoi vous a-t-il chargé pour sa mère? Je me souviens à présent... que le jour... ce jour que vous savez... un médecin était allé le voir..... Était-ce vous?

— C'était moi, — dit Elstein avec enthousiasme; — oui, madame, moi pauvre père qu'il avait sauvé du désespoir et de la honte en me rendant ma fille chérie, qu'un misérable voulait déshonorer. J'arrivai près de lui, sans savoir ce que je faisais. J'étais fou de douleur, croyez-le bien; voir mon bienfaiteur, celui qui, sans me connaître, par vertu, s'était fait l'ennemi juré du tout puissant chambellan de Frédéric-Guillaume II ; le voir condamné comme un criminel pour les deux plus belles actions du monde, pour avoir démasqué une infâme et défendu sa reine, notre digne princesse de Darmstadt!... Il était calme et tranquille ; si vous l'aviez vu : c'était un héros, un ange ; il priait pour vous, sa mère ; pour vous aussi sans doute, sa bonne Jeanne. En me voyant, il me salua comme un homme qu'on a peine à reconnaître ; il faisait le bien si généreusement ! Ce n'était pas comme les autres grands du monde, qui vendent leurs services au poids de l'or, madame ! Digne et respectable jeune homme ! — Les deux mères fondaient en larmes. Le docteur fit une pause et reprit : — Je lui dis mon nom, mon désespoir, celui de ma fille, de sa sœur ; car de ce moment, madame, je les avais faits frère et sœur dans mon âme. Je lui appris ce qui m'amenait.

— Quoi donc ? — demandèrent à la fois la comtesse et Jeanne Thiefs.

— Vous allez le savoir. C'était difficile à dire... Enfin il me comprit, et, souriant tristement d'un air de doute! il consentit à me vendre son corps quand les bourreaux l'auraient tué... Vous frémissez... mon récit vous fait horreur... Savez-vous que j'ai la fièvre à vous raconter cela ?... Enfin... le soir vint... ils le prirent dans la prison et le conduisirent... là-bas... J'étais là, moi... J'ai tout vu... Mais, attendez ! Quand ils eurent fini, mon tour vint de le prendre tout insensible, tout glacé comme il était, et de courir le porter chez moi. Je le mis sur mon lit, je dis à ma fille de prier... et puis... et puis... un quart d'heure après, votre fils vivait, madame, votre fils ouvrait les yeux ; il disait : « Ma mère ! » et je m'étais évanoui, moi, à ses pieds, accablé de bonheur... !

— Il vivait ! il vivait! — s'écria madame de Wurzheim en se levant presque de son lit, — il vivait... mon Dieu... Mais ce n'est pas possible ! ce n'est pas vrai!...

— J'ai dit la vérité, — reprit le docteur, que sa révélation avait brisé.

La vieille Jeanne, les yeux fixes, la bouche béante, écoutait sans rien comprendre.

— Ah ! mon Dieu ! mon Dieu ! — répéta la comtesse ; — il vivait !... Et maintenant il est mort ?

— Maintenant il vit comme ce jour-là.

— Monsieur... monsieur... prenez garde!... vous me tuez ! — Et la pauvre mère tomba sans connaissance. Jeanne épouvantée, le docteur presque fâché de ce qu'il venait de dire, se précipitèrent à la fois au lit de la malade ; leurs soins réunis eurent bientôt fait disparaître le spasme qui l'avait saisie. En revenant à elle, la comtesse repoussa Jeanne et Elstein le plus fort qu'elle put de ses deux bras si faibles. — Pourquoi m'avoir réveillée, — dit-elle ; — je rêvais si bien ! Quel beau rêve !... J'avais mon Frédéric à côté de moi : il me parlait, il m'embrassait!... Ah ! méchans que vous êtes...

— Allons, madame, allons, — reprit le docteur, — tranquillisez-vous, ce n'était pas un rêve... Soyez heureuse ; c'est la vérité... votre fils existe, vous allez le revoir ! il va vous parler, vous embrasser encore... Jeanne, venez ici ; donnez à boire à votre maîtresse. Voyons donc! je vous dis qu'il existe, que vous allez le voir : je ne mens jamais, moi!... Bien. Tenez, madame, prenez ceci... Buvez... cela vous calmera... et puis quand vous serez plus tranquille, j'irai vous le chercher, entendez-vous ?... Il est là... tout près... dans ma voiture... il attend que je vous prépare à le voir... Jeanne!... eh bien ! où êtes-vous donc?

Jeanne n'avait pu se contenir plus longtemps. Vive et preste comme à vingt ans, elle descendait l'escalier quatre à quatre. Savoir que son Fritz était là, dans la voiture du docteur, et ne pas aller le chercher! Elle serait morte plutôt ! Elle traversa précipitamment la cour, sans écouter Büffling ni le notaire, qui, lassés d'attendre, lui criaient :

— Est-ce qu'on ne pourra pas voir madame la comtesse aujourd'hui ?

Deux graves personnages parurent à la grille au moment où elle la tirait pour sortir. Elle fronça le sourcil, en reconnaissant le baron de Steglitz et le marquis de Joachimsthal, tous deux neveux de sa maîtresse et ses uniques héritiers.

— Madame est en affaire, — leur dit-elle ; — je ne pense pas qu'elle puisse vous recevoir aujourd'hui. Je lui dirai bien des choses de votre part.

En parlant ainsi, elle les poussait dehors, et voulait fermer la grille après elle ; mais le baron s'avança malgré Jeanne jusqu'au milieu de la cour.

— Nous ne dérangerons pas madame notre tante, — dit-il ; — grâce à Dieu, cette digne parente se trouve assez bien pour s'occuper d'affaires ; mais nous parlerons au docteur Büffling, qui doit être ici, à ce qu'on nous a dit chez lui.

Jeanne allait répondre au baron que le docteur venait de partir, quand celui-ci, mettant la tête à une croisée qui donnait du salon dans la cour, salua les deux neveux de la comtesse. A son grand déplaisir, Jeanne les laissa passer en disant :

— Que ne sont-ils tous deux au fond de la Sprée avec leur docteur Büffling ! cela ferait de jolis goujons à pêcher pour le friturier de Pickelswerder.

Mais elle aperçut au loin la voiture du docteur, et toute sa mauvaise humeur disparut. Comme nous l'avons dit, Jeanne Thiefs était grosse et petite ; elle avait les jambes courtes, et sa jupe tombait jusqu'aux talons. Elle se mit à courir malgré son embonpoint qui ne lui laissait faire que de tout petits pas; on eût dit, à la voir, d'une pièce de bois exactement carrée qui roulait sur la route. Elle ne s'arrêta qu'à la portière de la voiture. Là, ses petits yeux gris s'animèrent et cherchèrent avec avidité à reconnaître l'homme qui se tenait enfoncé dans un coin du coupé en dérobant son visage sous l'ample draperie d'un manteau de voyage. La nourrice eut bien de la peine à retenir un cri de joie ; cependant elle triompha de son émotion, ouvrit la portière, et se précipita dans la voiture.

Thadéus, levant la tête avec surprise, reconnut cette femme qui avait eu tant de soins pour lui.

— Ma bonne Jeanne, — lui dit-il, — te voilà ? Eh bien ! ma mère, comment se trouve-t-elle ?

— Mieux, bien mieux! — reprit la pauvre Jeanne suffoquée par tant de bonheur. — Mais toi, Fritz? car c'est bien toi... Oh ! regarde moi bien en face !... Tiens, il ne passe personne ; que je baise tes mains ; on ne me verra pas. Tu as eu bien du mal, n'est-ce pas ? et ta bonne mère donc! et moi!.... on ferait une rivière, vois-tu, avec ce que nous avons pleuré de larmes depuis trois ans... Cher enfant, va! que j'ai nourri, que j'aimais tant et si bien qu'on me disait : « Ce n'est pas possible ! c'est celui-là qu est votre sang, et non pas l'autre... » Comme ils t'ont fait souffrir, là... à ton pauvre cou! laisse voir, mon Fritz!

— Et en parlant ainsi la bonne femme écartait le manteau et le col de chemise de son enfant. — Oh ! — dit-elle avec horreur, — la marque y est encore ! Il ne faut jamais montrer cela à ta mère, entends-tu? ça la ferait mourir... mais avec moi il n'y a pas de ces secrets-là... Ce n'est pas que je t'aime moins, d'abord ; mais c'est que je suis la plus forte, vois-tu. Laisse, mon fils, que je baise l'endroit où l'on t'a fait tant de mal... C'est là, n'est-ce pas ? Les malheureux, les scélérats, qui n'ont pas eu pitié de mon beau Fritz! Quelle abomination, mon Dieu !

— Ne parlons pas de cela, Jeanne, — dit Thadéus. — c'est passé, c'est fini... Mais, dis-moi... le docteur... ma mère.... est-ce que tu ne va pas me conduire auprès de ma mère?... De la prudence, ma bonne Jeanne... Est-ce qu'on ne t'a pas dit...

— Si fait... si fait... mais qu'est-ce que tu veux qu'une pauvre mère nourrice fasse quand elle a pleuré son enfant qui était mort comme un martyr, et puis que Dieu renvoie la pauvre victime sur la terre!... On a beau vouloir, Fritz, on n'est pas maîtresse d'un premier mouvement... il faut s'accoutumer, vois-tu. A présent que je suis bien sûre que tes yeux me regardent, que c'est ta main qui me touche, je ne tremble plus... je suis forte... je peux te conduire à présent... n'aie pas peur!

— Allons, ma bonne Jeanne, allons, j'ai tant de hâte, si tu savais!

— Viens avec moi, mon Fritz.

Ils descendirent.

Il n'y avait pas à craindre que Thadéus fût reconnu par quelqu'un de la maison de sa mère. Immédiatement après la catastrophe de septembre 1795, madame de Wurzheim, désolée, avait quitté le Brandebourg et supprimé toute sa maison. La seule Jeanne l'avait accompagnée pendant ses voyages, qui durèrent dix-huit mois. La santé de la comtesse devenant plus chancelante de jour en jour, elle était revenue à Berlin, pour aller presque aussitôt s'établir à Buchholz-le-Français; c'était alors qu'elle avait repris quelques domestiques tout à fait inconnus à Thadéus. Quant aux cousins qui se trouvaient en ce moment chez leur tante, deux ou trois rencontres dans le monde, à l'époque où le comte commandait les gardes de la reine, n'avaient point suffi pour graver les traits du proscrit dans leur mémoire d'une manière assez profonde pour être dangereuse.

Instruit de tout cela par sa nourrice, Thadéus traversa donc en toute sécurité la cour et les appartemens qui conduisaient chez sa mère. En passant près du salon, Jeanne entendit les voix bien connues de Büffling, des deux cousins et du notaire, qui commençaient à trouver fort étrange le séjour prolongé du docteur Elstein auprès de la malade.

— Bon! bon! — dit-elle, — qu'ils attendent; nous avons mieux que ces messieurs à recevoir aujourd'hui.

A ces mots, elle ouvrit la porte de la chambre à coucher, se rangea tout contre avec respect, et Thadéus entra.

## XVI

### LE TESTAMENT.

Pendant l'absence de la nourrice, Elstein avait essayé de faire comprendre à madame de Wurzheim la puissance de ses motifs pour tenir inviolablement cachée la résurrection du pendu.

Le docteur était père: effrayé de son propre ouvrage, osant à peine s'avouer à lui-même le crime d'Etat dont il venait de se rendre coupable, obligé de faire disparaître aussi sa fille afin de la dérober aux nouvelles poursuites du chambellan Rietz, son ravisseur, tremblant à la fois pour Thadéus et pour Louise, jamais il n'avait eu la force d'ajouter à tant d'inquiétudes celle de savoir son secret au pouvoir de quelqu'un. Madame de Wurzheim venait de quitter la province; où lui écrire avec la certitude qu'une lettre ne serait ni perdue ni ouverte? Et d'ailleurs comment prouver à la mère l'existence de son fils? Thadéus ne pouvait rester à Berlin, ni même en Prusse; il avait fallu saisir avidement la précieuse occasion de l'émigré Vauxbuin, rappelé dans sa patrie, pour éloigner au plus vite le proscrit de cette terre funeste; et lorsque, dans sa téméraire indiscrétion, le sauveur de Thadéus, tout fier de son œuvre, serait venu s'en faire gloire auprès de madame de Wurzheim, la mère aurait sûrement hoché la tête avec incrédulité, en disant: « Où est-il? faites-le moi voir... sinon je croirai toujours que vous avez voulu vous jouer de ma douleur par une fable absurde. » Ou bien même, en admettant que la comtesse eût ajouté foi tout d'abord au récit du docteur, l'amour d'une mère est quelquefois bavard: mille circonstances pour une pouvaient arracher à madame de Wurzheim une parole révélatrice; et cette parole, innocemment tombée, aurait suffi pour perdre Elstein et sa fille.

La tendresse maternelle de la comtesse n'admit que bien difficilement les raisons du pauvre docteur. Ce ne fut qu'à force d'appels à son propre cœur que la mère de Thadéus parvint à passer sur ce qu'il y avait eu de peu courageux et de barbare pour elle dans ce silence de trois années. Enfin Elstein venait de l'amener presque à dire qu'à sa place elle aurait sans doute fait comme lui, lorsque Thadéus parut.

— Le voilà, — dit le docteur; — n'oubliez pas, madame, qu'il faut de la prudence; qu'il n'est vivant que pour nous trois dans ce pays...

Ces paroles se perdirent; la mère ne les entendit point; elle avait reconnu l'homme qui venait d'entrer accompagné de Jeanne Thiefs.

Il fit trois ou quatre pas dans la chambre, chancelant, éperdu, promenant un regard incertain autour de lui. La mère était folle; elle voulait sortir de son lit; il fallut que le médecin la prît à deux mains pour l'en empêcher. Thadéus s'approcha paisiblement, soutenu par sa nourrice, et, quand il la vit, cette pauvre mère, si pâle et si défaite entre les rideaux sombres qui la rendaient plus triste et plus chétive encore, le torrent de larmes qui lui brisait la poitrine s'échappa tout d'un coup. Il tomba sur ses genoux au bord du lit, immobile, anéanti, sans pouvoir parler, sans pouvoir faire autre chose que pleurer comme un enfant.

Elstein quitta le chevet de la malade, et se tint debout à côté de la porte, spectateur silencieux de cette sublime entrevue; prêt à repousser l'importun, quel qu'il fût, assez hardi pour venir troubler la scène religieuse qui allait se passer. Jeanne s'était jetée sur une chaise, tout étourdie, le cœur gros, et, pour la première fois de sa vie peut-être, réduite à ne pas trouver un seul mot capable de rendre ce qu'elle éprouvait.

Pendant quelques minutes, le médecin et la servante n'entendirent au fond de l'alcôve qu'un murmure saisissant de sanglots, de soupirs et de baisers. Ni la mère ni le fils n'avaient encore pu traduire autrement les délicieuses émotions qui débordaient de tout leur être. Les bras de Thadéus étaient passés autour du cou de sa mère, son visage collé sur le visage de sa mère; oubliant, lui, toute sa vie; elle, toutes ses mortelles douleurs: car la vue de son fils l'avait guérie, cette bonne mère; elle se sentait ranimée, rajeunie; ses mains, tout à l'heure si tremblantes et si froides, s'étaient jetées ardentes autour de son fils, et la faisaient puiser une vie nouvelle dans un ineffable embrassement.

Mais ce muet langage cessa bientôt d'être suffisant au besoin immense d'épanchement qui bouleversait leurs deux cœurs. L'explosion si fort redoutée par le docteur arriva. En dépit des promesses de sang-froid et de tranquillité qu'Elstein avait reçues d'elle; malgré sa résolution bien prise de dévorer ses cris, de comprimer sa joie, d'étouffer son bonheur, de faire en un mot toutes choses impossibles, la comtesse prit la tête de son fils dans ses deux mains, elle écarta les cheveux qui lui couvraient le front, et, d'un effort à la briser, pauvre malade qu'elle était, elle s'écria:

— Mon Frédéric... mon enfant... il est donc vrai qu'ils n'ont pas pu te tuer!... — Sa voix était claire et retentissante à faire pâlir Elstein. Il y avait si près d'eux des gens qui écoutaient peut-être! — Thadéus aussi perdit la mémoire. Les dangers qui l'environnaient, et qui tout à l'heure encore l'effrayaient par leur imminence, ne se montrèrent plus à lui que vagues et douteux comme des rêves; l'idée que sa mère pouvait succomber à la secousse, et que l'on meurt de plaisir comme de peine, ne lui vint point. Affamé de bonheur depuis tant de mois, il s'abandonna sans réflexion à celui qui s'offrait si pur, si vif et si court, hélas! car à peine la mère et le fils avaient eu le temps d'échanger deux ou trois phrases imbues de leur sainte tendresse, lorsque Jeanne, qui était allée faire sentinelle à la porte, revint tout en colère dire que monsieur Büffling et les autres voulaient absolument entrer.—Qu'ils s'en aillent ! qu'ils s'en aillent !... Je ne veux pas les recevoir ; je veux qu'on me laisse mourir tranquille dans les bras de mon enfant ! — dit avec douleur la comtesse que ce triple souvenir de médecin, d'héritiers et de notaire venait de rappeler au sentiment de sa fin prochaine.

Jeanne Thiefs s'empressait d'aller transmettre l'ordre de sa maîtresse : le docteur lui fit signe de rester. Il se rapprocha du lit, prit une main à la mère, une main au fils, et, les joignant dans les siennes :

— Allons, — lui dit-il, — encore un peu de courage. Il faut les recevoir, madame. Songez que voilà deux heures qu'ils attendent, et qu'un plus long retard aurait de quoi leur paraître fort bizarre. Nous pouvons être soupçonnés, votre fils et moi ; prenez-y garde, madame : de la raison... Jeanne, allez dire à ces messieurs que madame la comtesse les recevra dans dix minutes.

Jeanne attendait pour obéir que la comtesse eût dit oui. Celle-ci s'obstinait à refuser. Thadéus la supplia du regard, elle consentit en soupirant. Alors la vieille servante ouvrit la porte, et cria d'un ton de mauvaise humeur :

— Monsieur Büffling, madame sera visible dans un quart d'heure.

— Maintenant, — reprit le docteur, — nous allons nous retirer... et ce soir nous reviendrons.

— Oh non ! non... pas cela ! — s'écria la malade en pleurant ; — Frédéric ne me quittera plus ; il faut qu'il reste là... que je le sache près de moi... Sans cela je mourrais ; et tu ne veux pas que je meure, n'est-ce pas, mon Frédéric ?

A cet appel déchirant de la comtesse, Thadéus répondit en jurant de ne point sortir de la chambre, quoi qu'il pût arriver.

— Mais vous n'y pensez pas, — reprit Elstein. — Comment le pouvez-vous ? à quel titre ? sous quel nom ?

Ils se regardèrent tous quatre et semblaient se dire :

— Comment faire ?

Jeanne trouva la première une idée. Elle s'approcha d'un air mystérieux.

— Il y aurait bien, — dit-elle, — un moyen tout naturel... Mais cela ne se peut pas, vous me direz... C'est peut-être mal aussi de proposer pareille chose à un comte de Wurzheim ?

— Plus bas donc ! — dirent à la fois Elstein et la comtesse.

— Qu'est-ce que c'est, ma bonne ? — demanda Thadéus.

— Ah dame ! je n'ose pas, moi... Pour quelqu'un de si noble, cela n'est guère beau... Il faut que je sois folle pour avoir de ces idées-là...!

— Mais encore ? Dépêche-toi donc ; ces messieurs von venir.

— C'est vrai ! Büffling et sa séquelle ! Eh bien ! tenez, voulez-vous que je vous dise ? il faudrait être ici comme... domestique.

— Domestique ! — s'écria madame de Wurzheim,

— Qu'en dites-vous, Frédéric ? — demanda le docteur que l'idée de Jeanne avait frappé.

— Sans doute, — répondit le proscrit sans hésiter, — et je remercie ma bonne nourrice ; c'est une inspiration du ciel. Rougirais-je de passer pour le domestique de ma mère, moi qui ai servi de valet à des plâtriers ?

On eut de la peine à faire adopter à la comtesse ce singulier moyen de garder son fils dans sa chambre. Elle s'y résigna pourtant.

— Maintenant, — dit-elle, — allez-vous-en, docteur ; et que l'on fasse entrer le notaire. Je suis bien faible, allez !... mais il faut en finir. Je ne veux pas que les Steglitz et les Joachimsthal puissent prétendre à quelque chose : ma fortune n'ira pas à ces avides parens... c'est à toi, Frédéric ; à toi tout entière !

— Hélas ! madame, — dit encore Elstein les yeux pleins de larmes, — il faut que j'arrête une dernière fois l'élan de votre cœur. Votre fils n'existe que pour nous, bonne mère ; vous oubliez toujours cela. Aux yeux du monde, il est mort ; la loi ne le reconnaît plus ; et vous voudriez lui donner votre fortune ! ce n'est pas possible.

— Mon Dieu ! mon Dieu ! — dit-elle avec angoisse, — c'est encore vrai... C'est donc à dire alors que mon fils sera sans pain après moi ? qu'un Wurzheim ira mendier sa vie, tandis que Joachimsthal et son autre cousin lui prendront ses millions, car il s'agit de millions, sachez-le bien... ! Mon Dieu ! mon Dieu !

Et la pauvre malade se tordait les mains avec désespoir. Thadéus fut effrayé de son état.

— Ma mère, ma bonne mère, — lui dit-il, — ne songez point à tout cela, je n'ai besoin de rien. Je suis si heureux de vous voir !... que puis-je regretter ?... Et d'ailleurs vous vivrez, ma mère ; vous vivrez longtemps...

— Longtemps ! — interrompit la comtesse en secouant la tête. — Si tu savais ce que j'ai là ! — elle montrait sa poitrine. — Oh ! il faut que je me hâte... Mais dites-moi donc, docteur, j'y pense... je suis libre, maîtresse de mon bien, je puis en disposer en faveur de qui bon me semble... Vous, monsieur Elstein ; toi, ma bonne Jeanne, vous pourriez vous le partager... Vous sauriez pour qui je vous l'aurais légué, n'est-ce pas ?

Il fallut lui enlever encore cette illusion, lui démontrer l'invalidité flagrante d'un semblable testament, et les suites fâcheuses qui en résulteraient infailliblement pour les trois personnes qu'il aurait favorisées. Son abattement fut extrême en écoutant ces explications que son cerveau malade ne comprenait qu'à demi. Le quart d'heure était presque écoulé : on entendit les deux neveux, le notaire et monsieur Büffling, qui se préparaient enfin à entrer. Elstein prit son chapeau, et se penchant vers la malade :

— Je n'ai plus à vous apprendre, — lui dit-il, — que ma réputation d'honnête homme et la sûreté de Frédéric dépendent de ce dernier sacrifice. Faites donc taire votre cœur, madame ; laissez-moi le soin de pourvoir à l'existence et de veiller sur l'avenir de celui qu'à bon droit aussi j'ose nommer mon fils. Adieu.

A ces mots il sortit. Il rencontra sur le palier son confrère, dont il esquiva les questions en le comblant d'éloges pour le traitement qu'il avait prescrit à la comtesse, en ne variant avec lui que d'un jour sur les pronostics du terme fatal. Ils se séparèrent fort émus tous deux : seulement l'émotion de Büffling avait une source moins tendre et moins noble que celle d'Elstein ; l'idée qu'il allait bientôt perdre son meilleur malade y contribuait presque exclusivement.

Thadéus était donc resté dans la chambre de sa mère comme un domestique mandé depuis longtemps, et que de graves circonstances expliquées par le docteur Elstein, son répondant, avaient mis dans l'impossibilité de se rendre plus tôt à Buchholz-le-Français. Il alla se poster debout dans l'embrasure d'une fenêtre, en face de la comtesse, placé de manière à ce qu'aucun de leurs gestes réciproques ne pût leur échapper. Comme alors il la trouvait différente d'elle-même, le pauvre fils ! Quand il était entré, quand sa mère et lui s'étaient confondus dans une longue et délicieuse étreinte, il n'avait point remarqué les horribles ravages imprimés par la maladie sur cette figure bien-aimée. Rafraîchie, colorée par le bonheur, sa mère lui avait semblé pleine de vie, et la certitude d'être venu assez tôt pour la sauver d'un mortel désespoir avait pénétré son âme de la joie la plus douce. Mais à présent elle était pâle et presque livide déjà ; ses yeux s'éteignaient dans leurs orbites ; elle mourait à chaque instant. Que de courage il fallut à Thadéus pour dévorer ses larmes et jouer le rôle d'un valet nouveau venu qui n'a point encore eu le temps de s'intéresser à son maître !

Les lugubres visiteurs s'assirent en silence auprès de la comtesse. Les deux neveux faisaient fort piteuse contenance : en accomplissant leur devoir d'héritiers, ils avaient peine à dissimuler l'agréable surprise que leur causait l'avancement visible d'un terme qu'ils n'auraient jamais pu la veille considérer comme si prochain. Ils débitèrent deux ou trois lieux communs bien plats, bien stupides, qui faisaient monter le rouge au visage du comte. Le médecin tâta le pouls de madame de Wurzheim; il entreprit de lui prouver qu'elle était beaucoup mieux depuis sa dernière visite, et que sa nouvelle potion avait produit de merveilleux effets. Tout cela était bien glacé en comparaison de ce qui venait de se passer. La comtesse en fit sans doute la réflexion, car elle ne répondit rien ni au docteur ni à ses neveux. A son silence ils comprirent qu'elle désirait être seule. Jeanne ouvrit la porte, ils sortirent, et le marquis de Joachimsthal, en glissant un ducat dans la main de la vieille servante, lui demanda d'un air inquiet ce que faisait là cet homme qu'ils n'avaient jamais vu auparavant.

— Ce n'est pas étonnant, — répondit-elle, — il n'y est que d'aujourd'hui. Quant à ce qu'il fait, demandez-le à votre valet de chambre. Il pourra vous le dire aussi bien que moi. Et puis tenez, voilà votre ducat: je ne prends pas de trente-six mains, moi.

Là-dessus Jeanne tourna brusquement le dos au marquis.

Cependant madame de Wurzheim s'affaiblissait de plus en plus; à chaque minute elle sentait le frisson lui courir par tous les membres; elle entendait une voix secrète et menaçante lui dire de se hâter. D'un ton bref et qui faisait mal, elle invita le notaire à commencer.

Thadéus approcha de l'officier public une table, sur laquelle il posa tout ce qu'il fallait pour écrire; ensuite il alla se remettre dans son embrasure de fenêtre.

Le notaire écrivit le préambule religieux et civil qui devait donner force de loi devant l'Eglise et devant les tribunaux à cet acte des dernières volontés d'une mourante; puis la comtesse dicta péniblement et à longs intervalles. A chaque nouveau paragraphe qu'écrivait le notaire, la pauvre mère sentait le nom de son fils errer sur ses lèvres. Il fallait que Thadéus la suivît et l'encourageât du regard à chaque pas, pour ainsi dire; autrement elle se serait trahie. C'était une rude épreuve pour tous deux; car, malgré lui, le fils pensait à cette fortune qui allait tomber à ses cousins, il y pensait à cause de Mathilde qu'il aurait voulu faire si riche et si heureuse. Enfin la comtesse parvint à nommer ses deux neveux légataires universels, pour part égale, de ses biens: après elle s'arrêta et parut plongée dans une profonde réflexion.

— Vous m'aviez parlé, madame,— dit au bout de quelques instans le notaire qui croyait aider les souvenirs de la testatrice, — d'un monument à ériger à la mémoire de votre illustre fils, l'infortuné capitaine des gardes de la reine mère.

Une lueur passagère se répandit sur le visage de la comtesse. Elle regarda Thadéus avec amour. Les paroles du notaire l'avaient fait frémir, lui!

— Non, monsieur, non!—répliqua madame de Wurzheim, — pas de marbre insignifiant, pas de froide sculpture pour lui... il est là!— elle mit le doigt sur son cœur. — Là, voyez-vous? Voilà le tombeau que les mères érigent à leur enfant... Il vit dans le tien aussi, ma bonne Jeanne, n'est-ce pas?... Non, monsieur, pas de monument; j'aime mieux quelqu'un qui prie pour mon Frédéric. Ecrivez: « Je lègue à Jeanne Thiefs, pour en faire » l'usage qu'elle sait bien et sans qu'on ait le moindre » compte à lui demander, une rente annuelle et perpé- » tuelle de mille ducats de Prusse. — Je lègue à la même » Jeanne Thiefs, en reconnaissance de son dévouement et » comme récompense de ses bons services auprès de ma » personne une pension viagère de deux cents ducats.» — Quelques autres legs moins importans furent confiés à la probité des exécuteurs testamentaires. Ensuite le notaire donna la plume à la comtesse, qui traça lentement les lettres de son nom, et laissa tomber sa tête sur l'oreiller en disant tout bas:—Merci, Seigneur! je te rends grâce, puisque du moins tu m'as permis de mettre mon malheureux enfant à l'abri du besoin.

Thadéus venait de fermer davantage les rideaux de la fenêtre, afin qu'on ne le vît point pleurer.

L'amour maternel avait donné à la comtesse les forces nécessaires pour accomplir jusqu'au bout cet acte important; mais aussitôt après, la nature, épuisée de son dernier effort, rejeta cette pauvre mère dans un état de faiblesse et d'anéantissement d'où elle ne sortit plus. Ce fut d'une voix presque éteinte que la malade ordonna, le soir même de la signature du testament, de congédier les deux ou trois serviteurs qu'elle avait pris chez elle en achetant sa maison de Buchholz. Jeanne fut chargée de dire aux neveux que leur tante ne pouvait plus les recevoir. Toutes les visites, à l'exception de celles des deux médecins, furent supprimées. La nourrice eût bien voulu que cet ordre concernât aussi son ennemi Büffling; mais il fallut qu'elle supportât deux fois par jour la vue de l'homme qu'elle s'obstinait à croire l'auteur des souffrances de sa maîtresse. Monsieur Elstein venait tous les soirs passer une heure avec la mourante et son fils.

Le bon docteur, en arrivant le quatrième jour, fut obligé de sonner à plusieurs reprises avant que quelqu'un vînt lui ouvrir la grille. Il fronça le sourcil, hocha la tête, et se dit:

— Je ne ferai plus, je crois, beaucoup de voyages à Buchholz-le-Français.

Enfin Jeanne Thiefs parut sous le péristyle. La pauvre vieille marchait en tremblant, et des larmes baignaient les rides de ses grosses joues. Sans se parler, Elstein et elle échangèrent un douloureux regard: Jeanne ouvrit la grille, que le docteur repoussa doucement après lui; puis il se découvrit, baissa la tête comme sous le coup d'un sentiment religieux, et suivit silencieusement la nourrice. A la lueur blafarde et tremblotante de deux cierges de cire jaune qui brûlaient à la tête du lit, en troublant, sans la dissiper l'obscurité de cette grande chambre aux volets fermés, le docteur aperçut Thadéus assis sur le bord de la couche mortuaire. Immobile, les yeux fixes et ternes, il tenait une main de sa mère dans les deux siennes, et de temps en temps il la baisait, toute froide et, morte qu'elle fût. Son ami s'approcha sans qu'il le vît, et soulevant avec respect le drap qui couvrait le pâle visage de la défunte:

— Digne femme, — dit-il, — l'ange qui a reçu ton âme n'en portera jamais de plus pure dans le sein du divin Sauveur!

Thadéus entendit ces touchantes paroles; il remercia par un soupir celui qui les avait prononcées, et retomba dans son abattement.

— A quelle heure? — demanda tout bas Elstein à la vieille Thiefs.

— C'est ce matin à neuf heures, mon cher monsieur, qu'elle a fini de nous dire adieu... là...comme cela... de la main et des yeux, avec cet air de bonté qui ne la quittait jamais... Et puis j'ai cru qu'elle voulait parler: je me suis mise tout contre elle... c'était son âme qui s'envolait! je l'ai bien vue, allez! elle était blanche comme la colombe de la sainte arche de Noé... Ah! oui, c'est bien vrai que le bon Dieu n'en a jamais eu de pareille...

— Et lui? — continua le docteur toujours à voix basse.

— Ah! — répondit la nourrice en sanglotant, — c'est vraiment une pitié... Tel vous le voyez, tel il est depuis le triste moment... Pauvre monsieur Frédéric! Est-ce que cela ne vous fend pas le cœur, dites? Regardez-le, tenez! ne penserait-on pas qu'il est mort, lui aussi? Et dire que, si vous étiez venu plus tôt, le malheur ne serait pas arrivé! Ah çà! est-ce qu'on le payera, vôtre Büffling? Je ne demande qu'une chose, c'est qu'on me dise de régler son compte; il sera court et bon, je vous en réponds! chien de médecin, va!

Le docteur se chargea des démarches nécessaires pour faire constater par l'autorité le décès de la comtesse de

Wurzheim; car la vieille Jeanne, tout occupée de pleurer sa maîtresse et de consoler son fils, n'avait pas songé à prévenir le bourguemestre. Une heure après les formalités remplies, le baron de Steglitz et le marquis de Joachimsthal vinrent, suivis de quelques connaissances et parens éloignés, saluer la dépouille mortelle de leur tante, exposée par les soins de Thadéus et de Jeanne sur le lit de parade de la famille; tandis que le prétendu domestique, arraché de la maison à force de prières et de larmes, retournait à Berlin dans la voiture du docteur.

Louise accueillit comme elle le devait un frère si malheureux, c'est-à-dire qu'elle ne lui offrit point de ridicules et cruelles consolations, comme font ceux-là qui disent à un enfant désolé : « A quoi bon gémir? Vos larmes ne la feront point revivre. » Ils pleurèrent ensemble tous trois, et ce concert de douleurs soulagea l'orphelin.

Deux jours après ce triste événement, on vit passer dans la rue de Buchholz-le-Français un cortége funèbre d'une rare magnificence. Tout ce que Berlin renfermait de nobles personnages et de hauts fonctionnaires avait été convié aux funérailles de la comtesse de Wurzheim. Les deux légataires suivaient en pleureuses le char blasonné sur tous les panneaux. Deux cents pauvres, vêtus de noir aux frais des neveux, ouvraient la marche, portant chacun une torche de cire du poids de trois livres, et quatre feld-maréchaux tenaient les coins du drap comme pour l'enterrement d'une reine. Loin, bien loin derrière tout ce monde qui était venu, insoucieux et froid, causer là comme ailleurs de ses affaires et de celles des autres, à grande distance de la dernière voiture de deuil, on voyait marcher deux hommes, les seules personnes qui eussent apporté à cette lugubre cérémonie une sincère affliction et des visages vrais : c'étaient Thadéus et le docteur. Venus au temple longtemps avant la foule, ils restèrent longtemps après elle au cimetière, agenouillés sur le bord de la fosse.

## XVII

### LE MAUSOLÉE.

Jeanne Thiefs avait vu passer le convoi, elle s'était habillée de son mieux pour faire honneur aux restes de sa bonne maîtresse; enfin elle se préparait à rejoindre tout le monde dans le temple du village, lorsqu'un scrupule religieux l'arrêta sur le seuil de l'escalier.

— Büffling est sûrement là, — se dit-elle; — à chaque fois que je lèverai les yeux, il me faudra voir son visage de malheur; mon sang travaillera, la colère me troublera l'esprit, et, au lieu d'une sainte prière, c'est le blasphème qui me viendra sur les lèvres. Allons, allons! il vaut mieux rester à la maison. Dieu m'entendra aussi bien d'ici, et je n'aurai pas ce grand péché à me reprocher dans un pareil jour. — En conséquence de cette résolution, Jeanne rentra dans sa chambre, tira d'une armoire un gros livre à couverture rongée, à coins écornés, qu'elle mit sous son bras; elle prit un sac de nuit préparé depuis la veille, et qui contenait quelques hardes; ensuite la vieille descendit les deux étages de la maison, traversa la petite cour, et alla s'asseoir dehors sur le banc de pierre auprès de la grille. Quand elle eut arrangé son sac sur le banc, elle ouvrit sa Bible et se mit à lire, au livre de Job, comment on apprend à supporter les douleurs que Dieu envoie aux justes. Cependant le corps de madame de Wurzheim était au cimetière. La nombreuse assemblée qui venait de l'y accompagner s'était séparée, et Jeanne ne rentrait pas. C'est qu'au milieu de ces indifférens qu'elle venait de voir repasser devant la maison mortuaire, la nourrice avait vainement cherché des yeux les deux seules personnes qui lui fussent chères: Thadéus et le docteur Elstein. — C'est juste, — se dit-elle après un moment de réflexion; — sa prière, à lui, ne pouvait pas finir sitôt. Les autres n'avaient qu'à remercier Büffling de ce qu'il a si bien tué madame la comtesse; mais le fils, qui n'hérite pas, avait autre chose à demander au bon Dieu pour sa mère... Chien de Büffling! — reprit-elle en chiffonnant un feuillet du livre saint. Son sacrilége l'effraya, et bientôt une larme qui tomba sur la page froissée vint témoigner de son repentir.

Malgré le froid du soir, Jeanne resta sur le banc, continuant, autant que sa vue pouvait le lui permettre, à prendre des leçons de résignation dans l'histoire du patient lépreux de la terre de Hus. Mais enfin l'heure avancée commençait à lui donner de l'inquiétude; elle se disposait à se lever pour aller rôder du côté du cimetière, quand elle reconnut du cœur, bien plus que des yeux, ceux qu'elle attendait depuis si longtemps. Thadéus et le docteur se parlaient à voix basse, et dans une conversation si vivement engagée, qu'ils passèrent devant la maison sans tourner un regard vers Jeanne, qui s'était levée à leur approche. Comme ils continuaient à marcher, la vieille, bien certaine d'avoir reconnu la voix de son enfant, ferma son livre, reprit son sac de nuit, et les suivit en silence; recueillant une à une, avec des émotions diverses, toutes les paroles que les deux amis semaient mystérieusement sur leur chemin.

— Oui, je vous le répète, — disait Elstein, — ce serait une imprudence de partir à présent. Attendez quelques mois encore : nous verrons à faire réaliser le capital de votre rente, à vous faciliter les moyens de rentrer en France, puisqu'il n'est pas possible de vous retenir ici, comme je l'aurais voulu, comme nous avions déjà résolu de vous le proposer, Louise et moi.

— Mon cœur, — répond Thadéus, — apprécie dignement vos généreuses intentions; mais il faut absolument que bientôt j'essaye de revenir à Paris. Ma vie, cher Elstein, n'est plus qu'un long voyage, où je ne dois pas toujours rencontrer un toit hospitalier pour me reposer des fatigues de la marche, une main secourable pour me soutenir au bord des abîmes, une voix amie pour me souhaiter du bonheur sur la route. Tel qu'il est cependant, il faut bien que mon sort s'accomplisse. La mort a marqué ici le terme de mon repos... là-bas mon enfant m'appelle, et si j'ai tenté d'accomplir jusqu'au bout mon devoir de fils, c'est que je savais bien qu'il ne briserait jamais assez mon courage pour me faire oublier mon devoir de père. — En parlant ainsi, ils arrivèrent au bout du village de Buchholz, où la voiture du docteur les attendait depuis deux heures de l'après-midi. Thadéus, surpris d'avoir tant marché, dit avec un ton de reproche : — J'avais un adieu à faire, mon ami, dans la maison de la comtesse de Wurzheim.

— Un adieu? — s'écria Jeanne Thiefs. — Par exemple! mais je n'entends pas cela, voyez-vous! — Les deux amis se retournèrent avec surprise vers la nourrice, et monsieur Elstein, apercevant son sac de nuit, lui demanda où elle allait, ainsi chargée. — Je vais avec vous, — répondit-elle. — Et où donc pourrais-je aller maintenant?... Croyez-vous par hasard que j'aurais le cœur de garder la maison qui est à monsieur le marquis?... les effets qui sont à monsieur le baron? Cela ne se peut pas, monsieur Elstein. A présent qu'il n'y a plus rien là-dedans qui appartienne à ceux que j'aimais, il ne me reste qu'à partir... Voilà mes effets; j'ai voulu les faire voir aux héritiers pour qu'ils sachent bien qu'il n'y a rien à eux dans tout cela : et, puisque je suis libre, je veux suivre partout, je veux servir tous les jours celui que j'ai nourri de mon lait, mon enfant, mon maître; car c'est le vrai maître, celui-là!

Sa tendresse pour Thadéus allait pousser Jeanne à quelque parole dangereuse à dire sur un chemin couvert de monde; et comme ce n'était ni le temps ni le lieu de combattre ses idées, le docteur interrompant Thadéus qui voulait faire sentir à sa vieille amie la fausseté du raisonnement où l'entraînait son bon cœur :

— Eh bien ! ma bonne femme, — dit-il, — montez avec nous en voiture ; vous passerez la nuit chez moi, et demain nous verrons.

La voiture roula rapidement.

Une heure après, le docteur et ses deux compagnons étaient dans l'île Frédéric.

Durant le souper, Elstein prit Jeanne à part, et lui fit entendre que l'intérêt du comte de Wurzheim exigeait qu'elle prît un logement autre part que dans la maison, et même qu'elle s'abstînt de trop fréquentes visites.

— En ce cas, — dit-elle avec chagrin, — je m'en irai loin d'ici ; car, si nous demeurions porte à porte, ce serait plus fort que moi, j'entrerais chez vous sans le vouloir.

Il fut arrêté que, durant les quelques mois que Thadéus devait rester chez le docteur, la nourrice irait loger à Neustadt-Eberswalde, chez son gendre Joseph Schropp. Seulement on lui permit de venir à Berlin tous les quinze jours pour avoir des nouvelles du fils de sa maîtresse.

A deux jours de là Jeanne fit sa première visite. Elle venait d'assister à l'ouverture du testament de la comtesse, où les Steglitz et les Joachimsthal avaient fait une fort laide grimace en apprenant que, outre la pension viagère de deux cents ducats, les légataires devaient encore servir à Jeanne une rente perpétuelle cinq fois plus considérable, et dont elle n'avait point à justifier l'emploi.

Malgré les soins paternels du docteur, en dépit de la touchante amitié de Louise, sans égard pour les prières de Jeanne, qui lui disait à chaque visite : « N'est-ce pas, mon enfant, que tu resteras ici où tu es si bien ? N'est-ce pas que tu ne retourneras jamais dans ton maudit pays de France, où tu n'as jamais eu que du chagrin et des fatigues ? » le proscrit pressait son ami de lui chercher des moyens de retour, et se demandait tous les jours, à toutes les heures :

— Que fait Clarence ?... Comment tient-elle sa promesse de veiller sur ma fille ?

L'échéance du premier semestre de la pension secrète approchait. C'était la seule ressource de Thadéus pour fournir aux frais de son voyage : il fallait attendre un premier payement avant d'essayer la réalisation de cette rente. Aussi le père de Mathilde comptait-il avec impatience les jours, qui s'écoulaient trop lentement pour lui dont la pensée dévorait le temps et l'espace.

Une semaine avant ce terme, Jeanne Thiefs était à Neustadt, auprès de sa fille nouvellement accouchée. Elle donnait à Charlotte des leçons de bonne nourrice, tandis que Joseph Schropp, de retour de sa journée, achevait sur le coin de sa table, métamorphosée en établi de coutelier, la douzaine d'eustaches qu'il avait promise à son voisin le porte-balle, parrain du marmot, lorsque la corde graisseuse qui ouvrait en dehors le pêne de la serrure fut tirée avec force. La porte s'ouvrit, et un étranger, qui ne portait pas le costume de travail des habitans de la colonie de Rulha, mais un bel habit noir, demanda s'il était bien chez la dame Jeanne Thiefs. Sur la réponse affirmative du coutelier, il prit une chaise, s'assit près du poêle de fonte, et attendit tranquillement que la grand'mère eût couché son petit-fils auprès de la convalescente. Jeanne, toute surprise de recevoir la visite d'un inconnu, s'empressa d'en finir avec les soins maternels, et vint se placer devant l'étranger, qui ne s'était pas découvert en entrant.

— C'est moi qui suis celle que vous demandez, — dit-elle à l'inconnu. — Voyons : qu'est-ce qu'il y a pour votre service ?

— Je suis, reprit-il, l'homme d'affaires de monsieur le baron de Steglitz.

— Ah ! — répondit Jeanne. — Eh bien ?

— Une certaine rente de mille ducats...

— Quoi ? Ce n'est que dans huit jours qu'elle échoit. Est-ce que vous apportez déjà l'argent ?

— Je viens, ma chère dame, non pas pour vous donner de l'argent, mais pour m'expliquer avec vous sur l'emploi de la rente.

Jeanne devint rouge et tremblante. L'homme noir répéta ses dernières paroles.

— Eh bien ! oui, — dit Joseph Schropp, sans lever la tête de dessus son ouvrage, — monsieur vient pour savoir ce que vous voulez faire de cet argent-là.

— J'entends bien, — reprit Jeanne, qui s'était un peu remise de son émotion. — Mais ce que j'en veux faire ne regarde personne ; j'ai les ordres de madame la comtesse... Je dois me taire là-dessus. Ainsi, me le demander ou chanter Noël à Pâques, c'est absolument la même chose.

— Cependant les héritiers seraient bien aises de s'assurer comment les dernières volontés de leur noble parente sont exécutées.

— Vraiment ? — répondit Jeanne. — Eh bien ! que les héritiers se gorgent tout leur soûl avec ce qu'ils n'auraient pas eu si l'on m'avait écoutée, mais qu'ils ne viennent pas se mêler de nos affaires... Je vous dis que votre baron et cet autre marquis ne sauront rien, encore une fois.

— Alors, — reprit l'homme noir en se levant, — il est inutile que vous vous dérangiez pour nous apporter votre quittance.

— Et pourquoi donc ? — demanda Jeanne en rougissant de nouveau.

— Pourquoi ? Parce qu'on ne payera pas une rente semblable à une femme comme vous.

La conversation commençait à prendre une tournure suspecte. Joseph Schropp fronçait le sourcil et se préparait à intervenir.

— Ne crois-tu pas que j'ai peur de ce monsieur ? reste là, — lui dit Jeanne. — Nous allons voir s'il ne la payera pas, la rente ! Nous allons savoir si on peut comme cela gruger le bien des autres !

— Vous allez voir et savoir, — répondit tranquillement l'homme d'affaires, — que vous n'aurez pas un florin de ce legs, arraché aux bontés de la comtesse dans un moment où la généreuse dame n'avait plus sa tête ; à moins que vous me prouviez clair comme le jour qu'il n'y a pas eu fraude et dol dans cette affaire.

— Fraude et vol ! — reprirent ensemble le gendre et la belle-mère.

— J'ai dit dol, — répéta l'homme d'affaires.

— Excusez, — murmura Joseph. Et il se remit à l'ouvrage, tandis que les deux parties continuaient leur discussion. Jeanne jura sur Dieu, sur son âme, sur ses enfans, qu'elle remplissait en se taisant les volontés de madame de Wurzheim : elle fortifia ses sermens d'injures pour les héritiers comme pour leur ambassadeur. Celui-ci, de son côté, mit en œuvre prières, conseils, menaces, pour arriver à connaître l'emploi du legs mystérieux : tout fut inutile. En vain le rusé enferme Jeanne dans un cercle inextricable de questions : en vain il lui parla de la puissante position de son maître ; en vain il lui dit que la justice prussienne savait faire avouer des choses que les catholiques romains osaient à peine confier à leurs confesseurs : rien ne put décider la nourrice à trahir le secret de Thadéus.

— Quand on me mettrait à la question, — dit-elle, — on n'en saurait pas davantage. J'ai promis de me taire, je me tairai. Si cela ne vous convient pas, tant pis !

— Sans doute ! — répondit l'envoyé que son peu de succès avait rendu furieux ; — quand on n'a rien de bon à dire, il vaut mieux se taire !.. Mais comme nous sommes persuadés que les intentions de madame de Wurzheim étaient assez grandes et assez nobles pour ne point être secrètes, nous persistons à croire ce que nous avions déjà soupçonné : c'est que vous ne vous taisez si bien qu'afin de vous approprier cette rente. Mais le sénat d'instruction qui protége les véritables héritiers nous fera bonne justice de vos coupables manœuvres. Au revoir.

L'homme d'affaires fit bien de repousser vivement la porte sur lui en sortant, car la galoche à semelle de bois que Jeanne avait prise pour répondre à son insolent adieu l'aurait infailliblement mis au lit pour quinze jours. L'argument de Jeanne Thiefs se brisa contre la porte.

Sans vouloir répondre à sa fille, que cette scène avait fort émue ; sans écouter les scrupules de Joseph, qui trouvait que les héritiers faisaient leur devoir en cherchant à connaître les intentions de la comtesse au sujet d'une aussi forte somme, Jeanne Thiefs mit son bonnet des dimanches, croisa sur son cou sa mante de tartan garnie de velours noir, dit bonsoir à ses enfans, et, malgré l'heure avancée, se mit à l'instant même en route pour Berlin, distant d'environ sept milles de la petite ville de Neustadt.

On finissait de souper comme elle arrivait chez le docteur. Elle avait une mine vraiment inquiétante. On l'accabla de questions... mais, toute hors d'haleine, car elle avait singulièrement hâté le pas, la vieille nourrice fut quelques minutes avant de pouvoir répondre à ses amis. Enfin elle recouvra la parole.

— Il ne s'agit ni de ma fille, ni de mon gendre, ni de leur enfant, — dit-elle. — C'est de mon pauvre Fritz qu'il est question.

Louise et le docteur se regardèrent en pâlissant. Thadéus courba la tête comme pour recevoir le nouveau malheur dont on le menaçait, puis il dit avec résignation :

— Parle, ma bonne Jeanne. C'est un chagrin de plus, n'est-ce pas ? J'y suis habitué, va !

Alors Jeanne raconta tout au long la visite de l'homme d'affaires, sa conversation calme avec lui, et les menaces qu'il lui avait faites.

La nourrice espérait trouver un formidable appui dans le docteur Elstein. Un homme comme lui, qui ressuscitait les morts et qui guérissait si bien les pleurésies, ne devait pas être embarrassé pour forcer des collatéraux de mauvaise foi à respecter les articles du testament de sa maîtresse : voilà comme pensait Jeanne ; aussi sa surprise fut grande quand elle entendit le sauveur de Thadéus lui répliquer :

— Eh bien ! ma bonne femme, que voulez-vous faire à cela ? Si les héritiers plaident, ils gagneront ; car les juges ne voudront pas laisser à votre probité l'emploi d'un legs aussi considérable.

— Ils auraient encore cet argent-là ! Ils voleraient comme cela le bien du fils de la maison ! — répliqua-t-elle indignée.

— Voilà ! — reprit monsieur Elstein, — vous oubliez toujours que le comte de Wurzheim est mort longtemps avant sa mère.

— C'est juste, monsieur le docteur, — répondit Jeanne d'un air confus, regardant autour d'elle avec effroi, car elle tremblait d'en avoir trop dit.

— Mes amis, — dit Thadéus, — cette rente faisait mon unique espoir. C'était sur elle que j'avais bâti mon projet de retour en France. J'avoue que je ne puis en considérer la perte comme une simple perte d'argent... mais, puisqu'il le faut, une consolation me reste du moins : c'est que ma mère, en mourant, n'a pas emporté le regret de me savoir entièrement privé de ressources...

Monsieur Elstein n'osa pas laisser voir tout ce que ce nouvel incident lui donnait d'inquiétudes pour l'avenir de son protégé : il dit même à Jeanne que la sécurité de Frédéric voulait qu'on ne courût pas les chances dangereuses d'un procès. La nourrice était outrée d'entendre un pareil langage ; car elle ne concevait pas que l'on pût abandonner si facilement jusqu'au dernier florin de son patrimoine ; cependant, il lui fallut bien céder aux conseils du docteur, aux volontés de Thadéus, et reprendre au point du jour le chemin de Neustadt. La pauvre vieille était bien triste en revenant ; elle ne se doutait guère que des consolations l'attendaient chez son gendre, dans la personne de maître Jüng, l'avocat en renom du faubourg de Rulha.

Instruit par Joseph Schropp de ce qui s'était passé la veille entre sa belle-mère et l'envoyé du baron, maître Jüng était en train de rassurer la famille sur l'issue du procès dont on avait menacé la nourrice, quand celle-ci ouvrit la porte.

— Mère Thiefs, — lui dit-il du plus loin qu'il l'aperçut, — votre droit est incontestable ! votre cause est superbe ! Je m'en charge, entendez-vous ?

Jeanne resta immobile de joie sur le seuil de la porte, car elle avait fini par se dire :

— Il faut bien que Fritz ait raison de renoncer à la rente, puisque le docteur est de son avis. — Quand elle fut un peu revenue de l'étourdissement où l'avaient jetée les bienheureuses paroles de l'avocat, elle accourut vers lui en s'écriant : — N'est-ce pas que j'aurais tort de leur céder la pension ?

— La céder ! — reprit l'homme de loi ; — mais il n'y a qu'un âne pour perdre un pareil procès ! et, Dieu merci ! je connais mon métier.

Maître Jüng n'avait pas besoin d'étaler ses titres à la confiance de Jeanne. C'était lui qui, depuis trente ans, défendait d'office les causes de la police municipale de Neustadt. Il savait comment on fait renvoyer absous le cabaretier qui a fermé plus tard que le règlement ne permet ; comment on sauve de l'amende la ménagère qui n'a pas crié : Gare ! en jetant son eau de vaisselle par la fenêtre. Enfin il était appelé dans toutes les discussions d'intérêt et de famille ; et presque toujours ses conclusions servaient de texte aux arrêts rendus par le juge, ses décisions se voyaient respectées par les moins accommodans de ses adversaires. Arbitre et conseil de toute la colonie, sa réputation avait franchi les limites de Neustadt ; mais un fleuron manquait à sa couronne : c'était une victoire remportée devant une des cours de justice de la capitale. A cinquante-cinq ans, maître Jüng n'attendait plus, pour déposer la toge et le bonnet carré, qu'une cause juste à défendre au sénat d'instruction de Berlin ; cette cause, la mauvaise foi des héritiers de madame de Wurzheim venait de la remettre en ses mains, et, de peur qu'elle ne lui échappât, il s'était empressé de venir, dès son lever, attendre le retour de Jeanne Thiefs dans la mansarde du coutelier.

Avant même que l'avocat eût achevé de détailler ses moyens de défense, Jeanne, sûre de gagner, lui confia de bon cœur le soin de sauver la dernière et faible portion de l'héritage de Thadéus.

Une lettre en style technique apprit au docteur que Jeanne allait poursuivre les héritiers en payement de la rente des mille ducats.

Docile aux instructions de son avocat, la nourrice, au jour de l'échéance, se présenta chez le baron de Steglitz. Elle fit voir sa quittance, on lui rit au nez ; elle voulut se fâcher, on la mit à la porte. Même démarche et même réception chez le marquis de Joachimsthal. Elle était furieuse, tandis que maître Jüng, qui l'avait accompagnée, se frottait les mains tout joyeux, en disant :

— C'est très bien ! c'est admirable ! laissez-moi faire, maintenant.

En effet, les deux exécuteurs testamentaires reçurent incontinent une assignation à comparaître devant le sénat. Ils comparurent au jour indiqué : Jeanne était radieuse. Le sénat, après avoir entendu les avocats des deux parties dans leurs attaques et leurs défenses réciproques, ordonna la révision du testament, déclara nulle la clause en litige, et la dame Jeanne Thiefs non recevable dans ses prétentions ; de plus, il la condamna aux dépens. Mais, jugeant d'après la déposition du notaire qui avait recueilli les dernières volontés de madame de Wurzheim, le sénat crut faire un acte de haute et sublime justice en ordonnant que le capital de la rente annulée serait consacré par les héritiers à faire, dans le délai de six mois, ériger un monument funéraire à la mémoire de Thadéus Frédéric, dernier comte de Wurzheim, mort à Berlin le 16 septembre 1795.

La bonne femme n'avait pas bien saisi les termes de l'arrêt; elle eut besoin que maître Jüng vînt lui dire tout en sueur, le visage pourpre et la bouche écumante :

— Nous avons perdu !... mais il nous reste notre recours au sénat supérieur des appels.

Ce mais consolateur n'arriva point à l'oreille de Jeanne. D'une rapide enjambée par-dessus le banc des avocats, la nourrice s'était posée en face des juges, confondus de son audace. Là elle voulut parler, elle voulut crier... sa langue s'embarrassa, sa voix s'éteignit; elle devint pâle, rouge, pâle encore, et tomba sans mouvement sur le parquet.

Les huissiers l'emportèrent. Elle gênait, ainsi étendue au milieu du tribunal! Et puis il y avait d'autres causes à appeler.

Grâces aux soins de quelques charitables curieux, Jeanne revint à elle, et, d'une voix chagrine, dit à l'avocat qui abîmait son bonnet de colère :

— Eh bien! maître Jüng, il n'y avait qu'un âne pour perdre ma cause : faut-il que j'aille dire ce que vous êtes à Neustadt-Eberswalde?

— Je triompherai au sénat suprême, — répondit Jüng avec hauteur. — J'ai la conscience de mon talent.

— Je vous le conseille, — reprit la nourrice dépitée. — Il est beau, votre talent! Me faire passer pour une escroqueuse de testamens, c'est quelque chose de propre!

— Est-ce ma faute à moi si vous ne pouvez pas dire...

— Allez-vous-en au diable!

Là-dessus, maître Jüng et sa cliente se séparèrent, fort peu satisfaits l'un de l'autre. L'avocat retourna dans son bourg, et Jeanne vint tristement à la maison du Werder raconter sa mésaventure.

Malgré l'inégalité d'une lutte entre la pauvre Jeanne Thiefs et les puissans légataires de la comtesse, malgré la défiance que devait naturellement inspirer au juge l'obstination de Jeanne à taire le principe et l'emploi du legs contesté, Thadéus n'avait pu se résoudre à considérer comme nécessairement défavorables toutes les chances d'un examen juridique. C'est une chose si pénible que de laisser aller sa dernière ressource! Aussi la mauvaise nouvelle qu'apportait Jeanne fut-elle bien sensible à notre héros; il lui fit répéter toutes les circonstances du jugement, et quand la bonne femme eût dit une seconde fois la remarque échappée à maître Jüng, qu'il restait recours au sénat supérieur des appels, Thadéus regarda ses amis d'un air suppliant, comme pour leur demander d'employer ce dernier moyen.

Jeanne était prête, malgré son échec du matin, à recommencer la guerre; mais Elstein désapprouva complétement une seconde tentative, qui ne devait, selon lui, servir qu'à augmenter le scandale.

— Est-ce qu'il ne répugne pas à votre cœur, — dit-il à Thadéus, — de voir ainsi le nom sacré de votre mère traduit devant la justice? — A ces mots le proscrit se cacha la figure, et murmura en pleurant le nom chéri de sa fille. Le docteur vit bien tout ce que souffrait son malheureux ami; il lui prit la main et continua avec précipitation : — Ce n'était pas un reproche, Frédéric, je vous le jure. Si mes paroles vous ont blessé, pardonnez-moi; car j'ai eu tort de les dire.

— Non, monsieur Elstein, vous avez raison,—répondit le pendu en se levant et se promenant à grands pas dans la chambre. — Cette idée s'est trop exclusivement emparée de moi. Elle me rend ingrat, sec et dur; ingrat envers ma mère; ingrat envers vous, mes amis, qui me comblez de soins et de tendresse, et que pourtant j'aspire tous les jours à quitter pour retourner là-bas. Oh! que je dois vous paraître haïssable! Que je suis égoïste! Une fois déjà, et c'est un affreux remords que j'ai là, au moins! un remords qui me déchire jour et nuit, croyez-le bien, une fois j'ai sacrifié à cet enfant l'honneur et l'existence d'une famille qui m'avait recueilli dans mon malheur... C'est horrible! Tenez, mes amis, laissez-moi aller; ne me gardez pas ainsi au milieu de vous. Ma présence est funeste, mon souffle empoisonne et tue! Laissez-moi aller. Je troublerais votre bonheur aussi; j'appellerais aussi la foudre sur vos têtes... Pour l'amour de vous, renvoyez-moi : laissez-moi partir!

Il s'arrêta devant Elstein et Louise en prononçant ces derniers mots. Sa figure peignait en traits de feu le combat que l'amour paternel et tant d'amers souvenirs se livraient dans son âme. Louise le regardait en pleurant. Jeanne avait envie de gronder monsieur Elstein pour son imprudente observation.

Le docteur se leva à son tour, et, d'un ton pénétré, il essaya de calmer les regrets de son fils adoptif.

— Pourquoi ces sombres pensées? — lui dit-il. — Quel homme fut jamais plus irréprochable que vous? L'événement que vous déplorez est un malheur et non pas une faute. Dieu n'a pas voulu de votre sacrifice à cette époque, et tôt ou tard, ce Dieu, qui nous connaît et nous juge, vous fournira l'occasion de réparer le mal que vous avez innocemment causé. Quant à nous, est-il possible qu'un seul instant, mon ami, la crainte de vous voir apprécier aussi mal vos sentimens et votre situation soit entrée dans votre cœur? C'est à un père que vous demandez pardon d'aimer votre enfant! C'est au père de Louise que vous vous accusez de préférer Mathilde au reste du monde! Ah! mon ami, je serais alors bien coupable, moi aussi; c'est pour ma fille que j'ai eu tant de peur, que j'ai si longtemps hésité à consoler votre mère, à lui dire : « J'ai sauvé le comte de Wurzheim! » Frédéric, voilà sept mois que vous êtes avec nous; je sens, à mon bonheur depuis ce temps, qu'une séparation nouvelle empoisonnerait mes vieux jours; et pourtant, en présence de ma Louise, en présence de votre bonne Jeanne, j'en prends le ciel à témoin, je vous dirais de partir à l'instant même, s'il vous était possible de retourner à Paris avec profit pour votre fille et sans dangers pour vous. Mais, franchement, voulez-vous que j'approuve ce désir insensé de revoir Mathilde uniquement pour la voir? Depuis bientôt trois ans que vous avez rompu avec madame de Vauxbuin, quels ont été vos moyens d'existence, dites-moi? Dans l'obscurité des professions grossières où vous étiez descendu, au dernier échelon de la vie de l'ouvrier, où votre orgueil souffrait continuellement, où vos membres se brisaient de fatigue, où vos forces trahissaient votre courage, vous avez vu mettre vingt fois votre liberté en question; vous avez fui; vous vous êtes caché, n'est-ce pas? Le bonheur de pouvoir quelquefois embrasser votre fille vous consolait de tout cela. Eh bien! vous allez rentrer en France : qu'y ferez-vous? Mathilde est chez sa mère dont la fortune au moins assure son existence; vous la reprendrez, vous l'emporterez avec vous; ce sera votre bonheur, votre joie... mais après? Il faudra la nourrir, ailleurs que dans un grenier, sans doute! autrement qu'avec le pain arrosé de sueurs qui vous suffisait jadis! A quels moyens demanderez-vous donc votre vie et la sienne sans que de nouveaux dangers, plus menaçans, plus nombreux, viennent se croiser sur votre route? On ne joue pas deux fois heureusement avec d'aussi terribles chances; prenez-y garde, Frédéric!...

Monsieur Elstein ne put continuer; sa voix s'altérait, ses yeux se mouillaient. Louise courut l'embrasser en remercîment de ce qu'il venait de dire. Ce fut au cou de Thadéus que Jeanne Thiefs se jeta.

— Il a raison! il a raison, — balbutia la bonne femme. — Il faut que tu nous promettes de rester. Tu travailleras mieux ici pour cette chère enfant... Et puis on aura peut-être de ses nouvelles. — Thadéus secoua la tête d'un air de doute.

— Tu ne crois pas! — continua Jeanne. — Eh bien! veux-tu que j'y aille, moi? Une femme de mon âge, on la laissera passer. Je n'ai pas l'air d'en vouloir à leur république. J'irai, hein? c'est convenu. Tu me diras la route; tu me donneras une lettre pour la maman, qui me laissera voir ce pauvre bijou... Peut-être bien qu'elle me le laissera emporter, seulement! Voyons, Fritz, n'aie pas l'air de me laisser croire que j'ai dit une bêtise. J'irai, ainsi! Dis-moi *oui*, tout de suite; et tu verras si ta vieille Jeanne est encore capable de faire quelque chose pour toi.

La nourrice parlait de ce voyage comme d'une promenade à Buccholz-le-Français. Sur un mot de Thadéus, elle se serait mise en route à l'instant.

— Rester! — dit enfin le proscrit en se frappant sur le front, — rester! Ah! mes amis, si vous saviez ce que c'est à Paris qu'une femme comme Clarence, vous frémiriez encore plus de l'abandon où vous voulez que je laisse ma fille, que de la misère qu'elle souffrirait avec moi.

— Mais, — reprit avec énergie monsieur Elstein, — sera-t-elle moins orpheline, dites; quand on vous aura condamné au supplice des espions?

A cette terrible idée, le père frissonna; le souvenir de ce qui l'avait fait quitter la maison de Simon, le lendemain du vol chez la danseuse, se retourna dans son cœur comme une lame de poignard.

— Eh bien! — murmura-t-il d'une voix étouffée, — que voulez-vous que je fasse?... parlez, mez amis.

Ce fut encore Jeanne qui répondit la première.

— Au fait, — dit-elle, — c'est l'autre qui t'a fait du mal; c'est pour celui-ci que tu as été pendu. Pourquoi donc ne vas-tu pas le trouver? Moi, j'irais tout bonnement, à ta place, lui dire: « Me voilà! »

— Qui donc? A qui? — demanda Thadéus avec impatience, et vivement contrarié de la tournure que prenait la conversation.

— Eh bien, le roi donc! — reprit tranquillement la nourrice.

— Le roi! Tu veux que j'aille trouver le roi? Tu es folle, ma pauvre Jeanne... Vous ne dites rien à cela, mon ami?... Vous non plus, Louise?... Est-ce que par hasard ce serait votre avis?

— Ce que vient vous offrir cette admirable femme, — répondit Louise, — me fera toujours l'écouter avec respect.

— Ceci mérite réflexion, — ajouta le docteur.

— Ceci mérite réflexion, dites-vous! Vous connaissez mal ce monde-là, mon cher Elstein; vous jugez le cœur d'un roi par le vôtre, excellent homme que vous êtes! Cependant réfléchissons, puisque vous le voulez. Je me présenterais donc à Frédéric-Guillaume; je lui dirais: « Sire, j'étais capitaine des gardes de Sa Majesté la reine votre mère. Le parti anti-révolutionnaire, celui dont votre père suivait la politique, n'avait pas de plus ardent ennemi que moi; c'est pour avoir parlé en faveur de la révolution française et contre le désir de votre père d'entrer dans la coalition dont vous faites partie, sire; c'est pour l'amour de ma souveraine, et parce que j'étais venu dénoncer au roi la conduite politique et privée de la comtesse de Lichtenau, cette misérable femme qui vous coudoyait en passant, vous vous en souvenez! qui osait prendre insolemment le pas sur sa reine dans les rues de Berlin; c'est pour cela, sire, que votre père m'a fait saisir, juger, condamner et exécuter. Vous m'aviez cru mort, n'est-ce pas? Eh bien! me voilà. Je demande que vous me reconnaissiez pour le comte de Wurzheim; que vous me rendiez mes honneurs, titres et dignités; que vous repreniez à mes cousins les biens de ma mère qui m'appartiennent; que vous me placiez haut, bien haut, à côté de vous! Car vous êtes roi et vous me devez justice; vous êtes puissant et vous devez gratitude à un ami malheureux. Proclamez donc, sire, que votre père fut un malhonnête homme qui sacrifiait sa famille aux caprices d'une prostituée, un mauvais roi qui ne voyait que par les yeux de ses flatteurs. Réhabilitez ma mémoire aux dépens de la sienne; livrez-moi ses cendres pour que je les foule aux pieds, pour que j'en fasse le piédestal de ma statue... Car, il ne faut pas moins que cela, sire! Si l'injustice fut immense, il faut que la réparation soit immense. » Eh bien! vous m'avez reconnu, vous, mes bons amis, mes seuls amis; vous m'avez ouvert les bras en pleurant, avec bonheur, avec amour; vous avez pâli de joie à mon aspect: le roi pâlirait d'épouvante, lui! il m'écouterait avec froideur et mécontentement, il me repousserait ensuite et me dirait: « Je ne vous connais pas! » Et pour que cette infernale histoire n'eût point de bouche à pouvoir la raconter, il ferait rechercher et prendre votre père, Louise; votre fille, mon ami; vous seriez enfermés tous deux, et votre secret mis sous le sceau des murs de pierre et des portes de fer de Magdebourg ou de Spandaw!

Les deux femmes étaient effrayées. Le docteur cependant conservait sa tranquillité.

— Pourquoi tout cela plutôt qu'autre chose? — dit-il.

— Parce que je connais Frédéric-Guillaume mieux que vous ne le connaîtrez jamais. Parce qu'il est de la nature des princes d'être ingrats, de considérer les hommes comme des instrumens passifs que l'on brise quand ils ont assez servi: et de quoi pourrais-je lui servir, moi? Mes principes politiques, qu'il sait par cœur, ne sont point de son goût: j'aime la révolution française il la déteste; je veux la liberté des peuples, il se trouve trop bien du despotisme pour y renoncer. Et vous voudriez qu'il fît un scandale inouï dans son royaume, qu'il cassât comme infâme un arrêt dont tous les juges sont vivans, qu'il dépouillât ses fidèles Steglitz et Joachimsthal des biens de ma famille, qu'il déshonorât la mémoire d'un père à peine inhumé: tout cela dans le but unique de rendre la vie civile à un homme qui, placé par sa naissance sur les marches du trône, lui serait l'objet le plus incommode que l'on puisse imaginer? Non, mes amis, Frédéric-Guillaume a trop de bon sens pour agir ainsi; il aimera mieux me renier, c'est plus simple et moins bruyant. Si à l'époque de mon arrestation il n'eût point secrètement applaudi au sort qui m'attendait, ne lui était-il point possible de tenter quelque chose en ma faveur? Les portes de Magdebourg étaient-elles donc si bien fermées que la voix du prince royal ne pût les faire ouvrir? Non, mes amis; déjà il ne m'aimait plus, déjà il me traitait de rêveur et de brouillon. Il me reniait, vous dis-je! et si je m'avisais de m'en plaindre, savez-vous ce qui m'arriverait? Traité de fou, comme tant d'autres malheureux dont abonde notre histoire, j'irais dans une prison gémir toute ma vie sur une démarche, qui serait bien au reste, la plus grande des folies.

— Vous le jugez bien sévèrement, — reprit Elstein. — J'ai peine à croire qu'il soit tel que vous le dépeignez.

— Qu'importe, au surplus! — dit avec vivacité le proscrit. — Quand il me serait clairement démontré aujourd'hui que je me trompe à son égard, ma résolution ne changerait point. Je ne veux pas aller à lui. Mort au monde le 16 septembre 1795, j'ai commencé une vie nouvelle; cette vie ne doit avoir rien de commun avec l'autre. L'homme de 1799 ne connaît point l'homme de 1795; il a juré de se fonder une existence à lui, sans le secours des puissances de la terre, sans autre aide que celle de Dieu. Cest un rêve, c'est une chimère, c'est tout ce que vous voudrez; mais c'est un plan irrévocablement fixé, que j'accomplirai à mes risques et périls. Ma fille me soutiendra. Maintenant, mes amis, je me rends à vos instances; je resterai parmi vous jusqu'à des temps meilleurs: Dieu veuille que Mathilde n'ait jamais à me le reprocher!

Ils s'embrassèrent tous quatre.

— C'est vrai, — s'écria Jeanne, — il faut le laisser faire. Il en sait plus long que nous. Ah çà! je partirai demain, moi. Je m'en vais à Neustadt dire adieu à Marguerite et à Joseph, et demain matin de bonne heure, je viendrai chercher vos commissions.

— Quoi, vraiment! — dit Thadéus, — tu veux aller en France, à ton âge? Tant de fatigues sont au-dessus de tes forces, ma bonne nourrice.

— Laisse-moi donc tranquille! A mon âge! Ne dirait-on pas que j'ai cent ans, par exemple! Je veux y aller, moi! Adieu, adieu. A demain.

Et, de peur de nouvelles représentations, Jeanne sortit en courant.

Pendant l'absence de la bonne femme, Elstein fit part à

Thadéus des projets que Louise et lui avaient conçus pour son avenir.

— A compter de ce jour, — dit-il, — devenez mon élève, je supposerai que vous m'avez été envoyé de Bavière, et nous vous appellerons Frédéric Miller. Je suis vieux, j'ai besoin d'un jeune bras et d'une jeune tête qui m'aide et m'accompagne dans mes travaux. Vous me succéderez, mon ami ; et cette profession honorable, où je m'engage à vous guider, vous ouvrira le chemin de Paris, quand une victoire aura contraint la république française à nous offrir la paix.

Thadéus consentit.

Le lendemain matin, au point du jour, la ponctuelle Jeanne Thiefs, solidement chaussée d'une lourde paire de souliers d'homme, vêtue de ses gros habits de tous les jours afin de ne point user son beau costume des dimanches, qu'elle portait sur l'épaule attaché à une bretelle de cuir, vint prendre congé de la famille. Elle sauta de joie en apprenant que Thadéus était enfin devenu raisonnable ; elle opposa son visage riant aux témoignages d'inquiétude et d'admiration dont ses trois amis la comblèrent.

— Bah! bah ! — dit-elle. — Y a-t-il de quoi se chagriner donc, parce que je vais voir du pays et embrasser la fille de mon Fritz? D'ailleurs, qu'est-ce que vous voulez qu'on fasse à une pauvre vieille qui ne sait demander qu'une chose en français : *Paris?*

Pendant le déjeuner, monsieur Elstein fit à l'héroïque voyageuse son itinéraire, et Thadéus écrivit une lettre pour madame de Vauxbuin. Ensuite ils se dirent adieu, et Jeanne, un morceau de pain dans une poche, une gourde d'eau-de-vie dans l'autre, prit gaiement le chemin de la France.

Près de six mois s'étaient écoulés depuis son départ ; on touchait à la fin de janvier 1800, lorsque les cloches de l'église catholique de Saint-Edwige firent entendre un glas funèbre. A ce lugubre signal, les portes s'ouvrirent et laissèrent voir, dans la nef tendue de noir, à la lueur de mille cierges, un superbe mausolée qu'une foule immense entourait. Sur les quatre faces de ce monument, d'une architecture imposante de noblesse et de simplicité, les armoiries d'une illustre maison se mêlaient à des emblèmes militaires. Au sommet, deux figures de femmes en marbre blanc, délicieusement sculptées par le célèbre Tieck, écrivaient en pleurant sur un bouclier noir ces mots en lettres d'or : « *A la mémoire de très haut et très puissant Thadéus-Frédéric comte de Wurzheim, décédé à Berlin le* 16 *septembre* 1795. » Les cousins du défunt, jaloux de prouver combien le souvenir de leur infortuné parent était profond dans leurs cœurs, assistaient, vêtus de deuil et d'un air triste, à cette inauguration qui leur coûtait vingt mille ducats. Autour du tombeau vide, les prêtres de Saint-Edwige récitaient les prières des morts que de lugubres symphonies accompagnaient, exécutées par la musique du régiment dont le baron de Steglitz était colonel. Aucun fonctionnaire, aucun membre de la maison du roi ne paraissait, revêtu d'un caractère officiel, à cette cérémonie, qui du reste avait attiré tant de monde que le principal acteur de la scène, curieux de se voir si richement enterré, eut beaucoup de peine à trouver place dans un coin de l'église.

## XVIII

### SEIZE ANS.

En partant pour son long voyage, la courageuse nourrice avait dit à ses amis de Berlin : « J'arriverai à Paris avant les froids. » Cependant les froids étaient venus que Jeanne Thiefs, les yeux gonflés, le nez rouge, le menton glacé et les mains engourdies par l'onglée qui lui brûlait les doigts, traînait encore la semelle de ses gros souliers d'homme sur des chemins inconnus.

C'est qu'elle avait eu besoin de bien des jours pour gagner à pied Dusseldorf, où, d'après l'itinéraire tracé par le prudent docteur Elstein, elle devait prendre la voiture publique, qui suivait le cours du Rhin jusqu'à Coblentz. Là, elle s'était embarquée sur l'un de ces grands et rares trains venus de Neuwied, la ville des flotteurs, et qui ne pouvait remonter la Moselle vers Trèves qu'à l'aide de plusieurs centaines de vigoureux rameurs.

Il fallut vingt-cinq jours à l'île voyageuse pour arriver en vue de l'ancienne capitale de la Première Belgique, et, durant ces vingt-cinq jours, Jeanne, sans joie au milieu de la bruyante population qui l'environnait, sans admiration pour le mouvant tableau qui se déroulait lentement devant elle, s'isolait de ses nombreux compagnons de route, et laissait passer sur les deux rives du fleuve, montagnes boisées, villages éclairés par un doux soleil, bourgades perdues dans la brume, vastes plaines où campaient des myriades de soldats, hautes et vertes collines où, de chaque côté, scintillait le soir la lumière des tentes de deux armées d'observation. Elle regardait tout sans rien voir, tant elle éprouvait d'impatience en comptant les heures qui s'écoulaient si lentement! Machinalement attentive au bruit mesuré des rames, Jeanne restait assise à l'un des bouts de l'immense flottage, ne s'informant d'autre chose que du jour présumable de son arrivée à Trèves. Elle demandait encore « Quand donc y serons-nous ? » lorsque le pilote signala les débris du pont détruit par les Français en 1792. Les voyageurs mirent pied à terre, et Jeanne Thiefs commença de nouveau à marcher par les petits chemins, afin d'éviter la rencontre des troupes qui se croisaient en changeant de cantonnement.

Bien que les environs des frontières fussent gardés par une armée de douaniers renforcée de nombreuses compagnies de gendarmes, la Prussienne passa l'Alzette et entra sur le territoire de la république française sans que quelqu'un vînt lui demander compte de sa témérité

Ceux qui l'aperçurent crurent voir en elle une de ces paysannes de la campagne de Frisange, comme il en venait journellement à Longwy pour acheter des vases de cailloutage, et qui même pénétraient dans le pays jusqu'à Longuyon quand elles avaient à faire emplette de quelque outil de labour. Enfin, quoi qu'il en fût, hasard ou bonheur, Jeanne était à sa seconde journée de marche en France, et déjà fort embarrassée, car elle n'entendait plus parler autour d'elle la langue de son pays.

La bonne femme regardait à droite, à gauche ; et, soit qu'elle aperçût une route de belle apparence, soit qu'elle vît une de ces jolies maisons de campagne dont la façade riante semblait vous dire « N'est-ce pas qu'on est heureux de demeurer ici ? » Jeanne suivait cette route, avançait vers la maisonnette, et, au premier voyageur qui passait, à la première figure humaine qui se présentait aux fenêtres, elle disait le plus poliment du monde :

— *Guten morgen, mein herr ; wie viel meilen ist Paris von hier?*

Souvent le voyageur lui riait au nez ; quelquefois celui qu'elle interrogeait ainsi d'en bas, la prenant pour une mendiante, fermait sa fenêtre en lui disant : « On ne peut rien vous faire, la vieille. » Tous cependant ne se moquaient pas de la pauvre étrangère ou ne la repoussaient pas faute d'entendre son langage ; et quand le bonheur voulait qu'elle rencontrât sur son chemin une brave campagnarde qui ne fût pas sourde comme la grosse fermière de Rouvroy-sur-Othain, ou tombée en enfance comme la grand'mère du maître d'école de Gouraincourt, on lui disait du geste de ne pas quitter le pavé, et de suivre la droite avec lui quand elle rencontrerait l'autre route qui descendait à Metz en tournant à gauche Ce fut ainsi qu'elle arriva d'Etain à Verdun.

Dans cette dernière ville, le costume brandebourgeois de Jeanne n'était plus de mise, et sa monnaie prussienne n'avait plus cours. Comme elle allait de cabaret en auberge offrant ses florins de Silésie et ses ducats d'Empire, que les marchands repoussaient en répétant l'un après l'autre ces terribles paroles : « *Nein!* pas bonne, » elle finit par entrer dans la maison d'une espèce de banquier non patenté, juif polyglotte qui faisait commerce de rogner tous les écus de la chrétienté et de voler son prochain dans toutes les langues. Il rendit le service à l'étrangère de lui expliquer comme quoi la valeur de cent écus de Prusse ne pouvait s'échanger que contre une soixantaine de francs, en pièces d'argent à l'Hercule et en décimes au bonnet phrygien. Jeanne reçut cette somme avec reconnaissance, et le juif, qui au fond avait une âme sensible, touché de l'embarras de la voyageuse, lui procura une place dans la diligence de Châlons, si bien que les villes et les bourgades recommencèrent à marcher devant elle; mais, cette fois, avec une telle rapidité, que Jeanne se croyait encore dans le carrosse armorié de la comtesse de Wurzheim.

Jusque-là elle n'avait connu du voyage que son ennui et ses fatigues accablantes; mais quand il lui fallut un soir répondre à des gendarmes qui la rencontrèrent cherchant son chemin dans la forêt de Saint-Martin-d'Ablois, alors la peur lui vint, car ils avaient un air menaçant et faisaient mine de vouloir jouer du sabre contre la pauvre femme qui ne savait dire que : « *Mein Gott! mein Gott! ist's moglich!* » Jeanne se croyait à son dernier quart d'heure. Elle offrit son argent; on ne lui prit que sa gourde d'eau-de-vie : encore l'un des gendarmes eut-il l'obligeance de la conduire un peu durement sans doute, mais enfin de la conduire, jusqu'au bord de la route et de lui dire : « Par là! » en lui montrant le chemin de Château-Thierry.

Remise de sa frayeur, elle reprit courage, enveloppa ses pieds meurtris, et bientôt rit gaiement au froid qui lui gerçait le visage, car un cabaretier de Dormans lui avait dit, dans l'idiome de son pays, qu'elle pouvait atteindre Paris en deux bonnes journées de marche. Jeanne touchait de trop près au but pour ne pas s'empresser de l'atteindre; le souvenir du chemin qu'elle avait déjà fait semblait lui donner de nouvelles forces pour celui qui lui restait à faire. Elle ne s'arrêta que le temps nécessaire pour prendre de légers repas; et le second jour n'était pas encore fini que la nourrice de Thadéus saluait d'un regard de bonheur le vieux donjon de Vincennes, en se disant : « Paris est là. »

Ce fut pour Jeanne une longue et difficile recherche que celle de la demeure de madame de Vauxbuin, dans cette grande et tumultueuse cité où l'on ne se connaît pas porte à porte, où le plus ancien habitant s'égare souvent dans des quartiers inconnus. Elle marcha, elle marcha, donnant à lire la suscription de la lettre de Thadéus, et traversa des rues désertes, puis des places où le peuple bruissait et faisait foule à l'assourdir, à la rendre folle. Enfin, tant bien que mal, guidé presque par l'instinct, après une course dont elle ne prévoyait pas le terme, Jeanne arriva sur le quai Voltaire; et ce n'était plus là que logeait la mère de Mathilde. Le portier, après avoir examiné la lettre, prit sa casquette, mit sa veste, et se décida à servir de guide à l'étrangère.

Une demi-heure après, Clarence avait des nouvelles de Thadéus; et Jeanne Thiefs, pleurant de joie et d'émotion, assise auprès du berceau de la petite fille, soulevait de temps en temps le léger rideau de mousseline, la regardait avec des yeux de mère, et s'écriait dans son ivresse : « *Welchez freud! Welchez glüct!* »

Il nous reste peu de chose à dire du voyage de Jeanne à Paris. La comtesse de Vauxbuin, plutôt surprise que touchée du souvenir de son amant, permit froidement à la nourrice de rester quelques semaines auprès de Mathilde. Elle ne craignait pas l'indiscrétion de cette femme : personne de ses gens n'entendait l'allemand, Et quand Jeanne disait dans son langage tudesque, en regardant la petite fille : « Comme elle ressemble à son père ! » on riait des folies de l'étrangère, mais on ne la comprenait pas. Le séjour de Jeanne dura deux mois, pendant lesquels Clarence vint à peine cinq ou six fois passer quelques instans auprès de sa fille. La nourrice remarqua si bien cette espèce d'indifférence, qu'au moment de partir elle fut prête à demander la permission d'emporter avec elle l'enfant, qui l'aimait déjà parce qu'elle savait la faire rire aux éclats par ses naïves singeries de bonne nourrice; mais Jeanne ne pouvant exprimer clairement son désir, il fallut bien laisser là cette jolie Mathilde qui riait en l'embrassant, tandis que la bonne Thiefs pleurait comme on pleure à l'heure d'une séparation éternelle.

Clarence, non plus protégée par les chefs du gouvernement républicain, mais toujours en faveur auprès des autorités subalternes, qu'elle recevait à ses tables de jeu de la rue de Paradis, Clarence, disons-nous, facilita à Jeanne Thiefs les moyens de retourner dans son pays. Portée en quelques jours aux frontières, elle traversa encore une fois hardiment les doubles lignes de douaniers; et, de même qu'à son arrivée, ceux qui la virent passer ne songèrent pas à s'informer auprès d'elle, bonne vieille paysanne, du motif qui la faisait ainsi établir des communications entre deux pays dont les habitans ne conversaient ensemble que par la voix du canon.

Parvenue sur les terres de la confédération germanique, il ne lui fallut plus que plusieurs jours de voyage pour arriver à Berlin. Enfin elle retrouva le marché du Werder, la porte du docteur, et bientôt elle fut au milieu de la famille Elstein, qui la reçut comme on pouvait recevoir la courageuse femme qui n'avait pas craint de braver les fatigues et les périls pour porter à un enfant le baiser d'amour de son père.

Jeanne tira de son fichu un petit paquet soigneusement garni d'une triple enveloppe.

— Tiens, Fritz, — dit-elle en souriant; — sois heureux! voici pour toi.

Thadéus défit le paquet : c'était le portrait de sa fille. Clarence avait eu cette délicate attention, cette sublime pensée de mère. Combien il la remercia du fond du cœur, en baignant de larmes, en couvrant de baisers l'image de sa jolie Mathilde ! Il fit voir le portrait à Elstein, à Louise ; et ce fut en rougissant de plaisir qu'il entendit ces éloges si flatteurs pour sa vanité de père : « Qu'elle est gentille ! comme elle lui ressemble ! »

— Il faut qu'ils aient un fier talent, — observait la nourrice ; — car, figurez-vous que ce petit brimborion-là, c'est vrai comme si on lui avait coupé la tête, quoi !

— Ah! me voilà du bonheur pour longtemps ! — dit-il.

Mais bientôt son front se rembrunit. Clarence avait écrit quelques lignes sur une des enveloppes du portrait, et ces lignes étaient froides, contraintes, désolantes à lire.

« Il est inutile, — disait la comtesse en finissant, — de
» charger à l'avenir quelqu'un d'une mission aussi dan-
» gereuse. Les moyens de correspondance que vous me
» proposez sont impraticables. D'ailleurs, vous n'avez rien
» à craindre pour votre Mathilde, le cœur de sa mère lui
» suffira. »

— Dieu le veuille ! — dit avec un soupir le proscrit en repliant ce billet glacial.— Un jour viendra, Clarence, où j'irai savoir comment tu entends ce dernier mot.

Ce jour fut bien lent à venir !

En 1802, la république, à force de victoires, avait épuisé les ressources des rois et fatigué l'obéissance des peuples. Le premier consul Bonaparte donnait fièrement la paix à l'Europe frémissante ; l'Angleterre elle-même, à bout de ses trames et de ses ruses, ne trouvant plus dans sa politique délabrée, dans ses trésors ruinés, de quoi résister à la révolution, envoyait humblement son ambassadeur saluer le futur empereur. La France ouvrait avec orgueil ses portes à l'étranger; elle lui disait dans sa joie :

« Viens voir comme je suis forte et triomphante! viens voir mon Louvre si riche de tes dépouilles, le palais de mes vétérans si bien tapissé de tes drapeaux! viens apprendre comme c'est une absurde entreprise que de vouloir me vaincre, moi la reine des nations! » Et tous accouraient à l'envi porter le tribut volontaire ou forcé, sincère ou menteur, de leurs vœux et de leurs hommages.

Thadéus allait venir à Paris, le cœur lui battait d'impatience et d'amour, quand une lettre venue de France l'arrêta dans ses préparatifs de voyage. Cette lettre, cachetée de noir, renfermait ce qui suit :

« Monsieur et ami,

» Maintenant que les chemins vous sont ouverts, je ne » doute pas que vous ne vous empressiez de revenir en » France; je crains même que ma lettre n'arrive trop tard » pour vous trouver encore à Berlin. Hélas! par combien » de ménagemens ne devais-je pas chercher à diminuer » d'amertume la nouvelle que j'ai à vous apprendre!... » Mais, vous le savez, monsieur et ami, la douleur n'est » point ingénieuse; une pauvre femme désolée ne sait » point trouver de détours salutaires quand il s'agit pour » elle de dire à celui qu'elle a tant aimé : Pleurez avec » moi la perte d'un être chéri!... »

» Trois mois se sont écoulés déjà depuis qu'une mère » inconsolable s'agenouille sur le tombeau de l'ange qui » faisait toute sa joie. La petite vérole m'a enlevé pres- » que subitement ma chère Mathilde. Dieu fut bien cruel » de me l'ôter ainsi! Après cette perte irréparable, mon- » sieur et ami, je n'ai pas voulu habiter plus longtemps » la maison où ma fille était morte. Tout le monde à Pa- » ris ignore la retraite que je me suis choisie pour déplo- » rer en silence l'isolement funeste où la mort m'a » laissée. Oui, je veux désormais vivre seule et loin du » monde, et vous-même ne saurez jamais en quels lieux » la pauvre Clarence s'est reléguée; ne cherchez donc » pas à découvrir ma demeure, car elle est et sera tou- » jours un secret pour ceux qui m'ont connue.

» Maintenant que j'ai rempli envers vous cette tâche » douloureuse, il ne me reste plus qu'à faire des vœux » pour votre bonheur. Le mien est au nombre des choses » impossibles. Une pensée peut seule adoucir l'amertume » de mes regrets, c'est le souvenir des soins que j'ai don- » nés à cet ange. S'il eût suffi, pour sauver Mathilde, de » tous les efforts, de tous les sacrifices dont un cœur ma- » ternel est capable, j'ose le dire avec orgueil, mon en- » fant existerait encore.

» Adieu, monsieur et ami; adieu pour toujours... car » nous ne devons plus nous rencontrer désormais.

» CLARENCE DE V***. »

Lorsque cette lettre arriva, le docteur et sa fille étaient présens. Thadéus eut le courage de la lire tout entière en la traduisant sans s'interrompre. L'altération de sa voix trahissait seule les terribles émotions que cette lecture faisait naître en lui. Quand il eut fini, le malheureux père resta immobile. Il était vaincu! l'étonnante puissance de caractère qui l'avait rendu tant de fois maître du destin s'enfuyait de lui; il tombait de toute sa hauteur sous cette infortune incommensurable; ses facultés intellectuelles se taisaient dans son cerveau; il n'aurait eu même ni la volonté ni la force de maudire Dieu qui le terrassait ainsi. Hébété, stupide, la lettre de Clarence dans une main, pressant de l'autre son front brûlant, il ne vit point la douleur et l'effroi qui convulsionnaient le visage de ses amis; il ne les entendit point l'appeler par son nom; il ne sentit point qu'ils le tiraient par son habit; il marcha jusqu'à la porte, en faisant des zigzags comme un homme ivre: il monta l'escalier de sa chambre, et, quand la porte fut ouverte, Elstein et Louise, qui le suivaient, ne purent l'empêcher de se laisser aller, comme une masse inerte, la face contre terre.

On le mit dans son lit, car il avait perdu connaissance.

Pendant plus d'un mois on craignit pour sa vie. Sa raison avait cédé à ce coup imprévu. Il délirait... il était fou. Chaque jour, aux heures où le fièvre venait le saisir, l'infortuné, prenant Louise pour Clarence, Elstein pour Simon, remettait en scène sa vie passée, retrouvait ses poignantes émotions de Bagnolet et de Belleville, avec la joie folle d'un père qui vient de voler sa fille, avec le remords déchirant de l'ami qui a laissé perdre son ami. La pauvre Jeanne, qui veillait nuit et jour en pleurant à côté de lui, il l'appelait Madeleine; il la priait de lui pardonner et d'être tranquille :

— J'arriverai, j'arriverai, — disait-il. — Nous avons le temps, d'ici à deux heures! C'est que, voyez-vous, elle est là-bas... il faut que j'y aille pour l'empêcher de vendre ma fille. — Il disait tout cela en français; car il se croyait bien en France, et tout le reste avait disparu de sa mémoire; de sorte que sa vieille nourrice, si désolée de le voir en pareil état, n'avait pas même la consolation d'entendre ce qu'il lui disait. Et quand il devenait plus calme, quand la fièvre avait laissé tomber le cercle ardent qui lui brûlait le cerveau, alors il pleurait; et se plaignant des soins que lui prodiguaient ses amis: — Oh! ne m'empêchez pas de mourir! — s'écriait-il; — qu'ai-je à faire de la vie maintenant? Jadis j'avais une patrie à servir, une mère à consoler, un enfant à élever : patrie, mère, enfant... j'ai tout perdu!... Pourquoi donc vouloir me sauver? Non, docteur; il est temps que je retourne où vous auriez dû me laisser... vous savez? A moi le tombeau, à moi! car je n'ai plus d'espoir qu'en lui, et ma tâche ici-bas est finie.

— Hier au soir, vous parliez de Simon et de Madeleine, — disait Elstein avec douceur.

Cette réponse faisait taire le malade; il regardait en soupirant son vieil ami, tournait la tête du côté de la muraille, et se condamnait à vivre.

Une seconde fois, Elstein fut le sauveur de cet homme.

A peine entré en convalescence, Thadéus se remit à l'étude avec ardeur. Il lui fallait une idée fixe pour soutenir son courage, pour remonter l'énergie de ses facultés: celle qui, pendant sa maladie, était venue imposer silence à son désespoir, ne le quitta plus. « Il faut que j'acquière une fortune à force de talent, — se dit-il, — pour l'offrir un jour en expiation aux malheureux que ma faiblesse de père a plongés dans l'infamie. »

Le docteur admirait les progrès de cet élève dont la vaste intelligence saisissait les difficultés de la science avec une rapidité inouïe. Déjà le nom de l'étudiant Frédéric Miller retentissait, plein d'éclat, dans la maison de charité; déjà les nombreux clients du médecin en chef accueillaient avec faveur et considération l'ami, le successeur futur de monsieur Elstein; car c'était sous cette double dénomination si flatteuse que le docteur se faisait accompagner par le proscrit. Alors, grâce aux dix années écoulées depuis sa disparition du monde, grâce aux rides prématurées que le malheur avait creusées sur son visage, Thadéus pouvait hardiment se présenter partout sans avoir à craindre une dangereuse reconnaissance.

Cependant l'horizon politique s'assombrissait de nouveau. Blessées dans leur orgueil de famille, en voyant l'homme qu'elles traitent avec mépris de soldat parvenu s'entourer d'une éblouissante auréole, et s'affermir tous les jours davantage sur le premier trône de l'Europe, les puissances du Nord déchiraient perfidement les traités que naguères elles avaient acceptés comme des bienfaits dignes d'une éternelle reconnaissance; et, par leurs secrets armemens, par leurs immenses levées d'hommes, forçaient Napoléon à se distraire de ses hautes pensées administratives pour ressaisir la glorieuse épée de Bonaparte.

La nation française se serait levée tout entière. Mais l'empereur, réglant sans l'affaiblir ce noble enthousiasme, prend avec lui sa vieille armée. Il marche sur la Prusse, qui, poussée par l'Angleterre et la Russie, a violé sa neutralité. Les portes de Berlin tombent devant lui à la première bataille. La politique tortueuse de Frédéric-Guillaume III reçut une terrible leçon : on oublia que, guidés par son père, les Prussiens avaient envahi la Champagne ; la colonne de Rosbach ne se dressa plus pour proclamer insolemment une de nos vieilles défaites ; la cour s'enfuit à Kœnigsberg, et le roi lui-même, chassé de Magdebourg, vint chercher un asile dans cette capitale abandonnée.

Aux approches de l'ennemi, Elstein, subjugué par les prières de son élève, avait consenti à lui faire suivre l'armée en qualité d'aide chirurgien. Cette séparation, nécessaire à l'avancement de Frédéric Miller, n'avait point eu lieu sans chagrin de part et d'autre. Louise avait pleuré sur son frère, Jeanne sur son fils, comme s'il n'eût jamais dû revenir : enfin il s'était éloigné couvert de baisers et de bénédictions.

La protection du docteur avait rendu facile son admission dans le corps des officiers de santé. Il fut reçu avec distinction. Bientôt les combats de Schleitz et de Saafeld, la défaite d'Iéna, et toutes celles qui vinrent ensuite, depuis Auerstaedt jusqu'à la prise de Halle, virent Frédéric Miller, calme et froid au milieu du plus affreux carnage, veiller, seul bien souvent, aux ambulances qu'une trop brusque retraite avait fait déserter, aller prendre jusque sous le feu du canon de pauvres jeunes soldats de dix-huit ans qui appelaient leur mère en tombant mitraillés. Ce fut lui qu'un jour Napoléon rencontra sur le champ de bataille, où cette fois pas un Prussien n'était resté debout. L'aide chirurgien, agenouillé dans le sang, sa boîte brisée par un éclat d'obus, n'ayant pour le servir qu'un vieil invalide, jadis fait sergent par le grand Frédéric, et qui n'avait plus monté depuis, ne vit pas l'empereur s'approcher : les monceaux de blessés qui gémissaient et se mouraient autour de lui absorbaient trop douloureusement son attention. Napoléon s'arrêta devant cet homme intrépide ; il se découvrit avec respect, et, prenant sur sa poitrine sa croix d'honneur à lui, le héros se baissa pour l'attacher à la boutonnière du chirurgien, qui releva la tête alors, promena sur l'empereur un inexprimable regard de reproche et d'admiration, puis se remit à l'ouvrage sans dire un seul mot, tandis que Napoléon continuait, tout pensif, la visite du champ de bataille.

Ce fut encore à lui que Blücher serra la main après sa dernière défaite, en lui disant, les larmes aux yeux : « Toi seul a su faire ton devoir ici ! »

Le bruit de tant de victoires remportées sur la mort par l'élève du docteur Elstein ne tarda point à gagner Kœnigsberg, où s'étaient ralliés les débris de l'armée prussienne. Le roi voulut voir l'aide chirurgien dont l'éloge était dans toutes les bouches. Il y avait une revue le lendemain ; Blücher en profita pour présenter monsieur Miller. Quand il parut, des acclamations s'élevèrent de tous les rangs. Thadéus s'inclina tout tremblant devant Frédéric-Guillaume : l'idée de pouvoir être reconnu l'effrayait.

— Major Miller, — dit le roi, après l'avoir longtemps examiné, — nous vous remercions ; votre conduite est celle d'un brave et d'un grand citoyen. Approchez.

Thadéus mit le genou en terre, et Frédéric-Guillaume lui passa au cou le ruban de l'Aigle noir.

— Etes-vous content de votre nouveau grade, major Miller ? — continua Sa Majesté ; — ou bien auriez-vous une autre faveur à nous demander ?

— Oui, sire, — dit le proscrit d'une voix dénaturée par son émotion, — je demande à Votre Majesté l'honneur d'être Prussien.

Frédéric-Guillaume fit un signe de consentement. Le nouveau chirurgien-major se retira, et le roi, se tournant vers le marquis de Joachimsthal, dit :

— Ne trouvez-vous pas qu'il ressemble étonnamment à votre pauvre cousin, Thadéus de Wurzheim ?

Le soir même, les lettres de grande naturalisation sollicitées par le Bavarois Miller lui furent expédiées, signées par la main du roi, et Thadéus écrivait à ses amis de Berlin : « J'ai reconquis ma patrie, je saurai bien me faire un nom ; mais qui me rendra ma fille ? »

Un an plus tard, en 1807, la paix de Tilsitt, en plaçant Napoléon au plus haut degré de puissance, démembra le royaume de Prusse. Frédéric-Guillaume devait payer pour ses frères de coalition ; il perdit la plus grande et la plus belle partie de ses Etats. Il lui fut permis de se servir des ports de la Baltique, mais pour repousser les offres de commerce que lui ferait l'Angleterre. Thadéus revint chez ses amis. Le docteur, accablé d'années, fatigué de travaux et de veilles, allait abandonner la pratique. Le retour de son cher élève calma les inquiétudes que lui donnait le sort futur de ses pauvres malades de la maison de charité. Il présenta le proscrit au conseil général de santé, en le désignant comme le plus digne de lui succéder. Thadéus fut élu en dépit des brigues de ses nombreux concurrens, et, le lendemain de sa nomination, monsieur Elstein l'adopta publiquement pour fils, en l'appelant avec Louise au partage de sa fortune.

Pendant cinq ans, Thadéus vécut paisible dans cette nouvelle famille, si glorieuse de le compter au nombre de ses membres. Le bon Elstein rajeunissait au spectacle des prodiges opérés par son remplaçant. Jeanne avait quitté Neustadt-Eberswalde, et sa fille Marguerite et son gendre Joseph Schropp, pour venir demeurer chez celui qu'elle appelait toujours son maître. Louise partageait ses soins affectueux, ses tendres attentions entre son père et son frère ; elle ne désirait plus rien, la bonne fille ; elle était heureuse autant qu'on peut l'être, car le proscrit paraissait avoir renoncé à ses projets de retour en France ; du moins il n'en parlait plus. Sans doute il se croyait trop fortement lié maintenant par les devoirs de sa charge.

Il avait écrit à Paris pour faire chercher la famille Simon, et ces recherches, qui se continuaient depuis plusieurs années, n'avaient encore produit aucun résultat, lorsque la guerre éclata de nouveau. Thadéus fut nommé chirurgien en chef du corps d'armée du prince Auguste de Prusse ; il fallut partir encore, quitter de nouveau son vieil ami, sa pauvre nourrice, sa bonne sœur, et pour toujours peut-être ! Car cette fois, qui pouvait assigner un terme à la lutte qui allait s'engager ?

L'épouvantable tableau de nos revers depuis 1812 jusqu'en 1815 n'entre point dans le plan de cette histoire. C'est à d'autres plumes que les nôtres que doit être confié le soin de dire comment la France, attaquée de toutes parts, fut défendue pied à pied par le génie d'un homme qui, au rapport des ennemis eux-mêmes, ne fut jamais plus grand qu'à cette époque. A d'autres aussi la tâche de raconter comment elle tomba, cette pauvre France, épuisée, déchirée, arrachée par lambeaux, sous les coups des rois parjures qui n'avaient pu décider leurs peuples à les suivre dans cette horrible extermination qu'en leur promettant des libertés et des constitutions qu'ils ne leur ont jamais données.

On nous attend à Paris depuis longtemps. Nous dirons donc bien rapidement que, en 1814, le chirurgien en chef du corps d'armée du prince Auguste fut blessé aux ambulances d'Arcis-sur-Aube, après avoir sauvé la vie de son prince ; que, de retour en Prusse, il dut à cette circonstance, autant qu'aux immenses services rendus à l'armée, d'être créé par le roi comte de Spremberg et commandeur de tous ses ordres ; et que l'année suivante, le 8 juillet, après le désastre de Waterloo, il faisait partie du cortége qui accompagnait la seconde rentrée de Louis XVIII dans la capitale du royaume dit de ses pères.

## XIX

### RENSEIGNEMENT.

Les fleurs de lis avaient pour jamais chassé l'aigle impériale. Paris, cette bonne ville, toujours prête à fêter quiconque est le maître, Paris se refaisait royaliste, et, pour la troisième fois depuis un an, changeait philosophiquement les enseignes de ses boutiques. C'était une des joies de la restauration que ce sacrifice des emblèmes impériaux. Faute de pouvoir, à coups d'ordonnances de police, effacer les dix années de gloire de Napoléon, abattre ses monumens, combler ses canaux, labourer ses routes, on s'en prenait aux dessus de portes. Incapable de refaire ses codes, on les débaptisait. Les industries qu'il avait créées, les fabriques qu'il avait fondées, les inventions, les découvertes qu'il avait encouragées, récompensées, propagées, subsistaient en dépit des nouveaux gouvernans : elles subsistaient pour rappeler incessamment le magnifique patriotisme de leur puissant protecteur. Il eût été absurde de les brûler; mais on pouvait arracher le sceau de leur institution, en perdre l'origine par la destruction du signe ; et c'était pour cela que l'aigle et les abeilles d'or tombaient sous le ciseau du menuisier, s'éteignaient sous la brosse du badigeonneur. La fière initiale de Napoléon volait en éclats des frontons et des voûtes de palais, des arches de ponts, des piliers d'églises, et les deux L couronnés du nouveau monarque allaient se fixer à la place de l'N détrôné.

Ce misérable auto-da-fé politique, cet enfantillage de vengeance, trouvaient de dociles exécuteurs dans les marchands parisiens. C'était vraiment chose curieuse à voir. Il y avait une sorte d'émulation de peur, un enseignement mutuel d'ingratitude et de courtisanerie dans cet empressement mercantile à tirer du fond des greniers, pour les épousseter au soleil, les écussons fleurdelisés, tout poudreux de leurs cent jours d'emprisonnement. Parmi les fournisseurs à brevet du règne de dix mois, on se disputait à qui ferait le plus vite et le plus fort éclater son dévouement au nouvel ordre de choses. Ce qui se voyait alors s'est vu depuis, au reste, et se verra jusqu'à ce qu'il n'y ait plus de fournisseurs brevetés, car ces gens-là, véritables laquais d'une profession qu'ils déshonorent, s'enorgueillissent d'attacher la livrée royale ou princière sur leur porte, comme le palefrenier de grande maison se pavane et se fait beau en montrant les armes de son noble maître sur les boutons de sa veste d'écurie.

Ce n'était pas seulement à la métamorphose des enseignes que l'on s'apercevait du retour en France des souverains légitimes. Les sabres étrangers qui rayaient du matin au soir le pavé de Paris; les bottes des officiers russes, anglais, autrichiens, bavarois et prussiens qui faisaient sauter leurs éperons sur les dalles du Palais-Royal, l'attestaient d'une manière bien plus honorable encore : tandis que la masse inconstante, cette énorme fraction du peuple qui se compose de désœuvrés, d'indifférens et de coquettes, allait dans son enthousiasme de crétins admirer bêtement les beaux hommes campés aux Champs-Elysées dont leurs chevaux écorchaient les vieux arbres. C'était là, sous ces ombrages où de lumineuses guirlandes avaient tant de fois annoncé nos victoires, à ce rond-point majestueux d'où tant de feux d'artifice s'étaient élancés pour écrire dans les airs nos conquêtes et la honte de nos ennemis ; c'était là que dormaient étendus les barbares, tout hébétés de se voir à Paris. Et si quelque général d'Alexandre et de Frédéric-Guillaume venait à passer, on voyait se dresser par instinct toutes ces machines de guerre ; tous ces esclaves de discipline du bâton quittaient la marmite où fondait le suif de leur dîner pour s'armer et saluer leur fier visiteur. Alors la foule ébahie criait à tue-tête : « Vivent les bons alliés! vivent nos amis les ennemis ! » comme elle avait naguère crié «Vive la garde impériale ! » aux belles manœuvres du Carrousel, et « Vivent les fédérés ! » quand les citoyens armés pour défendre Paris étaient passés tambour battant sur les boulevards avec leur drapeau national où ces mots se lisaient écrits en lettres sanglantes : « *Vaincre ou mourir !* »

Il est facile de comprendre pourquoi en 1814 et 1815 les femmes ont accueilli avec tant de joie les armées coalisées qui ramenaient en France les royaux émigrés de 1791. Il n'est pas donné aux Français d'être des Spartiates, et la certitude de n'avoir plus à trembler désormais pour un fils, pour un frère, pour un mari, a pu motiver de leur part bien des extravagances, bien des faiblesses plus honteuses que respectables Mais les hommes ! que gagnaient-ils donc à ce renversement d'un héros pour applaudir si bruyamment leurs vainqueurs? La guerre les prenait par millions, à la vérité, sous l'ambitieux conquérant de l'Espagne et de l'Egypte; mais ceux qui ne succombaient point à une mort glorieuse, toujours désirable quand elle est si belle, revenaient chez eux chargés d'honneurs et de richesses. C'étaient sans doute la peur tranquillisée, la poltronnerie mise à couvert, qui les rendaient heureux de nos défaites et fiers de notre avilissement; comme aussi c'était sans doute à l'espoir de vendre chèrement et beaucoup aux lords fashionables, aux boyards millionnaires de Londres et de Saint-Pétersbourg, que l'on devait attribuer l'agaçante coquetterie des femmes et la politesse docile des maris, parmi la population à enseignes de notre capitale aux mœurs babyloniennes.

Après avoir pleinement joui aux Champs-Elysées de l'enivrant spectacle d'une occupation militaire, il était bon d'aller aux Tuileries s'émerveiller des splendeurs de la nouvelle cour. Louis XVIII, en tributaire reconnaissant, faisait ouvrir toutes grandes les portes de son palais aux généraux étrangers qui deux fois l'avaient si généreusement remorqué sur le trône. Sur les somptueux escaliers du château, dans ses immenses galeries, se pressait une foule bariolée d'uniformes blancs, rouges et verts plutôt que bleus; aux balcons des fenêtres, ce n'étaient que chapeaux à plumes de coq qui se penchaient et balançaient leurs panaches luisans au brûlant soleil de juillet. L'innombrable état-major de la Sainte-Alliance paradait majestueusement sous ces lambris où les savans et fidèles conseillers de Napoléon avaient si souvent pesé les destinées de l'Europe. L'élégant colonel russe, le flegmatique major autrichien, entraient bien moins en courtisans qu'en maîtres dans la royale demeure, dont leurs automates impassibles gardaient les avenues ; tandis que le soldat mutilé de l'empire, celui qui de sa bonne épée avait écrit le nom glorieux de la France sur le sol de tous ces insolens, celui qui avait défendu jusqu'à son dernier grain de poudre l'inviolabilité du territoire national, courbait tristement la tête, cachait sa vieille croix devenue séditieuse, prenait un long détour pour ne pas voir le drapeau sans tache flotter, blafard et terne, là où trois couleurs jetaient jadis leur vif arc-en-ciel, et serrait les coudes pour ne pas heurter un bras français paré de l'écharpe blanche, un bras d'étranger encore tendu de l'affront fait à nos armes.

Il faut dire cependant que tous les amis secrets ou déclarés du gouvernement déchu ne fuyaient pas ainsi le contact des étrangers. Il y avait parmi le plus grand nombre, chez les jeunes gens surtout, une conjuration tacite, un accord de haine et de vengeance qui devaient faire payer cher à nos vainqueurs la gloire d'enrichir les restaurateurs de Paris, l'avantage d'être pillés par les courtisanes et les marchandes à la toilette, le plaisir d'être applaudis et chantés dans les théâtres. Souvent, au milieu d'une paisible promenade, on voyait un groupe se former tout à coup : on entendait la mate percussion d'un soufflet; puis le groupe se divisait, et c'était un artisan en costume de travail, ou bien un tout jeune homme dont la conscription, si facile dans ses choix, n'aurait pas voulu, tant il était frêle et chétif, qui, les yeux en feu, le visage pâle et moqueur, les poings fermés, entraînait loin du théâtre de la querelle un vieux sous-lieutenant prussien, un capitaine russe, pour aller jouer contre eux, dans un duel à outrance, sa vie de père de famille ou ses dix-sept ans.

Et tous les jours, dans le salon d'un traiteur, aux tables de marbre d'un café, au spectacle, sur les marches d'un escalier, sur le seuil d'une maison de jeu, à la porte d'un marchand, au milieu de la rue, on voyait un légionnaire, un étudiant portant la symbolique violette à sa boutonnière, quelquefois même une femme vêtue de la longue redingote bleue et du col noir de l'officier français, venir à la rencontre d'un chapeau à plumes de coq, lancer en passant un regard significatif accompagné d'un violent coup de coude, répondre aux premiers mots d'impatience par le plus impardonnable des affronts, et puis aller tête à tête résoudre à coups d'épée ou de pistolet cette grande question d'honneur national, le problème de la supériorité du courage sur le nombre.

Tel était à peu près l'aspect de Paris lorsque Thadéus y rentra. Dès le lendemain de son arrivée, il se mit à chercher la famille du menuisier. Il interrogea tous les voisins de la rue des Moineaux ; il entra dans la boutique, alors occupée par un épicier; personne ne sut lui dire ce que Simon, ou Madeleine, ou leur enfant étaient devenus. A la place Saint-André-des-Arts, il apprit que Durand et sa femme étaient morts ; au carrefour Bussy, que le boulanger Urbain, oncle de Madeleine, vivait richement retiré dans une terre de Bretagne. Ce fut ainsi que le proscrit perdit sa matinée en inutiles démarches. Il revenait inquiet et pensif du faubourg Saint-Germain, alors animé de tout le tapage d'une triomphante aristocratie ; il s'était arrêté en soupirant devant l'ancienne demeure de Clarence, sur le quai Voltaire, lorsqu'en traversant le pont Royal il rencontra quelques officiers de l'état-major du prince Auguste, qui allaient aux Tuileries faire leur cour. Il les suivit machinalement, et les perdit bientôt au milieu de l'affluence qui se pressait dans la salle des Maréchaux.

Le roi venait de passer pour aller à sa messe; il devait, à son retour, donner une grande audience à tout le monde, hommes et dames ; il voulait se populariser, le bon Louis XVIII. Thadéus se promena longtemps à travers cette foule turbulente de jeunes et coquets gardes du corps, à la tournure grotesquement martiale, qui venaient se faire admirer des femmes ; de femmes qui semblaient quêter un regard de princes ou de généraux, de généraux qui choisissaient à leur aise parmi les plus nobles et les plus jolies, sûrs de triompher aisément des plus cruelles ; car l'ardent royalisme de ces dames n'avait rien à refuser aux magnanimes vainqueurs de Waterloo.

Ce spectacle de turpitude et d'universelle prostitution dégoûtait Thadéus. Il allait à grand'peine regagner la porte, quand un petit homme, d'une cinquantaine d'années, à l'œil vif, aux cheveux poudrés, portant une immense croix de Saint-Louis à la boutonnière, et les épaulettes de maréchal de camp sur son habit bourgeois, s'arrêta devant lui et dit, en l'empêchant poliment de passer :

— De grâce, mon cher monsieur, veuillez me tirer d'incertitude. Voilà plus d'une demi-heure que je vous suis, en cherchant à me rappeler votre visage, et ma mémoire infidèle ne me dit point où j'ai déjà eu l'honneur de me trouver avec vous.

Le Prussien regarda fixement l'homme qui invoquait ses souvenirs si fort à l'improviste.

— En effet, — dit-il après quelque réflexion; — nous nous sommes vus jadis... Attendez donc, n'êtes-vous pas monsieur de Dampmartin ?

— Non.

— Ce n'est pas à Berlin que vous m'avez connu?

— Non, je n'ai quitté Paris que pour aller en Angleterre, il y a dix-huit ans.

— Ah !... Cependant. . J'y suis maintenant : vous vous nommez Crancé ?

— Précisément : je suis le duc de Crancé. Mais vous, soyez donc assez bon pour me remettre sur la voie de nos anciennes relations. — Thadéus, se penchant à l'oreille du chevalier de Saint-Louis, lui jeta le nom de Clarence. —Bah ! —reprit le duc, — c'est chez la Vauxbuin ? Alors, vous étiez donc ce prisonnier allemand qui fréquentait avec tant d'assiduité, en 1806, son tripot du boulevard des Capucines ?

Le père de Mathilde tressaillit d'indignation. Clarence s'était dégradée à ce point !... Il conduisit, en pâlissant, le duc au fond d'un couloir où la foule était moins serrée.

— Notre connaissance est beaucoup plus ancienne, monsieur, — dit-il. — Vous aviez, en 1797, une maison de campagne à Bagnolet : vous souvient-il qu'un jour vous en remîtes la clef à quelqu'un pour aller prendre un enfant chez la jardinière?

— Est-il possible ! — s'écria le duc. — Vraiment ! Mais ce n'était pas vous qui... comment ! vous seriez...

— Je suis cette personne, — interrompit tristement Thadéus ;—je suis le père de cet enfant que je ne dois plus revoir.—Crancé se frottait les yeux : la surprise l'avait rendu muet.— Si vous n'êtes pas convaincu,—continua le Prussien, — rappelez-vous que notre dernière rencontre eut lieu au palais de justice, au temps de votre procès avec madame de Vauxbuin.

— C'est juste, — répondit le duc; — c'est parfaitement exact.... Mais vous conviendrez qu'il y a de la féerie à vous retrouver ainsi, avec ce costume, ce rang !

— Pas plus qu'à vous voir avec ces épaulettes, monsieur le duc ?

— Ah ! c'est qu'aujourd'hui, voyez-vous, les fidèles reprennent leurs droits. Ces épaulettes sont les insignes d'un grade héréditaire dans ma famille... Je les porte en attendant mon rappel. J'espère, mon cher monsieur... comment vous nommez-vous à présent?

— Le comte de Spremberg.

— J'espère donc, monsieur de Spremberg, — répéta Crancé en s'inclinant, — que le hasard ne nous aura pas vainement réunis, et que nous nous verrons quelquefois.

— Certainement, monsieur, — répliqua Thadéus.—Mais parlons de cette misérable femme, je vous en prie. Que fait-elle, dites-moi? où est-elle, à présent ?

— Où elle est ? Ma foi ! peut-être ici, tenez, car c'est une intrépide solliciteuse, à ce qu'on m'a dit. Quant à savoir ce qu'elle fait, je vous avouerai franchement que je l'ignore ; il y a si longtemps que je ne la vois plus.

— Ah ! vous avez cessé toute relation avec elle?

— Oh ! mon Dieu oui ! c'est une mauvaise tête. A l'époque dont je vous parlais tout à l'heure, elle menaçait déjà de faire une triste fin ; et j'en avais du chagrin, non pas pour elle, mais pour...

Il s'arrêta, effrayé de la pâleur qui se répandait sur le visage du comte.

— Pour qui donc? — demanda Thadéus en voyant que le duc ne continuait point.

— Pour votre petite fille, monsieur; car moi aussi je m'intéressais à cet enfant.

— Cher ange ! Hélas ! fallait-il donc qu'elle me fût enlevée si vite !

— Comment, si vite !

— Vous ne savez pas?... Tenez, voici la dernière lettre de sa mère : elle ne m'a jamais quitté.— Il tira le papier de ses mains et le remit à Crancé, qui parut surpris en le lisant. Quand il eut fini :

— C'est bien malheureux,— dit-il en rendant la lettre

au père. — Cette pauvre Mathilde, elle était si gentille déjà !

— Quand cela ? — s'écria vivement le comte.

— Mais... en 1806... Est-ce que je ne vous l'ai pas dit ?

— En 1806 ! Elle n'était donc pas morte en 1806... Monsieur, monsieur. êtes-vous bien sûr de ce que vous dites ?

— Si j'en suis sûr ! — répondit le duc troublé de la véhémence de son ancien rival. — Je me trompe peut-être, au fait ! Les dates se brouillent après dix ans, cela se comprend. Elle a dû mieux le savoir que moi, elle... et puisqu'elle vous a écrit la mort de Mathilde, il faut bien que cela soit.

— Je la verrai, — dit Thadéus; — il faut que je la voie... Cherchez, monsieur, au nom de Dieu ! cherchez bien... Vous avez peut-être son adresse quelque part.

— Je vous jure que non. Depuis cette diable d'année 1806, elle est allée demeurer rue des Vieux-Augustins, numéro... numéro 30, je crois. Voyez-y. Le portier vous dira peut-être où elle est à présent. Dans tous les cas... Tenez, voici le roi qui sort de la chapelle ! J'ai rendez-vous avec *Monsieur*, il faut que je vous quitte... Numéro 30, entendez-vous ?

— Et si le portier ne sait pas ?... — lui cria Thadéus pendant qu'il s'éloignait déjà.

— Alors, — reprit Crancé en revenant, — nous irions à la police ensemble. Là on ne doit pas l'avoir perdue de vue, allez ! Adieu, mon cher comte, adieu.

Il lui remit sa carte, et s'élança au milieu d'un flot de solliciteurs.

Thadéus sortit aussitôt. En un clin d'œil il eut franchi les escaliers et la cour.

Au bout d'une heure, un cabriolet, dont le cheval trempé de sueur paraissait incapable d'une plus longue course, s'arrêtait dans la rue du Petit-Carreau, à l'entrée d'une allée sombre et malpropre.

La boutique d'un pâtissier et le magasin d'une lingère avaient tous deux leur sortie dans l'allée devant laquelle s'était arrêté le cabriolet. Lorsque Thadéus descendit, en costume d'officier supérieur, tout chamarré de broderies, la poitrine couverte de croix et de médailles, il fit rumeur dans le quartier. Lingère et pâtissière sortirent précipitamment de leurs boutiques, et, toutes rouges de plaisir, se regardèrent d'un œil jaloux, comme pour se dire : « Est-ce chez vous qu'il vient, voisine ? » Le proscrit hésitait à mettre le pied dans cette allée si noire et si étroite. « Ce ne peut pas être ici, » se disait-il en examinant les misérables dehors de la maison. Il regardait à droite et à gauche, et lingère et pâtissière de faire la révérence et de sourire le plus gracieusement du monde, selon que le bel officier semblait diriger son choix sur l'une ou sur l'autre.

Enfin il se pencha vers le cocher, lui dit quelques mots, et, sur un signe affirmatif de celui-ci accompagné de : « Oui, bien sûr, mon général ! » Thadéus, au grand désappointement des jolies marchandes, disparut sous la sombre porte.

On lui avait dit : « Tout en haut. » Il monta donc jusqu'au bout de la rampe, qui finissait au quatrième étage pour se changer en échelle, par où l'on entrait dans une enfilade de greniers. Sur le palier, large d'environ quatre pieds et profond de dix-huit pouces, une vieille femme, accroupie entre deux portes, peignait son angora bâtard à la vapeur d'un fourneau de terre cuite d'où s'exhalait une forte odeur de fumerons. Tout absorbée par son importante occupation, la bonne femme n'avait pas entendu monter; elle ne vit pas d'abord l'étranger, qui. se tenant à peine sur le palier qu'elle remplissait tout entier, la poussa doucement en lui disant :

— Excusez, madame.

A ce mot, madame Morand leva la tête, ôta ses lunettes, et resta tout ébahie de voir un *général anglais* monter si haut. L'angora, profitant du trouble de sa maîtresse, s'enfuit dans l'escalier, en secouant les oreilles, et jetant derrière lui un long jurement contre le nouveau venu.

— Ah Dieu ! — dit enfin madame Morand, — vous pouvez vous flatter que vous m'avez fait une jolie souleur !

— Mille pardons, madame, si je vous dérange, — reprit Thadéus; — mais veuillez me dire à laquelle de ces portes je dois frapper pour entrer chez madame de Vauxbuin.

En faisant cette demande d'une voix timide, le comte plongeait ses regards dans l'une ou l'autre chambre; et son cœur s'oppressait à l'aspect de leur chétif mobilier.

— Madame ?... Comment est-ce que vous dites ? — demanda la femme au chat.

— Madame de Vauxbuin, — répéta l'étranger.

— Ah ! madame la comtesse de Vauxbuin, — répondit-elle. — Seigneur de Dieu, mon bon monsieur ! il y a beaux jours qu'elle ne reste plus ici, la chère dame.

— Encore ! — s'écria Thadéus avec dépit.

La vieille femme n'entendit point, et continua :

— Oh ! mais c'est égal; si vous avez affaire à lui parler, je pourrai vous dire où elle reste à présent, et tous les renseignemens que vous aurez besoin. Restez là une minute, s'il vous plaît; le temps que je descende chercher mon libertin de chat, qui va toujours se fourrer chez les ceux du deuxième, des gens qui ne peuvent pas sentir les bêtes, et que nous sommes toujours en difficulté rapport à lui...

— Faites, faites, — dit en souriant le proscrit, heureux de pouvoir enfin obtenir un renseignement positif. Madame Morand fit claquer ses savates sur les degrés de l'escalier raide et glissant; elle appela dix fois l'angora, qui remonta bientôt devant elle, mais en s'arrêtant à chaque marche, comme un enfant boudeur et gâté dont une mère trouble les plaisirs. Enfin la bonne femme mit son chat sous clef, et revint à Thadéus, qui l'attendait patiemment, appuyé sur la rampe. — Vous disiez donc, — reprit-il, — que vous pourriez me donner quelques détails.

— Pardi, — interrompit madame Morand, — je le crois bien ! Et je ne vous conseillerais pas d'en aller trouver d'autres. Ce n'est pas quand on a vécu, cinq années durant, séparés rien que par une cloison de rien du tout... Ah bien ! par exemple ! Tenez, voilà sa porte, à madame la comtesse... C'est une découpeuse de châles, à cette heure; un fameux sujet, on peut le dire, pour l'ordre et l'arrangement, l'ouvrage et tout.

— Je vous crois parfaitement. Mais madame de Vauxbuin ?

— Vous avez raison, monsieur; c'était simplement l'histoire de vous dire que j'ai toujours été bien envoisinée. Après cela, voyez-vous, quand on est obligeante, car je peux me flatter d'avoir rendu bien des petits services à madame de Vauxbuin, même que j'ai emprunté pour elle et que j'ai été mettre chez ma tante à sa place... Mais, comme dit le proverbe, qui a bon voisin a bon matin; nous étions ensemble comme les deux doigts de la main, la bonne chère dame ! Il faut cela dans la maison; le propriétaire n'aime pas les disputes. C'est un homme retiré, qui était de bureau sous *l'autre;* mais, vous savez, quand les gouvernemens changent, il s'en trouve toujours d'aucuns... Vous permettez que je regarde à mon pot-au-feu ?

Cette introduction, hachée de phrases incidentes, commençait à fatiguer l'attention de notre héros; il profita du moment où la vieille redressait sa marmite pour lui dire :

— Indiquez-moi donc la nouvelle demeure de la comtesse... car vraiment je crains d'abuser...

— Par exemple, monsieur, — s'écria madame Morand en se relevant avec précipitation, — vous me faites honneur et plaisir, bien du contraire ! Mais, Seigneur mon Dieu ! j'y pense ; il faut avouer que vous devez me trouver bien mal usagée de vous laisser comme cela sur vos jambes. Donnez-vous donc la peine d'entrer. Ah ! ce n'est pas ici comme à l'église, allez, on ne paye pas sa chaise... Entrez, entrez, mon général!... Voisine Agathe! eh, voisine Agathe!... vous aurez l'œil à ma soupe, n'est-ce pas, ma petite? J'ai là un général anglais qui veut me causer un instant pour au sujet de madame la comtesse. —Thadéus enrageait au fond de son âme du bavardage insipide de cette vieille; mais il fallait savoir où demeurait Clarence, et attendre avec résignation que madame Morand voulût bien le dire. Il entra donc dans l'unique pièce qui composait l'appartement de la bonne femme. Quand ils furent assis en face l'un de l'autre, la voisine reprit : — Voilà un an passé que la comtesse est partie d'ici; et cela m'a fait bien faute, allez! Car ma fille Eulalie m'ayant quittée pour suivre son mari à Lyon, où ils sont établis à la grâce du bon Dieu, je n'avais pas d'autre société que madame de Vauxbuin et sa belle demoiselle, un charmant sujet que j'adonisais comme ma propre, foi d'honnête femme.

— Sa demoiselle! — s'écria le comte... — Mais ce n'est donc pas de Clarence de Vauxbuin que vous me parlez!

— Et de quoi donc, mon général? Y en a-t-il plusieurs? Une dame de bonne maison, quoi! qui avait un hôtel sur le quai Voltaire, ci-devant des Théatins, même que son mari est mort dans les horreurs de la révolution, et que leur fille s'appelait Mathilde.

— Mathilde!... En 1814!... Vous vous trompez, ma bonne dame...

— En voilà d'une autre,—répliqua madame Morand.— Comme si ma fille ne lui avait pas montré son état de lingère, qu'elles travaillaient ensemble pour le magasin d'en bas! comme si elles n'étaient pas nées toutes les deux en 97, même qu'on les prenait pour les deux sœurs : seulement qu'Eulatie était plus grande d'un pouce, et blonde comme je la suis été dans mon jeune temps.

— Mais ce n'est pas possible, madame!... ou bien alors la comtesse aurait eu deux filles... Vous ignorez cela, sans doute.

—Mon général, je n'ignorais rien dans les circonstances de madame la comtesse, et je peux vous dire que non-seulement c'était la seule et unique, mais encore qu'il faut que vous soyez le frère de madame ou de monsieur, car la demoiselle vous ressemblait comme deux gouttes d'eau, en vérité de Dieu!... Mais qu'est-ce que vous avez donc, mon général? Voulez-vous prendre quelque chose? Une petite larme d'eau-de-vie, hein? Il fait si chaud aujourd'hui!

En effet, Thadéus se possédait à peine. Ce qu'on venait de lui dire était si terrible! Car sa fille vivait, il n'y avait plus de doute à cela; les renseignemens de la bonne femme étaient clairs et frappans comme le jour. Comment et pourquoi aurait-elle menti, cette femme? Comment et pourquoi aurait-elle inventé la naissance de Mathilde en 1797, et sa ressemblance avec lui? C'était donc vrai?... Mais alors il y avait de quoi tomber mort sur la place. Le père qui avait tant pleuré sa pauvre petite Mathilde; le père qui était devenu fou, qui avait failli mourir aussi de sa douleur, qui ne pouvait penser à cela sans que son cœur se mît à saigner comme le premier jour; le père qui portait sans cesse la lettre de mort sur lui, pour la relire tous les soirs et pleurer en la relisant; cet homme devenu insensible à tout, héros sans enthousiasme, dévoué sans croyance, qui s'était laissé couvrir d'honneurs et de titres sans les sentir, qui s'étonnait que ses rivaux fussent jaloux et ses amis glorieux de lui, qui disait toujours : « A quoi bon? puisque ma fille est morte! » eh bien! ce père, cet homme s'était désolé pour rien, découragé pour une chimère; son désespoir avait été absurde... car sa fille vivait toujours; on avait menti en lui disant qu'elle était morte!

Mais comment s'était fait tout cela? A travers quelle infernale filière ces étranges événemens avaient-ils passé? Pourquoi la mère avait-elle donc écrit cette lettre si pleine de douleur et d'amour? car enfin sa fille n'était pas morte comme lui peut-être, pour être sauvée et ressuscitée comme lui!

Il fallait une grande force pour entendre tout cela presque de sang-froid, comme il fit; pour concentrer, à n'en rien laisser voir, le terrible orage qui grondait en lui.

Madame Morand, rassurée sur l'état du général, car il avait eu le courage de sourire à son offre d'eau-de-vie, lui débita tout d'une haleine ce que nous avons vu dans la première lettre de Mathilde à son amie. Elle termina son prolixe récit par ces paroles :

— Enfin, mon général, comme je vous le disais tout à l'heure, nous nous sommes perdues de vue depuis bientôt treize mois, qu'un beau jour des domestiques galonnés sont venus les chercher toutes les deux dans une voiture superbe. Cela vous étonne mon général? Eh bien! je m'y attendais, moi, voyez-vous! J'étais sûre qu'elle finirait par quelque chose de beau. C'est une fière femme, celle-là! Voilà son adresse : *Madame de Vauxbuin, rue d'Antin, n° 14*. Vous lui direz que j'attends toujours son invitation à dîner, n'est-ce pas? — Thadéus se leva étourdi, ivre. Il eut peine à trouver la porte : il ne savait plus ce qu'il faisait. La vieille femme le reconduisit jusqu'en bas, en disant à chaque étage : —Votre servante bien humble, mon général. Bien le bonjour, mon général. Bien des honnêtetés de ma part à madame la comtesse, mon général.

Le comte remonta en cabriolet, après avoir donné à madame Morand une bague magnifique, qu'il la pria de garder en mémoire de mademoiselle Mathilde. Les voisines, toutes saisies qu'un étranger de si noble apparence fût resté près de deux heures chez la locataire du quatrième entourèrent celle-ci après le départ de Thadéus. Il y eut pour huit jours de suppositions à propos de ce qu'elle leur raconta, et surtout de la bague qu'elle leur fit voir.

## XX

### L'ACTE DE MARIAGE.

Thadéus ne se fit point conduire immédiatement dans la rue d'Antin; il dit au cocher de le promener longtemps sur les boulevards. Après ce qu'il venait d'apprendre, il lui fallait bien une pause, au moins, pour reposer sa tête, pour rallier ses idées qui s'enfuyaient, pour se reconnaître enfin au milieu du dédale d'affreuses conjectures où l'avaient jeté les naïves confidences de madame Morand. De peur d'effrayer la vieille et de l'arrêter dans son récit, il s'était comprimé d'une manière inouïe; étouffant ses terreurs et ses joies, il avait joué de son mieux le rôle d'un auditeur indifférent. C'était bien difficile! Et si, en sortant de là, il se fût instantanément trouvé en présence de la comtesse, il n'eût jamais pu rester maître de lui; tous les raisonnemens possibles se fussent brisés à la tempête de son âme; il eût éclaté comme un furieux, crié à faire accourir les domestiques, les voisins, les passans, qui sait? On l'eût chassé de la maison sans lui dire où était sa fille.

Au lieu que maintenant, libre et tranquille, songeant à peine qu'il y eût un homme à côté de lui, à mesure que la voiture l'entraînait loin de la rue du Petit-Carreau, il se remettait peu à peu. Les révélations de l'ancienne amie de Clarence lui revenaient par lambeaux, et prenaient insensiblement forme dans son esprit; il rapprochait et comparait ce que lui avait dit la vieille femme avec les obscures paroles de Crancé, avec les renseignemens moins récens du voyage de Jeanne Thiels à Paris; et de tout cela il résultait clairement pour lui que madame de Vauxbuin n'avait fait que descendre et s'appauvrir et se perdre depuis qu'il était parti. Il devenait évident aussi qu'elle lui avait fait un abominable mensonge...

Mais la raison? le but? Voilà ce qu'il ne trouvait pas. En vain s'épuisait-il à chercher le mot de cette énigme ténébreuse; en vain relisait-il, en les pesant une à une, toutes les phrases de cette vieille lettre de 1802, contemporaine de la paix d'Amiens.

— Alors, pensait-il, cette femme si désolée, si dégoûtée du monde, qui n'avait plus d'autre envie que d'aller gémir au fond d'une retraite ignorée de tous; cette femme tenait déjà sans doute l'ignoble maison dont Crancé m'a parlé. L'infâme! Elle avait peur de moi, voyez vous! elle craignait d'être surprise quelque soir au milieu de sa fange, et c'est pour cela qu'elle m'a écrit la mort de Mathilde. Mais déjà aussi elle n'avait plus de honte cette femme! Comment l'idée de me revoir a-t-elle donc pu si fort l'effrayer? car je ne pouvais rien lui faire, moi; je ne pouvais pas la gêner dans son industrie; je n'avais pas le droit de jeter ses cartes et ses dés par la fenêtre! Que craignait-elle, mon Dieu! Mes reproches? ce serait une dérision que de croire cela!... Peut-être elle s'est dit: « S'il me trouve ainsi, il me reprendra encore sa fille... » Elle l'aime donc bien aussi! — C'est ainsi que Thadéus se creusait la tête à chercher les motifs d'une imposture qui avait failli le tuer. Ensuite la conclusion du récit de madame Morand le frappait. On était venu, en 1814, chercher la mère et la fille dans un brillant équipage, les descendre de leur misérable mansarde pour les transporter dans l'opulente rue d'Antin: qui donc avait opéré cette subite métamorphose? Clarence avait bien près de cinquante ans, et ce n'est pas à ses charmes qu'une femme de cinquante ans peut demander de grandes ressources... — Mais Mathilde est jeune, elle! — pensait-il avec amertume; — la voisine dit qu'elle est belle, et Clarence est si habile...! Mais non, ce n'est pas possible! Une mère ne fait pas cela... On ne vend pas son enfant... Ceux qui le disent sont des monstres... On se prostitue, soi; on se donne pour de l'argent, on se vautre dans la boue; mais on épargne, on respecte la vierge innocente que l'on a portée dans son sein. — Alors le comte de Wurzheim se souvint des deux filles de la veuve Enke, toutes deux maîtresses de Frédéric-Guillaume II, toutes deux livrées au prince royal de Prusse par leur misérable mère, qui s'en réjouissait et s'en glorifiait publiquement. Ce rapprochement terrible lui rougit le front; mais bientôt il secoua et rejeta loin de lui une si honteuse probabilité. — Quand la mère eût voulu, — dit-il, — ma fille eût refusé! Ma jolie Mathilde, mon ange, que j'ai baptisée de mes larmes, sera restée pure et vertueuse: cette courageuse enfant, qui travaillait jour et nuit pour soutenir sa mère, qui supportait si généreusement les privations auxquelles l'inconduite de Clarence l'avait condamnée, n'aura pas voulu se déshonorer comme cela! Non, non, elle est toujours digne de son père. Je la reverrai: mes dix-huit années de souffrances et de travaux ne seront point perdues, ma fille recueillera mon héritage; ma fille sera grande et riche par moi; elle sera fière de son père! Mon Dieu! je te remercie, puisque tu me l'as gardée: pardonne-moi d'avoir pu douter de ta justice!

— Faut-il retourner encore, mon général? — dit enfin le cocher, qui, pour la troisième fois venait d'atteindre la porte Saint-Honoré.

— Non! rue d'Antin, nº 14, — répondit Thadéus. — Maintenant, — ajouta-t-il en lui-même, — je suis sûr de moi, je puis hardiment aborder Clarence.

— Nous y voilà! — dit après cinq minutes le cocher.

Le concierge indiqua la porte verte au second étage de l'hôtel. Thadéus monta.

Une femme de chambre assez gentille et fort décemment habillée vint ouvrir.

— Madame de Vauxbuin?

— C'est ici, monsieur, — répondit la femme de chambre, en saluant respectueusement les broderies d'or de l'étranger.

— Pourrais-je avoir l'honneur de lui parler?

— Mon Dieu! monsieur, madame n'est pas visible.

— Elle est sortie?

— Non... mais elle n'est pas visible... Madame la comtesse est dans son bain.

— A cette heure-ci? J'attendrai, alors... Car il faut absolument que je la voie.

— Mais, monsieur...

— Je vous répète que j'attendrai!

— C'est différent. Quel nom annoncerai-je, monsieur?

— Annoncez le comte de Spremberg.

La femme de chambre, après une profonde révérence, fit entrer Thadéus dans le salon, approcha un fauteuil, et sortit en disant qu'elle allait prévenir sa maîtresse.

Le comte s'assit; il essaya de se remettre de l'émotion qui le faisait pâlir et chanceler à chaque instant.

Le logement occupé par madame de Vauxbuin était celui que le duc de G*** avait fait arranger pour Mathilde en 1814. Trop généreux pour reprendre ce qu'une fois il avait donné, le noble pair, après le mariage, laissa la mère dans les meubles de la fille, et continua comme auparavant à faire acquitter par Dufour les trimestres du loyer. Ce mobilier, plein d'élégance et de galanterie, évidemment choisi par une femme et pour une femme, fit soupirer Thadéus.

— D'où vient tout cela? — se dit-il. — A quelle source cette richesse nouvelle a-t-elle été puisée? Qui a payé toutes ces belles choses?

Au bout d'un quart d'heure la femme de chambre vint le chercher en disant:

— Madame attend monsieur le comte.

Il rappela son courage, et suivit d'un pas ferme la servante jusqu'à la porte du boudoir où Clarence l'attendait, languissamment couchée sur son divan.

Le jour ne pénétrait que bien peu dans ce boudoir, à travers un store de soie verte et les doubles rideaux, destinés à intercepter aussi la chaleur. Une reconnaisssance de prime abord, après dix-sept ans de séparation, était donc plus impossible là que partout ailleurs.

Clarence, enveloppée d'un peignoir de basin, coiffée d'un bonnet de mousseline dont la dentelle lui descendait sur les yeux, dit à l'étranger, avec une voix faible et dolente, en se soulevant à demi de son divan:

— Je vous demande pardon, monsieur, de vous recevoir aussi mal? Mais je suis souffrante... Vous aurez de l'indulgence pour une pauvre malade. — Thadéus s'inclina sans répondre. Il ne trouvait pas une parole à dire. — Puis-je savoir, — continua la comtesse, — ce qui me procure l'honneur de votre visite? Donnez-vous donc la peine de vous asseoir.

— Je commencerai, — dit enfin Thadéus, — par vous prier, madame, de vouloir bien me pardonner mon insistance de tout à l'heure. Le besoin impérieux que j'avais de vous voir m'a fait manquer de politesse à votre égard. A mon tour donc, je sollicite votre indulgence.

— J'ai entendu cette voix-là quelque part, — dit en elle-même Clarence. Puis elle répondit par un lieu commun à la banale phrase d'introduction de l'étranger.

— En 1798, — reprit lentement le Prussien, — vous avez eu la bonté, madame, de me prêter deux cents louis; je viens vous les rendre.

— Je vous ai prêté deux cents louis!... à vous, monsieur de Spremberg! — s'écria la comtesse dans le plus grand étonnement.

— Oui, madame, à moi... Il est vrai qu'alors je ne m'appelais pas Spremberg... Et d'ailleurs, — ajouta-t-il en se levant brusquement, — à quoi bon tout cela? Est-ce que vous ne me reconnaissez pas, Clarence? — Et il s'avança vers elle. Un rayon de lumière échappé du store donnait en plein sur son visage. — Je suis Thadéus, — reprit-il avec cet accent sonore qui tant de fois avait fait tressaillir la comtesse. Celle-ci se taisait. Elle l'avait reconnu! et, joignant les mains, elle se reculait à mesure qu'il avançait; elle se sauvait de lui comme d'un fantôme qui se fût dressé tout à coup devant elle.—Eh bien !—dit-il avec son sourire indéfinissable,—pourquoi donc tremblez-vous comme cela ? Est-ce que vous avez peur de moi ?... Est-ce que je ne suis plus Thadéus et vous Clarence ?... Est-ce que nous ne sommes plus bons amis ?

— Thadéus ! Vous ! — s'écria-t-elle enfin en rompant d'un effort terrible le spasme qui l'avait saisie. Elle se leva debout, et, lui mettant ses deux mains sur les épaules, elle le regarda longtemps avec un œil flamboyant d'épouvante et de colère... Puis ses mains retombèrent sans force à ses côtés. Elle pâlit, et s'assit, la tête baissée, sur le bord du divan.

— Vous êtes bien sûre que c'est moi maintenant ?—dit Thadéus.

— Oui, — murmura-t-elle la voix éteinte.

— Allons ! remettez-vous donc... c'est de l'enfantillage, cela ! Vous ne m'attendiez plus à ce que je vois. Cependant je vous avais dit que je reviendrais : est-ce que vous ne vous en souvenez pas ? Le jour où nous nous séparâmes chez ces bonnes gens de Belleville, vous savez ? en vous remettant notre pauvre petite fille dans les bras, je vous dis : « N'oublie pas, » je vous tutoyais alors ! « n'oublie pas qu'un jour je reviendrai te demander compte de ta conduite envers elle. Sois toujours prête à répondre à ton juge, Clarence. » — La comtesse se cacha la figure en frémissant. — Ah ! vous vous en souvenez à présent, —dit-il avec un désir cruel de torturer ce cœur de femme. — Hélas ! j'ai été bien près de manquer à ma solennelle promesse, ma bonne Clarence. La lettre que je reçus de vous en 1802... Pauvre mère ! je renouvelle vos douleurs, n'est-ce pas ? Mais songez donc, il y a si longtemps que ce chagrin qui me dévore demande à s'épancher dans un cœur capable de le comprendre... comme le vôtre... car vous l'avez bien aimée aussi, vous ! Il y a eu dans vos soins, dans vos tendresses pour cet ange, de quoi faire rougir bien des mères, de ces mères comme on en voit partout, qui ne savent rien de plus que la masse, qui aiment leurs enfans comme on les a aimées, elles, quand elles étaient petites...! Mais vous, Clarence, ce n'est pas cela ! Cette pauvre Mathilde... vous l'avez bien pleurée, dites ? Où l'a-t-on mise, cette chère enfant ?... A-t-elle un joli tombeau ?... Nous irons ensemble, voulez-vous ? Mais ne vous contraignez donc pas ainsi : n'osez-vous point pleurer devant moi ? Vous vous cachez la figure comme si vous aviez honte. Otez donc vos mains, je vous en prie !—Et de ses doigts de fer il lui défit les mains qu'elle tenait serrées sur ses yeux... Alors elle put voir à son terrible sourire que tout ce qu'il avait dit n'était que dérision et moquerie ; alors il y eut un affreux échange de regards entre ces deux êtres désormais en horreur l'un à l'autre et qui se devinaient réciproquement. Thadéus rompit le premier ce silence infernal. — Madame, — dit-il d'une voix sévère, — vous me conduirez aujourd'hui même au lieu où ma fille est enterrée.

— Comment ! — répondit la mère avec hésitation — aujourd'hui ?... dans l'état de faiblesse... d'émotion.. où me voilà ? Je n'aurais pas vraiment la force de me traîner jusque-là...

— Que m'importe ! nous irons aujourd'hui... je le veux. Le rouge monta enfin au visage de la comtesse.

— Et pourquoi donc aujourd'hui plutôt que demain, monsieur ? — dit-elle fièrement.

— Parce que demain je ne vous trouverais plus ici, madame !

— Plus ici ?

— Non !

— Et pourriez-vous m'en donner la raison, s'il vous plaît ?

— La raison, Clarence, c'est que vous êtes une infâme ; c'est que je sais toute votre vie depuis seize ans...! Vous oubliez toujours que ce n'est pas à moi que vous pouvez mentir en face. Mais je lis sur votre visage, moi, vous le savez bien ! Vous êtes une infâme, vous dis-je ! Oh ! pas de simagrées, voyez-vous ! n'appelez personne, ne sonnez personne... Vous voudriez bien vous évanouir, n'est-ce pas ? parce que la foudre est là, qui vous effraye ! Ah ! ah ! ah ! Mais ce serait inutile, ma belle dame, car après comme avant, ce soir ou maintenant, il vous faudrait toujours répondre à mes questions. Voyons, Clarence, je ne vous ferai point de reproches, je ne remuerai point le fumier de vos ignominies ; votre nom vous appartient, vous l'avez traîné dans les ruisseaux, cela vous regarde... mais, et ne me mentez plus cette fois-ci ! qu'avez-vous fait de ma fille ? Où est-elle ? Me direz-vous encore qu'elle est morte à présent ?

Clarence avait écouté cette dernière réplique avec toute l'attention dont elle était capable. Rien de tout ce que venait de dire Thadéus n'annonçait qu'il fût instruit de ce qui s'était passé depuis un an ; elle prit donc son effronterie à deux mains, et répondit d'un ton ferme aux interrogations du comte.

— Savez-vous, monsieur, que je vous trouve bien hardi d'oser me parler sur ce ton ? Où donc avez-vous pris le droit que vous prétendez vous être acquis de me demander compte de mes actions, et de m'insulter quand cela vous convient ? Tant que j'ai pu attribuer à un sentiment de jalousie l'emportement de vos procédés et la liberté de votre langage, je me suis soumise à vos injurieux caprices avec résignation. Mais aujourd'hui qu'après dix-sept ans d'absence nous nous revoyons, presque vieux tous deux, vous croyez pouvoir m'aborder comme autrefois, l'injure et la menace à la bouche ! Non pas, monsieur, non pas ! Est-ce que je vous connais, moi, au fait ! montrez-moi donc la loi qui me force à vous obéir. Êtes-vous mon mari, pour me parler en maître, monsieur le comte de Spremberg ?... Car enfin rien ne m'empêche de vous renier... Vous n'irez point, je pense, me réclamer votre fille devant les tribunaux ? Soyez donc calme et poli, si vous voulez savoir quelque chose. — Ce langage, si différent d'autrefois, interdit Thadéus plus qu'il ne l'indigna peut-être. Au fond Clarence avait raison. — Que me demandez-vous, au surplus ? — continua-t-elle en s'enhardissant de plus en plus. — Pourquoi je vous ai écrit en 1802 que votre fille était morte ? Parce que, je vous le dis franchement, je n'avais pas d'autre moyen de vous empêcher de venir, et que l'idée de vous voir me poursuivre encore m'épouvantait au dernier point.

— Mais vous voyez bien que vous n'avez pas de cœur ! — s'écria Thadéus.

— Allons-nous recommencer !... Vous voulez maintenant que je vous rende compte de votre fille ? Eh bien ! vous me l'avez confiée pour qu'elle fût heureuse ; j'ai rempli vos intentions : l'amour de sa mère lui a suffi ; Mathilde n'a plus besoin de vous maintenant ; elle est heureuse.

— Et la preuve ? Car il me faut la preuve... Je ne vous crois pas, moi !

— La preuve ? Qui vous la refuse, monsieur ?

A ces mots, elle ouvrit un coffret de bronze ; elle en tira un papier, qu'elle remit d'une main tremblante au proscrit.

C'était l'acte de mariage du baron Amédée de Verneuil avec Mathilde de Vauxbuin.

— Ah ! elle s'appelle Vauxbuin, maintenant ? — dit le comte après avoir lu attentivement.

— Quel nom vouliez-vous donc qu'elle prît ? En aviez-vous un à lui donner, vous ? — répliqua Clarence avec ironie.

— C'est bien, — reprit froidement Thadéus. Et il lui rendit le papier.

— Êtes-vous content, monsieur ? — dit-elle avec un peu moins d'assurance.

— Nous verrons... nous verrons, madame. Tout n'est pas fini entre nous.

— Quel ennui !

Il eut l'air de ne pas avoir entendu ce dernier mot, à peine murmuré par Clarence.

— Dites-moi, — continua-t-il, — vous me la ferez voir, n'est-ce pas? Vous me conduirez chez elle?

— Chez elle!... Mais... il me semble... que vous pourriez plutôt la voir ici...

— Comme vous voudrez. Quel jour?

— Je ne sais pas... Depuis un mois environ, elle voyage en Italie avec son mari.

— Eh bien! j'attendrai son retour. Je ne suis pas venu pour rien, croyez-le!

— Comme il vous plaira, monsieur... Vous êtes libre. Cependant je dois vous dire que leur absence sera peut-être bien longue.

— Tant pis! J'attendrai un an... j'attendrai dix ans, s'il le faut.

— Vous êtes le maître.

— Je le crois... Maintenant, madame, puis-je espérer que vous m'accorderez mon pardon; que vous oublierez mes torts, car j'en ai de grands à votre égard; et qu'il me sera permis de venir de temps en temps m'informer auprès de vous de l'époque probable du retour de Mathilde?

— Certainement, — dit la comtesse enchantée de voir Thadéus se disposer à partir. — Je vous reverrai toujours avec plaisir... comme un ancien ami.

Il lui prit la main, et, la regardant de manière à voir clair dans son âme:

— Vous avez eu bien peur, n'est-ce pas? — lui dit-il. Elle se tut. Il traversa le salon et l'antichambre. Il allait sortir, quand tout à coup revenant sur ses pas:—Donnez-moi donc quelque chose d'elle... une lettre, un souvenir .. ce que vous voudrez... Elle vous a écrit, sans doute? — demanda-t-il avec attendrissement.

— Non... je n'ai pas de lettre.. Il n'y a que huit jours qu'elle est partie.

— Ah! je croyais vous avoir entendue parler d'un mois... Je me serai trompé... Enfin!... Adieu, madame... au revoir.

Il ferma brusquement la porte derrière lui.

Dix minutes après, la comtesse de Vauxbuin donnait congé au propriétaire de son logement de la rue d'Antin, et sortait pour aller toucher à la caisse du prince Auguste de Prusse un mandat de deux cents louis, que venait de lui remettre son ancien amant

## XXI

### LES GALERIES DE BOIS.

Il n'y avait point alors, au Palais-Royal, pour séparer la cour du jardin, la belle galerie toute de marbre et de cuivre que nous admirons aujourd'hui. C'était, au lieu de cela, un ignoble enclos de planches noires et vermoulues, coupé en deux dans la longueur par une cloison noire et vieille comme le reste, où s'étalaient quatre files serrées de modistes aux regards effrontés, de libraires tenant clubs politiques pour tous les partis, de lingères qui souriaient aux passans avec une modestie suspecte, de fleuristes agaçantes et bavardes, à l'œil vif, au cœur léger. Le personnel de cette bizarre population n'a point changé en passant des tremblantes échoppes de bois aux magasins coulés en bronze, du toit à lucarnes au dôme de cristal, de la grange au palais: mais il s'est épuré sensiblement. Sous le ciel éblouissant de la galerie d'Orléans, les mœurs de la ténébreuse galerie de bois n'ont plus été de mise. Les joyeuses ouvrières, vivant étalage de leurs boutiques, que chacun heurtait familièrement au passage, cachées maintenant derrière un vitrage de glaces, ont suspendu leurs chants, oublié leurs refrains grivois; et le public s'est vu privé, bien malgré elles, de leurs folles conversations, qui le faisaient s'arrêter et rire toute une heure en les écoutant. Enfin c'est plus décent, plus riche, plus beau; mais c'est bien moins amusant.

Donc, le 9 juillet 1815, sous les vieilles galeries de bois du Palais-Royal, au milieu du nuage de poussière qui les traversait incessamment sans que jamais un rayon de soleil vînt en purifier l'atmosphère; dans ce bazar ouvert à tous les vents comme à tous les vices, où l'amour était la principale branche d'industrie depuis que la restauration en avait chassé la bourse pour l'envoyer intriguer sous un autre hangar de la rue Feydeau, la foule, fatiguée de se brûler aux dérisoires ombrages du jardin, venait, comme d'ordinaire, chercher à la fois un abri et des nouvelles.

Il était trois heures de l'après-midi. Une brusque et violente averse avait chassé du dehors les plus intrépides flâneurs; et des flots d'hommes et de femmes, tumultueusement engouffrés dans ces corridors de boutiques, roulaient avec lenteur en s'élargissant et en se brisant aux parois tapissées de fleurs, de bonnets, de livres et de chapeaux. Arrivés au bout d'un passage, ils refluaient en arrière, poussés par d'autres flots accourus en sens inverse. Bientôt tous, allans et venans, entrans et sortans, se confondaient en bourdonnans tourbillons; et le mari perdait sa femme, et la fille quittait malicieusement sa mère; le débiteur voyait venir un créancier, l'homme signalé un mouchard, sans pouvoir ni l'un ni l'autre esquiver la fâcheuse rencontre; c'étaient des cris, des heurts, des jurons de toute sorte; c'était un indicible pêle-mêle, où les filous, alors si nombreux et si célèbres, trouvaient largement à butiner.

Thadéus, surpris comme les autres par l'orage, au moment où il traversait le jardin pour regagner à pied son logement de l'hôtel des Empereurs, rue de Grenelle-Saint-Honoré, avait suivi le mouvement général qui l'emportait comme un torrent; et, tout préoccupé de son entrevue avec Clarence, il marchait, ou plutôt se laissait porter, ballotté à droite et à gauche; poussé, poussant, coudoyé, coudoyant; sans savoir où il était, où il allait; sans faire ni demander d'excuses à personne pour les meurtrissures qu'il donnait ou recevait.

Les pluies d'été sont violentes mais peu durables: le soleil reparut bientôt à travers les nuages, et les jeunes tilleuls tout verdis, tout scintillans de gouttes d'eau pendues à leurs feuilles comme des diamans, rappelèrent sous leurs riantes avenues une partie des réfugiés.

Isolé par ses réflexions de la multitude qui l'entourait encore, Thadéus ne s'était pas aperçu que son uniforme attirait tous les regards, et qu'il devait attribuer principalement la lenteur de sa marche à la curiosité excitée par son aspect. Qu'importait au proscrit d'aller un peu plus ou un peu moins vite?

Cependant on commençait à chuchoter autour de lui. Si quelques personnes exprimaient clairement leur stupide admiration pour le bel habit de l'officier général, d'autres avaient, à plusieurs reprises déjà, mesuré l'étranger d'un regard sombre et menaçant. Il s'en trouvait, et beaucoup, qui se devinaient et s'entendaient sans se connaître, qui s'excitaient de l'œil à commencer la provocation. Une main de jeune homme rencontrait une main de vieux soldat; ces deux mains se pressaient avec force: et puis à voix basse on échangeait des mots de colère, des paroles de destruction.

— Est-ce qu'il n'y aura personne ici pour descendre les plumes de coq? — disait l'un.

Et *descendre* cela voulait dire *tuer*.

— J'en ai assez fait pour ma part, — disait l'autre. — Si tous les patriotes étaient de bons garçons, il n'y aurait pas beaucoup de ces merles de la Sacrée-Alliance qui s'en retourneraient chez eux raconter comme les femmes son belles et le vin de Champagne cher à Paris!

— Mais regardez donc, — murmurait un troisième; — est-ce qu'il n'a pas l'air de nous narguer avec ses médailles et ses croix? Le brigand! c'est à égorger nos frères qu'il a gagné sa brochette.

— Qu'il nous nargue donc! — répondait un troisième interlocuteur. — Je ne suis qu'un ouvrier, et pas fort sur les armes, mais j'y ferais son affaire, tout de même!...

*Faire son affaire* cela voulait encore dire *tuer*.

— On a beau dire; c'est de bien beaux hommes que ces messieurs les Prussiens! — disait en souriant une marchande de modes, en se penchant presque à tomber de sa chaise pour voir passer Thadéus. Puis elle se mit à fredonner le refrain monarchique de monsieur Jadin :

> Français, au trône de ses pères
> Louis enfin est remonté!
> Sur nous les destins plus prospères
> . . . . . . . . . . . . . .

Un jeune homme l'entendit :

— Exécrable coquine! veux-tu te taire? — s'écria-t-il en lui prenant le bras et la secouant avec violence.

La marchande de modes, effrayée, allait crier *A la garde!* quand un vieux militaire, encore tout pâle d'une blessure récente, prit le jeune homme à bras le corps, et, se jetant avec lui dans la foule :

— Du calme donc! — lui dit-il; — est-ce que vous ne savez pas qu'il y a ici plus de canaille que d'honnêtes gens? Si cette femme trouve le Prussien de son goût, qu'est-ce que cela nous fait?

— C'est plus fort que moi, — reprit le jeune homme; — la vue de cet uniforme me fait bouillir le sang!

Il avait les yeux étincelans en parlant ainsi, et le courage de l'enthousiasme lui couvrait le front d'une noble rougeur.

— A qui le dites-vous, mon brave! — dit en soupirant la vieille moustache. — Si je n'avais pas cette chienne de blessure, est-ce que vous croyez que le *monsieur* n'aurait pas déjà mon nom écrit sur la figure?

— Ah! vous êtes blessé? mais moi je ne le suis pas!...

Et, serrant vivement la main du soldat, le jeune fanatique disparut par une étroite issue de la galerie.

— Eh bien! où est-ce qu'il va donc? — dit l'ouvrier; — je croyais qu'il allait lui tomber dessus, et il se sauve!

— C'est quelque mouchard, — dit un passant.

— C'est un enfant! — reprit le militaire, — et voilà tout.

Sans rien entendre de ce qui se passait, sans prendre garde au malveillant empressement que l'on mettait à le suivre, Thadéus continuait sa marche difficile à travers l'encombrement. Il songeait à ses vaines recherches du matin, et se rappelait en soupirant les délicieuses visites de chaque semaine autrefois, avec Simon et Madeleine, aux berceaux réunis de leurs deux enfans; lorsque, arrivé enfin à l'extrémité du passage, et prêt à gagner la cour des Fontaines, il sentit un pied s'appuyer brusque et lourd sur le sien.

La douleur lui crispa le visage. Mais attribuant cet accident au hasard, il continuait à marcher, sans voir qu'un jeune homme lui faisait face et reculait à mesure qu'il avançait.

— Je vous ai marché sur le pied, — dit sourdement le jeune homme; et il s'arrêta court.

— Ah! c'est vous, monsieur? — répondit Thadéus. Alors il leva les yeux sur son agresseur, et, lui voyant les lèvres frémissantes, les sourcils froncés, toute la figure bouleversée. — Si vous l'avez fait à dessein, — continua-t-il, — vous en avez eu tort; sinon, je n'ai rien à vous dire.

— Je l'ai fait à dessein, — reprit l'enfant en se croisant les bras. Il avait dix-huit ans tout au plus.

Ceux qui depuis un quart d'heure suivaient le Prussien en grondant, après lui, et qui peut-être n'auraient pas eu tous le cœur de l'attaquer en face, comme venait de le faire ce jeune homme, s'empressèrent d'accourir, ayant à leur tête l'ouvrier et le vieux soldat, qui disait en ricanant à l'un d'eux :

— Croyez-vous encore que ce soit un mouchard?

La foule qui venait derrière obéit à cette impulsion nouvelle, et bientôt ce fut autour des deux adversaires un groupe épais et compacte, de nature à fermer toute issue.

Thadéus vit sans épouvante tous ces yeux enflammés qui semblaient vouloir le dévorer.

— Qu'est-ce à dire, monsieur? vous n'êtes pas seul, — dit-il sévèrement à son ennemi: — il y avait complot entre vous tous. Qui donc ai-je insulté ici?

— Tout le monde! — répondit avec fureur le jeune homme. — Ne vois-tu pas que ton uniforme est une insulte pour tout le monde?

— Oui, oui! à bas le Prussien! à bas l'insolent qui vient nous narguer! — s'écrièrent à l'instant mille voix.

Les plus ardens se ruèrent sur Thadéus, cannes et bâtons levés : ce fut un tumulte affreux; des façades de boutique volèrent en éclats; les marchandes épouvantées poussaient d'horribles cris, et la garde vint de tous côtés, sans pouvoir entamer cette masse qui grossissait de minute en minute, les derniers venus demandant : « Qu'est-ce qu'il y a? » sans que personne sût ou voulût répondre.

— Eh bien! — disait Thadéus, adossé contre un pilier, la main à son épée, faisant hardiment face à tous ces bâtons levés sur sa tête; — que voulez-vous faire de moi? n'êtes-vous donc que des assassins?

— Non pas! — s'écria vivement l'agresseur, tout rouge de colère et de honte; — c'est un duel avec vous que je veux. Jusque-là, personne, je le jure, ne vous touchera du bout du doigt!

A ces mots, se plaçant devant le Prussien, il regarda la foule d'un air qui semblait dire : « Cet homme m'appartient; lequel d'entre vous serait hardi pour me l'enlever? »

— C'est vrai! — dit à son tour la vieille moustache, — chacun le sien! c'est bon pour eux de se mettre cent contre un. Le premier qui le touchera n'est pas Français! A bas les cannes, sacrebleu! ou nous allons voir.

La noble attitude du jeune homme, les énergiques représentations du militaire, firent mettre bas les armes. Dans la multitude calmée, il y eut un mouvement rétrograde qui découvrit aux deux adversaires une porte ouverte sur la rue.

— Venez par ici! — dit le jeune homme en marchant de ce côté.

Thadéus suivit, avec le vieux troupier, qui ferma brusquement la porte derrière lui.

Ils se trouvèrent dans la rue à peu près seuls.

— Monsieur, — dit Thadéus en s'adressant au plus âgé de ses deux compagnons, — je vous rends grâce; sans votre généreuse intervention, je ne sais ce qu'ils auraient fait de moi.

— Expliquez-vous avec mon jeune camarade, — répondit le vieux brave en faisant la moue; — il n'y a pas de quoi me remercier, allez!

— Eh bien? — reprit le comte avec un sourire en frappant sur l'épaule du jeune homme.

— Eh bien! — répondit froidement celui-ci, — êtes-vous prêt, monsieur? marchons!

— Quoi! vous pensez encore à vous battre, enfant!

— Ne vous ai-je pas insulté tout à l'heure?

— J'oublie cela.

— Je n'oublie pas, moi, que vous êtes étranger; que votre présence ici, au cœur de la France, est un sanglant outrage; qu'il faut que j'aie ma part dans la vengeance; qu'il faut que je meure ou que je vous tue! Tant pis si vous êtes un brave homme; ce n'est pas vous que je hais, c'est votre habit, c'est votre nation, c'est votre détestable nom de Prussien! Allons, allons! vous êtes à Paris, il faut savoir y rester... Marchons!

— Oui, — reprit le vieux soldat en approuvant du geste, — marchons.

— Je ne vous blâme point, jeune homme, — répondit Thadéus avec émotion. — Il est noble et généreux d'aimer ainsi sa patrie. Mais, songez-y, mon ami, à votre âge jeter sa vie aux chances d'un duel! Et pourquoi? Si vous me tuez, Paris en sera-t-il moins au pouvoir des troupes confédérées? Vous pensez que beaucoup suivront votre exemple, peut-être. Non, mon ami, détrompez-vous; on veut aujourd'hui ce qu'on voulait hier, et puisque nous sommes à Paris, on ne nous en chassera pas. Les âmes trempées comme la vôtre sont rares... et voyez donc! je puis vous tuer, moi! N'avez-vous personne au monde? N'avez-vous point de mère, point de sœur, point d'amie? Je vous en conjure, réfléchissez!

— Réfléchir! pourquoi? — reprit en s'échauffant le jeune homme. — Ai-je réfléchi jusqu'à cet instant? Je ne vous cherchais pas, moi! Je vous ai rencontré par hasard... Je me suis dit : « En voilà un! à moi celui-là! » Et maintenant que tout est fait, maintenant que je vous ai insulté, car je vous ai insulté, monsieur, je reviendrais sur mes pas, je reculerais comme un lâche! Non, par le ciel! non, cela ne sera pas.

— Qui est-ce qui vous parle de mon insulte? — reprit Thadéus avec bonté. — Je vous la pardonne de bon cœur, je vous juro.

— Je ne le veux pas, moi!

— Pourquoi cela? craignez-vous de rougir devant quelqu'un? Depuis quand l'offenseur a-t-il tant de soif du sang de l'offensé? Allons, mon ami, nous ne sommes que trois ici, et monsieur m'approuve, j'en suis sûr.

Le vieux militaire gardait le silence.

— Mais ne parlez donc pas ainsi! — continua l'enfant de plus en plus exaspéré. — Vous ne savez pas que nous avons juré, nous qui étions trop jeunes en **1814**, nous avons juré tous de poursuivre vos odieuses couleurs partout. Pas un de mes amis ne violera ce serment sacré, soyez-en sûr. Il en mourra quelques-uns : qu'importe! Paris est notre champ de bataille, à nous enfans, comme vous nous appelez, et l'on tombe aussi bravement sur celui-là que sur un autre. Vous m'êtes échu aujourd'hui; vous vous battrez, oui! vous vous battrez, ou je dirai partout que l'officier prussien est un lâche et qu'un enfant lui fait peur.

— Peur, dites-vous! — et il y eut une profonde amertume dans ces paroles de Thadéus. — Peur! Oh oui, j'ai peur, j'ai peur, moi qui nommai jadis la France mon pays, moi qui n'ai jamais versé le sang français, moi qui reçus cette croix des mains de votre empereur : j'ai peur, oui j'ai peur d'être revenu hier à Paris, après dix-sept ans d'absence, tout exprès pour tuer un jeune homme que j'admire, que j'aurais gloire à nommer mon fils. Voilà de quoi j'ai peur, monsieur; car autrement, pensez-vous que je sois venu jusqu'à mon âge sans avoir fait mes preuves? Vraiment, il y aurait de votre part trop de présomption à le penser; vous seriez un fou alors! — continua le proscrit en s'animant. — Encore une fois, ce n'est pas servir son pays que de se jeter ainsi à travers les querelles de parti. Le dévouement n'est glorieux que lorsque le sacrifice qu'il impose peut être utile à nos frères : et qu'est-ce autre chose ici qu'une misérable querelle d'homme à homme, sans motif et sans but?... Je ne veux pas me battre avec vous.

En achevant ces paroles, Thadéus s'arrêta et fit mine de vouloir retourner sur ses pas : ils étaient en ce moment au coin de la rue de Richelieu, devant le café du Roi. Le jeune homme releva la tête qu'il avait tenue baissée pendant la réponse du Prussien.

— Je crois, monsieur, — dit-il d'une voix tremblante, — que c'est une nouvelle insulte qu'il vous faut... Eh bien, la voici!... Êtes-vous content?

En épelant ces terribles mots, plutôt qu'il ne les prononçait, l'enthousiaste arracha violemment l'une des épaulettes de Thadéus; puis il resta immobile, comme effrayé de ce qu'il venait de faire.

— Pauvre insensé! — lui dit le comte en le secouant avec colère par le collet de son habit. — Que malheur t'arrive donc, puisque tu l'as voulu!

A travers le vitrage du café royaliste, on avait vu le mouvement désespéré du jeune patriote. Deux ou trois officiers des gardes du corps sortirent à l'instant pour prendre parti dans la querelle; plusieurs jeunes gens plus désintéressés les suivirent.

L'un des premiers, tout bouillant de sympathie pour les puissances coalisées, ramassa l'épaulette souillée de poussière et la présentant à Thadéus :

— Général, — dit-il, — nous allons faire conduire ce jeune misérable à la préfecture de police. Il est temps d'en finir avec les bonapartistes.

— Monsieur, — répliqua sèchement Thadéus, — cette affaire est la mienne. La police n'a rien à y voir. Comment, vous militaire, croyez-vous qu'un jugement laverait mon épaulette déshonorée? Non, ce jeune homme a voulu un duel, il l'aura.

— En ce cas, — reprit l'homme qui avait ramassé l'épaulette, — prenez-moi pour second, général. J'espère que vous ne refuserez pas un ex-garde de la maison rouge du roi? Voici mon meilleur ami, ajouta-t-il en montrant un jeune brigadier des gardes du corps, qui s'estimera heureux de vous assister également.

Le brigadier s'inclina en signe d'assentiment.

— Et vous, monsieur, — dit le comte à son adversaire, — avez-vous des témoins?

— Deux passans me suffiront, — répondit le jeune homme d'un air sombre.

— Un instant! je suis là, moi! — dit le vieux soldat qui ne les avait point quittés.

L'un des jeunes gens sortis du café s'offrit pour faire le quatrième et fut accepté.

— Maintenant, messieurs, montons en voiture, — dit gaiement l'ex-garde de la maison rouge, — car voici les badauds qui s'amassent.

On fit avancer deux fiacres. On prit des armes chez Lepage, et tous six roulèrent au galop vers Montmartre.

Le jeune homme et ses témoins étaient dans la première voiture. Quand ceux qui suivaient arrivèrent au lieu indiqué, ils virent le vieux soldat et l'autre témoin arrêtés à la porte d'un cabaret. L'adversaire de Thadéus avait demandé à écrire un billet, que le vieux soldat s'était engagé à remettre à son adresse en cas d'événement.

Voici ce qu'il contenait :

« Ange dont je ne saurai le nom qu'au ciel, me pardonneras-tu mon crime? Car c'en est un de quitter la vie quand tous mes jours devaient t'appartenir! Pourtant, tu ne pourras que me plaindre, toi qui comprends si bien tout ce qui est noble et beau, lorsque tu sauras que je suis mort en voulant venger mon pays. S'il n'était pas glorieux de se dire l'agresseur dans cette lutte sacrée, je serais bien coupable, mon ange, car j'ai cherché le combat. J'ai fait plus : j'ai repoussé la main amie que mon adversaire me tendait. Un moment, ses sages paroles, son air de bonté, m'avaient ému; je me sentais faiblir... Mais je repris ma force et ma vertu en pensant à toi... à toi qui ne pourrais aimer un lâche, un parjure!... oui, un parjure; car j'avais signé le *pacte de jeunesse*, qui nous condamne à mourir plutôt que de souffrir en silence le contact d'un uniforme étranger.

» Ne me maudis pas, ô mon ange... car je t'aime tant! Pas de larmes, entends-tu! Ne livre pas au chagrin ta beauté si pure et si divine... Ne dis pas surtout que je fus un ingrat, car Dieu m'est témoin que je meurs en t'adorant. »

Et le pauvre enfant signait :

« ALBERT S***. »

— Eh bien! jeune homme, — dit en entrant dans le cabaret l'ex-garde de la maison rouge, — est-ce que vous allez nous faire coucher ici? Que ne demandiez-vous jusqu'à demain pour régler vos affaires? cela se fait, entre gens de bonne compagnie; au moins, vous ne m'auriez point exposé à manquer mon rendez-vous de six heures chez Véron et Baron. Il est cinq heures un quart, dépêchons-nous.

—Je suis à vous, monsieur,—répondit Albert en essuyant furtivement deux grosses larmes.

Alors il plia son billet et mit dessus : *Pour la dame au chapeau rose, qui vient chez Albert, peintre, rue Christine;* puis il le donna au vieux soldat, en lui serrant la main.

Après quelques minutes de marche le long d'un mur tournant, l'ex-garde de la maison rouge dit en s'arrêtant :

— Je crois, messieurs, que nous serons à merveille ici.

Personne ne disait non ; les deux adversaires défirent leur habit.

Thadéus fit inviter Albert à choisir des deux épées celle qu'il jugerait plus convenable à sa main.

— Je ne sais pas me servir de cette arme, — dit le jeune homme avec embarras, — cependant monsieur est l'offensé, il a le droit de choisir. Je prendrai donc cette épée...

— A Dieu ne plaise ! — répliqua vivement le comte, — Donnez les pistolets, messieurs, et veuillez compter les pas.

— Combien? — dit l'ex-garde.

—Quinze ! — répondit Albert avec précipitation;—je n'y vois pas de plus loin.

— Alors, mon brave, — continua le témoin du comte, — vous avez bien fait d'écrire à votre famille ; car le général ne me paraît pas homme à manquer une poupée quand le but est si près.

— Silence, monsieur, — dit sévèrement Thadéus.

— Je te repêcherai quelque part, toi, mauvais farceur ! — marmotta entre ses dents le vieux soldat. — Ensuite il se mit à compter froidement les pas mesurés par le témoin du comte, tandis que les autres chargeaient les armes.

— Quand vous voudrez, messieurs, — dit la vieille moustache.

— Avant de nous battre, — interrompit le comte d'une voix altérée en s'adressant au jeune peintre, — auriez-vous la franchise de convenir que je n'ai rien fait pour attirer sur l'une de nos deux têtes le malheur qui la menace?

— Je vous rends justice, monsieur, — répondit Albert ; — et si je dois succomber, j'avoue hautement qu'il est impossible de tomber sous les coups d'un plus noble ennemi.

— Votre main donc !

— La voici.

Attirés spontanément l'un vers l'autre, ils restèrent pendant quelques secondes comme deux amis qui se revoient après une longue absence. Et puis, se séparant avec un effort terrible, ils allèrent se placer à quinze pas l'un de l'autre.

Alors le vieux soldat frappa dans ses mains *une... deux... trois...* Au dernier coup, le pauvre Albert tomba.

## XXII

### LE VIN DE CHAMPAGNE.

— Pauvre diable!... brave garçon!...—dit le vieux soldat. Et il se croisa les bras avec douleur.

— Ma foi ! je ne dis pas le contraire; c'est un homme de cœur, — murmura l'ex-garde de la maison rouge. En voyant tomber Albert, il n'avait pu s'empêcher d'être ému.

Le noble enfant, calme et ferme en face de la mort, il ne pâlit qu'après le coup. En cédant à la terrible puissance qui le terrassait, il n'ouvrit la bouche que pour dire à son vieux témoin :

— Ami, ma lettre... ma lettre à *elle!* n'oubliez pas.

Et puis sa voix s'éteignit, ses yeux se fermèrent.

— Savez-vous, général, qu'il m'a fait presque peur pour vous? — continua l'ex-mousquetaire avec un sourire en s'adressant à Thadéus ; — c'est qu'il ne tremblait pas du tout, ma foi! On eût dit d'un vieil habitué comme nous autres, n'est-ce pas, brigadier?

Le brigadier hocha la tête pour marquer qu'il approuvait l'éloge et la comparaison.

Thadéus avait jeté loin de lui son fatal pistolet. Palpitant, désolé, à genoux auprès d'Albert, il cherchait avec anxiété la blessure qu'il venait de faire : il la cherchait sous les vêtemens déchirés du jeune peintre, à travers les flots de sang qui lui rougissaient les mains. Au cruel sang-froid de l'homme qui mesure d'un œil farouche la place où il va frapper un autre homme pour venger son honneur outragé, succédaient le profond chagrin et la touchante sollicitude de l'ami qui voit son ami prêt à mourir, qui s'efforce et s'épuise à retenir cette âme à demi envolée. A voir Thadéus agenouillé ainsi, son pâle visage penché sur le jeune homme, arrachant à tous ceux qui l'entouraient mouchoirs et cravates pour étancher ce sang où se mêlaient ses larmes ; à le voir prodiguer au pauvre blessé tant de secours et de soins, on eût dit un coupable implorant le pardon de sa faute, un meurtrier pleurant sur sa victime; on eût dit quelque chose de plus triste et de plus tendre : un père qui va perdre l'enfant de son amour.

— Je vous le jure, monsieur,—disait-il au vieux soldat qui l'aidait à déshabiller Albert; — je vous le jure, s'il m'eût arraché mon épaulette ailleurs que dans la rue, je crois que j'aurais pu lui pardonner encore cela... Oui, vous m'eussiez blâmé, vous autres; mais sa mère, à lui, sa mère m'aurait béni!... Pauvre fou! que t'avais-je donc fait pour m'insulter ainsi en plein soleil, devant toute une ville? La vie est donc bien triste pour toi déjà, le monde bien dépourvu d'illusions, que tu aies voulu mourir si jeune? Brave enfant!... Mais, mon Dieu! où est-ce donc?... tout ce sang m'empêche de voir... Ah! c'est là. Tenez, messieurs, voici la blessure... Dieu merci, j'espère que ce ne sera rien!

Les témoins se penchèrent pour regarder.

— Il a l'épaule cassée, — dit froidement le brigadier des gardes du corps.

— Vous croyez ! — reprit le comte avec ironie.

— Oh ! j'en suis sûr, je m'y connais un peu.

— Cassée ou non, — s'écria le vieux soldat d'un ton d'impatience, — il souffre comme un damné. Tâchons de lui bander cela comme nous pourrons... et puis j'irai chercher un chirurgien.

— Déjà cinq heures passées ! — dit entre ses dents l'ex-mousquetaire; — je n'arriverai jamais à l'heure.

Albert avait rouvert les yeux... Il fit un signe de tête à Thadéus, comme pour le remercier de ses soins.

— Conduisez-moi à la maison, — dit-il d'une voix faible, — conduisez-moi, je vous en prie... Si je peux vivre jusque-là, je la verrai au moins... car *elle* viendra, j'en suis sûr !

— Votre mère, mon ami? — demanda tristement Thadéus. — Oh! ce serait un spectacle trop cruel pour votre mère ! C'est chez moi que nous allons vous conduire..

— Non, non! Faites-moi porter rue Christine... que je la voie encore une fois... Ce n'est pas ma mère... je n'en ai plus, de mère! c'est *elle*!...

Les assistans échangèrent un douloureux sourire.

— C'est sa maîtresse, — dit à voix basse le brigadier des gardes du corps.

— Parbleu ! — interrompit le vieux soldat, — il est assez joli garçon pour cela, j'espère !

— Sans doute, — dit à son tour l'ex-mousquetaire ; — mais, le diable m'emporte! il faut avoir l'amour fièrement chevillé dans l'âme pour songer aux femmes dans un état pareil! Que de sang! regardez donc...

— Ah çà! — reprit le vieux troupier, — nous le tripotons là comme de vrais conscrits. Je vais chercher un médecin, moi!

— C'est inutile, — dit Thadéus qui venait enfin de sonder la plaie; — c'est inutile. Je me charge de lui; je réponds de lui.

— Mais... — dirent les témoins étonnés.

— Je réponds de lui, vous dis-je! — continua le comte sans se déranger... — Souffrez-vous beaucoup, mon pauvre enfant?

— Oh! — dit Albert, — ce n'est que pour mourir que l'on doit souffrir comme cela! Mais... je l'ai bien mérité... je vous pardonne... Pourtant, si jeune... et puis si aimé! *Elle*... Ah!

La fin de sa réponse mourut dans un cri horrible, effrayant, comme si le comte, qui tenait toujours la main sur la plaie, lui eût arraché la vie tout d'un coup.

Les témoins pâlirent.

— Mille millions de diables! — s'écria le vieux grognard en levant le poing sur Thadéus; — qu'est-ce que vous lui avez donc fait, vous?

Thadéus lui montra la balle qu'il venait d'extraire.

— Faites excuse, — reprit le soldat honteux de sa vivacité.

Le blessé s'était évanoui une seconde fois. Thadéus, en se faisant connaître aux témoins comme premier chirurgien du prince Auguste de Prusse, profita de l'évanouissement de son malade pour lui bander fortement l'épaule. Les fiacres revinrent, et trois quarts d'heure après ce premier pansement, le pauvre Albert était couché dans sa mansarde de la rue Christine; et la portière, madame David, notre ancienne connaissance, venait de s'établir à côté de lui, et répondait *oui*, d'un air capable, aux minutieuses prescriptions de Thadéus.

Les témoins, qui étaient restés en arrière pour faire à la mairie de Montmartre la déclaration du combat, ne tardèrent point à venir visiter, eux aussi, la mansarde du pauvre artiste. Le même motif ne les guidait point tous quatre : ainsi le vieux soldat venait par sensibilité, le brigadier des gardes du corps pour tâcher de voir la femme que le blessé désignait par *elle* et qu'il paraissait aimer si tendrement, l'ex-mousquetaire parce qu'il ne voulait point dîner sans ses amis; quant au quatrième témoin, il avait suivi les trois autres.

La petite chambre d'Albert était toute pleine avec tant de monde. Thadéus en fit la remarque.

— C'est vrai, — dit l'ex-garde de la maison rouge en regardant à sa montre pour la vingtième fois; — il est six heures et demie tout à l'heure, brigadier : on nous attend, il faut partir... J'espère, monsieur le comte, — ajouta-t-il en se tournant vers Thadéus, — que vous nous ferez l'honneur de dîner avec nous? Oui... n'est-ce pas? Votre malade n'aura pas besoin de vous avant demain; il faut toujours vingt-quatre heures pour lever le premier appareil; et puis d'ailleurs nous laisserons à cette brave femme l'adresse du restaurateur *Baron et Véron*, *galerie Vitrée;* on viendra vous chercher là en cas d'accident. C'est dit, n'est-il pas vrai?

Le Prussien voulut s'excuser.

— Comment! — reprit l'ex-mousquetaire, — vous allez faire des façons? Venez donc, nous nous amuserons. Pour ma part, je serai enchanté que nous fassions plus ample connaissance. Et puis c'est de rigueur après un duel... Que diable! votre homme n'est pas mort; et quand il le serait encore!... Allons, général, vous êtes des nôtres avec ces messieurs : c'est convenu.

En comprenant les deux autres témoins dans cette invitation si franche et si peu cérémonieuse, l'ex-mousquetaire rendait le refus impossible à Thadéus. Et en effet, plus tranquille sur l'état d'Albert, certain que la portière allait passer la nuit près du blessé, son ordonnance clairement écrite et suffisamment comprise par madame David, le Prussien accepta. Il n'était pas fâché de terminer un peu follement cette journée qui avait été pour lui si pleine de terribles secousses, et le caractère de son amphitryon lui donnait l'assurance de ne point s'ennuyer à table.

Ils sortirent donc tous les cinq.

Le vieux soldat n'avait dit ni oui ni non. Il fit en silence le trajet de la rue Christine au Palais-Royal; et quand ce fut son tour d'entrer chez le traiteur, il resta dehors obstinément.

— Tout bien réfléchi, — dit-il, — j'aime mieux la soupe qui m'attend chez moi. Je ne sais pas boire sans trinquer. Or, je sens que je ne pourrais jamais trinquer autrement que du sabre avec un Prussien. Ainsi, messieurs, bon appétit. J'irai demain savoir des nouvelles du jeune homme.

On fit ce que l'on put pour retenir le grognard; mais il eut l'air de ne pas entendre, et traversa la galerie sans daigner se retourner.

Ce fut à grand'peine que les quatre convives trouvèrent à se placer dans les salles basses et mesquines du restaurant à la mode. Il leur fallut bien du temps, bien des efforts de coude, d'épaule et de genou, pour pénétrer de la porte au centre, pour chercher et trouver les amis que l'ex-mousquetaire disait être à l'attendre. Comment se voir et se reconnaître à travers cette mouvante forêt de hauts panaches qui se dressaient et flottaient incessamment? Comment s'appeler et se répondre au milieu de ce vacarme d'idiomes de tous les pays, de cette confusion inextricable où chacun riait, jurait, chantait, blasphémait dans une langue inconnue à son voisin? On ne s'entendait point parler soi-même parmi cette cacaphonie infernale qui étouffait la voix perçante du service, qui repoussait et brisait la plainte humble et traînante du mendiant dont le hâve squelette et la face livide, criant une horrible faim, apparaissaient au vitrage et jetaient leur effrayant contraste dans cette nuée de têtes enflammées de vin et de bruit. Qui de nous ne se rappelle ces jours fameux d'orgie militaire où les vainqueurs, tout surpris de l'être, se ruaient sur Paris comme sur une ville prise d'assaut? Il faisait beau voir les généraux ivres comme des soldats, la face empourprée, les jambes chancelantes et le sabre à la main, brisant les bouteilles, renversant les tables; buvant, payant; cassant, payant; chantant leurs victoires, payant encore; ordonnant l'amour à des femmes qui en avaient à revendre à toute l'armée, et payant l'amour comme ils avaient payé le vin et les chansons, comme ils avaient payé les bouteilles brisées, les tables et les glaces fracassées!

Enfin, conduits par l'un des vingt garçons, qui leur frayait tant bien que mal une espèce de passage, les quatre nouveaux venus découvrirent, entre deux piliers flanqués de tables où brûlaient des ruisseaux de punch, les amis de l'ex-garde de la maison rouge qui, désespérant de le voir venir, se grisaient par mesure provisoire en beuglant l'hymne du *Retour de Gand*. On parvint, non sans plus d'une querelle ni d'un énergique échange de jurons, à glisser quatre autres couverts sur cette autre table déjà suffisamment chargée; et puis l'on s'assit à peu près... C'était au plus fort du tapage, au plus étroit d'un terrain qu'il fallait conquérir pouce à pouce : une atmosphère étouffante de feu, de fleurs, de viandes fumantes, pesait sur les poumons et troublait le cerveau : on s'asseyait ivre dans ce lieu, on ne pouvait s'en relever que malade ou fou.

Le dîner commença. Thadéus, fêté par ses nouveaux amis, céda bientôt, sans le vouloir, à l'entraînement général; mais, toujours maître de lui cependant, il laissa plus d'une fois son verre plein devant les bouteilles qui se succédaient sans relâche aux appels de l'ex-garde de la maison rouge.

Quant à celui-ci, les yeux déjà brillans, la bouche ardente et sèche, en grand acheminement d'ivresse, il buvait, il parlait toujours, et, dans sa conversation insuivie, dans ses phrases à chaque instant coupées par des tostes de toutes les tables voisines, auxquels il répondait toujours, car tous étaient à la glorieuse et invincible Sainte-Alliance; dans ce bavardage d'inintelligible folie, tombaient de temps en temps des noms qui retentissaient comme des coups de cloche aux oreilles de Thadéus, et lui mettaient souvent la parole sur les lèvres pour interroger son bruyant convive. Il avait déjà nommé Saint-Germain, puis une femme qui s'appelait Mathilde, puis une autre qui s'appelait Clarence... Saint-Germain, Mathilde, Clarence, c'était plus qu'il n'en fallait pour mettre le Prussien hors de lui. Multipliant ses interrogations, il voulut forcer l'ex-mousquetaire à s'expliquer plus clairement; mais le joyeux buveur, répondant à tout le monde, n'écoutait et n'entendait personne; il s'étourdissait et s'assourdissait lui-même, au milieu du tumulte de la salle, par son flux de folles paroles qui augmentaient à chaque instant de déraison et de rapidité.

— Mais, écoutez-moi donc, monsieur! — disait Thadéus impatienté en lui secouant le bras.

— Une minute, général! Je ne dois vous entendre que lorsque vous m'aurez fait raison de ce verre de champagne... car vous ne buvez pas, sacrebleu! — Il versait à côté du verre. — Excusez-moi, général... cette diable de mousse ne veut pas entrer...

— Quelle est donc la Clarence dont vous parliez tout à l'heure?

— La Clarence?... ah bah! fi de la Clarence!... Je bois à quelqu'un qui vaut mieux. Messieurs, buvez avec moi, si vous êtes des gens d'honneur, — ajouta l'ex-mousquetaire avec une gravité comique. — Je vous propose la santé de ma femme, de madame la baronne de Verneuil!

Ils s'étaient tous levés... Au nom de la jolie baronne, les verres se choquèrent joyeusement. Seul de tous, Thadéus demeura stupéfait; et, regardant le baron, il voulut parler... les paroles lui restèrent à la gorge. Un nuage de sang passa sur ses yeux; il retomba anéanti, et le verre, qu'il ne tenait plus, se brisa sur la table.

A peu près ivres tous au même degré, les convives ne remarquèrent point l'agitation de l'étranger. D'ailleurs, si quelqu'un le vit tomber ainsi le verre à la main, celui-là ne put-il pas se dire avec quelque apparence de raison : « En voilà encore un qui en a assez! »

— La baronne... la baronne... — répliqua le brigadier après avoir bu et retendu son verre; — ta femme est un peu plus madame la duchesse que madame la baronne! Il me semble que tu n'es guère galant de dépouiller ainsi ta jolie femme de ses titres, honneurs et priviléges.

— C'est vrai! — s'écria l'ex-mousquetaire comme s'il eût été ravi de la remarque. — Eh bien donc, à madame la duchesse!... et peu s'en est fallu que la Vauxbuin ne nous fît dire : A la reine de France!

— Chut! chut! pas si haut!... — dit le brigadier.

Les autres battaient des mains, en riant aux éclats.

— Monsieur... je vous en prie, — répéta Thadéus tout pâle, — comment se fait-il...?

— Comment, général? Je vais vous conter cela, messieurs... hein?

— Oui, oui, sans doute... — dit tout le monde.

— D'autant plus que c'est une drôle d'histoire, une vraie gaudriole de table... — Il but et s'essuya la bouche. Chacun fit silence. — Or donc, messieurs, — reprit-il, — écoutez comme quoi une comtesse de vieille race manqua de lancer sa fille dans un lit royal, et le beau marché qui s'ensuivit avec un très haut et très illustre pair, lequel paya les faveurs de la belle après avoir payé les dettes du mari.

Cette gentille annonce fit trépigner les assistans. Ils rapprochèrent leurs têtes de la tête du narrateur, et prêtèrent à son récit le peu d'intelligence que tant de bouteilles vidées leur avait laissée. Quant à l'étranger, il était là, les poings fermés sur la table, la respiration arrêtée, le cœur battant à grands coups; son œil de feu s'attachait immobile sur la bouche du baron, comme s'il eût voulu dévorer une à une les paroles qui allaient en sortir.

Monsieur Amédée de Verneuil trinqua encore une fois, et continua son amusant récit.

Tout ce cynique dévergondage, que le beau monde traite d'aisance et de liberté d'esprit, fut à profusion semé par l'ex-mousquetaire sur cette histoire si révoltante par elle-même. Il peignit en riches couleurs la mère qui déshabille son enfant; qui, après avoir compté sur ses doigts combien cela vaut, arrache le dernier voile à cette pauvre fille de dix-sept ans, et l'expose nue aux regards d'un vieux libertin en lui disant : « Voyez! elle est belle, elle est vierge! combien me l'achetez-vous? » Il dit toutes les horreurs de cette vente d'odalisque à un pacha rassassié de femmes; et les convives eurent des éclats de rire pour tout cela. Il dit la confiance pudique de la jeune fille qui croit se donner pure au mari qu'elle aime; et ils se moquèrent de la jeune fille. Il dit l'infâme complaisance du mari se prêtant au marché avec franchise, et payant ses créanciers avec le produit de sa femme; on admira l'honnêteté du mari. Il dit que le vin que l'on buvait était le produit de la prostitution, et l'on recommença à boire en trouvant le vin meilleur... Enfin il énuméra spirituellement toutes les circonstances; il nomma sans façon Clarence de Vauxbuin, Mathilde de Vauxbuin, et lui-même... Et parmi les buveurs il y en eut qui dirent : « Je bois à Clarence! je bois à Mathilde! je bois au baron! » Un seul nom ne sortit de la bouche de personne : ce fut le nom du duc de G...

Et tandis qu'il parlait toujours et que sa langue fatiguée s'épaississait de plus en plus, et que les autres riaient autour de lui en buvant à l'envi aux longues années de la victime et de ses bourreaux, à l'éternelle durée de ce marché de chair humaine, l'étranger était toujours immobile, écoutant, attentif à ce rêve de démons, riant quelquefois aussi d'un rire à faire trembler quiconque l'eût regardé en face. La main passée sous son habit, il se déchirait la poitrine de ses ongles, saignait et ne sentait rien : on lui disait de boire, il tendait son verre en souriant étrangement; puis, au lieu de boire, il mordait son verre, brisait le cristal sous ses dents, rougissait de son sang le vin limpide, et ne sentait rien encore; il écoutait toujours! Pour rien au monde il n'aurait interrompu le récit du baron.

Monsieur Amédée de Verneuil cessa tout à coup de parler et disparut entre sa chaise et la table. On s'empressa de le relever : il était ivre mort, et retomba au même instant.

— Pour Dieu! — lui cria Thadéus à l'oreille en le secouant avec violence, — le nom de ce duc? son nom?...

Le buveur ouvrit ses yeux malades et les referma aussitôt. Il était pâle et froid; une sueur acide et glacée coulait par tout son corps.

— Laissez-le donc tranquille, — dit le brigadier. Est-ce que vous ne voyez pas qu'il est soûl?

— Et vous, monsieur, le savez-vous? — reprit impétueusement le Prussien.

— Quoi?

— Le nom du duc?

— Comment diable voulez-vous que je sache cela, moi?

Effectivement, le brigadier était un ami de la veille, une rencontre de café. Il ne connaissait de l'histoire du baron qu'un récit à peu près semblable, fait à table aussi, quelques jours auparavant.

Ce qui se passait dans le cœur du père de Mathilde était horrible : c'était une soif ardente de vengeance. Il regardait ce cadavre d'homme tombé sous le vin; il le poussait du pied, il lui criait : « Réveille-toi donc, ignoble bête! » il l'eût réveillé sans nul doute à coups de couteau, pour lui arracher ce nom que ses lèvres pendantes ne pouvaient plus prononcer. Oh! si Clarence et son duc se fussent trouvés là! le lendemain, les garçons de salle, en montrant la place à leurs habitués, auraient dit : « Ici, une femme a été tuée hier; ici, quelqu'un a craché au visage de monseigneur le duc de G***. »

Il se rappela sa fille aussi, le malheureux! il se la rappela pour se dire: « Pourquoi n'est-elle pas morte en 1802? » Et cette terrible malédiction renfermait un vœu plus paternel qu'on ne pense... car il l'aimait pour elle, non pour lui; et qu'était Mathilde à ses propres yeux maintenant? rien qu'une prostituée comme sa mère!

Et personne là, personne pour dire à Thadéus le nom de cet acheteur de femmes, de ce duc qui fait le Louis XV qui marie ses concubines!

— Oh! je ne quitte pas cet homme, — dit-il entre ses dents. — Il parlera... dût-il en mourir, il parlera!

Cependant le baron, toujours ronflant sous la table, embarrassait et gênait les autres dîneurs. Thadéus paya la carte. On alla chercher une voiture; les garçons y portèrent monsieur de Verneuil: et le brigadier, qui savait l'adresse de son ami, accompagna Thadéus jusque-là. Les autres étaient partis.

— Si vous avez quelque affaire, monsieur, — dit le comte au garde du corps quand on fut parvenu à mettre l'ivrogne au lit, — ne vous gênez pas... mes soins suffiront.

— Ma foi! ce n'est pas de refus, — répondit l'autre, — car je suis de service cette nuit, et je crois qu'il est déjà onze heures. Ainsi donc au revoir, monsieur. On peut dire que vous avez du malheur aujourd'hui. Voilà deux fous qui se rendent malades exprès pour vous donner de la besogne.

Là-dessus, le brigadier salua et partit.

Alors Thadéus, ayant congédié le garçon d'auberge, arrache violemment la couverture du baron; il tire cet homme hors de son lit, l'assied dans un fauteuil, et lui jette au visage une pleine carafe d'eau froide.

— Monsieur de Verneuil! — lui criait-il avec colère, — monsieur de Verneuil! répondez-moi... mais réponds-moi donc, imbécile!

Et il recommençait ses aspersions.

Amédée, sans regarder qui lui parlait, balbutiait d'un air hébété:

— Voulez-vous finir? je n'aime pas ces farces-là...! Je suis bon enfant... mais je me fâche!... Je veux aller me coucher.

— Eh bien oui! mais un mot, rien qu'un! Le nom de ce duc? je vous en conjure.

— Mon duc? Eh bien! quoi? c'est mon duc... voilà! mon respectable duc... à sa santé!

— Comment! il ne me dira rien! — s'écriait le comte en fureur. — Rien! mon Dieu! mon Dieu!

Et il courait comme un fou à travers la chambre... Il revint vers Amédée, qui se rendormait déjà.

— Veux-tu me dire le nom de l'amant de ta femme, ou je te tue...! Entends-tu, misérable, je te tue, si tu ne parles pas!

— Du champagne! — répondit l'ivrogne, — je veux du champagne! Encore deux bouteilles, entends-tu, garçon? et puis après... tu m'apporteras des cigares et du punch!

— Alors Thadéus, ne se possédant plus, se jette sur cette masse inerte, et la frappe et la secoue à la briser... Rien! Il lui crie à l'oreille tous ces noms de Clarence, de Mathilde, de Verneuil... il lui parle d'argent et de mariage... rien! Le baron se laissait frapper, en remuant machinatement les bras comme pour se défendre... Une fois il ouvrit la bouche et laissa sortir un mot inintelligible, que tous les efforts de Thadéus ne purent lui faire répéter: il l'interrogea encore en le levant de son fauteuil, en lui mettant les pieds nus sur le parquet... Amédée ne put se tenir, il retomba lourdement allongé par terre, et murmura pour toute réponse: — Je te dis que je méprise Clarence!... Allons boire l'argent de mon brave duc, viens.

En regardant ce corps étendu, grelottant, tout bleu de froid, le Prussien sentit la honte lui venir.

— C'est mal de tourmenter cet homme ainsi, — se dit-il. — Il ne m'entend pas... il souffre, le malheureux! Laissons-le. Je reviendrai. D'ailleurs, un jour de plus ou de moins, qu'est-ce que cela fait? Mathilde en sera-t-elle moins déshonorée? Pauvre père! elle devait finir comme cela... on n'est pas impunément la fille de Clarence!

Il sonna. Un garçon vint l'aider à recoucher le baron.

— Demain à cinq heures du matin je serai ici, — dit-il. — Ne laissez monter personne chez monsieur avant mon arrivée.

Il retourna chez lui, et voulut commencer une lettre à la famille Elstein; mais son cerveau en désordre ne lui dictait que des mots insignifians et sans suite. Il se leva; et, se regardant à la lumière, il vit que son uniforme était tout taché du sang d'Albert.

— Pauvre jeune homme! — dit-il; — est-ce que je l'avais oublié?

Il changea de costume, redescendit, et prit le chemin de la rue Christine.

La portière était sur le seuil de sa loge.

— Eh bien! — lui dit-il, — comment va le blessé?

— Pas trop mal pour son état, monsieur, — répondit-elle; — cependant j'ai cru tout à l'heure qu'il avait de la fièvre.

— Et vous le laissez seul?

— Oh! pas pour longtemps. C'est que mon homme n'est pas encore revenu de faire son cent de piquet au *Triomphe-des-bons-enfans*. Et puis, d'ailleurs, monsieur Albert a quelqu'un avec lui.

— A la bonne heure!

— Soyez sans inquiétude, allez! celle-là ne le laissera pas manquer... je vous en donne mon billet.

Thadéus monta... la clef était en dedans... Il frappa deux petits coups. Une jeune et jolie dame vint ouvrir, et fit un mouvement de surprise en apercevant l'étranger.

— N'ayez pas peur, madame, — dit avec douceur celui-ci; — je suis le chirurgien, et je viens savoir des nouvelles de mon malade.

## XXIII

### INSOMNIE.

Cette jeune femme aux yeux bleus, aux cheveux noirs, simplement parée d'une robe de mousseline des Indes, et dont l'élégant chapeau rose se balance à l'angle de la couchette de bois peint; cette jolie garde-malade, si novice encore que vous lui voyez les yeux tout pleins de larmes... vous la connaissez! c'est *elle*, toujours elle... c'est la dame du Luxembourg, le mystérieux et charmant modèle du peintre Albert; c'est aussi l'impérieuse et souvent cruelle maîtresse du noble Armand de G***, c'est la fille vendue par sa mère, c'est le trésor qui paye les débauches de monsieur de Verneuil, c'est Mathilde enfin, notre Mathilde bien-aimée. La voilà qui veille son ami, inquiète et tourmentée comme une sœur qui veillerait son frère, comme une mère qui veillerait son enfant.

Elle s'est levée sans bruit pour ouvrir au chirurgien; elle le conduit tout doucement auprès du lit, en disant à voix basse:

— Prenez garde, monsieur... prenez bien garde de le réveiller... Tenez, voyez comme il dort?

Puis elle apporte, toujours avec les mêmes précautions, une des deux modestes chaises qui meublent la mansarde; et, souriant tristement, elle invite le docteur à s'asseoir.

Thadéus ne la remarque point d'abord. Il est tout à ce blessé qu'un lourd et fiévreux sommeil attache immobile à sa couche embrasée. L'ennemi de tantôt essuie furtivement une larme de regret et de pitié; il pose sa main sur un bras que le pauvre malade a machinalement sorti de son lit; et, médecin plein d'expérience, il compte avec sollicitude les pulsations qui se succèdent pesantes et serrées. Mathilde, craintive et pâle, debout à côté du docteur, retient sa respiration, et son regard suppliant cherche dans les yeux de Thadéus ce qu'elle doit espérer ou craindre. Le cœur de la pauvre femme bat plus vite encore que les artères de son ami ; le mot que va prononcer le médecin est son arrêt, à elle ; son existence, toute d'amour, est suspendue à ce mot qu'elle voudrait savoir déjà, et que pourtant elle a peur d'entendre.

Thadéus replace doucement le bras d'Albert sous la couverture et se tourne enfin vers la jeune femme.

— Eh bien ! — lui dit-elle, — comment le trouvez-vous?... Est-il plus mal ?

Sa voix entrecoupée tremblait; tout son visage peignait une émotion saisissante.

— Non, madame, — répondit Thadéus en se composant un air calme ; — il est comme je m'attendais à le trouver.

— Ainsi, vous n'en désespérez point encore? Oh! je vous en prie... ne me cachez rien, — continua-t-elle les mains jointes.

— Je vous jure, madame, qu'il est aussi bien que son état peut le permettre.

— Vrai ? bien vrai ?

— Oui, madame, bien vrai !... Tranquillisez-vous donc. Rien n'est désespéré... au contraire.

En parlant ainsi, Thadéus témoignait plus d'assurance qu'il n'en avait réellement. La balle avait traversé l'épaule sans la briser, mais en intéressant grièvement l'articulation, et le médecin ne pouvait prévoir où s'arrêteraient les résultats de l'inflammation déterminée par cette blessure. C'était donc un mensonge qu'il faisait là ; mais qui se fût avisé de l'en blâmer? L'ange gardien du pauvre Albert avait eu tant de joie à le prendre pour une vérité!

Après qu'il l'eut rassuré par ces consolantes paroles, Thadéus examina Mathilde avec plus d'attention. Il l'admira d'abord ; elle était si belle! Et puis il s'attendrit à la voir se pencher avec amour au chevet d'Albert, pour l'écouter dormir, pour étudier la douloureuse expression de cette physionomie allumée par la fièvre. C'est quelque chose de si touchant qu'une jeune et jolie femme qui vient s'asseoir auprès d'un lit de souffrances pour servir et pleurer ! L'âme s'émeut involontairemet à cette délicieuse alliance d'un bon cœur et d'un beau visage ; car c'est ainsi que nous rêvons les anges.

— Ne vous approchez pas tant, madame, — dit avec douceur le médecin ; — vous pourriez l'éveiller sans le vouloir. — Elle se recula avec effroi. — Et vous en seriez fâchée, n'est-ce pas? — continua le chirurgien, — car vous l'aimez bien !

— Oh ! oui, monsieur, — dit-elle en soupirant.

Et ses beaux yeux bleus s'attachèrent sur Thadéus avec une sublime expression.

— Vous êtes sa parente ; sa sœur, peut-être ?

— Non, monsieur. . je suis son amie...

Elle rougit comme un enfant en faisant cette réponse ; il semblait que ce fût l'aveu d'une faute.

Le comte de Spremberg ne jugea point convenable de multiplier d'indiscrètes questions. Il regarda le blessé, puis la jeune femme qui baissait, toute confuse, ses soyeuses paupières; et, sans chercher à se rendre compte de l'intérêt toujours croissant que lui inspiraient ces deux êtres si bien faits l'un pour l'autre, il dit en lui-même : « Pauvres enfans! » et puis il resta silencieux sur sa chaise, à côté de Mathilde toujours prête à saisir le premier mouvement que ferait le malade.

Cependant la nuit s'avançait, madame David était montée à une heure, et Mathilde l'avait congédiée.

— Vous pouvez vous coucher, madame, — avait dit l'amie d'Albert; — je veillerai bien seule jusqu'au matin.

— Cependant, madame, — avait répondu la portière d'un ton fâché, — il était convenu que ce serait moi que je veillerais mon locataire; même que c'était trois francs par nuit que vous m'aviez promis hier soir quand vous êtes venue. Ce n'est pas l'intérêt de l'argent qui me fait parler; Dieu merci ! on me connaît dans le quartier; mais, voyez-vous, quand il s'agit de faire quelque chose d'agréable à ce bon jeune homme, je suis là, moi. D'abord, j'aime à me sacrifier pour les malades. Chacun a son cœur quelque part, n'est-ce pas?

— Sans doute, madame David, sans doute ; je ne vous fais pas l'injure de croire qu'il y ait la moindre vue d'intérêt dans votre charitable empressement.

— En attendant, voilà ma nuit perdue et mon petit écu flambé, — reprit en grommelant la portière de la rue Christine.

Mais sa mauvaise humeur s'évanouit bien vite : ses gros sourcils gris se défroncèrent subitement... Mathilde venait de lui remettre une pièce de cinq francs dans la main, en lui disant :

— Tenez, il est juste de récompenser au moins votre bonne volonté.

— Ah ! madame, — répondit toute joyeuse l'obligeante femme, — du moment que cela vous fait plaisir de rester, je n'irai pas à l'encontre ; avec cela que monsieur le chirurgien est ici, je peux dormir tranquille. Votre servante, ma bonne dame.

Et madame David redescendit sans regret. Grâce à la générosité de Mathilde, elle gagnait à dormir.

Cet incident, tout léger qu'il fût, avait arraché Thadéus à ses rêveries. Il ne perdit pas un mot de la discussion à voix basse des deux gardes-malade, et lorsque madame David eut doucement refermé la porte après elle, le médecin dit à Mathilde :

— Ainsi, madame, vous voilà donc bien résolue à me tenir compagnie pour le reste de la nuit ?

— Je ne connais pas de puissance au monde qni pût me faire l'abandonner dans un pareil état.

— C'est une bien rude tâche que vous vous imposez là. Toute une nuit sans sommeil ! Prenez garde d'être malade à votre tour... Si jeune et si fraîche ! Songez donc... les veilles épuisent ; elles tuent quelquefois. J'ai le droit de vous dire de ces choses-là, moi... de vous conseiller...

— En cela, monsieur, — répondit précipitamment la jeune femme, — je dois obéir encore à mon guide ordinaire. — Elle posa la main sur son cœur. — Celui-là ne m'a jamais trompée ! — ajouta-t-elle en soupirant. — Il me dit : « C'est ici ta place ; tu dois veiller auprès de ce lit ! » et je l'écoute, monsieur ; et vous ne m'en blâmerez pas, vous ; car vous avez l'air noble et bon.

— Vous blâmer, madame ! — dit-il avec un accent de douleur ineffable. — Oh ! non, je ne vous blâme pas ; car si vous l'aimez, il vous aime aussi de toute son âme ; car votre nom était sur ses lèvres quand il tomba sous le coup ; car c'était votre image seule qui se dressait devant lui au moment du combat !

— Pauvre ami ! — murmura Mathilde les yeux pleins de larmes.

— Il n'a plus de mère, le bon jeune homme, — continua Thadéus, — vous êtes seule à l'aimer tendrement sur la terre... Mais vous, madame... pardonnez-moi cette question... est-ce qu'il n'y a personne au monde qui puisse s'inquiéter ou s'affliger de votre absence ? Si jeune, n'avez-vous plus de parens, plus de père qui vous chérisse et vous attende ?

— Hélas ! monsieur. mon père est mort avant ma naissance.

— Votre mère ?

— Ma mère ?... elle est morte aussi, ma mère ! Je vous le répète, monsieur, pour me guider, je n'ai que mon cœur ; pour m'aimer, je n'ai que lui... mon pauvre Albert ! orphelin comme moi, comme moi sans appui, sans conseil ici-bas. Si vous saviez, monsieur, comme son amour est estimable et pur ! Si vous saviez comme j'ai souffert déjà, moi si jeune, à peine entrée dans la vie ! Je ne trouvais autour que moi que crime, bassesse et déception ; je perdais mes illusions les plus douces ; je me traînais, pleine d'amertume et de désespoir, dans mon existence désenchantée : il est venu, lui ! un jour Dieu l'a jeté sur mon chemin, en me disant : voilà ton ange, pauvre femme! Alors, monsieur, mes belles illusions, mes songes si suaves et si doux sont revenus; alors j'ai pardonné au monde ses cruautés envers moi; je me suis élancée confiante et joyeuse au-devant de ce bonheur qui me tombait du ciel; j'ai cru au désintéressement, à la vertu, personnifiés dans mon Albert, j'ai pleuré devant lui, et il a pleuré comme moi... Il m'a demandé le sujet de mes larmes, je ne pouvais pas le lui dire... Il s'est tû, le bon jeune homme, il a respecté mon chagrin; il s'est mis à m'aimer de toute son âme pour me consoler .. Pardon, si je vous dis tout cela, monsieur; mais je ne sais pourquoi vous êtes la dernière personne devant laquelle je consentirais à rougir. Jugez maintenant si ce n'est pas pour moi le plus sacré des devoirs de passer les jours et les nuits auprès de mon ami, de mon frère malade!

Ces paroles si franches, si pleines d'amour, avaient retenti profondément au cœur de Thadéus. Sans répondre, il regarda l'amante du peintre, il lui tendit la main avec admiration, avec confiance. Leurs âmes s'étaient comprises.

Le blessé sortit enfin de son assoupissement. Il fit un soupir douloureux, en revenant au sentiment de sa souffrance et promenant ses regards douloureux autour de lui; bientôt il reconnut à la pâle clarté de la lampe qui brûlait à son chevet, demi voilée par le rideau, les deux êtres qu'un intérêt si tendre réunissait auprès de lui pour le soigner et le plaindre. Il sourit péniblement à l'un et à l'autre, et d'une voix faible il dit :

— Te voilà, mon âme, mon bonheur; oh! merci... merci!... Vous voilà aussi, mon ami... dites si vous m'avez pardonné? Je rêvais de vous tout à l'heure...

— Chut! chut! ne parlez pas, — interrompit Thadéus en lui mettant la main sur la bouche. — Je vous défends de parler, Albert!

— Oh! oui, tais-toi, tais-toi, — dit Mathilde d'un air suppliant;—cela te ferait du mal, vois-tu! Il faut écouter monsieur.

— Pourtant... il faut bien que je sache s'il me pardonne, lui que j'ai si cruellement offensé...

— Comment! lui! — s'écria Mathilde en regardant le chirurgien avec le plus grand étonnement.

— Oui... c'est lui... c'est lui...

— Mais, pour l'amour de Dieu! Albert, ne parlez pas... — répéta le comte attendri; — voulez-vous rendre nos soins inutiles, malheureux jeune homme?

— Oh! vous ne m'empêcherez pas,—continua le blessé en s'animant,—vous ne m'empêcherez pas de vous faire connaître à mon ange pour ce que vous êtes, pour le plus noble et le plus généreux des hommes... Car vous êtes bien dignes de vous tenir tous deux ainsi, à côté l'un de l'autre : toi si douce et si pure! lui, si grand, si beau!... Vois, je l'ai offensé sans l'avoir jamais vu, comme un vrai fou que j'étais... je l'ai forcé de se battre avec moi, car il ne voulait pas, lui, il voyait bien que j'étais fou!.. il pouvait me tuer, s'il eût voulu! il ne l'a pas fait. Et puis maintenant, vois-tu? il vient s'asseoir à mon lit, comme s'il était mon père. Aime-le, mon pauvre ange; aime-le bien, va! les hommes semblables à lui sont si rares! Je veux bien que tu l'aimes de tout ton cœur, d'abord.

— Albert, —dit encore la jeune femme d'une voix déchirante,—je vous en conjure, mon Albert, taisez-vous!

— Eh bien! oui... mais... donnez-moi chacun une main... là... bien... que je vous unisse dans ma reconnaissance, dans mon repentir... Bons amis!... merci... que Dieu vous rende vos bontés pour moi! — Et, brisé de ce dangereux effort, le pauvre blessé referma ses yeux qui brûlaient. Il dit avec le reste de sa voix éteinte : — J'ai bien soif!

Tous deux s'empressèrent à le servir. Il but... soupira... les regarda encore pour leur demander pardon et pitié; puis il se rendormit.

Thadéus et Mathilde, qui venaient de joindre leurs mains dans celles du bon jeune homme, tournèrent alors l'un sur l'autre leurs yeux humides de pleurs. Il y avait du reproche et comme de l'effroi dans le regard de Mathilde; sa main, retombée pendante à ses côtés, semblait souffrir de ce contact de tout à l'heure avec celle de l'ennemi d'Albert. Il comprit bien cela, le bon Thadéus; et le récit tout simple, tout naïf, qu'il fit à la jeune femme, de sa fatale rencontre des galeries de bois, en détruisant les fâcheuses préventions de Mathilde à son égard, fortifia les liens d'entraînante sympathie qui s'étaient tout d'abord établis entre eux.

Ce fut le reste de la nuit une douce et intime conversation, où la bonté du cœur de madame de Verneuil se dévoila sans effort à son compagnon de veille. Il y avait tant de candeur dans les discours de Mathilde, et ses réticences forcées annonçaient l'existence d'un si profond chagrin, que malgré soi il fallait aimer et plaindre cette enfant à la fois si tendre et si triste. Thadéus l'écoutait avec un charme inexplicable; il pensait à sa fille, à mesure qu'elle se livrait ainsi plus confiante et moins timide. Si le souvenir des terribles révélations du soir faisait de temps en temps bondir son cœur, une parole de Mathilde éclaircissait son front terni et le ramenait aussitôt d'une pensée sinistre au sentiment le plus vif de pitié pour l'intéressante jeune femme qui, n'osant presque s'avouer à elle-même l'état de son âme, le trahissait à chaque instant par des confidences inachevées.

Elle aussi goûtait un singulier bonheur dans la compagnie de cet inconnu : elle se sentait à l'aise avec lui. S'il l'eût interrogée, elle lui aurait peut-être dit toute son histoire... Il est si doux de pouvoir être compris quand on parle!

Tandis que l'on veillait ainsi dans la mansarde de la rue Christine, on ne dormait guère davantage dans l'hôtel de la rue Saint-Dominique. A onze heures du soir, le duc de G... était rentré de la cour, après avoir eu l'éclatant honneur de faire la partie du roi. Heureux d'une faveur si cruelle pour ses nombreux rivaux, fier des mots charmans qu'il avait trouvés pour répondre aux spirituelles saillies du maître, le noble gentilhomme de la chambre revenait chez lui encore tout imprégné de l'atmosphère courtisanesque des Tuileries; et, comme au jour où il voulut se montrer à Mathilde dans sa livrée neuve de pair de France, il n'eut rien de plus pressé que de demander à Dufour la baronne, dès qu'il se vit seul avec son valet favori.

— Monseigneur, — dit Dufour, — la baronne n'est pas encore rentrée.

— Pas encore rentrée?... Comment!... Eh mais! j'y pense, c'est jour d'Opéra : je l'avais oublié. Cette soirée m'a tout étourdi... J'étais enivré en sortant; car, figure-toi cela, Dufour, jamais le roi n'a été aussi aimable pour moi? Il semblait que cette absence de près de quatre mois eût triplé le bonheur qu'il éprouvait autrefois à se trouver avec nous en famille, comme il dit. Le marquis de D*** et le petit duc enrageaient. C'est un grand prince, Dufour... Enfin, vous me préviendrez quand la voiture de madame paraîtra : j'irai la recevoir moi-même et lui faire mes excuses de n'être point allé la chercher à l'Opéra.

— Madame n'est point sortie en voiture, monseigneur, — observa tristement le premier valet de chambre.

— Encore! — murmura le duc tout pâle; — encore! mais, c'est affreux cela!... — Et, sans pouvoir rien dire de plus, il se laissa tomber sur un fauteuil, en interrogeant du regard le valet de chambre qui se taisait respectueusement devant lui.—Eh bien! Dufour,—reprit le noble pair après une pause de quelques secondes,—est-ce que vous ne comprenez pas? Je vous demande où elle est, ce qu'elle fait, vous voyez bien? Pourquoi ne l'avez-vous pas suivie? Ne vous avais-je point ordonné de la suivre quand elle sortirait à pied?... Mais vous me trahissez donc aussi, vous, vous êtes donc d'accord avec cette malheureuse femme? Oh! sans doute, elle aura gagné tout le monde, corrompu toute ma maison; je ne suis entouré que d'ennemis maintenant! Il faudra que tout cela change un beau jour!... Eh bien! est-ce que vous avez juré de ne plus me répondre, à présent?

— Je ne mérite pas la colère de monseigneur,—répondit le valet de chambre sans paraître ému ni surpris de l'emportement du duc. — Les ordres que vous m'aviez donnés ont été fidèlement remplis : j'ai suivi madame la baronne.

— Ah ! Et pourquoi ne parliez-vous point, alors ? Faut-il donc vous arracher les paroles du ventre ?

— C'est que monseigneur paraissait si joyeux en rentrant !... J'ai eu peur de l'affliger.

— M'affliger ! comme si vous ne saviez pas que je dois m'attendre à tout avec cette femme ! comme si elle m'avait jamais rendu autre chose que dédain et froideur pour les magnificences dont je la couvre incessamment ! M'affliger ! quand cette ingrate créature me méprise ; quand elle me traite, moi duc et pair de France, moi l'un des premiers gentilshommes du royaume, comme je n'oserais traiter personne de ma maison... Tu sais pourtant bien cela, toi, Dufour ; toi, mon confident, mon ami ! Ah ! je la renverrai, cette femme, — continua-t-il en se levant ;—je la chasserai ! J'en ai le droit. Je la rendrai à sa mère, à cette vie de mendiante qu'elle ne craint pas de regretter en ma présence, l'indigne ! Eh ! je serais fou, je serais le plus stupide des hommes si je la gardais chez moi, pour m'abreuver, comme elle le fait, de dégoût et de fiel... J'en aurai tant que je voudrai, n'est-ce pas, Dufour ? et de plus nobles, et de plus belles encore !... Allons ! c'est dit : qu'on ne m'en parle plus. Apportez-moi ici ce qu'il faut pour écrire; je veux... Mais où donc est-elle allée, ce soir ?

— Toujours au même endroit, monseigneur, rue Christine.

—Rue Christine !... toujours !... Oh !... c'est bien infâme Me trahir, me voler ainsi !... Et pour qui ?

Et le vieillard se meurtrit le visage avec fureur ; il frappa du pied, il pleura comme un enfant qui voit briser son jouet favori.

Dufour en eut pitié.

— Monseigneur... monseigneur, calmez-vous,. — lui dit-il ;—la livrée est encore dans la salle à côté : si l'on vous entendait ! Ne vous faites donc pas tant de mal pour une personne si peu digne de vos bontés...

L'observation du valet rappela le maître à lui-même.

—Taisez-vous !—reprit impérieusement monsieur de G***. — Je me plains de la baronne parce que cela me convient, mais il ne vous appartient pas de juger mes affections, entendez-vous ?—Dufour s'éloignait en silence, quand le vieil amant de madame de Verneuil, retombant dans son délire de jeune homme, lui défendit de sortir. — Est-ce que tu vas t'en aller aussi,—s'écria-t-il en sanglotant ; — toi, mon pauvre Dufour, le seul qui connaisse mes chagrins, mon unique agent dans cette misérable intrigue qui me rendrait la fable de tout Paris si quelqu'un la divulguait ?

— Je croyais que monseigneur voulait être seul.

— Parce que je t'ai parlé un peu durement ? Mon Dieu ! mon Dieu ! ne peut-on rien vous dire non plus, à vous autres, sans qu'aussitôt votre dignité s'effarouche ?... Mais c'est terrible, cela ! comment faut-il donc vous parler ? Voyons, Dufour, viens ici. Il faut bien me passer quelque chose, je suis si malheureux ! Je n'ai pas la tête à moi dans des momens pareils. Ecoute... Elle m'a fait un mal affreux ; elle me méprise, elle me trompe... Qui sait combien elle est allée de fois dans cette rue Christine pendant mes trois mois de séjour à Gand ? Mais, c'est égal, vois-tu ! je l'aime, je l'aime, Dufour ! Je veux que tu ailles me la chercher, que tu me la ramènes ici pour que je la gronde... Et puis je lui pardonnerai, parce que je ne sais pas vivre fâché avec elle... Ah ! mais c'est qu'elle m'a ensorcelé, vois-tu ? c'est une vérité... Je veux qu'elle revienne... Elle me trompera encore, l'ingrate ! n'importe, je ne le saurai plus ; car je ne veux plus le savoir, je ne veux plus qu'on la suive, je ne veux plus qu'on me dise rien... Le premier d'entre vous qui s'avisera de la suivre et de me dire un mot de ce qu'elle fait, je le chasse à l'instant même.

— Ordonnez, monseigneur, vous serez obéi.

— Mais dis-moi donc ce qui coule dans tes veines, Dufour ? Tu es donc bâti de glace des pieds à la tête ? Est-ce que c'est de l'obéissance que je te demande ? Ce sont des conseils... Non ! il me voit désespéré, malheureux comme il n'est pas possible, et le voilà qui reste tranquille, sans bouger, comme une statue de marbre, au milieu de cette chambre !... Je veux que tu me conseilles, je te dis. — Et, comme si son orgueil de grand seigneur se fût révolté à l'idée de devoir quelque chose au confident de son libertinage, il s'essuya les yeux, et reprit d'un ton plus calme : — Car enfin, si je voulais, Dufour, je puis d'un mot dépouiller cette femme et la remettre nue comme je l'ai prise ! Rien ne m'empêche d'abandonner son débauché de mari, qui s'est avisé de revenir à Paris sans ma permission et avant l'époque convenue. J'ai bien assez de pouvoir, malgré cette charte dont ils font tant de bruit, les imbéciles ; oui, certes ! j'ai assez de pouvoir pour faire arrêter le mari, et la femme, et la mère : on a mille moyens pour cela ! Quant à ce petit peintre, nous savons comme il pense, Dufour ; et la police le saurait par nous si nous voulions... Ainsi, je tiens leur sort à tous dans mes mains, et, s'ils se moquent de moi, c'est qu'il me plaît de le souffrir, n'est-ce pas, Dufour ? Mais tous ces moyens violens ne me rendraient pas la baronne : ce serait une vengeance stérile, bonne tout au plus à me faire détester d'elle... Voyons, que me conseilles-tu, toi ?

— Monseigneur me paraît avoir bien trouvé,—répondit le valet de chambre.

— Comment cela ?

— Ce serait d'éloigner d'abord le peintre comme bonapartiste.

— Eh bien, oui ! sans doute... mais je la connais, elle ne me pardonnerait pas cela... Et puis le roi sait à peu près tout ce qu'on fait dans ce moment-ci. Il me demanderait, avec ce sourire qui vous perce l'âme, mes griefs personnels contre ce jeune homme... Il ne faut pas... Non ! Je veux la revoir, je veux qu'elle revienne ici de gré ou de force, et qu'elle s'explique. Mon Dieu ! mon Dieu ! je suis donc bien vieux, bien laid et bien méchant, Dufour, pour qu'elle ne puisse pas m'aimer encore, après tout ce que j'ai fait pour elle ?

Il se mit devant une glace, et les larmes lui revenaient aux yeux en se regardant.

— Alors,—reprit Dufour,—puisque monseigneur craint de se compromettre par un moyen semblable, je ne vois que la comtesse qui puisse obliger madame sa fille à réparer ses torts envers vous.

— Encore cette femme ! encore cette abjecte créature !... —observa le duc avec dégoût.—D'ailleurs ne doit-elle pas partir cette nuit ? Toutes réflexions faites, j'attendrai... j'aime mieux attendre qu'elle revienne... car il faut bien qu'elle revienne enfin ! Laissez-moi, Dufour, allez vous coucher.

Le valet de chambre obéit.

A deux heures du matin, la sonnette du duc, violemment agitée, le réveilla en sursaut. Il se précipita dans la chambre de son maître, à moitié habillé.

— Monseigneur est-il malade ? Faut-il envoyer chez le docteur ?

— Non... non... Ou plutôt, oui ! car voici les domestiques qui se lèvent, et il ne faut pas qu'ils soupçonnent... Envoyez chez monsieur Alibert ; je souffre assez pour avoir quelque chose à lui dire... Envoyez vite, et revenez me parler.—Dufour sortit. Le noble pair était dans une horrible agitation.—Maintenant,—dit monsieur de G*** quand le valet fut de retour,—habillez-vous ; prenez la voiture bleue et Georges ; allez-vous-en chez cette mère, et dites-lui tout... tout ! entendez-vous bien ?... Car je brûle, car je me meurs d'impatience et de colère ! Dites-lui qu'il me faut sa fille, qu'il faut qu'elle me la cherche, qu'elle me la trouve, qu'elle me la ramène cette nuit même!... Je doublerai la pension à elle et à son gendre.. mais il faut que la baronne revienne, ou bien... elle me connaît!... Allez vite, allez, Dufour, réveillez-la : courez après elle si elle est déjà partie, traînez-la avec vous, bon gré mal gré, et ne revenez pas sans la baronne, au moins!

Le valet de chambre s'inclina et disparut. Tandis qu'on mettait les chevaux à une voiture sans armoiries, il acheva tranquillement sa toilette. Un quart d'heure après, le duc respira plus facilement, car il venait d'entendre ouvrir la porte cochère, et les roues du landau retentir dans le silence de la rue.

## XXIV

### FACE A FACE.

Cette nuit devait être une nuit de veilles pour tous. Comme le duc de G***, comme Thadéus et Mathilde, Clarence était sur pied à deux heures du matin. Ce n'étaient pas non plus les joies d'un bal, ni l'ivresse d'une fête, qui la tenaient éveillée: des soins plus graves l'occupaient. L'inquiétude et l'impatience dans toute sa personne, elle allait, venait, s'asseyait pour écrire; se relevait aussitôt pour donner des ordres au milieu de son appartement ouvert partout, encombré de paquets et de malles, dans tout le pêle-mêle d'un départ précipité. Sur le secrétaire de Clarence, on voyait un passe-port déployé, où se lisaient ces mots : « *Pour aller de Paris à Blois;* » et puis, à côté, confondues avec un triage de papiers, mis à part d'une foule d'autres qui brûlaient, inutiles ou dangereux, dans la cheminée, une lettre au duc de G***, une lettre à la baronne de Verneuil, une autre au baron; une lettre au comte de Spremberg; enfin, la dernière, à cette vieille amie de Clarence, jadis la signora Amanda Vollini, maintenant madame Volin, receveuse aux bains de la rue des Colonnes.

La comtesse de Vauxbuin n'allait pas jusqu'à Blois: elle devait s'arrêter à Ménars-le-Château, dans une propriété du noble amant de sa fille. C'était le plus sûr asile qu'elle pût trouver pour se dérober aux recherches de Thadéus : car il lui fallait à tout prix éviter une nouvelle rencontre avec cet homme, son mauvais génie, remords incarné qui la faisait mourir toutes les fois qu'elle le voyait.

Elle interrogeait impatiemment la pendule, hâtait de la voix et des mains les préparatifs du voyage. De minute en minute elle se penchait à la fenêtre, et prêtait l'oreille au calme inquiétant de la rue; cherchant au loin, appelant de tous ses vœux les coups de fouet du postillon, le bruit des grelots des chevaux de poste qui devaient lui annoncer l'arrivée de sa chaise... Enfin elle poussa un cri de bonheur, un éclair de joie rayonna dans ses yeux : le pavé de le rue Neuve-des-Petits-Champs, fortement ébranlé sous une pression rapide, faisait déjà frissonner les vitres de l'hôtel dans leurs solides châssis. A cet impétueux roulement se mêlèrent bientôt des claquemens de fouet réitérés. Tout ce bruit dura quelques secondes, violent comme le tonnerre dans le silence de la nuit, et cessa tout à coup. Deux voitures venaient de s'arrêter en même temps devant la porte cochère. Elles avaient lutté de vitesse en entrant dans la rue d'Antin; le landau, plus léger, avait gagné le pas sur la chaise de poste.

Les malles étaient prêtes. Clarence, sa mante de soie sur les épaules, sortait déjà de l'appartement, suivie de sa femme de chambre qui portait un carton de chaque main, tandis que deux commissionnaires et le concierge de l'hôtel commençaient à descendre les bagages de la comtesse... lorsque Dufour montra sur l'escalier sa face immobile et sournoise.

La présence de cet homme, intermédiaire habituel de ses relations avec monseigneur, n'avait rien qui pût alarmer madame de Vauxbuin; et cependant sa brusque apparition à cette heure, dans un pareil moment, la rendit pâle et tremblante. Un cri de surprise désagréable lui échappa. Elle se remit assez vite néanmoins, et, voyant sur le visage du valet de chambre quelque chose de moins insignifiant qu'à l'ordinaire, elle dit avec précipitation :

— Est-ce que monseigneur serait indisposé?

— Légèrement, madame... Mais ce n'est point pour cela que je viens.

— Aurait-on quelques griefs contre moi, par hasard?

— Non, madame, pas précisément... — dit en souriant Dufour; — c'est d'autre chose qu'il s'agit.

— Ma fille n'est pourtant pas malade? — Car c'était ainsi que les sentimens se classaient dans la tête de la bonne comtesse. D'abord le soin de la santé du duc; ensuite la crainte de perdre ses bonnes grâces; l'amour maternel venait le dernier. Dufour, qui ne se souciait point d'engager une conversation sur l'escalier devant les commissionnaires et le portier, pria madame de Vauxbuin de remonter dans son appartement. — Vous me direz aussi bien cela en descendant, — répondit la comtesse. — Est-ce que vous n'avez pas vu la chaise de poste qui est en bas? Il faut que je parte au plus tôt.

— J'en suis désespéré, madame, mais vous ne pouvez plus partir cette nuit; nous avons des courses à faire ensemble.

— Je vous dis que je suis attendue, et qu'il est de ma sûreté que je parte à l'instant même. Mais, mon Dieu! qu'est-il donc arrivé depuis hier soir?

— Il est de votre sûreté que vous restiez et que vous m'entendiez, madame, — répliqua Dufour à voix basse. — Aimez-vous mieux que monseigneur vous abandonne? Aimez-vous mieux être ruinée?

A ces mots la comtesse tressaillit. Elle regarda fixement Dufour, qui appuyait sa terrible menace d'un geste significatif. Alors cherchant à se composer un sourire aimable, elle dit à sa femme de chambre de faire suspendre le chargement des paquets; puis elle invita gracieusement l'envoyé de monseigneur à la suivre chez elle.

— Eh mon Dieu! monsieur Dufour, — dit-elle quand ils furent seuls; — vous m'inquiétez au dernier point. Apprenez-moi donc bien vite ce qui peut indisposer monsieur le duc à mon égard?

— Mon maître ne se plaint point de vous, madame; mon maître se plaint de madame la baronne, qui n'a encore payé ses bienfaits, dit-il, que par la froideur, le mépris et l'ingratitude.

— Je sais bien cela. Mais que voulez-vous que j'y fasse?

— Monseigneur pense que vous êtes mère et que vos conseils ont de la puissance sur l'esprit de madame la baronne.

—Je ne vous comprends pas, monsieur Dufour. Voyons: Votre maître, mon noble ami, peut-il me reprocher la moindre répugnance? Il a désiré ma fille, je la lui ai donnée. Il l'a désirée mariée, j'ai obéi. Je me suis soumise avec joie à tout ce qu'il fallait pour assurer le succès d'une transaction où je voyais du bonheur pour tous deux. Après cela ma tâche était finie, ce me semble. C'était à monseigneur à chercher les moyens de se faire aimer. Est-ce que je pouvais commander l'amour de ma fille?

— Mon maître sait tout cela, madame. Il croit avoir récompensé vos soins d'une manière convenable et digne de lui. Quant à ce que vous venez de me dire en dernier lieu, monseigneur consentirait presque à n'être point aimé, lui, pourvu que madame la baronne n'aimât personne. Mais malheureusement il n'en est pas ainsi.

— Comment ?

— Oui, madame ; votre fille a donné un rival à mon maître, un rival aussi heureux, sans doute, que monseigneur est à plaindre.

— Vous plaisantez.

— Je ne plaisante jamais, — observa le valet de chambre. — C'est pour vous dire cela que je suis venu, — continua-t-il. — Voilà ce qu'il faut faire cesser, madame. Monseigneur est à bout, je vous le déclare franchement. Il s'agit à cette heure de choisir entre le maintien de votre pension, sa conversion même en rentes perpétuelles, et la disgrâce la plus complète.

La mère fondit en larmes à cette funeste déclaration. Au bout de quelques instans elle reprit :

— En vérité, monsieur, je trouve monseigneur fort injuste de vouloir me punir, moi, d'un malheur qui n'est aucunement de mon fait et contre lequel je ne puis rien.

— Je ne suis ici que l'organe de monseigneur. Soumettez-vous de bonne grâce à la démarche que je viens vous proposer ; employez vos droits et vos conseils de mère à ramener madame la baronne, et mon maître oubliera qu'elle a passé la nuit hors de chez lui.

— La nuit dehors ! est-il possible ? Peut-on se perdre ainsi ! Voilà ce que j'aurais empêché, moi, si l'on ne m'eût pas refusé de vivre auprès d'elle... Mais on m'a repoussée comme importune ; on a cru pouvoir se passer de moi ! Et puis, aujourd'hui que le mal est irréparable, on vient me chercher, me tourmenter.

— Vous avez tort, madame, de parler ainsi, — répliqua froidement le valet de chambre, — puisque mon maître est disposé au pardon. Le mal irréparable serait de lasser son indulgence.

— Mais enfin, — s'écria Clarence, — je ne peux pas aller chercher Mathilde chez son amant !

— Comme vous voudrez, madame ; mais à la prochaine échéance de votre pension, je ne vous conseille point de vous présenter chez le banquier de monseigneur, car il aura reçu l'ordre de ne plus payer.

— Votre maître me connaît mal, — répondit avec fierté la comtesse, — s'il croit une semblable considération capable de me faire manquer à ma dignité de femme et de mère.

— Vous êtes libre, madame.

— Un motif plus puissant, — reprit Clarence d'une voix altérée, — me déterminerait peut-être à cette honteuse démarche... c'est la pensée de ce que cette malheureuse enfant deviendra si elle est forcée de vivre avec son mari.

— C'est vrai, — dit malignement Dufour en riant presque ; — car enfin ce n'est pas pour cela qu'on les a mariés.

— Vos instructions vous disent-elles d'être insolent envers moi, monsieur Dufour ? — dit Clarence rouge de colère.

— Eh, mon Dieu ! madame, — répondit le valet de chambre piqué, — qu'est-ce que tout cela me fait, à moi ? Est-ce pour mon intérêt, pour mon plaisir, que je viens ici ? Que gagnerais-je à la réconciliation de mon maître avec madame de Verneuil ? Une rupture définitive me serait plus avantageuse, j'imagine ; je reprendrais les fonctions d'intendant que votre fille m'a enlevées ; et d'ailleurs une nouvelle intrigue de monseigneur me vaudrait de nouvelles bontés. Enfin voulez-vous, oui ou non, faire ce que désire monsieur le duc ?

— Vous ne me persécuteriez pas ainsi, — dit la comtesse dans le plus grand trouble, — si vous saviez combien il est important pour moi de partir cette nuit même.

— Ce ne sera qu'un retard de deux heures tout au plus, — continua Dufour en reprenant son sang-froid, — et, je dois vous le dire, ce n'est pas seulement pour madame la baronne et pour vous une question d'existence, c'est encore une question de liberté.

— De liberté ! — s'écria-t-elle avec effroi. — Monseigneur pourrait...

— Monseigneur est outré, — interrompit le valet de chambre. — N'en a-t-il pas le droit ? Je suis désolé de vous parler ainsi, madame la comtesse ; mais il le faut. Partons, s'il vous plaît ; la voiture bleue est à la porte.

Clarence fit bien encore quelques objections qui tombèrent l'une après l'autre devant l'argument sans réplique de Dufour. Epouvantée de la perspective de misère qu'il ramenait sans cesse à ses yeux, madame de Vauxbuin se décida enfin à suivre le valet de chambre.

Le postillon fut renvoyé avec un pourboire raisonnable, et l'ordre de revenir dans deux heures.

— Où allons nous ? — dit Clarence en s'asseyant dans la voiture bleue vis à vis le factotum du noble pair.

— Chez monsieur Albert, rue Christine, — répondit tranquillement Dufour ; — un jeune peintre qui loge au grenier.

— O mon Dieu ! — murmura la mère indignée, — peut-on jouer sa fortune pour si peu !

La voiture s'arrêta bientôt devant la maison du peintre. Clarence descendit.

— Je vous attends, madame, — dit le valet de chambre ; — il est inutile que monseigneur paraisse s'être mêlé d'une semblable affaire.

Après plusieurs coups frappés à la porte par le cocher Georges, madame David s'éveilla, tira le cordon, et vint en bâillant sous la porte cochère voir lequel de ses locataires s'avisait de rentrer si tard.

— Montrez-moi le chemin du logement de monsieur Albert, — dit Clarence d'une voix brève.

— Mais... madame... on ne peut pas monter chez lui...

La comtesse tira de son sac une pièce de cinq francs. Madame David, voyant qu'elle avait affaire à *quelqu'un de comme il faut*, n'ajouta pas une parole ; elle prit son bougeoir, et monta devant madame de Vauxbuin, qui la suivait avec hésitation, en chancelant à chaque pas.

Thadéus, voyant que le jour ne tarderait point à paraître, s'était levé pour prendre congé de ses nouveaux amis. Depuis quelques momens son regard était devenu plus sombre ; ses paroles, plus rares, étaient aussi plus graves : il semblait dominé par une terrible préoccupation. C'est qu'aux doux épanchemens de cette nuit, toute de soins touchans et d'affectueuses confidences, succédait l'effrayant tumulte des souvenirs de la soirée ; c'est qu'avec le jour qui allait se lever revenait la pensée sanglante de la démarche que le père de Mathilde devait faire auprès de son gendre. L'heure approchait où, l'épée à la main peut-être, le malheureux Thadéus allait forcer Verneuil à lui révéler le nom du héros de ce drame hideux où la prostitution et la débauche avaient, sous les noms sacrés de mère et d'époux, si lâchement joué l'honneur de sa fille.

La fièvre avait enfin abandonné le blessé. Un sommeil tranquille lui rafraîchissait le sang. Mathilde, exténuée de fatigue et d'émotions, cédait au besoin de dormir à son tour. Afin de protéger le repos de la jeune femme, Thadéus avait entouré d'un pan de rideau le fauteuil où elle était assise, tout contre le lit de son Albert. Grâce à cette précaution, la lueur presque éteinte de la lampe qui brûlait en tremblotant sur la cheminée ne pouvait arriver jusqu'à Mathilde. Ainsi préservée de cette importune clarté, toute cachée par l'ampleur du rideau fermé sur elle, nul ne pouvait soupçonner sa présence dans la chambre du peintre.

— Aimables et bons jeunes gens, — dit en lui-même le comte, — je vous dois une délicieuse nuit... Pourquoi faut-il que je vous quitte ? Hélas ! quels cœurs vais-je trouver à présent ! Aurai-je la force de supporter cet abominable contraste ?... Au revoir, mes amis, adieu... je vous aime et je vous bénis ! — Il souleva encore une fois le rideau qui cachait Albert et Mathilde ; il les regarda dormir comme autrefois il regardait, assis chez la nourrice de Belleville, l'enfant de Simon et le sien qui dormaient, frais et roses, tournés l'un vers l'autre dans leurs berceaux. Il pleura, le pauvre père ! Il dit : — Les jolis anges, mon Dieu! — Et puis, rappelant à lui tout son courage, il les bénit encore dans son âme, laissa retomber le rideau, et, suspendu sur la pointe de ses pieds, il s'avança doucement pour sortir.

En ce moment la portière, parvenue sur le palier, disait à la comtesse, en lui désignant la porte blanche de la mansarde :

— C'est ici, madame; quel nom faut-il annoncer?

— Aucun, — répondit tout bas la comtesse.

La porte s'ouvrit; madame de Vauxbuin parut sur le seuil. Thadéus fit un pas en arrière pour la laisser entrer.

Cette femme ne parlait pas; mais le souffle précipité de ses lèvres, mais le contact de sa main, qui heurta en passant la main de Thadéus, firent éprouver à celui-ci une sensation étrange. Le bruit de ce souffle retentissait en lui comme une voix connue; il tressaillit; il s'arrêta, frissonnant des pieds à la tête, saisi d'une secrète horreur qui lui faisait dresser les cheveux.

La comtesse avait relevé son voile en entrant; machinalement, sans curiosité, comme obéissant à quelque attraction bizarre, l'œil de Thadéus glissa sous la passe avancée du chapeau de Clarence... il vit sa figure... C'était un rêve! c'était une illusion de ses sens brisés! Mais les regards de madame de Vauxbuin, qui cherchaient partout sa fille dans cette chambre, qui dé à venaient de fouiller dans cette alcôve de douleur, où ils s'étaient arrêtés surpris en ne voyant qu'une tête de jeune homme pâle et souffrant sur l'oreiller; ces regards, en revenant au point de départ, se croisèrent avec ceux de Thadéus... et là ils restèrent immobiles; et tous deux, père et mère, amant et maîtresse, debout face à face, sûrs qu'une vision montée de l'enfer les abusait, tremblans tous deux, l'un de fureur, l'autre d'épouvante, s'examinèrent longtemps curieusement, sans pouvoir trouver un mot à faire sortir de leurs bouches béantes : vraiment anéantis, vraiment foudroyés tous deux.

Le bruit qu'avait fait la porte en s'ouvrant venait d'éveiller Albert. Tout affaibli de tant de sang perdu, incertain et troublé, il regardait cette scène qui lui semblait une apparition aussi : car il ne comprenait pas le motif de cette visite d'une inconnue; il se demandait quels rapports pouvaient exister entre ces deux personnes qui se renvoyaient de si singuliers regards. Bientôt ses yeux, fatigués par l'éclat des lueurs enflammées de l'aurore qui pénétraient dans la chambre, se refermèrent. En cessant de voir cette image fantastique, il ne pensa plus à rien.

Pourtant Thadéus recouvra la parole; il dit à la portière, qui attendait, à moitié endormie, son bougeoir à la main :

— Laissez-nous, madame.

La bonne madame David n'attendit pas une seconde pour aller retrouver son lit.

A ces trois mots du comte qui remuèrent toutes les fibres de son cœur, qui lui glacèrent le sang et résonnèrent dans sa tête comme un arrêt de mort, Clarence cessa de se croire sous la puissance d'un songe. Mesurant l'horrible profondeur de l'abîme où elle avait imprudemment engagé ses pas, la misérable femme perdit toute énergie : elle recula écrasée devant son juge, détourna la tête, et, s'appuyant sur le dos d'une chaise pour ne pas tomber, elle murmura douloureusement le nom de Thadéus. Elle ne songeait pas même à s'enfuir. Ce fut donc de la part du comte une précaution inutile que de venir se placer entre elle et la porte.

— Comment, c'est bien vous, madame, — lui dit-il à l'oreille avec une expression sinistre.—Parbleu! convenez qu'il est heureux de se rencontrer ainsi, quand on a, comme nous, tant de choses à se dire? — Le comte savait-il donc toute la détestable histoire du marché de Mathilde? Cette pensée désolante et funeste pénétra dans l'âme de Clarence avec l'ironique bonjour de son ancien amant... Cependant elle ne voyait pas là sa fille... Où donc était le baronne? Peut-être il ne savait rien, cet homme!... C'était encore un piége qu'il allait lui tendre pour surprendre ses paroles, pour lui voler la vérité... Clarence pensa tout cela; elle reprit un peu d'assurance et releva la tête... Mais il fallut qu'elle la rabaissât aussitôt. C'était fini : elle ne pouvait plus supporter ce regard accablant. Le père, qui attendait une réponse et n'en recevait point, saisit le bras de la malheureuse, et reprit de cette voix étrange qui n'est ni basse ni haute, horrible mélange de sons faux à briser l'oreille de celui qui les entend : — Oh! mais dites donc que c'est un admirable hasard qui vous amène ainsi où je suis! ou bien ne serait-ce pas plutôt une attraction toute naturelle, ma bonne Clarence? Vous avez reçu peut-être des nouvelles de notre enfant, et, me sachant ici, vous êtes venue me les apporter? Oh! que c'est bien!

Il riait affreusement en disant cela, et ce bras de la comtesse qu'il avait saisi, il le serrait à la faire crier. Mais elle ne criait pas, elle ne le voyait pas rire; les yeux toujours baissés, elle répondit, en jetant péniblement ses paroles une à une :

— Non... ce n'est pas pour elle... pas pour vous que je suis venue... c'était pour parler à monsieur Albert... le peintre...

Son nom, prononcé tout près de lui, rappela l'attention du blessé sur l'incompréhensible venue de l'étrangère dans sa mansarde. Il prêta l'oreille de toutes ses forces, et entendit la réponse que fit le chirurgien.

—Ah! c'est pour monsieur Albert que vous êtes venue? Pauvre grande dame, je devine bien, allez! un amant encore, celui-là, n'est-ce pas? un perfide encore qui vous méprise, qui vous trompe? On vous aura dit qu'il y avait une rivale cachée... vous êtes venue, fière et jalouse, réclamer vos droits... N'est-ce pas cela, madame?

L'amère réplique de Thadéus se résuma pour Clarence dans l'idée que cette rivale prétendue n'était autre que Mathilde... Elle essaya, en frémissant, de repousser l'accusation du comte, mais la terreur l'étranglait : ses paroles en arrivant sur ses lèvres s'exhalaient en un sourd murmure.

Une voix sortit de l'alcôve pour annoncer qu'il allait y avoir un tiers dans cette infernale entrevue Ce fut celle d'Albert, qui, s'élevant faite et douloureuse, dit à Thadéus, avec un accent inimitable de vérité :

— Moi, monsieur?... Je ne connais pas cette dame.

— Oh! tant mieux! — s'écria Thadéus; — tant mieux pour vous et pour moi, mon ami! Car vous ne savez pas que cette dame, madame la comtesse Clarence de Vauxbuin, est si infâme... qu'elle rend infâme tout ce qui l'approche! Jugez!

— Laissez-moi!... laissez-moi, monsieur! Par pitié!... — balbutiait Clarence, en essayant de retirer son bras que l'inflexible Thadéus continuait à serrer violemment.

— Pourquoi donc cela, Clarence?... Monsieur ne vous connaissait pas : n'y mettez point de modestie, noble comtesse! Quand une personne de votre importance honore quelqu'un de sa visite, ne se fait-elle pas annoncer par un laquais? Je suis votre laquais, moi; et je dis vos titres, pour que l'on sache comment vous saluer!

La voix du chirurgien était devenue éclatante. Le pauvre blessé eut peur : quelque chose lui disait que son amie n'était point étrangère à cette scène de malédictions... Son regard suppliant désigna au docteur le fauteuil où dormait Mathilde. Ce regard voulait dire :

— Elle dort, ne l'éveillez pas.

— Sortons, dit enfin la comtesse; sortons, monsieur; ce n'est pas ici qu'il faut nous expliquer. Lâchez-moi donc!... Je veux sortir, je vous dis!

Car la frayeur la faisait trembler de tous ses membres... car de moment en moment elle devenait plus certaine que sa fille était là.

— Sortir! Et pourquoi cela, madame? — répondit le père. — Vous aviez quelque chose à dire à ce jeune homme : dites-le-lui... ou bien dites-le-moi, si vous voulez, car je suis son confident, son médecin, son ami. Après cela, vous me parlerez de ma fille; il est impossible que vous n'ayez rien à m'en dire... Allons, parlez-moi... Je vous jure que vous ne sortirez pas avant.

— Vous êtes un homme bien atroce, monsieur! — dit la comtesse en lançant à Thadéus un regard plein de haine.

— Que m'importe!... Ma fille!

— Votre fille?... Je n'ai rien à vous en dire... Elle ne m'a point écrit.

— Bah! Mais, pauvre mère que vous êtes, savez-vous que je vous plains de tout mon cœur! Comment! on vous laisse comme cela sans nouvelles? Eh bien! tranquillisez-vous, je puis vous en donner, moi.

— Vous?

— Oui, moi. Je suis un bienheureux père, allez! — continua-t-il avec un effroyable sourire. — J'en sais... et de terribles encore!...

— Ah mon Dieu! mon Dieu!

Et la coupable mère demandait à mourir alors; car elle se voyait perdue sans que rien au monde pût la sauver.

Thadéus ressaisit son bras, et, d'un accent plus sombre, il dit en grinçant des dents, son visage sur le sien, lui brûlant les yeux du feu sanglant de ses regards:

— Oui, j'ai de ses nouvelles... J'en ai de telles, Clarence, qu'il suffirait de la moitié du secret que je possède pour justifier le meurtre d'une misérable comme toi... Oui, tu trembles parce que je te dis que j'en sais assez pour te tuer à bon droit, pour t'écraser sans pitié comme on écrase une vipère! Mais ne tremble pas; tu vois bien que ce n'est pas moi qui te tuerai, Clarence, puisque je sais tout et que te voilà vivante encore devant moi!

— Monsieur... monsieur!... Je le vois... il y a une horrible calomnie... contre moi... J'en suis sûre... Ah! mais, pour Dieu! lâchez-moi donc, vous me faites un mal affreux.

Elle ne put retenir un horrible cri d'angoisse. Thadéus lui lâcha le bras.

— Eh bien! qu'avez-vous à répondre, puisque c'est une calomnie? — dit-il en lui barrant toujours le passage. — Voyons, justifiez-vous!

Témoin muet de ce tête-à-tête épouvantable, Albert se fatiguait à en suivre les détails, qu'il essayait inutilement de comprendre. Haletant de surprise et d'inquiétude, il cherchait en vain, sur la figure bouleversée de la comtesse, à deviner ce qui pouvait l'avoir amenée chez lui à trois heures du matin. Sa tête affaiblie se refusait à cette pénible étude... Il n'osait interroger ni l'un ni l'autre... Il attendait, tremblant toujours que Mathilde ne s'éveillât.

— Oui... sans doute... je me justifierai, — reprit la comtesse en essayant de feindre l'assurance et la dignité blessée; — je repousserai toutes vos inculpations...

— Lesquelles? Je n'ai rien dit encore, — interrompit Thadéus; mais enfin, puisque vous parlez de vous justifier, par quel témoignage commencerez-vous? Par celui du baron de Verneuil, peut-être?

— Oui... S'il était ici, il vous dirait...

— Ce qu'il m'a dit, car je l'ai vu. — Elle le regarda, ouvrit la bouche et resta stupide, sans pouvoir parler. Il y avait sur son visage une expression de détresse à faire pitié. — Oui! je l'ai vu! — s'écria le comte avec fureur. — Il m'a dit votre association de sang et de boue; il m'a dit les conditions et les clauses du marché par lequel vous avez vendu l'enfant qui m'appartenait. Il m'a dit que le pain que tu manges, Clarence, que tes bijoux et tes parures, que ce voile qui devrait cacher ton visage plaqué d'ignominie, il m'a dit que tout cela était le prix du déshonneur de ma fille... Ah! merci de tes soins, détestable créature! merci de l'estimable gendre que tu m'as donné! Tu as fait un bel et noble usage de ton pouvoir maternel... Car il n'a pas menti, le baron; n'est-ce pas qu'il a dit vrai?

Et, pour qu'elle lui répondît, il secouait impitoyablement cette femme toute inerte de frayeur et de remords, cette femme dont les dents claquaient, dont les yeux se rougissaient de sang dans leur orbite, dont tous les nerfs se crispaient horriblement! Elle tomba enfin agenouillée devant son juge inexorable; deux ruisseaux de larmes vinrent se mêler à la sueur qui lui trempait le visage; elle lui cria:

— Grâce! grâce! — en sanglotant comme une condamnée aux pieds du bourreau, en se tordant les mains, et se désespérant comme autrefois sa fille dans la chambre du duc de G***. Mais lui, ce père irrité, insensible comme Dieu au jour du dernier jugement, il continuait sans s'émouvoir, oubliant que quelqu'un était malade, que quelqu'un dormait à côté de lui; et, d'une voix déchirante comme les éclats de la foudre, il demandait à Clarence prosternée:

— Était-ce donc pour qu'elle fût une prostituée comme toi que je te l'avais laissée? Mathilde! Mathilde! ma pauvre fille!...

— Qui m'appelle? — dit la jeune femme en écartant vivement le rideau qui l'enveloppait. Albert avança le bras pour la retenir; mais une insupportable douleur arrêta son effort... D'ailleurs, elle s'était déjà levée. Un instant éblouie par le grand jour qui lui donnait en plein sur les yeux, elle ne vit point d'abord les traits de ces deux êtres si tragiquement posés au milieu de la chambre... Mais bientôt elle reconnut le médecin d'Albert dans l'homme aux regards foudroyans, au geste furieux, qui était là; dans la victime agenouillée, tout en larmes, qui semblait attendre son dernier coup, elle reconnut sa mère. Alors, pleine d'effroi, elle s'élança rapidement entre Thadéus et Clarence, et, couvrant celle-ci de son corps, elle s'écria: — C'est ma mère, monsieur! c'est ma mère! Ne la tuez pas!

— Sa mère! — dit Albert pétrifié d'étonnement et d'horreur.

— Qui?... elle?... cette femme?... Mathilde!... ma fille!... Mon Dieu! mon Dieu! Mais... parle, parle donc, Clarence! es-tu sa mère?

— Oui, — murmura la comtesse, toujours à genoux, et se cachant la figure; — c'est Mathilde!

— Oh! mon enfant!!!

Alors ce fut un spectacle à faire frémir et pleurer l'être le plus insensible. Le père, oubliant toute sa fureur, oubliant même Clarence que tout à l'heure il terrassait avec des pensées de sang et de destruction dans l'âme; le père ne sentait plus rien, ne voyait plus que sa fille accourue si singulièrement à l'appel de son désespoir. Il la prit à bras le corps et s'assit avec elle. Elle eut beau s'en défendre, il fallut qu'il la couvrît de baisers et de pleurs; il la regardait en riant comme un enfant; il baisait ses cheveux, et sa robe, et ses mains qui se retiraient de lui; il lui parlait sans savoir, sans entendre ce qu'il disait. Il pleurait parce qu'elle avait peur de lui à cause de sa mère; il se fâchait comme un fou de n'être pas reconnu de Mathilde... Car c'était sa Mathilde, cette jolie femme, si douce et si bonne, qui était venue veiller le malade avec lui! Cet ange suave et gracieux qui l'avait enivré toute la nuit du parfum de son innocence, c'était Mathilde, c'était sa fille! Ce pauvre petit enfant qu'il n'osait toucher dans son berceau de Belleville, qu'il avait toujours peur de briser en l'embrassant, était devenu la grande et belle femme qu'il voyait! Quel changement!...

Cette dernière idée ramena le malheureux père au sentiment de ses douleurs. Oui, l'enfant avait grandi en beauté, en grâces; c'était vrai; mais son innocence et sa pureté avaient disparu. C'était un ange toujours, mais tombé, mais déchu, avec un sceau de réprobation sur le front! Le père cessa de pleurer; son sourire de bonheur et d'amour s'éteignit; il redevint triste et sévère, et, regardant sa fille avec ressentiment, il la repoussa de son sein; il se leva et revint à la mère qui s'était évanouie.

Grâce aux secours de Mathilde et de son père, elle eut bientôt repris connaissance, la cruelle connaissance de ce qui se passait autour d'elle. Le premier visage où tombèrent ses yeux en se rouvrant fut celui de Thadéus, qui lui dit avec une sorte de compassion farouche :

— Voyons, madame, il faut couper court à cette horrible scène. Elle est bien ma fille, n'est-ce pas? elle est bien ma fille? vous ne mentez pas, cette fois-ci? Dites-lui donc à elle-même que je suis son père; car enfin il faut bien qu'elle le sache, madame!

— Voici votre père, Mathilde, — dit Clarence en tremblant. — Pardonnez-moi de vous avoir caché si longtemps le mystère de votre naissance. Vous n'êtes pas la fille du comte de Vauxbuin.

— Maintenant, Clarence, — reprit le comte de Wurzheim, — nous voilà réunis à peu près, n'est-ce pas? Voici le père qui vous a confié son bien, sa vie, son seul amour sur la terre; voici la pauvre victime livrée par sa mère aux transports d'un libertin; voici l'amant de la jeune femme, qui complète l'adultère! Nous savons où trouver le misérable qui consentit à prêter son nom et son titre d'époux : c'est à vous maintenant de nous dire où est le grand seigneur qui a payé la femme, et la mère, et le mari, pour que je donne quittance, moi le père, moi qui dois signer au marché pour que le marché vaille quelque chose!

— Oh! monsieur! pitié! pitié pour ma mère! — s'écria madame de Verneuil.

— Pitié! Tu lui demandes de la pitié pour moi! — dit Clarence. — Tu ne connais pas cet homme, on le voit bien! Monsieur, — ajouta-t-elle avec fermeté, — le nom que vous me demandez ne sortira jamais de ma bouche.

— Comment?

— Il n'y a point de menace, point de violence, capables de me l'arracher. Votre fille vous le dira, si bon lui semble, mais ce n'est point par moi que vous l'apprendrez. Maintenant, monsieur, la voici... Ce que j'ai fait pour elle, je vous le jure, pourrait être bien différemment interprété par une personne qui saurait l'affreux état de misère où mère et fille se trouvaient réduites en 1814. Mais enfin les faits sont accomplis, et ce n'est pas devant vous que j'essayerai de me justifier, monsieur; car vous avez toujours été à mon égard le plus dur et le plus inflexible des hommes; car je sais bien que je n'aurais à espérer de vous ni pitié ni pardon. Cependant, je veux bien vous le dire, si j'ai pu me tromper sur les moyens de rendre ma fille heureuse, j'ai le droit de jurer devant elle et devant vous que c'était vraiment son bonheur que je voulais. Oh! il est inutile de me lancer ces affreux regards, monsieur; tout est à jamais fini entre nous : la seule chose que vous pussiez exiger de moi, c'était de vous faire reconnaître à Mathilde: je ne vous dois plus rien. Adieu. Vous allez me suivre, ma fille.

Elle se levait à ces mots, laissant Thadéus atterré de son audace, et confirmant du geste l'ordre qu'elle venait de donner à Mathilde. Celle-ci resta immobile, les yeux fixés sur le parquet.

— O Mathilde! — s'écria douloureusement le blessé.

Cet appel d'Albert fit tressaillir la jeune femme.

Thadéus vint se poser devant elle; et, lui prenant la main :

—Madame, dit-il, car je n'ose encore vous nommer ma fille... votre mère vous ordonne de la suivre... Celui qui fut votre père, l'homme dur, l'homme impitoyable, vous conjure de rester... C'est à vous de choisir, car vous êtes libre et maîtresse de vos actions.

A son tour, la jeune femme se leva. Elle était rouge de honte, et sa poitrine oppressée s'agitait péniblement.

— Madame, — dit-elle, — j'ai crié grâce et pitié pour vous, qui êtes ma mère! Pour sauver votre vie, je donnerais la mienne avec joie; c'est mon devoir. Ne demandez rien de plus à votre fille. La femme déshonorée, perdue, avilie aux yeux du monde et aux siens, vous pardonne le mal irréparable que vous lui avez fait; jamais votre nom ne se mêlera dans son cœur à des idées de haine ou de mépris; mais jamais non plus cette femme si tombée ne consentira au malheur plus affreux de passer pour la complice de sa chute. Elle veut, quand on lui reprochera le scandale de sa vie, pouvoir dire que tout cela s'est fait à son insu, et qu'elle n'a connu la honte de sa position qu'après le fait accompli, comme vous disiez tout à l'heure. C'est la vérité, n'est-ce pas, ma mère? Et voyez! ce n'était pas assez de faire de moi une victime, de me sacrifier à vos ambitieuses spéculations, d'ensevelir mon innocence et ma candeur dans une nuit épouvantable d'intrigue et de débauche; il a fallu qu'aujourd'hui vous m'ayez réduite à rougir devant le seul être que j'aie jamais aimé, devant un jeune homme pur et candide comme je l'étais jadis, ô ma mère! celui qui par sa naïve affection, par les épanchemens de son cœur si tendre et si noble, me faisait oublier mes douleurs, et jusqu'au remords de ma faute involontaire; celui qui me respectait comme une sœur, qui, plein de confiance en moi, ne m'a jamais demandé même mon nom! Celui-là, ma mère, me connaît à présent; il va me mépriser comme les autres; il va me rejeter de son sein comme une femme menteuse et perfide qui s'est jouée de son amour; il va me haïr comme le démon qui ne l'a laissé se perdre dans les rêves doux et suaves qui faisaient notre bonheur à tous deux que pour le réveiller un jour de la plus horrible manière... Voilà ce que vous avez fait, ma mère! Et maintenant qu'on me donne à choisir entre mon père et vous, je refuse de vous suivre, madame; car il me faut bien au moins avoir l'estime de quelqu'un : si vous saviez comme je suis malheureuse!

Albert et Thadéus fondaient en larmes. Le père serra la main de sa fille.

— Ainsi, — dit la comtesse en se mordant les lèvres, — je m'en irai seule d'ici?

— Oui, madame, — dit impétueusement Thadéus. — Vous êtes fâchée, n'est-ce pas, de n'avoir pu réussir à ôter du cœur de cet enfant tout ce qu'il y avait de noble et d'honnête en lui? Tu es à moi, Mathilde, je te défendrai contre tous; nous verrons qui de ces infâmes ou de ton père l'emportera!

— Vous faites semblant d'ignorer, monsieur,—répliqua la comtesse en frémissant de colère, — que vos droits sur madame sont illusoires?

— Cela me regarde.

— Je puis la faire réclamer par son mari.

— Qu'il vienne! qu'il vienne donc! et son duc avec lui...; je les défie tous, moi! Vous êtes bien fière de vos hauts protecteurs, madame la comtesse; eh bien! engagez la lutte, nous verrons.

— En effet, ce serait un curieux spectacle! Le pendu de Berlin, l'homme sans nom, venant étaler au tribunal ses titres de paternité!

Mathide poussa un cri d'épouvante. Thadéus sentit un froid mortel le saisir.

— Misérable femme! — hurla-t-il entre ses dents.

— Oui,—dit madame de Vauxbuin avec un rire affreux, — c'est là ton père, Mathilde; un fugitif chargé de crimes, un homme attaché au gibet, un condamné, un assassin; que sais-je, moi; demande-lui! Le beau choix que tu as fait, madame la baronne!

Thadéus, furieux, allait se jeter sur Clarence, quand la porte s'ouvrit et madame David parut.

— Madame,— dit-elle,— il y a en bas un monsieur qui s'impatiente dans la voiture.

— Le duc, peut-être...! — s'écria Mathilde épouvantée en se rapprochant involontairement de son père, — le duc! mon Dieu!

— Eh bien! qu'il monte! — réplique tranquillement Thadéus.

Mais la comtesse en avait assez pour n'être point curieuse de voir recommencer la scène devant Dufour.

— Je descends, — dit-elle à la portière. — Eh bien! Mathilde?

— Je reste,—dit celle-ci,—mon devoir est tracé. Adieu.

Madame de Vauxbuin sortit, en jetant sur sa fille un regard de malédiction.

Thadéus et Mathilde restèrent quelque temps encore dans la mansarde. Ce qu'il venait de voir et d'entendre avait livré le malheureux Albert aux transports d'une fièvre terrible. Le sang brûlait ses veines, et lui frappant le cerveau jetait devant lui d'affreuses images qui le faisaient délirer. Il appelait Mathilde ; et quand elle venait à lui, il la repoussait, il la traitait d'infâme et de prostituée. Le danger de son ami désolait Thadéus qui s'accusait de ce nouveau coup, si violent après le premier. Enfin les efforts de la science vainquirent le mal : et bientôt, sans engager sa conscience d'homme et de médecin, le père put emmener sa fille hors de cette maison pour la confier aux soins et à la garde de madame de Wadzeck, femme d'un général prussien, son compatriote et son ami.

Tranquille de ce côté, le comte rentra chez lui; et, quelques minutes après, une voiture vint le prendre pour le conduire rue Saint-Dominique-Saint-Germain.

## XXV

### A L'AMIABLE.

Les heures d'attente ne marchent pas, elles se traînent avec lenteur ; on dirait, à leur durée, que le temps s'arrête pour nous regarder souffrir.

Le supplice du duc de G*** commençait à devenir intolérable. Il y avait près de cinq heures que Dufour était parti, et depuis ce temps le noble pair se consumait dans une horrible impatience. Le docteur Alibert, arrivé en toute hâte auprès de son illustre client, venait de s'en retourner, laissant à monseigneur une ordonnance fort ingénieusement composée, dont le principal mérite était de ne pouvoir nuire aux progrès d'une indisposition que le savant médecin n'avait pu comprendre.

De quart d'heure en quart d'heure le duc sonnait; et, l'un après l'autre, tous ses gens étaient venus lui dire que le premier valet de chambre n'avait point encore reparu. Brusquement renvoyés par leur maître, ils s'étaient rassemblés à l'office, et tenaient conseil, sous la présidence du sommelier, pour discuter les motifs probables d'une mauvaise humeur si extraordinaire. Leur gaieté maligne, aiguisée par les vertus détersives du vin blanc, s'exerçait à petit bruit aux dépens de madame la baronne, dont les fréquentes promenades de la rue Christine n'étaient un mystère pour aucun d'eux : tandis que le malheureux gentilhomme, sur pied pendant toute cette nuit affreuse, le cœur en proie aux tortures de l'enfer, marchait pesamment dans sa chambre, s'arrêtait afin d'écouter en palpitant ce qu'il prenait pour des bruits de voiture ; et puis recommençait à marcher, et puis s'asseyait dans tous les fauteuils, en se tordant les bras, en pleurant de désolation... Car le noble seigneur, si puissant, si riche, si aimé du roi, souffrait plus de l'abandon et des rigueurs de cette femme qu'il n'eût souffert à perdre puissance, richesse et faveur : il mettait le dernier des hommes au défi d'être plus à plaindre que lui. Quelques mots suffiront pour expliquer la violence de sa passion après bientôt dix mois passés auprès de Mathilde.

Depuis la terrible nuit des noces, nuit de mystérieuses iniquités où la jeune fille, endormie dans sa confiance d'enfant, s'était laissé flétrir par une ruse infâme, Mathilde, éveillée trop tard pour repousser les sauvages amours du pair de France, Mathilde, déshonorée, avilie, s'était du moins senti le courage de conserver sa propre estime. Ainsi, lorsque le duc était revenu, le lendemain matin, tout honteux de son bonheur volé, attendre en suppliant le sort que sa victime voulait lui faire, Mathilde, fière et puissante, quoique tombée, lui avait dit :

—Je devrais sortir d'ici, monsieur; mais une fois hors de chez vous j'aurais à choisir entre un mari que je méprise et une mère qui me fait horreur... je resterai donc, car de tous ceux qui m'ont perdue c'est encore vous qui m'inspirez le moins de dégoût et d'indignation. Mais gardez-vous de croire que je me considère comme vous appartenant, monsieur; ne comptez jamais sur mon obéissance. C'est par un crime que vous m'avez obtenue; il vous faudrait un autre crime pour m'obtenir encore. Voilà ma vengeance, monsieur; car il faut bien que je me venge, n'est-ce pas ?

Et depuis, rien n'avait pu déterminer la jeune femme à révoquer cette sentence désolante. Prières, supplications, séductions de toute espèce, et fureurs, et menaces, le duc avait tout mis en œuvre, et Mathilde n'était sensible à rien de tout cela. Tant qu'il ne l'obsédait point de ses amoureuses doléances, la victime, muette sur le passé, s'étudiait à lui rendre en attentions délicates ce qu'il lui donnait de largesses et de soins ; elle avait accepté de bonne grâce la charge inquiétante et lourde de toute cette maison de grand seigneur à diriger ; rien dans ses rapports avec le noble pair ne témoignait qu'elle lui gardât rancune; mais quand, par hasard, reprenant courage à cette douceur rassurante, l'amant sexagénaire de Mathilde s'avisait de croire ses épreuves finies, et de venir, en joignant les mains, demander de l'amour pour son amour, aussitôt la jeune femme reprenait sa fière contenance du premier jour; son front se colorait de honte et de mépris; elle repoussait l'homme rampant à ses pieds, et lui répétait, sans pitié pour ses larmes :

— Jamais, monsieur le duc, jamais !—Quelquefois alors, indigné de ce qu'il osait appeler l'ingratitude de cette femme, le duc de G... parlait de rompre avec elle, de la chasser, de faire pis encore, de la rendre à son mari. Souvent Mathilde le vit prendre la plume et commencer de sa propre main une lettre au baron de Verneuil. Sans s'émouvoir de cette effrayante perspective, la fille de Thadéus disait au noble pair : — Ecrivez, monsieur le duc Entre tant d'infamies, celles dont vous me menacez aura du moins pour l'excuser l'apparence du devoir. Vous avez le droit de me donner à cet homme, comme il a eu le droit de me donner à vous. Faites donc, écrivez, et, pour post-scriptum, ajoutez qu'à lui aussi la violence sera nécessaire pour qu'il puisse dire : « Cette femme est vraiment ma femme ! »

A ces paroles qui prouvaient une résolution si forte, la plume tombait des mains du noble pair ; il se rejetait aux pieds de sa cruelle maîtresse, il pleurait et baisait le bas sa robe.

— Restez,—disait-il; — oh ! je vous en conjure, restez, vous, la plus admirable comme la plus belle des femmes! Je ne sais pas ce que je fais, ce que je dis, voyez-vous bien ! Ne vous en allez pas, laissez-moi votre présence au moins. Peut-être ne suis-je pas encore assez bon pour vous? Eh bien! je chercherai, j'épuiserai tous les moyens de vous plaire. Ne soyez pas à moi, puisque vous ne le voulez pas... mais aussi ne soyez pas à un autre, promettez-le moi ! Et puis je serai ton esclave, Mathilde; je te servirai là, comme je suis, à genoux! et tu me rebuteras, tu me maltraiteras encore, sans que je m'en plaigne... Mais ne me prends plus au mot, ma bonne Mathilde, quand je te dirai : « Va-t'en! » car tu m'es nécessaire pour que je vive; et j'aime mieux souffrir avec toi que d'être heureux avec une autre.

Et Mathilde restait alors ; et l'amour-propre du vieillard était consolé, puisque l'on continuait à dire dans le beau monde : « Cet heureux duc de G... a pour maîtresse la plus jolie femme de Paris. »

Enfin ce bruit de roues si longtemps attendu ébranla le pavé de la cour. Le duc courut à une fenêtre et reconnut la voiture bleue qui rentrait à l'hôtel.

— La voilà enfin! — dit-il avec une joie d'enfant. — Et vite il se mit devant sa glace à réparer le désespoir de son costume, il jeta un gracieux sourire à travers l'altération de ses traits ; il arrangea comme il put dans sa tête une série de tendres reproches pour recevoir la fugitive. Dufour parut. Il était seul. — Eh bien? — demanda le noble pair. — Madame la baronne est remontée chez elle?

— Il faut que monseigneur, — répondit le valet de chambre, — emploie toute sa puissance pour faire revenir madame la baronne...

— Qu'est-ce que vous voulez dire?

— Monseigneur, madame la comtesse n'a rien pu gagner sur sa fille.

— Comment! mais elle était chez ce peintre, pourtant?

— Oui, monseigneur.

— Et elle a refusé de suivre sa mère?... On s'y sera mal pris... on l'aura brusquée... Mon Dieu! mon Dieu! cette femme ne sait rien faire comme il faut.

— Il paraît cependant, monseigneur, que la scène a été très vive, car madame de Vauxbuin avait, en descendant, la figure tout je ne sais comment.

— Il paraît!..! Est-ce que vous n'étiez pas là, vous? Est-ce que vous n'aviez pas accompagné la comtesse?

— Je l'attendais à la porte, monseigneur... Je n'ai pas cru qu'il fût de votre dignité de mêler votre nom à tout cela.

— Ah! — Le duc toisa Dufour des pieds à la tête avec colère. La physionomie du valet de chambre ne changea point : il était convaincu d'avoir bien agi. — Au fait, — continua le noble pair, — vous auriez eu tort. Puisque cette malheureuse veut se perdre, il faut la laisser... Mais enfin je ne sais rien, moi!... Pourquoi ne m'avez-vous pas amené la comtesse?... Rien ne me prouve que l'on se soit conduit convenablement... On lui aura parlé comme à une servante, peut-être. Voyons, allez me chercher madame de Vauxbuin ; je veux la voir à l'instant même.

— Je doute, monseigneur, — répondit Dufour, — qu'elle soit en état de vous répondre mieux qu'elle ne l'a fait à moi-même. Quand elle est descendue, madame la comtesse ne paraissait point jouir de toute sa raison. Elle m'a parlé d'une rencontre extraordinaire, d'un homme épouvantable dont elle a peur, à ce qu'elle dit. Ensuite elle est tombée dans une attaque de nerfs tellement violente que j'ai cru qu'elle allait se briser la tête aux panneaux de la voiture. Elle était si mal, monseigneur, que j'ai dit à Georges de retourner, et je l'ai reconduite rue d'Antin.

Le noble pair entendit à peine les explications de Dufour. Mille pensées disparates s'entre-choquaient dans sa tête et l'alourdissaient horriblement; il se promenait les bras croisés sans répondre à son valet. Enfin il s'arrêta devant lui, et, d'une voix que la douleur et la jalousie rendaient terrible, il dit :

— Il faut que tout cela finisse, Dufour, je le veux!

— Monseigneur peut ce qu'il veut, — répliqua le valet de chambre. — D'ailleurs, qu'est-ce que c'est donc que ce monsieur Albert?

— Oui, un pauvre peintre, n'est-ce pas? Eh bien! Dufour, ton maître, vois-tu, ton maître troquerait ses dignités et sa fortune contre la misère de cet homme de rien. C'est un si grand bonheur que d'être aimé, Dufour!

— Je sais bien, monseigneur... Mais, pouvoir se venger, c'est bien consolant aussi.

— Oh oui! Tu veux que je me venge! — reprit le duc avec amertume. — Tu ne l'aimes pas, toi, parce que je t'ai ôté l'intendance de ma maison pour la lui donner, à elle. Ta jalousie, ta haine pour la baronne percent dans tes moindres paroles!

— Je ne hais personne, monseigneur; je voulais seulement vous dire que monsieur Albert est un bonapartiste qui s'est battu hier en duel contre un officier prussien.

— Comment savez-vous cela?

— On l'a rapporté chez lui blessé... C'est madame la baronne qui le soigne. La portière m'a tout conté.

Le duc réfléchit. Il renvoya son valet, et, dans sa colère de grand seigneur, il écrivit la lettre suivante au ministre de la police :

« Mon cher ami,

» Je vous dirai qu'hier Sa Majesté a paru vivement » s'affliger des nombreux engagemens dont chaque jour » la capitale est témoin entre les officiers des puissances » alliées et les brouillons qui voudraient renverser le » nouvel ordre de choses. Il a été question de vous, mon » très cher; attendez-vous donc qu'au prochain conseil » vous serez prié de mettre un terme à ces duels scandaleux. Je crois qu'il ne serait pas mal, en attendant, » de prévenir les désirs de Sa Majesté ; le zèle que vous » déploieriez à cet égard ne ferait qu'ajouter à la faveur » si bien méritée dont vous jouissez en cour. Par exemple, il y a rue Christine, dans un grenier, un jeune » peintre nommé Albert ***, qui s'est battu hier contre » un officier prussien ; je tiens le fait de source certaine. » Vous pourriez commencer par celui là. C'est un homme » obscur et sans consistance, j'en conviens; mais l'arrestation immédiate de quelques bonapartistes, n'importe où, serait, j'en suis convaincu, très agréable à Sa » Majesté.

» Ne voyez dans cet avis, mon très cher, qu'un nouveau témoignage de ma tendre et sincère amitié.

» ARMAND, duc de G***. »

Le noble pair pliait cette lettre quand un valet de pied annonça le comte de Spremberg, officier général prussien, qui demandait à être introduit sur-le-champ.

Un gentilhomme de la chambre de Louis XVIII devait mettre tout son amour-propre à copier fidèlement son maître. Or, jamais un prince étranger n'attendait aux Tuileries; toujours l'ex-comte de Lille ou de Provence tenait pour lui son plus joli sourire en réserve.

— Faites entrer monsieur le comte, — dit le noble pair.

Et, se composant une mine toute royale, il fit cinq ou six pas au-devant de l'officier prussien; on eût vainement alors cherché sur sa physionomie les traces du chagrin qui la ravageait un instant auparavant. C'était revêtu de son plus brillant uniforme, et paré de toutes ses décorations, que Thadéus avait voulu se présenter au duc de G***. Le père de Mathilde connaissait l'influence du costume sur l'esprit même des acteurs habitués depuis l'enfance aux comédies de la cour.

Tandis que le valet approchait un fauteuil et que le duc le saluait en silence, Thadéus, les yeux fixés sur cet opulent acheteur de femmes, sentait ses lèvres trembler et tout son corps frissonner d'indignation. Il se contint cependant et répondit avec une dignité froide aux politesses du pair de France. C'était la vraie figure d'un roi devant le courtisan dont il médite la ruine. Ils s'assirent tous deux et le valet sortit.

— Veuillez, monsieur le comte, — dit le noble pair, — m'apprendre à quel motif je dois l'honneur de votre visite?

— Monsieur le duc, — répondit Thadéus en le regardant en face, — je suis le père de Mathilde. — Malgré lui, le duc recula son fauteuil ; malgré lui, le trouble et l'effroi firent irruption sur son visage, si bien étudié pourtant! Il lui fallut quelques secondes pour se remettre d'une secousse si violente et si brusque ; il fit semblant d'avoir perdu la mémoire, et répéta le nom de Mathilde comme si ce nom ne lui rappelait qu'une idée à peu près insaisissable. — Oui, de Mathilde! — répéta le père; — ou, si vous l'aimez mieux, monseigneur, je l'appellerai par son autre nom, je dirai madame la baronne de Verneuil. Vous n'aurez point oublié celui-là, peut-être? — Ces paroles furent dites avec une effrayante ironie. Le duc avait peur, il allait sonner... mais Thadéus lui retint le bras, et souriant d'un air méprisant, il continua : — Vous vous méprenez étrangement sur mon caractère, monsieur le duc, si vous pensez que je sois venu dans l'intention de faire un éclat. Fi donc! c'est bon pour le peuple cela, pour le peuple qui n'a que de grossières réparations pour de grossières injures. Mais entre nous, monseigneur, il faut savoir être infâme avec noblesse et se venger poliment. Chez nous, les actions ignobles doivent prendre un vernis de bonnes manières qui en impose à la multitude, déjà trop habile, hélas! à deviner la bassesse de nos âmes sous l'éclat de nos vêtemens. Soyez donc sans inquiétude; je ne viens point opposer de scandaleux reproches au scandale de votre conduite; c'est tout bas, c'est à l'oreille, monseigneur, que je vous dirai : « Mathilde est ma fille! et je veux que le scélérat qui l'a faite baronne, pour se glisser après cela comme un voleur dans son lit de mariée, emploie tout son pouvoir à réparer ce que cette horrible affaire contient de réparable. » Vous m'entendez, monseigneur?

— Moi? — interrompit le duc qui ne pouvait revenir de sa surprise. — Pour me parler ainsi, monsieur... comment se fait-il!... Vous êtes donc le comte de Vauxbuin?

— Eh non! — reprit Thadéus avec dégoût. — Voudriez-vous être le seul qu'on n'eût pas trompé dans cette intrigue? Je suis, comme je vous l'ai fait dire, Frédéric, comte de Spremberg, chirurgien en chef du corps d'armée de Son Altesse Royale le prince Auguste de Prusse. Voilà mon nom et mes titres.

— C'est fort bien, — observa le duc, — mais le comte de Vauxbuin...

— Est mort en revenant d'émigration, à Reims, au mois d'octobre 1795. Que sa veuve me démente si elle l'ose! Qu'elle dise avoir vu le comte depuis son départ de Paris en 1790! Qu'elle dise que ce n'est pas moi le père de Mathilde!

— Je vous crois, — interrompit monsieur de G** effrayé d'entendre Thadéus parler si haut.

— Eh bien! monseigneur, — continua le comte avec plus de calme, — pour rompre avec moi d'une manière décisive, Clarence m'avait écrit la mort de ma fille : j'ai sa lettre. Le hasard m'a merveilleusement servi; car je ne suis à Paris que depuis hier, et je sais tout déjà. Je sais que la digne mère vous a vendu ma fille, monseigneur; je sais que vous avez acheté ma fille... Vous allez me remettre l'acte qui constate ce noble marché, pour que je le déchire et que je vous en jette les morceaux à la figure... N'est-ce pas mon droit, duc et pair! dites?

— Monsieur le comte!...

Et la main tremblante du vieillard cherchait une seconde fois le cordon de la sonnette.

— Pardon! — dit le père de Mathilde, — j'oubliais que les torts n'appartiennent pas à vous seul. Cette admirable mère vous aura dit qu'elle était veuve, qu'elle n'avait à rendre compte à personne de l'emploi de son enfant : et vous aurez cru cela, vous! Confiant et bon comme vous êtes, les renseignemens vous répugnaient à prendre: il vous suffisait de savoir que la fille était belle et vierge; c'était toujours assez bien placer votre argent. Eh bien; Clarence vous a volé, monseigneur! car il fallait l'assentiment du père pour que le marché fût valable, et je ne le ratifie point, moi!

— Certainement, monsieur le comte, — dit le pair de France étourdi de ce langage; — si j'avais pu soupçonner qu'un homme de votre importance eût de semblables droits sur mademoiselle Mathilde...

— Vous y eussiez regardé à deux fois, n'est-ce pas, avant de conclure? Car, à vous autres grands seigneurs, il faut que l'argent puisse tout payer, larmes d'enfant et colère de père! Vous êtes si riches! Mais de vous à moi, les choses ne peuvent point s'arranger ainsi... Je n'ai pas besoin d'argent, monsieur le duc.

— Mais enfin... que voulez-vous? — reprit le vieillard, — Un duel?

— Un duel? Sommes-nous des jeunes gens, monseigneur? Qu'est-ce donc que cela répare, un duel? Oh, non pas! une rencontre de ce genre serait trop ridicule à notre âge; elle ne servirait qu'à rendre l'infamie plus complète et plus éclatante... C'est là surtout ce que je veux éviter.

— Et moi aussi, monsieur de Spremberg. Croyez que je ferai tout au monde pour arranger cette triste affaire... à l'amiable.

— Eh bien donc! commencez par me jurer que jamais vous ne ferez la moindre démarche pour retrouver Mathilde.

— Je vous engage ma foi de gentilhomme, monsieur le comte. D'ailleurs, — continua le pair de France avec un sourire sardonique, — madame de Verneuil n'a pas attendu votre visite pour se séparer de moi. Un autre, plus heureux sans doute, la reçoit tous les jours dans sa mansarde; et c'est là...

— Rue Christine, n'est-ce pas? — interrompit de nouveau Thadéus. — Je sais cela, monsieur; je sais que Mathilde a déjà fui cette maison de prostitution (c'est de la vôtre que je parle, noble pair!), et ses visites à la mansarde du jeune peintre n'ont rien que je ne puisse approuver. Au surplus, la conduite de ma fille me regarde seul aujourd'hui. Continuons.

— J'attends vos ordres, monsieur de Spremberg, — dit le duc tout déconcerté.

— Pour donner le change au monde et ne point vous perdre de réputation à la cour, vous avez marié cette jeune fille?

— J'entends. Vous voulez que je rappelle le mari.

— C'est inutile. Le baron de Verneuil est à Paris, c'est de lui que je tiens tous les détails de l'affaire; il m'a dit les conditions sans me connaître; il se vante de cela partout. Savez-vous que c'est bien sale, monseigneur, et que vous ne gagneriez guère à ce que le roi en fût instruit?

— Auriez-vous l'intention, — s'écria le duc effrayé, — d'en instruire Sa Majesté?

— Pourquoi? Si vous acceptez de bonne foi mes propositions, je n'ai pas besoin de vous perdre, ce me semble. Vous verrez votre complice, monsieur le duc, vous aurez à vous entendre avec lui pour qu'il consente au divorce que sa prétendue femme va demander aujourd'hui même. Les motifs de cette demande seront vagues; ils porteront sur ce que vous voudrez : l'incompatibilité d'humeur, la mauvaise conduite du mari... que sais-je, moi! tout excepté ce qui peut intéresser l'honneur de ma fille. On obtiendra difficilement un arrêt favorable, je le sais, car le nouveau règne pousse à l'abolition du divorce. Mais vous lèverez les difficultés, monseigneur; vous êtes riche et puissant, vous forcerez la main aux juges. Je puis compter sur vous, n'est-ce pas?

— Cependant, monsieur le comte, si le baron refusait...

— Le baron? Payez-le, il obéira. Vous lui donniez dix-huit mille francs de pension pour être mari; donnez-lui-en le double pour ne l'être plus. Payez, monseigneur, payez. Ce qui nous distingue principalement du peuple, nous autres grands et nobles, c'est que nous pouvons nous donner autant de vices que nous avons d'argent pour les payer. — A ces mots, Thadéus, repoussant derrière lui le fauteuil brodé aux armes du noble pair, se leva pour sortir. Le duc le suivait sans proférer une seule parole. Arrivé à la porte, le père s'arrêta, et forçant le gentilhomme de la chambre à baisser les yeux devant lui, il dit : — Vous voilà tombé de haut, monseigneur! Vous voilà réduit à détruire votre ouvrage! A côté de cette pauvre femme que vous avez si bassement déshonorée, que vous avez condamnée à la honte, au désespoir, pour toute sa vie peut-être, se lève tout à coup un protecteur puissant : car je suis puissant aussi, monsieur le duc! et tous vos soins pendant cette longue année d'efforts inutiles à vous faire aimer de votre victime, et tout cet or que vous avez versé à profusion, et toutes ces larmes d'amour... tout cela est perdu! C'est une terrible leçon à votre âge, monseigneur : il est affreux, quand nous avons soixante ans, qu'un père puisse venir nous redemander sa fille et nous traiter d'infâme séducteur. Cependant je vous pardonne presque; car du moins vous l'aimiez, vous. Ainsi vous consentez, n'est-ce pas? A quelque prix que ce soit, le baron ne doit point s'opposer au divorce; quelque publique flétrissure que l'arrêt doive répandre sur lui, il se taira : vous vous en chargez? Songez que si cet homme de fange et de débauche refusait le sacrifice, vous nous resteriez, monsieur; et que ma voix paternelle irait vous dénoncer hautement à deux rois, le vôtre et le mien! Vous consentez?

— Oui, — répondit d'une voix tremblante le vieillard désolé. — Je vous en donne ma parole d'honneur.

Thadéus le quitta.

Deux jours après, la demande en divorce, signée de la baronne de Verneuil, était déposée au parquet du procureur du roi, et le duc de G*** montait en voiture pour se rendre à sa maison de campagne d'Andrésy.

C'était là que noble pair avait donné rendez-vous à Clarence et au baron pour s'entendre avec eux sur l'issue nécessaire du procès intenté par Mathilde. Le duc aurait bien voulu ne point figurer personnellement dans cette honteuse discussion, et charger Dufour de la fin comme il l'avait été du commencement; mais le baron s'était montré si récalcitrant aux premières ouvertures du valet de chambre, il avait rejeté si loin toute espèce de préliminaires, que monsieur de G***, effrayé des conséquences que pourrait entraîner pour lui la non-adhésion de l'ex-mousquetaire, s'était, malgré tout le dégoût que ces deux personnages lui inspiraient, décidé à venir faire ses offres lui-même. Et, par un rapprochement bizarre, c'était là qu'il avait voulu les réunir, dans cette même maison où l'année d'auparavant Mathilde était venue, confiante et sans soupçon, exécuter le marché de sa mère.

Le duc arriva le premier au rendez-vous. La comtesse et le baron suivirent bientôt après. Madame de Vauxbuin avait repris toute son assurance et se présentait en femme qui défie le reproche. Quant au baron, il venait traiter du divorce comme il avait traité du mariage, avec l'ironie à la bouche, l'insolence dans les regards, un peu de champagne dans la tête, et la résolution bien arrêtée de ne céder sa femme qu'aux plus riches conditions possibles. C'était le duc qui faisait la plus triste figure des trois : il avait l'air d'un prisonnier qui vient marchander sa rançon.

Le baron commença par se plaindre hautement du rôle qu'on lui avait fait jouer dans toute cette affaire. Fort de l'empressement et de la peur que témoignait le pair de France, il ne craignit point d'affirmer qu'il se regardait aussi comme une victime, et de jurer que si avant le mariage on l'eût prévenu de la complète ignorance de Mathilde sur ce qui allait se passer, jamais il n'eût consenti à figurer dans un semblable guet-apens. Il finit en déclarant que rien ne pourrait le faire renoncer à un engagement auquel son existence et celle de madame de Vauxbuin étaient attachées, et dont les chances désagréables tombaient naturellement sur celui qui l'avait fait souscrire.

Monsieur de G*** écouta patiemment cette exposition de griefs si blessante pour lui; et voyant qu'après tout les fières répugnances du mari allaient se résumer dans une demande d'argent, il dit en regardant le baron et la comtesse :

— Eh bien! on vous continuera vos pensions; on en renouvellera les titres, si vous voulez; mais vous ne vous opposerez point à ce divorce, car il est indispensable.

Madame de Vauxbuin trouvait la proposition très convenable; mais Verneuil ne fut point de son avis.

— Vous sentez bien, monseigneur, — observa-t-il, — que, pour ne rien gagner à changer d'état, j'aimerais mieux rester mari et vous dire : « Gardez ma femme... »

— Monsieur le baron, de quelles horribles expressions vous servez-vous là? — dit la comtesse en baissant les yeux avec pruderie.

— Cela vous afflige, madame? J'en suis désolé. Mais remarquez qu'il n'est absolument question que d'affaires ici, et j'ai toujours regardé comme absurde de ne point appeler en affaires les choses par leur nom. Nos pensions sont à nous, madame et honorée belle-mère; les titres en sont déposés chez le notaire de monseigneur : ce n'est pas d'elles qu'il s'agit en ce moment. On nous demande un nouveau sacrifice qu'il faut faire. Quoi de plus logique?

— Eh! dites votre prix, alors! — s'écria le duc avec indignation.

— C'est affreux de nous traiter ainsi, monsieur le duc, — murmura Clarence.

— Pourquoi donc? — répliqua l'ex-mousquetaire. — Au contraire, monseigneur vient d'aborder franchement la question; vous avez toujours des mots ridicules, madame la comtesse. Eh bien! puisqu'on nous engage à faire notre prix, voici le mien. Comme monseigneur nous l'a dit, nos pensions nous seront continuées; c'est sacré, cela; c'est légitimement acquis : on ne peut revenir là-dessus. Ensuite, monsieur le duc va me signer à l'instant pour quatre cent mille francs de valeurs négociables que je partagerai avec madame la comtesse. A ce prix, je promets de me laisser injurier en plein tribunal et je me reconnais d'avance coupable de tous les méfaits dont madame la baronne voudra bien m'accuser. J'espère que c'est être rond en affaires; qu'en dites-vous?

Le duc réfléchit. Clarence suivait attentivement ses pensées sur son visage, tandis que le baron, enchanté d'avoir si bien parlé, s'arrangeait les cheveux devant une glace.

— Décidément, — dit enfin monsieur de G***, — cette affaire est un coupe-gorge pour moi. J'y renonce. — Madame de Vauxbuin fit un mouvement qu'Amédée réprima par un coup d'œil qui voulait dire : « Laissez-le aller, il y viendra. » — Savez-vous, — poursuivit péniblement le duc, — que vous avez là d'épouvantables prétentions?

— Le talent dans la vie, monseigneur, ne consiste qu'à savoir tirer parti de sa position, — répondit le baron sans s'émouvoir, — et ma position est si bonne! De toute façon il faut que je gagne; or, je cherche à gagner le plus possible, c'est naturel; et madame qui se tait, voyez-vous, pense absolument comme moi. Vous avez peur du scandale, je le conçois; il compromettrait votre réputation; mais moi, est-ce qu'il y a quelque chose à perdre dans la mienne?

— Quatre cent mille francs!

— Qu'est-ce donc que cela pour vous, monseigneur? Une bagatelle, pas davantage. Enfin, vous m'avez demandé mon prix; le voilà. Réfléchissez.

— Et qui me garantira votre fidélité à remplir ce nouvel engagement? — reprit le duc. — N'avez-vous pas violé le premier? Sans vos stupides bavardages de cabaret...

— Monseigneur, — interrompit Amédée, — le père n'aurait pas moins blessé son adversaire et trouvé ma femme chez lui. Ne faisons point de récriminations, si c'est possible. Quant aux craintes que vous paraissez témoigner, arrangez-vous pour que je ne touche les quatre cent mille francs que le lendemain du jugement.

— C'est entendu, — dit en se levant le pair de France.

— Un instant, — reprit Amédée, — voilà pour vous; il s'agit maintenant de mes sûretés, à moi.

— Monsieur!

— Monseigneur, nous traitons, ce me semble, d'égal à égal; et si vous vous défiez de moi, pourquoi me fierais-je à vous? Donnez-moi le titre à présent, payable le lendemain de l'arrêt.

— Soit!... Finissons-en.

— Mon Dieu! oui.

Monsieur de G*** s'assit. Comme il achevait de formuler la seconde traite de cent mille francs, il regarda le baron et lui dit :

— Cela devrait suffire, n'est-il pas vrai?

— Allons, monseigneur, — dit en souriant l'ex-mousquetaire; — ne faisons pas les choses à moitié. Que diriez-vous si je n'étais discret qu'à demi? D'ailleurs, je suis satisfait, moi; c'est la part de madame la comtesse que je réclame.

— Vous avez raison, — répondit le noble pair,— il faut bien la payer cette mère; car elle a dignement gagné son argent!

—Vous voyez à quoi vos indiscrets propos m'exposent, — dit la comtesse humiliée.

— Je vous conseille de vous plaindre! — reprit Amédée en éclatant de rire.

La présence de ces deux êtres ignobles était un cauchemar pour le duc; il lui semblait que l'atmosphère qui l'entourait en fût empoisonnée. Plus amoureux que jamais de Mathilde, il ne pensait à elle qu'avec douleur et respect; et certes, quand il hésitait à signer cette promesse de quatre cent mille francs, ce n'était point qu'il jugeât la réparation exagérée pour l'offense; au contraire, il eût donné la moitié de sa fortune à Thadéus; mais il lui répugnait de payer si cher ces deux marchands d'opprobre et d'infamie qui venaient avec tant d'impudence lui imposer leurs conditions. L'envie lui prenait de leur cracher au visage.

Enfin ils partirent tous deux satisfaits, et le duc revint à Paris.

Une entrevue eut lieu quinze jours après entre le mari et la femme, que le président du tribunal s'était flatté de pouvoir réconcilier. Le lendemain, Mathilde, conduite par son père, faillit s'évanouir à l'aspect de l'homme qui l'avait livrée. Amédée, malgré sa dépravation, se sentit ému de pitié, en regardant cette femme si jeune et si à plaindre. Elle articula d'une voix basse et tremblante deux ou trois griefs insignifians. Quant à lui, revenu d'un saisissement passager, il s'accusa hautement de mauvaise conduite, discourut avec éloquence sur les antipathies, et soutint que ses procédés à l'égard de sa femme deviendraient cent fois plus coupables si l'on exigeait qu'ils continuassent à vivre ensemble. Bref, monsieur de Verneuil gagna loyalement sa part des quatre cent mille francs.

En conséquence, dans leur audience solennelle du 3 septembre 1815, les juges de la cour royale, siégeant en robes rouges, prononcèrent le divorce de Mathilde de Vauxbuin et du baron Amédée de Verneuil. Celui-ci, présent à l'audience, courut annoncer l'excellente nouvelle à la comtesse, qui l'attendait à quelques pas du palais de justice.

— Victoire! — s'écria-t-il en l'apercevant. — Demain matin j'irai recevoir les traites, et nous partagerons immédiatement.

Le lendemain, Clarence, tout inquiète de ne point voir revenir le baron, allait envoyer chez lui quand elle reçut le petit billet que voici :

« Madame,

» Quatre cent mille francs font vingt mille livres de » rente; vingt et six de pension à vous font vingt-six, et » dix-huit à moi font quarante-quatre : avec cela nous » pouvons, je pense, nous présenter partout. Qu'avez-» vous à faire à Paris, madame la comtesse? D'un moment » à l'autre vous risquez de rencontrer le brutal qui vous » a si fort malmenée. Vous n'essayerez point, j'imagine, » d'affronter la rancune de votre fille. Donc, puisque » nous voilà chargés d'argent; puisque, sous le double » rapport de la fortune et du caractère, nous nous con-» venons parfaitement, acceptez, madame, une place dans » la chaise de poste qui m'attend dans la cour de mon » hôtel, si mieux vous n'aimez venir me rejoindre à Lon-» dres, où j'emporte notre capital commun.

» Tout à vous avec respect.

» AMÉDÉE. »

Deux heures après, gendre et belle-mère couraient joyeusement sur la route de Calais.

## XXVI

### ALBERT.

Le jour où sa mère et son mari quittèrent ainsi à l'improviste Paris et la France, Mathilde, en s'éveillant, s'était dit : « Je suis libre enfin! » et, dans sa reconnaissance de captive rachetée, elle s'était agenouillée pour remercier Dieu, ainsi qu'elle l'avait fait la veille, dans son inquiétude, pour lui demander d'éclairer les juges. Il se mêlait de tendres souvenirs pour Albert aux actions de grâces de la jeune femme, pour son pauvre Albert qu'elle n'avait point revu depuis la nuit du 10 juillet, et qu'elle aimait davantage à cette heure; car elle se sentait plus digne d'être aimée de lui. Et pourtant cette image adorée ne venait à elle qu'entourée de pensées amères et tourmentantes.

— A présent qu'il sait tout, — se disait-elle, — il me hait sûrement... Il rougirait d'avouer qu'il a pu m'aimer autrefois. Voyez! depuis deux mois tout à l'heure que nous sommes séparés, s'est-il informé de moi seulement? m'a-t-il écrit une fois!... Oh! c'est fini, je le vois bien; il me méprise... il m'oublie. Mon Dieu! mon Dieu! voilà toute ma vie perdue, tout mon bonheur détruit!... Et cela ne pouvait pas être différemment : tôt ou tard Albert devait apprendre la honteuse vérité..... Pauvre jeune homme! comme je l'ai trompé, comme je me suis jouée de ce cœur, le plus noble, le plus beau de tous! C'était une mauvaise action! Mais aussi me voilà bien punie de mon mensonge; le voile s'est déchiré d'une façon terrible. Etre haï, être méprisé de ce qu'on aime le plus au monde! Et que pouvais-je donc faire, moi! Fallait-il aller dire à mon Albert : « Ne m'aime point, car je suis comme cela? » Est-ce que c'était possible? Ah! ma mère! ma mère!... pourquoi ne m'avez-vous point tuée, il y a un an? pourquoi ne me suis-je point tuée, moi, quand ils m'ont déshonorée? Faites qu'Albert soit heureux, mon Dieu! et que je sois seule à porter la peine d'une faute qui vient de moi seule!...

Thadéus n'avait point cessé de voir Albert. Il lui faisait au contraire d'assez fréquentes visites. Mais c'était toujours le médecin, toujours l'ami... jamais le père de Mathilde, qui montait deux ou trois fois par semaine dans la mansarde de la rue Christine. Quand il arrivait, la physionomie souffrante du jeune peintre s'animait de mille expressions contradictoires; on voyait sans peine, aux questions ambiguës dont il accablait son ami, un ardent désir d'entendre parler de Mathilde, désir mal contenu, mal étouffé par le désolant souvenir des révélations du 10 juillet. Ils étaient à se chercher dans l'âme l'un de l'autre, n'osant ni l'un ni l'autre prononcer le nom que tous deux brûlaient d'entendre. Thadéus aurait cru sa fille réhabilitée aux yeux du monde entier si ce jeune homme lui eût dit une fois seulement : « Je l'aime toujours. » Albert aurait senti s'évanouir tous ses scrupules si le père eût proclamé franchement devant lui qu'en dépit du passé Mathilde restait digne de l'amour d'un honnête homme. Ils s'attendaient mutuellement pour s'expliquer à cet égard, pour épancher leurs cœurs qui débordaient : et les jours et les semaines s'écoulaient dans cette pénible réserve, dans cette mauvaise honte réciproque; et si par hasard Thadéus s'oubliait jusqu'à dire, sans y songer, sans répondre à une question directe d'Albert :

— La pauvre enfant! elle est plus malheureuse que coupable!

— Oui, bien malheureuse, — reprenait Albert en soupirant; — mais...

Et le mot injurieux, la flétrissante épithète mouraient sur ses lèvres mal habituées. Ce n'était ni une plainte, ni un reproche; et pourtant le père sentait le cœur lui bondir à ces paroles. Il frémissait et se cachait le visage; il changeait vite de conversation, et prenait congé du convalescent par un adieu bien triste qui les faisait pleurer tous deux.

Chaque fois qu'après une visite au peintre le comte de Spremberg venait voir sa fille chez madame de Wadzeck, Mathilde, d'un regard timide, interrogeait son père, en s'affligeant de son air plus chagrin, plus soucieux de jour en jour. Thadéus alors détournait les yeux, et la pauvre femme, toute navrée, disait en balbutiant :

— Eh bien! comment va-t-il?...

— Il va bien... il va mieux,— répondait le père en balbutiant aussi.

Et puis il la quittait; car il avait peur qu'elle ne voulût en savoir davantage.

Un jour, comme elle venait de lui faire sa demande habituelle, il lui dit d'un ton plus sévère que de coutume :

— N'en parlons plus, ma fille.

— Est-ce qu'il est retombé malade? — s'écria Mathilde avec effroi.

— Non, non. Il se porte bien, au contraire, il est tout à fait rétabli; mes visites ont même cessé de lui être utiles. C'est pour cela que je te dis qu'il n'en faut plus parler désormais.

C'est que, ce jour-là, sans mauvaise intention, sans réfléchir, comme un vrai jeune homme, Albert, en causant avec son médecin, avait laissé tomber quelques-uns de ces mots cruels qui brisent le cœur d'un père, quand ce père est aussi jaloux de son honneur et du bonheur de sa fille que l'était notre héros. Certes, il ne savait pas mauvais gré au jeune peintre de sa noble répugnance à rappeler ses liaisons avec la maîtresse avouée du duc de G***; il estimait leur mariage impossible, après ce qui s'était passé; et, quoique le sombre désespoir que l'abandon d'Albert avait fait naître dans l'âme de Mathilde réagît d'une manière affreuse dans celle de Thadéus, il eût mieux aimé mourir de cette douleur, et sa fille avec lui, que de s'abaisser à une démarche qui aurait eu pour objet d'engager le jeune homme à vaincre le dégoût bien naturel qu'il lui supposait. Et bien plus; si, subjugué par son amour, le peintre eût essayé de secouer la fâcheuse influence des antécédens, Thadéus, encore plus honnête homme que tendre père, aurait eu la force de lui refuser sa fille.

— Avec le temps, ils s'oublieront, — pensait-il; — et d'ailleurs je les séparerai de manière à ce qu'ils ne se rencontrent jamais.

Donc il y avait un mois que le divorce était prononcé, quand Thadéus, qui venait tous les matins saluer la famille Wadzeck, dit à Mathilde, en tâchant d'affermir sa voix, que dans trois jours ils partiraient ensemble pour Berlin. Bien que l'amie de son père l'eût préparée à ce sacrifice indispensable, la pauvre jeune femme ne put retenir un torrent de larmes.

— Partir, mon père! partir! — s'écria-t-elle en sanglotant — M'en aller si loin de lui... sans l'avoir vu! Songez donc comme c'est affreux! O mon père, comme je suis malheureuse!

Les larmes de sa fille tombaient une à une sur le cœur de Thadéus. Il essaya vainement de trouver un mot de consolation à lui dire : il souffrait autant qu'elle, hélas! et ne put que pleurer avec elle.

La bonne madame Wadzeck s'empara de Mathilde, et ses représentations toutes maternelles adoucirent l'effet terrible que la résolution annoncée par Thadéus avait causé. Celui-ci, voyant sa fille un peu calmée, sortit pour aller faire ses adieux au jeune peintre.

Quand il lui parla de leur prochain départ, Albert pâlit. Il prit la main de Thadéus, et son regard éloquent, à défaut de paroles impossibles à prononcer, sembla dire : « Est-ce croyable? » Le nom de Mathilde vint errer sur ses lèvres entr'ouvertes, et cet amour, endormi dans son âme, se réveilla plus énergique, plus puissant, plus brûlant que jamais.

— Et quand partez-vous? — dit-il enfin. On entendait les battemens de son cœur.

— Dans deux jours, mon ami, — répondit Thadéus.

— Et nous nous voyons aujourd'hui pour la dernière fois?

— Oui.

— Je m'attendais à d'autres adieux, monsieur de Spremberg! — reprit le jeune homme avec des pleurs dans la voix.

— Comment cela, mon ami?

— Votre fille... Mathilde.... Je ne verrai donc plus Mathilde?

— Pourquoi la voir?— répondit le comte. — Tout n'est-il pas fini entre vous? La revoir, mon ami, ce serait rendre votre séparation plus cruelle. Je lui porterai votre souvenir, comme je vous apporte ses adieux... Cela doit nous suffire maintenant.

— Ses adieux!—reprit tristement Albert.— Elle a donc pensé à moi? Et vous ne me le disiez pas! vous ne me parliez jamais d'elle!

— M'en blâmeriez-vous, Albert! Etait-ce à moi d'en parler le premier! Allons, enfant que vous êtes! faut-il donc que j'aie du courage pour trois?

— Pour trois?—répéta le jeune homme.—Elle est donc malheureuse aussi! Mais je suis un monstre à ses yeux, alors, moi qui depuis trois mois l'ai laissée!... Mon ami, comment ne m'avez-vous pas dit que c'était atroce de l'abandonner ainsi?

— Je ne vous ai pas dit cela, — continua le comte, — parce que je ne le pensais pas. Si des événemens inouïs m'ont appris ce que valent réellement les préjugés des hommes et leurs faux semblans d'honneur, je respecte mieux qu'un autre tout ce qui est sentiment intime; et, bien que ma fille, après son malheur, ne me paraisse que plus intéressante et plus digne de ma tendresse, je comprends que vous deviez cesser de l'aimer, vous qui avez le droit de demander un passé sans tache à celle qui portera votre nom.

Albert soupira péniblement sans répondre. Thadéus l'interrogea ensuite sur ses moyens d'existence, et lui fit les offres les plus généreuses. Le jeune homme le laissa parler longtemps; il ne parut point avoir compris ces propositions; car il ne lui dit pas qu'il acceptait ni qu'il refusait. Tout entier à cette idée de départ, effrayé du combat qui se livrait dans son cœur, il ne prêtait qu'une attention machinale aux paroles du père de Mathilde, et, l'interrompant tout à coup :

— Si vous ne voulez pas, — dit-il, — que je sois toute ma vie le plus malheureux des hommes, vous me direz d'aller vous voir demain. Il faut que je parle à votre fille un instant, un seul instant... devant vous, mon ami... mais il le faut.

Il avait l'air si à plaindre en parlant ainsi, sa voix vibrait si douloureusement, que le père n'eut pas la force de refuser : ils prirent rendez-vous pour le lendemain matin.

En rentrant, Thadéus trouva madame de Wadzeck auprès de sa fille.

— Ne la grondez pas, — dit la bonne dame en quittant l'appartement; — elle m'a promis d'être bien raisonnable et de ne se plus faire de chagrin. Je vous laisse.

Le père s'assit à côté d'elle.

— Dans une circonstance plus heureuse, — lui dit-il,— je te laisserais le plaisir de la surprise; mais la joie nous est interdite, peut-être pour bien longtemps encore, mon enfant! Ainsi, ne t'émeus point trop de la nouvelle que je vais t'annoncer; ce n'est vraiment pas du bonheur que je t'apporte.

— Qu'allez-vous donc me dire, mon bon père? — répondit Mathilde en joignant les mains autour du cou de

Thadéus, tandis qu'elle appuyait doucement sa jolie tête sur son sein.

— Mon enfant, — reprit-il en la baisant au front, — nous ne serons pas seuls à déjeuner demain...

— Vous l'avez vu ! — s'écria-t-elle. — Il viendra ? Oh ! que vous êtes bon, mon père !

— Oui, monsieur Albert a voulu être des nôtres. Il se passera bien du temps avant que vous puissiez vous rencontrer ensuite dans ce monde... Ainsi, prépare ton cœur à cette visite, ma chère Mathilde, et songe bien à te dire en le voyant : « Notre amour fut un rêve qui ne peut pas se réaliser. » Il m'en coûte de te parler ainsi, va ! Encore cette épreuve, ma bonne fille, et puis là-bas tu seras heureuse... On t'aimera tant ! tu verras.

— Ah ! mon père, je sais bien que je ne peux plus être à lui... mais j'avais si peur qu'il m'eût oubliée !... Il viendra... je suis bien heureuse à présent !

— Oui... mais tu ne me feras pas repentir de ma faiblesse, n'est-ce pas ? car c'est une faiblesse que j'ai eue là. Tu seras bien sage ? Vois-tu, Albert est un bon jeune homme, je l'aime de tout mon cœur, mais tu n'aurais pas été bien avec lui. Il est trop jeune, et puis il n'a pas encore d'état. Il aurait fallu attendre bien longtemps pour vous marier ensemble... et si tu savais comme j'ai hâte de te voir heureuse tout à fait, pauvre Mathilde ! C'est pour cela que le séjour de Paris me pèse horriblement. Là-bas, on ne saurait pas ce qui s'est passé ; les amis que nous allons voir te connaîtront pour ma fille, puisque je leur ai écrit que je t'avais retrouvée ; mais le reste, on l'ignorera toujours ; car je veux que tout le monde t'aime, t'estime comme je t'estime, mon enfant.

Mathilde promit à son père d'apporter dans cette dangereuse entrevue tout le sang-froid dont elle était capable. Ils se séparèrent ensuite pour faire, chacun de leur côté, leurs préparatifs de voyage. Le père avait prévenu madame de Wadzeck que sa fille irait déjeuner avec lui le lendemain.

A dix heures du matin, les deux amans mettaient le pied en même temps sur l'escalier de l'hôtel des Empereurs. Un domestique de Thadéus accompagnait la jeune femme. Sans faire attention au peintre, et regardant sa commission comme faite, il entra tranquillement chez le concierge pour allumer sa pipe. Albert, alors, chercha du même coup les yeux et la main de Mathilde qui venaient spontanément au-devant des siens ; ils dirent ensemble : « Vous voilà ! » et tous deux rougirent de bonheur et d'admiration en se retrouvant plus amoureux qu'autrefois ; et tous deux sentirent que leurs craintes n'étaient que chimères, que leur amour n'avait fait que s'accroître par l'absence ; tous deux comprirent qu'ils étaient nés l'un pour l'autre ; qu'unis ou séparés, une puissance céleste les ferait toujours marcher au même but. Ils oublièrent les amertumes du passé en se revoyant ainsi, tout près, seuls au monde, sur cet escalier peuplé d'allans et de venans ; leurs mains qui s'étaient trouvées s'étreignirent avec ardeur ; ils se seraient embrassés là, vraiment ! Mais le père les avait vus par la fenêtre : il vint les recevoir au bas de son étage. Il remarqua leur trouble, et, d'un geste silencieux autant que sévère, il les fit monter devant lui. Honteux d'avoir été surpris, ils entrèrent dans la chambre sans parler... Qu'avaient-ils besoin de paroles ? Leurs regards étaient assez éloquens, mon Dieu ! Albert oublia de saluer Thadéus, Mathilde ne sut point dire bonjour à son père : mais jamais elle ne l'avait tant ni si tendrement embrassé, car son cœur lui disait qu'Albert prendrait pour lui tous ces baisers-là.

Thadéus, se dérobant aux caresses de sa fille, regarda les deux jeunes gens avec reproche.

— Était-ce là ton sang-froid, Mathilde ? M'aviez-vous promis d'être ainsi, Albert ? Avez-vous donc oublié l'un et l'autre que c'est pour être séparés demain que vous voilà réunis aujourd'hui, mes pauvres enfans ? Allons, du courage ! asseyons-nous et causons tranquillement, comme de bons amis que nous sommes.

Il les fit mettre vis-à-vis l'un de l'autre, et se plaça entre eux deux à la petite table du déjeuner. Ainsi gardés par lui, ils n'osèrent plus se rien dire, ils osèrent à peine échanger un timide coup d'œil. Mais bientôt le pied du jeune peintre alla chercher le pied de Mathilde, et ce fut un muet langage qui les fit tressaillir encore et rougir comme auparavant.

Le déjeuner menaçait d'être fort triste. Personne ne mangeait. Les deux amans, tout entiers à leur furtive conversation, ne songeaient à rien qu'à se dire ainsi mille fois : « Je t'aime ! » Le père, qui les observait dans sa curieuse tristesse, vit bien clairement l'état de leurs âmes. Il rompit ce silence qui durait depuis une demi-heure.

— Je l'avais prévu, — dit-il ; — notre séparation sera cruelle, mes amis. Ce rapprochement que je voulais éviter, vous l'avez exigé, Albert ; j'ai cédé à vos instances, et j'ai eu tort... et je m'en repens à présent. Enfin, puisque vous voilà, parlons raison. Vous espérez encore tous deux, je le vois... mais je serai fort contre vous, moi. Je serai fort contre ma tendresse, qui vous unit dans mon âme, mes enfans. Je ne veux pas vous donner un bonheur de quelques jours, de quelques heures peut-être, que votre vie tout entière ensuite se dépenserait à payer : non, cela ne sera pas.

— Mais, mon père, — objecta Mathilde, — monsieur Albert ne demande rien.

— Parce qu'il ne parle pas... crois-tu que je ne voie pas comme il te regarde, Mathilde ?

— Eh bien ! oui, — dit Albert avec entraînement, — vous m'avez compris, monsieur de Spremberg ; c'est vrai.

— Tu vois bien, — dit le père à Mathilde.

La jeune femme devint palpitante. Ses yeux se mouillèrent de larmes délicieuses.

— Oui ! — reprit Albert en se levant et promenant de Thadéus à Mathilde des regards pleins d'enthousiasme, — j'étais un insensé lorsque j'ai cru pouvoir lutter victorieusement contre mon amour pour elle ; je me supposais une force barbare que je n'ai pas. J'avoue ma faute, je la confesse en rougissant, j'en implore à genoux le pardon. Il est une condition impérieuse et sacrée à mon existence, c'est Mathilde ; si on me l'ôte, je meurs... Oh ! je sais bien ce que je vous dis, allez ! — Il s'arrêta, tremblant d'émotion, et se jeta aux pieds du comte. — Je vous la demande, monsieur de Spremberg ! donnez-la moi...

— Que je vous la donne, mon ami ! — répondit le père avec un profond attendrissement. — Mais c'est maintenant que vous êtes un insensé, pauvre jeune homme ! Songez donc qu'il ne faut pas qu'une femme puisse jamais rougir devant son époux. Je veux que ma fille soit estimée, qu'elle le soit toujours ; et croyez-vous, mes enfans, que ces noms infâmes de Verneuil et de G*** ne viendront point se placer malgré vous dans vos querelles de ménage ? Vous ne pensez pas à tout ce qu'aurait d'affreux ce reproche d'un malheur irréparable sortant tout à coup des lèvres du mari ; vous ne voyez pas les souvenirs versant leur mortel poison sur ce qu'il y aurait ou de pur et de beau dans votre vie. Oh ! c'est assez de tourmens pour toi comme cela, ma bonne fille... Quant à vous, Albert, noble jeune homme plein de courage et de feu, ne détruisez pas votre avenir ainsi. Travaillez, mon ami ! une place vous attend parmi les célébrités de l'art sublime que vous cultivez... la gloire vous aura bientôt fait oublier un amour qui ne peut pas être bien profond à votre âge.

— Vous croyez cela, monsieur de Spremberg ? — interrompit le jeune peintre avec chaleur. — Vous ne savez donc pas que ce que j'ai dit tout à l'heure est la vérité ; que je mourrai, oui ! que je mourrai si vous me refusez Mathilde ?

— Je vous dis que votre amour s'éteindra. L'amour ne veut point à sa suite d'une arrière-pensée qui puisse le dominer et le détruire à chaque instant.

— Une arrière-pensée ? moi !

— Vous me direz que non, — continua Thadéus. — Je le sais bien : dans la sincérité de votre cœur vous croyez pouvoir répondre de vous ; mais vous vous trompez. Les faits ne se détruisent point, mon pauvre enfant, et Mathilde illégitime, Mathilde maîtresse du duc de G***, vous ferait dire tôt ou tard : « Etait ce donc la seule femme au monde qu'il me fût permis de prendre pour moi ? »

Le front d'Albert se colora d'une rougeur subite. Mathilde, baignée de larmes, se cacha dans le sein de Thadéus, en disant :

— Pourquoi lui parler comme cela, mon père ? Pourquoi lui dire en ma présence que je suis indigne de lui ? Ne le sais-je pas bien ?

— Indigne ! — répéta le jeune homme avec un accent concentré. — Indigne, parce qu'elle est fille illégitime ; indigne, parce que sa mère l'a vendue ! Voilà pourtant la justice des hommes ! Est-ce sa faute à elle, pour que vous l'en punissiez, dites ! Qu'ils sont durs et farouches ceux qui chargent ainsi une tête innocente d'opprobre et d'infamie, et vont après cela faire parade de leurs mœurs sévères et s'enorgueillir de leur haute probité ! Vous avez raison, monsieur de Spremberg,—poursuivit péniblement le peintre,—oh ! oui, vous avez raison... c'est un autre mari qu'il faut chercher à votre fille ; car nous aurions la même dot à nous apporter, voyez-vous ! car à votre fille sans nom, à votre fille déshonorée, n'est-ce pas, il serait trop ignoble d'unir un homme de ma sorte, flétri, avili comme elle, avec une tache au front comme elle !

— Quelles affreuses paroles, Albert ! — s'écria Mathilde ; — que voulez-vous dire, mon Dieu ?

Le jeune homme se promenait à grands pas dans la chambre. Il paraissait ne pouvoir ou n'oser continuer. Pourtant, il s'arrêta, et, d'une voix que le désespoir rendait éclatante, il répondit à Mathilde, en la regardant avec des yeux pleins de sang :

— Je dis que nous sommes deux à rougir ici... Je dis qu'il y aurait lâcheté à cacher plus longtemps la honte de mon nom. Vous avez été condamné à mort, monsieur le comte, — continua-t-il en s'adressant à Thadéus qui frémissait, — la femme qui a donné le jour à Mathilde n'avait pas le droit d'être sa mère, et pourtant elle l'a vendue comme son bien légitime : voilà votre part à vous autres. Voici la mienne à moi : Je suis le fils d'un forçat !... Eh bien ! ne faut-il pas que je sois scrupuleux, maintenant ! Ai-je une origine à porter la tête bien haute ? répondez ! Oui, monsieur ; oui, Mathilde... je suis le fils d'un forçat. Mon nom de famille est Simon ; mon père était menuisier ; il fut condamné à cinq ans de travaux forcés !

— Pour vol ! — s'écria le comte de Spremberg en se levant tout à coup.

— Oui... pour vol d'un cachemire chez une danseuse de l'Opéra, — répondit Albert. — J'ai une belle origine, n'est-ce pas, monsieur le comte ?

L'agitation de Mathilde était bien terrible, surtout parce que la pauvre femme regardait son père. Celui-ci faisait vraiment peur à voir. Pâle, les cheveux hérissés, la bouche écumante, il tremblait de tous ses membres, il se meurtrissait la poitrine, il s'épuisait en efforts inouïs pour parler, il attachait sur Albert des yeux pleins d'une inconcevable expression. Mathilde, effrayée, se jeta toute pleurante à son cou :

— Mon père ! mon père ! — dit-elle, — ce n'est pas sa faute !

Thadéus repoussa Mathilde... Il s'avança vers Albert, qui, les bras croisés, attendait son arrêt dans l'attitude du plus froid désespoir ; et, d'une voix sortie du fond de ses entrailles, d'un accent impossible à rendre, il s'écria :

— Ta mère s'appelait donc Madeleine ?

— Oui ! ma pauvre mère... Madeleine... morte de chagrin !... Mais comment savez-vous cela, monsieur ?

— Je l'ai donc retrouvé, mon Dieu ! — dit Thadéus en retombant sur sa chaise, accablé par ce bonheur inattendu. Et deux ruisseaux de larmes s'échappèrent de ses yeux : il appela sur son sein Albert et Mathilde ; il les confondit dans ses embrassemens. — Mon Dieu ! mon Dieu !—disait-il,—le voilà ! c'est lui !... Oh ! pardon ! pardon, mon fils ! appelle-moi ton père !... Dis-moi que tu me pardonnes de t'avoir rendu si malheureux ! Oh ! je te la donne, va ! prends-la, elle est à toi... bien à toi... et depuis longtemps encore ! et je te la refuserais que tu pourrais la prendre encore ! Vois tu, Mathilde, c'est ton frère, c'est mon pauvre Albert à moi ! Comment ! tu ne t'en souviens pas ?... Tu étais trop petite dans ce temps-là... Mon Dieu ! mon Dieu ! je perds la tête aussi ! Embrasse-la donc, mon Albert ! quand je te dis que je te la donne, que c'est ta femme ! Appelle-la donc ta femme, je le veux, moi !

Les deux bons jeunes gens, rappelés ainsi tout à coup de la terreur la plus profonde à la joie la plus vive, jouissaient de leur bonheur sans le comprendre ; de leurs bras enlacés ils soutenaient leur père prêt à s'évanouir, ivre de remords et de délices. Et c'étaient des embrassemens ineffables... et ce baiser si terrible, le premier baiser d'amour, que le peintre Albert n'avait jamais osé prendre à Mathilde, trouvait une place naturelle parmi tous ces enchantemens. Le père le voulait ainsi !

La raison revint enfin à Thadéus. Il fit asseoir ses deux enfans à côté de lui, et, regardant Albert d'un air suppliant,

— Ta mère Madeleine ne t'a donc jamais parlé de moi, mon fils ? — lui dit-il.

— De vous, monsieur de Spremberg ?

— Non... pas de moi... d'un homme de peine dont la déposition aurait pu sauver votre excellent père, et qui... ne vint pas au tribunal le jour où les juges condamnèrent Simon ?

— Je sais... oui, monsieur : on m'a dit qu'il s'appelait Joseph.

— Alors... oui... cet homme portait le nom qu'on voulait bien lui donner comme une aumône... Ah ! combien votre mère Madeleine a dû le maudire, cet homme !

— Ma mère pleurait, monsieur le comte ; elle ne maudissait personne.

— Excellente femme ! sublime créature !... — continua Thadéus en soupirant. — Vous a-t-elle dit aussi, mon ami, qu'alors vous aviez une petite sœur d'adoption qui fut nourrie avec vous ?

— Oui.

— C'était l'enfant de Joseph. Le jour du jugement de votre père, le malheureux était allé ôter sa petite fille à la mère, une méchante femme qui voulait l'emporter. Quand il revint, c'était fini !

— Je me rappelle tout cela bien confusément, monsieur. J'avais douze ans lorsque je restai orphelin.

— Eh bien ! ce Joseph, cher Albert, c'était moi. Cette petite fille, votre sœur de lait, qui dormit tant de fois dans votre berceau... la voilà ! Oui... c'est Mathilde ! Voyez-vous, mes enfans, comme Dieu vous avait choisis l'un pour l'autre ?... C'est elle, va ! je ne mens pas... tu peux bien l'appeler ta sœur. Oh ! quand je pense... comme j'étais heureux dans mes souffrances, dans ma terrible vie de proscription et de malheurs, à vous voir jouer ou dormir ensemble, jolis enfans que vous étiez ! Oui, Dieu vous a conduits l'un et l'autre ; et ce qu'il a trouvé bien, je le trouverais mal ! je séparerais ce qu'il a uni !... Venez, venez tous deux ; là, que je vous embrasse, que je vous bénisse encore !

Et les deux enfans sur le sein de leur père firent le serment de s'aimer toujours, de vivre pour eux et pour lui.

Ces premières émotions calmées, Thadéus se fit raconter par Albert tout ce qu'il savait de ses parens.

— J'ai peu de choses à vous apprendre de mon père,— dit le jeune homme ;—je ne l'ai pas connu. On m'a dit que, plusieurs mois après sa condamnation, ma mère, me portant dans son tablier, vint me confier à la bienfaisance de madame Clotilde... tout le monde avait repoussé la femme du forçat ! Madame Clotilde me fit élever dans sa maison jusqu'à l'âge où je pus entrer en pension. J'avais huit ans environ quand une femme en deuil vint me voir un jour. On me parlait souvent de ma mère; on m'avait si bien dépeint tous ses traits, qu'à son premier baiser je la reconnus. C'est alors qu'elle me raconta que mon père, sorti du bagne, avait végété pendant deux années, essayant de trouver de l'ouvrage en province. Rebuté partout, humilié, chassé, le malheureux, las de se voir en proie à tant de misère et de vexations, se battit avec un homme qui l'avait appelé voleur... On le rapporta mourant chez ma pauvre mère, elle qui l'avait attendu à la porte du bagne, qui l'avait suivi dans son voyage d'ouvrier ! Elle ne revint à Paris qu'après la mort de mon père, qui succomba aux blessures qu'il avait reçues. Ma protectrice n'abandonna pas non plus la pauvre veuve du forçat; mais ses bienfaits ne pouvaient rendre la santé à ce corps usé par le chagrin. Après avoir langui pendant quatre ans, ma mère alla retrouver mon père, heureuse encore en mourant d'emporter la consolation que la mémoire d'un honnête homme ne serait pas flétrie : car, deux mois avant qu'elle fermât les yeux, un ancien domestique de madame Clotilde, arrêté pour vol, fit, en avouant son crime, la déclaration qu'il avait autrefois dérobé le cachemire, cause de la condamnation de mon père... C'est bien affreux, tout cela, monsieur le comte,—dit Albert en finissant.

Ce récit fut souvent interrompu par les larmes de Mathilde et les soupirs de Thadéus.

— Bonne Madeleine ! pauvre Simon ! — murmura celui-ci. — Ombres chères et terribles, me pardonnerez-vous?

— C'était pour la sauver, — reprit Albert en montrant Mathilde, — que vous abandonnâtes mon père : votre excuse est là, monsieur le comte... elle plaide pour vous au ciel.

— Mais toi, cher enfant, que devins-tu ? — dit Thadéus.

— Hélas ! je perdis aussi ma protectrice; mais elle m'avait placé auprès d'un peintre habile, et depuis quelques mois seulement j'avais quitté l'atelier de mon maître, quand je rencontrai Mathilde pour la première fois.

— Pauvre jeune homme ! — s'écria le proscrit. — Et moi qui te cherchais partout dans le monde, car c'était pour toi que je venais à Paris, puisque je croyais ma fille morte, j'arrive pour me battre avec toi, pour te tuer presque, mon Dieu ! Mais à présent, Albert, tu as une famille, entends-tu? C'est pour toujours que nous voilà réunis.

— Ainsi je ne vous quitte plus ? vous m'emmènerez à Berlin ? — s'écria le jeune homme plein de joie.

— Oui, dès demain, mon cher fils.

Thadéus employa le reste de la journée à prévenir le docteur Elstein de son arrivée prochaine. Il détailla dans sa lettre les événemens extraordinaires qui lui permettaient enfin de payer sa dette au fils de Simon et de Madeleine.

## XXVII

### LA VISITE DU ROI.

Vers les derniers jours du mois de juin 1815, trois habitans de Berlin sortirent un matin de l'île Frédéric pour aller attendre à un mille de la porte de Brandebourg un nombre égal de personnes venant de France. Quiconque les voyait passer disait : « C'est le père, c'est la mère, c'est la sœur : ils vont au-devant d'un fils, d'un frère qui revient de l'armée. » Et l'on avait raison de dire cela, car c'était écrit sur leurs physionomies; car les trois personnes parties de l'île Frédéric se nommaient Elstein, Jeanne Thiefs, Louise, et l'une des trois qui venaient de France s'appelait Thadéus.

Le temps leur tardait bien, aux amis de Berlin, depuis que le comte de Spremberg avait écrit :

« Je suis heureux; j'ai retrouvé Mathilde ; j'ai retrouvé » l'enfant de Simon et de Madeleine. »

— Voilà donc ses malheurs finis, — pensaient-ils. — Ah ! Dieu est juste, Dieu est bon !

Une dernière lettre, venue de Dusseldorf, fixa d'une manière positive le jour et l'heure où cette autre moitié de la famille devait arriver chez le docteur; et comme Thadéus, apercevant déjà les Propylées, se penchait hors de la voiture pour faire remarquer à ses enfans la majestueuse entrée de la ville, tout à coup il vit sur la route trois personnes connues se jeter au-devant de lui; il s'entendit appeler par son nom que trois bouches bien-aimées prononçaient à la fois.

Nous renonçons à peindre ce qu'il y eut d'attendrissant dans cette réunion. Nos lecteurs se représentent la pauvre vieille Jeanne Thiefs, appuyant sur une canne ses soixante-dix ans qui tremblent, rire et pleurer aux embrassemens de son Fritz et de la fille de son Fritz, tout en faisant gravement la révérence au beau jeune homme qui les accompagne. Ils voient, ils comprennent l'enthousiasme, l'admiration d'Elstein et de Louise à ce spectacle du triomphe d'un homme sur la société tout entière, à l'accomplissement de ce vœu paternel formé, conduit, exécuté en dépit de tous les obstacles, par le seul fait d'une inflexible volonté, d'une persévérance inébranlable : œuvre de Dieu aux mains d'un homme; défi sublime jeté au monde par cet homme qui voyait enfin le monde s'incliner vaincu devant lui.

Nous n'entrerons pas non plus dans les détails de ce qui se passa durant l'année qui suivit le retour de Thadéus à Berlin. Nous dirons simplement que le comte de Spremberg avait repris ses fonctions à la maison de charité; que le fils du menuisier, placé par les soins du comte à l'Académie des beaux-arts, recevait, sous la direction protectrice du grand Godefroy Shadow, les enseignemens propres à perfectionner son talent, et promettait à la Prusse un célèbre artiste de plus. Nous ajouterons que notre Mathilde, devenue l'enfant gâtée de la famille, aidait Louise dans ses petits travaux de bonne ménagère, et faisait ainsi l'apprentissage des devoirs si doux qu'elle aurait à remplir un jour... bientôt sans doute... car cette année était le dernier terme d'attente fixé par le père : ce terme expiré, rien ne devait plus s'opposer à ce qu'Albert et Mathilde fussent heureux.

Le jour si ardemment souhaité, si lent à venir au gré des deux jeunes gens, le jour qui devait achever de couronner l'œuvre de Thadéus parut enfin. Il se leva pur de tout nuage comme la fête qu'il allait éclairer. Albert et Mathilde, ainsi qu'ils en étaient convenus la veille, le saluèrent à son lever, à genoux, en priant Dieu. Tous deux, pleins d'amour et d'espoir, retrempèrent leurs âmes dans une invocation sublime; tous deux pleurèrent de reconnaissance et bénirent ce jour de réparation, car ils retrouvaient en lui le céleste mystère de leurs émotions primitives. Aux yeux d'Albert, ce jour montrait Mathilde réhabilitée, vêtue comme jadis de ses blancs habits d'ange du ciel... Quant à Mathilde, purifiée dans son propre cœur, elle voyait le sinistre passé, avec son cortége de fâcheux souvenirs, s'enfuir et s'évaporer aux lueurs de ce jour bienheureux.

Thadéus, debout comme eux de grand matin, vint les chercher chacun dans leur chambre. Sous les rayons de paternelle ivresse dont resplendissait son visage, on devinait quelque chose de vague et de tristement indécis, comme le pressentiment d'un malheur. Lui, si inflexible encore quinze jours auparavant, lorsque l'impatient Albert était venu le supplier à deux genoux d'avancer de ces quinze jours un mariage qui ne dépendait que de lui, semblait à cette heure aussi empressé, aussi las d'atendre que nos deux jeunes amis. Dans son maintien, dans ses paroles, tout allait au-devant du reproche qu'ils auraient pu lui faire d'avoir trop retardé leur bonheur... C'est que le beau-père entendait une voix secrète dans son âme lui crier : Hâte-toi ! il est temps !

Nos lecteurs l'auront sans doute remarqué déjà. Depuis la terrible lettre de Clarence, en 1802, cette lettre qui lui ravissait son dernier, son plus cher amour, cette lettre qui l'avait jeté mourant sur son lit, Thadéus avait senti ses forces morales se briser l'une après l'autre. Son caractère énergique et dominateur, sa volonté de fer, qui jadis donnaient tant d'éclat à ses moindres actions, avaient abandonné cet homme, accablé d'autant d'infortunes à lui seul que dix des plus malheureux ; cet homme usé de souffrances, vivant de fiel et de larmes depuis vingt ans ; cet homme qui n'avait plus dans tout son être une fibre que la douleur eût épargnée ! Il avait fallu un événement incroyable, unique, un concours de circonstances inouïes, comme celles qui amenèrent Clarence à la mansarde d'Albert, pour rendre au Thadéus de 1815 les gigantesques proportions du Thadéus de 1796... Mais cet épouvantable orage de vingt-quatre heures, commencé par la rencontre de Crancé dans la salle des Maréchaux, et terminé par la visite au duc de G**, avait, sous les coups redoublés de son tonnerre, éteint, dissipé, dévoré, emporté avec lui le reste de feu qui brûlait au cœur du pendu de Berlin. A ces causes irrésistibles de destruction se joignaient l'affront, sensible pour lui seul peut-être, mais ineffaçable, mais mortel, d'avoir retrouvé sa fille toute souillée des infâmes attouchemens de la corruption et de la débauche; la honte, le dépit, le désespoir d'avoir tant travaillé pour un si triste salaire, d'avoir remué tant de choses pour un si pauvre résultat... Et toutes ces pensées funestes, tous ces souvenirs exécrables, tournaient et se pressaient autour de lui, en creusant à petit bruit sa tombe, qu'ils agrandissaient nuit par nuit, heure par heure, à mesure qu'une autre pensée funeste, qu'un autre pénible souvenir, venaient en grossir l'effroyable multitude.

Ainsi, de mois en mois, depuis son retour à Berlin, Thadéus voyait la vie se retirer graduellement de lui. Cette année d'attente, si longue pour Albert et Mathilde, avait été pour le père une lente et sinistre série de douleurs monotones et sourdes, une déplorable gradation d'agonies se succédant plus vives et plus poignantes, qu'il concentrait toutes en lui de peur d'effrayer ses enfans et de troubler leur union devenue plus prochaine à mesure qu'il mourait davantage. Souvent il s'était surpris découragé, craignant de succomber trop tôt, prêt à leur faire remise du temps qui restait à s'écouler encore : mais le besoin profond qu'il éprouvait de voir s'accomplir cette année de dernières épreuves le ranimait, lui faisait secouer sa langueur. « Mon Dieu ! s'écriait-il alors, ne me prenez point si vite, attendez encore un peu ! Laissez-moi finir mon expérience ; qu'en mourant je puisse être sûr qu'ils seront heureux ! »

Albert et Mathilde, tout à leur amour, ne virent point ce qu'il y avait de fatal dans la figure de Thadéus quand il vint leur demander s'ils étaient prêts. Elstein et Louise, moins préoccupés, s'en aperçurent facilement, car le pauvre homme, à mesure que l'heure approchait, laissait tomber son masque sans penser à le retenir. On attribua l'altération de ses traits aux fatigues que lui causaient ses travaux. Les amans furent mariés à l'église catholique de Saint-Edwige, en face du mausolée érigé par les cousins de leur père à la mémoire de Thadéus, comte de Wurzheim. Toute la noblesse de Berlin assista au mariage, un peu malgré elle, car son orgueil se révoltait de voir la fille d'un comte prendre pour époux un homme qui s'appelait Simon tout court ; mais il n'était possible à personne d'afficher du dédain ou de la fierté dans cette circonstance, puisque le roi lui-même, bien que le comte de Spremberg ne lui eût point demandé sa signature au contrat, avait voulu honorer la cérémonie de sa présence ; hommage insigne aux insignes services rendus par le père à son armée.

Toute la journée, Thadéus fut heureux, aimable et plein d'une douce gaieté. Son œil terne avait repris un peu d'éclat aux regards d'amour qu'échangeaient les jeunes époux. La noce se fit en famille, et, la nuit venue, le père bénit ses enfans d'une voix tremblante; aussi Elstein et Jeanne Thiefs, les deux saints vieillards, répétèrent la bénédiction ; et, maître de lui jusqu'au bout, le proscrit souhaita en souriant une bonne nuit à tout le monde ; puis il se retira dans sa chambre, affaissé, détruit, mourant.

La nature avait tout épuisé pour lui. Cette lampe, depuis qu'elle s'était rallumée, avait eu continuellement le vent de la tempête pour exciter sa flamme... Ces vingt ans de seconde vie pesaient sur sa tête comme soixante ans de la première.

On se figure le désespoir de trois personnes qui passent d'une journée d'ivresse et de fête à la certitude de voir bientôt mourir celui qu'elles aiment le plus au monde ; on voit d'ici nos deux anges se réveillant de leur nuit céleste pour apprendre que leur père est à l'extrémité.

Cette triste nouvelle ne tarda point à se répandre par la ville. Pendant cinq jours, le marché du Werder fut couvert d'équipages, et de valets, et de seigneurs, et de peuple, qui venaient s'informer de la santé du comte de Spremberg. La maison de charité, l'hôpital militaire, où Thadéus était adoré, furent plongés dans la désolation.

Le troisième jour de sa maladie, Thadéus, qui se voyait mourir à chaque instant, avait voulu réunir autour de lui tous ceux qui lui étaient chers. Joignant dans ses mains les mains d'Albert et de Mathilde, il les recommandait à son vieil ami, à sa vieille Jeanne, à son excellente Louise, qui fondaient en larmes et lui juraient qu'il avait encore longtemps à vivre, quand tout à coup la servante entra pour annoncer le roi et S. A. R. le prince Auguste.

Les regards du malade brillèrent de leur feu passé lorsque ces deux noms frappèrent son oreille.

— Descendez, mon ami, — dit-il à Elstein, — descendez, je vous en prie... j'ai besoin de parler au roi... Je ne veux pas mourir avant qu'il sache... — Le reste de ce qu'il voulait dire se peignait dans ses yeux. Elstein le comprit, et quelques minutes après les deux princes arrivèrent. Le roi, la tête découverte, s'avança vers le lit, et tendit en silence sa main au malade. Quant au prince Auguste, il s'appuya contre un meuble ; et, contemplant tristement les traits de Thadéus, de grosses larmes lui roulèrent dans les yeux. On se souvient qu'il devait la vie à notre héros. — Sire, — dit Thadéus d'une voix faible, après que le roi se fut assis au chevet de son lit, — vous êtes venu voir mourir un simple citoyen de votre ville; j'en remercie Votre Majesté, Dieu vous tiendra compte un jour de ce que vous faites aujourd'hui.

— La mort d'un homme tel que vous, monsieur le comte, — répondit Frédéric-Guillaume, — serait irréparable. L'humanité perdrait en vous une de ses plus hautes lumières, et moi le plus sûr, le plus fidèle de mes amis. Espérons que ce double malheur n'arrivera point.

— Ah ! sire, — reprit Thadéus en souriant péniblement, à quoi me servirait cette science dont vous me louez en ce moment, si elle ne m'avait appris qu'à suivre sur les autres la terrible marche que fait la mort quand elle vient !... Je connais ma position, je sais qu'il faut me préparer à paraître devant notre juge éternel. Et si, dans ce moment suprême, il a bien voulu vous envoyer à moi, c'est que j'avais, sire, un secret à vous révéler. C'est une grâce ajoutée à toutes ses grâces.

— Un secret, monsieur le comte?

— Oui .. un secret de vingt ans... Oh ! ne craignez rien, je puis le dire devant eux... Il est bon qu'ils le sachent aussi, car il les intéresse tous.

— J'écoute, mon ami.

— Votre ami, en effet, c'est de ce nom sacré que nous nous appellions autrefois, il y a vingt ans !... Depuis !...

Dites-moi, sire, n'avez-vous point de souvenir d'une comtesse de Lichtenau, de votre mère bien-aimée... d'un malheureux capitaine des gardes qui fut pendu en 1795 pour prétendu crime de lèse majesté, ou plutôt de lèse favorite ?

— Frédéric de Wurzheim ! — s'écria le roi... — l'auriez-vous connu ?

— Oui, sire... J'ai besoin, avant de mourir, que vous me disiez... si le jugement qui a tué le malheureux comte de Wurzheim fut justement rendu, équitablement dicté à la pure conscience de juges honnêtes ou désintéressés... ou s'il ne fut qu'un exécrable assassinat commis par des sbires infâmes pour complaire aux caprices vindicatifs d'une prostituée érigée en grande dame... enfin, si, à vos yeux, le capitaine des gardes de Sa Majesté la reine votre mère est mort innocent ou coupable... Dites cela bien haut, sire, — continua Thadéus en élevant la voix, — car il est nécessaire que tous ceux qui sont ici l'entendent.

— Monsieur de Spremberg !...

— C'est un mourant qui vous parle, Majesté ; et la voix d'un mourant c'est la voix de Dieu.

— L'aarrêt fut signé par mon père, monsieur le comte; l'exécution a été permise par mon père... D'ailleurs, quel intérêt si puissant vous porte à exiger que je m'explique à cet égard ?

— Sire, on ne tue point toute une famille avec un homme... et les enfans du condamné ont besoin, pour relever leur front couvert du sang de leur père, de savoir que leur père était innocent... Ils redeviennent libres et nobles, et fiers en face de la société, quand c'est une voix de roi qui le dit... Car chez nous, sire, cette voix-là fait taire la voix du monde... Le peuple est sûr que le roi ne peut jamais mentir... Que Votre Majesté parle donc, je l'en conjure ; il y a quelqu'un ici dont l'honneur est suspendu à votre bouche.

— Eh bien ! monsieur le comte, — répondit Frédéric après un moment d'hésitation, — mon opinion est que le comte de Wurzheim mourut victime d'une erreur funeste.

— O mon père !—s'écrièrent à la fois Albert et Mathilde à travers leurs sanglots.

— Soyez béni, sire, — reprit Thadéus d'un ton de triomphe ; — merci de cette noble parole, mon prince... Maintenant voici mon secret. Le capitaine des gardes pendu en 1795, celui dont trois ans plus tard la mère est morte de chagrin laissant toute sa fortune à messieurs de Steglitz et Joachimsthal, l'homme que l'on a vu venir à Berlin, en 1799, y étudier la médecine; l'aide-chirurgien que vous avez fait major et décoré de l'Aigle noir sur le champ de bataille; enfin le major qui eut le bonheur de guérir le prince Auguste d'une blessure que Son Altesse avait reçue en France, et qui, pour ce simple devoir rempli, fut jugé par Votre Majesté digne d'être fait comte de Spremberg et commandeur de vos ordres : cet homme, sire, toujours le même sous ces diverses formes et sous bien d'autres encore, s'appelait Thadéus-Frédéric comte de Wurzheim ! C'est lui qui est dans cette chambre, sur ce lit... c'est lui qui va mourir, et qui vous bénit en mourant... car vous êtes juste et bon... car vous êtes un grand roi !

— Est-il possible ? — s'écria le roi en saisissant la main de son ancien ami ; — Thadéus, ce serait vous !... — En effet, je me souviens qu'en vous remettant ce cordon de l'Aigle noir, votre figure me frappa... mais que j'étais loin de penser...

Le prince Auguste était accouru. Il couvrait de pleurs l'autre main de Thadéus.

— Maintenant, — reprit le malade, — laissez-moi achever, sire... car, voyez-vous, ma voix s'affaiblit, je ne m'entends plus... Tout ce que vous m'avez donné, grades, décorations, titres, honneurs... je l'ai accepté avec reconnaissance, parce que j'en avais besoin... Il me fallait chercher dans la vie des êtres dont j'avais causé le malheur... je les ai trouvés, sire... ils sont ici... les voilà... Vous les avez vu marier il y a quelques jours... Tout est fini donc, ma tâche est terminée, et c'est pour cela que je vais mourir... Dieu n'aurait pas voulu m'enlever du monde auparavant... Ainsi reprenez, sire, ce titre de comte que je n'ai jamais dû considérer que comme un emprunt fait aux puissances terrestres, et toutes vos croix, et tous vos honneurs... Je veux que sur mon tombeau il il n'y ait que ces mots écrits : « *Ci-gît Frédéric Elstein, fils adoptif de Herman Elstein, médecin en chef de la maison de charité à Berlin.* » C'est le plus beau, le plus cher de mes titres, celui-là !

Le malade ne put en dire davantage : sa voix s'éteignit, il ne répondit que par des signes négatifs aux représentations du roi, aux offres de réhabilitation même que Frédéric-Guillaume, dans son émotion, essaya de lui faire. Car le puissant roi se sentait coupable envers cet homme qui s'en allait du monde ; il aurait cru s'acquitter d'une manière admirable en lui rendant pour un quart d'heure son premier nom, le nom de son père et de sa mère.

Deux jours après la visite de Frédéric-Guillaume, Thadéus *remourut* à tout jamais, comme dit notre ami Jonathan le Visionnaire. L'épitaphe qu'il s'était faite fut la seule que l'on grava sur son tombeau.

L'inscription du mausolée de l'église Sainte-Edwige subsiste toujours.

# NOTE

L'un des auteurs, monsieur Auguste Luchet, avait consulté un membre distingué de l'Académie royale de médecine sur le plus ou moins de vraisemblance du fait authentique de la résurrection de Thadéus. Il en reçut la réponse suivante :

« Vous me demandez, mon ami, si l'on a vu des pendus survivre à la suspension au gibet, et si je mets cette chose au » nombre des possibles. Voici ma réponse.

» Oui, je crois à la possibilité du fait, et je suis même certain » d'en avoir lu des exemples ; mais vous dire où j'ai lu cela, » je ne puis. Je crois pourtant que c'est dans François Bacon, » Bacon de Verulam, le chancelier ; probablement dans son livre *De vitâ et morte*, livre excellent pour le temps où il fut » fait, et sur lequel j'ai des notes que je regrette de ne pouvoir » pas retrouver dans ce moment. Je crois aussi avoir vu des » faits de ce genre dans Haller.

» Mais, soyez tranquille, la chose est possible, et partant » très vraisemblable. Je vous dirai plus : j'ai tenté de la réaliser sur des animaux, et j'y ai réussi.

» Quand un homme se pend lui-même, ou qu'il est juridiquement pendu par la main du bourreau (comme on le voit » si souvent en Angleterre), la corde se trouve appliquée immédiatement au-dessous du menton, beaucoup plus haut » que le larynx, ou tuyau de l'air. J'ai encore vérifié cela l'été » dernier, dans la forêt qui avoisine les bains de Bagnoles, où » nous eûmes à faire l'examen d'un garde général qui s'était » pendu par désespoir ou folie.

» Or, puisque la corde ne compromet ni le larynx, ni la trachée artère, vous concevez bien qu'il suffit que ces canaux » de l'air aient été préalablement ouverts avant la pendaison » pour que le pendu continue de respirer sur la potence. Il lui » importe seulement d'avoir inspiré beaucoup d'intérêt à un » habile chirurgien, d'avoir supporté patiemment l'opération, » d'avoir résisté à la douleur, de n'avoir pas été suffoqué par » le sang que le bistouri fait couler, et d'endurer enfin la canule de gomme élastique qu'il est indispensable d'introduire » dans la plaie pour la tenir ouverte. Car c'est une rude opération que la *trachéotomie ;* on ne la pratique guère que s'il » y va de la vie. Monsieur Bretonneau, de Tours, l'a quelquefois tentée sur des enfans attaqués du croup, mais le croup » étouffe, c'est une maladie presque toujours mortelle : toutefois, cette opération a souvent réussi. Monsieur Roux l'a faite » avec succès, monsieur Dupuytren aussi. Vous voilà donc » toujours, non-seulement dans le vrai, mais encore dans le » *vraisemblable*.

» Mais on s'apercevra de la supercherie, direz-vous. Pourquoi donc ? La plaie dont je parle n'est pas large ; la canule » est étroite ; elle est d'ailleurs fixée avec art et tenue par des » fils de même couleur que la peau. L'entreprise est assez » grave, ce me semble, pour qu'on ne néglige rien de ce qui » peut la faire réussir. Et puis ce pendu, s'il est bien dans son » rôle, peut tirer la langue, faire petite poitrine, et jouer l'étouffé.

» Puis, voyez donc ! s'il est besoin d'aide et de corruption, » pensez-vous qu'un bourreau soit un homme tellement cuirassé qu'on ne puisse le séduire par le son si caressant de » quelques guinées ou ducats (car on ne pend plus guère que » dans les pays des ducats et des guinées) ?

» Vous voyez bien qu'on peut échapper de la pendaison ; » qu'on peut, comme le philosophe Pangloss, avoir eu la corde » au cou et se porter aussi bien que tant de gens qui la méritent.

» Je vous dirai cependant que la seule compression des veines du cou suffirait alors pour amener un coup de sang, une » apoplexie mortelle. Mais ce résultat n'est pas indispensable ; » ce serait assez pour l'éviter de s'être fait faire, le matin » même, une ample et copieuse saignée.

» Ainsi votre pendu a raison de vivre ; il est dans son droit, » et votre plume, je l'espère bien, mon ami, prolongera longtemps son existence.

» Agréez mes salutations amicales.

» Isid. Bourdon.

» Paris, 4 février 1833. »

FIN DE THADÉUS LE RESSUSCITÉ.

# TABLE

## DES CHAPITRES CONTENUS DANS CET OUVRAGE.





FIN DE LA TABLE DE THADÉUS LE RESSUSCITÉ.

Paris. — Imprimerie J. Voisvenel, rue du Croissant, 16.

www.ingramcontent.com/pod-product-compliance
Ingram Content Group UK Ltd.
Pitfield, Milton Keynes, MK11 3LW, UK
UKHW020247220726
13923UKWH00002B/850